人民艺术家·王蒙
创作70年全稿

红楼编

评点《红楼梦》
（中）

·34·

王蒙夫妇回新疆

目　录

第四十一回	贾宝玉品茶栊翠庵	刘老老醉卧怡红院	（1）
第四十二回	蘅芜君兰言解疑癖	潇湘子雅谑补余音	（13）
第四十三回	闲取乐偶攒金庆寿	不了情暂撮土为香	（26）
第四十四回	变生不测凤姐泼醋	喜出望外平儿理妆	（38）
第四十五回	金兰契互剖金兰语	风雨夕闷制风雨词	（49）
第四十六回	尴尬人难免尴尬事	鸳鸯女誓绝鸳鸯偶	（62）
第四十七回	呆霸王调情遭苦打	冷郎君惧祸走他乡	（77）
第四十八回	滥情人情误思游艺	慕雅女雅集苦吟诗	（90）
第四十九回	琉璃世界白雪红梅	脂粉香娃割腥啖膻	（101）
第　五　十　回	芦雪亭争联即景诗	暖香坞雅制春灯谜	（113）
第五十一回	薛小妹新编怀古诗	胡庸医乱用虎狼药	（127）
第五十二回	俏平儿情掩虾须镯	勇晴雯病补雀毛裘	（139）
第五十三回	宁国府除夕祭宗祠	荣国府元宵开夜宴	（153）
第五十四回	史太君破陈腐旧套	王熙凤效戏彩斑衣	（166）
第五十五回	辱亲女愚妾争闲气	欺幼主刁奴蓄险心	（181）
第五十六回	敏探春兴利除宿弊	贤宝钗小惠全大体	（195）
第五十七回	慧紫鹃情辞试莽玉	慈姨妈爱语慰痴颦	（210）
第五十八回	杏子阴假凤泣虚凰	茜纱窗真情揆痴理	（228）
第五十九回	柳叶渚边嗔莺叱燕	绛芸轩里召将飞符	（239）
第　六　十　回	茉莉粉替去蔷薇硝	玫瑰露引出茯苓霜	（247）
第六十一回	投鼠忌器宝玉瞒赃	判冤决狱平儿行权	（260）
第六十二回	憨湘云醉眠芍药茵	呆香菱情解石榴裙	（272）

第六十三回	寿怡红群芳开夜宴	死金丹独艳理亲丧	(292)
第六十四回	幽淑女悲题五美吟	浪荡子情遗九龙佩	(309)
第六十五回	贾二舍偷娶尤二姨	尤三姐思嫁柳二郎	(326)
第六十六回	情小妹耻情归地府	冷二郎一冷入空门	(338)
第六十七回	见土仪颦卿思故里	闻秘事凤姐讯家童	(347)
第六十八回	苦尤娘赚入大观园	酸凤姐大闹宁国府	(364)
第六十九回	弄小巧用借剑杀人	觉大限吞生金自逝	(378)
第 七 十 回	林黛玉重建桃花社	史湘云偶填柳絮词	(389)
第七十一回	嫌隙人有心生嫌隙	鸳鸯女无意遇鸳鸯	(399)
第七十二回	王熙凤恃强羞说病	来旺妇倚势霸成亲	(414)
第七十三回	痴丫头误拾绣春囊	懦小姐不问累金凤	(426)
第七十四回	惑奸谗抄检大观园	避嫌隙杜绝宁国府	(438)
第七十五回	开夜宴异兆发悲音	赏中秋新词得佳谶	(457)
第七十六回	凸碧堂品笛感凄清	凹晶馆联诗悲寂寞	(472)
第七十七回	俏丫鬟抱屈夭风流	美优伶斩情归水月	(485)
第七十八回	老学士闲征姽婳词	痴公子杜撰芙蓉诔	(503)
第七十九回	薛文龙悔娶河东吼	贾迎春误嫁中山狼	(520)
第 八 十 回	美香菱屈受贪夫棒	王道士胡诌妒妇方	(528)

第四十一回

贾宝玉品茶栊翠庵　刘老老醉卧怡红院

话说刘老老两只手比着说道："花儿落了结个大倭瓜。"众人听了，哄堂大笑起来。于是吃过门杯，因又斗趣，笑道："今儿实说罢，我的手脚子粗，又喝了酒，仔细失手打了这磁杯；有木头的杯取个来，我便失了手，掉了地下，也无碍。"众人听了又笑起来。凤姐儿听如此说，便忙笑道："果真要木头的，我就取了来，可有一句话先说下：这木头的可比不得磁的，他都是一套，定要吃遍一套方使得。"刘老老听了，心下战敠道："我方才不过是趣话取笑儿，谁知他果真竟有，我时常在乡绅大家也赴过席，金杯银杯倒都也见过，从没见有木头杯的。哦，是了，想必是小孩子们使的木碗儿，不过诓我多喝两碗；别管他，横竖这酒蜜水儿似的，多喝点子也无妨。"想毕，便说："取来再商量。"

凤姐乃命丰儿："前面里间书架子上，有十个竹根套杯，取来。"丰儿听了，才要去取，鸳鸯笑道："我知道，你那十个杯还小；况且你才说木头的，这会子又拿了竹根的来，倒不好看。不如把我们那里的黄杨根子整刓的十个大套杯拿来，灌他十下子。"凤姐儿笑道："更好了。"鸳鸯果命人取来。刘老老一看，又惊又喜：惊的是一连十个挨次大小分下来，那大的足足的似个小

花落结瓜，何等天趣，胜过那些咬文嚼字。

刘老老的令是大众文化，别人的是贵族文化。

刘老老要木杯，跟着起哄助兴。要来后，喝与不喝，都是一番耍笑。喝的样醉的样固然丑得可爱复可笑，怕的样躲的样同样解颐。

捎带着把竹根的酒杯也炫耀一番，买一送一。
随便一句木头杯云云，也引发起"想当年，阔多啦"的感慨。只知道吹金吹银吹玉吹财宝，不是真阔，连木头也高级到这般田地！

盆子，极小的还有手里的杯子两个大；喜的是雕镂奇绝，一色山水树木人物，并有草字以及图印。因忙说道："拿了那小的来就是了。"凤姐儿笑道："这个杯，没有这大量的，所以没人敢使他。老老既要，好容易找出来，必定要挨次吃一遍，才使得。"刘老老吓的忙道："这个不敢。好姑奶奶，饶了我罢。"贾母、薛姨妈、王夫人知道他有年纪的人，禁不起，忙笑道："说是说，笑是笑，不可多吃了，只吃这头一杯罢。"刘老老道："阿弥陀佛！我还是小杯吃罢，把这大杯收着，我带了家去，慢慢的吃罢。"说的众人又笑起来。

鸳鸯无法，只得命人满斟了一大杯，刘老老两手捧着喝。贾母、薛姨妈都道："慢些，不要呛了。"薛姨妈又命凤姐儿布个菜。凤姐笑道："老老要吃什么，说出名儿来，我夹了喂你。"刘老老道："我知道什么名儿，样样都是好的。"贾母笑道："把茄鲞夹些喂他。"凤姐儿听说，依言夹些茄鲞，送入刘老老口中，因笑道："你们天天吃茄子，也尝尝我们这茄子，弄的来可口不可口。"刘老老笑道："别哄我了，茄子跑出这个味儿了。我们也不用种粮食，只种茄子了。"众人笑道："真是茄子，我们再不哄你。"刘老老咤异道："真是茄子？我白吃了半日。姑奶奶再喂我些，这一口细嚼嚼。"凤姐儿果又夹了些放入他口内。刘老老细嚼了半日，笑道："虽有一点茄子香，只是还不像是茄子。告诉我是个什么法子弄的，我也弄着吃去。"凤姐儿笑道："这也不难：你把才下来的茄子，把皮刨了，只要净肉，切成碎钉子，用鸡油炸了，再用鸡肉脯子合香菌、新笋、蘑菇、五香豆腐干子、各色干果子，都切成钉儿，拿鸡汤煨干，将香油一收，外加糟油一拌，盛在磁

> 拿了活人当宠物耍。

> 吹完木头再吹茄子，而不是吹"燕、鲍、翅"，凤姐儿的层次还是比现今的暴发户高。

> 据说有人这样炮制了，并不见佳。
> 毕竟是小说，"说嘴"罢了。

> 应该创建一门新学科：享受学、豪华学、穷奢极欲学。

罐子里，封严；要吃时拿出来，用炒的鸡瓜子一拌，就是了。"

刘老老听了，摇头吐舌说："我的佛祖！倒得十来只鸡来配他，怪道这个味儿！"一面笑，一面慢慢的吃完了酒，还只管细玩那杯子。凤姐儿笑道："还是不足兴，再吃一杯罢？"刘老老忙道："了不得，那就醉死了，我因为爱这样儿好看，亏他怎么做来。"鸳鸯笑道："酒吃完了，到底这杯子是什么木头的？"刘老老笑道："怨不得姑娘不认得，你们在这金门绣户的，如何认得木头？我们成日家和树林子做街坊，困了枕着他睡，乏了靠着他坐，荒年间饿了还吃他；眼睛里天天见他，耳朵里天天听他，嘴儿里天天说他，所以好歹真假，我是认得的，让我认一认。"一面说，一面细细端详了半日，道："你们这样人家，断没有那贱东西；那容易得的木头，你们也不收着了。我掂着这么体沉，断乎不是杨木，一定是黄松做的。"

众人听了，哄堂大笑起来。只见一个婆子走来，请问贾母说："姑娘们都到了藕香榭，请示下，就演罢，还是再等一回子？"贾母忙笑道："可是倒忘了他们，就叫他们演罢。"那个婆子答应去了，不一时，只听得箫管悠扬，笙笛并发。正值风清气爽之时，那乐声穿林度水而来，自然使人神怡心旷。宝玉先禁不住，拿起壶来斟了一杯，一口饮尽，复又斟上；才要饮，只见王夫人也要饮，命人换暖酒，宝玉连忙将自己的杯捧了过来，送到王夫人口边，王夫人便就他手内吃了两口。一时暖酒来了，宝玉仍归旧坐。王夫人提了暖壶下席来，众人都出了席，薛姨妈也站起来，贾母忙命李凤二人接过壶来："让你姑妈坐

佛祖才不管这些。

以刘老老夸己与树木之亲反衬贾家用木之稀罕高贵。但刘老老这几句话说得极可爱。
人与木亲。

这几句对于乐声的描写，嫌简单和一般了些，但此情此景，仍然使此声也动起人来。

娇儿之状可掬。

了,大家才便。"王夫人见如此说,方将壶递与凤姐儿,自己归坐。贾母笑道:"大家吃上两杯,今日着实有趣。"说着,擎杯让薛姨妈,又向湘云宝钗道:"你姐妹两个也吃一杯。你林妹妹不大会吃,也别饶他。"说着,自己也干了。湘云、宝钗、黛玉也都吃了。

当下刘老老听见这般音乐,且又有了酒,越发喜的手舞足蹈起来。宝玉因下席过来,向黛玉笑道:"你瞧刘老老的样子。"黛玉笑道:"当日圣乐一奏,百兽率舞,如今才一牛耳。"众姐妹都笑了。须臾乐止,薛姨妈笑道:"大家的酒也都有了,且出去散散再坐罢。"贾母也正要散散,于是大家出席,都随着贾母游玩。贾母因要带着刘老老散闷,遂携了刘老老至山前树下,盘桓了半晌,又说给他这是什么树,这是什么石,这是什么花。刘老老一一领会,又向贾母道:"谁知城里不但人尊贵,连雀儿也是尊贵的。偏这雀儿到了你们这里,他也变俊了,也会说话了。"众人不解,因问:"什么雀儿变俊了会说话?"刘老老道:"那廊上金架子上站的绿毛红嘴是鹦哥儿,我是认得的。那笼子里的黑老鸹子,又长出凤头儿来,也会说话呢。"众人听了又都笑将起来。

一时只见丫头们来请用点心,贾母道:"吃了两杯酒,倒也不饿,也罢,就拿了这里来,大家随便吃些罢。"丫头听说,便去抬了两张几来,又端了两个小捧盒。揭开看时,每个盒内两样。这盒内是两样蒸食:一样是藕粉桂花糖糕,一样是松瓤鹅油卷。那盒内是两样炸的:一样是只有一寸来大的小饺儿。贾母因问:"什么馅子?"婆子们忙回:"是螃蟹的。"贾母听了,皱眉说道:

> 黛玉的"孤标傲世",视凡人如牲畜,亦有令人特别是令民粹主义者、社会主义者乃至进步人士相当反感之处。何至于这样说刘老老?故把黛玉的孤傲不群定性为反封建从而对之百般肯定,未必可取。

> 领会。

> 穷人给富人除了提供劳动,还要提供笑料。
> 如果这拨子小姐到老老庄上,又能识辨多少物件呢?

> 她哪里还记得"饿"的滋味?

"这会子油腻腻的,谁吃这个!"又看那一样是奶油炸的各色小面果,也不喜欢,因让薛姨妈吃,薛姨妈只拣了块糕;贾母拣了一个卷子,只尝了一尝,剩的半个,递与丫头了。

> 已吃奶油点心。
>
> 过食必然厌食,过分享乐的结果却是厌生。

刘老老因见那小面果子都玲珑剔透,各式各样,又拣了一朵牡丹花样的,笑道:"我们乡里最巧的姐儿们,剪子也不能铰出这么个纸的来。我又爱吃,又舍不得吃,包些家去给他们做花样子去倒好。"众人都笑了。贾母笑道:"家去我送你一磁坛子,你先趁热吃这个罢。"别人不过拣各人爱吃的拣了一两样就算了,刘老老原不曾吃过这些东西,且都做的小巧,不显堆垛的,他和板儿每样吃了些,就去了半盘子。剩的,凤姐又命攒了两盘,并一个攒盒,与文官等吃去。忽见奶子抱了大姐儿来,大家哄他玩了一会,那大姐儿因抱着一个大柚子玩,忽见板儿抱着一个佛手,大姐便要,丫鬟哄他取去。大姐儿等不得,便哭了。众人忙把柚子给了板儿,将板儿的佛手哄过来与他才罢。那板儿因玩了半日佛手,此刻又两手抓着些果子吃,又忽见这个柚子又香又圆,更觉好玩,且当球踢着玩去,也就不要佛手了。

> 批量赠送,仍然求大于供。
>
> 大姐儿与刘老老一家有缘。缘分正如命运,是人们主观想象臆造出来的也罢,玩味起来,令人嗟叹!
>
> 这些细节蕴含着一丝恐怖和威严。

当下贾母等吃过了茶,又带了刘老老至栊翠庵来。妙玉忙接了进去。众人至院中,见花木繁盛,贾母笑道:"倒底是他们修行人,没事常常修理,比别处越发好看。"一面说,一面便往东禅堂来。妙玉笑往里让,贾母道:"我们才都吃了酒肉,你这里头有菩萨,冲了罪过。我们这里坐坐,把你的好茶拿来,我们吃一杯就去了。"宝玉留神看他是怎么行事。只见妙玉亲自捧了一

> 吃了酒肉,再到"菩萨"这边品茗,占全了!

个海棠花式雕漆填金"云龙献寿"的小茶盘,里面放一个成窑五彩小盖钟,捧与贾母。贾母道:"我不吃六安茶。"妙玉笑说:"知道。这是'老君眉'。"贾母接了,又问:"是什么水?"妙玉道:"是旧年蠲的雨水。"贾母便吃了半盏,笑着递与刘老老,说:"你尝尝这个茶。"刘老老便一口吃尽,笑道:"好是好,就是淡些,再熬浓些更好了。"贾母众人都笑起来。然后众人都是一色的官窑脱胎填白盖碗。

> 或谓六安茶是清代宫廷用茶。可能喝得太多腻歪了。
>
> 贾母对刘老老的态度,比黛玉、妙玉这些孤高人士强多了。此二玉,杀了她们也不会令刘老老与己同饮一杯茶的。

那妙玉便把宝钗黛玉的衣襟一拉,二人随他出去。宝玉悄悄的随后跟了来。只见妙玉让他二人在耳房内,宝钗便坐在榻上,黛玉便坐在妙玉的蒲团上。妙玉自向风炉上煽滚了水,另泡了一壶茶。宝玉便走了进来,笑道:"偏你们吃体己茶呢。"二人都笑道:"你又赶了来撤茶吃,这里并没你吃的。"妙玉刚要去取杯,只见道婆收了上面茶盏来,妙玉忙命:"将那成窑的茶杯别收了,搁在外头去罢。"宝玉会意,知为刘老老吃了,他嫌腌臜,不要了。又见妙玉另拿出两只杯来,一个傍边有一耳,杯上镌着"瓟斝"三个隶字,后有一行小真字,是"王恺珍玩",又有"宋元丰五年四月眉山苏轼见于秘府"一行小字。妙玉斟了一斝递与宝钗。那一只形似钵而小,也有三个垂珠篆字,镌着"点犀䀉"。妙玉斟了一䀉与黛玉,仍将前番自己常日吃茶的那只绿玉斗来斟与宝玉。宝玉笑道:"常言'世法平等',他两个就用那样古玩奇珍,我就是个俗器了?"妙玉道:"这是俗器?不是我说狂话,只怕你家里未必找的出这么一个俗器来呢。"宝玉笑道:"俗话说:'随乡入乡',到了你这里,自然把这金珠玉宝一概贬为俗器了。"

> 有所区别对待。(没有区别便没有政策。佛门妙玉,亦如此"政策"乎?)
>
> 妙玉如果生在今天,怎样和大众结合呢?
>
> 妙玉语压一头,宝玉以退为进。

妙玉听如此说，十分欢喜，遂又寻出一只九曲十环一百二十节蟠虬整雕竹根的一个大盏出来，笑道："就剩了这一个，你可吃的了这一海？"宝玉喜的忙道："吃的了。"妙玉笑道："你虽吃的了，也没这些茶你遭塌。岂不闻'一杯为品，二杯即是解渴的蠢物，三杯便是饮驴了'。你吃这一海，更成什么？"说的宝钗、黛玉、宝玉都笑了。妙玉执壶，只向海内斟了约有一杯，宝玉细细吃了，果觉轻淳无比，赏赞不绝。妙玉正色道："你这遭吃茶，是托他两个的福，独你来了，我是不能给你吃的。"宝玉笑道："我深知道，我也不领你的情，只谢他二人便了。"妙玉听了，方说："这话明白。"黛玉因问："这也是旧年的雨水？"妙玉冷笑道："你这么个人，竟是大俗人，连水也尝不出来。这是五年前我在玄墓蟠香寺住着，收的梅花上的雪，统共得了那一鬼脸青的花瓮一瓮，总舍不得吃，埋在地下，今年夏天才开了。我只吃过一回，这是第二回了。你怎么尝不出来？隔年蠲的雨水，那有这样清淳？如何吃得。"黛玉知他天性怪僻，不好多话，亦不好多坐，吃过茶，便约着宝钗走了出来。

宝玉和妙玉陪笑道："那茶杯虽然腌臜了，白撩了岂不可惜？依我说，不如就给了那贫婆子罢，他卖了也可以度日。你道使得么？"妙玉听了，想了一想，点头说道："这也罢了。幸而那杯子是我没吃过的，若是我吃过的，我就砸碎了也不能给他。你要给他，我也不管，你只交给他，快拿了去罢。"宝玉道："自然如此，你那里和他说话去？越发连你都腌臜了。只交与我就是了。"妙玉便命人拿来，递与宝玉。宝玉接了，又道："等我们出去了，我叫几个小么儿来河里打

酒具茶具，都写得天花乱坠。曹公写到这里，不无唬老赶的动机。

近于茶道。

现时当书"清纯"，而"轻淳"云云，亦另有韵味。

黛玉被说成了"大俗人"，吾人读者有何面目读此回此节？吾甚感自己之俗不欲生矣！

黛玉也没了脾气。
也算是山外有山，天外有天。

妙玉间接地、曲线地向刘老老示好，原因全在中介——宝玉也。

几桶水来洗地如何?"妙玉笑道:"这更好了。只是你嘱咐他们,抬了水,只搁在山门外头墙根下,别进门来。"宝玉道:"这是自然的。"说着,便袖着那杯,递给贾母房中的小丫头子拿着,说:"明日刘老老家去,给他带去罢。"交代明白,贾母已经出来要回去,妙玉亦不甚留,送出山门,回身便将门闭了,不在话下。

> 这一段集中写了两个人,一个是老老,一个是妙玉,成为鲜明对比,而他人各得其所,各显其能或不能。黛玉对老老如此刻薄,对妙玉只能"不好多话","不好多坐",礼让三分,盖黛玉虽然孤高,却当不成姑子。

且说贾母因觉身上乏倦,便命王夫人和迎春姊妹陪了薛姨妈去吃酒,自己便往稻香村来歇息。凤姐忙命人将小竹椅抬来,贾母坐上,两个婆子抬起,凤姐李纨和众丫头婆子围随去了,不在话下。这里薛姨妈也就辞出。王夫人打发文官等出去,将攒盒散与众丫头们吃去,自己便也乘空歇着,随便歪在方才贾母坐的榻上,命一个小丫头放下帘子来,又命捶着腿,吩咐他:"老太太那里有信,你就叫我。"说着也歪着睡着了。宝玉湘云等看着丫头们将攒盒搁在山石上,也有坐在山石上的,也有坐在草地下的,也有靠着树的,也有傍着水的,倒也十分热闹。一时又见鸳鸯来了,要带着刘老老逛,众人也都跟着取笑。

一时来至省亲别墅的牌坊底下,刘老老道:"嗳呀!这里还有大庙呢。"说着,便爬下磕头。众人笑弯了腰。刘老老道:"笑什么?这牌楼上字我都认得。我们那里这样的庙宇最多,都是这样的牌坊,那字就是庙的名字。"众人笑道:"你认得这是什么庙?"。刘老老便抬头指那字道:"这不是'玉皇宝殿'四字?"众人笑的拍手打掌,还要拿他取笑。刘老老觉得腹内一阵乱响,忙的拉着一个丫头,要了两张纸,就解衣。

> 你有你的语言,我有我的语言。
>
> 这么快?不太可能。还是小说要出尽老老洋相。

众人又是笑,又忙喝他:"这里使不得!"忙命一个婆子,带了东北角上去了。那婆子指与他地方,便乐得走开去歇息。

> 没落的贵族,永远轻视从未发达过的"下人"。

那刘老老因喝了些酒,他脾气不与黄酒相宜,且吃了许多油腻饮食发渴,多喝了几碗茶,不免通泻起来,蹲了半日方完。及出厕来,酒被风吹,且年迈之人,蹲了半天,忽一起身,只觉眼花头晕,辨不出路径,四顾一望,皆是树木山石,楼台房舍,却不知那一处是往那一路去了的了,只得顺着一条石子路,慢慢的走来。及至到了房舍跟前,又找不着门,再找了半日,忽见一带竹篱。刘老老心中自忖道:"这里也有扁豆架子?"一面想,一面顺着花障走了来,得了一个月洞门,进去,只见迎面一带水池,只有七八尺宽,石头砌岸,里面碧波清水,流往那边去了,上面有一块白石,横架在上面。刘老老便渡过石去,顺着石子甬路走去。转了两个弯子,只见有个房门,于是进了房门,便见迎面一个女孩儿,满面含笑迎出来。刘老老忙笑道:"姑娘们把我丢下了,叫我碰头碰到这里来。"说了,只觉那女孩儿不答,刘老老便赶来拉他的手,"咕咚"一声,便撞到板壁上,把头碰的生疼。细瞧了一瞧,原来是一幅画儿。刘老老自忖道:"原来画儿有这样凸出来的。"一面想,一面看,一面又用手摸去,却是一色平的,点头叹了两声。一转身,方得了一个小门,门上挂着葱绿撒花软帘。

> 用某种贫穷的生活经验与反映这种生活经验的语言符号系统去套完全不同的生活内容——但愿我们能从刘老老这里汲取教训。

> 什么画儿?国画是很难有这种凸现立体的效果的。

刘老老掀帘进去,抬头一看,只见四面墙壁,玲珑剔透,琴剑瓶炉,皆贴在墙上;锦笼纱罩,金彩珠光,连地下踩的砖皆是碧绿凿花,竟越发把眼花了,找门出去,那里有门?左一架书,右一架屏。刚从屏后得了一个门,只见一个

> 与其说是画的效果,不如说是酒力使然。

一次吃吃喝喝玩玩乐乐竟写得这样丰满、细致、一层一层、一面一面。

对于有心人来说,一颦一啄,都是写不尽的人生。

极示大观园之在当时条件下无所不至的享乐快乐。是恋歌也是挽歌,是炫耀也是忏悔。

谁不喜欢享受?这几乎可以说是一种乐生的文化,比较起来,缺少欧美人享受生活中的冒险性、刺激性——所以不会有冲浪、划水、滑雪、滑翔之类。享受了又怎样?它能带来什么?自阶级斗争的观点看,这不是巧取豪夺的地主官僚阶级的罪证吗?

老婆子也从外面迎了他进来。刘老老诧异,心中恍惚,莫非是他亲家母?因连忙问道:"你想是见我这几日没家去,亏你找我来。那位姑娘带你进来的?"又见他戴着满头花,刘老老笑道:"你好没见世面!见这园里的花好,你就没死活戴了一头。"说着,那老婆子只是笑,也不答言。便心中忽然想起:"常听见富贵人家有一种穿衣镜,这别是我在镜子里头吗?"想毕,伸手一抹,再细一看,可不是四面雕空紫檀板壁,将这镜子嵌在中间。因说:"这已经拦住如何走出去呢?"一面说,一面只管用手摸。这镜子原是西洋机括,可以开合,不意刘老老乱摸之间,其力巧合,便撞开了消息,掩过镜子,露出门来。刘老老又惊又喜,遂走出来,忽见有一副最精致的床帐。他此时又带了七八分的酒,又走乏了,便一屁股坐床上,只说歇歇,不承望身不由己,便前仰后合的,朦胧着两眼,一歪身,就睡熟在床上。	表面是耍丑、可笑,其实是隔膜、分离、悲凉。 一个从未照过镜子的人,首次面对镜中的自己,似应更加惊心动魄。 西洋机括,已经引入贾府。 贾府众人,人皆有屁股,唯独形容刘老老是"一屁股坐在床上",莫非别的贵人们只坐半屁股?即使掉入茅厕,也只配一笑。
且说众人等他不见,板儿没了他老老,急的哭了。众人都笑道:"别是掉在茅厕里了?快叫人去瞧瞧。"因命两个婆子去找。回来说:"没有。"众人各处搜寻不见,袭人战兢道:"一定他醉了,迷了路,顺着这一条路往我们后院子里去了。若进了花障子,到后门进去,虽然碰头,还有小丫头子们知道;若不进花障子去,再往西南上去,若绕出去还好,若绕不出去,可够他绕一	迷路感,迷路效应,其实贾府的富贵人等应该更惨烈。

所以能这样写得热闹有趣,离不开两个"不和谐"人物。

一个是刘老老,少见多怪,洋相百出,而又福从天降,殊荣殊宠,以她的兴奋、开眼、拜倒感染着牵引着读者。随刘老老进了园子,谁不是刘老老?谁不感叹自己刘老老般哪里懂这些好生活?

一个是妙玉,又得接待贾母,又得优待钗黛,又得冷冷热热地(不知怎么好地)接待宝玉,又得撇着嘴冷笑讥刺一切人和事,尤其敌视刘老老。这才有了戏。不和谐因素是组织情节的宝贝。

刘老老乐得太过,便出了差错。幸亏袭人代为遮掩,大事化小化无。否则就要乐极生悲了。

会子好的。我且瞧瞧去。"一面说着,一面回来。进了怡红院,便叫人,谁知那几个在房里的小丫头已偷空玩去了。

　　袭人一直进了房门,转过集锦槅子,就听的鼾齁如雷,忙进来,只闻见酒屁臭气满屋。一瞧,只见刘老老扎手舞脚的仰卧在床上。袭人这一惊不小,慌忙的赶上来将他没死没活的推醒。那刘老老惊醒,睁眼见袭人,连忙爬起来,道:"姑娘,我该死了!我失错并没弄腌臢了床。"一面说,一面用手去掸。袭人恐惊动了人,被宝玉知道了,只向他摇手,不叫他说话。忙将当地大鼎内贮了三四把百合香,仍用罩子罩上。所喜不曾呕吐。忙悄悄的笑道:"不相干,有我呢。你随我出来。"刘老老答应着,跟了袭人,出至小丫头子们房中,命他坐下,向他道:"你说醉倒在山子石上,打了个盹儿。"刘老老答应:"是。"又与他两碗茶吃,方觉酒醒了。因问道:"这是那个小姐的绣房?这样精致。我就像到了天宫里的一样。"袭人微微笑道:"这个么,是宝二爷的卧室。"那刘老老吓的不敢做声。袭人带他从前面出去,见了众人,只说:"他在草地下睡着了,带了他来的。"众人都不理会,也就罢了。

　　一时贾母醒了,就在稻香村摆晚饭。贾母因觉懒懒的,也没吃饭,便坐了竹椅小敞轿,回

宝玉的床偏让刘老老上一上,大概也算"误区""错位""怪圈"吧。

人生自多尴尬与讽刺。

袭人处理问题自有好处,如果换成了晴雯,会不会闹个天翻地覆?

懒懒的,是狂欢后的状态。享受取乐,发憷,再取乐,再更懒,这也是规律。

至房中歇息,命凤姐儿等去吃饭。他姊妹方复
进园来。未知如何,且看下回分解。

　　如入迷宫,如中机关,两个世界,两个阶级,就是这样地相隔着。《红楼梦》的作者,当年是宝玉一类人物,如果是板儿一类人物呢?"红"将有怎样的不同面貌!

第 四 十 二 回

蘅芜君兰言解疑癖　潇湘子雅谑补余音

话说他姊妹复进园来，吃过饭，大家散出，都无别话。

且说刘老老带着板儿，先来见凤姐儿，说："明日一早定要家去了。虽然住了两三天，日子却不多，把古往今来没见过的，没吃过的，没听见的，都经验了。难得老太太和姑奶奶并那些小姐们，连各房里的姑娘们，都这样怜贫惜老，照看我。我这一回去，没别的报答，惟有请些高香，天天给你们念佛，保佑你们长命百岁的，就算我的心了。"凤姐儿笑道："你别喜欢，都是为你，老太太也被风吹病了，睡着不舒服；我们大姐儿也着了凉，在那里发热呢。"刘老老听了，忙叹道："老太太有年纪的，不惯十分劳乏的。"凤姐儿道："从来没像昨儿高兴。往常也进园子逛去，不过到一两处坐坐就来了。昨儿因为你在这里，要叫都逛逛，一个园子倒走了多半个。大姐儿因为我找你去，太太递了一块糕给他，谁知风地里吃了，就发起热来。"刘老老道："大姐儿只怕不大进园子。生地方儿，小人儿家，原不该去，比不得我们的孩子，会走了，那个坟圈子里不跑去。一则风扑了也是有的；二则只怕他身上干净，眼睛又净，或是遇见什么神了。依我说，给他瞧瞧祟书本子，仔细撞

> "话说"完了又"且说"，无伤，倒足见出口语化与真实性。

> 快乐的代价。

> 这种对于病因的分析，不知反映的是知识的贫乏还是逻辑的贫乏。

> 再度表现老老与"大姐儿"的关系。

13

客着。"

一语提醒了凤姐儿，便叫平儿拿出《玉匣记》来，着彩明来念。彩明翻了一回，念道："八月二十五日病者，东南方得遇花神。用五色纸钱四十张，向东南方四十步送之大吉。"凤姐儿笑道："果然不错，园子里头可不是花神！只怕老太太也是遇见了。"一面命人请两分纸钱来，着两个人来，一个与贾母送祟，一个与大姐儿送祟。果见大姐儿安稳睡了。

> "送祟"二字，有诸多预兆，诸多无奈。

凤姐儿笑道："到底是你们有年纪的经历的多。我们大姐儿时常肯病，也不知是什么原故。"刘老老道："这也有的。富贵人家养的孩子都娇嫩，自然禁不得一些儿委屈。再他小人儿家，过于尊贵了，也禁不起。以后姑奶奶倒少疼他些就好了。"凤姐儿道："这也有理。我想起来，他还没个名字，你就给他起个名字，借借你的寿；二则你们是庄家人，不怕你恼，到底贫苦些，你贫苦人起个名字，只怕压的住他。"刘老老听说，便想了一想，笑道："不知他是几时生的？"凤姐儿道："正是生的日子不好呢，可巧是七月初七日。"刘老老忙笑道："这个正好，就叫做巧姐儿好。这个叫做'以毒攻毒，以火攻火'的法子。姑奶奶定依我这名字，必然长命百岁。日后大了，各人成家立业，或一时有不遂心的事，必然遇难成祥，逢凶化吉，都从这'巧'字儿来。"

> 这种民间的说法，包着迷信的外衣，仍有一定的道理。小孩子不宜过于娇惯，这是对的。

> 贫苦人起名压得住；迷信乎？经验乎？哲学乎？

> 又是预言预示。
> 迷信宿命的观念变成了小说结构的方法。
> 一切都从"巧"字来。
> 凤姐对于女儿的命运似亦有不祥的预感。

凤姐儿听了，自是欢喜，忙谢道："只保佑他应了你的话就好了。"说着，叫平儿来吩咐道："明儿咱们有事，恐怕不得闲儿；你这空儿闲着，把送老老的东西打点了，他明儿一早就好走得便宜了。"刘老老道："不敢多破费了。已经遭扰了几日,又拿着走,越发心里不安起来。"凤姐儿道:"也没有什么,不过随常的东西。好也罢,歹也罢,带了去,你们街坊邻舍看着也热闹些,也是上城一次。"

> 善有善报。写凤姐对刘老老如何"行善",包含这个朴素的意思。

说着只见平儿走来说:"老老过这边瞧瞧。"刘老老忙跟了平儿到那边屋里,只见堆着半炕东西。平儿一一的拿与他瞧着,又说道:"这是昨日你要的青纱一匹,奶奶另外送你一个实地月白纱做里子。这是两个茧绸,做袄儿裙子都好。这包袱里是两匹绸子,年下做件衣裳穿。这是一盒各样内造点心,也有你吃过的,也有没吃过的,拿去摆碟子请客,比你们买的强些。这

> 互赠礼物,有互补之意,没有强调斗争,而是有点和谐。

两条口袋是你昨日装瓜果子的,如今这一个里头装了两斗御田粳米,熬粥是难得的;这一条里是园子里的果子和各样干果子。这一包是八两银子。这都是我们奶奶的。这两包每包五十两,共是一百两,是太太给的,叫你拿去,或者做个小本买卖,或者置几亩地,以后再别求亲靠友的。"说着又悄悄笑道:"这两件袄儿和两条裙子,还有四块包头,一包绒线,可是我送老老的。那衣裳虽是旧的,我也没大很穿,你要弃嫌,我就不敢说了。"

> 果然离不开粥。

平儿说一样,刘老老就念一句佛,已经念了几千佛了;又见平儿也送他这些东西,又如此谦逊,忙笑说道:"姑娘说那里话?这样好东西,我还弃嫌!我便有银子,没处买这样的去呢。只是我怪臊的,收了又不好;不收又辜负了姑娘的心。"平儿笑道:"休说外话,咱们都是自己,我才这样。你放心收了罢,我还和你要东西呢。到年下,你只把你们晒的那个灰条菜干子和豇豆、扁豆、茄子、葫芦条儿,各样干菜带些来,我们这

> 刘老老福从天降,令读者随着领情、雀跃、羡慕。这也投合读者的心理:谁不梦想着幸运呢?
> 狄更斯小说里的人物就常有某种幸运,例如一个乞儿突然成了贵族的继承人。"红"当然是中国式的,不敢那样奢望。

里上上下下都爱吃,这个就算了,别的一概不要,别罔费了心。"刘老老千恩万谢的答应了。平儿道:"你只管睡你的去,我替你收拾妥当了,就放在这里,明儿一早打发小厮们雇辆车装上,不用你费一点心的。"刘老老越发感激不尽,过来又千恩万谢的辞了凤姐儿,过贾母这边睡了一夜。次早梳洗了,就要告辞。因贾母欠安,众人都过来请安,出去传请大夫。一时婆子回:"大夫来了。"老嬷嬷请贾母进幔子去坐,贾母道:"我也老了,那里养不出那阿物儿来?还怕他不成!不用放幔子,就这样瞧罢。"众婆子听了,便拿过一张小桌子来,放下一个小枕头,便命人请。

> 贾母确实算得个"想得开"的人。

　　一时只见贾珍、贾琏、贾蓉三个人将王太医领来。王太医不敢走甬路,只走旁阶,跟着贾珍到了台阶上,早有两个婆子在两边打起帘子,两个婆子在前引导进去,又见宝玉迎了出来。只见贾母穿着青绉绸一斗珠的羊皮褂子,端坐在榻上;两边四个未留头的小丫鬟,都拿着蝇刷漱盂等物;又有五六个老嬷嬷雁翅摆在两边;碧纱橱后,隐隐约约有许多穿红着绿、戴宝插金的人。王太医便不敢抬头,忙上来请了安。贾母见他穿着六品服色,便知是御医了,含笑问:"供奉好?"因问贾珍:"这位供奉贵姓?"贾珍等忙回:"姓王。"贾母笑道:"当日太医院正堂有个王君效,好脉息。"王太医忙躬身低头含笑,因说:"那是晚生家叔祖。"贾母听了笑道:"原来这样,也算是世交了。"一面说,一面慢慢的伸手放在小枕头上。嬷嬷端着一张小杌子,放在小桌前面,略偏些。王太医便屈一膝坐下,歪着头诊了半日,又诊了那只手,忙欠身低头退出。贾母笑

> 从与老老一起在园内耍到生病看病,有时间的顺序,但并无情理的必然,《红楼梦》的叙事线索若隐若现。

> 应对举止阵式,都写得极像那么回事。

说:"劳动了。珍儿让出去,好生看茶。"

贾珍、贾琏等忙答应了几个"是",复领王太医到外书房中。王太医说:"太夫人并无别症,偶感一点风寒,究竟不用吃药,不过略清淡些,常暖着一点儿,就好了。如今写个方子在这里,若老人家爱吃,便按方煎一剂吃;若懒怠吃,也就罢了。"说着,吃茶,写了方子。刚要告辞,只见奶子抱了大姐儿出来,笑说:"王老爷也瞧瞧我们姐儿。"王太医听说,忙起身就奶子怀中,左手托着大姐儿的手,右手诊了一诊,又摸了一摸头,又叫伸出舌头来瞧瞧,笑道:"我说着姐儿又骂我了,只是要清清净净的饿两顿就好了。不必吃煎药,我送点丸药来,临睡时用姜汤研开吃下去就是了。"说毕,告辞而去。贾珍等拿了药方来回明贾母原故,将药方放在案上出去,不在话下。这里王夫人和李纨、凤姐儿、宝钗姐妹等,见大夫出去,方从橱后出来。王夫人略坐一坐,也回房去了。

刘老老见无事,方上来和贾母告辞。贾母说:"闲了再来。"又命鸳鸯来:"好生打发刘老老出去。我身上不好,不能送你。"刘老老道了谢,又作辞,方同鸳鸯出来。到了下房,鸳鸯指炕上一个包袱说道:"这是老太太的几件衣裳,都是往年间生日节下众人孝敬的。老太太从不穿人家做的,收着也可惜,却是一次也没穿过的,昨日叫我拿出两套儿送你带去,或送人,或自己家里穿罢。别见笑,这盒子里是你要的面果子。这包儿里是你前儿说的药,梅花点舌丹也有,紫金锭也有,活络丹也有,催生保命丹也有;每一样是一张方子包着,总包在里头了。这是两个荷包,带着玩罢。"说着,便抽开系子,掏出两个

> 既无大病,便宜说得从容随意些。
> 不要因为人家找你看病就卖弄起来。

> 尤为至理名言。"红"对儿科学亦有贡献焉。
> 评点者有言:人类历来面临两类问题,饿出来的与撑出来的。

> 这种交代似无多大意思,只是更像一切实有其事。

> 在在细节,处处真实,事事具体,笔笔不漏。

> 以药品作礼物馈赠,不知是不是中国文化的独有。

"笔锭如意"的锞子来与他瞧,又笑道:"荷包拿去,这个留下给我罢。"

刘老老已喜出望外,早又念了几千佛,听鸳鸯如此说,便说道:"姑娘只管留下罢了。"鸳鸯见他信以为真,笑着仍与他装上,说道:"哄你玩呢,我有好些呢。留着年下给小孩子们罢。"说着,只见一个小丫头拿着个成窑钟子来,递给刘老老,说:"这是宝二爷给你的。"刘老老道:"这是那里说起?我那一世修来的,今儿这样。"说着便接了过来。鸳鸯道:"前儿我叫你洗澡,换的衣裳是我的,你不弃嫌,我还有几件也送你罢。"刘老老又忙道谢。鸳鸯果然又拿出几件来,给他包好。刘老老又要到园中辞谢宝玉和众姊妹王夫人等去,鸳鸯道:"不用去了。他们这会子也不见人,回来我替你说罢。闲了再来。"又命了一个老婆子,吩咐他:"二门上叫两个小厮来,帮着老老拿了东西送去。"婆子答应了。又和刘老老到了凤姐儿那边,一并拿了东西,在角门上命小厮们搬了出去,直送刘老老上车去了,不在话下。

> 哪一世修来?修成了神、佛、菩萨?最后帮助了败落后的贾家人丁。天将降大任于斯人也。或曰:吉人自有天相。刘老老者,吉人也。

且说宝钗等吃过早饭,又往贾母处问安,回园至分路之处,宝钗便叫黛玉道:"颦儿,跟我来,有一句话问你。"黛玉便同了宝钗来至蘅芜院中,进了房,宝钗便坐了,笑道:"你跪下,我要审你。"黛玉不解何故,因笑道:"你瞧,宝丫头疯了!审问我什么?"宝钗冷笑道:"好个千金小姐!好个不出闺门的女孩儿!满嘴里说的是什么?你只实说便罢。"黛玉不解,只管发笑,心里也不免疑惑起来,口里只说:"我何曾说什么?你不过要捏我的错儿罢了。你倒说出来我听

> 曹雪芹未必懂得或赞成"卑贱者最聪明"的毛泽东名言,但他安排的这个最穷最没文化最与环境不协调的人确实很聪明,而且有福气,福大命大——例如比极端轻视她的妙玉黛玉命大多了。
> 不知这是否透露一点雪芹的民本主义、民粹主义观念萌芽。

宝钗的这一番谈话,在彼时彼景,只能说是好意,严肃亲切,现身说法,利己利人。
宝钗也是过来人,她说自己原也是淘气的……更有说服力。
不必大惊小怪。更不必生活里比宝钗世故圆滑庸俗得多,而又大骂宝钗的"封建"。正如不必一面做着扼杀性灵的事一面大捧黛玉的"叛逆"。

听。"宝钗笑道:"你还装憨儿。昨儿行酒令,你说的是什么?我竟不知是那里来的。"黛玉一想,方想起来昨儿失于检点,那《牡丹亭》《西厢记》说了两句,不觉红了脸,便上来搂着宝钗笑道:"好姐姐,原是我不知道,随口说的。你教给我,再不说了。"宝钗笑道:"我也不知道,听你说的怪生的,所以请教你。"黛玉道:"好姐姐,你别说与别人,我以后再不说了。"

正因为宝钗知道那两句是哪里来的,这会儿才说是"不知是那里来的"。

这近乎一种有原则的关心,与人为善的批评教育,为了你而与你斗争。诚乎?伪乎?反正宝钗已经胜了一筹。

宝钗见他羞的满脸飞红,满口央告,便不肯再往下追问,因拉他坐下吃茶,款款的告诉他道:"你当我是谁?我也是个淘气的,从小儿七八岁上,也够个人缠的。我们家也算是个读书人家,祖父手里也极爱藏书。先时人口多,姊妹弟兄也在一处,都怕看正经书。弟兄们也有爱诗的,也有爱词的,诸如这些《西厢记》《琵琶》以及《元人百种》,无所不有。他们背着我们偷看,我们也背着他们偷看。后来大人知道了,打的打,骂的骂,烧的烧,丢开了。所以咱们女孩儿家不认字的倒好。男人们读书不明理,尚且不如不读书的好,何况你我?连作诗写字等事,这也不是你我分内之事,究竟也不是男人分内之事。男人们读书明理,辅国治民,这更好了,只是如今并听不见有这样的人,读了书,倒更坏了。这并不是书误了他,可惜他把书遭塌了,所以竟不如耕种买卖,倒没有什么大害处。至于你我,只该做些针线纺绩的事才是,偏又认得几个字,既认得了字,不过拣那正经书看也罢了,

禁书自来有。禁书的魅力自来有。禁得自欺欺人自来有。反正还是要禁自来有。终于自律自禁(其实也就不劳禁了)自来有。
自古就有"文化安全"的考虑。

读书而不明理,不如不读,其实是至理名言!但要看谁来衡量。

"读书有害(至少是无益或者叫做无用)论","红"已有之。

耕种买卖无大害,讲得好!(可以想见四方皆害的被害包围情状。)

最怕见些杂书,移了性情,就不可救了。"一夕话,说的黛玉垂头吃茶,心下暗服,只有答应"是"的一字。忽见素云进来说:"我们奶奶请二位姑娘商议要紧的事呢。二姑娘、三姑娘、四姑娘、史姑娘、宝二爷,都等着呢。"宝钗道:"又是什么事?"黛玉道:"咱们到了那里就知道了。"说着,便和宝钗往稻香村来,果见众人都在那里。

李纨见了他两个,笑道:"社还没起,就有脱滑儿的了,四丫头要告一年的假呢。"黛玉笑道:"都是老太太昨儿一句话,又叫他画什么园子图儿,惹得他乐得告假了。"探春笑道:"也别怪老太太,都是刘老老一句话。"黛玉忙笑接道:"可是呢,都是他的一句话。他是那一门子的老老?直叫他是个'母蝗虫'就是了。"说着,大家都笑起来。宝钗笑道:"世上的话,到了凤丫头嘴里也就尽了。幸而凤丫头不认得字,不大通,不过一概是市俗取笑。更有颦儿这促狭嘴,他用《春秋》的法子,把市俗的粗话,撮其要,删其繁,再加润色,比方出来,一句是一句。这'母蝗虫'三字,把昨儿那些形景都现出来了。亏他想的倒也快。"众人听了,都笑道:"你这一注解,也就不在他两个以下了。"

李纨道:"我请你们大家商议,给他多少日子的假?我给了他一个月的假,他嫌少,你们怎么说?"黛玉道:"论理,一年也不多,这园子盖才盖了一年,如今要画,自然得二年的工夫呢。又要研墨,又要蘸笔,又要铺纸,又要着颜色,又要……"刚说到这里,黛玉也自掌不住,笑道:"又要照着这样儿慢慢的画,可不得二年的工夫?"众人听了,都拍手笑个不住。宝钗笑道:"有趣!最妙落后一句是'慢慢的画'。他可不

读杂书而不可救,险矣哉,吓死人了。

生活故事,难免分岔,而这是会影响可读性的。真实性与可读性,小说家要掌握这一平衡。

黛玉何苦对贾母、凤姐都不讨厌的刘老老如此"促狭"?似亦有伏笔在焉。

黛玉这样耍贫嘴,不多见,说明她已与环境融合,却未面对生死攸关的爱情。

有了体面、荣华、福贵、家业,须要通过文艺使之永远保留。刘老老与贾母对这种文艺功能的认识是一致的。这是全民认知。

画去,怎么就有了呢?所以昨儿那些笑话儿虽然可笑,回想是没味的。你们细想,颦儿这几句话,虽没什么,回想却有滋味。我倒笑的动不得了。"惜春道:"都是宝姐姐赞的他越发逞强,这会子又拿我取笑儿。"黛玉忙拉他笑道:"我且问你,还是单画这园子呢,还是连我们众人都画在上头呢?"惜春道:"原是只画这园子的。昨儿老太太又说:'单画园子,成个房样子了。'叫连人都画上,就像行乐似的才好。我又不会这工细楼台,又不会画人物,又不好驳回,正为这个为难呢。"黛玉道:"人物还容易,你草虫上不能。"李纨道:"你又说不通的话了。这个上头那里又用的着草虫?或者翎毛倒要点缀一两样儿。"黛玉笑道:"别的草虫不画罢了,昨儿的'母蝗虫'不画上,岂不缺了典!"众人听了,又都笑起来。黛玉一面笑的两手捧着胸口,一面说道:"你快画罢,我连题跋都有了,起了名字,就叫做'携蝗大嚼图'。"

> 老太太对绘画的指导言之成理,可见艺术不能至上。

> 一而再,再而三,不依不饶,穷追猛打。

众人听了,越发哄然大笑的前仰后合。只听"咕咚"一声响,不知什么倒了,急忙看,原来是湘云伏在椅子背儿上,那椅子原不曾放稳,被他全身伏着背子大笑,他又不防,两下里错了笋,向东一歪,连人带椅子都歪倒了。幸有板壁挡住,不曾落地。众人一见,越发笑个不住。宝玉忙赶上去扶住了起来,方渐渐止了笑。宝玉和黛玉使个眼色儿,黛玉会意,便走至里间,将镜袱揭起,照了照,只见两鬓略松了些,忙开了李纨的妆奁,拿出抿子来,对镜抿了两抿,仍旧收拾好了,方出来指着李纨道:"这是叫你带着我们做针线、教道理呢,你反招了我们来大玩大笑的。"李纨笑道:"你们听他这刁话。他领着头

> 嘲笑与挖苦比自己活得艰难的人,竟如此使小姐们开心。

> 宝玉的体贴,有失男子气。

儿闹，引着人笑了，倒赖我的不是。真真恨的我只保佑你明儿得一个利害婆婆，再得几个千刁万恶的大姑子、小姑子，试试你那会子还这么刁不刁了。"

> 虽是玩笑，却是要害。

黛玉早红了脸，拉着宝钗说："咱们放他一年的假罢。"宝钗道："我有一句公道话，你们听听。藕丫头虽会画，不过是几笔写意；如今画这园子，非离了肚子里头有些丘壑的，如何成画？这园子却是像画儿一般，山石树木，楼阁房屋，远近疏密，也不多，也不少，恰恰的是这样。你若照样儿往纸上一画，是必不能讨好的。这要看纸的地步远近，该多该少，分主分宾，该添的要添，该藏该减的要藏要减，该露的要露，这一起了稿子，再端详斟酌，方成一幅图样。第二件，这些楼台房舍，是必要界划的。一点儿不留神，栏杆也歪了，柱子也塌了，门窗也倒竖过来，阶砌也离了缝，甚至桌子挤到墙里头去，花盆放在帘子上来，岂不倒成了一张笑话儿了。第三，要安插人物，也要有疏密，有高低。衣褶裙带，指手足步，最是要紧；一笔不细，不是肿了手，就是瘸了脚，染脸撕发，倒是小事。依我看来，竟难的很。如今一年的假也太多，一月的假也太少，竟给他半年的假；再派了宝兄弟帮着他。并不是为宝兄弟知道教着他画，——那就更误了事；为的是有不知道的，或难安插的，宝兄弟好拿出去问问那会画的相公们，就容易了。"

> 薛宝钗的画论，当即是曹公画论。真真百科全书也。

> 薛氏画论，大致也是忠于现实，高于现实。

宝玉听了，先喜的说："这话极是。詹子亮的工细楼台就极好，程日兴的美人是绝技，如今就问他们去。"宝钗道："我说你是'无事忙'，说了一声，你就问他去，也等着商议定了再去。如今且说拿什么画？"宝玉道："家里有雪浪纸，又大,又托墨。"宝钗冷笑道:"我说你不中用!那雪浪纸,写字,画写意画儿,或是会山水的画南宋山水,托墨,禁得皴染;拿了画这个,又不托色,又难烘,画也不好,纸也可惜。我教给你一个法子:原先盖这园子就有一张细致图样,虽是画工描的,那地步方向是不错的。你和太太要了出来,也比着那纸大小,和凤丫头要一块重绢,交给外边相公们,叫他照着这图样删补着立了稿子,添了人物,就是了。就是配着些青绿颜色,并泥金泥银,也得他们配去。你们也得另拢上风炉子,预备化胶、出胶、洗笔。还得一个粉油大案,铺上毡子。你们那些碟子也不全,笔也不全,都从新再弄一分儿才好。"

> 宝钗的务实,表现在方方面面。

> 工艺方面、技术安排方面也是面面俱到。

惜春道:"我何曾有这些画器?不过随手的笔画画罢了。就是颜色,只有赭石、广花、藤黄、胭脂这四样。再有不过是两支着色的笔就完了。"宝钗道:"你何不早说?这些东西我却还有,只是你用不着,给你也白放着。如今我且替你收着,等你用着这个的时候我送你些。也只可留着画扇子,若画这大幅的,也就可惜了。今儿替你开个单子,照着单子和老太太要去。你们也未必知道的全,我说着,宝兄弟写。"宝玉早已预备下笔砚了,原怕记不清白,要写了记着,听宝钗如此说,喜的提笔起来静听。宝钗说道:"头号排笔四支,二号排笔四支,三号排笔四支,大染四支,中染四支,小染四支,大南蟹爪十支,小蟹爪十支,须眉十支,大着色二十支,小着色二十支,开面十支,柳条二十支,箭头朱四两,南赭四两,石黄四两,石青四两,石绿四两,管黄四两,广花八两,铅粉四匣,胭脂十帖,大赤飞金二百帖,青金二百帖,广匀胶四两,净矾四两,矾绢

> 画器与颜色。

> 这种"数字化"、清单化的描写,也可纳入长篇小说,目的是使小说更不像小说而像百科全书。《三国演义》中的"木牛流马"制作数据也是这个意思。

居然把画器清单也写入了小说。与(中药)药方、烹调程序一样,成为一个鸿篇巨制的小说的组成部分。这种做法增添了"红"的知识性和真切性。

清单、药方都不是艺术,问题是,长篇小说这种艺术形式不可能纯而又纯,试想,一部一百余万字的长篇,如果篇篇抒情,页页绘景,反而令人疲劳而难以卒读。

此亦文无定法一例。

> 的胶矾在外,别管他们,只把绢交出去,叫他们矾去。这些颜色,咱们淘澄飞跌着,又玩了,又使了,包你一辈子都够使了。再要顶细绢箩四个,粗箩二个,担笔四支,大小乳钵四个,大粗碗二十个,五寸碟子十个,三寸粗白碟子二十个,风炉两个,沙锅大小四个,新磁缸二口,新水桶四只,一尺长白布口袋四个,浮炭二十斤,柳木炭一二斤,三屉木箱一个,实地纱一丈,生姜二两,酱半斤。"黛玉忙笑道:"铁锅一口,铁铲一个。"

薛宝钗何等内行!其实是曹公何等内行!
明细如此,更显逼真。

> 宝钗道:"这做什么?"黛玉道:"你要生姜和酱这些作料,我替你要铁锅来,好炒颜色吃啊。"众人都笑起来。宝钗笑道:"颦儿,你知道什么!那粗磁碟子保不住不上火烤,不拿姜汁子和酱预先抹在底子上烤过,一经了火,是要炸的。"众人听说,都道:"原来如此。"黛玉又看了一回单子,笑着拉探春,悄悄的道:"你瞧瞧,画个画儿,又要起这些水缸箱子来,想必糊涂了,把他的嫁妆单子也写上了。"探春听了,笑个不住,说道:"宝姐姐,你还不拧他的嘴?你问问他编派你的话。"宝钗笑道:"不用问,'狗嘴里还有象牙不成'!"一面说,一面走上来,把黛玉按在炕上,便要拧他的脸。黛玉笑着,忙央告道:"好姐姐,饶了我罢!颦儿年纪小,只知说,不知道轻重,做姐姐的教导我。姐姐不饶我,我还求谁去呢?"众人不知话内有因,都笑道:"说的好可怜见儿

细及于此,近乎炫耀。

话里有话,倒也巧。

的,连我们也软了,饶了他罢。"

宝钗原是和他玩的,忽听他又拉扯上前番说他胡看杂书的话,便不好再和他闹了,放起他来。黛玉笑道:"到底是姐姐,要是我,再不饶人的。"宝钗笑指他道:"怪不得老太太疼你,众人爱你;今儿我也怪疼你的了。过来,我替你把头发笼笼罢。"黛玉果然转过身来,宝钗用手笼上去,宝玉在旁看着,只觉更好,不觉后悔:"不该令他抿上鬓去,也该留着,此时叫他替他抿上去。"正自胡想,只见宝钗说道:"写完了,明儿回老太太去。若家里有的就罢;若没有的,就拿些钱去买了来,我帮着你们配。"宝玉忙收了单子。

大家又说了一回闲话。至晚饭后,又往贾母处来请安。贾母原没有大病,不过是劳乏了,兼着了些凉,温存了一日,又吃了一两剂药,发散了发散,至晚也就好了。不知次日又有何话,下回分解。

> 连续几回写得都相当舒缓。

> 不能只看到她们性格旨趣不同与成为"情敌"的一面,而看不到她们确实也有过友好亲切的交流与相处。

> 宝玉的"胡想"天真无赖。

> 病了,没什么,又好了,这种描写如果不是《红楼梦》中,纯属废话。

宝钗以体己、代为掩护的态度与符合主流的观念令黛玉折服,宝钗行事,中正和平,无懈可击。黛玉感激,自然而然,不能不感激。

贾母倡议并主持作画记乐,惜春执行,众人也都有好意见参与,有点领导、群众、专家三结合的意思。

第四十三回

闲取乐偶攒金庆寿　不了情暂撮土为香

话说王夫人因见贾母那日在大观园不过着了些风寒，不是什么大病，请医生吃了两剂药也就好了，命凤姐来，吩咐他预备给贾政带送东西。正商议着，只见贾母打发人来叫，王夫人忙引着凤姐儿过来。王夫人又请问："这会子可又觉大安些？"贾母道："今日可大好了。方才你们送来野鸡崽子汤，我尝了一尝，倒有味儿，又吃了两块肉，心里很受用。"王夫人笑道："这是凤丫头孝敬老太太的，算他的孝心虔，不枉了素日老太太疼他。"贾母点头笑道："难为他想着。若是还有生的，再炸上两块，咸浸浸的，喝粥有味儿。那汤虽好，就只不对稀饭。"凤姐听了，连忙答应，命人去厨房传话。

这里贾母又向王夫人笑道："我打发人找你来，不为别的。初二日是凤丫头的生日，上两年我原早想着替他做生日，偏到跟前又有大事，就混过去了。今年人又齐全，料着又没事，咱们大家好生乐一日。"王夫人笑道："我也想着呢。既是老太太高兴，何不就商议定了？"贾母笑道："想我往年不拘谁做生日，都是各自送各自的礼，这个也俗了，也觉太生分似的。今儿我出个新法子，又不生分，又可取乐。"王夫人忙道："老太太怎么想着好，就是怎么样行。"贾母笑道：

	日常生活的情调，也是小说的非小说化写法。
	王夫人不忘为自己的内侄女儿美言。
	又是吃粥。
	贾母出面，何等不凡。一方面，固然是"大家好生乐一日"，锦上添花，花上着锦。另一方面，反映了对于王夫人——王熙凤的二王权力运作机制的支持和肯定。这也有拉上大家支持效忠王王体制的意思。

"我想着,咱们也学那小家子,大家凑分子,多少尽着这钱去办。你道好不好?"王夫人道:"这个很好,但不知怎么凑法?"

贾母听说,一发高兴起来,忙遣人去请薛姨妈邢夫人等,又叫请姑娘们并宝玉,那府里贾珍的媳妇并赖大家的,及有些头脸管事的媳妇也都叫了来。众丫头婆子见贾母十分高兴,也都高兴,忙忙的各自分头去请的请,传的传。没顿饭的工夫,老的、少的、上的、下的,乌压压挤了一屋子。只薛姨妈和贾母对坐,邢夫人王夫人只坐在房门前两张椅子上,宝钗姊妹等五六个人坐在炕上,宝玉坐在贾母怀前,底下满满的站了一地。贾母忙命拿几张小杌子来,给赖大母亲等几个高年有体面的嬷嬷坐了。贾府风俗:年高伏侍过父母的家人,比年轻的主子还有体面,所以尤氏凤姐儿等只管地下站着,那赖大的母亲等三四个老嬷嬷告了罪,都坐在小杌子上了。

贾母笑着把方才一夕话说与众人听了。众人谁不凑这趣儿;再也有和凤姐儿好,有情愿这样的;也有畏惧凤姐儿,巴不得奉承的:况且都是拿得出来的,所以一闻此言,都欣然应诺。贾母先道:"我出二十两。"薛姨妈笑道:"我随着老太太,也是二十两。"邢夫人王夫人笑道:"我们不敢和老太太并肩,自然矮一等,每人十六两罢了。"尤氏李纨也笑道:"我们自然又矮一等,每人十二两罢。"贾母忙和李纨道:"你寡妇失业的,那里还拉你出这个钱,我替你出了罢。"凤姐忙笑道:"老太太别高兴,且算一算账再揽事。老太太身上已有两分呢,这会子又替大嫂子出十六两,说着高兴,一会子回想又心疼了。过后

	岂止是宝玉无事忙,贾府要人无事忙的人头多了!
	此亦笼络人心一法。
	情愿也是情愿,畏惧也是情愿,"自愿"云云,原是靠不住的。
	贾府的财政,人人事事都有分例,略尽计划经济,同时保留了个人自发活动的空间、小自由的空间。

由贾母亲自召集最高层的广泛协商,为凤姐过生日,实是凤姐事业与生活的一个高峰。到了最高峰,也就每况愈下了。

儿又说:'都是为凤丫头花了钱。'使个巧法子,哄着我拿出三四倍子来暗里补上,我还做梦呢。"说的众人都笑了。贾母笑道:"依你怎么样呢?"凤姐笑道:"生日没到,我这会子已经折受的不受用了。我一个钱也不出,惊动这些人,实在不安,不如大嫂子这分我替他出了罢。我到那一日多吃些东西,就享了福了。"邢夫人等听了,都说:"很是。"贾母方允了。

  凤姐儿又笑道:"我还有一句话呢,我想老祖宗自己二十两,又有林妹妹宝兄弟的两分子;姨妈自己二十两,又有宝妹妹的一分子:这倒也公道。只是二位太太每位十六两,自己又少,又不替人出,这有些不公道。老祖宗吃了亏了。"贾母听了,呵呵大笑道:"到底是我的凤丫头向着我,这说的很是。要不是你,我叫他们又哄了去了。"凤姐笑道:"老祖宗只把他哥儿两个交给两位太太,一位占一个罢,派每位替出一分就是了。"贾母忙说:"这很公道,就是这样。"赖大的母亲忙站起来笑道:"这可反了!我替二位太太生气。在那边是儿子媳妇,在这边是内侄女儿,倒不向着婆婆姑姑,倒向着别人,这儿媳妇倒成了陌路人,'内'侄女儿竟成了'外'侄女儿了。"说的贾母与众人都大笑起来了。赖大之母因又问道:"少奶奶们十二两,我们自然也该矮一等了。"贾母听说,道:"这使不得,你们虽该矮一等,我知道你们这几个都是财主,位虽低些,钱却比他们多的。你们和他们一例才使得。"众嬷嬷听了,连忙答应。贾母又道:"姑娘们不过应

诸事都要妥帖合理。

讨好巴结,也要心细如发,算计周全,起码表面上合情合理合法合算。

说话要善于迎合上意,这大约是全民的文化共识。

此话正为开脱王王。拉上邢夫人垫话儿,表现王熙凤并不徇情自己的姑姑王夫人,而是大公无私,公事公办。赖大母亲深得三昧,话说到了贾母——王夫人——凤姐的心坎上。

这里的利益分配消息很重要。赖大之母等人属于"奴隶贵族",大致道理与资本主义社会的"工人贵族"阶层相似。

吃了又吃,玩了又玩,热闹了又热闹。真是过不完的好日子。

却又是寄生、无聊、无意义、重复……越是红火,越是显示了往后的衰微悲凉。

个景儿,每人照一个月的月例就是了。"又回头叫:"鸳鸯,来,你们也凑几个人,商议凑了来。"鸳鸯答应着,去不多时,带了平儿、袭人、彩霞等,还有几个丫头来,也有二两的,也有一两的。

贾母因问平儿:"你难道不替你主子做生日,还入在这里头?"平儿笑道:"我那个私自另外的有了,这是公中的,也该出一分。"贾母笑道:"这才是好孩子。"凤姐又笑道:"上下都全了。还有二位姨奶奶,他出不出,也问一声儿。尽到他们是理,不然,他们只当小看了他们了。"贾母听说,忙说:"可是呢,怎么倒忘了他们? 只怕他们不得闲儿,叫一个丫头问问去。"说着,早有丫头去了。半日回来说道:"每位也出二两。"贾母喜道:"拿笔砚来算明,共记多少。"尤氏因悄骂凤姐道:"我把你这没足够的小蹄子! 这么些婆婆姊子来凑银子给你做生日,你还不足,又拉上两个苦瓠子做什么?"凤姐也悄笑道:"你少胡说! 一会子离了这里,我才和你算帐。他们两个为什么苦呢? 有了钱,也是白填还别人,不如拘了来,咱们乐。"

说着,早已合算了,共凑了一百五十两有余。贾母道:"一天戏酒用不了。"尤氏道:"既不请客,酒席又不多,两三日的用度都够了。头等,戏不用钱,省在这上头。"贾母道:"凤丫头说那一班好,就传那一班。"凤姐道:"咱们家的班子都听熟了,倒是花几个钱叫一班来听听罢。"贾母道:"这件事我交给珍哥媳妇了,越发叫凤丫头别操一点心,受用一日才算。"尤氏答应着,

这里也有公私之辨。

偏偏不忘让痛恨凤姐的赵姨娘来为凤姐过生日,而且摆出尊重赵团结赵的姿态,这种政治性行事方式颇有特色。初看是风度,再一想,厉害! 也许不无恶作剧的戏谑心。

这里有两套语言谱系,大面上的与私下的。

不仅是"乐"。反正你也得效忠。

看来贾府内部仍然实行某种程度的经济核算、货币结算,并非一切行政调拨。

又说了一回话,都知贾母乏了,才渐渐的散出来。

尤氏等送出邢夫人王夫人二人散去,他往凤姐房里来,商议怎么办生日的话。凤姐儿道:"你不用问我,你只看老太太的眼色儿行事就完了。"尤氏笑道:"你这阿物儿,也忒行了大运了。我当有什么事叫我们去,原来单为这个。出了钱不算,还要我操心。你怎么谢我?"凤姐笑道:"别扯臊!我又没叫你来,谢你什么!你怕操心,你这会子就回老太太去,再派一个就是了。"尤氏笑道:"你瞧他,兴的这个样儿!我劝你收着些儿好,太满了就出来了。"二人又说了一回方散。

与尤氏还是"过得着"的。

得宠得宠,其甜无穷!

话是如此说,谁又能在兴头上及时收缩呢?或者可以换一个说法,得尽欢时且尽欢,当缩手时自缩手!

次日,将银子送到宁国府来,尤氏方才起来梳洗,因问:"是谁送过来的?"丫头们回说:"林妈。"尤氏便命:"叫了他来。"丫头们走至下房,叫了林之孝家的过来。尤氏命他脚踏上坐了,一面忙着梳洗,一面问他:"这一包银子共多少?"林之孝家的回说:"这是我们底下人的银子,凑了先送过来。老太太和太太们的还没有呢。"正说着,丫头们回说:"那府里太太和姨太太打发人送分子来了。"尤氏笑骂道:"小蹄子!专会记得这些没要紧的话。昨儿不过老太太一时高兴,故意的要学那小家子凑分子,你们就记得,到了你们嘴里当正经的说,还不快接了进来,好生待茶,再打发他们去。"丫头们笑着忙接银子进来,一共两封,连宝钗、黛玉的都有了。尤氏问:"还少谁的?"林之孝家的道:"还少老太太、太太、姑娘们的,我们底下姑娘们的。"尤氏道:"还有你们大奶奶的呢?"林之孝家的道:"奶奶过去,这银子都从二奶奶手里发,一共都

"凑分子"云云,语词太平民化了。
老太太可以"平民化",小蹄子岂可将主子平民化!

有了。"

说着,尤氏梳洗了,命人伺候车辆。一时来至荣府,先来见凤姐,只见凤姐已将银子封好,正要送去。尤氏问:"都齐了么?"凤姐笑道:"都有了。快拿去罢,丢了我不管。"尤氏笑道:"我有些信不及,倒要当面点一点。"说着,果然按数一点,只没有李纨的一分。尤氏笑道:"我说你闹鬼呢!怎么你大嫂子的没有?"凤姐笑道:"那么些还不够?就短一分儿也罢了。等不够了,我再找给你。"尤氏道:"昨儿你在人跟前做人,今儿又来和我赖,这个断然不依你!我只和老太太要去。"凤姐笑道:"我看你利害,明儿有了事,我也'丁是丁,卯是卯'的,你也别抱怨。"尤氏笑道:"你一股儿不给也罢,不看你素日孝敬我,我本来依你么?"说着,把平儿的一分子拿了出来,说道:"平儿,来,把你的收了去,等不够了,我替你添上。"平儿会意,笑说道:"奶奶先使着,若剩了下来,再赏我一样。"尤氏笑道:"只许你主子作弊,就不许我作情儿?"平儿只得收了。

尤氏又道:"我看着你主子这么细致,弄这些钱,那里使去?使不了,明儿带了棺材里使去。"一面说着,一面又往贾母处来。先请了安,大概说了两句话,便走到鸳鸯房中,和鸳鸯商议,只听鸳鸯的主意行事,何以讨贾母喜欢。二人计议妥当。尤氏临走时,也把鸳鸯的二两银子还他,说:"这还使不了呢。"说着,一径出来,又至王夫人跟前说了一回话,因王夫人进了佛堂,把彩云的一分也还了他。凤姐儿不在跟前,一时把周赵二人的也还了。他两个还不敢收,尤氏道:"你们可怜见的,那里有这些闲钱?凤丫头便知道了,有我应着呢。"二人听说,千恩万

小小不言之处,也要搞点"腐败"。

这里的"做人",今称"做人情"。

当面是一套,背后另是一套。尤氏这一点权,也要以权做情,搞"猫腻"。不怨赵姨娘等对凤姐等掌权者恨之入骨。都知道这是明白话。问题是,敛财本是手段,手段本身成了目的。敛财的欲望、乐趣便大大超过了对于财物本身的需要限度。

这叫做全面腐败。

尤氏的行事方法自有特点。知其恶,行其善。
尤氏的做事与说话都很有水平,可惜此后便再无表现了。

谢的收了。

转眼已是九月初二日,园中人都打听得尤氏办得十分热闹,不但有戏,连耍百戏并说书的女先儿全有,都打点着取乐玩耍。李纨又向众姐妹道:"今儿是正经社日,可别忘了。宝玉也不来,想必他只图热闹,把清雅就丢了。"说着,便命丫头:"去瞧做什么呢,快请了来。"丫头去了半日,回说:"花大姐姐说:'今儿一早就出门去了。'"众人听了都诧异,说:"再没有出门之理。这丫头糊涂,不知说话。"因又命翠墨去。一时翠墨回来,说:"可不真出门了。说有个朋友死了,出去探丧去了。"探春道:"断然没有的事。凭他什么,再没有今日出门之理。你叫袭人来,我问他。"

刚说着,只见袭人走来,李纨等都说道:"今儿凭他有什么事,也不该出门:头一件,你二奶奶的生日,老太太都这么高兴,两府上下众人来凑热闹,他倒走了?第二件,又是头一社的正日子,他也不告假,就私自去了!"袭人叹道:"昨儿晚上就说了,今儿一早有要紧的事,到北静王府里去,就赶回来的,劝他不要去,他必不依。今儿一早起来,又要素衣穿着,想必是北静王府的要紧姬妾没了,也未可知。"李纨等道:"若果如此,也该去走走,只是也该回来了。"说着,大家又商议:"咱们只管作诗,等他来罚他。"刚说着,只见贾母已打发人来请,便都往前头去了。袭人回明宝玉的事,贾母不乐,便命人接去。

原来宝玉心里有件心事,于头一日就吩咐焙茗:"明日一早出门,备两匹马在后门口等着,不要别一个跟着。说给李贵,我往北府里去了。

袭人能在这样的日子不派另外的跟随,不请示报告就放宝玉走,实辜负了王夫人对她的信任与特加津贴。恐不是袭人的疏忽(这样的事她岂有可能疏忽),而是小说情节安排的需要,曹公硬着头皮让袭人疏忽一次。当然也有另外的可能,袭人默许默契宝玉去祭金钏,袭人在王夫人的要求与宝玉的任性当中自然要搞好平衡。真得罪了宝玉,也影响她的前途。果如是,"袭人姐姐"倒也可爱。

倘或要有人找,叫他拦住不用找,只说北府里留下了,横竖就来的。"焙茗也摸不着头脑,只得依言说了;今儿一早,果然备了两匹马,在园后门等着。天亮了,只见宝玉遍体纯素,从角门出来,一语不发,跨上马,一弯腰,顺着街就趱下去了。焙茗也只得跨上马,加鞭赶上,在后面忙问:"往那里去?"宝玉道:"这条路是往那里去的?"焙茗道:"这是出北门的大道,出去了冷清清,没有可玩的。"宝玉听说,点头道:"正要冷清清的地方好。"说着,越发加了两鞭,那马早已转了两个弯子,出了城门。

> 宝玉此举有些个性,表现了特立独行,也表现了并不绝对服从贾府的规则秩序。更表现了他对一个婢女的生命的尊重。

焙茗越发不得主意,只得紧紧的跟着。一气跑了七八里路出来,人烟渐渐稀少,宝玉方勒住马,回头问焙茗道:"这里可有卖香的?"焙茗道:"香倒有,不知是那一样?"宝玉想道:"别的香不好,须得檀、芸、降三样。"焙茗笑道:"这三样可难得。"宝玉为难。焙茗见他为难,因问道:"要香做什么使?我见二爷时常有的小荷包儿有散香,何不找一找?"一句提醒了宝玉,便回手——衣襟上挂着个荷包——摸了一摸,竟有两星沉速,心内欢喜:"只是不恭些。"再想:"自己亲身带的,倒比买的又好些。"于是又问炉炭,焙茗道:"这可罢了,荒郊野外,那里有?既用这些,何不早说,带了来,岂不便宜?"宝玉道:"糊涂东西!若可带了来,又不这样没命的跑了。"

> 情而仪式,仪式而庶物化,文化培养着也梳理着情感,人化情化最后成了文化。

焙茗想了半日,笑道:"我得了个主意,不知二爷心下如何?我想来二爷不止用这个呢,只怕还要用别的,这也不是事;如今我们就往前再走二里地,就是水仙庵了。"宝玉听了,忙问:"水仙庵就在这里?更好了!我们就去。"说着就加鞭前行,一面回头向焙茗道:"这水仙庵的姑子

> 焙茗很得力。

长往咱们家去,这一去到那里和他借香炉使使,他自然是肯的。"焙茗道:"别说是咱们家的香火,就是平白不认识的庙里,和他借,他也不敢驳回。只是一件,我常见二爷最厌这水仙庵的,如何今儿又这样喜欢了?"宝玉道:"我素日最恨俗人不知原故混供神,混盖庙。这都是当日有钱的老公们和那些有钱的愚妇们,听见有个神,就盖起庙来供着,也不知那神是何人,因听些野史小说,便信真了。比如这水仙庵里面,因供的是洛神,故名水仙庵。殊不知古来并没有个洛神,那原是曹子建的谎话,谁知这起愚人就塑像供着。今儿却合我的心事,故借他一用。"

　　说着早已来至门前。那老姑子见宝玉来了,事出意外,竟像天上掉下个活龙来的一般,忙上来问好,命老道来接马。宝玉进去,也不拜洛神之像,却只管赏鉴;虽是泥塑的,却真有那"翩若惊鸿,婉若游龙"之态,"荷出绿波,日映朝霞"之姿。宝玉不觉滴下泪来。老姑子献了茶,宝玉因和他借香炉烧香。那姑子去了半日,连香供纸马都预备了来。宝玉一概不用。命焙茗捧着炉,出至后园中,拣一块干净地方儿,竟拣不出。焙茗道:"那井台上如何?"宝玉点头。一齐来至井台上,将炉放下,焙茗站过一旁。

　　宝玉掏出香来焚上,含泪施了半礼,回身命收了去。焙茗答应,且不收,忙爬下磕了几个头,口内祝道:"我焙茗跟二爷这几年,二爷的心事,我没有不知道的,只有今儿这一祭祀,没有告诉我,我也不敢问。只是受祭的阴魂,虽不知名姓,想来自然是那人间有一、天上无双的极聪敏极清雅的一位姐姐妹妹了。二爷的心事不能出口,让我代祝你:你若有灵有圣,我们二爷这

> 每件小事都流露着牛气。

> 这些议论都很清醒。

> "借他一用",讲得好。庙宇云云,"借来"抒发排遣人的思念或祝愿,这是实情。只这样说未免太清醒,太难以安慰自己了。"上帝死了"。

> 作为审美对象而不是崇拜对象,洛神自有魅力。

> 宝玉也需要有一个寄托自己的私人空间,而寻找这样一个空间是何等困难!
> 也是一种"道德完成"。毫无实践内涵的自我道德完成。

> 一次闹书房,一次祭奠,焙茗也有点灵气了。也算近朱者赤。
> 本来很凄清、很伤感的一节,加上焙茗一闹,又变成了喜剧了。
> 也算哀而不伤。
> 也算间离效果。
> 也是缺少大的悲剧与悲剧意识的一种表现。

样想着你,你也时常来望候望候二爷,未尝不可;你在阴间,保佑二爷来生也变个女孩儿,和你们一处玩耍,岂不两下里都有趣了。"说毕,又磕了几个头,才爬起来。宝玉听他没说完,便掌不住笑了。因踢他道:"休胡说,看人听见笑话。"焙茗起来,收过香炉,和宝玉走着,因道:"我已经合姑子说了,二爷还没用饭,叫他收拾了些东西,二爷勉强吃些。我知道今儿里头大排筵宴,热闹非常,二爷为此才躲了来的。横竖在这里清净一天,也就尽乐了;要不吃东西,断使不得。"宝玉道:"戏酒既不吃,这随便的吃些何妨。"焙茗道:"这才是。还有一说,咱们来了,必有人不放心。若没有人不放心,便晚晚进城何妨?若有人不放心,二爷须得进城回家去才是。第一老太太、太太也放了心;第二礼也尽了,不过如此。就是家去了,看戏吃酒,也并不是爷有意,原不过陪着父母尽孝道。若单为了这个,不顾老太太、太太悬心,就是方才那受祭的阴魂也不安生。二爷想,我这话如何?"宝玉笑道:"你的意思我猜着了:你想着只你一个跟了我出来,回来你怕担不是,所以拿这大题目来劝我。我才来了,不过为尽个礼,再去吃酒看戏,并没说一日不进城。这已完了心愿,赶着进城,大家放心岂不两尽其道。"焙茗道:"这更好。"说着二人来至禅堂,果然那姑子收拾了一桌素菜。

　　宝玉胡乱吃了些,焙茗也吃了,二人便上马,仍回旧路。焙茗在后面,只嘱咐:"二爷好生骑着。这马总没大骑,手提紧着些。"一面说着,早已进了城,仍从后门进去,忙忙来至怡红院

喜清净者可救可恕。

焙茗的中庸之道,何等合乎分寸而又照顾周到,入情入理,十分好听。简直算得上"思想工作"了。

这也是中庸,这也是机变,这也是灵活处理,中国人这方面的功夫,深了!

两尽其道——宝玉的中庸之道。
宝玉的行为仍然是有分寸的,不出大格。只是某些言论(如对于"文死谏武死战"的抨击)过激,某些生活小节过于任性。
此外,他哪里敢叛逆谁?他骨子里仍然是顺民孝子。

这一节对展示宝玉的性格极为重要。一边是生日的乐上加乐,一边是对死者的悲悼和愧悔。一边是上下同庆的红火,一边是悄然独去的凄清。一边是计划安排"有组织有领导",一边是漫无目的,四顾茫茫。一边是大张旗鼓,鸡飞狗跳,一边是偷偷摸摸,遮遮掩掩。怎样鲜明而又令人惆怅的对比!宝玉毕竟有自己的精神世界,自己的痛苦,自己的难言之隐。客观上,他用这种最软弱无力的形式抵抗着王王体制,控诉着乃母对金钏的残酷迫害,厌倦着家里的锦上花、花上锦的空虚享乐的生活。但宝玉又离不开贾(母)—王—王体制,享受着这个家。所以他的反抗极为消极软弱,简直是自欺欺人。

中。袭人等都不在屋中,只有几个老婆子看屋子,见他来了,都喜的眉开眼笑,道:"阿弥陀佛,可来了!没把花姑娘急疯了呢!上头正坐席呢,二爷快去罢。"宝玉听说,忙将素衣脱了,自己找了颜色吉服换上,便问道:"都在什么地方坐席呢?"老婆子们回道:"在新盖的大花厅上呢。"

宝玉听了,一径往花厅上来,耳内早隐隐闻得箫管歌吹之声。刚到穿堂那边,只见玉钏儿独坐在廊檐下垂泪,一见宝玉来了,便长出了一口气,咂着嘴儿说道:"嗳,凤凰来了!快进去罢。再一会子不来,可就都反了。"宝玉陪笑道:"你猜我往那里去了?"玉钏儿把身一扭,也不理他,只管拭泪。宝玉只得怏怏的进去了,到了花厅上,见了贾母王夫人等,众人真如得了"凤凰"一般。贾母先问道:"你往那里去了,这早晚才来?还不给你姐姐行礼去呢!"因笑着又向凤姐儿道:"你兄弟不知好歹。就有要紧的事,怎么也不说一声儿,就私自跑了,这还了得!明儿再这样,等你老子回家,必告诉他打你。"凤姐儿笑着道:"行礼倒是小事,宝兄弟明儿断不可不言语一声儿,也不传人跟着,就出去。街上车马多,头一件叫人不放心;再,也不像咱们这样人家出门的规矩。"

> 仍未说破,小小悬念。

> 不准"私自",同时连最受宠的宝玉也需要"私自",只能先斩后奏,而且必须奏假欺"君"。

宝玉远热闹而独冷清,令人感动。宝玉的形象大为改善了。也算众人皆醉我独醒。有至情至性者常常不能合俗。此节亦有一种暗示的意味,可以看作宝玉逃离红尘的预演。

　　这里贾母又骂跟的人:"为什么都听他的话,说往那里去就去了,也不回一声儿!"一面又问他:"到底是往那里去了?可吃了些什么没有?唬着了没有?"宝玉只回说:"北静王的一个爱妾没了,今日给他道恼去。我见他哭的那样,不好撇下他就回来,所以多等了会子。"贾母道:"以后再私自出门,不先告诉我,一定叫你老子打你。"宝玉连忙答应着。贾母又要打跟的人,众人又劝道:"老太太也不必生气了,他已经答应不敢了,况且回来又没事,大家该放心乐一会子了。"

早想好了的瞎话。世界上有矛盾,有内心矛盾又有弱者,便有救命的瞎话了。

　　贾母先不放心,自然着急发狠,今见宝玉回来,喜且有余,那里还恨,也就不提了。还怕他不受用,或者别处没吃饭,路上着了惊恐,反又百般的哄他。袭人早已过来伏侍,大家仍旧看戏。当日演的是《荆钗记》,贾母薛姨妈等都看的心酸落泪,也有笑的,也有恨的,也有骂的。要知端底,下回分解。

重个案,而不重制度。

　　你的生日,他的祭日,这就是人生。这样的宝玉,居然还想向玉钏报功,可爱,可怜,又不免可耻!

第四十四回

变生不测凤姐泼醋　喜出望外平儿理妆

话说众人看演《荆钗记》,宝玉和姊妹一处坐着,林黛玉因看到《男祭》这出上,便和宝钗说道:"这王十朋也不通的很,不管在那里祭一祭罢了,必定跑到江边上来做什么!俗语说,'睹物思人',天下的水总归一源,不拘那里的水舀一碗,看着哭去,也就尽情了。"宝钗不答。宝玉回头要热酒敬凤姐。原来贾母说,今日不比往日,定要教凤姐痛乐一日;本自己懒怠坐席,只在里间屋里榻上歪着,和薛姨妈看戏,随心爱吃的拣几样放在小几上,随意吃着说话儿。将自己两桌席面,赏那没有席面的大小丫头并那应着差听差的妇人等,命他们在窗外廊檐下,也只管坐着随意吃喝,不必拘礼。王夫人和邢夫人在地下高桌上坐着,外面几席是他们姊妹们坐。贾母不时盼咐尤氏等:"让凤丫头坐上面,你们好生替我待东,难为他一年到头辛苦。"尤氏答应了,又笑回道:"他说坐不惯首席,坐在上头,横不是竖不是的,酒也不肯吃。"贾母听了,笑着:"你不会,等我亲自让他去。"凤姐儿忙也进来笑说:"老祖宗别信他们的话,我吃了好几钟了。"贾母笑着,命尤氏:"快拉他出去,按在椅子上,你们都轮流敬他;他再不吃,我当真的就亲自去了。"

> 黛玉也完全了解,故出语讽劝。
> 黛玉见解高超,但不切实。
> 宝钗则非礼勿闻。非礼勿言。

> 宠到何等地步。
> 令人联想到历史上的一些宠臣——多半下场并不美妙。

尤氏听说,忙笑着又拉他出来坐下,命人拿了台盏,斟了酒,笑道:"一年到头,难为你孝顺老太太、太太和我。我今儿没什么疼你的,亲自斟酒。我的乖乖,你在我手里喝一口罢。"凤姐儿笑道:"你要安心孝敬我,跪下,我就喝。"尤氏笑道:"说的你不知是谁! 我告诉你说罢,好容易今儿这一遭,过了后儿,知道还得像今儿这样的不得了? 趁着尽力灌两钟子罢。"凤姐儿见推不过,只得喝了两钟。接着众姐妹也来,凤姐也只得每人的喝一口。赖大妈妈见贾母尚且这等高兴,也少不得来凑趣儿,领着些嬷嬷们也来敬酒。凤姐儿也难推脱,只得喝了两口。鸳鸯等也都来敬,凤姐儿真不能了,忙央告道:"好姐姐们,饶了我罢,我明儿再喝罢。"鸳鸯笑道:"真个的,我们是没脸的了? 就是我们在太太跟前,太太还赏个脸儿呢。往常倒有些体面,今儿当着这些人,倒做起主子的款儿来了。我原不该来,不喝,我们就走。"说着真个回去了。凤姐儿忙忙拉住,笑道:"好姐姐,我喝就是了。"说着拿过酒来,满满的斟了一杯喝干,鸳鸯方笑了散去。

然后又入席,凤姐儿自觉酒沉了,心里突突的往上撞,要往家去歇歇,只见那耍百戏的上来,便和尤氏说:"预备赏钱,我要洗洗脸去。"尤氏点头,凤姐儿瞅人不防,便出了席,往房门后檐下走来。平儿留心,也忙跟了来,凤姐便扶着他。才至穿廊下,只见他房里的一个小丫头子,正在那里站着,见他两个来了,回身就跑。凤姐儿便疑心忙叫;那丫头先只装听不见,无奈后面连声儿叫,也只得回来。凤姐儿越发起了疑心,忙和平儿进了穿廊,叫那小丫头子也进来,把槅扇开了,凤姐坐在小院子的台阶上,命那丫头子

这里用"乖乖"一词,竟与英语的昵称"baby"完全一致。这二人的调笑几乎有同性恋的味道。

也是谶语。也是好景不长,今朝有酒今朝醉的流行颓废思想。

闹酒劝酒,与今天一样。好处是大观园还有更多的文化娱乐活动。

从当权的角度看,鸳鸯也是"主流派"人士,故而说话不凡。

百戏,杂技,要啥有啥。

跪了,喝命平儿:"叫两个二门上的小厮来,拿绳子鞭子,把眼睛里没主子的小蹄子打烂了!"

> 出口不凡,知道暴力的重要。

那小丫头子已经吓的魂飞魄散,哭着只管碰头求饶。凤姐儿问道:"我又不是鬼,你见了我,不识规矩站住,怎么倒往前跑?"小丫头子哭道:"我原没看见奶奶来,我又记挂着屋里无人,所以跑了。"凤姐儿道:"屋里既没人,谁叫你又来的?你便没看见,我和平儿在后头扯着脖子叫了你十来声,越叫越跑。离的又不远,你聋子不成?你还和我强嘴!"说着,便扬手一掌,打在脸上,打的那小丫头子一栽;这边脸上又一下,登时小丫头子两腮紫胀起来。平儿忙劝:"奶奶仔细手疼。"凤姐便说:"你再打着问他跑什么。他再不说,把嘴撕烂了他的!"

> 规矩的背景是绳子与鞭子。

> 起掌神速,敢于下手,是个有作为的。

那小丫头子先还强嘴,后来听见凤姐儿要烧了红烙铁来烙嘴,方哭道:"二爷在家里,打发我来这里瞧着奶奶的,要见奶奶散了,先叫我送信去的。不承望奶奶这会子就来。"凤姐儿见话中有文章,便又问道:"叫你瞧着我做什么?难道怕我家去不成?必有别的原故,快告诉我,我从此以后疼你。你要不细说,立刻拿刀子来割你的肉!"说着,回头向头上拔下一根簪子来,向那丫头嘴上乱戳,吓的那丫头一行躲,一行哭求道:"我告诉奶奶,可别说我说的。"平儿一旁劝,一面催他,叫他快说。丫头便说道:"二爷也是才来,来了就开箱子,拿了两块银子,还有两支簪子,两匹缎子,叫我悄悄的送与鲍二的老婆去。叫他进来。他收了东西,就往咱们屋里来了。二爷叫我瞧着奶奶,底下的事,我就不知道了。"

> 肉刑传统。

> 不动手,讲文明,问得出实情来吗?所以说,"百无一用是书生"。

凤姐听了,已气的浑身发软,忙立起身来,

一径来家。刚至院门,只见有一个小丫头在门前探头儿,一见了凤姐,也缩头就跑。凤姐儿提着名字喝住,那丫头本来伶俐,见躲不过了,越发的跑了出来,笑道:"我正要告诉奶奶去呢,可巧奶奶来了。"凤姐道:"告诉我什么?"那丫头便说:"二爷在家……"这般如此,将方才的话也说了一遍。凤姐啐道:"你早做什么了?这会子我看见你了,你来推干净儿!"说着,扬手一下,打的那丫头一个趔趄,便蹑脚儿走了。

又是一掌。对这样的"两面派",倒也该打。

凤姐来至窗前,往里听时,只听里头说笑道:"多早晚你那阎王老婆死了就好了。"贾琏道:"他死了,再娶一个也这样,又怎么样呢?"那妇人道:"他死了,你倒是把平儿扶了正,只怕还好些。"贾琏道:"如今连平儿他也不叫我沾一沾了。平儿也是一肚子委屈,不敢说。我命里怎么就该犯了'夜叉星'!"凤姐听了,气的浑身乱战。又听他们都赞平儿,便疑平儿素日背地里自然也有怨语了。那酒越发涌上来了,也并不忖夺,回身把平儿先打两下。一脚踢开了门进去,也不容分说,抓着鲍二家的撕打一顿。又怕贾琏走出去,便堵着门站着骂道:"好娼妇!你偷主子汉子,还要治死主子老婆!平儿,过来!你们娼妇们一条藤儿多嫌着我,外面儿你哄我!"说着,又把平儿打了几下。打的平儿有冤无处诉,只气得干哭。骂道:"你们做这些没脸的事,好好的又拉上我做什么!"说着,也把鲍二家的撕打起来。

叫做"听窗根",已是专门语词。

这些关节写得何等严密,何等精彩。

平儿是已臻化境的高级奴才,仍逃不掉挨打的命!把平儿先打两下,这才有了热闹。否则,只和鲍二家的闹闹,有什么意思?

平儿只能找更可怜的鲍二家的出气。

"红"中平儿一切言谈行事,"臻于至善",唯打鲍二家的一节,令人摇头。为平儿计,不如咬牙不语。因为她这一打,暴露了她的卑贱的奴才性格。挨了凤姐的打,还要打别人以讨好凤姐。

贾琏也因吃多了酒,进来高兴,未曾做的机密,一见凤姐来了,已没了主意。又见平儿也闹起来,把酒也气上来了。凤姐儿打鲍二家的,他已又气又愧,只不好说的;今见平儿也打,便上来踢骂道:"好娼妇!你也动手打人!"平儿气怯,忙住了手,哭道:"你们背地里说话,为什么拉我呢?"凤姐见平儿怕贾琏,越发气了,又赶上来打着平儿,偏叫打鲍二家的。平儿急了,便跑出来找刀子要寻死。外面众婆子丫头忙拦住解劝。这里凤姐见平儿寻死去,便一头撞在贾琏怀里,叫道:"你们一条藤儿害我,被我听见,倒都唬起我来。你也勒死我罢!"贾琏气的墙上拔出剑来,说道:"不用寻死,我真急了,一齐杀了,我偿了命,大家干净!"正闹的不开交,只见尤氏等一群人来了,说:"这是怎么说?才好好的,就闹起来。"贾琏见了人,越发"倚酒三分醉",逞起威风来,故意要杀凤姐儿。凤姐儿见人来了,便不似先前那般泼了,丢下众人,便哭着往贾母那边跑。

　　此时戏已散了,凤姐跑到贾母跟前,爬在贾母怀里,只说:"老祖宗救我!琏二爷要杀我呢。"贾母、邢夫人、王夫人等忙问:"怎么了?"凤姐儿哭道:"我才家去换衣裳,不防琏二爷在家和人说话,我只当是有客来了,唬的我不敢进去;在窗户外头听了一听,原来是鲍二家的媳妇,商议说我利害,要拿毒药给我吃了,治死我,把平儿扶了正。我原生了气,又不敢和他吵,原打了平儿两下,问他为什么害我。他臊了,就要杀我。"贾母听了,都信以为真,说:"这还了得!快拿了那下流种子来!"

　　一语未完,只见贾琏拿着剑赶来,后面许多人跟着。贾琏仗着贾母素昔疼他们,连母亲婶母也无碍,故逞强闹了来。邢夫人王夫人见了,气的忙拦住骂道:"这下流东西!你越发反了,老太太在这里呢!"贾琏乜斜着眼道:"都是

偏叫平儿去打,不惜把平儿夹在当中受罪,实是一种阴毒。

其实她也不敢正面与贾琏争斗。

拔剑云云,本是英雄气概,却被"解构"了。

比"戏"还戏。

信口一说就是一个版本。激怒如此,思绪应对不乱,真"人才"也。

老太太惯的他,他才这样。连我也骂起来了!"邢夫人气的夺下剑来,只管喝他:"快出去!"那贾琏撒娇撒痴,涎言涎语的,还只乱说。贾母气的说道:"我知道你不把我们放在眼里,叫人把他老子叫来,看他去不去?"贾琏听见这话,方趔趄着脚儿出去了。赌气也不往家去,便往外书房来。

> 家庭纠纷,动辄成为乱仗、烂仗,呈现出四面着火,八方生烟的阵势。

这里邢夫人王夫人也说凤姐,贾母道:"什么要紧的事!小孩子们年轻,馋嘴猫儿似的,那里保的住不这么着?从小儿是人都打这么过的。都是我的不是,叫你多吃了两口酒,又吃起醋来了。"说的众人都笑了。贾母又道:"你放心,明儿我叫他来,替你赔不是,你今儿别过去臊着他。"因又骂:"平儿那蹄子,素日我倒看他好,怎么暗地里这么坏!"尤氏等笑道:"平儿没有不是,是凤姐拿着人家出气。两口子不好,对打,都拿着平儿煞性子;平儿委屈的什么儿似的,老太太还骂人家。"贾母道:"原来这样。我说那孩子倒不像那狐媚魇道的。既这么着,可怜见的,白受他的气。"因叫:"琥珀,来,你去告诉平儿,就说我的话:我知道他受了委屈,明儿我叫他主子来替他赔不是。今儿是他主子的好日子,不许他胡恼。"

> 封建道德的虚伪性。实际上另是一套。

> 尤氏何等公道。
> 也有利害考虑,归根结底,平儿是"倒"不了的,这次的事件是偶然事件,切不可人云亦云,落井下石。美言几句,有利于宁府荣府两边主流派的和睦关系。

> 贾母倒也能听得进去意见。

原来平儿早被李纨拉入大观园去了。平儿哭的哽噎难言,宝钗劝道:"你是个明白人,你们奶奶素日何等待你,今儿不过他多吃了一口酒,他可不拿你出气,难道拿别人出气不成?别人又笑话他是假的了。"正说着,只见琥珀走来,说了贾母的话,平儿自觉面上有了光辉,方才渐渐的好了,也不往前头来。宝钗等歇息了一回,方来看贾母凤姐。

> 充当主子出气对象,是奴才的任务,更是奴才的脸面。如此,宝钗才问:"难道拿别人出气不成?"意为:别人还不够资格呢。

宝玉便让了平儿到怡红院中来，袭人忙接着，笑道："我先原要让你的，只因大奶奶和姑娘们都让你，我就不好让的了。"平儿也陪笑说："多谢。"因又说道："好好儿的，从那里说起！无缘无故白受了一场气。"袭人笑道："二奶奶素日待你好，这不过是一时气急了。"平儿道："二奶奶倒没说的，只是那娼妇治的我，他又偏拿我凑趣儿！还有我们那糊涂爷，倒打我。"说着，便又委屈，禁不住泪流下来。宝玉忙劝道："好姐姐，别伤心，我替他两个赔个不是罢。"平儿笑道："与你什么相干？"宝玉笑道："我们兄弟姊妹都一样。他们得罪了人，我替他赔个不是，也是应该的。"又道："可惜这新衣裳也沾了，这里有你花妹妹的衣裳，何不换了下来，拿些个烧酒喷了，熨一熨，把头也另梳一梳。"一面说，一面吩咐了小丫头子们："舀洗脸水，烧熨斗来。"

> 二奶奶没说的，事关平儿的立身行事之本，忠于凤，是基本原则，不论受了什么委屈，一句"没说的"就罢了。

> 宝玉的体贴、无事忙，近乎可笑，仍然不失天真可爱。

平儿素昔只闻人说宝玉专能和女孩们接交，宝玉素日因平儿是贾琏的爱妾，又是凤姐儿的心腹，故不肯和他厮近，因不能尽心，也常为恨事。平儿如今见他这般，心中也暗暗的敁敠："果然话不虚传，色色想的周到。"又见袭人特特的开了箱子，拿出两件不大穿的衣服，忙来洗了脸；宝玉一旁笑劝道："姐姐还该擦上些脂粉，不然，倒像是和凤姐姐赌气了似的。况且又是他的好日子，而且老太太又打发了人来安慰你。"平儿听了有理，便去找粉，只不见粉。宝玉忙走至妆台前，将一个宣窑磁盒揭开，里面盛着一排十根玉簪花棒儿，拈了一根，递与平儿，又笑说道："这不是铅粉，这是紫茉莉花种研碎了，对上料制的。"平儿倒在掌上看时，果见轻、白、红、香，四样俱美；扑在面上，也容易匀净，且能润

> 宝玉插的这一杠子令人好笑。令人又觉意外，又觉意中，又觉宝玉无聊没出息，又觉在这种时候平儿得一宝玉"伏侍"安慰一番也好。否则，偌大一个贾府，哪里还有体贴女性特别是女奴的主子？

> 作者借此写粉论粉。然后是论胭脂。

泽,不像别的粉涩滞。然后看见胭脂,也不是一张,却是一个小小的白玉盒子,里面盛着一盒,如玫瑰膏子一样。宝玉笑道:"那市上卖的胭脂不干净,颜色也薄,这是上好的胭脂拧出汁子来,淘澄净了,配了花露蒸成的。只要细簪子挑一点儿,抹在唇上,足够了;用一点水化开,抹在手心里,就够拍脸的了。"平儿依言妆饰,果见鲜艳异常,且又甜香满颊。宝玉又将盆内开的一支并蒂秋蕙用竹剪刀铰了下来,替他簪在鬓上。忽见李纨打发丫头来唤他,方忙忙的去了。

> 一定程度的性变态是宝玉性格特点的一个组成部分。这当然与他的处境有关,与他的消极颓废的人生观有关,也与贾府的总体状况有关——颇多年轻貌美聪明清俊上等的女孩子,而这些女孩子又处于"风刀霜剑严相逼"的境况中。但性变态毕竟是一种生理状况,不能全部以社会原因解释之。

宝玉因自来从不曾在平儿前尽过心,且平儿又是个极聪明、极清俊的上等女孩儿,比不得那起俗拙蠢物,深为怨恨。今日是金钏儿生日,故一日不乐。不想落后闹出这件事来,竟得在平儿前稍尽片心,也算今生意中不想之乐。因歪在床上,心内怡然自得。忽又思及:"贾琏惟知以淫乐悦己,并不知作养脂粉。"又思:"平儿并无父母兄弟姊妹,独自一人,供应贾琏夫妇二人,贾琏之俗,凤姐之威,他竟能周全妥贴,今儿还遭荼毒,也就薄命的很了。"想到此间,便又伤感起来。复又起身,见方才的衣裳上喷的酒已半干,便拿熨斗熨了,叠好;见他的手帕子忘去,上面犹有泪痕,又搁在盆中,洗了晾上。又喜又悲,闷了一回,也往稻香村来。说一回闲话,掌灯后方散。

> 聪明清俊与俗拙蠢物之辨,这大概该算是"女儿学"发凡了。

> 怜香惜玉,无所不至。

平儿就在李纨处歇了一夜,凤姐儿只跟着贾母睡。贾琏晚间归房,冷清清的,又不好去叫,只得胡乱睡了一夜。次日醒了,想昨日之事,大没意思,后悔不来。邢夫人惦记着昨日贾琏醉了,忙一早过来,叫了贾琏过贾母这边来。贾琏只得忍愧前来,在贾母面前跪下。贾母问

> 由于有贾母在上在先,也由于贾琏实在输了理,邢夫人这次是完全为凤姐做主的。是不是真心站在凤姐这一边呢?

他:"怎么了?"贾琏忙陪笑说:"昨儿原是吃了酒,惊了老太太的驾,今儿来领罪。"贾母啐道:"下流东西!灌了黄汤,不说安分守己的挺尸去,倒打起老婆来了!凤丫头成日家说嘴,霸王似的一个人,昨儿唬的可怜。要不是我,你要伤了他的命,这会子怎么样?"贾琏一肚子的委屈,不敢分辩,只认不是。贾母又道:"凤丫头和平儿还不是个美人胎子?你还不足?成日家偷鸡摸狗,腥的臭的,都拉了你屋里去。为这起娼妇打老婆,又打屋里的人,你还亏是大家子的公子出身,活打了嘴。你若眼睛里有我,你起来,我饶了你,乖乖的替你媳妇赔个不是儿,拉了他家去,我就喜欢了。要不然,你只管出去,我也不敢受你的跪。"

贾琏听如此说,又见凤姐儿站在那边,也不盛妆,哭的眼睛肿着,也不施脂粉,黄黄脸儿,比往常更觉可怜可爱,想着:"不如赔了不是,彼此也好了,又讨老太太的喜欢。"想毕,便笑道:"老太太的话我不敢不依,只是越发纵了他了。"贾母笑道:"胡说!我知道他最有礼的,再不会冲撞人。他日后得罪了你,我自然也做主,叫你降伏就是了。"

贾琏听说,爬起来,便与凤姐儿作了一个揖,笑道:"原是我的不是,二奶奶别生气了。"满屋里的人都笑了。贾母笑道:"凤丫头,不许恼了。再恼,我就恼了。"说着,又命人去叫了平儿来,命凤姐儿和贾琏安慰平儿。贾琏见了平儿,越发顾不得了,所谓"妻不如妾",听贾母一说,便赶上来说道:"姑娘昨日受了屈了,都是我的不是;奶奶得罪了你,也是因我而起。我赔了不是不算外,还替你奶奶赔个不是。"说着,也作了

这次为凤姐说了话,留没留下后遗症——例如记下了一笔账,更嫌厌凤了呢?那就要往下细细地看了。

家庭关系:孝悌谦和,孔孟之道,弗洛伊德,敏感神经,礼数讲究,财政利益,纵横捭阖,阳谋阴谋,动心动情,伤肝伤肺,哭哭笑笑,卿卿我我,一应俱全。

黄黄脸儿,更觉可怜可爱,这种写法别致。通常"黄脸婆"可不是褒语。

这种心理反映一种男子霸权主义的心态。他们喜欢的是弱者。

公正,公平,公开。

所谓拿肉麻当有趣,拿恶心当有趣,"红"已有之。

连续三次盛宴与行乐,终于乐极生悲,丑态百出,臭烘烘地闹来,而且闹出了一条人命。物极必反,常极常反,爱莫能助,天道如此,奈何!

一个揖,引的贾母笑了,凤姐儿也笑了。

贾母又命凤姐来安慰平儿,平儿忙走上来给凤姐儿磕头,说:"奶奶的千秋,我惹了奶奶生气,是我该死。"凤姐儿正自愧悔昨日酒吃多了,不念素日之情,浮躁起来,听了旁人话,无故给平儿没脸;今反见他如此,又是惭愧,又是心酸,忙一把拉起来,落下泪来。平儿道:"我伏侍了奶奶这么几年,也没弹我一指甲;就是昨儿打我,我也不怨奶奶,都是那娼妇治的,怨不得奶奶生气。"说着,也滴下泪来了。贾母便命人:"将他三人送回房去。有一个再提此话,即刻来回我,我不管是谁,拿拐棍子给他一顿。"三个人从新给贾母、邢王二位夫人磕了头,老嬷嬷答应了,送他三人回去。

主奴之义,也能感动得人落泪。哪怕最腐朽的道德观念,也能引发出一种动人的激情,甚至是颇具崇高感的激情。读到这里,我们不是也为凤平的忠主爱奴之情几乎泪下了么——当然我们极厌恶主奴制度。

夫、妻、妾的问题也需要家长主持、管理、介入。中国的家长制真是奥妙无穷,自成格局,(以现代观念看)不可思议而又行之有效。

用不讲理解决矛盾,"红"已有之。

至房中,凤姐儿见无人,方说道:"我怎么像个阎王?又像夜叉?那娼妇咒我死,你也帮着咒我。千日不好,也有一日好。可怜我熬的连个混账女人也不如了,我还有什么脸来过这个日子。"说着,又哭了。贾琏道:"你还不足?你细想想,昨儿谁的不是多?今儿当着人,还是我跪了一跪,又赔不是,你也争足了光了。这会子还唠叨,难道你还叫我替你跪下才罢?太要足了强,也不是好事。"说的凤姐儿无言可对。平儿"嗤"的一声又笑了。贾琏也笑道:"又好了!真真我也没法了。"

人人给凤姐进类似的言。也是"红"的主题、"教育意义"的一个重要内容。

正说着,只见一个媳妇来回说:"鲍二媳妇吊死了。"贾琏凤姐儿都吃了一惊。凤姐忙收了怯色,反喝道:"死了罢了!有什么大惊小怪

忙收怯色,真乃强人。

这也是一种强人观,对旁人之死毫不介意。

的!"一时只见林之孝家的进来,悄回凤姐道:"鲍二媳妇吊死了,他娘家的亲戚要告呢。"凤姐儿冷笑道:"这倒好了,我正想要打官司呢!"林之孝家的道:"我才和众人劝了他们,又威吓了一阵,又许了他几个钱,也就依了。"凤姐儿道:"我没一个钱。有钱也不给,只管叫他告去。也不许劝他,也不用镇吓他,只管让他告去。他告不成,我还问他个'以尸诈讹'呢!"林之孝家的正在为难,见贾琏和他使眼色儿,心下明白,便出来等着。贾琏道:"我出去瞧瞧,看是怎么样。"凤姐儿道:"不许给他钱。"

凤姐的不许给钱,其实也是说说。

贾琏一径出来,和林之孝来商议,着人去做好做歹,许了二百两发送才罢。贾琏生恐有变,又命人去和王子腾说了,将番役仵作人等叫几名来,帮着办丧事。那些人见了如此,纵要复办,亦不敢办,只得忍气吞声罢了。贾琏又命林之孝将那二百银子入在流年账上,分别添补,开消过去。又体己给鲍二些银两,安慰他说:"另日再挑个好媳妇给你。"鲍二又有体面,又有银子,有何不依,便仍然奉承贾琏,不在话下。

自有对策。空子总是有的。

里面凤姐心中虽不安,面上只管佯不理论,因屋中无人,便和平儿笑道:"我昨儿多喝了一口酒,你别埋怨。打了那里?让我瞧瞧。"平儿道:"也没打重。"只听得说:"奶奶姑娘都进来了。"要知后来端底,且看下回分解。

赔礼道歉。

一面是生日派对,一面是下作丑闻;一面是和好胜初,一面是人命一条;一面是古老文明,一面是脏烂无耻。更莫名其妙的是宝玉插一杠子,为获得与平儿亲近机会而喜出望外,在这样的背景下,未免令人不齿。

第四十五回

金兰契互剖金兰语　风雨夕闷制风雨词

话说凤姐儿正抚恤平儿,忽见众姐妹进来,忙让坐了,平儿斟上茶来。凤姐儿笑道:"今儿来的这些人,倒像下帖子请了来的。"探春先笑道:"我们有两件事:一件是我的,一件是四妹妹的,还夹着老太太的话。"凤姐儿笑道:"有什么事,这么要紧?"探春笑道:"我们起了个诗社,头一社就不齐全,众人脸软,所以就乱了例了。我想必得你去做个'监社御史',铁面无私才好。再四妹妹为画园子,用的东西这般那般不全,回了老太太,老太太说:'只怕后头楼底下还有当年剩下的,找一找。若有呢,拿出来;若没有,叫人买去。'"

凤姐儿笑道:"我又不会做什么'湿'的'干'的,要我吃东西去不成?"探春道:"你虽不会做,也不要你做;你只监察着我们里头有偷安怠惰的,该怎么样罚他就是了。"凤姐儿笑道:"你们别哄我,我猜着了:那里是请我做'监察御史'!分明是叫我做个进钱的'铜商'。你们弄什么社,必是要轮流做东道的;你们的钱不够花,想出这个法子来勾了我去,好和我要钱,可是这个主意?"说的众人都笑道:"你却猜着了。"李纨笑道:"真真你是个水晶心肝玻璃人儿。"凤姐笑道:"亏你是个大嫂子呢!姑娘们原叫你带

一件喜事里插入宝玉的祭金钏与凤姐"泼醋"两件极不和谐的事,然后迅速转入诗社雅事,这也堪称"复调"了,这就是生活。生活岂有不复调之理?

大事小事都需要纪检监察。

外行可以领导管理内行。

拉赞助法,"红"已有之。

着念书、学规矩、钱针,俱要教导他们的,这会子起诗社,能用几个钱?你就不管了!老太太、太太罢了,原是老封君,你一个月十两银子的月钱,比我们多两倍子。老太太、太太还说你'寡妇失业'的,可怜,不够用,又有个小子,足足的又添了十两银子,和老太太、太太平等;又给你园子里的地,各人取租子;年终分年例,你又是上上分儿。你娘儿们主子奴才共总没有十个人,吃的穿的仍旧是大官中的。通共算起来,也有四五百银子。这会子你就每年拿出一二百两来陪着他们玩玩,能有几年呢?他们明儿出了阁,难道还要你赔不成?这会子你怕花钱,挑唆他们来闹我,我乐得去吃一个河涸海干,我还不知道呢!"

借此说明了李纨的处境,还是上上的。

这样一个大府第,就像一个行政区一样,用当下的说法,其主管也应是地师级。

李纨笑道:"你们听听,我说了一句,他就说了两车无赖的话,真真泥腿市俗,专会打细算盘、分金掰两的。你这个东西,亏了还托生在诗书大宦人家做小姐,又是这么出了嫁,还是这么着;若生在贫寒小门小户人家,做了小子丫头,还不知怎么下作呢!天下人都被你算计了去!昨儿还打平儿,亏你伸的出手来!那黄汤难道灌丧了狗肚子里去了?气的我只要替平儿打抱不平儿。忖夺了半日,好容易'狗长尾巴尖儿'的好日子,又怕老太太心里不受用,因此没来。究竟气还不平。你今儿倒招我来了,给平儿拾鞋还不要呢!你们两个,很该换一个过儿才是。"说的众人都笑了。

能和凤姐这样平起平坐,亲热随意而又针尖麦芒地说话的人,尤氏与李纨而已。李纨讲得尤亲。这个寡妇并不简单。第一,她也是投靠主流派的。第二,守寡,她占有道德优势,苦行优势。第三,至少从牙口上看,不善。

凤姐忙笑道:"哦,我知道了!竟不是为诗为画来找我,竟是为平儿报仇来了。我竟不知道平儿有你这一位仗腰子的人,可知就像有鬼拉着我的手似的,从今我也不敢打他了。平姑

李纨这样一"骂",起了活血化瘀、化解矛盾、理顺情绪的作用,从根本上有利于主流派的

娘,过来,我当着你大奶奶、姑娘们替你赔个不是,担待我'酒后无德'罢!"说着众人都笑了。李纨笑问平儿道:"如何?我说必要给你争争气才罢。"平儿笑道:"虽如此,奶奶们取笑,我可禁不起呢。"李纨道:"什么'禁的起''禁不起',有我呢!快拿钥匙叫你主子开门找东西去罢。"凤姐儿笑道:"好嫂子,你且同他们回园子里去。才要把这米账合他们算一算,那边大太太又打发人来叫,又不知有什么话说,须得过去走一走。还有你们年下添补的衣服,打点给人做去呢。"李纨笑道:"这些事情我都不管,你只把我的事完了,我好歇着去,省得这些姑娘小姐闹我。"凤姐儿忙笑道:"好嫂子,赏我一点空儿,你是最疼我的,怎么今儿为平儿就不疼我了?往常你还劝我说:'事情虽多,也该保全身子,检点着偷空儿歇歇。'你今儿倒反逼起我的命来了。况且误了别人年下的衣裳无碍,他姐儿们的要误了,却是你的责任。老太太岂不怪你不管闲事,连一句现成的话也不说;我宁可自己落不是,也不敢累你呀。"

李纨笑道:"你们听听,说的好不好?把他会说话的!我且问你,这诗社到底管不管?"凤姐儿笑道:"这是什么话?我不入社花几个钱,我不成了大观园的反叛了么?还想在这里吃饭不成?明日一早就到任,下马拜了印,先放下五十两银子给你们慢慢的做会社东道,过后几天,我又不作诗作文,只不过是个大俗人罢了。'监察'也罢,不'监察'也罢,有了钱了,愁着你们还不撺出我来!"说的众人又都笑起来。

凤姐儿道:"过会子我开了楼房,凡有这些东西,叫人搬出来你们看,若使得,留着使,若少

团结,有利于凤姐平儿的团结,有利于凤姐的管理和根本利益。凤姐正好借此机会在说笑中向平儿赔了不是。

说明李纨、凤姐的默契。凤姐能听得进李纨的"骂",不固执错误,也难能可贵。

日理万机。

凤姐有从众、随和、注意公共关系的这一面。

"大观园的反叛"云云,讲得有味,原来大观园也有个不成文法,谁也违背不得的。

不愁不撺出来,此话明白、深刻、犀利!

什么,照你们单子,我叫人替你们买去就是了,画绢我就裁出来。那图样没有在太太跟前,还在那边珍大爷那里。说给你们,省了太太那边碰钉子去。我去打发人取了来,一并叫人连绢交给相公们矾去,如何?"李纨点头笑道:"这难为你。果然这样还罢了。既如此,咱们家去罢;等着他不送了去,再来闹他。"说着便带了他姐妹们就走。凤姐儿道:"这些事再没别人,都是宝玉生出来的。"李纨听了,忙回身笑道:"正是为宝玉来,反忘了他,头一社是他误了。我们脸软,你说该怎么罚他?"凤姐想了一想,说道:"没有别的法子,只叫他把你们各人屋子里的地罚他扫一遍才好。"

众人都笑道:"这话不差。"说着,才要回去,只见一个小丫头扶了赖嬷嬷进来。凤姐儿等忙站起来,笑道:"大娘坐下。"又都向他道喜。赖嬷嬷向炕沿上坐了,笑道:"我也喜,主子们也喜,若不是主子们的恩典,我这喜从何来?昨儿奶奶又打发彩哥赏东西,我孙子在门上朝上磕了头了。"李纨笑道:"多早晚上任去?"赖嬷嬷叹道:"我那里管他们?由他们去罢!前儿在家里给我磕头,我没好话,我说:'哥儿,别说你是官了,横行霸道的。你今年活了三十岁,虽然是人家奴才,一落娘胎胞,主子的恩典,放你出来,上托着主子的洪福,下托着你老子娘,也是公子哥儿似的,读书写字,也是丫头、老婆、奶子捧凤凰似的,长了这么大,你那里知道那奴才两字是怎么写?只知道享福,也不知你爷爷和你老子受的那苦恼,熬了两三辈子,好容易挣出你这个东西,从小儿三灾八难的,花的银子照样打出你这个银人儿来了。到二十岁上,又蒙主子的恩典,

与前文照应。

"劳动惩罚"。

碰到好事,首先要向上磕头。

奴才的子弟甚至有做官的前程。阶级等级既是森严的,又不是绝对僵死的,才能使奴隶们也觉得忠心地干下去,不无奔头。

许你捐了前程在身上。你看那正根正苗,忍饥挨饿的,要多少?你一个奴才秧子,仔细折了福!如今乐了十年,不知怎么弄神弄鬼,求了主子,又选出来。县官虽小,事情却大,为那一处的官,就是那一方的父母,你不安分守己,尽忠报国,孝敬主子,只怕天也不容你!'"

> 都要进行忆苦教育与艰苦奋斗的传统教育。

> 说得好,实际上未必。

李纨凤姐儿都笑道:"你也多虑。我们看他也就好。先那几年,还进来了两次,这有好几年没来了,年下生日,只见他的名字就罢了。前儿给老太太、太太磕头来,在老太太那院里,见他又穿着新官的服色,倒发的威武了,比先时也胖了。他这一得了官,正该你乐呢,反倒愁起这些来!他不好,还有他的父母呢,你只受用你的就完了。闲时坐个轿子进来,和老太太斗斗牌,说说话儿,谁好意思的委屈了你。家去一般也是楼房厦厅,谁不敬你,自然也是老封君似的了。"

> 驾驭奴才,第一,要有绳子、鞭子,第二,要有新官的服色。

平儿斟上茶来,赖嬷嬷忙站起来道:"姑娘,不管叫那孩子倒来罢了,又生受你。"说着,一面吃茶,一面又道:"奶奶不知道。这小孩子们,全要管的严,饶这么严,他们还偷空儿闹个乱子来,叫大人操心。知道的,说小孩子们淘气;不知道的,人家就说仗着财势欺人,连主子名声也不好。恨的我没法儿,常把他老子叫了来骂一顿,才好些。"因又指宝玉道:"不怕你嫌我,如今老爷不过这么管你一管,老太太就护在头里;当日老爷小时,讨你爷爷打,谁没看见的。老爷小时,何曾像你这么天不怕地不怕的呢!还有那边大老爷,虽然淘气,也没象你这扎窝子的样儿,也是天天打。还有东府里你珍大哥哥的爷爷,那才是'火上浇油'的性子,说声恼了,什么儿子,竟是审贼!如今我眼里看着,耳朵里听

> 赖嬷嬷已是正统教育的体现者与捍卫者,讲起话来也是一腔正气,站稳了忠孝仁义的上风头了。

> 统治阶级需要被统治阶级中忠于自己的人物,并不惜予以厚待。这样的人极有用。
> 不要以为一味顺从和服小就能当好奴才,那是只知其一不知其二。

> 中国教育学的根本:子不教,父之过;教不严,师之惰。

着,那珍大爷管儿子,倒也像当日老祖宗的规矩,只是着三不着两的。他自己也不管一管自己,这些兄弟侄儿怎么怨的不怕他?你心里明白,喜欢我说;不明白,嘴里不好意思,心里不知怎么骂我呢。"

> 敢于批评主子,也是靠正统,同时靠资格、资历。

说着,只见赖大家的来了,接着周瑞家的张材家的都进来回事情。凤姐儿笑道:"媳妇来接婆婆来了。"赖大家的笑道:"不是接他老人家来的,倒是打听打听奶奶姑娘们赏脸不赏脸?"赖嬷嬷听了,笑道:"可是我糊涂了!正经说的话俱不说,且说'陈谷子,烂芝麻'的。因为我们小子选了出来,众亲友要给他贺喜,少不得家里摆个酒。我想摆一日酒,请这个不请那个,也不是;又想了一想,托主子的洪福,想不到的这么荣耀光彩,就倾了家,我也愿意的。因此吩咐了他老子连摆三日酒:头一日,在我们破花园子里摆几席酒,一台戏,请老太太、太太们、奶奶、姑娘们去散一日闷;外头大厅上一台戏,几席酒,请老爷们、爷们增增光;第二日再请亲友;第三日再把我们两府里的伴儿请一请。热闹三天,也是托着主子的洪福一场,光辉光辉。"

> 先讲陈谷子烂芝麻以确认自己已完全归化了主子一边,才好说底下的。

> 男女分开,至今农村犹有此习。

李纨凤姐儿都笑道:"多早晚的日子?我们必去,只怕老太太高兴要去,也定不得。"赖大家的忙道:"择的日子是十四,只看我们奶奶的老脸罢了。"凤姐儿笑道:"别人我不知道,我是一定去的。先说下,我可没有贺礼,也不知道放赏的,吃了一走,可别笑话。"赖大家的笑道:"奶奶说那里话?奶奶一喜欢,赏我们三二万银子就有了。"赖嬷嬷笑道:"我才去请老太太,老太太也说去,可算我这脸还好。"说毕,叮咛了一回,方起身要走,因看见周瑞家的,便想起一事来,

> 何等的面子,何等的"光辉"!

> 除了道义上的认同、支持以外,事实上,还存在主奴利益的共同体。所谓有身份(有资格,如做过正经主子的奶嬷)、有体面、得宠的奴才,他们的利益已依附于主子了。

因说道:"可是还有一句话问奶奶:这周嫂子的儿子,犯了什么不是,撵了他不用?"凤姐儿听了,笑道:"正是我要告诉你媳妇儿呢。事情多,也忘了。赖嫂子回去说给你老头子,两府里不许收留他儿子,叫他各人去罢。"

赖大家的只得答应着。周瑞家的忙跪下央求。赖嬷嬷忙道:"什么事?说给我评评。"凤姐儿道:"前儿我的生日,里头还没吃酒,他小子先醉了。老娘那边送了礼来,他不在外头张罗,倒坐着骂人,礼也不送进来。两个女人进来了,他才带领小么儿们往里抬。小么儿们倒好好的,他拿的一盒子倒失了手,撒了一院子馒头。人去了,我打发彩明去说他,他倒骂了彩明一顿。这样无法无天的忘八羔子,还不撵了做什么!"赖嬷嬷道:"我当什么事情,原来为这个。奶奶听我说:他有不是,打他骂他,使他改过就是了;撵了出去,断乎使不得。他又比不得是咱们家的家生子儿,他现是太太的陪房;奶奶只顾撵他,太太脸上不好看。依我说,奶奶教导他几板子,以戒下次,仍旧留着才是。不看他娘,也看太太。"凤姐儿听了,便向赖大家的说道:"既这样,明儿叫了他来,打他四十棍,以后不许他吃酒。"赖大家的答应了。周瑞家的才磕头起来;又要与赖嬷嬷磕头,赖大家的拉着方罢。然后他三人去了。李纨等也就回园中来。至晚,果然凤姐命人找了许多旧收的画具出来,送至园中。宝钗等选了一回,各色东西,可用的只有一半。将那一半开了单,与凤姐儿去照样置买,不必细说。

一日,外面矾了绢,起了稿子进来,宝玉每

投鼠忌器,打狗看主人,这是传统文化的糟粕。

只要凤姐不发火不丧失理智,她还是好商量好说话的。

四十棍打没打,如何打法,是另外的话。

对奴才也并非为所欲为,必须处理好各种关系。这一点颇可为处在上风头者鉴戒。

事无巨细,皆有交代,是凤姐的细心,也是曹雪芹的写法。

日便在惜春那边帮忙,探春、李纨、迎春、宝钗等也都往那里来闲坐,一则观画,二则便于会面。宝钗因见天气凉爽,夜复渐长,遂至母亲房中商议,打点些针线来。日间至贾母处王夫人处两次省候,不免又承色陪坐;闲时园中姐妹处也要不时闲话一回,故日间不大得闲,每夜灯下女工,必至三更方寝。

其实也是"无事忙"。只要衣食无虞,无事忙的问题就解决不了。

黛玉每岁至春分、秋分之后,必犯旧疾;今秋又遇着贾母高兴,多游玩了两次,未免过劳了神,近日又复嗽起来,觉得比往常又重,所以总不出门,只在自己房中将养。有时闷了,又盼个姐妹来说些闲话排遣;及至宝钗等来望候他,说不得三五句话,又厌烦了。众人都体谅他病中,且素日形体姣弱,禁不得一些委屈,所以他接待不周,礼数疏忽,也都不责他。

认为疾病与时令、节令有关,这是中医学的特色之一。

虽然都不责他,已留下礼数疏忽的不良印象。

这日,宝钗来望他,因说起这病症来,宝钗道:"这里走的几个太医,虽都还好,只是你吃他们的药,总不见效,不如再请一个高手的人来瞧一瞧,治好了岂不好?每年间闹一春一夏,又不老,又不小,成什么,也不是个常法儿。"黛玉道:"不中用。我知道我的病是不能好的了。且别说病,只论好的时候我是怎么个形景儿,就可知了。"宝钗点头道:"可正是这话。古人说,'食谷者生',你素日吃的竟不能添养精神气血,也不是好事。"黛玉叹道:"'生死有命,富贵在天',也不是人力可强求的。今年比往年反觉又重了些似的。"说话之间,已咳嗽了两三次。

病是人生一大苦恼,与生、老、死并列。

宝钗道:"昨儿我看你那药方上,人参肉桂觉得太多了。虽说益气补神,也不宜太热。依我说:先以平肝养胃为要。肝火一平,不能克土,胃气无病,饮食就可以养人了。每日早起,

宝钗不仅做人,论医也是极平和的。"平易近人"四字,原是相当高的境界。

拿上等燕窝一两,冰糖五钱,用银吊子熬出粥来,若吃惯了,比药还强,最是滋阴补气的。"黛玉叹道:"你素日待人,固然是极好的,然我最是个多心的人,只当你有心藏奸。从前日你说看杂书不好,又劝我那些好话,竟大感激你。往日竟是我错了,实在误到如今。细细算来,我母亲去世的时候,又无姐妹兄弟,我长了今年十五岁,竟没一个人像你前日的话教导我。怪不得云丫头说你好,我往日见他赞你,我还不受用,昨儿我亲自经过,才知道了。比如你说了那个,我再不轻放过你的;你竟不介意,反劝我那些话,可知我竟自误了。若不是前日看出来,今日这话,再不对你说。你方才叫我吃燕窝粥的话,虽然燕窝易得,但只我因身子不好了,每年犯了这病,也没什么要紧的去处。请大夫,熬药,人参,肉桂,已经闹了个天翻地覆了,这会子我又兴出新文来,熬什么燕窝粥,老太太、太太、凤姐姐,这三个人便没话说,那些底下老婆子丫头们,未免嫌我太多事了。你看这里这些人,因见老太太多疼了宝玉和凤姐姐两个,他们尚虎视眈眈,背地里言三语四的,何况于我?况我又不是正经主子,原是无依无靠投奔了来的,他们已经多嫌着我呢;如今我还不知进退,何苦叫他们咒我?"

> 竟然当面交心,自我检讨。即使用尽挑剔的毒语,整体上你仍然否定不了宝钗。

> 黛玉为之折服。
> 论者或谓宝钗虚伪:一、或实有虚伪。二、也难说,即使宝钗一百二十分的真诚,也难免虚伪之讥。盖好人难做,谁做了好人谁就要受疑惑。做了好人就收获了人心,就有了效果,就变成了争取人心的手段,客观上变成了无法明其真的"伪"了。所以,刘备、宋江都被认为"伪"。薛蟠、李逵等才被承认其真诚。
> 仁则伪,恶而真,嘻!
> 这也是众人皆知善之为善,斯不善矣。

宝钗道:"这样说,我也是和你一样。"黛玉道:"你如何比我?你又有母亲,又有哥哥;这里又有买卖地土,家里又仍旧有房有地。你不过亲戚的情分,白住在这里,一应大小事情,又不沾他们一文半个,要走就走了。我是一无所有,吃穿用度,一草一木,皆是和他们家的姑娘一样,那起小人岂有不多嫌的?"宝钗笑道:"将来

> 黛玉的这些处境并无具体描写,粗粗一说,亦可想象。
> 一无所有,可怜,却也洒脱。

也不过多费得一副嫁妆罢了,如今也愁不到那里。"黛玉听了,不觉红了脸,笑道:"人家才拿你当个正经人,把心里烦难告诉你听,你反拿我取笑儿。"宝钗笑道:"虽是取笑儿,却也是真话。你放心,我在这里一日,我与你消遣一日。你有什么委屈烦难,只管告诉我,我能解的,自然替你解。我虽有个哥哥,你也是知道的;只有个母亲,比你略强些。咱们也算同病相怜。你也是个明白人,何必作'司马牛之叹'?你才说的也是,'多一事不如省一事'。我明日家去,和妈妈说了,只怕燕窝我们家里还有,与你送几两。每日叫丫头们就熬了,又便宜,又不惊师动众的。"黛玉忙笑道:"东西是小,难得你多情如此。"宝钗道:"这有什么放在嘴里的!只愁我人人跟前失于应候罢了。这会子只怕你烦了,我且去了。"黛玉道:"晚上再来和我说句话儿。"宝钗答应着便去了,不在话下。

女儿最关心的是自家的婚配,最不能提的也是婚配。心口不一,这是一种文化痼疾。

这里黛玉喝了两口稀粥,仍歪在床上。不想日未落时,天就变了,淅淅沥沥下起雨来。秋霖脉脉,阴晴不定,那天渐渐的黄昏,且阴的沉黑,兼着那雨滴竹梢,更觉凄凉。知宝钗不能来,便在灯下随便拿了一本书,却是《乐府杂稿》,有《秋闺怨》、《别离怨》等词。黛玉不觉心有所感,亦不禁发于章句,遂成《代别离》一首,拟《春江花月夜》之格,乃名其词曰"秋窗风雨夕"。词曰:

不惊师动众,低调原则也。何足挂齿,说成"有什么放在嘴里的",一白话,反而别扭了。

过生日、作诗、吃螃蟹完了,人命关天、大打出乎的泼醋丑事也完了,唰地转到了黛玉悲秋的轨道。一支笔,顶得上十八般兵器。

> 秋花惨淡秋草黄,耿耿秋灯秋夜长。
> 已觉秋窗秋不尽,那堪风雨助凄凉!
> 助秋风雨来何速?惊破秋窗秋梦续。
> 抱得秋情不忍眠,自向秋屏挑泪烛。
> 泪烛摇摇爇短檠,牵愁照眼动离情。

林黛玉的咏叹调。与葬花词相呼应。

谁家秋院无风入？何处秋窗无雨声？
罗衾不奈秋风力，残漏声催秋雨急。
连宵脉脉复飕飕，灯前似伴离人泣。
寒烟小院转萧条，疏竹虚窗时滴沥。
不知风雨几时休，已教泪洒窗纱湿。

> 此诗虽好，虽纯净，但太平面了。

吟罢搁笔，方欲安寝，丫鬟报说："宝二爷来了。"一语未尽，只见宝玉头上戴着大箬笠，身上披着蓑衣，黛玉不觉笑道："那里来的这么个渔翁？"宝玉忙问："今儿好？吃药了没有？今儿一日吃了多少饭？"一面说，一面摘了笠，脱了蓑，忙一手举起灯来，一手遮着灯儿，向黛玉脸上照了一照，觑着瞧了一瞧，笑道："今儿气色好了些。"

> 这种天时，这种气氛下，宝二爷这种装束到来，平添了浪漫色彩、知音情义。

> 黛玉是何等地需要宝二爷呀！

黛玉看他脱了蓑衣，里面只穿半旧红绫短袄，系着绿汗巾子，膝上露出绿绸洒花裤子，底下是掐金满绣的绵纱袜子，靸着蝴蝶落花鞋。黛玉问道："上头怕雨，底下这鞋袜子是不怕雨的？也倒干净。"宝玉笑道："我这一套是全的。有一双棠木屐，才穿了来，脱在廊檐下了。"

> 穿遍绫罗绸缎皮革毛绒，又讲究到返璞归真的蓑衣斗笠上去了。

黛玉又看那蓑衣斗笠不是寻常市卖的，十分细致轻巧，因说道："是什么草编的？怪道穿上不像那刺猬似的。"宝玉道："这三样都是北静王送的。他闲常下雨时，在家里也是这样。你喜欢这个，我也弄一套来送你。别的都罢了，惟有这斗笠有趣：上头这顶儿是活的，冬天下雪，戴上帽子，就把竹信子抽了去，拿下顶子来，只剩了这个圈子；下雪时，男女都带得。我送你一顶，冬天下雪戴。"黛玉笑道："我不要他，戴上那个，成了画儿上画的和戏上扮的渔婆儿了。"及说了出来，方想起来这话忒与方才说宝玉的话相连了，后悔不迭，羞的脸飞红，伏在桌上，嗽个

> 以情引物，以情物化，荣华富贵已经渲染足了，再说说箬笠蓑衣本展，更是绝门儿。

> 已有了这个心。

> 渔公渔婆，小儿女的谈笑何等迷人，有此说笑，黛玉不枉此生矣！

不住。

宝玉却不留心，因见案上有诗，遂拿起来看了一遍，又不觉叫好。黛玉听了，忙起来夺在手内，灯上烧了。宝玉笑道："我已记熟了。"黛玉道："我要歇了，你请去罢，明日再来。"宝玉听了，回手向怀内掏出一个核桃大的金表来，瞧了一瞧，那针已指到戌末亥初之间，忙又揣了，说道："原该歇了，又搅的你劳了半日神。"说着，披蓑戴笠出去了，又翻身进来，问道："你想什么吃？你告诉我，我明儿一早回老太太，岂不比老婆子们说的明白？"黛玉笑道："等我夜里想着了，明日一早告诉你。你听，雨越发紧了，快去罢。可有人跟没有？"两个婆子答应："有人，外面拿着伞点着灯笼呢。"黛玉笑道："这个天点灯笼？"宝玉道："不相干，是羊角的，不怕雨。"

> 怀表。

> 有这样的俗人：活过了，结过婚了，孩子生过了，连一次这样的说笑都没享受过。

黛玉听说，回手向书架上把个玻璃绣球灯拿了下来，命点一枝小蜡来，递与宝玉，道："这个又比那个亮，正是雨里点的。"宝玉道："我也有这么一个，怕他们失脚滑倒了打破了，所以没点来。"黛玉道："跌了灯值钱呢，是跌了人值钱？你又穿不惯木屐子。那灯笼命他们前头点着；这个又轻巧又亮，原是雨里自己拿着的。你自己手里拿着这个，岂不好？明儿再送来。就失了手也有限的，怎么忽然又变出这'剖腹藏珠'的脾气来！"宝玉听了，随过来接了。前头两个婆子打着伞，拿着羊角灯，后头还有两个小丫鬟打着伞。宝玉便将这个灯递给一个小丫头捧着，宝玉扶着他的肩，一径去了。

> 自"诉肺腑"以来，黛玉与宝玉的关系已是十分牢固，十分体贴了，真得像渔婆照顾渔翁一样。
> 这与前述她与宝钗的关系融洽互有影响，良性作用。黛玉并非一味使性哭闹。玻璃绣球灯一节，多少情分！宝玉的爱是得到了回应的。

> 疼爱疼爱，爱之疼之，中文此词最妙！

就有蘅芜院一个婆子，也打着伞，提着灯，送了一大包燕窝来，还有一包子洁粉梅片雪花洋糖。说道："这比买的强。我们姑娘说：'姑娘上回恶斗死人后,此回又平缓下来,解释矛盾。宽大处理犯错误的奴才——周瑞家的儿子;宝钗黛玉亲如姐妹,尽释前嫌;宝玉黛玉更是彼此关照。天下太平,"让世界充满爱"了。

爱完了恨,恨完了还是得爱。斗完了玩耍,玩耍完了还得斗。施恩完了逞凶,逞凶完了还得施恩。猜疑完了信任,信任完了难免再猜疑。这就是"红楼",这就是人生之"梦"。

先吃着,完了再送来。'"黛玉回说:"费心。"命他:"外头坐了吃茶。"婆子笑道:"不吃茶了,我还有事呢。"黛玉笑道:"我也知道你们忙。如今天又凉,夜又长,越发该会个夜局,痛赌两场了。"婆子笑道:"不瞒姑娘说,今年我大沾光儿了。横竖每夜有几个上夜的人,误了更又不好,不如会个夜局,又坐了更,又解了闷。今儿又是我的头家,如今园门关了,就该上场儿了。"黛玉听了,笑道:"难为你。误了你的发财,冒雨送来。"命人:"给他几百钱,打些酒吃,避避雨气。"那婆子笑道:"又破费姑娘赏酒吃。"说着,磕了一个头,外面接了钱,打伞去了。

> 黛玉也是信息灵通,并非不食烟火之人。

> 也为后文搜检大观园做了铺垫。

> 谁说黛玉不会做(俗)人?

紫鹃收起燕窝,然后移灯下帘,伏侍黛玉睡下。黛玉自在枕上感念宝钗,一时又羡他有母有兄;一回又想宝玉素昔和睦,终有嫌疑;又听见窗外竹梢蕉叶之上,雨声淅沥,清寒透幕,不觉又滴下泪来。直到四更方渐渐的睡熟了。暂且无话。要知端的,且看下回分解。

> 有病的原因,有处境的原因,有性格原因,也有青春期的原因。

雨夜伤心,痴兄到访,渔公渔婆,能不依依?黛玉也有倍感温馨的时候,感而泣,雨打芭蕉,雨滴竹叶,人生能有几次这样的感动!

第四十六回

尴尬人难免尴尬事　鸳鸯女誓绝鸳鸯偶

话说黛玉直到四更将阑，方渐渐的睡去，暂且无话。

如今且说凤姐儿因见邢夫人叫他，不知何事，忙另穿戴了一番，坐车过来。邢夫人将房内人遣出，悄向凤姐儿道："叫你来不为别的，有一件为难的事，老爷托我，我不得主意，先和你商议：老爷因看上了老太太屋里的鸳鸯，要他在房里，叫我和老太太讨去。我想这倒是平常有的事，就是怕老太太不给，你可有法子办这件事么？"凤姐儿听了，忙道："依我说，竟别碰这个钉子去。老太太离了鸳鸯，饭也吃不下去的，那里就舍得了？况且平日说起闲话来，老太太常说老爷：'如今上了年纪，做什么左一个小老婆右一个小老婆，放在屋里？耽误了人家，放着身子不保养，官儿也不好生做去，成日和小老婆喝酒。'太太听听，很喜欢咱们老爷么？这会子回避还恐回避不及，反倒'拿草棍儿戳老虎的鼻子眼儿去'了。太太别恼，我是不敢去的。明放着不中用，而且反招出没意思来。老爷如今上了年纪，行事不免有点儿背晦，太太劝劝才是。比不得年轻，做这些事无碍。如今兄弟、侄儿、儿子、孙子一大群，还这么闹起来，怎么见人呢？"邢夫人冷笑道："大家子三房四妾的也多，偏咱

> 一波未平，一波又起。人生难得开口笑。

> 凤姐的第一反应是实话实说。

> 凤姐这一段话很是。直言不讳。不可谓不诚不忠。

> 但是邢夫人听不进去。世上竟有这样的浑人，帮助丈夫去"花"。

们就使不得？我劝了也未必依。就是老太太心爱的丫头，这么胡子苍白了又做了官的一个大儿子，要了做房里人，也未必好驳回的。我叫了你来，不过商议商议，你先派上了一篇的不是。也有叫你去的理？自然是我说去。你倒说我不劝，你还是不知道那性子的，劝不成，先和我恼了。"

先说是"你可有法子……"，现说是"自然是我说去"，浑人不讲理至此，堪称一绝矣。

凤姐知道邢夫人禀性愚弱，只知承顺贾赦以自保，次则婪取财货为自得；家下一应大小事务，俱由贾赦摆布，凡出入银钱事，一经他手，便克扣异常，以贾赦浪费为名，"须得我就中俭省，方可偿补"。儿女奴仆，一人不靠，一言不听的。如今又听邢夫人如此的话，便知他又弄左性，劝了不中用，连忙陪笑说道："太太这话说的极是。我能活了多大，知道什么轻重？想来父母跟前，别说一个丫头，就是那么大的一个活宝贝，不给老爷给谁？背地里的话，那里信的？我竟是个呆子。拿着二爷说起，或有日得了不是，老爷太太恨的那样，恨不得立刻拿来一下子打死；及至见了面，也罢了，依旧拿着老爷太太心爱的东西赏他。如今老太太待老爷，自然也是那样了。依我说，老太太今儿喜欢，要讨，今儿就讨去。我先过去哄着老太太，等太太过去了，我搭赸着走开，把屋子里的人我也带开，太太好和老太太说，给了更好，不给也没妨碍，众人也不得知道。"

一应大小事务不管，全力克扣财货，不知是不是"移情"。也是变态心理。

一是承顺，二是婪取，这样的劣根性可不是邢夫人一人的特点，是有极大的概括性。

只好退回来，不可谓不智。

顶不住，只有思金蝉脱壳之计。

邢夫人见他这般说，便又喜欢起来，又告诉他道："我的主意先不和老太太说。老太太说不给，这事便死了；我心里想着先悄悄的和鸳鸯说。他虽害臊，我细细的告诉了他，他自然不言语，就妥了；那时再和老太太说。老太太虽不

白痴才"便又喜欢起来"。

依，搁不住他愿意。常言'人去不中留'，自然这就妥了。"凤姐儿笑道："到底是太太有智谋；这是千妥万妥。别说是鸳鸯，凭他是谁，那一个不想巴高望上、不想出头的？放着半个主子不做，倒愿意做丫头，将来配个小子，就完了呢！"邢夫人笑道："正是这个话了。别说鸳鸯，就是那些执事的大丫头，谁不愿意这样呢？你先过去，别露一点风声，我吃了晚饭就过来。"

<blockquote>也有小路可走。本人说通了，主管不好不放。"红"已有之。

邢夫人自有百分之百的逻辑与把握。凤姐及时转弯机变，以免己祸。不可谓不灵活。</blockquote>

凤姐儿暗想："鸳鸯素昔是个极有心胸识见的丫头，虽如此说，保不严他愿意不愿意。我先过去了，太太后过去，他要依了，便没得话说；倘或不依，太太是多疑的人，只怕疑我走了风声，使他拿腔作势的。那时太太又见应了我的话，羞恼变成怒，拿我出起气来，倒没意思。不如同着一齐过去了，他依也罢，不依也罢，就疑不到我身上了。"想毕，因笑道："才我临来，舅母那边送了两笼子鹌鹑，我吩咐他们炸了，原要赶太太晚饭上送来的。我才进大门时，见小子们抬车，说：'太太的车拔了缝，拿去收拾去了。'不如这会子坐了我的车，一齐过去倒好。"邢夫人听了，便命人来换衣服。凤姐忙着伏侍了一回，娘儿两个坐车过来。凤姐儿又说道："太太过老太太那里去，我若跟了去，老太太若问起我过来做什么的，倒不好；不如太太先去，我脱了衣裳再来。"

<blockquote>必须设防，不能疏漏毫厘。

凤姐处处设防，无一疏漏。

自当往后梢。</blockquote>

邢夫人听了有理，便自往贾母处来和贾母说了一回闲话，便出来，假托往王夫人房里去，从后房门出去，打鸳鸯的卧房门前过，只见鸳鸯正坐在那里做针线，见了邢夫人，站起来。邢夫人笑道："做什么呢？我看看，你扎的花儿越发好了。"一面说，一面便进来接他手内的针线，看了一看,只管赞好。放下针线,又浑身打量。只见他穿着半新的藕色绫袄,青缎掐牙背心,下面水绿裙子;蜂腰削背,鸭蛋脸,乌油头发,高高的鼻子,两边腮上微微的几点雀瘢。

> 通过邢夫人代夫择妾的眼光乘机刻画一下肖像。

鸳鸯见这般看他,自己倒不好意思起来,心里便觉诧异,因笑问道:"太太,这会子不早不晚的过来做什么?"邢夫人使个眼色儿,跟的人退出。邢夫人便坐下,拉着鸳鸯的手,笑道:"我特来给你道喜来的。"鸳鸯听了,心中已猜着三分,不觉红了脸,低了头,不发一言。听邢夫人道:

> 鸳鸯虽然只是个未婚少女,在贾家摔打至今,特别是陪贾母出入入入,已经相当成熟老练。

"你知道,老爷跟前竟没有个可靠的人,心里再要买一个,又怕那些牙子家出来的,不干不净;也不知道毛病儿,买了来三日两日,又弄鬼掉猴的。因满府里要挑一个家生女儿,又没个好的:不是模样儿不好,就是性子不好;有了这个好处,没了那个好处。因此常冷眼选了半年,这些女孩子里头,就只你是个尖儿:模样儿,行事做人,温柔可靠,一概是齐全的。意思要和老太太讨了你去,收在屋里。你不比外头新买新讨的,你这一进去了,就开了脸,就封你作姨娘,又体面,又尊贵。你又是个要强的人,俗语说的,'金子还是金子换',谁知竟被老爷看中了。你如今这一来,可遂了素日心高智大的愿了;又堵一堵那些嫌你的人的嘴。跟了我回老太太去!"说着,拉了他的手就要走。

> 这些言语腐臭恶劣,今日难以卒闻。证明二百多年来中国的发展进步大矣。

> 倒也雄辩。
> 自以为是对症下药,有的放矢了呢。

鸳鸯红了脸,夺手不行。邢夫人知他害臊,便又说道:"这有什么臊处?你又不用说话,只跟着我就是了。"鸳鸯只低头不动身。邢夫人见他这般,便又说道:"难道你还不愿意不成?若果然不愿意,可真是个傻丫头了。放着主子奶奶不做,倒愿意做丫头!三年两年,不过配上个

> 牙口再好,逻辑再强,选错了对象。

小子,还是奴才。你跟我们去,你知道我的性子又好,又不是那不容人的人,老爷待你们又好。过一年半载,生个一男半女,你就和我并肩了。家里的人,你要使唤谁,谁还不动?现成主子不做去,错过了机会,后悔就迟了。"鸳鸯只管低头,仍是不语。邢夫人又道:"你这么个爽快人,怎么又这样积攒起来?有什么不称心之处,只管说与我;我管保你遂心如意就是了。"鸳鸯仍不语。邢夫人又笑道:"想必你有老子娘,你自己不肯说话,怕臊,你等他们问你呢?这也是理。让我问他们去,叫他们来问你,有话只管告诉他们。"说毕,便往凤姐儿房中来。

> 邢夫人讲得头头是道,想得头头是道,理出必然,鸳鸯只有一万个必从的理,没有分毫不愿的理。
> 可惜的是,她的这些理说服她自己绰绰有余,对于鸳鸯则不起作用。这就叫一厢情愿、自说自话。不可谓不**蠢**。

凤姐儿早换了衣服,因房内无人,便将此话告诉了平儿。平儿也摇头笑道:"据我看来,未必妥当。平常我们背着人说起话来,听他那个主意,未必是肯的。也只说着看罢了。"凤姐儿道:"太太必来这屋里商议;依了还可,要是不依,白讨个没趣儿。当着你们,岂不脸上不好看。你说给他们炸些鹌鹑,再有什么配几样,预备吃饭。你且别处逛逛去,估量着走了,你再来。"平儿听说,照样传与婆子们,便逍遥自在的园子里来。

> 不但要自保,而且要保护亲信,归根到底才能自保。

这里鸳鸯见邢夫人去了,必到凤姐房里商议去了,还必定有人来问他的,不如躲了这里,因找了琥珀,道:"老太太要问我,只说我病了,没吃早饭,往园子里逛逛就来。"琥珀答应了。鸳鸯也往园子里来,各处游玩。不想正遇见平儿。平儿见无人,便笑道:"新姨娘来了!"鸳鸯听了,便红了脸,说道:"怪道,你们串通一气来算计我!等着我和你主子闹去就是了。"平儿见鸳鸯满脸愧意,自悔失言,便拉到枫树底下,坐在一块石上,越发把方才凤姐过去回来所有的形景言词,始末原由,告诉于他。鸳鸯红了脸,向平儿冷笑道:"只是咱们好,比如袭人、琥珀、素云、紫鹃、彩霞、玉钏、麝月、翠墨,跟了史姑娘去的翠缕,死了的可人和金钏,去了的茜雪,连上你我,这十来个人,从小儿什么话儿不说,什么事儿不做?这如今因都大了,各自干各自的去了,我心里仍是照旧,有话有事,并不瞒你们。这话我先放在你心里,且别和二奶奶说:别说大老爷要我做小老婆,就是太太这会子死了,他三媒六聘的娶我去做大老婆,我也不能去!"

平儿方欲说话,只听山石背后哈哈的笑道:"好个没脸的丫头,亏你不怕牙碜!"二人听了,不觉吃了一惊,忙起身向山后找寻,不是别个,却是袭人,笑着走了出来。问:"什么事情?告诉我。"说着,三人坐在石上。平儿又把方才的话说与袭人,袭人听了,说道:"这话,论理不该我们说:这个大老爷,真真太好色了!略平头正脸的,他就不能放手了。"平儿道:"你既不愿意,我教你个法儿。"鸳鸯道:"什么法儿?"平儿笑道:"你只和老太太说,就说已经给了琏二爷了,大老爷就不好要了。"鸳鸯啐道:"什么东西!你还说呢!前儿你主子不是这么混说?谁知应到今儿了。"袭人笑道:"他两个都不愿意,依我说,就和老太太说,叫老太太就说把你已经许了宝二爷了;大老爷也就死了心了。"鸳鸯又是气,又是臊,又是急,骂道:"两个坏蹄子,再不得好死的!人家有为难的事,拿着你们当做正经人,告诉你们,与我排解排解,饶不管,你们倒替换着取笑儿。你们自以为都有了结果了,将来都是

平儿自悔失言,为什么失言,在那样一个时代一个环境中,平儿也有未能免俗的一面。

女奴们的关系,有真情也有学问。

干脆把话说绝。

各往自己的主子那边拉,令人作呕!姨娘文化、姨娘心理,又争宠又效忠,又要和其他姨娘纵横捭阖,玩笑中有触目惊心的意味。

玩笑中未尝没有试探因素:鸳鸯会不会入自己的主子的"围"?弄清这个,才好磋商献策。

贾府上下人等,要吃要喝要玩要耍要胡闹(如珍、琏、蓉、亲戚薛蟠之辈)要娶小老婆,其实贾赦除文化素质低下难以与宝玉比较外,其他享乐纵欲,不比别的男人强,也不比别的男人差。

只是这次要到鸳鸯头上,受到本人抵制不算,更使得贾母大怒(贾母怒的自私性也与贾赦难分轩轾),所以尴尬。他在家名为大老爷,实无权无势无威,令人耻笑,所以尴尬。玩弄女性都一样,他老人家年龄太大,被认为是好色了。其实,贾府老少爷们谁不好色?

从根本上,是作者以极贬低的语调写他与乃妻,使他处于最讨嫌的位置。比横行霸道有血债的薛蟠、"下作黄子"的秦钟讨嫌得多。

鸳鸯讲"收着些儿吧"。也是预兆性的。一有机会,各种人物都要讲。显然,这是曹公的话。

做姨娘的!据我看来,天底下的事,未必都那么遂心如意。你们且收着些儿罢,别忒乐过了头儿!"

　　二人见他急了,忙陪笑道:"好姐姐,别多心,咱们从小儿都是亲姊妹一般,不过无人处偶然取个笑儿。你的主意告诉我们知道,也好放心。"鸳鸯道:"什么主意!我只不去就完了。"平儿摇头道:"你不去,未必得干休。大老爷的性子,你是知道的。虽然你是老太太房里的人,此刻不敢把你怎么样,难道你跟老太太一辈子不成?也要出去的。那时落了他的手,倒不好了。"鸳鸯冷笑道:"老太太在一日,我一日不离这里;若是老太太归西去了,他横竖还有三年的孝呢,没个娘才死了,他先弄小老婆的!等过了三年,知道又是怎么个光景儿呢?那时再说。纵到了至急为难,我剪了头发做姑子去;不然,还有一死。一辈子不嫁男人,又怎么样?乐得干净呢!"平儿袭人笑道:"真个这蹄子没了脸,越发信口儿都说出来了!"鸳鸯道:"事到如此,臊一回子怎么样?你们不信,慢慢的看着就是了!太太才说了,找我老子娘去。我看他南京找去!"平儿道:"你的父母都在南京看房子,没上来,终久也寻的着;现在还有你哥哥嫂子在这

这话里有命运的威严,也有"红"的主旨。未必遂心如意,这是格言。

可以分析为:一、鸳鸯看透了、厌恶了贾府所有男人的丑恶卑劣。二、鸳鸯厌极贾赦,于是恨屋及乌,干脆独身主义。三、鸳鸯知道女奴的任人蹂躏的命运,宁死不屈。四、鸳鸯对贾母的知遇之恩,报以殉葬之志。五、洁癖,视男女之事为畏途。

里。可惜你是这里的家生女儿，不如我们两个只单在这里。"鸳鸯道："家生女儿怎么样？'牛不喝水强按头'？我不愿意，难道杀我的老子娘不成！"

> 在那个时期那个地方，在"红"中牛不喝水强按头的事还少吗？莫非鸳鸯以为她的个人意愿会得到尊重，她的独立人格会得到维护，她能作自己的主？

正说着，只见他嫂子从那边走来。袭人道："他们当时找不着你的爹娘，一定和你嫂子说了。"鸳鸯道："这个娼妇，专管是个'六国贩骆驼'的，听了这话，他有个不奉承去的！"说话之间，已来到跟前。他嫂子笑道："那里没有找到，姑娘跑了这里来！你跟了我来，我和你说话。"平儿袭人都忙让坐。他嫂子只说："姑娘们请坐，找我们姑娘说句话。"袭人平儿都装不知道，笑说："什么这么忙？我们这里猜谜儿呢，等猜了这个再去。"鸳鸯道："什么话？你说罢。"他嫂子笑道："你跟我来，到那里告诉你，横竖有好话儿。"鸳鸯道："可是太太和你说的那话？"他嫂子笑道："姑娘既知道，还奈何我！快来！我细细的告诉你，可是天大的喜事！"

> 鸳鸯并不温柔，或者，温柔的人也有牙齿！

> "笑说"二字，有些厉害手段。

鸳鸯听说，立起身来，照他嫂子脸上下死劲啐了一口，指着骂道："你快夹着你那毡嘴，离了这里，好多着呢！什么'好话'？又是什么'喜事'？怪道成日家羡慕人家的丫头做了小老婆，一家子都仗着他横行霸道的，一家子都成了小老婆了！看的眼热了，也把我送在火坑里去。我若得脸呢，你们外头横行霸道，自己就封了自己是舅爷；我若不得脸，败了时，你们把忘八脖子一缩，生死由我去！"一面骂，一面哭。平儿袭人拦着劝他。他嫂子脸上下不来，因说道："愿意不愿意，你也好说，犯不着拉三扯四的。俗语说的好：'当着矮人，别说矮话。'姑娘骂我，我不敢还言；这二位姑娘并没惹着你，'小老婆'长，

> 嫂子虽然恶俗，并非主凶。鸳鸯对嫂子这样厉害，也是"惹不起锅惹笊篱"而已。

> 刚强者的另一面是泼辣，不泼辣难以维护刚强。能当贾母办主任，必定不是善碴儿。

> 不做小老婆就不是火炕了么？

> 归根到底，小老婆也是奴才，是被压迫玩弄的。应该骂的可不是小老婆而是老爷太太老太太。

> 嫂子牙口也不软。

历代读者评者都交口称赞鸳鸯的矢志不嫁的决心。

究竟有什么可称道的？自戕而已。"献身"给大老爷与献身给老太太,究竟有什么本质区别？后者之好,不过好在不必"失身"。不失身的献身与失身的献身,并非一个光明一个黑暗。大老爷要占有鸳鸯的身体,但也还报之以某种名义或利益。老太太占有的也是她的人身乃至生命,都是人身占有,人身依附。老太太的占有,她的忠诚,连当姨娘的前途也没有,出路是当尼姑或自杀。不是也很残酷吗？

'小老婆'短,人家脸上怎么过的去？"袭人平儿忙道："你倒别说这话,他也并不是说我们,你倒别拉三扯四的。你听见那位太太、太爷们封了我们做小老婆？况且我们两个也没有爹、娘、哥哥、兄弟在这门子里仗着我们横行霸道的。他骂的人自由他骂去,我们犯不着多心！"鸳鸯道："他见我骂了他,他臊了,没的盖脸,又拿话调唆你们两个。幸亏你们两个明白,原是我急了,也没分别出来,他就挑出这个空儿来。"他嫂子自觉没趣,赌气去了。

　　鸳鸯气的还骂,平儿袭人劝他一回,方罢了。平儿因问袭人道："你在那里藏着做什么？我们竟没有看见你。"袭人道："我因为往四姑娘房里看我们宝二爷去的,谁知迟了一步,说是家去了。我疑惑怎么没遇见呢,想要往林姑娘家找去,又遇见他的人,说也没去。我这里正疑惑是出园子去了,可巧你从那里来了。我一闪,你也没看见。后来他又来了,我从这树后头走到山子石后,我却见你两个说话来了,谁知你们四个眼睛没见我……"一语未了,又听身后笑道："四个眼睛没见你？你们六个眼睛还没见我呢！"三人吓了一跳,回身一看,不是别人,正是宝玉。袭人先笑道："叫我好找,你在那里来着？"宝玉笑道："我从四妹妹那里出来,迎头看见你走来了,我就知道是找我去的,我就藏起来

其实,鸳鸯当着袭、平大骂小老婆,并不妥当,幸亏三人的关系有根基。

世界上诸种冲突,同室互斗永远比共御外敌更常见,更出彩！

心里没病,不受闲言。

了哄你。看你扬着头过去了,进了院子,又出来了,逢人就问,我在那里好笑。只等你到了跟前,吓你一跳的。后来见你也藏藏躲躲的,我就知道也是要哄人了。我探头往前看了一看,却是他们两个,所以我就绕到你身后。你出去,我也躲在你躲的那里了。"平儿笑道:"咱们再往后找找去罢,只怕还找出两个人来,也未可知。"宝玉笑道:"这可再没有了。"鸳鸯已知这话俱被宝玉听了,只伏在石头上装睡。宝玉推他笑道:"这石头上冷,咱们回屋里去睡,岂不好?"说着,拉起鸳鸯来。又忙让平儿来家吃茶,和袭人都劝鸳鸯走,鸳鸯方立起身来。四个竟往怡红院来。宝玉将方才的话俱已听见,心中着实替鸳鸯不快,只默默的歪在床上,任他三人在外间说笑。

　　那边邢夫人因问凤姐儿鸳鸯的父亲,凤姐因说:"他爹的名字叫金彩,两口子都在南京看房子,不大上来。他哥哥文翔现在是老太太的买办。他嫂子也是老太太那边浆洗上的头儿。"邢夫人便命人叫了他嫂子金文翔的媳妇来,细细说与他。金家媳妇自是喜欢,兴兴头头去找鸳鸯,指望一说必妥;不想被鸳鸯抢白了一顿,又被袭人平儿说了几句,羞恼回来,便对邢夫人说:"不中用,他骂了我一场。"因凤姐儿在旁,不敢提平儿,说:"袭人也帮着抢白我,说了我许多不知好歹的话,回不得主子的。太太和老爷商议再买罢。谅那小蹄子也没有这么大福,我们也没有这么大造化。"邢夫人听了,说道:"又与袭人什么相干?他们如何知道的?"又问:"还有谁在跟前?"金家的道:"还有平姑娘。"凤姐儿忙道:"你不该拿嘴巴子把他打回来?我一出了门

也是预兆?预演?

鸳鸯的拒婚洁癖中,有宝玉心情的折射。

补叙。

袭人之成熟,犹有得罪人的可能。

综观此事,凤姐先谏,谏不成则闪展腾挪,避其锋芒,脱其干系,但求"无尤",她做得既原则又灵活,既周到又得体,堪称至美至善,无懈可击。

即使做得再好,也还是在大老爷、太太那里记了一笔账,难逃挨邢夫人的整的厄运。

子,他就逛去了;回家来,连一个影儿也摸不着他!他必定也帮着说什么来着?"金家的道:"平姑娘倒没在跟前,远远的看着倒像是他,可也不真切。不过是我自忖度。"

凤姐便命人去:"快找了他来,告诉我家来了,太太也在这里,叫他来帮个忙儿!"丰儿忙上来回道:"林姑娘打发了人下请字儿,请了三四次,他才去了;奶奶一进门,我就叫他去的。林姑娘说:'告诉奶奶,我烦他有事呢。'"凤姐儿听了方罢,故意的还说:"天天烦他!有什么事情?"邢夫人无计,吃了饭回家,晚间告诉了贾赦。贾赦想了一想,即刻叫贾琏来,说:"南京的房子还有人看着,不止一家,即刻叫上金彩来。"贾琏回道:"上次南京信来,金彩已经得了痰迷心窍,那边连棺材银子都赏了,不知如今是死是活,即便活着,人事不知,叫来无用。他老婆子又是个聋子。"贾赦听了,喝了一声,又骂:"混帐!没天理的囚攮的!偏你这么知道!还不离了我这里!"唬的贾琏退出。一时又叫传金文翔。贾琏在外书房伺候着,又不敢家去,又不敢见他父亲,只得听着。一时金文翔来了,小么儿们直带入二门里去,隔了四五顿饭的工夫,才出来去了。贾琏暂且不敢打听,隔了一会,又打听贾赦睡了,方才过来。至晚间,凤姐儿告诉他,方才明白。

且说鸳鸯一夜没睡,至次日,他哥哥回贾母,接他家去逛逛,贾母允了,叫他家去。鸳鸯

凤姐的气势吓住了鸳鸯嫂子。

都有两下子。凤姐强将手下无弱兵。这套学问书上是学不来的,唯"红"上有记录而已。

痰迷心窍?果然凑巧,凑趣。

虚虚实实,皆是壁垒。

记了贾琏一笔账。

意欲不去,只怕贾母疑心,只得勉强出来。他哥哥只得将贾赦的话说与他,又许他怎么体面,又怎么当家做姨娘,鸳鸯只咬定牙不愿意。他哥哥无法,少不得去回复了贾赦。贾赦怒起来,因说道:"我说与你,叫你女人向他说去,就说我的话:'自古嫦娥爱少年。'他必定嫌我老了,大约他恋着少爷们,多半是看上了宝玉,只怕也有贾琏。若有此心,叫他早早歇了,我要他不来,以后谁敢收他?这是一件。第二件,想着老太太疼他,将来外边聘个正头夫妻去。叫他细想:凭他嫁到了谁家,也难出我的手心;除非他死了,或是终身不嫁男人,我就伏了他!若不然时叫他趁早回心转意,有多少好处。"贾赦说一句,金文翔应一声"是"。贾赦道:"你别哄我,明儿我还打发你太太过去问鸳鸯。你们说了,他不依,便没你们的不是;若问他,他再依了,仔细你们的脑袋!"金文翔忙应了又应,退出回家,也等不得告诉他女人转说,竟自己对面说了这话,把个鸳鸯气的无话可回,想了一想,便说道:"我便愿意去,也须得你们带了我回声老太太去。"他哥嫂只当回想过来,都喜之不尽,他嫂子即刻带了他上来见贾母。

　　可巧王夫人、薛姨妈、李纨、凤姐儿、宝钗等姊妹并外头的几个执事有头脸的媳妇,都在贾母跟前凑趣儿呢。鸳鸯看见,忙拉了他嫂子,到贾母跟前跪下,一面哭,一面说,把邢夫人怎么来说,园子里嫂子又如何说,今儿他哥哥又如何说,"因为不依,方才大老爷越发说我'恋着宝玉',不然,要等着往外聘,凭我到天上,这一辈子也跳不出他的手心去,终久要报仇。我是横了心的,当着众人在这里,我这一辈子,别说是

这是一个悖论:在男权社会,女性要捍卫自己的尊严只有不嫁一法,而不嫁,又戕害了自身的青春、生命、名分。

果然。

整个封建社会的根本原则就是人身依附,超经济剥削压迫,君父强按臣子的头。

不到最后关头,不能告御状。

一般小事不能惊动贾母,事情闹大了,再找靠山。这是鸳鸯的成熟处,她不可以恃宠而动不动惊动老太太。这一点最与众不同,最尊严。

鸳鸯极刚烈。"红"中少女,极少这种斩钉截铁、铿锵有力之言。

作为个人的意志较量,鸳鸯胜利了,值得称道。作为奴才的被侮辱被损害被虐杀的前途,则一点没有改变。鸳鸯的胜利带来的前景其实是阴森森、血淋淋的。

痛快一时,再一想,可悲,可怖,可叹。这样的刚烈人物,只能殉葬贾母……呜呼!

> 宝玉,就是'宝金''宝银''宝天王''宝皇帝',横竖不嫁人就完了!就是老太太逼着我,一刀子抹死了,也不能从命!伏侍老太太归了西,我也不跟着我老子娘哥哥去,或是寻死,或是剪了头发当姑子去!若说我不是真心,暂且拿话支吾,这不是天地鬼神、日头月亮照着,嗓子里头长疔!"原来这鸳鸯一进来时,便袖内带了一把剪子,一面说着,一面回手打开头发就铰。众婆子丫鬟看见,忙来拉住,已剪下半绺来了。众人看时,幸而他的头发极多,铰的不透,连忙替他挽上。

话说透说亮说狠,中文的表现力万岁!

又一处煽情的语言,煽情的场面,催人泪下!

> 贾母听了,气的浑身打战,口内只说:"我通共剩了这么一个可靠的人,他们还要来算计!"因见王夫人在旁,便向王夫人道:"你们原来都是哄我的!外头孝顺,暗地里盘算我。有好东西也来要,有好人也来要。剩了这个毛丫头,见我待他好了,你们自然气不过,弄开了他,好摆弄我!"王夫人忙站起来,不敢还一言。薛姨妈见连王夫人怪上,反不好劝的了;李纨一听见鸳鸯这话,早带了姊妹们出去。探春有心的人,想王夫人虽有委屈,如何敢辩;薛姨妈现是亲姊妹,自然也不好辩;宝钗也不便为姨母辩;李纨、凤姐、宝玉一发不敢辩;这正用着女孩儿之时,迎春老实,惜春小,因此,窗外听了一听,便走进来,陪笑向贾母道:"这事与太太什么相干?老太太想一想,也有大伯子的事,小婶子如何知道?"

表面上享福快乐,但贾母有自己的提防与警惕,有自己的性恶论:你们(包括王夫人)可能是外头孝敬而暗地盘算!

探春当仁不让。但也经过思忖,不是妄动。

> 话未说完,贾母笑道:"可是我老糊涂了!

姨太太别笑话我。你这个姐姐,他极孝顺我,不像我那大太太,一味怕老爷,婆婆跟前不过应景儿。可是我委屈了他。"薛姨妈只答应"是",又说:"老太太偏心,多疼小儿子媳妇,也是有的。"贾母道:"不偏心!"因又说:"宝玉,我错怪了你娘,你怎么也不提我,看着你娘受委屈?"宝玉笑道:"我偏着母亲说大爷大娘不成?通共一个不是,我母亲要不认,却推谁去?我倒要认是我的不是,老太太又不信!"贾母笑道:"这也有理。你快给你娘跪下,你说:太太别委屈了,老太太有年纪了,看着宝玉罢。"宝玉听了,忙走过来,便跪下要说;王夫人忙笑着拉起他来,说:"快起来,断乎使不得,难道替老太太给我赔不是不成?"宝玉听说,忙站起来。

贾母又笑道:"凤姐儿也不提我!"凤姐笑道:"我倒不派老太太的不是,老太太倒寻上我了?"贾母听了,与众人都笑道:"这可奇了!倒要听听这'不是'。"凤姐道:"谁叫老太太会调理人?调理的水葱儿似的,怎么怨得人要?我幸亏是孙子媳妇,我若是孙子,我早要了,还等到这会子呢!"贾母笑道:"这倒是我的不是了?"凤姐笑道:"自然是老太太的不是了。"贾母笑道:"这样,我也不要了,你带了去罢。"凤姐儿道:"等着修了这辈子,来生托生男人,我再要罢。"贾母笑道:"你带了去,给琏儿放在屋里,看你那没脸的公公还要不要了!"凤姐儿道:"琏儿不配,就只配我和平儿这一对'烧糊了的卷子',和他混罢。"说的众人都笑起来了。

丫头回说:"大太太来了。"王夫人忙迎了出去。要知端的,再听下回分解。

> 贾母迁怒出气,圣人之过,日月之蚀,哪儿发的火哪儿平反。也算好样儿的。

> 这里的宝玉,深谙人情世故,老到而且超脱。

> 宝玉也极精通,只如排练过一般。自然可奶奶与母亲疼。

> 宝玉下跪,再次催人泪下。

> 化为奉承、玩笑、嘲闹。凤姐最精彩。

> 问答应对,神来之笔,话虽不经,凤姐自有主张,并非毫无意思。

也是精彩章节,也是剧烈斗争。凤姐行为,无懈可击。鸳鸯的强势语调,与她的个性有关,也与她的超级奴才地位有关,但她终于将自己逼入了死角。贾赦等的嘴脸,充分暴露了封建主义的丑恶无耻。从某种意义上说,正是一代又一代的贾赦、邢夫人之流,准备了、积累了中国近现代的历史风暴。"红"虽日常琐碎,却令人深思冷战。

第四十七回

呆霸王调情遭苦打　冷郎君惧祸走他乡

话说王夫人听见邢夫人来了，连忙迎了出去。邢夫人犹不知贾母已知鸳鸯之事，正还又来打听信息，进了院门，早有几个婆子悄悄的回了他，他才知道。待要回去，里面已知；又见王夫人接了出来，少不得进来，先与贾母请安。贾母一声儿不言语。自己也觉得愧悔。凤姐儿早指一事回避了。鸳鸯也自回房去生气。薛姨妈王夫人等恐碍着邢夫人的脸面，也都渐渐退了。邢夫人且不敢出去。

贾母见无人，方说道："我听见你替你老爷说媒来了。你倒也'三从四德'的。只是这贤惠也太过了！你们如今也是孙子儿子满眼了，你还怕他使性子。我闻得你还由着你老爷的那性儿闹。"邢夫人满面通红，回道："我劝过几次不依。老太太还有什么不知道的呢，我也是不得已儿。"贾母道："他逼着你杀人，你也杀去？如今你也想想：你兄弟媳妇，本来老实，又生的多病多痰，上上下下，那不是他操心？你一个媳妇，虽然帮着，也是天天'丢下爬儿弄扫帚'。凡百事情，我如今自己减了，他们两个就有些不到的去处，有鸳鸯那孩子还心细些，我的事情，他还想着一点子：该要的，他就要了来；该添什么，他就趁空儿告诉他们添了。鸳鸯再不这样，他

旁批：

也是"病来如山倒，病去如抽丝"。

好话可以当坏话说，坏话也可以做好话用，言语之道，神了。

"不得已"云云，讲不过去的。

鸳鸯对于贾母二王体制如此重要。

77

贾母一分析，这起抗婚事件也成了"政治"性的了。

原来鸳鸯是老太太的"联络员"，有时候还能"代表"老太太，是主流派不可或缺的一员干将。当然不能归化到靠边站的"在野党"首领贾赦那边去。

老太太这样分析的后果只能使邢夫人更加痛恨王夫人与凤姐。她早晚会报这一箭之仇的。

> 娘儿两个，里头外头，大的小的，那里不忽略一件半件？我如今反倒自己操心去不成？还是天天盘算，和他们要东要西去？我这屋里，有的没有的，剩了他一个，年纪也大些，我凡做事的脾气性格儿，他还知道些。

贾母的说法亦极自私，没有一点为鸳鸯着想的念头。

> 他二则也还投主子的缘法，他也并不指着我和那位太太要衣裳去，又和那位奶奶要银子去。所以这几年，一应事情，他说什么，从你小婶和你媳妇起，至家下大大小小，没有不信的。所以不单我得靠，连你小婶、媳妇也都省心。我有了这么个人，就是媳妇、孙子媳妇想不到的，我也不得缺了，也没气可生了。

又是一门学问："亲信学"。

> 这会子，他去了，你们又弄什么人来我使？你们就弄他么个真珠的人来，不会说话也无用。我正要打发人和你老爷说去，他要什么人，我这里有钱，叫他只管一万八千的买去就是；要这个丫头，不能！留下他伏侍我几年，就比他日夜伏侍我尽了孝的一样。你来的也巧，就去说，更妥当了。"说毕，命人来："请了姨太太你姑娘们来；才高兴说个话儿，怎么又都散了！"

这种说法与贾赦的想法并无区别。
这种说法又和开初批评贾赦"孙子儿满眼"等语调子不同。盖贾母留鸳鸯终身不嫁亦不占理。

> 丫头忙答应找去了。众人赶忙的又来。只有薛姨妈向那丫鬟道："我才来了，又做什么去？你就说我睡了。"那丫头道："好亲亲的姨太太，姨祖宗！我们老太太生气呢！你老人家不去，没个开交了。只当疼我们罢！你老人家怕走，我背了你老人家去。"薛姨妈笑道："小鬼头儿！你怕些什么！不过骂几句就完了。"说着，只得和这小丫头子走来。贾母忙让坐，又笑道："咱

都有苏秦张仪的游说之才。

们斗牌罢?姨太太的牌也生,咱们一处坐着,别叫凤姐儿混了我们去。"薛姨妈笑道:"正是呢!老太太替我看着些儿。就是咱们娘儿四个斗呢,还是添一两个人呢?"王夫人笑道:"可不只四个人。"凤姐儿道:"再添一个人,热闹些。"贾母道:"叫鸳鸯来,叫他在这下手里坐着,姨太太的眼花了,咱们两个的牌,都叫他看着些儿。"凤姐笑了一声,向探春道:"你们知书识字的,倒不学算命?"探春道:"这又奇了,这会子你不打点精神赢老太太几个钱,又想算命?"凤姐儿道:"我正要算算今儿该输多少,我还想赢呢?你瞧瞧,场儿没上,左右都埋伏下了。"说的贾母薛姨妈都笑起来。

　　一时鸳鸯来了,便坐在贾母下首。鸳鸯之下,便是凤姐儿。铺下红毡,洗牌告么,五人起牌,斗了一回。鸳鸯见贾母的牌已十成,只等一张二饼,便递了暗号儿与凤姐儿。凤姐儿正该发牌,便故意踌躇了半响,笑道:"我这一张牌定在姨妈手里扣着呢,我若不发这一张牌,再顶不下来的。"薛姨妈道:"我手里并没有你的牌。"凤姐儿道:"我回来是要查的。"薛姨妈道:"你只管查。你且发下来,我瞧瞧是张什么。"凤姐儿便送在薛姨妈跟前,薛姨妈一看,是个二饼,便笑道:"我倒不稀罕他,只怕老太太满了。"凤姐听了,忙笑道:"我发错了。"贾母笑的已掷下牌来,说:"你敢拿回去!谁叫你错的不成?"凤姐儿道:"可是我要算一算命呢!这是自己发的,也怨不得人了。"贾母笑道:"可是你自己打着你那嘴,问着你自己才是。"又向薛姨妈笑道:"我不是小气爱赢钱,原是个彩头儿。"薛姨妈笑道:"我们可不是这样想,那里有那样糊涂人,说老

已有考虑,有预谋。

能不喜欢这样的鸳鸯、这样的凤姐吗?

被服侍、被照顾、被哄慰——却也是被愚弄。

说不定老太太自己也知道她们在哄慰自己,却乐得接受。莫非要认认真真地寻不自在吗?

爱者不爱,不爱者爱。

太太爱钱呢?"

凤姐儿正数着钱,听了这话,忙又把钱穿上了,向众人笑道:"够了我的了。竟不为赢钱,单为赢彩头儿。我到底小气,输了就数钱;快收起来罢。"贾母规矩是鸳鸯代洗牌的,因和薛姨妈说笑,不见鸳鸯动手,贾母道:"你怎么恼了,连牌也不替我洗?"鸳鸯拿起牌来笑道:"奶奶不给钱。"贾母道:"他不给钱,那是他交运了。"便命小丫头子:"把他那一吊钱都拿过来!"小丫头子真就拿了,搁在贾母傍边。凤姐儿笑道:"赏我罢!照数儿给就是了。"薛姨妈笑道:"果然凤姐儿小器,不过玩儿罢了。"

> 灵活机动,真切动人。

> 奉承有术。
> 取笑奉承为各种奉承法之一种,妙在使人开心快乐,虽是说过去就完,不可当真,却也是听到耳里,乐在心里,"味道好极了"。

凤姐儿听说,便站起来,拉住薛姨妈,回头指着贾母素日放钱的一个木箱子,笑道:"姨妈瞧瞧,那个里头不知玩了我多少去了!这一吊钱玩不了半个时辰,那里头的钱就招手儿叫他了。只等把这一吊也叫进去了,牌也不用斗了,老祖宗气也平了,又有正经事差我办去了。"话未说完,引的贾母众人笑个不住。正说着,偏平儿怕钱不够,又送了一吊来。凤姐儿道:"不用放在我跟前,也放在老太太的那一处罢:一齐叫进去,倒省事,不用做两次,叫箱子里的钱费事。"贾母笑的手里的牌撒了一桌子,推着鸳鸯,叫:"快撕他的嘴!"

> 人不可无趣,凤姐的成功秘诀之一是谈吐举止妙趣横生,而尤能凑趣。

> 宠到要撕嘴的程度了!凤姐幸甚。

平儿依言,放下钱,也笑了一回,方回来。至院门前,遇见贾琏,问他:"太太在那里呢?老爷叫我请过去呢。"平儿忙笑道:"在老太太跟前站了这半日,还没动呢。趁早儿丢开手罢。老太太生了半日气,这会子,亏二奶奶凑了半日的趣儿,才略好了些。"贾琏道:"我过去,只说讨老太太示下,十四往赖大家去不去,好预备轿子的。又请了太太,又凑了趣儿,岂不好。"平儿笑道:"依我说,你竟别过去罢。合家子,连太太宝玉都有了不是,这会子你又填限去了。"贾琏道:"已经完了,难道还找补不成?况且与我又无干;二则老爷亲自吩咐我请太太的,这会子我打发了人去,倘或知道了,正没好气呢,指着这个拿我出气罢。"说着就走。平儿见他说的有理,也就跟了过来。

贾琏到了堂屋里,便把脚步放轻了,往里间探头,只见邢夫人站在那里。凤姐儿眼尖,先瞧见了,便使眼色儿,不命他进来,又使眼色与邢夫人。邢夫人不便就走,只得倒了一碗茶来,放在贾母跟前。贾母一回身,贾琏不防,便没躲过。贾母便问:"外头是谁?倒像个小子一伸头的是的。"凤姐儿忙起身说:"我也恍惚看见有一个人影儿。"一面说,一面起身出来。贾琏忙进去,陪笑道:"打听老太太十四可出门?好预备轿子。"贾母道:"既这么样,怎么不进来,又做鬼做神的?"贾琏陪笑道:"见老太太玩牌,不敢惊动,不过叫媳妇出来问问。"贾母道:"就忙到这一时!等他家去,你问他多少问不得?那一遭儿你这么小心来着?又不知是来做耳报神的,也不知是来做探子的,鬼鬼祟祟,倒吓我一跳。什么好下流种子!你媳妇和我玩牌呢,还有半日的空儿,你家去再和那赵二家的商量治你媳妇去罢。"说着,众人都笑了。鸳鸯笑道:"鲍二家的,老祖宗又拉上赵二家的去。"贾母也笑道:"可是,我那里记得什么'抱'着'背'着的,提起这些事来,不由我不生气。我进了这门子,做重孙媳妇起,到如今,我也有个重孙子媳妇了,连头带尾五十四年,凭着大惊大险、千奇百怪的

> 与四十五回衔接。

> 贾琏夹在当间,不能得罪主流派,也不能得罪亲老子。实是难受。

> 人际关系太复杂,只好做鬼做神。

> 鲍二家的已死,仍是这些人(包括奴才鸳鸯)的嘲笑对象。太无德了。大人物的口误,亦成为高级幽默,常有理的一种。

事,也经了些,从没经过这些事。还不离了我这里呢!"

贾琏一声儿不敢说,忙退了出来。平儿在窗外站着,悄悄笑道:"我说你不听,到底碰在网里了。"正说着,只见邢夫人也出来。贾琏道:"都是老爷闹的,如今都搁在我和太太身上。"邢夫人道:"我把你这没孝心的种子!人家还替老子死呢;白说了几句,你就抱怨天、抱怨地了。你还不好好的呢,这几日生气,仔细他捶你。"贾琏道:"太太快过去罢,叫我来请了好半日了。"说着,送他母亲出来,过那边去。

邢夫人将方才的话只略说了几句,贾赦无法,又且含愧,自此便告了病,且不敢见贾母,只打发邢夫人及贾琏每日过去请安。只得又各处遣人购求寻觅,终久费了八百两银子,买了一个十七岁女孩子来,名唤嫣红,收在屋里,不在话下。

这里斗了半日牌,吃晚饭才罢。此一二日间无话。

转眼到了十四,黑早,赖大的媳妇又进来请。贾母高兴,便带了王夫人薛姨妈及宝玉姊妹等,至赖大花园中坐了半日。那花园虽不及大观园,却也十分齐整宽阔,泉石林木,楼台亭轩,也有好几处动人的。外面大厅上,薛蟠、贾珍、贾琏、贾蓉并几个近族的都来了。那赖大家内,也请了几个现任的官长并几个大家子弟作陪。因其中有个柳湘莲,薛蟠自上次会过了一次,已念念不忘,又打听他最喜串戏,且都串的是生旦风月戏文,不免错会了意,误认他做了风月子弟,正要与他相交,恨没有个引进,这日可

一天一天烂下去。

挨完贾母的骂又挨邢夫人的骂。

"红"书叙事,照应得如此细密,中外文学史上都极罕见。

鸳鸯抗婚事件,至此方告结束。余波袅袅,极有韵味。

承上启下的一个情节,接上赖嬷嬷来请,引出柳湘莲打薛蟠。这样的情节安排极好。

"红"是放开手脚写生活而不是来写一个传奇故事,故结构问题极是难点。

扯出一个柳湘莲来。开始,无甚意趣,越写越出彩。

巧遇见,乐得无可不可。且贾珍等也慕他的名,酒盖住了脸,就求他串了两出戏。下来,移席和他一处坐着,问长问短,说东说西。

那柳湘莲原系世家子弟,读书不成,父母早丧,素性爽侠,不拘细事,酷好耍枪舞剑,赌博吃酒,以至眠花卧柳,吹笛弹筝,无所不为。因他年纪又轻,生得又美,不知他身分的人,都误认作优伶一类。那赖大之子赖尚荣,与他素昔交好,故今日请来做陪。不想酒后别人犹可,独薛蟠又犯了旧病。心中早已不快,得便意欲走开完事,无奈赖尚荣又说:"方才宝二爷又嘱咐我:才一进门,虽见了,只是人多不好说话,叫我嘱咐你,散的时候别走,他还有话说呢。你既一定要去,等我叫出他来,你两个见了再走,与我无干。"说着,便命小厮们:"到里头,找一个老婆子,悄悄告诉,请出宝二爷来。"那小厮去了,没一杯茶时,果见宝玉出来了。赖尚荣向宝玉笑道:"好叔叔,把他交给你,我张罗人去了。"说着,已经去了。

宝玉便拉了柳湘莲到厅侧书房中坐下,问他:"这几日可到秦钟的坟上去了?"湘莲道:"怎么不去?前日我们几个放鹰去,离他坟上还有二里,我想今年夏天雨水勤,恐怕他的坟站不住,我背着众人走到那里去瞧了一瞧,略又动了一点子;回家来就便弄了几百钱,第三日一早出去,雇了两个人,收拾好了。"宝玉说:"怪道呢。上月我们大观园的池子里头结了莲蓬,我摘了十个,叫焙茗出去,到坟上供他去。回来我也问他:'可被雨冲坏了没有?'他说:'不但没冲,更比上回新了些。'我想着,必是这几个朋友新收拾了。我只恨我天天圈在家里,一点儿做不得

> 世家子弟便不受辱。风月子弟、优伶便可受辱。这种门第观念实不高明。

> "红"中正面人物,无论男女,都有较好的长相,这大概反映了曹氏的直觉好恶,乃至以貌取人的观点。

> 宝玉亦有断袖之癖,但他尚知尊重体贴自己的"朋友",不是薛蟠那副大爷的样子。

> 宝玉以貌认知己,也有点意思。宝玉的终极悲观与诗文修养,则是秦、柳二人所不及的。柳的武功,又是宝玉所全然不及的。

主,行动就有人知道,不是这个拦,就是那个劝的,能说不能行。虽然有钱,又不由我使。"柳湘莲道:"这个事也用不着你操心,外头有我,你只心里有了就是了。眼前十月初一日,我已经打点下上坟的花消。你知道,我一贫如洗,家里是没的积聚的;纵有几个钱来,随手就光的。不如趁空儿留下这一分,省的到了跟前扎煞手。"宝玉道:"我也正为这个,要打发焙茗找你,你又不大在家,知道你天天萍踪浪迹,没个一定的去处。"柳湘莲道:"你也不用找我,这个事也不过各尽其道。眼前我还要出门去走走,外头逛逛,三年五载再回来。"宝玉听了,忙问:"这是为何?"柳湘莲冷笑道:"我的心事,等到跟前,你自然知道。我如今要别过了。"宝玉道:"好容易会着,晚上同散,岂不好?"湘莲道:"你那令姨表兄,还是那样;再坐着,未免有事,不如我回避了倒好。"宝玉想一想,说道:"既是这样,倒是回避他为是。只是你要果真远行,必须先告诉我一声,千万别悄悄的去了。"说着,便滴下泪来。

　　柳湘莲说道:"自然要辞你去;你只别和别人说就是了。"说着,就站起来要走;又道:"你就进去罢,不必送我。"一面说,一面出了书房。刚至大门前,早遇见薛蟠在那里乱叫:"谁放了小柳儿走了?"柳湘莲听了,火星乱迸,恨不得一拳打死;复思酒后挥拳,又碍着赖尚荣的脸面,只得忍了又忍。薛蟠忽见他走出来,如得了珍宝,忙趔趄着走上去,一把拉住,笑道:"我的兄弟!你往那里去了?"湘莲道:"走走就来。"薛蟠笑道:"你一去都没了兴头了,好歹坐一坐,就算疼我了。凭你什么要紧的事,交给哥哥,只别忙。你有这个哥哥,你要做官发财都容易。"

> 柳湘莲到底是个什么行事的?前述赌博吃酒、眠花宿柳……本亦不是什么"正经"人。

> "红"书主要人物都是大观园至少是贾府以内的,园外府外人物有限,其中贾雨村、刘老老等较易理解,而柳湘莲亦优亦侠亦阔少亦穷光蛋,令人摸不着底。

> 泪滴多了,不免廉价。

> 过分的亲热,显得肮脏。

湘莲见他如此不堪,心中又恨又愧,早生一计,拉他到避净处,笑道:"你真心和我好,还是假心和我好呢?"薛蟠听见这话,喜得心痒难挠,乜斜着眼,笑道:"好兄弟,你怎么问起我这样话来?我要是假心,立刻死在眼前!"湘莲道:"既如此,这里不便;等坐一坐,我先走,你随后出来,跟到我下处,咱们索性喝一夜酒。我那里还有两个绝好的孩子,从没出门的。你可连一个跟的人也不用带,到了那里,伏侍人都是现成的。"薛蟠听如此说,喜的酒醒了一半,说:"果然如此?"湘莲笑道:"如何!人拿真心待你,你倒不信了!"薛蟠忙笑道:"我又不是呆子,怎么有个不信的呢!既如此,我又不认得,你先去了,我在那里找你?"湘莲道:"我这下处在北门外头,你可舍得家,城外住一夜去?"薛蟠道:"有了你,我还要家做什么?"湘莲道:"既如此,我在北门外头桥上等你。咱们席上且吃酒去。你看我走了之后,你再走,他们就不留神了。"薛蟠听了,连忙答应道:"是。"二人复又入席,饮了一回。那薛蟠难熬,只拿眼看湘莲,心内越想越乐,左一壶,右一壶,并不用人让,自己便吃了又吃,不觉酒有八九分了。

　　湘莲便起身出来,瞅人不防,出至门外,命小厮杏奴:"先家去罢,我到城外就来。"说毕,已跨马直出北门,桥上等候薛蟠。一顿饭的工夫,只见薛蟠骑着一匹大马,远远的赶了来,张着嘴,瞪着眼,头似拨浪鼓一般,不住左右乱瞧。及至从湘莲马前过去,只顾往远处瞧,不曾留心近处。湘莲又笑又恨;他便也撒马随后跟来。薛蟠往前看时,渐渐人烟稀少,便又圈马回来;再不想一回头见了湘莲,如获奇珍,忙笑道:"我

| 这里的"愧",应作"受辱"解。

| 这么一句诳语,也要说严密。

| 你岂不是呆子?

| 令人联想起凤姐做圈套令贾瑞上钩。

| 一副呆相。

说你是个再不失信的。"湘莲笑道:"快往前走,仔细人看见跟了来,就不好了。"说着,先就撒马前去。薛蟠也就紧紧跟来。

湘莲见前面人烟已稀,且有一带苇塘,便下马,将马拴在树上,向薛蟠笑道:"你下来,咱们先设个誓,日后要变了心,告诉人去的,便应誓。"薛蟠笑道:"这话有理。"连忙下了马,也拴在树上,便跪下说道:"我要日久变心,告诉人去的,天诛地灭……"一言未了,只听"铿"的一声,背后好似铁锤砸下来,只觉得一阵黑,满眼金星乱迸,身不由己,便倒下了。湘莲走上来瞧瞧,知道他是个不惯捱打的,只使了三分气力,向他脸上拍了几下,登时便"开了果子铺"。薛蟠先还要扎挣起身,又被湘莲用脚尖点了一点,仍旧跌倒。口内说道:"原来是两家情愿,你不依,只管好说,为什么哄出我来打我?"一面说,一面乱骂。湘莲道:"我把你这瞎了眼的,你认认柳大爷是谁!你不说哀求,你还伤我!我打死你也无益,只给你个利害罢!"说着,便取了马鞭过来,从背后至胫,打了三四十下。

薛蟠的酒早已醒了大半,不觉得疼痛难禁,不禁有"嗳哟"之声。湘莲冷笑道:"也只如此!我只当你是不怕打的。"一面说,一面又把薛蟠的左腿拉起来,向苇中泞泥处拉了几步,滚的满身泥水,又问道:"你可认得我了?"薛蟠不应,只伏着哼哼。湘莲又掷下鞭子,用拳头向他身上擂了几下,薛蟠便乱滚乱叫,说:"肋条折了!我知道你是正经人,因为我错听了旁人的话了。"湘莲道:"不用拉旁人,你只说现在的。"薛蟠道:"现在也没什么说的。不过你是个正经人,我错了。"湘莲道:"还要说软些,才饶你。"薛蟠哼哼

描写打人与挨打不足为奇,难得的是在打与被打中写出二人的声口、性格。

薛蟠此辩并非全无道理,他虽轻薄恶劣,但仅是言语与态度,并无强迫鸡奸之类的强暴行为。柳的反应超出了"正当防卫"的界线。

传统文化有喜愚防智倾向,薛蟠的呆子形象,保护了他自己。许多前辈学人评价薛蟠,说他不下流。

的道："好兄弟。"湘莲便又一拳；薛蟠"嗳"了一声，道："好哥哥。"湘莲又连两拳；薛蟠忙"嗳哟"叫道："好老爷，饶了我这没眼睛的瞎子罢！从今以后，我敬你怕你了。"湘莲道："你把那水喝两口。"

薛蟠一面听了，一面皱眉道："这水实在腌臜，怎么喝的下去！"湘莲举拳就打；薛蟠忙道："我喝……我喝……"说着，只得俯头向苇根下喝了一口，犹未咽下去，只听"哇"的一声，把方才吃的东西都吐了出来。湘莲道："好腌臜东西，你快吃完了，饶你。"薛蟠听了，叩头不迭，说："好歹积阴功饶我罢！这至死不能吃的。"湘莲道："这样气息，倒熏坏了我！"说着，丢下了薛蟠，便牵马认镫去了。这里薛蟠见他已去，方放下心来，后悔自己不该误认了人。待要扎挣起来，无奈遍体疼痛难禁。

谁知贾珍等席上忽不见了他两个，各处寻找不见。有人说："恍惚出北门去了。"薛蟠的小厮素日是惧他的，他吩咐了不许跟去，谁敢找去？后来还是贾珍不放心，命贾蓉带着小厮们寻踪问迹的，直找出北门，下桥二里多路，忽见苇坑旁边薛蟠的马拴在那里。众人都道："好了，有马必有人！"一齐来至马前，只听苇中有人呻吟。大家忙走来一看，只见薛蟠的衣衫零碎，面目肿破，没头没脸，遍身内外，滚的似个泥母猪一般。贾蓉心内已猜着八九了，忙下马命人搀了起来，笑道："薛大叔天天调情，今日调到苇子坑里，必定是龙王爷也爱上你风流，要你招驸马去，你就碰到龙犄角上了！"薛蟠羞的没地缝儿钻进去，那里爬的上马去？贾蓉命人赶到关厢里雇了一乘小轿子，薛蟠坐了，一齐进城。贾

薛蟠这路人只认得拳头。

"文革"中红卫兵有罚"黑帮"喝脏水的，不知是否源出于此。

与当初笑贾瑞的声口仿佛。贾蓉实极下作。

无独有偶,鸳鸯抗婚完了,紧接着是湘莲抗"戏"。

打一通自然痛快,痛快也只是痛快而已。薛蟠并未汲取应有的教训。

毕竟是抗了、打了,贾赦、薛蟠之流,不能为所欲为。

两个人的最终下场一个是殉主,一个是遁入空门,反正是没有前途。

蓉还要抬往赖家去赴席,薛蟠百般苦告,央及他不用告诉人,贾蓉方依允了,让他各自回家。贾蓉仍往赖家回复贾珍并方才的形景。贾珍也知湘莲所打,也笑道:"他须得吃个亏才好!"至晚散了,便来问候。薛蟠自在卧房将养,推病不见。

贾母等回来,各自归家时,薛姨妈与宝钗见香菱哭的眼睛肿了,问起原故,忙来瞧薛蟠时,脸上身上虽见伤痕,并未伤筋动骨。薛姨妈又是心疼,又是发恨,骂一回薛蟠,又骂一回柳湘莲,意欲告诉王夫人,遣人寻拿柳湘莲。宝钗忙劝道:"这不是什么大事,不过他们一处吃酒,酒后反脸常情。谁醉了,多挨几下子打,也是有的。况且咱们家的无法无天,人所共知。妈妈不过是心疼的原故。要出气也容易:等三五天,哥哥好了,出得去的时候,那边珍大爷琏二爷这干人,也未必白丢开了,自然备个东道,叫了那个人来,当着众人替哥哥赔不是认罪就是了。如今妈妈先当件大事,告诉众人,倒显的妈妈偏心溺爱,纵容他生事招人,今儿偶然吃了一次亏,妈妈就这样兴师动众,倚着亲戚之势,欺压常人。"薛姨妈听了道:"我的儿,到底是你想的到,我一时气糊涂了。"宝钗笑道:"这才好呢。他又不怕妈妈,又不听人劝,一天纵似一天;吃过两三个亏,他也罢了。"

薛蟠睡在炕上,痛骂湘莲,又命小厮去拆他的房子,打死他,和他打官司。薛姨妈喝住小厮

> 此话有一定道理。柳湘莲既为赖尚荣相好又搞酒色一套,与他们有共同点。他们的"斗争"有窝里斗性质。

> 息事宁人。知止而后有定。

> 任何人有自知理亏的时候,就有救。

们,只说:"柳湘莲一时酒后放肆,如今酒醒,后悔不及,惧罪逃走了。"薛蟠听见如此说了,要知端的,且听下回分解。

宁国荣国,贵妃功臣,老爷少爷,老太太、太太奶奶,仁义道德,四维八纲,能体现出来的也就是陪贾母打牌时作弊哄慰,以尽孝求宠。此外,烂臭脏呆,无恶不作,无丑不有,怎么会到了这步田地!

第四十八回

滥情人情误思游艺　慕雅女雅集苦吟诗

话说薛蟠听见如此说了,气方渐平。三五日后,疼痛虽愈,伤痕未平,只装病在家,愧见亲友。展眼已到十月,因有各铺面伙计内有算年账要回家的,少不得家里治酒钱行。内有一个张德辉,自幼在薛蟠当铺内揽总,家内也有了二三千金的过活,今岁也要回家,明春方来,因说起:"今年纸札香料短少,明年必是贵的。明年先打发大小儿上来,当铺里照管照管;赶端阳前,我顺路就贩些纸札香扇来卖。除去关税花消,亦可以剩得几倍利息。"薛蟠听了,心下忖度:"如今我挨了打,正难见人,想着要躲避一年半载,又没处去躲,天天装病,也不是事。况且我长了这么大,文不文,武不武,虽说做买卖,究竟戥子、算盘,从没拿过;地土风俗,远近道路,又不知道。不如也打点几个本钱,和张德辉逛一年来。赚钱也罢,不赚钱也罢,且躲躲羞去。二则逛逛山水,也是好的。"心内主意已定,至酒席散后,便和气平心与张德辉说知,命他等一二日,一同前往。

晚间薛蟠告诉他母亲,薛姨妈听了,虽是欢喜,但又恐他在外生事,花了本钱倒是末事。因此不叫他去,只说:"你好歹守着我,我还能放心些。况且也不用这买卖,等不着这几百银子

> 一是天无绝人之路,一是薛大傻子需要受点教训,一是只要自己不怙恶不悛,总有改弦更张的机会。

> 官商传统。

> 躲躲羞,逛逛山水,不失为明智的选择。

> 薛蟠从商虽另有隐情,不可当真,写得亦极粗略,但也多少透露一点这些人家的经济活动。

用。"薛蟠主意已定,那里肯依。只说:"天天又说我不知世务,这个也不知,那个也不学;如今我发狠把那些没要紧的都断了,如今要成人立事,学习买卖,又不准我了,叫我怎么样呢?我又不是个丫头,把我关在家里,何日是个了手?况且那张德辉又是个有年纪的,咱们和他是世家,我同他,怎么得有错?我就有一时半刻不好的去处,他自然说我劝我,就是东西贵贱行情,他是知道的,自然色色问他,何等顺利,倒不叫我去,过两日,我不告诉家里,私自打点了走,明年发了财回来,才知道我呢!"说毕,赌气睡觉去了。

> 薛蟠也变得能言善辩了,说明曹氏能言善辩。

薛姨妈听他如此说,因和宝钗商议。宝钗笑道:"哥哥果然要经历正事,倒也罢了;只是他在家里说着好听,到了外头,旧病复发,难拘束他了,但也愁不得许多。他若是真改了,是他一生的福;若不改,妈妈也不能又有别的法子。一半尽人力,一半听天罢了。这么大人了,若只管怕他不知世路,出不得门,干不得事,今年关在家里,明年还是这个样儿。他既说的名正言顺,妈妈就打量着丢了一千、八百银子,竟交与他试一试。横竖有伙计帮着他,也未必好意思哄骗他的。二则他出去了,左右没了助兴的人,又没有倚仗的人,到了外头,谁还怕谁,有了的吃,没了的饿着,举眼无靠,他见了这样,只怕比在家里省了事也未可知。"薛姨妈听了,思忖半晌道:"倒是你说的是。花两个钱,叫他学些乖来,也值。"商议已定,一宿无话。

> 宝钗金玉良言,极明白,极想得开,莫非生而知之,如何能鞭辟入里至此!

> 让他出去锻炼。

> 交学费嘛。

至次日,薛姨妈命人请了张德辉来,在书房中,命薛蟠款待酒饭,自己在后廊下,隔着窗子,千言万语嘱托张德辉照管照管。张德辉满口应

> 还是放心不下。

承;吃过饭告辞,又回说:"十四日是上好出行日期,大世兄即刻打点行李,雇下骡子,十四日一早就长行了。"薛蟠喜之不尽,将此话告诉薛姨妈。薛姨妈便和宝钗香菱并两个年老的嬷嬷,连日打点行装,派下薛蟠之奶公老苍头一名,当年谙事旧仆二名,外有薛蟠随身常使小厮二名:主仆一共六人,雇了三辆大车,单拉行李使物,又雇了四个长行骡子。薛蟠自骑一匹家内养的铁青大走骡,外备一匹坐马。诸事完毕,薛姨妈宝钗等连夜劝戒之言,自不必备说。至十三日,薛蟠先去辞了他母舅,然后过来辞了贾宅诸人,贾珍等未免又有饯行之说,也不必细述。至十四日一早,薛姨妈宝钗等直同薛蟠出了仪门,母女两个,四只眼看他去了,方回来。

> 谱仍然不小。
>
> 好比一辆专车,一辆备用车。
>
> 这顿打没有完全白挨。
>
> 四只眼云云,饱含期待与忧虑。

薛姨妈上京带来的家人不过四五房,并两三个老嬷嬷小丫头,今跟了薛蟠一去,外面只剩了一两个男子,因此薛姨妈即日到书房,将一应陈设玩器并帘帐等物,尽行搬了进来收贮,命两个跟去男子之妻,一并也进来睡觉。又命香菱将他屋里也收拾严紧,"将门锁了,晚间和我去睡。"宝钗道:"妈妈既有这些人作伴,不如叫菱姐姐和我作伴去,我们园里又空,夜长了,我每夜做活,越多一个人,岂不越好?"薛姨妈笑道:"正是,我忘了,原该叫他同你去才是。我前日还合你哥哥说:文杏又小,到三不着两的;莺儿一个人,不够伏侍的。还要买一个丫头来你使。"宝钗道:"买的不知底里,倘或走了眼,花了钱事小,没的淘气。倒是慢慢打听着,有知道来历的,买个还罢了。"一面说。一面命香菱收拾了衾褥妆奁,命一个老嬷嬷并臻儿送至蘅芜院

> 薛氏母女都以防守姿态出现。
>
> 善良文明的薛家母女,并不以为买卖少女有什么不妥。抚今思昔,价值观也改多了去了。

去,然后宝钗和香菱才同回园中来。

香菱向宝钗道:"我原要和太太说的,等大爷去了,我和姑娘做伴去。我又恐怕太太多心,说我贪着园里来玩,谁知你竟说了。"宝钗笑道:"我知道你心里羡慕这园子不是一日两日的了,只是没个空儿。就每日来一趟,慌慌张张的,也没趣儿。所以趁着机会,越发住上一年,我也多个做伴的,你也遂了你的心。"香菱笑道:"好姑娘!趁着这个工夫,你教给我作诗罢!"宝钗笑道:"我说你'得陇望蜀'呢。我劝你且缓一缓,今儿头一日进来,先出园东角门,从老太太起,各处各人,你都瞧瞧,问候一声儿,也不必特意告诉他们搬进园来。若有提起因由儿的,你只带口说我带了你进来做伴儿就完了。回来进了园,再到各姑娘房里走走。"

香菱应着才要走时,只见平儿忙忙的走来。香菱忙问了好,平儿只得陪笑相问。宝钗因向平儿笑道:"我今儿把他带了来做伴儿,正要回你奶奶一声儿。"平儿笑道:"姑娘说的是那里的话?我竟没话答言了。"宝钗道:"这才是正理。'店房有个主人,庙里有个住持。'虽不是大事,到底告诉一声,就是园里坐更上夜的人,知道添了他两个,也好关门候户的了。你回去就告诉一声罢,我不打发人说去了。"平儿答应着,因又向香菱道:"你既来了,也不拜一拜街坊邻舍去?"宝钗笑道:"我正叫他去呢。"平儿道:"你且不必往我们家去,二爷病了在家里呢。"香菱答应着去了,先从贾母处来,不在话下。

且说平儿见香菱去了,便拉宝钗悄说道:"姑娘可听见我们的新文了?"宝钗道:"我没听见新文。因连日打发我哥哥出门,所以你们这

多行方便。与人方便,自己方便。

适当通报各方,但因香菱"格儿"低,不能太正式。

尊重既有的秩序,不可大意。

"新闻(文)"云云,"红"已有之。

里的事，一概不知道；连姊妹们这两天没见。"平儿笑道："老爷把二爷打了个动不得，难道姑娘就没听见？"宝钗道："早起恍惚听见了一句，也信不真。我也正要瞧你奶奶去呢，不想你来。又是为了什么打他？"平儿咬牙骂道："都是那什么贾雨村，半路途中那里来的饿不死的野杂种！认了不到十年，生了多少事出来。今年春天，老爷不知在那个地方看见几把旧扇子，回家来，看家里所有收着的这些好扇子，都不中用了，立刻叫人各处搜求。谁知就有个不知死的冤家，混号儿都叫他做石头呆子，穷的连饭也没的吃，偏他家就有二十把旧扇子，死也不肯拿出大门来。二爷好容易烦了多少情，见了这个人，说之再三，他把二爷请了到他家里坐着，拿出这扇子来，略瞧了一瞧，据二爷说，原是不能再得的，全是湘妃、棕竹、麋鹿、玉竹的，皆是古人写画真迹。回来告诉了老爷，便叫买他的，要多少银子给他多少。偏那石呆子说：'我饿死冻死，一千银子一把，我也不卖。'老爷没法了，天天骂二爷没能为。已经许他五百银子，先兑银子，后拿扇子，他只是不卖，只说：'要扇子先要我的命！'姑娘想想，这有什么法子？谁知那雨村没天理的听见了，便设了法子，讹他拖欠官银，拿他到了衙门里去，说：'所欠官银，变卖家产赔补。'把这扇子抄了来，做了官价，送了来。那石呆子如今不知是死是活。老爷问着二爷说：'人家怎么弄了来了？'二爷只说了一句：'为这点子小事弄的人家倾家败产，也不算什么能为。'老爷听了就生了气，说二爷拿话堵老爷。因此这是第一件大的。这几日，还有几件小的，我也记不清，所以都凑在一处，就打起来了。也没拉倒用板子

> 不说听见，也不说没听见——不是孤陋寡闻，不是不关心亲戚，也不是包打听，长舌头。恍惚听见信不真，最佳答话也。

> 平儿并不是喜欢传闲话的人，宝钗更不是爱听新文的人，二人仍要八卦体己一番。

> 石呆子不该在贾琏跟前显山露水。

> 曹氏还通"扇学"。

> 何等不仁！何等黑暗！

> 以平儿之口补叙插叙此事。表面上看是扇子问题，实际上贾赦是报讨鸳鸯未得之仇。

棍子,就站着,不知他拿了什么,混打了一顿,脸上打破了两处。我们听见姨太太这里有一种药,上棒疮的,姑娘寻一丸给我呢。"宝钗听了,忙命莺儿去找了两丸来与平儿。宝钗道:"既这样,你去替我问候罢,我就不去了。"平儿向宝钗答应着去了,不在话下。

呼应三十四回宝钗托丸药送宝玉事。

且说香菱见了众人之后,吃过晚饭,宝钗等都往贾母处去了,自己便往潇湘馆中来。此时黛玉已好了大半了,见香菱也进园来住,自是欢喜。香菱因笑道:"我这一进来了,也得空儿,好歹教给我做诗,就是我的造化了!"黛玉笑道:"既要学作诗,你就拜我为师,我虽不通,大略也还教的起你。"香菱笑道:"果然这样,我就拜你为师,你可不许腻烦的。"黛玉道:"什么难事,也值得去学?不过是起、承、转、合,当中承、转,是两副对子,平声的对仄声,虚的对实的,实的对虚的。若是果有了奇句,连平仄虚实不对都使得的。"香菱笑道:"怪道我常弄本旧诗,偷空儿看一两首,又有对的极工的,又有不对的。又听见说,'一三五不论,二四六分明'。看古人的诗上,亦有顺的,亦有二四六上错了的。所以天天疑惑。如今听你一说,原来这些规矩,竟是没事的,只要词句新奇为上。"黛玉道:"正是这个道理。词句究竟还是末事,第一是立意要紧,若意趣真了,连词句不用修饰,自是好的:这叫做'不以词害意'。"

进来先学诗,说明诗的普及性?重要性?香菱的高雅基因?

"什么难事"云云,既表现黛玉的高才,也表现了一种轻视文学文字的时尚。

黛玉论诗。
实亦雪芹论诗,特点是平易近人,道理浅近而又颠扑不破,和那种极端膨胀或装神弄鬼的诗论不同。

香菱笑道:"我只爱陆放翁诗'重帘不卷留香久,古砚微凹聚墨多'。说的真切有趣。"黛玉道:"断不可看这样的诗。你们因不知诗,所以见了这浅近的就爱;一入了这个格局,再学不出

嫌雕琢了。

来的。你只听我说,你若真心要学,我这里有《王摩诘全集》,你且把他的五言律一百首细心揣摩透熟了,然后再读一百二十首老杜的七言律,次之再李青莲的七言绝句读一二百首;肚子里先有了这三个人做了底子,然后再把陶渊明、应、刘、谢、阮、庾、鲍等人的一看,你又是这样一个极聪明伶俐的人,不用一年工夫,不愁不是诗翁了。"香菱听了,笑道:"既这样,好姑娘,你就把这书给我拿出来,我带回去,夜里念几首也是好的。"黛玉听说,便命紫鹃将王右丞的五言律拿来,递与香菱,道:"你只看有红圈的,都是我选的,有一首念一首;不明白的,问你姑娘;或者遇见我,我讲与你就是了。"香菱拿了诗,回至蘅芜院中,诸事不管,只向灯下一首一首的读起来。宝钗连催他数次睡觉,他也不睡。宝钗见他这般苦心,只得随他去了。

> 倒是大家路子。和一心追求奇巧的思路大不相同。

一日,黛玉方梳洗完了,只见香菱笑吟吟的送了书来,又要换杜律。黛玉笑道:"共记得多少首?"香菱笑道:"凡红圈选的,我尽读了。"黛玉道:"可领略了些没有?"香菱笑道:"我倒领略了些,只不知是不是;说给你听听。"黛玉笑道:"正要讲究讨论,方能长进。你且说来我听听。"香菱笑道:"据我看来,诗的好处,有口里说不出来的意思,想去却是必真的;有似乎无理的,想去竟是有理有情的。"黛玉笑道:"这话有了些意思,但不知你从何处见得?"香菱笑道:"我看他《塞上》一首,内一联云:'大漠孤烟直,长河落日圆。'想来烟如何直?日自然是圆的。这'直'字似无理,'圆'字似太俗。合上书一想,倒像是见了这景的。若说再找两个字换这两个,竟再找不出两个字来。再还有:'日落江湖白,潮来天

> 与宝钗同住,向黛玉学诗,不也是"钗黛合一"吗?

> 几何美。

地青。'这'白''青'两个字,也似无理。想来,必得这两个字才形容的尽;念在嘴里,到像有几千斤重的一个橄榄是的。还有:'渡头余落日,墟里上孤烟。'这'余'字合'上'字,难为他怎么想来!我们那年上京来,那日下晚便挽住船,岸上又没有人,只有几棵树,远远的几家人家作晚饭,那个烟竟是青碧连云。谁知我昨儿晚上看了这两句,倒像我又到了那个地方去了。"

像印象派的画。

具有涵盖性、弥漫性。

就字论字,仍嫌小气。

正说着,宝玉和探春来了,都入座听他讲诗。宝玉笑道:"既是这样,也不用看诗,'会心处不在远',听你说了这两句,可知'三昧'你已得了。"黛玉笑道:"你说他这'上孤烟'好,你还不知他这一句还是套了前人的来。我给你这一句瞧瞧,更比这个淡而现成。"说着,便把陶渊明的"暧暧远人村,依依墟里烟"翻了出来,递与香菱。香菱瞧了,点头叹赏,笑道:"原来'上'字是从'依依'两个字上化出来的!"宝玉大笑道:"你已得了,不用再讲,要再讲,倒学离了。你就做起来,必是好的。"探春笑道:"明儿我补一个柬来,请你入社。"香菱笑道:"姑娘何苦打趣我!我不过是心里羡慕,才学这个玩罢了。"探春黛玉都笑道:"谁不是玩?难道我们是认真作诗呢!若说我们真成了诗,出了这园子,把人的牙还笑掉了呢!"宝玉道:"这也算自暴自弃了。前日我在外头和相公们商画儿,他们听见咱们起诗社,求我把稿子给他们瞧瞧,我就写了几首给他们看看,谁不是真心叹服?他们抄了刻去了。"探春黛玉忙问道:"这是真话么?"宝玉笑道:"说谎的是那架上鹦哥。"黛玉探春听说,都道:"你真真胡闹!且别说那不成诗;便成诗,我们的笔墨,也不该传到外头去!"宝玉道:"这怕

"依依"又是从哪里来的呢?她们不讲生活源泉。

这里强调的"玩"(玩文学!)既有自谦之意,也有超功利之意,更保留了自己参与诗歌活动的弹性和潇洒。

做文字而保持一定的游戏心态,在许多情况下是允许的或难免的。

当然,也不都是游戏。檄文、悼词……自不可以游戏之心妄做。她们这样说有矜持感。宝玉思想比女孩子解放些。

什么？古来闺阁中笔墨不要传出去，如今也没人知道了。"

说着，只见惜春打发了入画来请宝玉。宝玉方去了。香菱又逼着换出杜律，又央黛玉探春二人："出个题目，让我诌去；诌了来，替我改正。"黛玉道："昨夜的月最好，我正要诌一首，未诌成；你就做一首来。'十四寒'的韵，由你爱用那几个字去。"香菱听了，喜的拿着诗回来，又苦思一回，做两句诗，又舍不得杜诗，又读两首：如此茶饭无心，坐卧不定。宝钗道："何苦自寻烦恼？都是颦儿引的你，我和他算账去。你本来呆头呆脑的，再添上这个，越发弄成个呆子了。"香菱笑道："好姑娘，别混我。"一面说，一面做了一首，先与宝钗看了，笑道："这个不好，不是这个做法。你别怕臊，只管拿了给他瞧去，看他是怎么说。"香菱听了，便拿了诗找黛玉，黛玉看时，只见写道是：

> 月桂中天夜色寒，清光皎皎影团团。
> 诗人助兴常思玩，野客添愁不忍观。
> 翡翠楼边悬玉镜，珍珠帘外挂冰盘。
> 良宵何用烧银烛，晴彩辉煌映画栏。

黛玉笑道："意思却有，只是措词不雅；皆因你看的诗少，被他缚住了。把这首诗丢开，再做一首。只管放开胆子去做。"

香菱听了，默默的回来，越发连房也不进去，只在池边树下，或坐在山石上出神，或蹲在地下抠地，来往的人都诧异。李纨、宝钗、探春、宝玉等听得此言，都远远的站在山坡上瞧着他笑。只见他皱一回眉，又自己含笑一回。宝钗笑道："这个人定是疯了！昨夜嘟嘟哝哝，直闹到五更才睡下；没一顿饭的工夫，天就亮了，我

> 呆头呆脑的人正好学诗。如果聪明伶俐如平儿、袭人……岂可作诗？不妨解释为诗者痴也。

> 都是表面堆砌。

> 有"放胆文"之说，亦有放胆诗之论，但此"胆子"又是何时束缚住的呢？

就听见他起来了,忙忙碌碌梳了头,就找颦儿去。一回来了,呆了一日,做了一首又不好,自然这会子另做呢。"宝玉笑道:"这正是'地灵人杰',老天生人,再不虚赋情性的。我们成日叹说:可惜他这么个人竟俗了,谁知到底有今日!可见天地至公。"宝钗听了,笑道:"你能够像他这苦心就好了,学什么有个不成的?"宝玉不答。

> 作诗便不俗了。以诗为雅俗界线,倒也有趣。

只见香菱兴兴头头的,又往黛玉那边来了。探春笑道:"咱们跟了去,看他有些意思没有。"说着,一齐都往潇湘馆来。只见黛玉正拿着诗和他讲究。众人因问黛玉:"做的如何?"黛玉道:"自然算难为他了;只是还不好。这一首过于穿凿了,还得另做。"众人因要诗看时,只见做道是:

　　非银非水映窗寒,试看晴空护玉盘。
　　淡淡梅花香欲染,丝丝柳带露初干。
　　只疑残粉涂金砌,恍若轻霜抹玉栏。
　　梦醒西楼人迹绝,余容犹可隔帘看。

> 开始有了"我"的感觉。

宝钗笑道:"不像吟月了,月字底下添一个'色'字,倒还使得。你看句句倒像是月色。这也罢了,原是诗从胡说来,再迟几天就好了。"香菱自为这首诗妙绝,听如此说,自己又扫了兴,不肯丢开手,便要思索起来。因见他姊妹们说笑,便自己走至阶下竹前,挖心搜胆的,耳不旁听,目不别视。一时探春隔窗笑说道:"菱姑娘,你闲闲罢。"香菱怔怔答道:"'闲'字是'十五删'的,错了韵了。"众人听了,不觉大笑起来。宝钗道:"可真诗魔了。都是颦儿引的他!"黛玉笑道:"圣人说:'诲人不倦',他又来问我,我岂有不说的理!"

> 西谚有"愤怒出诗人"之说,此时的香菱则是"闲空出诗人"。

李纨笑道:"咱们拉了他往四姑娘屋里去,

"红"中动不动就谈诗做赋。起了调剂、舒缓、间离的作用。作者亦借此一而再再而三地发表诗论,卖弄诗才。

香菱很重要,但性格没怎么出来。此回略给人印象,仍然不鲜明透彻。

> 引他瞧瞧画儿,叫他醒一醒才好。"说着,真个出来拉他过藕香榭,至暖香坞中。惜春正乏倦,在床上歪着睡午觉,画缯立在壁间,用纱罩着。众人唤醒了惜春,揭纱看时,十停方有了三停。见画上有几个美人,因指香菱道:"凡会作诗的,都画在上头,你快学罢。"说着,玩笑了一回,各自散去。
>
> 　　香菱满心中正是想诗,至晚间,对灯出了一回神,至三更以后,上床躺下,两眼睁睁直到五更,方才蒙眬睡去了。一时天亮,宝钗醒了,听了一听,他安稳睡了,心下想:"他翻腾了一夜,不知可做成了?这会子乏了,且别叫他。"正想着,只见香菱从梦中笑道:"可是有了,难道这一首还不好?"宝钗听了,又是可叹,又是可笑。连忙唤醒了他,问他:"得了什么?你这诚心,都通了仙了。学不成诗,弄出病来呢!"一面说,一面梳洗了,和姊妹往贾母处来。原来香菱苦志学诗,精血诚聚,日间不能做出,忽于梦中得了八句,梳洗已毕,便忙写出,来到沁芳亭,只见李纨与众姊妹方从王夫人处回来,宝钗正告诉他们,说他梦中作诗,说梦话。众人正笑,抬头见他来了,就都争着要诗看。要知端的,且看下回分解。

成仙,成病,成诗。

香菱学诗一节很有诗学价值,但在整个"红"中的必要性与含义似不明显。倒是从她身上想起甄士隐来。

　　香菱的性格并不分明,感人的是她的遭际,"平生遭际实堪伤",令人嗟叹。再往深里想,谁是贵族谁是奴才,不过是偶然事故。客观上,这样的故事与思路能够通向人与人本来平等的先进观念。

第四十九回

琉璃世界白雪红梅　脂粉香娃割腥啖膻

话说香菱见众人正说笑他,便迎上去,笑道:"你们看这首诗:若使得,我便还学;若还不好,我就死了这作诗的心了。"说着,把诗递与黛玉及众人看时,只见写道是:

> 精华欲掩料应难,影自娟娟魄自寒。
> 一片砧敲千里白,半轮鸡唱五更残。
> 绿蓑江上秋闻笛,红袖楼头夜倚栏。
> 博得嫦娥应自问:何缘不使永团圆?

> 赋予题材以些许生机,写"活"了就好。

> "红"中诗都有自况意味。

众人看了,笑道:"这首不但好,而且新巧有意趣。可知俗语说:'天下无难事,只怕有心人。'社里一定请你了。"香菱听了,心下不信,料着是他们哄自己的话,还只管问黛玉宝钗等。

正说之间,只见几个小丫头并老婆子忙忙的走来,都笑道:"来了好些姑娘奶奶们,我们都不认得;奶奶姑娘们快认亲去。"李纨笑道:"这是那里的话?你到底说明白了,是谁的亲戚?"那婆子丫头都笑道:"奶奶的两位妹子都来了;还有一位姑娘,说是薛大姑娘的妹子;还有一位爷,说是薛大爷的兄弟。我这会子请姨太太去呢!奶奶和姑娘们先上去罢!"说着,一径去了。宝钗笑道:"我们薛蟠和他妹子来了不成?"李纨笑道:"或者我婶娘又上京来了,怎么他们都凑在一处?这可是奇事。"

> 喜乐自从天降。

> 有亲自远方来,不亦乐乎。

大家来至王夫人上房，只见黑压压的一地。又有邢夫人的嫂子，带了女儿岫烟进京来投邢夫人的，可巧凤姐之兄王仁也正进京，两亲家一处搭帮来了。走至半路泊船时，遇见李纨寡婶，带着两个女儿，长名李纹，次名李绮，也上京，大家叙起来，又是亲戚，因此三家一路同行。后有薛蟠之从弟薛蝌，因当年父亲在京时，已将胞妹薛宝琴许配都中梅翰林之子为婚，正欲进京发嫁，闻得王仁进京，他也随后带了妹子赶来：所以今日会齐了来访投各人亲戚。

一下子来了这么多人，三言两语交代一下，为何这样凑巧，几家人都凑到了一起，则无解释。这样上人物的办法未必最佳，却也有它的真实性。

于是大家见礼叙过，贾母王夫人都欢喜非常。贾母因笑道："怪道昨日晚上灯花爆了又爆，结了又结，原来应到今日。"一面叙些家常，收了带来的礼物，一面命留酒饭。凤姐儿自不必说，忙上加忙；李纨宝钗自然和婶母姊妹叙离别之情。黛玉见了，先是欢喜，后想起众人皆有亲眷，独自己孤单无倚，不免又去垂泪。宝玉深知其情，十分劝慰了一番方罢。

不但是无事忙，也还有无事喜、无事愁等等。无厘头与有厘头，都是人生滋味。

然后宝玉忙忙来至怡红院中，向袭人、麝月、晴雯笑道："你们还不快着看去！谁知宝姐姐的亲哥哥是那个样子，他这叔伯兄弟，形容举止，另是个样子；倒像是宝姐姐的同胞兄弟似的。更奇在你们成日家只说宝姐姐是绝色的人物，你们如今瞧见他这妹子，还有大嫂子的两个妹子，我竟形容不出来了。老天，老天！你有多少精华灵秀，生出这些人上之人来！可知我'井底之蛙'，成日家只说现在的这几个人是有一无二的；谁知不必远寻，就是本地风光，一个赛似一个。如今我又长了一层学问了。除了这几个，难道还有几个不成？"一面说，一面自笑。袭人见他又有些魔意，便不肯去瞧。晴雯等早去

"红"最喜捉对写人物，或难分伯仲，或泾渭分明。薛宝钗、薛蟠、薛蝌、薛宝琴四人便互相映照衬托成趣。

这里面倒包含着一种对人、对青春的肯定与赞美。天涯何处无芳草？大观园本是相当封闭的，幸有客至，令读者想到园外有园，人外有人，红楼之外又红楼！
犹如遐想地球之外还有生命一样，给人一种普泛贯通的"宇宙感"。
阅尽红楼，亦不过沧海一粟。

瞧了一遍回来,带笑向袭人说道:"你快瞧瞧去!大太太一个侄女儿,宝姑娘一个妹妹,大奶奶两个妹妹,倒像一把子四根水葱儿。"

　　一语未了,只见探春也笑着进来找宝玉,因说:"咱们诗社可兴旺了。"宝玉笑道:"正是呢。这是一高兴起诗社,鬼使神差来了这些人。但只一件,不知他们可学过作诗不曾?"探春道:"我才都问了问,虽是他们自谦,看其光景,没有不会的。便是不会,也没难处,你看香菱就知道了。"晴雯笑道:"他们里头,薛大姑娘的妹妹更好。三姑娘看着怎么样?"探春道:"果然的。据我看来,连他姐姐并这些人总不及他。"袭人听了,又是咤异,又笑道:"这也奇了,还从那里再寻好的去呢?我倒要瞧瞧去。"探春道:"老太太一见了,喜欢的无可不可的,已经逼着咱们太太认了干女孩儿了。老太太要养活,才刚已经定了。"宝玉喜的忙问:"这话果然么?"探春道:"我几时说过谎?"又笑道:"老太太有了这个好孙女儿,就忘了你这孙子了。"宝玉笑道:"这倒不妨,原该多疼女孩儿些是正理。明儿十六,咱们可该起社了。"探春道:"林丫头刚起来了,二姐姐又病了,终是七上八下的。"宝玉道:"二姐姐又不大作诗,没有他又何妨?"探春道:"索性等几天,等他们新来的混熟了,咱们邀上他们,岂不好?这会子,大嫂子宝姐姐心里自然没有诗兴的。况且湘云没来,颦儿才好了,人都不合式;不如等着云丫头来了,这几个新的也熟了,颦儿也大好了,大嫂子和宝姐姐心也闲了,香菱诗也长进了:如此邀一满社,岂不好?咱们两个,如今且往老太太那里去听听,除宝姐姐的妹妹不算外,他一定是在咱们家住定了的。倘或

也表明该时诗作诗艺的普及程度。

宝琴一上来就这样红里透紫,性格却不突出,故事亦不重要。有几种可能:一、依雪芹原意,后四十回另有重任。二、凸现薛家的实力。三、表达作者的一种意念:钗黛已令人叹观止矣,但人之精英是不可穷尽的,宝琴后来居上。四、在钗黛湘云之外另写女孩子,作者已力不从心。

随机调整,也是文化。

诸事顺遂,宽松和谐。

香菱学诗以后,升了半格。

那三个要不在咱们这里住,咱们央告着老太太留下他们,也在园子里住了,咱们岂不多添几个人,越发有趣了。"宝玉听了,喜的眉开眼笑,忙说道:"倒是你明白;我终久是个糊涂心肠,空喜欢了一会子,却想不到这上头。"说着,兄妹两个,一齐往贾母处来。果然王夫人已认了薛宝琴作干女儿,贾母喜欢非常,不命往园中住,晚上跟着贾母一处安寝。薛蝌自向薛蟠书房中住下了。贾母和邢夫人说:"你侄女儿也不必家去了,园里住几天,逛逛再去。"

女性们的社会生活十分贫乏,除了家庭成员以外,只能靠与血缘亲属们来往填补自己的寂寞与空虚。

  邢夫人兄嫂家中原艰难,这一上京,原仗的是邢夫人与他们治房舍,帮盘缠,听如此说,岂不愿意。邢夫人便将邢岫烟交与凤姐儿。凤姐儿算着园中姊妹多,性情不一,且又不便另设一处,莫若送到迎春一处去,倘日后邢岫烟有些不遂意的事,纵然邢夫人知道了,与自己无干。从此后,若邢岫烟家去住的日期不算,若在大观园住到一个月上,凤姐儿亦照迎春分例,送一分与岫烟。

对邢夫人颇有防范。说明凤邢关系外松内紧。

凤姐儿冷眼敁敠岫烟心性行为,竟不像邢夫人及他的父母一样,却是个极温厚可疼的人。因此凤姐儿反怜他家贫命苦,比别的姊妹多疼他些。邢夫人倒不大理论了。

年轻女子总是好的。这是宝玉的总结。

贾母王夫人等因素喜李纨贤惠,且年轻守节,令人敬服,今见他寡婶来了,便不肯叫他外头去住。那婶母虽十分不肯,无奈贾母执意不从,只得带着李纹李绮在稻香村住下了。当下安插既定,谁知忠靖侯史鼎又迁委了外省大员,不日要带家眷去上任,贾母因舍不得湘云,便留下他了,接到家中。原要命凤姐儿另设一处与他住,史湘云执意不肯,只要和宝钗一处住,因此也就罢了。

大观园房多人少,居住空间大,实是一"花园酒店"。

  此时大观园中,比先又热闹了多少:李纨为

热闹了,便是冷清者的永远的回忆。

首,余者迎春、探春、惜春、宝钗、黛玉、湘云、李纨、李绮、宝琴、邢岫烟,再添上凤姐儿和宝玉,一共十三人。叙起年庚,除李纨年纪最长,凤姐儿次之,余者皆不过十五六七岁,大半同年异月,连他们自己也不能记清谁长谁幼;并贾母王夫人及家中婆子丫头也不能细细分清,不过是"姐""妹""兄""弟"四个字,随便乱叫。　　又是无差别境界。

　　如今香菱正满心满意只想作诗,又不敢十分罗唣宝钗,可巧来了个史湘云,那史湘云极爱说话的,那里禁得香菱又请教他谈诗?越发高了兴,没昼没夜高谈阔论起来。宝钗因笑道:　　趁机扫瞄诗苑。
"我实在聒噪的受不得了。一个女孩儿家,只管拿着诗做正经事讲起来,叫有学问的人听了反笑话,说不守本分。一个香菱没闹清,又添上你这个话口袋子,满口里说的是什么:怎么是'杜工部之沉郁,韦苏州之淡雅',又怎么是'温八叉之绮靡,李义山之隐僻'。痴痴癫癫,那里还像两个女儿家呢?"说得香菱湘云二人都笑起来。　　宝钗论诗,非不能也,是不为也。宝钗懂诗但又不以诗为本分,亦是一种超越,貌似却是从俗。

　　正说着,只见宝琴来了,披了一领斗篷,金翠辉煌,不知何物。宝钗忙问:"这是那里的?"宝琴笑道:"因下雪珠儿,老太太找了这一件给我的。"香菱上来瞧道:"怪道这么好看,原来是孔雀毛织的。"湘云笑道:"那里是孔雀毛?就是野鸭子头上的毛做的。可见老太太疼你了;这么样疼宝玉,也没给他穿。"宝钗笑道:"真真俗语说的,'各人有各人的缘法',我也再想不到他这会子来;既来了,又有老太太这么疼他。"湘云道:"你除了在老太太跟前,就在园里;来这两处,只管玩笑吃喝。到了太太屋里,若太太在屋里,只管和太太说笑,多坐一回无妨;若太太不在屋里,你别进去,那屋里人多心坏,都是耍咱　　话里又有什么话呢?

们的。"说的宝钗、宝琴、香菱、莺儿等都笑了。宝钗笑道:"说你没心却有心,虽然有心,到底嘴太直了。我们这琴儿,今儿你竟认他做亲妹妹罢。"湘云又瞅了宝琴笑道:"这一件衣裳也只配他穿,别人穿了实在不配。"

> 为何别人不配,都是作者于无从发力处拼命突出宝琴。

正说着,只见琥珀走来,笑道:"老太太说了:叫宝姑娘别管紧了琴姑娘,他还小呢,让他爱怎么样就由怎么样,他要什么东西只管要,别多心。"宝钗忙起身答应了,又推宝琴笑道:"你也不知是那里来的这段福气!你倒去罢,仔细我们委屈了你。我就不信,我那些儿不如你。"说话之间,宝玉黛玉进来了,宝钗犹自嘲笑。湘云因笑道:"宝姐姐,你这话虽是玩,却有人真心是这样想呢。"琥珀笑道:"真心恼的再没别人,就只是他。"口里说,手指着宝玉。宝钗湘云都笑道:"他倒不是这样人。"琥珀又笑道:"不是他,就是他。"说着,又指黛玉。湘云便不作声。宝钗笑道:"更不是了。我的妹妹和他的妹妹一样,他喜欢的比我还甚呢;他那里还恼?你信云儿混说,他的那嘴有什么正经。"

> 自吹自擂也可以成为自嘲,这叫活用。

宝玉素昔深知黛玉有些小性儿,尚不知近日黛玉和宝钗之事,正恐贾母疼宝琴,他心中不自在;今儿湘云如此说了,宝钗又如此答,再审度黛玉声色,亦不似往日,果然与宝钗之说相符,心中甚是不解。因想:"他两个素日不是这样的;如今看来,竟更比他人好了十倍。"一时又见林黛玉赶着宝琴叫"妹妹",并不提名道姓,直似亲姊妹一般。那宝琴年轻心热,且本性聪敏,自幼读书识字,今在贾府住了两日,大概人物已知;又见众姊妹都不是那轻薄脂粉,且又和姐姐皆和气,故也不肯怠慢。其中又见林黛玉是个

> 黛玉此次并未"小性",一方面是由于宝钗"做了工作",赢得了黛玉的信任与友谊,更重要的是,黛玉对宝玉的"心"已较有了底。

出类拔萃的,便更与黛玉亲敬异常。宝玉看着,只是暗暗的纳罕。

一时宝钗姊妹往薛姨妈房内去后,湘云往贾母处来,林黛玉回房歇着,宝玉便找了黛玉来,笑道:"我虽看了《西厢记》,也曾有明白的几句说了取笑,你还曾恼过;如今想来,竟有一句不解,我念出来,你讲讲我听。"黛玉听了,便知有文章,因笑道:"你念出来我听听。"宝玉笑道:"那'闹简'上有一句说的最好,'是几时孟光接了梁鸿案?'这五个字不过是现成的典,难为他'是几时'三个虚字,问的有趣。是几时接了?你说说我听听。"黛玉听了,禁不住也笑起来,因笑道:"这原问的好。他也问的好,你也问的好。"宝玉道:"先时你只疑我,如今你也没的说了。"黛玉笑道:"谁知他竟真是个好人,我素日只当他藏奸。"因把说错了酒令,宝钗怎样说他,连送燕窝,病中所谈之事,细细的告诉宝玉,宝玉方知原故。因笑道:"我说呢,正纳闷'是几时孟光接了梁鸿案',原来是从'小孩儿家口没遮拦'上就接了案了。"

黛玉因又说起宝琴来,想起自己没有姊妹,不免又哭了。宝玉忙劝道:"这又自寻烦恼了。你瞧瞧,今年比旧年越发瘦了。你还不保养,每天好好的,你必是自寻烦恼,哭一会子,才算完了这一天的事。"黛玉拭泪道:"近来我自觉心酸,眼泪却像比旧年少了些的。心里只管酸痛,眼泪却不多。"宝玉道:"这是你哭惯了,心里疑惑,岂有眼泪会少的!"

正说着,只见他屋里的小丫头子送了猩猩毡斗篷来,又说:"大奶奶才打发人来说:下了雪,要商议明日请人作诗呢。"一语未了,只见李

> 并非故意转文或绕弯子,实是一种试探性的问询,一种礼貌。如果对方不愿回答,只表示听不懂即可,不伤面子。

> 好人被认为是好人,此一难也;坏人被认为是好人,又一难也;好人被认为是坏人,尤其难了。

> 能这样彼此"交心",自然好多了。

> 黛玉虽仍多悲伤,却不那么挑剔"促狭"了。

> 眼泪渐少云云虽不经,却极感人。这种想法说法实乃惊人之笔。表达了主观感受而不是客观事物的深刻性与绝对性。

纨的丫头走来请黛玉。宝玉便邀着黛玉同往稻香村来。黛玉换上掐金挖云红香羊皮小靴,罩了一件大红羽绉面白狐狸皮的鹤氅,系一条青金闪绿双环四合如意绦,上罩了雪帽,二人一齐踏雪行来,只见众姊妹都在那里;都是一色大红猩猩毡与羽毛缎斗篷,独李纨穿一件哆罗呢对襟褂子,薛宝钗穿一件莲青斗纹锦上添花洋线番耙丝的鹤氅。邢岫烟仍是家常旧衣,并没避雨之衣。一时史湘云来了,穿着贾母与他的一件貂鼠脑袋面子、大毛黑灰鼠里子、里外发烧大褂子;头上带着一顶挖云鹅黄片金里大红猩猩毡昭君套,又围着大貂鼠风领。黛玉先笑道:"你们瞧瞧,孙行者来了。他一般的拿着雪褂子,故意妆出个小骚达子样儿来。"湘云笑道:"你们瞧我里头打扮的。"一面说,一面脱了褂子,只见他里头穿着一件半新的靠色三厢领袖秋香色盘金五色绣龙窄裉小袖掩衿银鼠短袄,里面短短的一件水红妆缎狐肷褶子,腰里紧紧束着一条蝴蝶结子长穗五色宫绦,脚下也穿着鹿皮小靴:越显得蜂腰猿背,鹤势螂形。众人都笑道:"偏他只爱打扮成个小子的样儿,原比他打扮女儿更俏丽了些。"

  湘云笑道:"快商议作诗!我听听是谁的东家?"李纨道:"我的主意。想来昨儿的正日已自过了,再等正日又太远,可巧又下雪,不如咱们大家凑个社,又给他们接风,又可以作诗。你们意思怎么样?"宝玉先道:"这话很是,只是今日晚了,若到明日晴了,又无趣。"众人都道:"这雪未必晴,纵晴了,这一夜下的也够赏了。"李纨道:"我这里虽然好,又不如芦雪亭好。这已经打发人笼地炕去了,咱们大家拥炉作诗。老太

> 写自然风光、天气现象,却从人的衣装上写起。上次四十五回写雨,主要写了宝玉的蓑衣与雨中用的灯具,便觉气氛极好。这回写雪,也是先写各人的雪装。

> 简直是冬季时装表演。

> 湘云自有特色。

太想来未必高兴。况且咱们小玩意儿,单给凤丫头个信儿就是了。你们每人一两银子就够了,送到我这里来。"指着香菱、宝琴、李纹、李绮、岫烟:"五个不算外,咱们里头二丫头病了不算,四丫头告了假也不算,你们四分子送了来,我包管五六两银子也尽够了。"宝钗等一齐应诺。因又拟题限韵,李纨笑道:"我心里早已定了。等到了明日临期,横竖知道。"说毕,大家又闲话了一回,方往贾母处来,当日无话。

> 组织创作、联欢活动要收费,这是合理的。

到了次日一早,宝玉因心里记挂着这事,一夜没好生得睡,天亮了就爬起来,掀起帐子一看,虽然门窗尚掩,只是窗上光辉夺目,心内早踌躇起来,埋怨定是晴了,日光已出。一面忙起来揭起窗屉,从玻璃窗内往外一看,原来不是日光,竟是一夜雪下的将有一尺多厚,天上仍是搓绵扯絮一般。宝玉此时欢喜非常,忙唤起人来,盥漱已毕,只穿一件茄色哆罗呢狐狸皮袄,罩一件海龙小鹰膀褂子,束了腰,披上玉针蓑,带了金藤笠,登上沙棠屐,忙忙的往芦雪亭来。出了院门,四顾一望,并无二色,远远的是青松翠竹,自己却似装在玻璃盆内一般。于是走至山坡之下,顺着山脚,刚转过去,已闻得一股寒香扑鼻,回头一看,却是妙玉那边栊翠庵中有十数枝红梅,如胭脂一般,映着雪色,分外显得精神,好不有趣。

> 童心、玩心。

> 穿呀穿呀穿不完,吃不完,乐不完,享受不完……而终有完的时候。

> 仍然不忘妙玉。

宝玉便立住,细细的赏玩了一回方走。只见蜂腰板桥上一个人打着伞走来,是李纨打发了请凤姐儿去的人。宝玉来至芦雪亭,只见丫头婆子正在那里扫雪开径。原来这芦雪亭盖在一个傍山临水河滩之上,一带几间茅檐土壁,横篱竹牖,推窗便可垂钓,四面皆是芦苇掩覆,一

> 遍写大观园四季景物。

条去径,逶迤穿芦度苇过去,便是藕香榭的竹桥了。众丫头婆子见他披蓑带笠而来,都笑道:"我们才说正少一个渔翁,如今果然全了。姑娘们吃了饭才来呢!你也太性急了。"宝玉听了,只得回来。刚至沁芳亭,见探春正从秋爽斋出来,围着大红猩猩毡的斗篷,带着观音兜,扶着个小丫头,后面一个妇人打着一把青绸油伞。宝玉知道他往贾母处去,遂立在亭边;等他来到,二人一同出园前去。

宝琴正在里间房内梳洗更衣。一时众姐妹来齐,宝玉只嚷饿了,连连催饭。好容易等摆上饭时,头一样菜是牛乳蒸羊羔,贾母便说:"这是我们有年纪人的药,没见天日的东西,可惜你们小孩子吃不得。今儿另外有新鲜鹿肉,你们等着吃罢。"众人答应了。宝玉却等不得,只拿茶泡了一碗饭,就着野鸡瓜子,忙忙的爬拉完了。贾母道:"我知道你们今儿又有事情,连饭也不顾吃。"就叫:"留着鹿肉与他晚上吃罢。"凤姐儿忙说:"还有呢,吃残了的倒罢了。"湘云便和宝玉计较道:"有新鹿肉,不如咱们要一块,自己拿了园里弄着,又吃又玩。"宝玉听了,真和凤姐要一块,命婆子送入园去。

> 饭食求其珍稀,大有上穷碧落下黄泉、吃尽天下方无憾之野心。

一时,大家散后,进园齐往芦雪亭来,听李纨出题限韵。独不见湘云宝玉二人。黛玉道:"他两个再到不得一处;要到了一处,生出多少事来。这会子一定算计那块鹿肉去了。"正说着,只见李婶娘也走来看热闹,因问李纨道:"怎么那一个带玉的哥儿和那一个挂金麒麟的姐儿,那样干净清秀,又不少吃的,他两个在那里商议着要吃生肉呢,说的有来有去的。我只不信,肉也生吃得?"众人听了,都笑道:"了不

> 要吃生肉,果然有普适性。

得!快拿他两个来。"黛玉笑道:"这可是云丫头闹的。我的卦再不错。"李纨即忙出来,找着他两个,说道:"你们两个要吃生的,我送你们到老太太那里吃去,那怕一只生鹿,撑病了不与我相干。这么大雪,怪冷的,快替我作诗去罢。"宝玉忙笑道:"没有的事!我们烧着吃呢。"李纨道:"这还罢了。"只见老婆子们拿了铁炉、铁叉、铁丝蒙来,李纨道:"仔细,割了手不许哭!"说着,方进去了。

〔与今日欧美之B.B.Q相类。〕

那边凤姐打发了平儿回复不能来,为发放年例正忙。湘云见了平儿,那里肯放?平儿也是个好玩的,素日跟着凤姐儿无所不至,见如此有趣,乐得玩笑,因而退去手上的镯子,三个人围着火,平儿便要先烧三块吃。那边宝钗黛玉平素看惯了,不以为异;宝琴等及李婶娘深为罕事。探春和李纨等已议定了题韵。探春笑道:"你们闻闻,香气这里都闻见了,我也吃去。"说着,也找了他们来。李纨也随来,说:"客已齐了,你们还吃不够?"湘云一面吃,又一面说道:"我吃这个方爱吃酒,吃了酒才有诗。若不是这鹿肉,今儿断不能作诗。"说着,只见宝琴披着凫靥裘,站在那里笑。湘云笑道:"傻子!你来尝尝!"宝琴笑道:"怪腌臜的。"宝钗笑道:"你尝尝去,好吃的很呢!你林姐姐弱,吃了不消化;不然,他也爱吃。"宝琴听了,便过去吃了一块,果然好吃,便也吃起来。

〔野餐风味。〕

〔物质变精神。〕

〔读之垂涎。〕

一时凤姐儿打发小丫头来叫平儿。平儿说:"史姑娘拉着我呢,你先去罢。"小丫头去了。一时,只见凤姐儿也披着斗篷走来,笑道:"吃这样好东西,也不告诉我!"说着,也凑在一处吃起来。黛玉笑道:"那里找这一群花子去!罢了,贾政赴任,薛蟠行商,宝黛定情,钗黛和好,闹了一阵子死了一人以后贾琏凤姐平儿夫妻妾重归于好,鸳鸯处境暂时稳定——天下太平,四海无事。于是有了闲适气氛,于是香菱作诗竟占了多半回。

于是天降诗友,大观园掀起文艺娱乐旅游活动的新高潮。

罢了!今日芦雪亭遭劫,生生被云丫头作践了。我为芦雪亭一大哭。"湘云冷笑道:"你知道什么!'是真名士自风流',你们都是假清高,最可厌的。我们这会子腥的膻的大吃大嚼,回来却是锦心绣口。"宝钗笑道:"你回来若做的不好了,把那肉掏出来,就把这雪压的芦苇子楺上些,以完此劫!"

> 回答得好。
> 也叫大雅若俗,却是大土若洋了。

说着,吃毕,洗了一回手。平儿带镯子时,却少了一个,左右前后乱找了一番,踪迹全无。众人都咤异。凤姐儿笑道:"我知道这镯子的去向。你们只管作诗去,我们也不用找,只管前头去,不出三日,包管就有了。"说着又问:"你们今儿做什么诗?老太太说了,离年又近了,正月里还该做些灯谜儿大家玩笑。"众人听了,都笑道:"可是呢,倒忘了。如今赶着做几个好的,预备着正月里玩。"说着,一齐来至地炕屋内,只见杯盘果菜俱已摆齐了,墙上已贴出诗题、韵脚、格式来了。宝玉湘云二个忙看时,只见题目是:"'即景联句',五言排律一首,限'二萧'韵。"后面尚未列次序。李纨道:"我不大会作诗,我只起三句罢,然后谁先得了谁先联。"宝钗道:"到底分个次序。"要知端的,且看下回分解。

> 留下一点伏笔,不谐和音。

大观园再好,那么几个闲人,又写得细细的,令人闷气。干脆上一批新面孔,抬抬人气。写小说之道,与人事组织之道有相通处,稳定性与求变性,必须结合。

第 五 十 回

芦雪亭争联即景诗　暖香坞雅制春灯谜

大观园的这些愉快的活动多是偶然灵机一动就搞起来的,正如凤姐的起诗一样。贾府的那些纷争倒都很必然——冰冻三尺,非一日之寒。

　　话说薛宝钗道:"倒底分个次序,让我写出来。"说着,便令众人拈阄为序。起首恰是李氏,然后按次各各开出。凤姐儿道:"既这样说,我也说一句在上头。"众人都笑起来了,说:"这样更妙了。"宝钗将"稻香老农"之上补了一个"凤"字,李纨又将题目讲与他听。

　　凤姐儿想了半日,笑道:"你们别笑话我,我只有了一句粗话,可是五个字的;下剩的我就不知道了。"众人都笑道:"越是粗话越好。你说了,就只管干正事去罢。"凤姐儿笑道:"想下雪必刮北风,昨夜听见一夜的北风,我有一句,这一句就是'一夜北风紧'。使得使不得,我就不管了。"众人听说,都相视笑道:"这句虽粗,不见底下的,这正是会作诗的起法,不但好,而且留了写不尽的多少地步与后人。就是这句为首,稻香老农快写上,续下去。"凤姐儿和李婶娘平儿又吃了两杯酒,自去了。

显然凤姐亦有一定的诗教熏陶。

　　这里李纨就写了:
　　　一夜北风紧,
　　自己联道:

开门雪尚飘。入泥怜洁白,   先从雪与天气写起,联系到风光、年景诸般。

香菱道:

匝地惜琼瑶。有意荣枯草,

探春道:

无心饰萎苗。价高村酿熟,

李绮道:

年稔府梁饶。葭动灰飞管,

李纹道:

阳回斗转杓。寒山已失翠,

岫烟道:

冻浦不生潮。易挂疏枝柳,

湘云道:

难堆破叶蕉。麝煤融宝鼎,   富贵相渐出。

宝琴道:

绮袖笼金貂。光夺窗前镜,

黛玉道:

香粘壁上椒。斜风仍故故,

宝玉道:

清梦转聊聊。何处梅花笛?   由景及人。

宝钗道:

谁家碧玉箫。鳌愁坤轴陷,

李纨笑道:"我替你们看热酒去罢。"宝钗命宝琴续联,只见湘云起来道:

龙斗阵云销。野岸回孤棹,

宝琴也联道:

吟鞭指灞桥。赐裘怜抚戍,   诗的进行正如火车的开行,有一个加速度与对惯性的克服,开始是20、30、40公里/小时,再往后就100、150公里/小时了。

湘云那里肯让人?且别人也不如他敏捷,都看他扬眉挺身的说道:

加絮念征徭。坳垤审夷险,

宝钗连声赞好,也便联道:

枝柯怕动摇。皑皑轻趁步,

黛玉忙联道:

　　剪剪舞随腰。苦茗成新赏,

一面说,一面推宝玉,命他联。宝玉正看宝琴、宝钗、黛玉三人共战湘云,十分有趣,那里还顾得联诗?今见黛玉推他,方联道:

　　孤松订久要。泥鸿从印迹,

宝琴接着联道:

　　林斧或闻樵。伏象千峰凸,

湘云忙联道:

　　盘蛇一径遥。花缘经冷结,

宝钗与众人又都赞好,探春联道:

　　色岂畏霜雕。深院惊寒雀,

湘云正渴了,忙忙的吃茶,已被岫烟抢着联道:

　　空山泣老鸮。阶墀随上下,

> 冬景体贴得细致。

湘云忙丢了茶杯,联道:

　　池水任浮漂。照耀临清晓,

黛玉忙联道:

　　缤纷入永宵。诚忘三尺冷,

湘云忙笑联道:

　　瑞释九重焦。僵卧谁相问,

宝琴也忙笑联道:

　　狂游客喜招。天机断缟带,

湘云又忙道:

　　海市失鲛绡。

> 渐渐加快了节奏,一人两句变成一人一句,"抢答"起来。读之如见其势。

黛玉不容他道出,接着便道:

　　寂寞封台榭,

湘云忙联道:

　　清贫怀箪瓢。

宝琴也不容情,也忙道:

　　烹茶水渐沸,

湘云见这般，自为得趣，又是笑，又忙联道：
　　煮酒叶难烧。
黛玉也笑道：
　　没帚山僧扫，　　　　　　　雪也越下越大了，大有埋没一
　　　　　　　　　　　　　　　切之势。
宝琴也笑道：
　　埋琴稚子挑。
湘云笑弯了腰，忙念了一句，众人问道："到　诗联得越发紧密，文气也越发
底说的是什么？"湘云道：　　　　　　　　　紧凑了。
　　石楼闲睡鹤，
黛玉笑得握着胸口，高声嚷道：
　　锦罽暖亲猫。
宝琴也忙笑道：
　　月窟翻银浪，　　　　　　　即使有陈陈相因，毕竟还有对
　　　　　　　　　　　　　　　于冬雪的观察与感受、铺陈与
湘云忙联道：　　　　　　　　　联想。
　　霞城隐赤标。
黛玉忙笑道：
　　沁梅香可嚼，
宝钗笑称："好句！"也忙联道：
　　淋竹醉堪调。
宝琴也忙道：
　　或湿鸳鸯带，
湘云忙联道：
　　时凝翡翠翘。
黛玉又忙道：
　　无风仍脉脉，　　　　　　　"无风""不雨"句有点凑数。
宝琴又忙笑联道：
　　不雨亦潇潇。
　　湘云伏着，已笑软了。众人看他三人对抢，
也都不顾作诗，看着也只是笑。黛玉还推他往
下联，又道："你也有才尽力穷之时。我听听，还
有什么舌头嚼了？"湘云只伏在宝钗怀里，笑个

116

不住。宝钗推他起来,道:"你有本事,把'二萧'的韵全用完了,我才服你。"湘云起身笑道:"我也不是作诗,竟是抢命呢!"众人笑道:"倒是你自己说罢。"探春早已料定没有自己联的了,便早写出来,因说:"还没收住呢。"李纹听了,接过来,便联了一句道:

> 欲志今朝乐,

李绮收了一句道:

> 凭诗祝舜尧。

李纨道:"够了,够了!虽没作完了韵,腾挪的字,若生扭了,倒不好了。"说着大家来细细评论一回,独湘云的多,都笑道:"这都是那块鹿肉的功劳。"李纨笑道:"逐句评去,却还一气,只是宝玉又落了第了。"宝玉笑道:"我原不会联句,只好担待我罢。"李纨笑道:"也没有社社担待的:又说'韵险'了,又整误了,又'不会联句',今日必罚你。我才看见栊翠庵的红梅有趣,我要折一枝来插瓶,可厌妙玉为人,我不理他,如今罚你取一枝来,插着玩儿。"众人都道:"这罚的又雅又有趣。"宝玉也乐为,答应着就要走,湘云黛玉一齐说道:"外头冷得很,你且吃杯热酒再去。"于是湘云早执起壶来。黛玉递了一个大杯,满斟了一杯,湘云笑道:"你吃了我们这酒,要取不来,加倍罚你!"宝玉忙吃了一杯,冒雪而去。

李纨命人好好跟着,黛玉忙拦说:"不必,有了人,反不得了。"李纨点头道:"是。"一面命丫鬟将一个美女耸肩瓶拿来,贮了水,准备插梅,因又笑道:"回来该吟红梅了。"湘云忙道:"我先作一首。"宝钗笑道:"今日断不容你再作了!你都抢了去,别人都闲着也没趣。回来罚宝玉。

人生何处不"抢命"?

最后归到良民风范。
堪称大观园诗歌奥林匹克纪盛。

美女耸肩瓶?已从瓶子的造型中体会到了人体美了么?

他说不会联句，如今就叫他自己做去。"黛玉笑道："这话很是。我还有主意：方才联句不够，莫若拣那联得少的人作红梅诗。"宝钗笑道："这话是极。方才邢李三位屈才，且又是客；琴儿和颦儿云儿他们抢了许多，我们一概都别作，只他们三人做才是。"李纨因说："绮儿也不大会做，还是让琴妹妹罢。"宝钗只得依允。又道："就用'红梅花'三个字做韵，每人一首七言律：邢大妹妹做'红'字，你们李大妹妹做'梅'字，琴儿做'花'字。"李纨道："饶过宝玉去，我不服。"湘云忙道："有个好题目命他做。"众人问："何题？"湘云道："命他就做'访妙玉乞红梅'，岂不有趣？"众人听了，都说："有趣。"

一语未了，只见宝玉笑欣欣擎了一枝红梅进来。众丫鬟忙已接过，插入瓶内。众人都过来赏玩。宝玉笑道："你们如今赏罢，也不知费了我多少精神呢！"说着，探春早又递过一钟暖酒来。众丫鬟上来接了蓑笠掸雪，各人房中丫鬟都添送衣服来；袭人也遣人送了半旧的狐腋褂来。李纨命人将那蒸的大芋头盛了一盘，又将朱桔、黄橙、橄榄等物盛了两盘，命人带与袭人去。湘云且告诉宝玉方才的诗题，又催宝玉快做。宝玉道："好姐姐好妹妹们，让我自己用韵罢，别限韵了。"众人都说："随你做去罢。"

一面说，一面大家看梅花。原来这一枝梅花只有二尺来高，旁有一枝，纵横而出，约有二三尺长，其间小枝分歧，或如蟠螭，或如僵蚓，或孤削如笔，或密聚如林，真乃花吐胭脂，香欺兰蕙。各各称赏。谁知岫烟、李纹、宝琴三人都已吟成，各自写了出来，众人便依"红""梅""花"

> 大观园青年联欢，妙玉并未完全置身局外。

> 有了自妙玉处乞梅一节，增加了此回的层次感、纵深感。

> 锦上添花，美至于斯。

三字之序看去,写道:

　　　　赋得红梅花　　邢岫烟
　　桃未芳菲杏未红,冲寒先喜笑东风。
　　魂飞庚岭春难辨,霞隔罗浮梦未通。
　　绿萼添妆融宝炬,缟仙扶醉跨残虹。
　　看来岂是寻常色,浓淡由他冰雪中。
　　　　又　　李纹
　　白梅懒赋赋红梅,逞艳先迎醉眼开。
　　冻脸有痕皆是血,酸心无恨亦成灰。
　　误吞丹药移真骨,偷下瑶池脱旧胎。
　　江北江南春灿烂,寄言蜂蝶漫疑猜。
　　　　又　　宝琴
　　疏是枝条艳是花,春妆儿女竞奢华。
　　闲庭曲槛无余雪,流水空山有落霞。
　　幽梦冷随红袖笛,游仙香泛绛河槎。
　　前身定是瑶台种,无复相疑色相差。

众人看了,都笑着称赞了一回,又指末一首更好。宝玉见宝琴年纪最小,才又敏捷;黛玉湘云二人斟了一小杯酒,齐贺宝琴。宝钗笑道:"三首各有好处。你们两个天天捉弄厌了我,如今又捉弄他来了。"李纨又问宝玉:"你可有了?"宝玉忙道:"我倒有了,才一看见这三首,又唬忘了,等我再想。"湘云听说,便拿了一支铜火箸击着手炉,笑道:"我击了,若鼓绝不成,又要罚的。"宝玉笑道:"我已有了。"黛玉提起笔来,笑道:"你念我写。"湘云便击了一下,笑道:"一鼓绝。"宝玉笑道:"有了,你写罢。"众人听他念道:

　　酒未开樽句未裁,

黛玉写了,摇头笑道:"起得平平。"湘云又道:"快着!"宝玉笑道:

> 诗是内容,也是音韵等形式的游戏。

> 诸诗秀丽文雅,巧思匀构,却终有陈词滥调之感。

> 欲凸现众女孩子之才华,故意压低宝玉。其实,宝玉是聪明的。

这是大观园的诗歌艺术节或青年联欢节。也可以叫白雪节。

这是一个高潮,一个青春、才华、欢乐的高潮。包括"时装表演",野餐烤肉,联诗。诗可以"兴、观、群、怨",也可以玩耍,比赛,尽情发挥。

这会留下永远的美好记忆。

此后虽仍有游乐,却再也没有这种规模和氛围了。

    寻春问腊到蓬莱。   此时的宝玉,少有蓬莱仙气。

黛玉湘云都点头笑道:"有些意思了。"宝玉又道:

   不求大士瓶中露,为乞嫦娥槛外梅。

黛玉写了,摇头说:"小巧而已。"湘云将手又敲了一下,宝玉笑道:

   入世冷挑红雪去,离尘香割紫云来。

   槎枒谁惜诗肩瘦,衣上犹沾佛院苔。   直是写妙玉了。

黛玉写毕,湘云大家才评论时,只见几个丫鬟跑进来道:"老太太来了!"众人忙迎出来,大家又笑道:"怎么这等高兴!"说着,远远见贾母围了大斗篷,带着灰鼠暖兜,坐着小竹轿,打着青绸油伞,鸳鸯琥珀等五六个丫鬟,每人都是打着伞,拥轿而来。李纨等忙往上迎。贾母命人止住,说:"只站在那里就是了。"来至跟前,贾母笑道:"我瞒着你太太和凤丫头来了。大雪地下,我坐着这个无妨,没的叫他娘儿们踩雪。"众人忙一面上前接斗篷,搀扶着,一面答应着。   青年联欢,不忘尊老敬长。

贾母来至室中,先笑道:"好俊梅花!你们也会乐,我也不饶你们。"说着,李纨早命人拿了一个大狼皮褥子来,铺在当中。贾母坐了,因笑道:"你们只管照旧玩笑吃喝。我因为天短了,不敢睡中觉,抹了一会牌,想起你们来了,我也来凑个趣儿。"李纨早又捧过手炉来。探春另拿了一副杯箸来,亲自斟了暖酒,奉给贾母。贾母便饮了一口,问:"那个盘子是什么东西?"众人忙捧了过来,回说:"是糟鹌鹑。"贾母道:"这倒罢了,撕一点子腿儿来。"李纨忙答应了,要水洗手,亲自来撕。贾母道:"你们仍旧坐下说笑,我听着才喜欢。"又命李纨:"你也只管坐下,就如同我没来的一样才好;不然,我就走了。"众人听了,方才依次坐下,只李纨挪到尽下边。贾母因问:"你们作什么玩呢?"众人便说:"作诗呢。"贾母道:"有作诗的,不如做些灯谜儿,大家正月里好玩。"众人答应。

联系群众,关心青年,与民同乐。
老家长,老祖宗。

说笑了一会,贾母便说:"这里潮湿,你们别久坐,仔细着了凉。倒是你四妹妹那里暖和,我们到那里瞧瞧他的画儿,赶年可能有了不能。"众人笑道:"那里能年下就有了?只怕明年端阳才有呢。"贾母道:"这还了得!他竟比盖这园子还费工夫了。"说着,仍坐了竹椅轿,大家围随,过了藕香榭,穿入一条夹道,东西两边皆是过街门,门楼上里外都嵌着石头匾,如今进的是西门,向外的匾上凿着"穿云"二字,向里的凿着"度月"两字。来至堂中,进了向南的正门,贾母下了轿,惜春已接了出来。从里面游廊过去,便是惜春卧房,门斗上有"暖香坞"三字,早有几个人打起猩红毡帘,已觉温香拂脸。大家进入房中,贾母并不归坐,只问惜春:"画到那里?"惜春因笑回:"天气寒冷了,胶性皆凝涩不润,画了恐不好看,故此收起来了。"贾母笑道:"我年下就要的,你别托懒儿,快拿出来给我快画!"

依贾母观点,当然盖园子伟大,画园子事小。

取暖已经有术。

一语未了,忽见凤姐披着紫羯绒褂笑嘻嘻的来了,口内说道:"老祖宗今儿也不告诉人,私自就来了,叫我好找!"贾母见他来了,心中喜欢,道:"我怕你们冻着了,所以不许人告诉你们去。你真是个鬼灵精儿,到底找了我来。论礼,孝敬也不在这上头。"凤姐儿笑道:"我那里是孝敬的心找了来?我因为到了老祖宗那里,鸦没雀静的,问小丫头子们,他又不肯叫我找到园里来。我正疑惑,忽然又来了两三个姑子,我心里才明白了:那姑子必是来送年疏或要年例香例银子,老祖宗年下的事也多,一定是躲债来了。我赶忙问了那姑子,果然不错。我连忙把年例给了他们去了。如今来回老祖宗,债主儿已去了,不用躲着了。已预备下稀嫩的野鸡,请用晚饭去罢;再迟一回就老了。"

> 什么事经过凤姐一说,都变得热闹有趣,也算"语言艺术的大师"或"小师"了吧?

他一行说,众人一行笑。凤姐儿也不等贾母说话,便命人抬过轿来,贾母笑着挽了凤姐儿的手,仍上了轿,带着众人,说笑出了夹道东门,一看,四面粉妆银砌。忽见宝琴披着凫靥裘,站在山坡背后遥等;身后一个丫鬟,抱着一瓶红梅。众人都笑道:"怪道少了两个,他却在这里等着,也弄梅花去了。"贾母喜的忙笑道:"你们瞧,这雪坡儿上,配上他这个人物儿,又是这件衣裳,后头又是这梅花,像个什么?"众人都笑道:"就像老太太屋里挂的仇十洲画的'艳雪图'。"贾母摇头笑道:"那画的那里有这件衣裳?人也不能这样好!"

> 虽然竭力把宝琴往美好里写,毕竟晚了一步,隔了一层,难于留下太深的印象。

> 拉开一点距离,用老年人的眼光再欣赏一回。

一语未了,只见宝琴身后又转出一个穿大红猩猩毡的人来。贾母道:"那又是那个女孩儿?"众人笑道:"我们都在这里,那是宝玉。"贾母笑道:"我的眼越发花了。"说话之间,来至跟前,可不是宝玉和宝琴两个!宝玉笑向宝钗黛玉等道:"我才又到了栊翠庵,妙玉竟每人送你们一枝梅花,我已经打发人送去了。"众人都笑说:"多谢你费心。"

> 如何又去了?如何能每人送一枝?妙玉今天心情也特别好么?
> 这些都是暗场处理。

说话之间,已出了园门,来至贾母房中,吃毕饭,大家又说笑了一回。忽见薛姨妈也来了,说:"好大雪,一日也没过来望候老太太。今日老太太倒不高兴?正该赏雪才是。"贾母笑道:"何曾不高兴了!我找了他们姊妹去玩了一会子。"薛姨妈笑道:"昨日晚上我原想着今日要和我们姨太太借一日园子,摆两桌粗酒,请老太太赏雪的;又见老太太安息的早,我闻得宝儿说:'老太太心上不大爽。'因此今日也不敢惊动。早知如此,我竟该请了才是呢。"贾母笑道:"这才是十月,是头场雪,往后下雪的日子多着呢,再破费姨太太不迟。"薛姨妈笑道:"果然如此,算我的孝心虔了。"

凤姐儿笑道:"姨妈仔细忘了,如今现秤五十两银子来,交给我收着,一下雪,我就预备下酒:姨妈也不用操心,也不得忘了。"贾母笑道:"既这么说,姨太太给他五十两银子收着,我和他每人分二十五两,到下雪的日子,我装心里不快,混过去了。姨太太更不用操心,我和凤姐倒得实惠。"凤姐将手一拍,笑道:"妙极了!这和我的主意一样。"众人都笑了。贾母笑道:"呸!没脸的,就顺着竿子爬上来了!你不说:姨太太是客,在咱家受屈,我们该请姨太太才是,那里有破费姨太太的理?不这样说呢,还有脸先要五十两银子,真不害臊!"凤姐笑道:"我们老祖宗最是有眼色的,试一试姨妈:若松呢,拿出五十两来,就和我分;这会子估量着不中用了,翻过来拿我做法子,说出这些大方话来。如今我也不和姨妈要银子了,我竟替姨妈出银子,治了酒,请老太太吃了,我另外再封五十两银子孝敬老祖宗,算是罚我包揽闲事,这可好不好?"话

高大上者不怕出下小低的洋相。

这里恰恰可以用毛泽东氏的评论,看看王薛贾史四大家族何等亲密无间!

王熙凤的幽默法之一种:把恶俗之语之法说在头里,却不准备去实行。

未说完,众人已笑倒在炕上。

贾母因又说及宝琴雪下折梅,比画儿上还好;又细问他的年庚八字并家内景况。薛姨妈度其意思,大约是要与他求配。薛姨妈心中因也遂意,只是已许过梅家了,因贾母尚未说明,自己也不好拟定,遂半吐半露告诉贾母道:"可惜了,这孩子没福!前年他父亲就没了。他从小儿见的世面倒多,跟他父亲四山五岳都走遍了。他父亲好乐的,各处因有买卖,带了家眷,这一省逛一年,明年又到那一省逛半年,所以天下十停走了有五六停了。那年在这里,把他许了梅翰林的儿子,偏第二年他父亲就辞世了。如今他母亲又是痰症。"凤姐儿也不等说完,便嗐声跺脚的说:"偏不巧,我正要做个媒呢,又已经许了人家。"贾母笑道:"你要给谁说媒?"凤姐儿笑道:"老祖宗别管。心里看准了,他们两个是一对。如今已许了人,说也无益,不如不说罢了。"贾母也知凤姐儿之意,听见已有人家,也就不提了。大家又闲话了一会方散。一宿无话。

> 老是木石之恋,偶加金玉之缘,是不是也会审美疲劳?无端扯出一个宝琴,大家松快松快。

> 这里有点声东击西、借题发挥的意思。

> 凤姐想回避(钗黛)矛盾乎?另有含义乎?

> 似是闲笔、废话。"也就不提了",实是起于青萍之末。

次日雪晴。饭后,贾母又吩咐惜春:"不管冷暖,你只画去;赶到年下,十分不能,便罢了。第一要紧把昨儿琴儿和丫头、梅花,照样一笔别错快快添上。"惜春听了,虽是为难的事,只得应了。一时众人都来看他如何画。惜春只是出神。李纨因笑向众人道:"让他自己想去,咱们且说话儿。昨儿老太太只叫做灯谜儿,回到家和绮儿纹儿睡不着,我就编了两个《四书》的。他两个每人也编了两个。"

> 贾母对美术的要求近乎摄影。无怪惜春为难。
> 贾母是惜春绘画的关心者、督导者,又是干扰者。

众人听了,都笑道:"这倒该做的。先说了,我们猜猜。"李纨笑道:"'观音未有世家传',打《四书》一句。"湘云接着就说道:"'在止于至善'。"宝钗笑道:"你也想一想'世家传'三个字的意思再猜。"李纨笑道:"再想。"黛玉笑道:"我猜罢。可是'虽善无征'?"众人都笑道:"这句是了。"李纨又道:"'一池青草草何名'。"湘云又忙道:"这一定是'蒲芦也'。再不是不成?"李纨笑道:"这难为你猜。纹儿的是'水向石边流出冷',打一古人名。"探春笑着问道:"可是山涛?"李纨道:"是。"李纨又道:"绮儿是个'萤'字,打一个字。"众人猜了半日,宝琴道:"这个意思却深,不知可是花草的'花'字?"李绮笑道:"恰是了。"众人道:"萤与花何干?"黛玉笑道:"妙的很!萤可不是草化的?"众人会意,都笑了,说:"好。"

　　宝钗道:"这些虽好,不合老太太的意;不如做些浅近的物儿,大家雅俗共赏才好。"众人都道:"也要做些浅近的俗物才是。"湘云想了一想,笑道:"我编了一支'点绛唇',却真是个俗物,你们猜猜。"说着,便念道:

　　　　溪壑分离,红尘游戏,真何趣?名利犹虚,后事终难继。

　　众人都不解,想了半日,也有猜是和尚的,也有猜是道士的,也猜是偶戏人的。宝玉笑了半日道:"都不是。我猜着了,必定是耍的猴儿。"湘云笑道:"正是这个了。"众人道:"前头都好,末后一句怎么样解?"湘云道:"那一个耍的猴儿不是剁了尾巴去的?"众人听了,都笑起来,说:"偏他编个谜儿也是刁钻古怪的。"

　　李纨道:"昨日姨妈说,琴妹妹见得世面多,走的道路也多,你正该编谜儿。况且你的诗又好,为什么不编几个儿我们猜一猜?"宝琴听了,点头含笑,自去寻思。宝钗也有一个,念道:

与这些女儿相比,老王只能算是文盲。

一个赛一个地聪明。

此谜提醒读者:勿忘悲凉。

没有这样的欢乐,哪儿来的树倒猢狲散的悲伤?

喜、悲、聚、散、存、殁、满、亏……法轮常转,一切不过都是一瞬。

这一瞬记载在描绘在小说中了,便成就了永恒。

我们读"红",便一次又一次地经验这欢乐的瞬间与悲哀的永远。一次又一次地怀恋这欢乐的瞬间,嗟叹那悲哀和荒芜的终结。

> 镂檀镌梓一层层,岂系良工堆砌成?
> 虽是半天风雨过,何曾闻得梵铃声?

众人猜时,宝玉也有一个,念道:

> 天上人间两渺茫,琅玕节过谨堤防。
> 鸾音鹤信须凝睇,好把唏嘘答上苍。

黛玉也有了一个,念道:

> 騄駬何劳缚紫绳?驰城逐堑势狰狞。
> 主人指示风云动,鳌背三山独立名。

探春也有了一个,方欲念时,宝琴走来,笑道:"从小儿所走的地方的古迹不少,我如今拣了十个地方古迹,做了十首'怀古诗';诗虽粗鄙,却怀往事,又暗隐俗物十件,姐姐们请猜一猜。"众人听了,都说:"这倒巧,何不写出来大家一看?"要知端的,且看下回分解。

> 联诗快乐而灯谜悲伤。
>
> 雪芹正如上帝,不能让你一味地快乐下来,不能让你耽于色而忘了"后事终难继""梵铃""天上人间两渺茫"……

联诗、灯谜、烤鹿肉,这是大观园的白雪节、青年联欢节、诗歌嘉年华、冬节美食节,这是那一代青年的青春万岁!即使受尽摧残,青春仍然瑰丽!

第五十一回

薛小妹新编怀古诗　胡庸医乱用虎狼药

话说众人闻得宝琴将素昔所经过各省内古迹为题,做了十首怀古绝句,内隐十物,皆说:"这自然新巧。"都争着看时,只见写道是:

赤壁怀古
赤壁沉埋水不流,徒留名姓载空舟。
喧阗一炬悲风冷,无限英魂在内游。
交趾怀古
铜柱金城振纪纲,声传海外播戎羌。
马援自是功劳大,铁笛无烦说子房。
钟山怀古
名利何曾伴汝身,无端被诏出凡尘。
牵连大抵难休绝,莫怨他人嘲笑频。
淮阴怀古
壮士须防恶犬欺,三齐位定盖棺时。
寄言世俗休轻鄙,一饭之恩死也知。
广陵怀古
蝉噪鸦栖转眼过,隋堤风景近如何?
只缘占尽风流号,惹得纷纷口舌多。
桃叶渡怀古
衰草闲花映浅池,桃枝桃叶总分离。
六朝梁栋多如许,小照空悬壁上题。
青冢怀古
黑水茫茫咽不流,冰弦拨尽曲中愁。

> 仅仅有大观园一个景点,未免闷气,现出来个见多识广的宝琴,从面上撸撸。

汉家制度诚堪笑,樗栎应惭万古羞。

马嵬怀古
寂寞脂痕积汗光,温柔一旦付东洋。
只因遗得风流迹,此日衣裳尚有香。

蒲东寺怀古
小红骨贱一身轻,私掖偷携强撮成。
虽被夫人时吊起,已经勾引彼同行。

梅花观怀古
不在梅边在柳边,个中谁拾画婵娟?
团圆莫忆春香到,一别西风又一年。

> "红楼"的作者对生活的描写细致入微,现再表现一下宽广的见闻。

众人看了,都称奇妙。宝钗先说道:"前八首都是史鉴上有据的;后二首却无考,我们也不大懂得,不如另做两首为是。"黛玉忙拦道:"这宝姐姐也忒'胶柱鼓瑟'、矫揉造作了。两首虽于史鉴上无考,咱们虽不曾看这些外传,不知底里,难道咱们连两本戏也没见过不成?那三岁的孩子也知道,何况咱们?"探春便道:"这话正是了。"李纨又道:"况且他原走到这个地方的。这两件事虽无考,古往今来,以讹传讹,好事者竟故意的弄出这古迹来以愚人。比如那年上京的时节,便是关夫子的坟,倒见了三四处。关夫子一身事业,皆是有据的,如何又有许多的坟?自然是后来人敬爱他生前为人,只怕从这敬爱上穿凿出来,也是有的。及至看《广舆记》上,不止关夫子的坟多,自古来有名望的人,那坟就不少。无考的古迹更多。如今这两首诗虽无考,凡说书唱戏,甚至于求的签上都有。老少男女,俗语口头,人人皆知皆说的。况且并不是看了《西厢记》《牡丹亭》的词曲,怕看了邪书了。这也无妨,只管留着。"宝钗听说,方罢了。大家猜了一回,皆不是的。

> 作为诗,这十首诗缺乏个性和原创性。

> 虽然与历史掌故沾边,终觉蜻蜓点水,没有什么真正要说的话。

> 现在以讹传讹弄出的古迹更多,倒不一定皆出自敬爱。好事者所为也。何况今日还有开展旅游、促进发展之功,为李纨、薛宝琴所未曾逆料者。

> 李纨放宽政策。
> 谜底究竟是什么呢?不说比说了更好。

> 宝琴究竟是个什么角色呢,竟看不明晰。

冬日天短,觉得又是吃晚饭的时候,一齐往前头来吃晚饭。因有人回王夫人说:"袭人的哥哥花自芳,在外头回进来说,他母亲病重了,想他女孩儿。他来求恩典,接袭人家去走走。"王夫人听了,便说:"人家母女一场,岂有不许他去的!"一面就叫了凤姐来告诉了,命他酌量办理。

凤姐儿答应了,回至房中,便命周瑞家的去告诉袭人原故。吩咐周瑞家的:"再将跟着出门的媳妇传一个,你们两个人,再带两个小丫头子,跟了袭人去。分头派四个有年纪跟车的。要一辆大车,你们带着坐;一辆小车,给丫头们坐。"周瑞家的答应了,才要去,凤姐又道:"那袭人是个省事的,你告诉说我的话:叫他穿几件颜色好衣裳,大大的包一包袱衣裳拿着,包袱也要好好的,手炉也拿好的。临走时,叫他先到这里来我瞧。"周瑞家的答应去了。

> 主流主奴,是利益共同体,也是互助会,又像封闭的会员制的俱乐部。

半日,果见袭人穿戴了,两个丫头与周瑞家的拿着手炉与衣包。凤姐看袭人头上戴着几枝金钗珠钏,倒也华丽;又看身上穿着桃红百花刻丝银鼠袄,葱绿盘金彩绣绵裙,外面穿着青缎灰鼠褂。凤姐笑道:"这三件衣裳都是老太太的,赏了你,倒是好的;但这褂子太素了些,如今穿着也冷,你该穿一件大毛的。"袭人笑道:"太太就给了这灰鼠的,还有一件银鼠的。说赶下再给大毛的呢。"凤姐笑道:"我倒有一件大毛的,我嫌风毛儿出不好了,正要改去,也罢,先给你穿去罢。等年下太太给你做的时节,我再改罢。只当你还我的一样。"众人都笑道:"奶奶惯会说这话。成年家大手大脚的,替太太不知背地里赔垫了多少东西,真真赔的是说不出来的,

> 府中的高级奴才,生活质量也许优于府外的自由民?是吗?

> 袭人的装备与排场都到了这个份儿上了。

凤姐对自己的形象并不是不关心的。

她欣赏自己的铁腕、辣腕,无所顾忌(所谓不信阴曹地府……),另一方面,她不放过机会改善自己的形象。

她确有她的悲哀,她又要耍铁腕,又想有所弥补,而且嗟叹自己的不为人知。

那里又和太太算去?偏这会子又说这小气话取笑儿来了。"凤姐儿笑道:"太太那里想的到这些,究竟这又不是正经事。再不照管,也是大家的体面;说不得我自己吃些亏,把众人打扮体统了;宁可我得个好名儿也罢了:一个一个'烧糊了的卷子'似的,人先笑话我,说我当家倒把人弄出个花子来了。"众人听了,都叹说:"谁似奶奶这样圣明!在上体贴太太,在下又疼顾下人。"

　　一面说,一面只见凤姐命平儿将昨日那件石青刻丝八团天马皮褂子拿出来,与了袭人。又看包袱,只得一个弹墨花绫水红绸里的夹包袱,里面只见包着两件半旧绵袄与皮褂子。凤姐又命平儿把一个玉色绸里的哆罗呢包袱拿出来,又命包上一件雪褂子。平儿走去拿了出来:一件是件旧大红猩猩毡的,一件是半旧大红羽缎的。袭人道:"一件就当不起了。"平儿笑道:"你拿这猩猩毡的。把这件顺手带出来,叫人给邢大姑娘送去。昨儿那么大雪,人人都穿着不是猩猩毡、就是羽缎的,十来件大红衣裳,映着大雪,好不齐整!只有他穿着那几件旧衣服,越发显的拱肩缩背,好不可怜见的。如今把这件给他罢。"

　　凤姐笑道:"我的东西,他私自就要给人。我一个还花不够,再添上你提着,更好了!"众人笑道:"这都是奶奶素日孝敬太太,疼爱下人;要是奶奶素日是小气的,只以东西为事,不顾下人

任何管事的人都有这一面,为"上级""补台",为下属担待。凤姐也不例外。如果只有巧取豪夺、阳奉阴违、欺上压下的一面,她是难以站住一个月的。

平儿想得周到,注意弱势人士。

的,姑娘那里敢这样?"凤姐笑道:"所以知道我的心的,也就是他还知三分罢了。"说着,又吩咐袭人道:"你妈要好了就罢;要不中用了,只管住下,打发人来回我,我再另打发人给你送铺盖去。可别使他们的铺盖和梳头的家伙。"又吩咐周瑞家的道:"你们自然是知道这里的规矩的,也不用我吩咐了。"周瑞家的答应:"都知道。我们这去到那里,总叫他们的人回避。若住下,必是另要一两间内房的。"说着,跟了袭人出去,又吩咐小厮预备灯笼,遂坐车往花自芳家来,不在话下。

> "知三分"已经是评价很高了。可见凤姐也有点"伟大的孤独"。
>
> 强者常会有此种叹息。
>
> 口碑云云,常只取一点,难得全貌。
>
> 凤姐大概知道自己的强悍刻毒的口碑,故而有此叹息。
>
> 允许奴婢回家探亲,但又在关怀的同时予以严密控制管理,叫做"这里的规矩",这里也有一个松紧适宜的"度"。

这里凤姐又将怡红院的嬷嬷唤了两个来,吩咐道:"袭人只怕不来家了。你们素日知道那个大丫头知好歹,派出来在宝玉屋里上夜。你们也好生照管着,别由着宝玉胡闹。"两个嬷嬷答应着去了,一时来回说:"派了晴雯和麝月在屋里,我们四个人原是轮流着带管上夜的。"凤姐听了点头,又说道:"晚上催他早睡,早上催他早起。"老嬷嬷们答应了,自回园去。

一时果有周瑞家的带了信回凤姐,说:"袭人之母业已停床,不能回来。"凤姐回明了王夫人,一面着人往大观园去取他的铺盖妆奁。宝玉看着晴雯麝月二人打点妥当,送去之后,晴雯麝月皆卸罢残妆,脱换过裙袄。晴雯只在熏笼上围坐,麝月笑道:"你今儿别装小姐了,我劝你也动一动儿。"晴雯道:"等你们都去净了,我再动不迟。有你们一日,我且受用一日。"麝月笑道:"好姐姐,我铺床,你把那穿衣镜的套子放下来,上头的划子划上。你的身量比我高些。"说着,便去与宝玉铺床。晴雯"嗐"了一声,笑道:"人家才坐暖和了,你就来闹。"

> 袭人暂时退场,晴雯、麝月的戏才演得成。

此时宝玉正坐着纳闷,想袭人之母不知是死是活,忽听见晴雯如此说,便自己起身出去,放下镜套,划上消息。进来笑道:"你们暖和罢,我都弄完了。"晴雯笑道:"终久暖和不成,我又想起来,汤婆子还没拿来呢。"麝月道:"这难为你想着!他素日又不要汤壶,咱们那熏笼上又暖和,比不得那屋里炕冷,今儿可以不用。"宝玉笑道:"你们两个都在那上头睡了,我这外边没个人,我怪怕的,一夜也睡不着。"晴雯道:"我是在这里睡的,麝月,你叫他往外边睡去。"说话之间,天已一更,麝月早已放下帘幔,移灯炷香,伏侍宝玉卧下,二人方睡。晴雯自在熏笼上,麝月便在暖阁外边。

> 不论怎样周全稳妥,格局也有生变生事的可能。有危险也有机遇,有趣味也有麻烦。

至三更以后,宝玉睡梦之中,便叫袭人。叫了两声,无人答应,自己醒了,方想起袭人不在家,自己也好笑起来。晴雯已醒,因唤麝月道:"连我都醒了,他守在傍边还不知道,真是挺死尸呢?"麝月翻身打个哈什,笑道:"他叫袭人,与我什么相干!"因问:"做什么?"宝玉说:"要吃茶。"麝月忙起来,单穿着红绸小绵袄儿。宝玉道:"披了我的皮袄再去,仔细冷着。"麝月听说,回手便把宝玉披着起来的一件貂颏满襟暖袄披上,下去向盆内洗洗手,先倒了一钟温水,拿了大漱盂,宝玉漱了口,然后才向茶桶上取了茶碗,先用温水过了,向暖壶中倒了半碗茶,递与宝玉吃了;自己也漱了一漱,吃了半碗。晴雯笑道:"好妹妹,也赏我一口儿呢!"麝月笑道:"越发上脸儿了。"晴雯道:"好妹妹,明儿晚上你别动,我伏侍你一夜,如何?"麝月听说,只得也伏侍他漱了口,倒了半碗茶,与他吃了。麝月笑道:"你们两个别睡,说着话儿,我出去走走回

> 宝玉对袭人的感情亦深,这是无法否定的。除既成事实、习惯外,爱情有它的务实性,不仅仅是心灵对着心灵放电火花。

> 任何变局都酝酿故事。

来。"晴雯笑道:"外头有个鬼等着呢。"宝玉道:"外头自然有大月亮的。我们说着话,你只管去。"一面说,一面便嗽了两声。

麝月便开了后房门,揭起毡帘一看,果然好月色。晴雯等他出去,便欲唬他玩耍,仗着素日比别人气壮,不畏寒冷,也不披衣,只穿着小袄,便蹑手蹑脚的下了熏笼,随后出来。宝玉劝道:"罢呀,冻着不是玩的!"晴雯只摆手,随后出了屋门,只见月光如水。忽听一阵微风,只觉侵肌透骨,不禁毛骨悚然。心下自思道:"怪道人说热身子不可被风吹,这一冷果然利害。"一面正要唬他,只听宝玉在内高声说道:"晴雯出来了!"晴雯忙回身进来,笑道:"那里就唬死了他了?偏你惯会这么蝎蝎螫螫老婆子样儿!"宝玉笑道:"倒不为唬坏了他,头一件你冻着也不好;二则他不防,不免一喊,倘若惊醒了别人,不说咱们是玩意儿,倒反说:'袭人才去了一夜,你们就见神见鬼的。'你来把我这边的被掖一掖罢。"晴雯听说,便上来掖了一掖,伸手进去,就渥一渥。宝玉笑道:"好冷手!我说看冻着。"一面又见晴雯两腮如胭脂一般,用手摸一摸,也觉冰冷。宝玉道:"快进被来渥渥罢。"

一语未了,只听"咯噔"的一声门响,麝月慌慌张张的笑着进来,说着笑道:"唬我一跳好的!黑影子里,山子石后头,只见一个人蹲着;我才要叫喊,原来是那个大锦鸡,见了人,一飞飞到亮处来,我才见了。若冒冒失失一嚷,倒闹起人来。"一面说,一面洗手;又笑道:"说晴雯出去了?我怎么没见?一定是要唬我去了。"宝玉笑道:"这不是他?在这里渥着呢!我若不嚷得快,可是倒唬一跳。"晴雯笑道:"也不用我唬去,

这一段描写清寒彻骨,有一种形而上的意味,有一种神秘感,清凉感,宿命感,乃至恐怖感。

从此患病。
这病也患得清幽洁僻,与众不同,如空谷幽兰,空山鸟语。来自"天",来自自然。

亲热,冰凉,两种相反的感觉,使读者悚然,惆然,灿然。

有一种神秘感,黑夜感。宝玉、晴雯、麝月,似乎在一叶孤舟之上。
这一段令人想起诺亚方舟的故事。
袭人有一万个恶德,离了袭人给人以一种失范乃至惶惶然的感觉,莫非恶德对秩序、平衡、运转也是必要的?

133

这小蹄子已经自惊自怪的了。"一面说,一面仍回自己被中去。麝月道:"你就这么'跑解马'的打扮儿,伶伶俐俐的出去了不成?"宝玉笑道:"可不就是这么出去了。"麝月道:"你死不拣好日子!你出去白站一站,把皮不冻破了你的!"说着又将火盆上的铜罩揭起,拿灰锹重将熟炭埋了一埋,拈了两块速香放上,仍旧罩了。至屏后,重剔亮了灯,方才睡下。

"跑解马"的打扮儿伶伶俐俐,说得何等迷人!

晴雯因方才一冷,如今又一暖,不觉打了两个喷嚏。宝玉叹道:"如何?到底伤了风了。"麝月笑道:"他早起就嚷不受用,一日也没吃碗正经饭,他这会子不说保养着些,还要捉弄人;明儿病了,叫他自作自受的。"宝玉问道:"头上可热?"晴雯嗽了两声,说道:"不相干,那里这么娇嫩起来了!"说着,只听外间房内榻上的自鸣钟"当当"的两声,外间值宿的老嬷嬷嗽了两声,因说道:"姑娘们睡罢,明儿再说笑罢。"宝玉方悄悄的笑道:"咱们别说话了,看又惹他们说话。"说着,方大家睡了。

太大意了!

至次日起来,晴雯果觉有些鼻塞声重,懒怠动弹。宝玉道:"快不要声张!太太知道了,又叫你搬了家去养息。家里纵好,到底冷些,不如在这里。你就在里间屋里躺着,我叫人请了大夫,悄悄的从后门进来瞧瞧就是了。"晴雯道:"虽如此说,你到底要告诉大奶奶一声儿;不然,一时大夫来了,人问起来,怎么说呢?"宝玉听了有理,便唤一个老嬷嬷来,吩咐道:"你回大奶奶去,就说晴雯白冷着了些,不是什么大病。袭人又不在家,他若家去养病,这里更没有人了。传一个大夫,悄悄的从后门进来瞧瞧,别回太太了。"老嬷嬷去了,半日来回说:"大奶奶知道了,

冬天的寒冷带来了白雪红梅,割腥啖膻的畅快,也带来了流感肺炎!

蛛丝马迹,已见端倪,生活是生活的预兆,事件是事件的试探。人的投石问路,其实是从"天"那里学来的。所以说,文章本天成,妙手偶得之,妙手之妙,之学问之经验,全在于通天。

袭人不在,诸事略显蹊跷。天冷,夜长。晴雯与麝月侍候宝玉入眠。夜半起来漱口喝茶。麝月出去,晴雯要唬她,受凉……云云,都是鸡毛蒜皮,平凡的琐事。

这些琐事的后面,有一种与白天的红火热闹纠缠赖皮完全不同的气氛,给你以且惊且疑且闷的一种特殊的感觉。好像你也与他们共度了有事无事、无事有事、冷气逼人的一夜。

你感到了生命的孤单和脆弱。你有一种风雨飘摇的预感。而这一切尽在不言之中。

雪芹真巨匠也。这样的笔墨,活似来自天授。

说:"两剂药好了便罢;若不好时,还是出去的为是。如今时气不好,沾染了别人事小,姑娘们的身子要紧。"晴雯睡在暖阁里,只管咳嗽,听了这话,气的嚷道:"我那里就害瘟病了?生怕招了人!我离了这里,看你们这一辈子都别头疼脑热的!"说着,便真要起来。宝玉忙按他,笑道:"别生气,这原是他的责任,生恐太太知道了说他。不过白说一句。你素昔又爱生气,如今肝火自然又盛了。"

> 丫头的地位,毕竟微贱。这是想闭上眼也闭不住的。

> "责任"一词,用得现代。

正说时,人回:"大夫来了。"宝玉便走过来,避在书架后面,只见两三个后门口的老婆子带了一个太医进来。这里的丫头都回避了,有三四个老嬷嬷,放下暖阁上的大红绣幔,晴雯从幔中单伸出手去。那太医见这只手上有两根指甲,足有二三寸长,尚有金凤仙花染的通红的痕迹,便回过头来。有一个老嬷嬷忙拿了一块手帕掩了。那太医方诊了一回脉,起身到外间,向嬷嬷们说道:"小姐的症是外感内滞。近日时气不好,竟算是个小伤寒。幸亏是小姐,素日饮食有限,风寒也不大,不过是气血原弱,偶然沾染了些,吃两剂药疏散疏散就好了。"说着,便又随婆子们出去。

> 晴雯看病的规格也如千金小姐。

> 非礼勿视。

> 看病也是"红"的重要生活内容。

彼时李纨已遣人知会过后门上的人及各处丫鬟回避,太医只见了园中景致,并不曾见一个女子。一时出了园门,就在守园门的小厮们的班房内坐了,开了药方。老嬷嬷道:"老爷且别去,我们小爷罗嗦,恐怕还有话问。"那太医忙道:"方才不是小姐,是位爷不成?那屋子竟是绣房,又是放下幔子来瞧的,如何是位爷呢?"老嬷嬷笑道:"我的老爷,怪道小子才说今儿请了一位新太医来了,真不知我们家的事。那屋子是我们小哥儿的,那人是屋里的丫头,倒是个大姐;那里的小姐的绣房?小姐病了,你那么容易就进去了!"说着,拿了药方进去了。

> 太医的位置在小厮班房内。

> 贾府老奴,牛气冲天!

宝玉看时,上面有紫苏、桔梗、防风、荆芥等药,后面又有枳实、麻黄。宝玉道:"该死,该死!他拿着女孩儿们也像我们一样的治,如何使得!凭他有什么内滞,这枳实、麻黄如何禁得。谁请了来的?快打发他去罢!再请一个熟的来罢。"老嬷嬷道:"用药好不好,我们不知道。如今再叫小厮去请王太医去倒容易,只是这个大夫又不是告诉总管房请的,这马钱是要给他的。"宝玉道:"给他多少?"婆子道:"少不好看,也得一两银子,才是我们这样门户的礼。"宝玉道:"王太医来了,给他多少?"婆子笑道:"王太医和张太医每常来了,也并没个给钱的,不过每年四节,一大趸儿送礼;那是一定的年例。这个人新来了一次,须得给他一两银子。"

> 宝玉也要管医疗事务。

宝玉听说,就命麝月去取银子。麝月道:"花大姐姐还不知搁在那里呢?"宝玉道:"我常见他在那小螺甸柜子里拿钱,我和你找去。"说着,二人来至袭人堆东西的房内,开了螺甸柜子,上一槅都是些笔墨、扇子、香饼、各色荷包、汗巾等类的东西;下一槅却有几串钱。于是开了抽屉,才看见一个小笸箩内放着几块银子,倒也有一杆戥子。麝月便拿了一块银子,提起戥

> 袭人不在,出现"管理真空"的征兆。

子来问宝玉:"那是一两的星儿?"宝玉笑道:"你问的我有趣儿,你倒成了是才来的了!"麝月也笑了,又要去问人。宝玉道:"拣那大的给他一块就是了。又不做买卖,算这些做什么!"麝月听了,便放下戥子,拣了一块,掂了一掂笑道:"这一块只怕是一两了。宁可多些好,别少了叫那穷小子笑话:不说咱们不认得戥子,倒说咱们有心小气似的。"那婆子站在门口笑道:"那是五两的锭子夹了半个,这一块至少还有二两呢!这会子又没夹剪,姑娘收了这块,拣一块小些的。"麝月早关了柜子出来,笑道:"谁又找去,多些你拿了去完了!"宝玉道:"你只快叫焙茗再请个大夫去就是了。"婆子接了银子,自去料理。

此时满不在乎。在乎的日子在后头呢。

一时焙茗果请了王太医来,先诊了脉,后说病症,也与前相仿。只是方子上果没有枳实、麻黄等药,倒有当归、陈皮、白芍等药。那分两较先也减了些。宝玉喜道:"这才是女孩儿们的药。虽疏散,也不可太过。旧年我病了,却是伤寒,内里饮食停滞,他瞧了,还说我禁不起麻黄、石膏、枳实等狼虎药。我和你们就如秋天芸儿进我的那才开的白海棠是的;我禁不起的药,你们如何经得起?比如人家坟里的大杨树,看着枝叶茂盛,都是空心子的。"麝月笑道:"野坟里只有杨树,难道就没有松柏不成?最讨人嫌的是杨树,那么大树,只一点子叶子;没一点风儿,他也是乱响。你偏要比他,你也太下流了。"宝玉笑道:"松柏不敢比,连孔夫子都说'岁寒然后知松柏之后凋'呢。可知这两件东西高雅,不害臊的才拿他混比呢。"

自喻如此,令人摇头——实在没了脾气。

麝月与宝玉谈说也是不拘礼的。

说着,只见老婆子取了药来。宝玉命把煎药的银吊子找了出来,就命在火盆上煎。晴雯因说:"正经给他们茶房里煎去!弄的这屋里药气,如何使得?"宝玉道:"药气比一切的花香还香得雅呢!神仙采药烧药,再者高人逸士采药治药,最妙的一件东西!这屋里我正想各色都齐了,就只少药香,如今恰全了。"一面说,一面早命人煨上。又嘱咐麝月打点些东西,叫个老嬷嬷去看袭人,劝他少哭。一一妥当,方过前边来贾母王夫人处问安吃饭。

这样趋雅,直白,反显得浅俗了。

正值凤姐儿和贾母王夫人商议说:"天又短,又冷,不如以后大嫂子带着姑娘们在园子里吃饭;等天暖和了,再来回的跑,也不妨。"王夫人笑道:"这也是好主意。刮风下雪倒便宜。吃东西受了冷气也不好;空心走,一肚子冷气,压上些东西也不好。不如园子后门里头的五间大房子,横竖有女人们上夜的,挑两个厨子女人在那里单给他姊妹弄饭。新鲜菜蔬是有分例的,在总管房里支了去,或要钱、要东西。那些野鸡獐狍各样野味,分些给他们就是了。"贾母道:"我也正想着呢,就怕又添厨房多事些。"凤姐道:"并不多事:一样的分例,这里添了,那里减了。就便多费些事,小姑娘们受了冷气,别人还可,第一,林妹妹如何禁得住?就连宝玉兄弟也禁不住。况兼众位姑娘都不是结实身子。"凤姐说毕,未知贾母何言,且听下回分解。

天果然冷了。
赏雪、采梅、食(鹿)肉、联诗之后,是一个寒冷的、无情的冬天。这些措施,对于天时的寒冷来说,也不过是杯水车薪而已。

袭人缺勤,晴雯染疾,已是不祥了。
乐极生悲,冷气内外夹攻,读者已感到禁不起了。

薛小妹诗所述遍及东西南北,相形之下大观园竟是这样狭小封闭,而宝琴又失之萍踪掠影。

对于冬夜的描写带几分灵气与鬼魅气,阴风灾风起于青萍之末,读者亦打了几个寒战。

第五十二回

俏平儿情掩虾须镯　勇晴雯病补雀毛裘

话说贾母道:"正是这个了。上次我要说这话,我见你们大事多,如今又添出些事来,你们固然不敢抱怨,未免想着我只顾疼这些小孙子孙女儿们,就不体贴你们这当家人了。你既这么说出来,便好了。"因此时薛姨妈李婶娘都在座,邢夫人及尤氏等也都过来请安,还未过去,贾母因向王夫人等说道:"今日我才说这话,素日我不说:一则怕逗了凤丫头的脸,二则众人不服。今日你们都在这里,都是经过妯娌姑嫂的,还有他这样想得到的没有?"薛姨妈、李婶娘、尤氏齐笑说:"真个少有。别人不过是礼上面子情儿,实在他是真疼小姑子小叔子。就是老太太跟前,也是真孝顺。"贾母点头叹道:"我虽疼他,我又怕他太伶俐了,也不是好事。"凤姐儿忙笑道:"这话老祖宗说差了。世人都说:'太伶俐聪明怕活不长。'世人都说,世人都信,独老祖宗不当说,不当信:老祖宗只有伶俐聪明过我十倍的,怎么如今这么福寿双全的?只怕我明儿还胜老祖宗一倍呢。我活一千岁后,等老祖宗归了西,我才死呢。"贾母笑道:"众人都死了,单剩咱们两个老妖精,有什么意思。"说的众人都笑了。

宝玉因惦记着晴雯等事,便先回园里来。

> 贾母的恩宠本是有倾向、有"只顾疼"的,但她必须摆平衡,不能不有所顾忌与考虑——她也有难处。她绝不是自谦的吃喝玩会子的"老废物"。凤姐的可贵就在于说出了贾母想说而碍难出口的话。

> 远看一步,经验之谈。

> 妙语生花,妩媚何如!
> 老说这些便宜话,令人生气!

到了屋中,药香满室,一人不见,只有晴雯独卧于炕上,脸上烧的飞红。又摸了一摸,只觉烫手;忙又向炉上将手烘暖,伸进被去摸了一摸身上,也是火热。因说道:"别人去了也罢,麝月秋纹也这样无情,各自去了?"晴雯道:"秋纹是我撵了他去吃饭的,麝月是方才平儿来找他出去了。两个人鬼鬼祟祟的,不知说什么。必是说我病了不出去。"宝玉道:"平儿不是那样人。况且他并不知你病特来瞧你,想来一定是找麝月来说话,偶然见你病了,随口说特瞧你的病,这也是人情乖觉取和儿的常事,便不出去,有不是,与他何干?你们素日又好,断不肯为这无干的事伤和气。"晴雯道:"这话也是,只是疑他为什么忽然又瞒起我来。"

"乘觉取和儿",说得有趣。

　　宝玉笑道:"等我从后门出去,到那窗根下听听说些什么,来告诉你。"说着,果从后门出去,至窗下潜听。麝月悄悄问道:"你怎么就得了的?"平儿道:"那日彼时洗手时不见了,二奶奶就不许吵嚷;出了园子,即刻就传给园里各处的妈妈们,小心访查。我们只疑惑邢姑娘的丫头,本来又穷,只怕小孩子家没见过,拿了起来是有的,再不料定是你们这里的。幸而二奶奶没有在屋里,你们这里的宋妈去了,拿着这支镯子,说是小丫头坠儿偷起来的,被他看见,来回二奶奶的。我赶忙接了镯子。想了一想:宝玉是偏在你们身上留心用意、争胜要强的,那一年有一个良儿偷玉,刚冷了这二年,闲时还常有人提起来趁愿;这会子又跑出一个偷金子的来了,而且更偷到街坊家去了! 偏是他这样,偏是他的人打嘴。所以我倒忙叮咛宋妈千万别告诉宝玉,只当没有这事,总别和一个人提起。第二

听窗户根儿的传统源远流长,二爷亦公然行此道。无怪乎今日之影视动不动就是有意无意地听窗户根。

人穷气短,被疑被冤。如今幸亏破了案,如若不然呢?

呼应前事。

有对立面。不知是否指赵一环系统。

集体主义很强,过强了。丫头们何能互相分担荣辱?

件,老太太、太太听了生气。三则袭人和你们也不好看。所以我回二奶奶,只说:'我往大奶奶那里去来着,谁知镯子褪了口,丢在草根底下,雪深了,没看见。今儿雪化尽了,黄澄澄的映着日头,还在那里呢;我就拣了起来。'二奶奶也就信了,所以我来告诉你们。你们以后防着他些,别使唤他到别处去。等袭人回来,你们商议着,变个法子打发出去就完了。"麝月道:"这小娼妇也见过些东西,怎么这么眼浅?"平儿道:"究竟这镯子能多重!原是二奶奶的,说这叫做'虾须镯';倒是这颗珠子重了。晴雯那蹄子是块爆炭,要告诉了他,他是忍不住的,一时气上来,或打或骂,仍旧嚷出来,所以单告诉你留心就是了。"说着,便作辞而去。

<blockquote>淡化处理,冷处理。</blockquote>

宝玉听了,又喜,又气,又叹。喜的是平儿竟能体贴自己的心;气的是坠儿小窃;叹的是坠儿那样伶俐,做出这丑事来。因而回至房中,把平儿之话一长一短告诉了晴雯,又说:"他说你是个要强的,如今病了,听了这话,越发要添病的,等好了再告诉你。"晴雯听了,果然气的蛾眉倒蹙,凤眼圆睁,即时就叫坠儿。宝玉忙劝道:"这一喊出来,岂不辜负了平儿待你我的心呢?不如领他这个情,过后打发他出去,就完了。"晴雯道:"虽如此说,只是这气如何忍得住?"宝玉道:"这有什么气的?你只养病就是了。"

<blockquote>宝玉对晴雯友好真诚,什么话都告诉她,甚至有讨好之意——袭人又不在,晴雯不就成了丫头班头、领衔人物了吗?效果却极坏。</blockquote>

晴雯服了药,至晚间又服了二和,夜间虽有些汗,还未见效,仍是发烧头疼鼻塞声重。次日,王太医又来诊视,另加减汤剂。虽然稍减了烧,仍是头疼。宝玉便命麝月:"取鼻烟来,给他闻些,痛打几个嚏喷,就通快了。"麝月果真去取了一个金镶双金星玻璃小扁盒儿来,递与宝玉。

宝玉便揭开盒盖，里面是个西洋珐琅的黄发赤身女子，两肋又有肉翅，里面盛着些真正上等洋烟。晴雯只顾看画儿，宝玉道："闻些，走了气就不好了。"晴雯听说，忙用指甲挑了些，抽入鼻中；不见怎么。便又多挑了些抽入。忽觉鼻中一股酸辣，透入囟门，接连打了五六个嚏喷，眼泪鼻涕，登时齐流，晴雯忙收了盒子，笑道："了不得，辣！快拿纸来！"早有小丫头子递过一搭子细纸，晴雯便一张一张的拿来醒鼻子。宝玉笑问："如何？"晴雯笑道："果然通快些。只是太阳还疼。"宝玉笑道："越发尽用西洋药治一治，只怕就好了。"说着，便命麝月："往二奶奶要去，就说我说了：姐姐那里常有那西洋贴头疼的膏子药，叫做'依弗哪'，我寻一点儿。"

> 像是安琪儿，但天使一般都是男身。

麝月答应去了，半日，果然拿了半节来。便去找了一块红缎子角儿，铰了两块指顶大的圆式，将那药烤和了，用簪挺摊上。晴雯自拿着一面靶儿镜子贴在两太阳上。麝月笑道："病的蓬头鬼一样，如今贴了这个，倒俏皮了！二奶奶贴惯了，倒不大显。"说毕，又向宝玉道："二奶奶说了：明日是舅老爷的生日，太太说了叫你去呢。明儿穿什么衣裳？今儿晚上好打点齐备了，省的明儿早起费手。"宝玉道："什么顺手就是什么罢了。一年闹生日也闹不清！"说着，便起身出房，往惜春房中去看画儿。刚到院门外边，忽见宝琴小丫头名小螺的从那边过去，宝玉忙赶上问："那里去？"小螺笑道："我们二位姑娘都在林姑娘房里呢，我如今也往那里去。"

> 明为西洋药"依弗哪"，用起来却是狗皮膏药的路子。
> 西体中用一例。（不是中体西用。）

宝玉听了，转步也便同他往潇湘馆来。不但宝钗姊妹在此，且连邢岫烟也在那里。四人团坐在熏笼上叙家常。紫鹃倒坐在暖阁里，临

> 无事生"生"。

窗做针线。一见他来,都笑说:"又来了一个!没了你的坐处了。"宝玉笑道:"好一幅'冬闺集艳图'!可惜我迟来了一步,横竖这屋子比各屋子暖,这椅子坐着并不冷。"说着,便坐在黛玉常坐的搭着灰鼠椅搭的一张椅上。因见暖阁之中有一玉石条盆,里面攒三聚五栽着一盆单瓣水仙,宝玉便极口赞道:"好花!这屋子越暖,这花香的越浓。怎么昨儿没见?"黛玉笑道:"这是你家的大总管赖大奶奶送薛二姑娘的两盆水仙、两盆腊梅:他送了我一盆水仙,送了云丫头一盆腊梅。我原不要的,又恐辜负了他的心。你若要,我转送你如何?"宝玉道:"我屋里却有两盆,只是不及这个。琴妹妹送你的,如何又转送人,这个断断使不得。"黛玉道:"我一日药吊子不离火,我竟是药培着呢,哪里还搁的住花香来熏?越发弱了。况且这屋子里一股药香,反把这花香搅坏了。不如你抬了去,这花儿倒清净了,没什么杂味来搅他。"宝玉笑道:"我屋里今儿也有个病人煎药呢。你怎么知道的?"黛玉笑道:"这说奇了。我原是无心话,谁知你屋里的事?你不早来听古记儿,这会子来了,自惊自怪的。"

　　宝玉笑道:"咱们明儿下一社又有了题目了:就咏水仙、腊梅。"黛玉听了,笑道:"罢,罢!再不敢作诗了。做一回,罚一回,没的怪羞的。"说着,便两手握起脸来。宝玉笑道:"何苦来!又打趣我做什么?我还不怕臊呢,你倒握起脸来了。"宝钗因笑道:"下次我邀一社,四个诗题,四个词题。每人四首诗,四首词。头一个诗题'咏太极图',限'一先'的韵,五言排律;要把'一先'的韵都用尽了,一个不许剩。"宝琴笑道:"这一说,可知是姐姐不是真心起社了,这分明

写尽繁花,不弃水仙。

这些小儿女串来说去,固是生动有趣,也有重复絮叨的另一面。

宝钗的诗题怪异。不青春,不生活,不细腻,又不仁义道德地入世。

是难人。若论起来,也强扭的出来,不过颠来倒去,弄些《易经》上的话生填,究竟有何趣味!我八岁的时节,跟我父亲到西海沿上买洋货,谁知有个真真国的女孩子,才十五岁,那脸面就和那西洋画上的美人一样,也披着黄头发,打着联垂,满头带着都是玛瑙、珊瑚、猫儿眼、祖母绿,身上穿着金丝织的锁子甲,洋锦袄袖;带着倭刀,也是镶金嵌宝的。实在画儿上也没他那么好看。有人说他通中国的诗书,会讲'五经',能作诗填词,因此我父亲央烦了一位通官,烦他写了一张字,就写他做的诗。"

> 令人觉得她在以毒攻毒,把作诗的事引向走火入魔,以便降温。

> 这种打扮似更像中东、中亚,而不像欧美的。

众人都称奇道异。宝玉忙笑道:"好妹妹,你拿出来我们瞧瞧。"宝琴笑道:"在南京收着呢,此时那里去取?"宝玉听了,大失所望,便说:"没福得见这世面!"黛玉笑拉宝琴道:"你别哄我们:我知道你这一来,你的这些东西,未必放在家里,自然都是要带上来的。这会子又扯谎,说没带来。他们虽信,我是不信的。"宝琴便红了脸,低头微笑不答。宝钗笑道:"偏这颦儿惯说这些话,你就伶俐的太过余了。"黛玉笑道:"带了来,就给我们见识见识也罢了。"宝钗笑道:"箱子笼子一大堆,还没理清,知道在那个里头呢,等过日收拾清了找出来,大家再看就是了。"又向宝琴道:"你若记得,何不念念我们听听?"宝琴答道:"记得他做的五言律一首,若论外国的女子,也就难为他了。"宝钗道:"你且别念,等我把云儿叫了来,也叫他听听。"说着,便叫小螺来,吩咐道:"你到我那里去,就说我们这里有一个外国的美人来了,做的好诗,请你'诗疯子'来瞧去;再把我们'诗呆子'也带来。"

> 宝琴亦明守拙抱朴之道。

> 诗疯子、诗呆子,"好温馨的名字"(语出汪明荃的电视广告)!

小螺笑着去了。半日,只听湘云笑问:"那

一个外国的美人来了?"一头说,一头走,和香菱来了。众人笑道:"人未见形,先已闻声。"宝琴等让坐,遂把方才的话重诉了一遍。湘云笑道:"快念来听听。"宝琴因念道:

> 昨夜朱楼梦,今宵水国吟。
> 岛云蒸大海,岚气接丛林。
> 月本无今古,情缘自浅深。
> 汉南春历历,焉得不关心?

众人听了,都道:"难为他!竟比我们中国人还强。"一语未了,只见麝月走来,说:"太太打发了人来告诉二爷,明儿一早往舅舅那里去,就说太太身上不大好,不得亲身来。"宝玉忙站起来答应道:"是。"因问宝钗宝琴:"你们二位可去?"宝钗道:"我们不去。昨儿单送了礼去了。"大家说了一回方散。

宝玉因让诸姊妹先行,自己在后面,黛玉便又叫住他,问道:"袭人到底多早晚回来?"宝玉道:"自然等送了殡才来呢。"黛玉还有话说,又不能出口,出了一回神,便说道:"你去罢。"宝玉也觉心里有许多话,只是口里不知要说什么,想了一想,也笑道:"明儿再说罢。"一面下台阶,低头正欲迈步,复又忙回身问道:"如今夜越发长了,你一夜咳嗽几次?醒几遍?"黛玉道:"昨儿夜里好了,只嗽了两遍;却只睡了四更一个更次,就再不能睡了。"宝玉又笑道:"正是有句要紧的话,这会子才想起来。"一面说,一面便挨近身来,悄悄道:"我想宝姐姐送你的燕窝……"一语未了,只见赵姨娘走进来瞧黛玉,问:"姑娘这几天可好了?"黛玉便知他从探春处来,从门前过,顺路的人情,忙陪笑让坐,说:"难得姨娘想着,怪冷的,亲自走来。"又忙命倒茶,一面又使

因诗而生发开去,曹公几乎收不住自己的笔。

此诗意趣果然不同,另是一路。无怪乎讲什么真真国女子、金发美人。

写点不一样的,雪芹写到这儿,也感到某些闷。

渴望进一步的交流。绥德民歌《三十里铺》云:"有心说上几句话,又怕人笑话。"

他们的感情愈益深了。

顺路人情也罢,赵黛大面上还过得去。从权力格局上看,赵宁可是要团结黛的,她们反正都不沾"权"字。

眼色给宝玉。宝玉会意,便走了出来。正值吃晚饭时,见了王夫人,又嘱咐他早去。宝玉回来,看晴雯吃了药。此夕宝玉便不命晴雯挪出暖阁来,自己便在晴雯外边。又命将熏笼抬至暖阁前,麝月便在熏笼上睡。一宿无话。

贾府富则富矣,取暖设备则还是太落后贫乏了。

至次日,天未明,晴雯便叫醒麝月道:"你也该醒了,只是睡不够!你出去叫人给他预备茶水,我叫醒他就是了。"麝月忙披衣起来道:"咱们叫他起来,穿好衣裳,抬过这火箱去,再叫他们进来。老妈妈们已经说过,不叫他在这屋里,怕过了病气;如今他们见咱们挤在一处,又该唠叨了。"晴雯道:"我也是这么说。"二人才叫时,宝玉已醒了,忙起身披衣。麝月先叫进小丫头子来收拾妥了,才命秋纹等进来,一同伏侍。宝玉梳洗毕,麝月道:"天又阴阴的,只怕有雪,穿一套毡子的罢。"宝玉点头,即时换了衣服。小丫头便用小茶盘捧了一盖碗建莲红枣汤来,宝玉喝了两口;麝月又捧过一小碟法制紫姜来,宝玉嚼了一块;又嘱咐了晴雯一回,便忙往贾母处来。

袭人缺,晴雯病,这是主要悬念,正好插一段写真真国女子的诗,赵姨娘顺路看望黛玉,欲疾先缓,欲收先纵,此章法也。

写病写出许多细节,扎扎实实。

贾母犹未起来,知道宝玉出门,便开了屋门,命宝玉进去。宝玉见贾母身后宝琴面向里睡着未醒。贾母见宝玉身上穿着荔支色哆罗呢的箭袖,大红猩猩毡盘金彩绣石青妆缎沿边的排穗褂。贾母道:"下雪呢么?"宝玉道:"天阴着,还没下呢!"贾母便命鸳鸯来:"把昨儿那一件孔雀毛的氅衣给他罢。"鸳鸯答应走去,果取了一件来。宝玉看时,金翠辉煌,碧彩闪灼,又不似宝琴所披之凫靥裘。只听贾母笑道:"这叫做'雀金呢',这是俄罗斯国拿孔雀毛拈了线织

"呢么"云云,不甚合语法,口语中确有这样用的。读如nema,音极短促,轻读。

孔雀毛拈线问题:存疑。孔雀

的。前儿那件野鸭子的,给了你小妹妹,这件给你罢。"宝玉磕了一个头,便披在身上。贾母笑道:"你先给你娘瞧瞧去再去。"

> 生活于亚热带或热带,似不在俄罗斯,也未必防寒。但此衣却带来了后面补裘的重要情节。

宝玉答应了,便出来,只见鸳鸯站在地下揉眼睛。因自那日鸳鸯发誓绝婚之后,他总不合宝玉说话,宝玉正自日夜不安,此时见他又要回避,宝玉便上来笑道:"好姐姐,你瞧瞧,我穿着这个好不好?"鸳鸯一摔手,便进贾母房中来了。

> 鸳鸯的决心,毕竟不足喜庆。

宝玉只得到了王夫人房中,与王夫人看了,然后又回至园中,与晴雯麝月看过,来回复贾母说:"太太看了,只说可惜的了,叫我仔细穿,别遭塌了。"贾母道:"就剩了这一件,你遭塌了也再没了。这会子特给你做这个,也是没有的事。"说着,又嘱咐:"不许多吃酒,早些回来。"宝玉应了几个"是"。

老嬷嬷跟至厅上,只见宝玉的奶兄李贵、王和荣、张若锦、赵亦华、钱启、周瑞六个人,带着焙茗、伴鹤、锄药、扫红四个小厮,背着衣包,拿着坐褥,笼着一匹雕鞍彩辔的白马,早已伺候多时了。老嬷嬷又嘱咐他们些话,六个人连应了几个"是",忙捧鞍坠镫,宝玉慢慢的上了马,李贵王和荣笼着嚼环,钱启周瑞二人在前引导,张若锦赵亦华在两边,紧贴宝玉身后。宝玉在马上笑道:"周哥,钱哥,咱们打这角门走罢,省了到老爷的书房门口,又下来。"周瑞侧身笑道:"老爷不在书房里,天天锁着,爷可以不用下来罢了。"宝玉笑道:"虽锁着,也要下来的。"钱启李贵都笑道:"爷说的是。便托懒不下来,倘或遇见赖大爷林二爷,虽不好说爷,也要劝两句。所有的不是,都派在我们身上,又说我们不教给爷礼了。"周瑞钱启便一直出角门来。

> 写到哪儿有哪儿,要哪儿有哪儿。
> 生活经验烂熟于胸,自然俯拾即是,俯拾即真,俯拾即真像那么回事。

> 这些细节最增可信性。

147

正说话时,顶头见赖大进来,宝玉忙笼住马,意欲下来。赖大忙上来抱住腿。宝玉便在镫上站起来,笑着,携手说了几句话。接着又见个小厮带着二三十人,拿着扫帚簸箕进来,见了宝玉,都顺墙垂手立住,独为首的小厮打了个千儿,说:"请爷安。"宝玉不知名姓,只微笑点点儿。马已过去,那人方带人去了。于是出了角门。外有李贵等六人的小厮并几个马夫,早预备下十来匹马专候,一出角门,李贵等各上马前引,一阵烟去了,不在话下。

> 写到哪儿"像"到哪儿。
>
> 无处不排场。

这里晴雯吃了药,仍不见病退,急的乱骂大夫,说:"只会骗人的钱,一剂好药也不给人吃。"麝月笑劝他道:"你太性急了,俗语说:'病来如山倒,病去如抽丝。'又不是老君的仙丹,那有这样灵药?你只静养几天,自然好了。你越急越着手。"晴雯又骂小丫头子们:"那里攒沙去了!瞅着我病了,都大胆子走了。明儿我好了,一个一个的才揭了你们的皮呢!"唬的小丫头子定儿忙进来问:"姑娘做什么?"晴雯道:"别人都死了,就剩了你不成?"说着,只见坠儿也蹭了进来。晴雯道:"你瞧瞧这小蹄子,不问他还不来呢。这里又放月钱了,又散果子了,你该跑在头里了。你往前些,我是老虎,吃了你!"坠儿只得往前凑了几步,晴雯便冷不防,欠身一把将他的手抓住,向枕边拿起一丈青,向他手上乱戳,口内骂道:"要这爪子做什么?拈不得针,拿不动线,只会偷嘴吃。眼皮子又浅,爪子又轻,打嘴现世,不如戳烂了!"坠儿疼的乱喊。麝月忙拉开,按着晴雯躺下,道:"你才出了汗,又作死。等你好了,要打多少打不得?这会子闹什么!"

> 实不该这样急。
>
> 一级压一级,一级唬一级。
>
> 即使晴雯的这种表现归入"疾恶如仇"一类,也忒急躁了些。晴雯如掌了大权,对"下面"不会好到哪儿去。她分明在死力维护主子的法度与利益。她的可爱,并不是非戴上"叛逆"的桂冠才算的。某些做法,近于凤姐而不是旁人——一张手便可施人肉刑,狠得可以。

晴雯便命人叫宋嬷嬷进来,说道:"宝二爷

才告诉了我,叫我告诉你们,坠儿很懒,宝二爷当面使他,他拨嘴儿不动,连袭人使他,他也背地骂他。今儿务必打发他出去,明儿宝二爷亲自回太太就是了。"宋嬷嬷听了,心下便知镯子事发,因笑道:"虽如此说,也等花姑娘回来,知道了,再打发他。"晴雯说:"宝二爷今儿千叮咛万嘱咐的,什么'花姑娘''草姑娘'的,我们自然有道理。你只依我的话,快叫他家的人来领他出去。"麝月道:"这也罢了。早也是去,晚也是去,早带了去,早清净一日。"

宋嬷嬷听了,只得出去,唤了他母亲来,打点了他的东西。又见了晴雯等,说道:"姑娘们怎么了,你侄女儿不好,你们教导他,怎么撵出去?也到底给我们留个脸儿。"晴雯道:"这话只等宝玉来问他,与我们无干。"那媳妇冷笑道:"我有胆子问他去!他那一件事不是听姑娘们的调停?他纵依了,姑娘们不依,也未必中用。比如方才说话,虽背地里,姑娘就直叫他的名字;在姑娘们就使得,在我们就成了野人了。"

晴雯听说,越发急红了脸,说道:"我叫了他的名字了,你在老太太、太太跟前告我去;说我野,也撵出我去!"麝月道:"嫂子,你只管带了人出去,有话再说。这个地方岂有你叫喊讲礼的?你见谁和我们讲过礼?别说嫂子你,就是赖大奶奶林大娘也得担待我们三分。便是叫名字,从小儿直到如今,都是老太太吩咐过的,你们也知道的:恐怕难养活,巴巴的写了他的小名儿各处贴着,叫万人叫去,为的是好养活,连挑水挑粪花子都叫得,何况我们!连昨儿林大娘叫了一声'爷',老太太还说呢。此是一件。二则我们这些人,常回老太太、太太的话去,可不叫着

实话。

越被宠爱越被包围,越易受近侍们的影响。

侍候宝玉,说起话来大有底气。

名回话,难道也称'爷'？那一日不把'宝玉'两字叫二百遍,偏嫂子又来挑这个了！过一天嫂子闲了,在老太太、太太跟前听听,我们当着面儿叫他,就知道了。嫂子原也不得在老太太、太太跟前当些体统差使,成年家只在三门外头混,怪不得不知道我们里头的规矩。这里不是嫂子久站的,再一会,不用我们说话,就有人来问你了。有什么分证的话,且带了他去,你回了林大娘,叫他来找二爷说话。家里上千的人,他也跑来,我也跑来,我们认人问姓还认不清呢！"说着,便叫小丫头子:"拿了擦地的布来擦地！"那媳妇听了,无言可对,亦不敢久站,赌气带了坠儿就走。宋嬷嬷忙道:"怪道你这嫂子不知规矩:你女儿在屋里一场,临去时也给姑娘们磕个头。没有别的谢礼,他们也不希罕,不过磕个头尽心罢咧,怎么说走就走？"坠儿听了,只得翻身进来,给他两个磕头,又找秋纹等。他们也并不瞅他。那媳妇嗐声叹气,口不敢言,抱恨而去。

晴雯方才又闪了风,着了气,反觉更不好了。翻腾至掌灯,刚安静了些,只见宝玉回来,进门就嗐声顿足。麝月忙问原故,宝玉道:"今儿老太太欢欢喜喜的给了这件褂子,谁知不防,后襟子上烧了一块,幸而天晚了,老太太、太太都不理论。"一面脱下来,麝月瞧时,果然有指顶大的烧眼,说:"这必定是手炉里的火迸上了。这不值什么,赶着叫人悄悄拿出去叫个能干织补匠人织上就是了。"说着,便包袱包了,叫了一个嬷嬷送出去,说:"赶天亮就有才好,千万别给老太太、太太知道！"婆子去了半日,仍就拿回来,说:"不但织补匠,能干裁缝、绣匠并做女工的,问了,都不认的这是什么,都不敢揽。"麝月

都是这样的嘴上功夫,了得,了不得！

级别,见识,标准,当然各不相同。

这就叫"舌头底下压死人"。

坠儿与乃母何等可怜,晴雯、麝月何等刁恶！赏晴雯者,不能视而不见。

没有袭人母病亡,就没有麝月、晴雯、宝玉的三人冬夜,没有这样的寒夜就没有晴雯之病、之勇、之情的惊人显示。情节零碎却成经伟。

道:"这怎么样呢?明儿不穿也罢了。"宝玉道:"明儿是正日子,老太太、太太说了,还叫穿过这个去呢!偏头一日就烧了,岂不扫兴!"

晴雯听了半日,忍不住,翻身说道:"拿来我瞧瞧罢!没那福气穿就罢了。"说着,便递与晴雯,又移过灯来,细瞧了一瞧。晴雯道:"这是孔雀金线的。如今咱们也拿孔雀金线,就像界线似的界密了,只怕还可混的过去。"麝月笑道:"孔雀线现成的,但这里除你,还有谁会界线?"晴雯道:"说不的我挣命罢了!"宝玉忙道:"这如何使得!才好了些,如何做得活。"晴雯道:"不用你蝎蝎螫螫的,我自知道。"一面说,一面坐起来,挽了一挽头发,披了衣裳,只觉头重身轻,满眼金星乱迸,实实掌不住。待不做,又怕宝玉着急,少不得狠命咬牙捱着。便命麝月只帮着拈线。晴雯先拿了一根比一比,笑道:"这虽不很像,若补上也不很显。"宝玉道:"这就很好,那里又找俄罗斯国的裁缝去。"晴雯先将里子拆开,用茶杯口大小一个竹弓钉绷在背面,再将破口四边用金刀刮的散松松的,然后用针缝了两条,分出经纬,亦如界线之法,先界出地子来,后依本纹来回织补。补两针,又看看;织补不上三五针,便伏在枕上歇一会。宝玉在旁,一时又问:"吃些滚水不吃?"一时又命:"歇一歇。"一时又拿一件灰鼠斗篷替他披在背上,一时又拿个枕头与他靠着;急的晴雯央道:"小祖宗,你只管睡罢,再熬上半夜,明儿眼睛抠搂了,那可怎么好!"

宝玉见他着急,只得胡乱睡下;仍睡不着。一时只听自鸣钟已敲了四下,刚刚补完;又用小牙刷慢慢的剔出绒毛来。麝月道:"这就很好,

| 平日只见晴雯娇纵偷懒使性,毕竟是有真本事、有绝活的,故而恃才傲物。 |

| 这也是献身。一切为了、一切献给宝二爷。 |

| 借此写到针线活计,真"博学"多能也。曹公的杂学也是令人咋舌。 |

| 宝玉是最怜香惜玉的,但事关次日给老太太、太太的印象,便不惜牺牲晴雯了。 |

| 凡人读至此,惊、叹、服、呆。 |

晴雯补裘一节,素为评者称道,赞不绝口。余心有戚戚焉。

赞什么呢?逐坠补裘,忠勇可嘉?士为知己者用?与"文死谏,武死战"又有什么区别?无非是宝玉不肯(不赞成)自己为"上"而死,却不反对丫头们为他而死罢了。

不觉可赞,只觉可怜,可惜,可悲,可叹。终于无话可说。

> 若不留心,再看不出的。"宝玉忙要了瞧瞧,笑说:"真真一样了。"晴雯已嗽了几阵,好容易补完了,说了一声:"补虽补了,到底不像,我也再不能了!""嗳哟"了一声,便身不由主倒下了。要知端的,且看下回分解。

　　平儿息事宁人,宝玉客观上在传播是非,晴雯过于要强,病中暴怒,不是好事,又献身补裘,其走向悲惨结局,竟也是一步一个脚印。

　　补裘一节,事不大却惊天动地。

第 五 十 三 回

宁国府除夕祭宗祠　荣国府元宵开夜宴

话说宝玉见晴雯将雀裘补完,已使得力尽神危,忙命小丫头子来替他捶着,彼此捶打了一会。歇下没一顿饭的工夫,天已大亮;且不出门,只叫:"快请大夫。"一时王大夫来了,诊了脉,疑惑说道:"昨日已好了些,今日如何反虚浮微缩起来,敢是吃多了饮食?不然就是劳了神思。外感却倒轻了;这汗后失了调养,非同小可。"一面说,一面出去开了药方进来。宝玉看时,已将疏散驱邪诸药减去,倒添了茯苓、地黄、当归等益神养血之剂。宝玉一面忙命人煎去,一面叹说:"这怎么处!倘或有个好歹,都是我的罪孽。"晴雯睡在枕上,嗐道:"好二爷!你干你的去罢,那里就得了痨病了呢。"

宝玉无奈,只得去了。至下半天,说身上不好,就回来了。晴雯此症虽重,幸亏他素昔是个使力不使心的,再者素常饮食清淡,饥饱无伤。这贾宅中的秘法:无论上下,只一略有些伤风咳嗽,总以净饿为主,次则服药调养。故于前一日病时,就饿了两三日,又谨慎服药调养,如今虽劳碌了些,又加倍培养了几日,便渐渐的好了。近日园中姐妹皆各在房中吃饭,炊爨饮食甚便,宝玉自能要汤要羹调停,不必细说。

袭人送母殡后,业已回来,麝月便将坠儿一

力尽神危,殊可嗟叹。作为一个没落世家的子弟,雪芹笔笔都流露出真诚的劝世心愿:不可太努力,不可太要强,不可不留地步……他宁愿相信并鼓吹一种消极阴柔的(老庄式的)辩证法。

中医对病患的看法是人事的。

晴雯的病情写到这里,恰到好处。
太轻了就不会被折腾死了。太重了则反正没有救,死定了。
写病,写到有失调养的一面,也写到有痊愈希望的有利一面。

事,并晴雯撵逐出去、也曾回过宝玉等语,一一的告诉袭人。袭人也没说别的,只说:"太性急了。"只因李纨亦因时气感冒;邢夫人正害火眼;迎春岫烟皆过去朝夕侍药;李纨之兄又接了李婶娘、李纹、李绮家去住几日;宝玉又见袭人常常思母含悲,晴雯又未大愈:因此诗社一事,皆未有人作兴,便空了几社。当下已是腊月,离年日近,王夫人与凤姐儿治办年事。王子腾升了九省都检点,贾雨村补授了大司马,协理军机,参赞朝政,不题。

> "太性急了"的评价,显出袭人的稳健。

> 也是乐极生悲。再如芦雪亭联诗般一聚,此生难再矣。

且说贾珍那边开了宗祠,着人打扫,收拾供器,请神主;又打扫上房,以备悬供遗真影像。此时荣宁二府,内外上下,皆是忙忙碌碌。这日,宁府中尤氏正起来,同贾蓉之妻打点送贾母这边的针线礼物,正值丫头捧了一茶盘押岁锞子进来,回说:"兴儿回奶奶:前儿那一包碎金子,共是一百五十三两六钱七分,里头成色不等,总倾了二百二十个锞子。"说着递上去。尤氏看了一看,只见也有梅花式的,也有海棠式的,也有"笔锭如意"的,也有"八宝联春"的。尤氏命:"收拾起来,叫兴儿将银锞子快快交了进来。"丫鬟答应去了。

> 过完一个个生日,再过年节,总有事干,有折腾、有花销、有麻烦的。

> 讲究。

一时贾珍进来吃饭,贾蓉之妻回避了。贾珍因问尤氏:"咱们春祭的恩赏可领了不曾?"尤氏道:"今儿我打发蓉儿关去了。"贾珍道:"咱们家虽不等这几两银子使,多少是皇上天恩。早关了来,给那边老太太送过去,置办祖宗的供,上领皇上的恩,下则是托祖宗的福。咱们那怕用一万银子供祖宗,到底不如这个有体面,又是沾恩锡福。除咱们这么一二家之外,那些世袭

> 贾蓉之妻回避,令人想起可卿。

> 天恩祖德,本是好话。但这样一讲,本人则完全是依赖寄生吃老本沾天光的了。天恩祖德讲得愈响,贾府就愈没人努力奋斗了。

穷官儿家,若不仗着这银子,拿什么上供过年?真正皇恩浩荡,想得周到。"尤氏道:"正是这话。"

二人正说着,只见人回:"哥儿来了。"贾珍便命:"叫他进来。"只见贾蓉捧了一个小黄布口袋进来。贾珍道:"怎么去了这一日?"贾蓉陪笑回说:"今儿不在礼部关领了,又在光禄寺库上。因又到了光禄寺,才领下来了。光禄寺官儿们都说,问父亲好,多日不见,都着实想念。"贾珍笑道:"他们那里是想我?这又到了年下了,不是想我的东西,就是想我的戏酒了。"一面说,一面瞧那黄布口袋,上有封条,就是"皇恩永锡"四个大字;那一边又有礼部祠祭司的印记。一行小字,道是:"宁国公贾演,荣国公贾法,恩赐永远春祭赏共二分,净折银若干两,某年月日,龙禁尉候补侍卫贾蓉当堂领讫。值年寺丞某人。"下面一个朱笔花押。

略可想见,"今上"那里也是拆东墙补西墙,捉襟见肘。

皇恩永锡,就是永远有老本可吃。

贾珍看了,吃过饭,盥漱毕,换了靴帽,命贾蓉捧着银子跟了来。回过贾母王夫人,又至这边,回过贾赦邢夫人,方回家去,取出银子,命将口袋向宗祠大炉内焚了。又命贾蓉道:"你去问问你那边二婶娘,正月里请吃年酒的日子拟了没有?若拟定了,叫书房里明白开了单子来,咱们再请时,就不能重复了。旧年不留神,重了几家;人家不说咱们不留心,倒像两家商议定了,送虚情怕费事的一样。"贾蓉忙答应去了。一时,拿了请人吃年酒的日期单子来了。贾珍看了,命:"交给赖升去看了,请人别重了这上头的日子。"因在厅上看着小厮们抬围屏,擦抹几案金银供器。

如此细密筹划,收效甚微(见后)。

奢靡寄生的生活,朝廷的赏赐,寅支卯粮的财政,巧取豪夺的搜刮,美丽的园林房屋什物,吟诗作画的小儿女,此起彼伏的冲突,都是互文互证。

只见小厮手里拿着一个禀帖,并一篇账目,

回说:"黑山村乌庄头来了。"贾珍道:"这个老砍头的,今儿才来。"贾蓉接过禀帖和账目,忙展开捧着,贾珍倒背着两手,向贾蓉手内看去。那红禀上写着:"门下庄头乌进孝叩请爷奶奶万福金安,并公子小姐金安。新春大喜大福,荣贵平安,加官进禄,万事如意。"贾珍笑道:"庄家人有些意思。"贾蓉也忙笑道:"别看文法,只取个吉利儿罢。"一面忙展开单子看时,只见上面写着:

> 大鹿三十只,獐子五十只,狍子五十只,暹猪二十个,汤猪二十个,龙猪二十个,野猪二十个,家腊猪二十个,野羊二十个,青羊二十个,家汤羊二十个,家风羊二十个,鲟鳇鱼二百个,各色杂鱼二百斤,活鸡、鸭、鹅各二百只,风鸡、鸭、鹅二百只,野鸡野猫各二百对,熊掌二十对,鹿筋二十斤,海参五十斤,鹿舌五十条,牛舌五十条,蛏干二十斤,榛、松、桃、杏瓤各二口袋,大对虾五十对,干虾二百斤,银霜炭上等选用一千斤,中等二千斤,柴炭三万斤,御田胭脂米二担,碧糯五十斛,白糯五十斛,粉粳五十斛,杂色粱谷各五十斛,下用常米一千担,各色干菜一车,外卖粱谷牲口各项折银二千五百两。外门下孝敬哥儿玩意儿:活鹿两对,白兔四对,黑兔四对,活锦鸡两对,西洋鸭两对。

> 又开起清单来了。
> 不知有没有点什么"新闻主义""新新闻主义"的意思。
> 看来可以命名为"清单现实主义""表格现实主义"。
> "红"中这一类叙述大可制成图表多媒体。

贾珍看完,说:"带进他来。"一时只见乌进孝进来,只在院内磕头请安。贾珍命人拉起他来,笑说:"你还硬朗?"乌进孝笑道:"不瞒爷说,小的走惯了,不来也闷的慌。他们可不是都愿意来见见天子脚下世面?他们到底年轻,怕路上有闪失,再过几年就可以放心了。"贾珍道:

> 当然都是剥削农民而得的。

"你走了几日?"乌进孝道:"回爷的话:今年雪大,外头都是四五尺深的雪,前日忽然一暖一化,路上竟难走的很,耽搁了几日。虽走了一个月零两日,日子有限,怕爷心焦,可不赶着来了。"

贾珍道:"我说呢,怎么今儿才来。我才看那单子上,今年你这老货又来打擂台来了。"乌进孝忙进前两步回道:"回爷说:今年年成实在不好。从三月下雨,接连着直到八月,竟没有一连晴过五六日;九月一场碗大的雹子,方近二三百里地方,连人带房,并牲口粮食,打伤了上千上万的,所以才这样。小的并不敢说谎。"贾珍皱眉道:"我算定你至少也有五千银子来,这够做什么的!如今你们一共只剩了八九个庄子,今年倒有两处报了旱潦,你们又打擂台,真真是叫别过年了。"乌进孝道:"爷的这地方还算好呢!我兄弟离我那里只一百多地,竟又大差了。他现管着那府八处庄地,比爷这边多着几倍,今年也是这些东西,不过二三千两银子,也是有饥荒打呢。"贾珍道:"正是呢。我这边倒可已,没什么外项大事,不过是一年的费用。我受用些就费些,我受些委屈就省些。再者年例送人请人,我把脸皮厚些,也就完了。比不得那府里,这几年添了许多花钱的事,一定不可免是要花的,却又不添些银子产业。这一二年里赔了许多,不和你们要,找谁去!"

乌进孝笑道:"那府里如今虽添了事,有去有来。娘娘和万岁爷岂不赏呢?"贾珍听了,笑向贾蓉等道:"你们听听,他说的可笑不可笑?"贾蓉等忙笑道:"你们山坳海沿子上的人,那里知道这道理。娘娘难道把皇上的库给我们不

> 毛泽东氏很强调这一节,认为它写的是阶级斗争。作者并未十分着力写这些,但要忠于真实,就不能不写这些,恰恰成为与贾府奢靡挥霍生活相比的鲜明对照。当然,是阶级压迫,阶级剥削。暂时尚未看到多少斗争。

> 尽管是草草写到,仍叫人看到想到贾府以外的民苦民瘼。

> 只能往下压,往下榨。

> 这里有一种理所当然的流氓腔调、强盗口吻。倚势压人,巧取豪夺,与流氓强盗实质无异。

成！他心里纵有这心，他不能作主。岂有不赏之礼，按时按节，不过是些彩缎、古董、玩意儿。就是赏，也不过一百两金子，才值一千多两银子，够什么？这二年，那一年不赔出几千两银子来！头一年，省亲连盖花园子，你算算那一注花了多少，就知道了。再二年，再省一回亲，只怕就精穷了。"贾珍笑道："所以他们庄客老实人，'外明不知里暗的事'，'黄柏木作了磬槌子，——外头体面里头苦。'"贾蓉又说又笑向贾珍道："果真那府里穷了，前儿我听见二婶娘和鸳鸯悄悄商议，要偷老太太的东西去当银子呢。"贾珍笑道："那又是凤姑娘的鬼，那里就穷到如此？他必定是见去路大了，实在赔得很了，不知又要省那一项的钱，先设出这法子来，使人知道，说穷到如此了。我心里却有个算盘，还不至此田地。"说着，便命人带了乌进孝出去，好生待他，不在话下。

这里贾珍吩咐将方才各物留出供祖宗的来，将各样取了些，命贾蓉送过荣府里去，然后自己留了家中所用的，余者派出等第，一分一分的堆在月台底下；命人将族中子侄唤来，分给他们。接着荣国府也送了许多供祖之物及与贾珍之物。贾珍看着收拾完备供器，靸着鞋，披着一件猞猁狲大皮袄，命人在厅柱下石阶上太阳中，铺了一个大狼皮褥子负暄，闲看各子弟们来领取年物。因见贾芹亦来领物，贾珍叫他过来，说道："你做什么也来了，谁叫你来的？"贾芹垂手回说："听见大爷这里叫我们领东西，我没等人去就来了。"贾珍道："我这东西，原是给你那些闲着无事没进益的叔叔兄弟们的，那二年你闲着，我也给过你的。你如今在那府里管事，家庙

万岁爷的银子是哪儿来的呢？

大有大的难处，高有高的难处，皇亲国戚有皇亲国戚的难处。
好比坟地里的杨树，心已空了。

在上之人，都有这种慨叹。

穷也要加以利用，做出有利于己的文章。
富要做富的文章，穷要做穷的文章。真正穷了，也就无文章可做了，也就蔫了。

贾珍亲自抓这些，却不见他抓别的重要的事。也算抓了芝麻，烂了西瓜。贾珍认出了一个贾芹，算是贾芹晦气。谁知道这些来领礼物的人中，还有谁与贾芹一样乃至更恶劣？

里管和尚道士们,一月又有你的分例外,这些和尚的分例银钱都从你手里过,你还来取这个来,太也贪了!你自己瞧瞧,你穿的可像个手里使钱办事的?先前你说没进益,如今又怎么了?比先倒不像了。"贾芹道:"我家里原人口多,费用大。"贾珍冷笑道:"你又支吾我,你在家庙里干的事,打量我不知道呢!你到了那里,自然是爷了,没人敢抗违你。你手里又有了钱,离着我们又远,你就为王称霸起来,夜夜招聚匪类赌钱,养老婆小子。这会子花得这个形象,你还敢领东西来?领不成东西,领一顿驮水棍去才罢!等过了年,我必和你二叔说,叫回你来。"贾芹红了脸,不敢答言。人回:"北府王爷送了对联荷包来了。"贾珍听说,忙命贾蓉:"出去款待,只说我不在家。"贾蓉去了。这里贾珍撵走贾芹,看着领完东西,回屋与尤氏吃毕晚饭,一宿无话。至次日更忙,不必细说。

　　已到了腊月二十九日了,各色齐备,两府中都换了门神、联对、挂牌,新油了桃符,焕然一新。宁国府从大门、仪门、大厅、暖阁、内厅、内三门、内仪门并内塞门,直到正堂,一路正门大开,两边阶下一色朱红大高烛,点的两条金龙一般。次日,由贾母有封诰者,皆按品级着朝服,先坐八人大轿,带领众人进宫朝贺行礼。领宴毕回来,便到宁府暖阁下轿。诸子弟有未随入朝者,皆在宁府门前排班伺候,然后引入宗祠。

　　且说宝琴是初次进贾祠观看,一面细细留神,打量这宗祠:原来宁府西边另一个院子,黑油栅栏内五间大门,上面悬一匾,写着是"贾氏宗祠"四个字,旁书"特晋爵太傅前翰林掌院事王希献书",两边有一副长联,写道:

> 太也贪了,太也贪了,太也贪了!

> 上梁不正下梁歪。

> 顺便交代几句,见其从上烂到下的情形。

> 恭喜恭喜的过年背后,有多少黑暗、饥荒、争斗。

> 行礼,如仪。
> 虚应故事。

封建社会这种把功名富贵赏赐给功臣后代的做法,确实培养出一大批寄生虫,烂透了的货。这种做法的腐蚀性实在太大了。

  肝脑涂地,兆姓赖保育之恩;
  功名贯天,百代仰蒸尝之盛。

何等好话!却又何等脱离实际!

也是王太傅所书。进入院中,白石甬路,两边皆是苍松翠柏,月台上设着古铜鼎彝等器。抱厦前面悬一块九龙金匾,写道:"星辉辅弼"。乃先皇御笔。两边一副对联,写道是:

  勋业有光昭日月;功名无间及儿孙。

语言的最大罪孽:作伪。

也是御笔。五间正殿前,悬一块闹龙填青匾,写道是:"慎终追远"。傍边一副对联,写道是:

  已后儿孙承福德;至今黎庶念荣宁。

儿孙承福德——坐享其成,一代不如一代。

俱是御笔。里边灯烛辉煌,锦幛绣幕,虽列着些神主,却看不真。只见贾府人分了昭穆,排班立定。贾敬主祭,贾赦陪祭,贾珍献爵,贾琏贾琮献帛,宝玉捧香,贾菖贾菱展拜垫,守焚池。青衣乐奏,三献爵,兴拜毕,焚帛,奠酒。礼毕,乐止,退出。众人围随贾母至正堂上。影前锦帐高挂,彩屏张护,香烛辉煌;上面正房中,悬着宁荣二祖遗像,皆是披蟒腰玉;两边还有几轴列祖遗像。

何等有礼,何等无耻。

兴拜祭奠时就无一人惭愧吗?

贾荇贾芷等从内仪门挨次列站,直到正堂廊下;槛外方是贾敬贾赦,槛内是各女眷。众家人小厮皆在仪门之外。每一道菜至,传至仪门,贾荇贾芷等便接了,按次传至阶下贾敬手中。贾蓉系长房长孙,独他随女眷在槛里,每贾敬捧菜至,传于贾蓉,贾蓉便传于他媳妇,又传于凤姐尤氏诸人,直传至供桌前,方传与王夫人;王夫人传与贾母,贾母方捧放在桌上。邢夫人在

仪式隆重威严,程序一丝不苟,实际腐烂颓败,不过走一遍空洞的形式而已。

供桌之西,东向立,同贾母供放。直至将菜饭汤点酒茶传完,贾蓉方退出,归入贾芹阶位之首。当时凡从"文"旁之名者,贾敬为首;下则从"玉"者,贾珍为首;再下从"草头"者,贾蓉为首,左昭右穆,男东女西;俟贾母拈香下拜,众人方一齐跪下,将五间大厅,三间抱厦,内外廊檐,阶上阶下,两丹墀内,花团锦簇,塞的无一些空地。鸦雀无闻,只听铿锵叮当,金铃玉珮微微摇曳之声,并起跪靴履飒沓之响。

一时礼毕,贾敬贾赦等便忙退出至荣府,专候与贾母行礼。尤氏上房地下,铺满红毡,当地放着象鼻三足泥鳅流金珐琅大火盆,正面炕上铺着新猩红毡,设着大红彩绣"云龙捧寿"的靠背、引枕、坐褥,外另有黑狐皮的袱子,搭在上面;大白狐皮坐褥。请贾母上去坐了。两边又铺皮褥,让贾母一辈的两三个妯娌坐了。这边横头排插之后小炕上,也铺了皮褥,让邢夫人等坐了。地下两面相对十二张雕漆椅上,都是一色灰鼠椅搭小褥,每一张椅下一个大铜脚炉,让宝琴等姐妹坐。尤氏用茶盘亲捧茶与贾母,贾蓉媳妇捧与众老祖母,然后尤氏又捧与邢夫人等,贾蓉媳妇又捧与众姊妹。凤姐李纨等只在地下伺候。

茶毕,邢夫人等便先起身来侍贾母吃茶。贾母与年老妯娌们闲话了两三句,便命看轿,凤姐儿忙上去搀起来。尤氏笑回说:"已经预备下老太太的晚饭。每年都不肯赏些体面,用过晚饭再过去。果然我们就不济凤丫头不成?"凤姐儿搀着贾母笑道:"老祖宗走罢。咱们家去吃去,别理他。"贾母笑道:"你这里供着祖宗,忙得什么儿似的,那里还搁得住我闹?况且我每年

场面极好,程序极精,孕育着的却是没落、灾难。

场面极好,内容全无。反面文章正面做,写得何等辉煌漂亮。

值得一切好场面而不求真务实者三思。

一切都符合强化上下尊卑秩序的要求。

虽有表面的秩序,并无任何尽忠报效或守业振兴的思路、检讨、规划,并无一个有责任心有眼光的人才。

这样的秩序归根结底是保持不住的。

不吃,你们也要送去的;不如还送了来,我吃不了,留着明儿再吃,岂不多吃些?"说得众人都笑了。又吩咐他:"好生派妥当人夜里坐着看香火,不是大意得的。"尤氏答应了。一面走出来,至暖阁前,尤氏等闪过屏风,小厮们才领轿夫,请了轿出大门。尤氏亦随邢夫人等同至荣府。这里轿出大门,这一条街上,东一边设立着宁国公的仪仗执事乐器,来往行人皆屏退不从此过。

> 贾母毕竟不同,说什么都是举重若轻,儿戏一般。

一时来至荣府,也是大门正门一直开到里头。如今便不在暖阁下轿了,过了大厅,转弯向西,至贾母这边正厅上下轿。众人围随同至贾母正室之中,亦是锦裀绣屏,焕然一新。当地火盆内焚着松柏香、百合草。贾母归了坐,老嬷嬷来回:"老太太们来行礼。"贾母忙起身要迎,只见两三个老妯娌已进来了。大家挽手笑了一回,让了一回,吃茶去后,贾母只送至内仪门便回来。归了正坐,贾敬贾赦等领了诸子弟进来,贾母笑道:"一年家难为你们,不行礼罢。"一面男一起,女一起,一起一起俱行过了礼;左右设下交椅,然后又按长幼挨次归坐受礼。两府男女、小厮、丫鬟,亦按差役上、中、下行礼毕。然后散了押岁钱并荷包金银锞等物。摆上合欢宴来,男东女西归坐,献屠苏酒、合欢汤、吉祥果、如意糕毕。贾母起身,进内间更衣,众人方各散出。那晚各处佛堂灶王前焚香上供。王夫人正房院内设着天地纸马香供。大观园正门上挑着角灯,两旁高照,各处皆有路灯。上下人等,打扮的花团锦簇。一夜人声杂沓,语笑喧阗,爆竹起火,络绎不绝。

> 成龙配套的礼仪动静,一、享受,二、腻歪,三、空虚,四、虚伪,五、重复,最后成了反讽。

> 假大空与形式主义,痼疾也。

> 带有团拜性质。只是那时极虚縻。

至次日五鼓,贾母等人按品大妆,摆全副执事进宫朝贺,兼祝元春千秋。领宴回来,又至宁府祭过列祖，方回来。受礼毕，便换衣歇息。所有贺节来的亲友，一概不会，只和薛姨妈李婶娘二人说话取便，或同宝玉宝钗等姊妹赶围棋摸牌作戏。王夫人与凤姐天天忙着请人吃年酒，那边厅上与院内皆是戏酒，亲友络绎不绝。一连忙了七八日，才完了，早又元宵将近，宁荣二府皆张灯结彩。十一日是贾赦请贾母等，次日贾珍又请贾母，王夫人和凤姐儿也连日被人请去吃年酒，不能胜记。

> 大人物也要活得轻松。

至十五这一晚上，贾母便在大花厅上命摆几席酒，定一班小戏，满挂各色花灯，带领荣宁二府各子侄孙男孙媳等家宴。贾敬素不饮酒茹荤，因此不去请他，十七日祀祖已完，他便出城修养；就是这几日在家，也只静室默处，一概无闻，不在话下。贾赦领了贾母之赏，告辞而去。贾母知他在此不便，也随他去了。贾赦到家中，与众门客赏灯吃酒，笙歌聒耳，锦绣盈眸，其取乐与这里不同。

> 贾敬何苦如是之消极遁世？"红"的描写实际避开了他。

这里贾母花厅之上摆了十来席，再席傍边设一几，几上设炉瓶三事，焚着御赐百合宫香；又有八寸来长、四五寸宽、二三寸高，点缀着山石的小盆景，俱是新鲜花卉；又有小洋漆茶盘放着旧窑十锦小茶杯，又有紫檀雕嵌的大纱透绣花草诗字的璎珞。各色旧窑小瓶中，都点缀着"岁寒三友""玉堂富贵"等鲜花。上面两席是李婶娘薛姨妈坐，东边单设一席，乃是雕夔龙护屏矮足短榻，靠背、引枕、皮褥俱全。榻上设一个轻巧洋漆描金小几，几上放着茶碗、漱盂、洋巾之类，又有一个眼镜匣子。

> 随便写到摆设，也是成龙配套，气象不凡，令读者凡夫俗子张大嘴巴，艳羡赞叹得闭不上嘴。

> 讲究到极点，只能脆性瓦解，一垮到底。

贾母歪在榻上，与众人说笑一回，又取眼镜向戏台上照一回，又说："恕我老了骨头疼，容我从贾母、凤姐这边来说,"差人去请众族中男女",做得已经够好了,已经是讲团结,顾大局,惜老怜贫,屈尊俯就了。偏偏众人并不买账,隔阂既深,积怨又多,孤家寡人,关上门打肿脸充胖子。其实是惨兮兮的。

放肆些,歪着相陪罢。"又命琥珀坐在榻上,拿着美人拳捶腿。榻下并不摆席面,只一张高几,设着高架璎珞、花瓶、香炉等物,外另设一小高桌,摆着杯箸。傍边一席,命宝琴、湘云、黛玉、宝玉四人坐着。每馔果菜来,先捧给贾母看,喜则留在小桌上,尝一尝,仍撤了放在席上,只算他四人跟着贾母坐。下面方是邢夫人王夫人之位;下边便是尤氏、李纨、凤姐、贾蓉之妻;西边便是宝钗、李纹、李绮、岫烟、迎春姊妹等。

<blockquote>贾母还是讲礼貌的,请求允许与原谅在先。</blockquote>

<blockquote>生活的程序化,实际是生活的异化。</blockquote>

两边大梁上挂着联三聚五玻璃彩穗灯,每席前竖着倒垂荷叶一柄,柄上有彩烛插着。这荷叶乃是洋錾珐琅活信,可以扭转向外,将灯影逼住,照着看戏,分外真切。窗槅门户,一齐摘下,全挂彩穗各种宫灯。廊檐内外及两边游廊罩棚,将羊角、玻璃、戳纱、料丝、或绣、或画、或绢、或纸诸灯挂满。廊上几席,便是贾珍、贾琏、贾环、贾琮、贾蓉、贾芹、贾芸、贾菖、贾菱等。贾母也曾差人去请众族中男女,奈他们有年老的,懒于热闹;有家内没有人,又有疾病淹留,欲来竟不能来;有一等妒富愧贫,不肯来的;更有憎畏凤姐之为人,赌气不来的;更有羞手羞脚,不惯见人,不敢来的。因此族中虽多,女眷来者,不过贾兰之母娄氏带了贾兰来,男人只有贾芹、贾芸、贾菖、贾菱四个,现在凤姐麾下办事的来了。当下人虽不全,在家庭小宴,也算热闹的了。

<blockquote>并不得人心。自己关上门大讲排场,实际无人领情无人赏光,归根结底还是没有威风起来。</blockquote>

当下又有林之孝之妻,带了六个媳妇,抬了

<blockquote>热闹了,更加良莠不齐,泥沙俱下。冷清了,则是孤家寡人,穷途末路。</blockquote>

一面是华丽雍容,庄严肃穆,一丝不苟,煞有介事,冠冕堂皇,排场讲究。一面是腐烂颓败,势孤力单,蝇营狗苟,鬼鬼祟祟,捉襟见肘。于是华丽中见空洞,庄严中见虚伪,严格中见呆木,堂皇中显露出无可挽回的颓势来。一支笔,既写了大面上的良辰美景气势煊赫,又顺手一击,暴露出了里子上的烂洞。

内里空了烂了,只剩下了表面的行礼如仪。

三张炕桌,每一张上搭着一条红毡,放着选净一般大新出局的铜钱,用大红绳串穿着,每二人搭一张,共三张。林之孝家的叫将那两张摆至薛姨妈李婶娘的席下,将一张送至贾母榻下。贾母便说:"放在当地罢。"这媳妇素知规矩,放下桌子,一并将钱都打开,将红绳抽去,堆在桌上。

> 用尽心思,挖空心思,极尽喜庆吉祥之能事。福寿昌隆,时运永济,何等强烈的愿望!可惜最后不过是水中捞月而已。

此时正唱《西楼·楼会》,这出将终,于叔夜赌气去了。那文豹便发科诨道:"你赌气去了。恰好今日正月十五,荣国府中老祖宗家宴,待我骑了这马,赶进去吃些果子吃,是要紧的。"说毕,引得贾母等都笑了。薛姨妈等都说:"好个鬼头孩子,可怜见的!"凤姐便说:"这孩子才九岁了。"贾母笑说:"难为他说得巧!"说了一个"赏"字,早有三个媳妇已经手下预备下小笸箩,听见一个"赏"字,走上去,将桌上散堆钱,每人撮了一笸箩,走出来,向戏台说:"老祖宗、姨太太、亲家太太赏文豹买果子吃的。"说毕,向台一撒,只听"豁啷啷",满台的钱响。贾珍贾琏已命小厮们抬大笸箩的钱预备。未知怎生赏去,且听下回分解。

> 即兴表演,即兴奉承,即兴讨乖。

> "豁啷啷"满台钱响,多么好听的音乐!

表面的排场、秩序、氛围,实际的捉襟见肘。写完黑山庄乌庄头的缴租进贡,就是除夕——元宵的盛况,唱起了没落灭亡的合唱。

写出了伟大的排场,写出了令人绝望的堂皇,更令人感觉到了这一切的腐朽与危殆,这种张力无与伦比。

第 五 十 四 回

史太君破陈腐旧套　王熙凤效戏彩斑衣

却说贾珍贾琏暗暗预备下大笸箩的钱,听见贾母说赏,忙命小厮们快撒钱,只听满台钱响,贾母大悦。二人遂起身,小厮们忙将一把新暖银壶捧来,递与贾琏手内,随了贾珍趋至里面。贾珍先到李婶娘席上,躬身取下杯来,回身,贾琏忙斟了一盏;然后便至薛姨妈席上,也斟了。二人忙起身笑说:"二位爷请坐着罢了,何必多礼。"于是除邢王二夫人,满席都离了席,也俱垂手旁侍。贾珍等至贾母榻前,因榻矮,二人便屈膝跪了:贾珍在前捧杯,贾琏在后捧壶。虽只二人捧酒,那贾琮弟兄等却也是排班,按序一溜随着他二人进来;见他二人跪下,都一溜跪下。宝玉也忙跪下。湘云悄推他,笑道:"你这会子又帮着跪下做什么?有这样,你也去斟一巡酒岂不好?"宝玉悄笑道:"再等一会再斟去。"说着,等他二人斟完,起来,又与邢王二夫人斟过了。贾珍笑说:"妹妹们怎么样呢?"贾母等都说道:"你们去罢,他们倒便宜些。"说了,贾珍等方退出。

当下天未二鼓,戏演的是《八义观灯》八出,正在热闹之际。宝玉因下席往外走。贾母问:"往那里去?外头炮仗利害,仔细天上吊下火纸来烧着。"宝玉笑回说:"不往远去,只出去就

> 一副撒不完的家业的气势。

> "红"写这些礼貌性举动、应对十分细致准确,堪称是以礼治家。
> 唯礼变成了过场、形式,虚化为空洞无用。

来。"贾母命婆子们:"好生跟着。"于是宝玉出来,只有麝月秋纹几个小丫头随着。贾母因说:"袭人怎么不见?他如今也有些拿大了,单支使小女孩儿出来。"王夫人忙起身笑回道:"他妈前日没了,因有热孝,不便前头来。"贾母点头,又笑道:"跟主子,却讲不起这孝与不孝。若是他还跟我,难道这会子也不在这里?这些竟成了例了。"凤姐儿忙过来笑回道:"今晚便没孝,那园子里头也须得看着灯烛花爆,最是担险的。这里一唱戏,园子里的谁不来偷瞧瞧,他还细心,各处照看。况且这一散后,宝兄弟回去睡觉,各色都是齐全的。若他再来了,众人又不经心,散了回去,铺盖也是冷的,茶水也不齐全,便各色都不便宜,所以我叫他不用来。老祖宗要叫他来,我就叫他就是了。"

> 厉害。
> 看来老规矩更严格,之后慢慢松懈了。

> 真有人替袭人说话。这也好比是"朝里有人好做官"了。

贾母听了这话,忙说:"你这话很是,比我想得周到,快别叫他了。但只他妈几时没了,我怎么不知道?"凤姐儿笑道:"前儿袭人去亲自回老太太的,怎么倒忘了?"贾母想了想,笑道:"想起来了。我的记性竟平常了。"众人都笑说:"老太太那里记得这些事。"贾母因又叹道:"我想着他从小儿伏侍我一场,又伏侍了云儿,末后给了个魔王,与他魔了这好几年。他又不是咱们家根生土长的奴才,没受过咱们什么大恩典;他娘没了,我想着要给他几两银子发送他娘,也就忘了。"凤姐儿道:"前儿太太赏了他四十两银子,就是了。"贾母听说,点头道:"这还罢了。正好前儿鸳鸯的娘也死了,我想他老子娘都在南边,我也没叫他家去守孝。如今他两处全礼,何不叫他二人一处作伴去。"又命婆子拿些果子菜馔点心之类与他二人吃去。琥珀笑道:"还等这会

> 时刻关心亲信奴才。

子,他早就去了。"说着,大家又吃酒看戏。

　　且说宝玉一径来至园中,众婆子见他回房,便不跟去,只坐在园门里茶房内烤火,和管茶的女人偷空饮酒斗牌。宝玉至院中,虽是灯光灿烂,却无人声。麝月道:"他们都睡了不成?咱们悄悄进去吓他们一跳。"于是大家蹑足潜踪,进了镜壁一看,只见袭人和一个人对歪在地炕上,那一头有三两个老嬷嬷打盹。宝玉只当他两个睡着了,才要进去,忽听鸳鸯叹了一声,说道:"天下事可知难定。论量,你单身在这里,父母在外头,每年他们东去西来,没个准定,想来你是再不能送终的人;偏生今年就死在这里,你倒出去送了终。"袭人道:"正是,我也想不到能够看着父母殡殓。回了太太,又赏了四十两银子,这倒也算养我一场,我也不敢妄想了。"宝玉听了,忙转身悄向麝月等道:"谁知他也来了。我这一进去,他又赌气走了,不如咱们回去罢,让他两个清清净净的说一回。袭人正一个闷着,幸他来得好。"说着,仍悄悄出来。宝玉便走过山石之后去,站着撩衣。麝月秋纹皆站住,背过脸去,口内笑说:"蹲下再解小衣,仔细风吹了肚子。"后面两个小丫头知是小解,忙先出去茶房内预备水去了。

　　这里宝玉刚过来,只见两个媳妇迎面来了,又问:"是谁?"秋纹道:"宝玉在这里呢,大呼小叫,仔细吓着罢。"那媳妇们忙笑道:"我们不知,大节下来惹祸了。姑娘们可连日辛苦了!"说着,已到跟前。麝月等问:"手里拿着什么?"媳妇道:"是老太太赏金花二位姑娘吃的。"秋纹笑道:"外头唱的是《八义》,没唱《混元盒》,那里又跑出'金花娘娘'来了。"宝玉命:"揭起来我

是专门来看望袭人么?

鸳鸯终有嗟叹。联系上文"鸳鸯的娘也死了"来读,便知她对自己的奴才地位终于有了遗憾之心。

照料至此,"少爷"至此。

瞧瞧。"秋纹麝月忙上去将两个盒子揭开,两个媳妇忙蹲下身子。宝玉看了两个盒内都是席上所有的上等果品茶点,点了一点头就走。麝月等忙胡乱掷了盒盖跟上来。宝玉笑道:"这两个女人倒和气,会说话。他们天天乏了,倒说你们连日辛苦;倒不是那矜功自伐的。"麝月道:"这两个就好;那不知理的是太不知理。"宝玉道:"你们是明白人,担待他们是粗夯可怜的人就完了。"一面说,一面就走出了园门。

> 矜功自伐云云,该不是暗指李嬷嬷等人吧?

那几个婆子,虽吃酒斗牌,却不住出来打探,见宝玉出来,也都跟上。到了花厅后廊上,只见那两个小丫头,一个捧着个小盆,又一个搭着手巾,又拿着沤子小壶儿,在那里久等。秋纹先忙伸手向盆内试了试,说道:"你越大越粗心了,那里弄得这冷水?"小丫头笑道:"姑娘瞧瞧,这个天,我怕水冷,倒的是滚水,这还冷了。"正说着,可巧见一个老婆子提着一壶滚水走来,小丫头便说:"好奶奶,过来给我倒上些。"那婆子道:"姐姐,这是老太太泡茶的,劝你去去舀了罢。那里就走大了脚呢。"秋纹道:"凭你是谁的,你不给我,管把老太太的茶吊子倒了洗手!"那婆子回头见了秋纹,忙提起壶来倒了些。秋纹道:"够了,你这么大年纪,也没见识,谁不知是老太太的!要不着的就敢要了!"婆子笑道:"我眼花了,没认出这姑娘来。"宝玉洗了手,那小丫头子拿小壶儿倒了沤子在他手内,宝玉洗了手。秋纹麝月也趁热水洗了一回,跟进宝玉来。

> "服务"至此,只觉啰唆无聊。

> 婆子提出老太太来,本是"镇了"。不想宝二爷就在等着使,宝二爷的面子和地位决定了他有权分享老太太的热水。这也类似"护官符"的事理。如来要拜,观音韦陀弥勒以及十八罗汉,都是得罪不得的。为奴难!

> 宝玉尿尿记,竟写了这么多,真是灾难呀!

宝玉便要了一壶暖酒,也从李婶娘斟起。他二人也笑让坐。贾母便说:"他小人家儿,让他斟去;大家倒要干过这杯。"说着,便自己干了。邢王二夫人也忙干了,薛姨妈李婶娘也只得干了。贾母又命宝玉道:“你连姐姐妹妹的一齐斟上,不许乱斟,都要叫他干了。”宝玉听说,答应着,一一按次斟上了。至黛玉前,偏他不饮,拿起杯来,放在宝玉唇边。宝玉一气饮干,黛玉笑说:“多谢。”宝玉替他斟上一杯。凤姐儿便笑道:“宝玉别喝冷酒,仔细手颤,明儿写不的字,拉不的弓。”宝玉道:“没有吃冷酒。”凤姐儿笑道:“我知道没有,不过白嘱咐你。”然后宝玉将里面斟完,只除贾蓉之妻是命丫鬟们斟的;复出至廊下,又给贾珍等斟了。坐了一回,方进来,仍归旧坐。一时上汤之后,又接着献元宵。贾母便命:“将戏暂歇,小孩子们可怜见的,也给他们些滚汤热菜的吃了再唱。”又命将各样果子元宵等物拿些与他们吃。

出屋怕捱上炮仗皮,小解怕受风,洗手怕水凉,喝酒怕冷,这样的少爷岂不是废人一个!

一时歇了戏,便有婆子带了两个门下常走的女先儿进来,放了两张杌子在那一边,贾母命他们坐了,将弦子琵琶递过去。贾母便问李薛二人:“听什么书?”他二人都回说:“不拘什么都好。”贾母便问:“近来可又添些什么新书?”两个女先儿回说:“倒有一段新书,是残唐五代的故事。”贾母问是何名,女先儿回说:“这叫做《凤求鸾》。”贾母道:“这个名字倒好,不知因什么起的?你先说大概,若好再说。”女先儿道:“这书上乃是说残唐之时,有一位乡绅,本是金陵人氏,名唤王忠,曾做两朝宰辅,如今告老还家,膝下只有一位公子,名唤王熙凤。”众人听了,笑将起来。贾母笑道:“这不重了我们凤丫头了。”媳妇忙上去推他说:“是二奶奶的名字,少混说。”贾母道:“你只管说罢。”女先儿忙笑着站起来说:“我们该死了!不知是奶奶的讳。”凤姐儿笑

令人想起警幻仙子的妹妹表字可卿来。

道:"怕什么!你说罢。重名重姓的多着呢。"女先儿又说道:"那年王老爷打发了王公子上京赶考,那日遇了大雨,到了一个庄子上避雨。谁知这庄上也有个乡绅,姓李,与王老爷是世交,便留下这公子住在书房里。这李乡绅膝下无儿,只有一位千金小姐。这小姐芳名叫做雏鸾,琴棋书画,无所不通。"

贾母忙道:"怪道叫做《凤求鸾》。不用说了,我已经猜着了:自然是王熙凤要求这雏鸾小姐为妻了。"女先儿笑道:"老祖宗原来听过这回书。"众人都道:"老太太什么没听见过!就是没听见,也猜着了。"贾母笑道:"这些书就是一套子,左不过是些佳人才子,最没趣儿。把人家女儿说的这么坏,还说是'佳人',编的连影儿也没有了。开口都是乡绅门第,父亲不是尚书,就是宰相。一个小姐,必是爱如珍宝。这小姐必是通文知礼,无所不晓,竟是'绝代佳人',只见了一个清俊男人,不管是亲是友,想起他的'终身大事'来,父母也忘了,书也忘了,鬼不成鬼,贼不成贼,那一点儿像个佳人?就是满腹文章,做出这样事来,也算不得是佳人了。比如一个男人家,满腹的文章,去做贼,难道那王法就看他是个才子,就不入贼情一案了不成?可知那编书的是自己堵自己的嘴。再者:既说是世宦书香大家小姐,都知礼读书,连夫人都知书识礼,就是告老还家,自然大家人口奶奶丫鬟伏侍小姐的人也不少,怎么这些书上,凡有这样的事,就只小姐和紧跟的一个丫头?你们自想想,那些人都是管做什么的,可是前言不答后语不是?"

> 贾母也是外圆内方。平常说话做事相当随和变通,并不教条。遇到女人的道德戒律这样她所认为的"原则问题"上,她毫不客气,没有商量余地。

> 事事合乎礼行规范,就没有戏了,要听戏,就破坏了礼行规范。各时各地,都有防文艺防戏剧的观念和理论。

或谓老太太这一番道理是警告林黛玉的。

不排除这种可能性。但也不排除她借机宣传与捍卫她的老规矩与老传统的动机。一上来就袭人守孝问题,老太太已有一种规矩不如过去严了的慨叹与不满。她似乎已有一种批评一下什么的意思。

终于进行了文艺批评。通过批评文艺来理论一下思想观念,不直接点什么名什么事,不失为一种好办法。

> 众人听了,都笑说:"老太太这一说,是谎都批出来了。"贾母笑道:"有个原故:编这样书的人,有一等妒人家富贵,或者有求不遂心,所以编出来遭塌人家。再有一等人,他自己看了这些书,看邪了,想着得一个佳人才好,所以编出来取乐儿。何尝他知道那世宦读书家的道理!别说那书上那些世宦书礼大家,如今眼下拿着咱们这中等人家说起,也没那样的事。别叫他诌掉了下巴颏了罢!所以我们从不许说这些书,连丫头们也不懂这些话。这几年我老了,他们姊妹们住的远,我偶然闷了,说几句听听,他们一来,就忙着止住了。"李薛二人都笑说:"这正是大家子的规矩。连我们家也没有这些杂话叫孩子们听见。"
>
> 凤姐儿走上来斟酒,笑道:"罢,罢!酒冷了,老祖宗喝一口润润嗓子再辨谎。这一回就叫做'辨谎记',就出在本朝,本地,本年,本月,本日,本时。老祖宗'一张口难说两家话','花开两朵,各表一枝','是真是谎且不表,再整观灯看戏的人'。老祖宗且让这二位亲戚吃杯酒、看两出戏着,再从逐朝话言掰起,如何?"一面说,一面斟酒,一面笑。未说完,众人俱已笑倒了。两个女先儿也笑个不住,都说:"奶奶好刚口!奶奶要一说书,真连我们吃饭的地方都没了。"

贾母的创作发生学创作心理学虽不友好,却不无些许道理,说明了创作特别是虚构的心理补偿功能。

贾母开始觉得外界有点不妙,此前还没有什么这方面的描写。

从她的动机来说,自然也是"关心保护下一代"。

凤姐儿言谈极高明。这一段似嫌过分了些。

薛姨妈笑道:"你少兴头些!外头有人,比不得往常。"凤姐儿笑道:"外头只有一位珍大哥哥,我们还是论哥哥妹妹,从小儿一处淘气淘了这么大。这几年因做了亲,我如今立了多少规矩了。便不是从小儿兄妹,只论大伯子小婶儿,那《二十四孝》上'斑衣戏彩',他们不能来戏彩引老祖宗笑一笑,我这里好容易引得老祖宗笑一笑,多吃了一点东西,大家喜欢,都该谢我才是,难道反笑我不成?"贾母笑道:"可是这两日我竟没有痛痛的笑一场,倒是亏他才一路说,笑的我这里痛快了些,我再吃钟酒。"吃着酒,又命宝玉:"来敬你姐姐一杯。"凤姐儿笑道:"不用他敬,我讨老祖宗的寿罢。"说着便将贾母的杯拿起来,将半杯剩酒吃了,将杯递与丫鬟,另将温水浸的杯换一个上来。于是各席上的都撤去,另将温水浸着的代换,斟了新酒上来,然后归坐。

> 王熙凤的知识也还够用。
>
> 所有的宠臣都兼有小丑功能。莎士比亚戏剧中的王者,也有这样的宠丑陪伴。

女先儿回说:"老祖宗不听这书,或者弹一套曲子听听罢。"贾母道:"你们两个对一套'将军令'罢。"二人听说,忙合弦按调拨弄起来。贾母因问:"天有几更了?"众婆子忙回:"三更了。"贾母道:"怪道寒浸浸起来。"早有众人丫鬟拿了添换的衣裳送来。王夫人起身陪笑说道:"老太太不如挪进暖阁里地炕上,倒也罢了。这二位亲戚也不是外人,我们陪着就是了。"贾母听说,笑道:"既这样说,不如大家都挪进去,岂不暖和?"王夫人道:"恐里头坐下不。"贾母道:"我有道理:如今也不用这些桌子,只用两三张并起来,大家坐在一处,挤着,又亲热,又暖和。"众人都道:"这才有趣儿。"

> 如西方名言,音乐是没有罪恶感的。
>
> 夜寒袭人,有一种没落感。
>
> 正颜厉色已罢,不必拘礼。

说着,便起了席。众媳妇忙撤去残席,里面

直顺并了三张大桌,又添换了果馔摆好。贾母便说:"都别拘礼,听我分派你们就坐才好。"说着,便让薛李正面上坐,自己西向坐了,叫宝琴、黛玉、湘云三人皆紧依左右坐下,向宝玉说:"你挨着你太太。"于是邢夫人王夫人之中夹着宝玉。宝钗等姐妹在西边;挨次下去,便是娄氏带着贾蓝;尤氏李纨夹着贾兰;下面横头便是贾蓉之妻。贾母便说:"珍阿哥带着你兄弟们去罢,我也就睡了。"贾珍等忙答应,又都进来听吩咐。贾母道:"快去罢,不用进来。才坐好了,又都起来。你快歇着罢,明儿还有大事呢。"贾珍忙答应了,又笑道:"留下蓉儿斟酒才是。"贾母笑道:"正是,忘了他。"贾珍应了一个"是",便转身带领贾琏等出来。二人自是欢喜,便命人将贾琮贾璜各自送回家去,便约了贾琏去追欢买笑,不在话下。

> 贾蓉之妻,一直没有姓名。连极不相干人物、昙花一现人物也有名姓,独不给贾蓉之妻起名,不知何故。可卿之后,再无贾蓉妻矣。

　　这里贾母笑道:"我正想着,虽然这些人取乐,必得重孙一对双全的在席上才好。蓉儿这可全了。蓉儿!和你媳妇坐在一处,倒也团圆了。"因有家人媳妇呈上戏单,贾母笑道:"我们娘儿们正说得兴头,又要吵起来。况且那孩子们熬夜,怪冷的。也罢,且叫他们歇歇,把咱们的女孩子们叫他来,就在这台上唱两出罢,也给他们瞧瞧。"媳妇子们听了,答应出来,忙的一面着人往大观园去传人,一面二门口去传小厮们伺候。小厮们忙至戏房,将班中所有大人一概带出,只留下小孩子们。一时,梨香院的教习带了文官等十二人从游廊角门出来,婆子们抱着几个软包,因不及抬箱,料着贾母爱听的三五出戏的彩衣包了来。婆子们带了文官等进去见过,只垂手站着。

> 随时发布旨意,怎么想怎么说怎么圣明有理。

贾母笑道:"大正月里,你师父也不放你们出来逛逛?你们如今唱什么?才刚八出《八义》,闹的我头疼,咱们清淡些好。你瞧瞧,薛姨太太,这李亲家太太,都是有戏的人家,不知听过多少好戏;这些姑娘们都比咱们家的姑娘见过好戏,听过好曲子。如今这小戏子又是那有名玩戏的人家的班子,虽是小孩子,却比大班子还强。咱们好歹别落了褒贬!少不得弄个新样儿的:叫芳官唱一出《寻梦》,只用箫和笙笛,余者一概不用。"文官笑道:"老祖宗说的是。我们的戏,自然不能入姨太太和亲家太太姑娘们的眼;不过听我们一个发脱口齿,再听个喉咙罢了。"贾母笑道:"正是这话了。"李婶娘薛姨妈喜的笑道:"好个灵透孩子!你也跟着老太太打趣我们!"贾母笑道:"我们这原是随便的玩意儿,又不出去做买卖,所以竟不大合时。"说着,又叫葵官:"唱一出《惠明下书》,也不用抹脸。只用这两出,叫他们二位太太听个助意儿罢了。若省了一点儿力,我可不依。"

文官等听了出来,忙去扮演上台,先是"寻梦",次是"下书"。众人鸦雀无闻。薛姨妈笑道:"实在戏也看过几百班,从没见过只用箫管的。"贾母道:"先有,只是像方才《西楼·楚江情》一支,多有小生吹箫合的。这合大套的实在少。这也在人讲究罢了,这算什么出奇?"指湘云道:"我像他这么大的时候儿,他爷爷有一班小戏,偏有一个弹琴的,凑了《西厢记》的《听琴》,《玉簪记》的《琴挑》,《续琵琶》的《胡笳十八拍》,竟成了真的了。比这个更如何?"众人都道:"那更难得了。"贾母于是叫过媳妇们来,吩咐文官等叫他们吹弹一套"灯月圆"。媳妇们领

有戏的人家,就是豢养了戏奴的人家。

曲艺、戏曲,说书、唱戏,都写到了。

戏剧也是奴才服务之一种。

百科全书进入了戏剧科。

享受离不开游戏,游戏离不开文艺,享受文艺游戏需要懂点行,贾母的戏曲学科知识有根了。

命而去。

当下贾蓉夫妻二人捧酒一巡。凤姐儿因贾母十分高兴,便笑道:"趁着女先儿们在这里,不如咱们传梅,行一套'春喜上眉梢'的令,如何?"贾母笑道:"这是个好令,正对时景。"忙命人取了黑漆铜钉花腔令鼓来,与女先儿们击着。席上取了一枝红梅,贾母笑道:"到了谁手里住了鼓,吃一杯,也要说些什么才好。"凤姐儿笑道:"依我说,谁像老祖宗要什么有什么呢。我们这不会的,岂不没意思。依我说,也要雅俗共赏。不如谁住了,谁说个笑话儿罢。"众人听了,都知道他素日善说笑话,最是肚内有无限新鲜趣令;今儿如此说,不但在席的诸人喜欢,连地下伏侍的老小人等无不欢喜。那小丫头子们都忙去找姐姐唤妹妹的,告诉他们:"快来听,二奶奶又说笑话儿了。"众丫头子们便挤了一屋子。

> 如今喝酒,则叫"段子"。

于是戏完乐罢,贾母将些汤细点果与文官等吃去,便命响鼓。那女先儿们都是惯熟的,或紧或慢,或如残漏之滴,或如迸豆之急,或如惊马之驰,或如疾电之光,忽然暗其鼓声,那梅方递至贾母手中,鼓声恰住,大家哈哈大笑。贾蓉忙上来斟了一杯,众人都笑道:"自然老太太先喜了,我们才托赖些喜。"贾母笑道:"这酒也罢了,只是这笑话儿倒有些难说。"众人都说:"老太太的比凤姑娘说的还好,赏一个,我们也笑一笑。"贾母笑道:"并没有新鲜招笑儿的,不少得老脸皮厚的说一个罢。"因说道:"一家子养了十个儿子,聚了十房媳妇儿。惟有第十房媳妇儿聪明伶俐、心巧嘴乖,公婆最疼,成日家说那九个不孝顺,这九个媳妇儿委屈,便商议说'咱们九个心里孝顺,只是不像那小蹄子儿嘴巧,所以

> 打击乐也上来了,如闻其声其变。

> 贾母笑话固然亲热,却也不无讽喻。

公公婆婆只说他好。这委屈向谁诉去?'有主意的说道:'咱们明儿到阎王庙去烧香,和阎王爷说去,问他一问:叫我们托生为人,怎么单单给那小蹄子儿一张乖嘴,我们都入了夯嘴里头。'那八个听了,都喜欢说:'这个主意不错。'第二日,便都往阎王庙里来烧香。九个都在供桌底下睡着了。九个魂专等阎王驾到。左等不来,右等也不到。正着急,只见孙行者驾着觔斗云来了,看见九个魂,便要拿金箍棒打来。吓得九个魂忙跪下央求。孙行者问起原故来,九个人忙细细的告诉了他。孙行者听了,把脚一跺,叹了一口气道:'这原故幸亏遇见我,等着阎王来了,他也不得知道。'九个人听了,就求说:'大圣发个慈悲,我们就好了。'孙行者笑道:'却也不难,那日你们妯娌十个托生时,可巧我到阎王那里去,因为撒了一泡尿在地下,你那个小婶儿就吃了。你们如今要伶俐嘴乖,有的是尿,再撒泡你们吃就是了。'"

> 贾母的笑话貌似嘲讽,实为夸赞;或貌似夸赞,不无嘲讽乃至诫勉。

说毕,大家都笑起来。凤姐儿笑道:"好的呀!幸而我们都是夯嘴夯腮的,不然,也就吃了猴儿尿了。"尤氏娄氏都笑向李纨道:"咱们这里头谁是吃过猴儿尿的,别装没事人儿。"薛姨妈笑道:"笑话儿在对景就发笑。"说着,又击起鼓来。小丫头子们只要听凤姐儿的笑话,便悄悄的和女先儿说明,以咳嗽为记。须臾传至两遍,刚到了凤姐儿手里,小丫头子们故意咳嗽,女先儿便住了。众人齐笑道:"这可拿住他了。快吃了酒,说一个好的罢。别太逗人笑得肠子疼。"

> 人们有两方面的规则,一个是称赞能言善辩者,一个是嘲讽花言巧语者。

> 凤姐儿其实跟着一笑就对了,不必再描。

凤姐儿想一想,笑道:"一家子也是过正月节,合家赏灯吃酒,真真的热闹非常。祖婆婆、太婆婆、媳妇、孙子媳妇、重孙子媳妇、亲孙子媳凤姐讲的第一个"笑话"甚奇。"正言厉色",是一奇。有始无终,是二奇。讲完"聋子放炮仗"的故事大家追问,又不知所云地讲了几句,是三奇。

凤姐突然卡壳,讲不出笑话来了?讲着讲着突然觉得不好,失言了,便来了个紧刹车?另有深意?寓意深刻?反正是虎头蛇尾,有始无终。留下了令人回味的空白。

妇、侄孙子、重孙子、灰孙子、滴里搭拉的孙子、孙女儿、外孙女儿、姨表孙女儿、姑表孙女儿,……嗳哟哟,真好热闹!"众人听他说着,已经笑了,都说:"听这数贫嘴的,又不知要编派那一个呢!"尤氏笑道:"你要招我,我可撕你的嘴。"凤姐儿起身拍手笑道:"人家这里费力,你们紧着混,我就不说了。"贾母笑道:"你说你的,底下怎么样?"凤姐儿想了一想,笑道:"底下就团团的坐了一屋子,吃了一夜酒,就散了。"	在相声中这种罗列叫做"贯口儿"。 这里有没有说出的话。
众人见他正言厉色的说了,也都再无有别话,怔怔的还等往下说,只觉他冰冷无味的就住了。史湘云看了他半日。凤姐儿笑道:"再说一个过正月节的:几个人拿着房子大的炮仗往城外放去,引了上万的人跟着瞧去。有一个性急的人等不得,就偷着拿香点着。只见'噗哧'的一声,众人哄然一笑,都散了。这抬炮仗的人抱怨卖炮仗的捏的不结实,没等放就散了。"湘云道:"难道本人没听见?"凤姐儿道:"本人原是个聋子。"众人听说,想了一回,不觉失声都大笑起来。又想着先前那一个没完的,问他道:"先那一个到底怎么样?也该说完了。"凤姐儿将桌子一拍,道:"好罗唆!到了第二日是十六日,年也完了,节也完了,我看人忙着收东西还闹不清,那里还知道底下事了?"众人听说,复又笑起来。凤姐儿笑道:"外头已经四更多了,依我说:老祖宗也乏了,咱们也该'聋子放炮仗——散了'罢。"尤氏等用手帕握着嘴,笑的前仰后合,指他	 这个故事有一种不祥感、惨淡感。 哪里知道底下事?哪里知道? "散了吧,散了吧",这声音从此不绝于篇。

说道:"这个东西真会数贫嘴。"贾母笑道:"真真这凤丫头,越发贫嘴了。"

一面说,一面吩咐道:"他提起炮仗来,咱们也把烟火放了,解解酒。"贾蓉听了,忙出去,带着小厮们,就在院子内安下屏架,将烟火设吊齐备。这烟火俱系各处进贡之物,虽不甚大,却极精致,各色故事俱全,夹着各色花炮。黛玉禀气虚弱,不禁"劈拍"之声,贾母便搂他在怀内。薛姨妈便搂湘云,湘云笑道:"我不怕。"宝钗笑道:"他专爱自己放大炮仗,还怕这个呢。"王夫人便将宝玉搂入怀内。凤姐笑道:"我们是没人疼的。"尤氏笑道:"有我呢,我搂着你。你这会子又撒娇儿了,听见放炮仗,就像'吃了蜜蜂儿尿'的,今儿又轻狂了。"凤姐儿笑道:"等散了,咱们园子里放去。我比小厮们还放得好呢。"

说话之间,外面一色色的放了又放。又有许多"满天星""九龙入云""平地一声雷""飞天十响"之类的零星小炮仗。放罢,然后又命小戏子打了一回"莲花落",撒得满台的钱,那些孩子们满台的抢钱取乐。上汤时,贾母说:"夜长,不觉得有些饿了。"凤姐忙回说:"有预备的鸭子肉粥。"贾母道:"我吃些清淡的罢。"凤姐儿忙道:"也有枣儿熬的粳米粥,预备太太们吃斋的。"贾母道:"倒是这个还罢了。"说着,已经撤去残席,内外另设各种精致小菜。大家随意吃了些,用过漱口茶,方散。

十七日一早,又过宁府行礼,伺候掩了祠门,收过影像,方回来。此日便是薛姨妈家请吃年酒。贾母连日觉得身上乏了,坐了半日,回来了。自十八日以后,亲友来请,或来赴席的,贾母一概不会,有邢夫人、王夫人、凤姐三人料理。

放个炮仗也有千姿百样。

撒钱取乐至今美国兵有,漓江上的外国游客也有,深感受辱的爱国者也有。

粥可以只吃清淡的,写粥则须把大荤大腥的都写上。

贾母动辄觉得乏了,便歇息数日,这是很好的养生之道。

消寒消夜,快乐中令人感到疲倦乃至清冷。特别是凤姐的"笑话",欲笑不能,神龙见首不见尾,令人狐疑,令人不安。若有深意,文章后面似又有文章。

"红"书整个写得相当实在,过年、过元宵节诸事历历在目。但作者没有忘记非纪实的玄虚手段。

> 连宝玉只除王子腾家去了,余者亦皆不去,只说是贾母留下解闷,闲言不提。
> 当下元宵已过,凤姐突然小产了,合家惊慌。要知端的,且听下回分解。

贾母讲故事,略有逗笑;凤姐讲故事,则显冷清平淡,这样的声口,竟像契诃夫戏剧《樱桃园》里的没落地主,节庆活动与享受中,见乏,见淡而无味,见悲凉,见无常与失神。

第五十五回

辱亲女愚妾争闲气　欺幼主刁奴蓄险心

　　且说荣府中刚将年事忙过,凤姐儿因年内年外操劳太过,一时不及检点,便小月了,不能理事,天天两三个太医用药。凤姐儿自恃强壮,虽不出门,然筹画计算,想起什么事来,便命平儿去回王夫人。任人谏劝,他只不听。王夫人便觉失了膀臂,一人能有多少精神?凡有了大事,便自己主张;将家中琐碎之事,一应都暂令李纨协理。李纨本是个尚德不尚才的,未免逞纵了下人,王夫人便命探春合同李纨裁处,只说过了一月,凤姐将息好了,仍交与他。谁知凤姐禀赋气血不足,兼年幼不知保养,平生争强斗智,心力更亏,故虽系小月,竟着实亏虚下来。一月之后,又添了下红之症。他虽不肯说出来,众人看他面目黄瘦,便知失于调养。王夫人只令他好生服药调养,不令他操心。他自己也怕成了大症,遗笑于人,便想偷空调养,恨不得一时复旧如常。谁知服药调养,直到三月间,才渐渐的起复过来,下红也渐渐止了,此是后话。

　　如今且说王夫人见他如此,探春与李纨暂难谢事,园中人多,又恐失于照管,特请了宝钗来,托他各处小心。因嘱咐他:"老婆子们不中用,得空儿吃酒斗牌,白日里睡觉,夜里斗牌,我都知道的。凤丫头在外头,他们还有个怕惧,如

> 中国式的整体思维模式:把一个人的健康状况与其秉性、人格、处境紧密联系起来评析。这是其高明处,也是其模糊乃至不着边际处。

> 怕病了遗笑于人,这个思路太惊人。笑人生病,这不成了"反人类"了吗?

> 这么大一个家,这么多头绪,谁治得了呢? 管理危机比财政危机还危机。关键还是人的问题。

今他们又该取便了。好孩子,你还是个妥当人。你兄弟妹妹们又小,我又没工夫,你替我辛苦两天,照看照看。凡有想不到的事,你来告诉我,别等老太太问出来,我没话回。那些人不好了,你只管说;他们不听,你来回我。别弄出大事来才好。"宝钗听说,只得答应了。

时届季春,黛玉又犯了咳嗽;湘云又因时气所感,亦病卧于蘅芜院,一天医药不断。探春同李纨相住间隔,二人近日同事,不比往年,来往回话人等亦甚不便,故二人议定,每日早晨,皆到园门口南边的三间小花厅上去会齐办事;吃过早饭,于午错方回。这三间厅,原系预备省亲之时众执事太监起坐之处,故省亲以后,也用不着了,每日只有婆子们上夜。如今天已和暖,不用十分修饰,只不过略略的陈设了,便可他二人起坐。这厅上也有一处匾,题着"补仁谕德"四字;家下俗呼皆只叫"议事厅儿"。如今他二人每日卯正至此,午正方散,凡一应执事的媳妇等来往回话者,络绎不绝。众人先听见李纨独办,各各心中暗喜,以为李纨素日是个厚道多恩无罚的,自然比凤姐儿好搪塞;便添了一个探春,都想着不过是个未出闺阁的年轻小姐,且素日也最平和恬淡,因此都不在意,比凤姐儿前便懈怠了许多。只三四日后,几件事过手,渐觉探春精细处不让凤姐,只不过是言语安静、性情和顺而已。

> 疾病亦是"红"中的一个重要角色。生老病死,病居其一。病是命运,更是命运的征兆,是主观欲望与意志的一个强有力的对立物。

> 这就证明,凤姐是必要的与合理的。

可巧连日有王公侯伯世袭官员十几处,皆系荣宁非亲即世交之家,或有升迁,或有黜降,或有婚丧红白等事,王夫人贺吊迎送,应酬不暇,前边更无人照管。他二人便一日皆在厅上起坐,宝钗便一日在上房监察,至王夫人回方散。每于夜间针线暇时,临寝之先,坐了轿,带领园中上夜人等,各处巡察一次:他三人如此一理,更觉比凤姐儿当权时倒更谨慎了些。因而里外下人,都暗中抱怨说:"刚刚的倒了一个'巡海夜叉',又添了三个'镇山太岁',越发连夜里偷着吃酒玩的工夫都没了。"

> 由凤姐的铁腕管理变成李、探、钗的"三套马车"体制。

> 专制的另一面是无政府主义倾向。

这日王夫人正是往锦乡侯府去赴席,李纨与探春,早已梳洗,伺候出门去后,回至厅上坐了,刚吃茶时,只见吴新登的媳妇进来回说:"赵姨娘的兄弟赵国基昨日出了事,已回过老太太、太太,说知道了,叫回姑娘来。"说毕,便垂手旁侍,再不言语。彼时来回话者不少,都打听他二人办事如何:若办得妥当,大家则安个畏惧之心;若少有嫌隙不当之处,不但不畏服,一出二门,还说出许多笑话来取笑。吴新登的媳妇心中已有主意:若是凤姐前,他便早已献勤,说出许多主意、又查出许多旧例来,任凤姐拣择施行;如今他藐视李纨老实,探春是年轻的姑娘,所以只说出这一句话来,试他二人有何主见。探春便问李纨,李纨想了一想,便道:"前日袭人的妈死了,听见说赏银四十两,这也赏他四十两罢了。"吴新登的媳妇听了,忙答应了个"是",接了对牌就走。探春道:"你且回来。"吴新登家的只得回来。探春道:"你且别支银子。我且问你:那几年老太太屋里的几位老姨奶奶,也有家里的,也有外头的,有两个分别。家里的若死了人是赏多少?外头的死了人是赏多少?你且说两个我们听听。"

> 即使在严格的等级制度下面,仍然存在着事实上的自下而上的监督。在上者不可不慎。或者可以说是,存在着随时犯上、欺上,直至作乱的危险。故居高位者战战兢兢……

一问,吴新登家的便都忘了,忙陪笑回说

道:"这也不是什么大事,赏多赏少,谁还敢争不成?"探春笑道:"这话胡闹。依我说,赏一百倒好。若不按理,别说你们笑话,明儿也难见你二奶奶。"吴新登家的笑道:"既这么说,我查旧账去;此时却不记得。"探春笑道:"你办事办老了的,还不记得,倒来难我们。你素日回你二奶奶,也现查去?若有这道理,凤姐姐还不算利害,也就算是宽厚了。还不快找了来我瞧。再迟一日,不说你们粗心,倒像我们没主意了。"吴新登家的满面通红,忙转身出来。众媳妇们都伸舌头。这里又回别的事。一时吴家的取了旧账来,探春看时,两个家里的赏过皆二十四两,两个外头的皆赏过四十两。外还有两个外头的:一个赏过一百两,一个赏过六十两。这两笔底下皆有原故:一个是隔省迁父母之柩,外赏六十两;一个是现买葬地,外赏二十两。探春便递与李纨看了,探春便说:"给他二十两银子,把这账留下我们细看。"吴新登家的去了。

> 例渐渐成为制度。按例办的好处是避免纷争。
>
> 探春精细,注意与旧制的衔接。
> 新接一事,最忌否定一切,自我做古。
>
> 其实一方是有意设套,一方是有意彰显规矩。

忽见赵姨娘进来,李纨探春忙让坐,赵姨娘开口便说道:"这屋里的人,都踹下我的头去还罢了,姑娘,你也想一想,该替我出气才是。"一面说,一面便眼泪鼻涕哭起来。探春忙道:"姨娘这话说谁,我竟不懂。谁踹姨娘的头?说出来,我替姨娘出气。"赵姨娘道:"姑娘现踹我,我告诉谁去!"探春听说,忙站起来说道:"我并不敢。"李纨也忙站起来劝。赵姨娘道:"你们请坐下,听我说。我这屋里熬油似的熬了这么大年纪,又有你兄弟,这会子连袭人都不如了,我还有什么脸?连你也没脸面,别说是我呀!"

> 赵姨娘一张口便出彩,不伦不类。
> 同样的事情,换一个说法做法,也可能收到不同的效果。赵姨娘粗鄙、赤裸裸,因而无法与探春对话。
>
> "熬油似的熬了这么大年纪",生动极了。

探春笑道:"原来为这个。我说我并不敢犯法违礼。"一面便坐了,拿账翻与赵姨娘瞧,又念与他听；又说道："这是祖宗手里旧规矩，人人都依着，偏我改了不成？这也不但袭人，将来环儿收了外头的，自然也是同袭人一样。这原不是什么争大争小的事，讲不到有脸没脸的话上。他是太太的奴才，我是按照旧规矩办。说办的好，领祖宗的恩典，太太的恩典；若说办的不匀，那是他糊涂不知福，也只好凭他抱怨去。太太连房子赏了人，我有什么有脸之处；一文不赏，我也没什么没脸之处。依我说，太太不在家，姨娘安静些，养神罢了，何苦只要操心。太太满心疼我，因姨娘每每生事，几次寒心。我但凡是个男人，可以出得去，我必早走了，立一番事业，那时自有我一番道理；偏我是女孩儿家，一句多话也没我乱说的。太太满心里都知道，如今因看我重，才叫我照管家务。还没有做一件好事，姨娘倒先来作践我。倘或太太知道了，怕我为难，不叫我管，那才正经没脸呢，连姨娘真也没脸了！"一面说，一面不禁滚下泪来。

赵姨娘没了别话答对，便说道："太太疼你，你越发拉扯拉扯我们。你只顾讨太太的疼，就把我们忘了。"探春道："我怎么忘了？叫我怎么拉扯？这也问他们各人，那一个主子不疼出力得用的人？那一个好人用人拉扯的？"李纨在旁只管劝说："姨娘别生气，也怨不得姑娘。他满心里要拉扯，口里怎么说的出来？"探春忙道："这大嫂子也糊涂了。我拉扯谁？谁家姑娘们拉扯奴才了？他们的好歹，你们该知道，与我什么相干。"赵姨娘气得问道："谁叫你拉扯别人去了？你不当家，我也不来问你。你如今现在说一是一，说二是二。如今你舅舅死了，你多给了二三十两银子，难道太太就不依你？分明太太

> 家庭内部虽无明确法律，但有法例、法礼。虽然是人治，但人受例、礼文化的约束。

> 公事公办。连贾府的屁事也要公事公办，否则岂不乱成一团？

> 赵这话个别说说尚可，偏偏在探春执行任务时到议事厅来当着李纨的面讲，岂非自讨没趣！

> 李纨此话更将了探春的军。太刺激了。

> 赵姨娘的特点是话怎么不合适怎么说，怎么丑怎么傻怎么说。

读"红",常常觉得赵姨娘的形象不够立体丰满,甚至觉得曹公对这个人物有成见,把她漫画化了,厌恶之情溢于笔端,没有深度。何至于一张口一举手便觉傻鄙陋至此!

只是近一两年,这种想法略有变化。有什么办法呢,生活中就是有这样的人,生活就是这样的啊!

主奴关系与母女关系的相连是探春的最大心病。

此节赵姨娘极蠢浊,蠢浊之人的蠢浊之理倒也没的说。不能说她闹得多么出格。实际上贾府的猫儿腻多着呢。偏偏探春心性高强,铁面无私,益发要捍卫自己的主子身份而与丑恶的奴才亲娘划清界限。

这二人互为因果,互为条件,赵姨娘愈赤裸裸探春愈要划清界限,反之亦然。

是好太太,都是你们尖酸克薄,可惜太太有恩无处使。姑娘放心,这也使不着你的银子!明日等出了阁,我还想你额外照看赵家呢。如今没有长翎毛儿就忘了根本,只'拣高枝儿飞'去了。"

> 编一个赵姨娘言行录,以为粗鄙者戒!
>
> 对于探春,这叫"哪壶不开提哪壶"。

探春没听完,已气得脸白气噎,抽抽咽咽的一面哭一面问道:"谁是我舅舅?我舅舅年下才升了九省检点,那里又跑出一个舅舅来?我倒素昔按礼尊敬,越发敬出这些亲戚来了。既这么说,每日环儿出去,为什么赵国基又站起来,又跟他上学?为什么不拿出舅舅的款来?何苦来,谁不知道我是姨娘养的,必要过两三个月寻出由头来,彻底来翻腾一阵,怕人不知道,故意表白表白。也不知道是谁给谁没脸?幸亏我还明白,但凡糊涂不知礼的,早急了!"李纨急得只管劝,赵姨娘只管还唠叨。

> 探春坚持,自己是主,赵家是奴,绝对不能含糊。

忽听有人说:"二奶奶打发平姑娘说话来了。"赵姨娘听说,方把嘴止住。只见平儿走来,赵姨娘忙陪笑让坐,又忙问:"你奶奶好些?我正要瞧去,就只没得空儿。"李纨见平儿进来,因问他:"来作什么?"平儿笑道:"奶奶说:赵姨奶奶的兄弟没了,恐怕奶奶和姑娘不知有旧例。若照常例,只得二十两;如今请姑娘裁度着,再添些也使得。"探春早已拭去泪痕,忙说道:"又好好的添什么,谁又是'二十四个月养的'?不然,也是出兵放马、背着主子逃出命来过的人不成?你主子真个倒巧:叫我开了例,他做好人,拿着太太不心疼的钱,乐得做人情。你告诉他:我不敢添减混出主意。他添他施恩,等他好了出来,爱怎么添怎么添!"平儿一来时,已明白了对半;今听这话,越发会意。见探春有怒色,便不敢以往日喜乐之时相待,只一边垂手默侍。

> 凤姐传话,尽责;请探春裁度,尊重。探春批评,也是让赵姨娘听明白。

> 探春未能在赵姨娘面前使出主子威风,便在平儿前找补了回来。

时值宝钗也从上房中来,探春等忙起身让坐,未及开言,又有一个媳妇进来回事,因探春才哭了,便有三四个小丫鬟捧了脸盆、巾帕、靶镜等物来。此时探春因盘膝坐在矮板榻上,那捧盆丫鬟走至跟前,便双膝跪下,高捧脸盆;那两个丫鬟也都在旁屈膝捧着巾帕并靶镜脂粉之饰。平儿见侍书不在这里,便忙上来与探春挽袖卸镯,又接过一条大手巾来,将探春面前衣襟掩了,探春方伸手向脸盆中盥沐。媳妇便回道:"奶奶,姑娘:家学里支环爷和兰哥儿一年的公费。"平儿先道:"你忙什么?你睁着眼看见姑娘洗脸,你不出去伺候着,倒先说话来。二奶奶跟前,你也这样没眼色来着?姑娘虽恩宽,我去回了二奶奶,只说你们眼里都没姑娘,你们都吃了亏,可别怨我!"唬得那个媳妇忙陪笑说:"我粗心了。"一面说,一面忙退出去。

> 探春有小姐级的待遇,当然不愿强调姨娘养的背景。

> 平儿的崇高地位与美好形象依赖于她有明确的奴才意识。

> 好比老臣尽忠,拥立新主(当然只是暂时代理)。

探春一面匀脸,一面向平儿冷笑道:"你迟了一步,没见还有可笑的。连吴姐姐这么个办老了事的也不查清楚了就来混我们。幸亏我们问他,他竟有脸说'忘了'。我说他回二奶奶事也忘了再找去?我料着你主子未必有耐性儿等他去找。"平儿笑道:"他有这么一次,包管腿上

> 此事件吴的责任最大,此事件是人心唯危、道心唯微的证明。

的筋早折了两根。姑娘别信他们。那是他们瞅着大奶奶是个菩萨,姑娘又是腼腆小姐,固然是托懒来混。"说着,又向门外说道:"你们只管撒野,等奶奶大安了,咱们再说。"门外的众媳妇都笑道:"姑娘,你是个最明白的人,俗语说:'一人作罪一人当。'我们并不敢欺蔽主子。如今主子是娇客,若认真惹恼了,死无葬身之地!"平儿冷笑道:"你们明白就好了。"又陪笑向探春道:"姑娘知道,二奶奶本来事多,那里照看得这些?保不住不忽略。俗语说:'旁观者清。'这几年姑娘冷眼看着,或有该添该减的去处,二奶奶没行到,姑娘竟一添减:头一件,与太太有益;第二件,也不枉姑娘待我们奶奶的情义了。"话未说完,宝钗李纨皆笑道:"好丫头,真怨不得凤丫头偏疼他!本来无可添减之事,如今听你一说,倒要找出两件来斟酌斟酌,不辜负你这话。"探春笑道:"我一肚子气,正要拿他奶奶出气去,偏他碰了来,说了这些话,叫我也没了主意了。"一面说,一面叫进方才那媳妇来问:"环爷和兰哥家学里这一年的银子,是做那一项用的?"那媳妇便回说:"一年学里吃点心或者买纸笔,每位有八两银子的使用。"探春道:"凡爷们的使用,都是各屋里支月钱的:环哥的是姨娘领二两;宝玉的,老太太屋里袭人领二两;兰哥儿是大奶奶屋里领:怎么学里每人多这八两?原来上学去的是为这八两银子!从今日起,把这一项蠲了。平儿回去,告诉你奶奶,说我的话,把这一条务必免了。"平儿笑道:"早就该免。旧年奶奶原说要免的,因年下忙,就忘了。"

那媳妇只得答应着去了。就有大观园中媳妇捧了饭盒子来,侍书素云早已抬过一张小饭

软的欺负硬的怕,这样的人众是产生强硬乃至专制的管理人员的根源,反之亦然。素日愈是强硬专制,人众愈是没有责任感、同情心、认同感,愈会站在对立面——站干岸儿,油瓶倒了不扶……愈难管理。

哪怕对临时的新班子,也要授予添减改革的权力。

平儿的言语行事,近乎完美。

探春空有补天之志、补天之才——财。

桌来,平儿也忙着上菜,探春笑道:"你说完了话,干你的去罢,在这里又忙什么?"平儿笑道:"我原没事的,二奶奶打发了我来,一则说话,二则恐这里人不方便,原是叫我帮着妹妹们伏侍奶奶姑娘的。"探春因问:"宝姑娘的怎么不端来一处吃?"丫鬟们听说,忙出至檐外,命媳妇们去说:"宝姑娘如今在厅上一处吃,叫他们把饭送了这里来。"探春听说,便高声说道:"你别混支使人!那都是办大事的管家娘子们,你们支使他要饭要茶的,连个高低都不知道!平儿这里站着,叫他叫去。"

> 平儿的态度代表了凤姐的态度,她也懂尊重、谦让、团结、照顾。

> 治乱必严,名分必清,该摆的谱儿一定要摆。

平儿忙答应了一声出来。那些媳妇们都悄悄的拉住笑道:"那里用姑娘去叫,我们已有人叫去了。"一面说,一面用手帕摊石矶上,说:"姑娘站了半天,乏了,这太阳地里且歇歇。"平儿便坐了。又有茶房里的两个婆子拿了个坐褥铺下,说:"石头冷,这是极干净的,姑娘将就坐一坐儿罢。"平儿忙陪笑道:"多谢。"一个又捧了一碗精致新茶出来,也悄悄笑说:"这不是我们常用的茶,原是伺候姑娘们的,姑娘且润一润罢。"平儿忙欠身接了,因指众媳妇悄悄说道:"你们太闹的不像了。他是个姑娘家,不肯发威动怒,这是他尊重,你们就藐视欺负他。果然招他动了大气,不过说他一个粗糙就完了,你们就现吃不了的亏!他撒个娇,太太也得让他一二分,二奶奶也不敢怎样。你们就这么大胆子小看他,可是鸡蛋往石头上碰!"众人都忙道:"我们何尝敢大胆了,都是赵姨娘闹的!"平儿也悄悄的道:"罢了,好奶奶们,'墙倒众人推',那赵姨奶奶原有些颠倒,'着三不着两',有了事都赖他。你们素日那眼里没人,心术利害,我这几年难道还不

> 平儿降低身段以奴的角度与奴们说悄悄话。

> 分析探春的优势。

> 平儿立论何其公正持平。

知道！二奶奶若是略差一点儿的，早被你们这些奶奶们治倒了。饶这么着，得一点空儿，还要难他一难！好几次没落了你们的口声。众人都道他利害，你们都怕他，惟我知道他心里也就不算不怕你们的。前日我们还议论到这里：每不能依头顺尾，必有两场气生。那三姑娘虽是个姑娘，你们都横看了他。二奶奶在这些大姑子小姑子里头，也就只单怕他五分。你们这会子倒不把他放在眼里了！"

　　正说着，只见秋纹走来，众媳妇忙赶着问好，又说："姑娘也且歇一歇，里头摆饭呢。等撤下桌子来，再回话去。"秋纹笑道："我比不得你们，我那里等得！"说着，便直要上厅去。平儿忙叫："快回来！"秋纹回头，见了平儿，笑道："你又在这里充什么'外围子的防护'？"一面回身便坐在平儿褥上。平儿悄问："回什么？"秋纹道："问一问宝玉的月钱，我们的月钱，多早晚才领？"平儿道："这什么大事！你快回去告诉袭人，说我的话：凭有什么事，今日都别回。若回一件，管驳一件；回一百件，管驳一百件！"秋纹听了，忙问："这是为什么？"平儿与众媳妇等都忙告诉他原故；又说："正要找几处利害事与有体面的人来开例，作法子镇压，与众人作榜样呢。何苦你们先来碰在这钉子上？你这一去说了，他们若拿你们也作一二件榜样，又碍着老太太、太太；若不拿着你们做一二件，人家又说：'偏一个向一个，仗着老太太、太太威势的就怕，不敢惹，只拿着软的做鼻子头。'你听听罢，二奶奶的事，他还要驳两件，才压得众人口声呢！"

　　秋纹听了，伸了伸舌头，笑道："幸而平姐姐在这里，没得臊一鼻子灰，趁早知会他们去。"说

以恶制恶恶更恶。

通过平儿之口，介绍了事物的这一面：这些管事办事的媳妇婆子，也是极难缠的。
此前，强调的是凤姐的铁腕。铁有铁的道理与难处。

都是不得已。凤姐是不得已，平儿是不得已，赵姨娘是不得已，探春更是不得已。

不要往枪口上撞！

人治有时候会情绪化。

平儿，圣之时者也。

着,便起身走了。接着宝钗的饭至,平儿忙进来伏侍。那时赵姨娘已去,三人在板床上吃饭,宝钗面南,探春面西,李纨面东。众媳妇皆在廊下静候,里头只有他们紧跟常侍的丫鬟伺候,别人一概不敢擅入。这些媳妇们都悄悄的议论说:"大家省事罢!别安着没良心的主意。连吴大娘才都讨了没意思,咱们又是什么有脸的!"都一边悄议,等饭完回事。只觉里面鸦雀无闻,并不闻碗箸之响。

压下去了。

进入"秩序井然"的状态了。

一时,只见一个丫头将帘栊高揭,又有两个将桌抬出。茶房内有三个丫鬟,捧着三个沐盆儿。见饭桌已出,三人便进去了。一回又捧出沐盆并漱盂来,方有侍书、素云、莺儿三个人,每人用茶盘捧了三盖碗茶进去。一时等他三人出来,侍书命小丫头子:"好生伺候着,我们吃饭来换你们,可又别偷坐着去。"众媳妇们方慢慢的安分回事,不敢如先前轻慢疏忽了。探春气方渐平,因向平儿道:"我有一件大事,早要和你奶奶商议,如今可巧想起来。你吃了饭快来。宝姑娘也在这里,咱们四个人商议了,再细细的问你奶奶可行可止。"

经过一番较量,探春的威信初步建立。
工作人员的素质造成了管理人员向强悍威猛型发展。
从反面证明了好人的无用。
好人=无用。

平儿答应回去。凤姐因问:"为何去这半日?"平儿便笑着将方才的原故细细说与他听了。凤姐儿笑道:"好,好,好!好个三姑娘!我说不错。只可惜他命薄,没托生在太太肚里。"平儿笑道:"奶奶也说糊涂话了。他便不是太太养的,难道谁敢小看他,不与别的一样看待么?"凤姐叹道:"你那里知道?虽然庶出一样,女儿却比不得男人,将来攀亲时,如今有一种轻狂人,先要打听姑娘是正出是庶出,多有为庶出不要的。殊不知,别说庶出,便是我们的丫头,比

天不作美。
人无完人。

没有代表管理一节,探春只能埋没。对于某些人才,政治与权力的平台,是不可少的。

人家的小姐还强呢!将来不知那个没造化的,为挑庶正误了事呢;也不知那个有造化的,不挑庶正的得了去。"说着,又向平儿笑道:"你知道我这几年生了多少省俭的法子,一家子大约也没个背地里不恨我的。我如今也是'骑上老虎'了,虽然看破些,无奈一时也难宽放。二则家里出去的多,进来的少,凡百大小事儿,仍是照着老祖宗手里的规矩,却一年进的产业,又不及先时多;省俭了,外人又笑话,老太太、太太也受委屈,家下也抱怨克薄。若不趁早儿料理省俭之计,再几年就都赔尽了。"

平儿道:"可不是这话!将来还有三四位姑娘,还有两三个小爷们,一位老太太,这几件大事未完呢。"凤姐儿笑道:"我也虑到这里,倒也够了。宝玉和林妹妹,他两个一娶一嫁,可以使不着官中钱,老太太自有体己拿出来。二姑娘是大老爷那边的,也不算。剩了三四个,满破着每人花上一万银子。环哥娶亲有限,花上三千银子;若不够,那里省一抿子也就够了。老太太的事出来,一应都是全了的,不过零星杂项使费些,满破三五千两。如今再俭省些,陆续就够了。只怕如今平空再生出一两件事来,可就了不得了。咱们且别虑后事,你且吃了饭,快听他们商议什么。这正碰了我的机会,我正愁没个膀臂,虽有个宝玉,他又不是这里头的货,纵收伏了他,也不中用。大奶奶是个佛爷,也不中用。二姑娘更不中用,亦且不是这屋里的人。四姑娘小呢,兰小子与环儿更是个燎毛的小冻猫子,只等有热灶火坑让他钻去罢,真真一个娘肚子里跑出这样天悬地隔的两个人来,我想到那里就不服!再者林丫头和宝姑娘他两个人倒

"骑上老虎"云云,凤姐有退步意了。
这是首例。可能与生病有关,人一病,难免消极,难免从另外的思路审视一下自己的行事。
病也是必要的。病也有益。

平儿也是有中长期计算的。凤姐则虑得更具体周详。

洞察各色人等,只是不了解不把握自己。

好，偏又都是亲戚，又不好管咱们家务事。况且一个是美人灯儿，风吹吹就坏了；一个是拿定了主意，'不干己事不张口，一问摇头三不知'，也难十分去问他。倒只剩了三姑娘一个，心里嘴里都也来得，又是咱家的正人，太太又疼他，虽然脸上淡淡的，皆因是赵姨娘那老东西闹的，心里却是和宝玉一样呢。比不得环儿，实在令人难疼，要依我的性子，早撵出去了！如今他既有这主意，正该和他协同，大家做个膀臂，我也不孤不独了。按正礼天理良心上论，咱们有他这一个人帮着，咱们也省些心，与太太的事也有益。若按私心藏奸上论，我也太行毒了，也该抽回退步，回头看看；再要穷追苦克，人恨极了，他们笑里藏刀，咱们两个才四个眼睛两个心，一时不防，倒弄坏了。趁着紧溜之中，他出头一料理，众人就把往日咱们的恨暂可解了。还有一件，我虽知你极明白，恐怕你心里挽不过来，如今嘱咐你：他虽是姑娘家，心里却事事明白，不过是言语谨慎。他又比我知书识字，更利害一层了。如今俗语说：'擒贼必先擒王。'他如今要作法开端，一定是先拿我开端，倘或他要驳我的事，你可别分辩，你只越恭敬越说驳的是才好。千万别想着怕我没脸，和他一强，就不好了。"

平儿不等说完，便笑道："你太把人看糊涂了！我才已经行在先了，这会子才嘱咐我！"凤姐儿笑道："我是恐怕你心里眼里只有了我、一概没有他人之故，不得不嘱咐；既已行在先，更比我明白了。这不是你又急了，满嘴里'你'呀'我'的起来了！"平儿道："偏说'你'！你不依，这不是嘴巴子，再打一顿。难道这脸上还没尝过的不成！"凤姐儿笑道："你这小蹄子儿，要掂

宝钗现在什么都不是，自然不宜妄动妄言。如果她当上了宝玉夫人呢，也许令人刮目相看。

能认识到这一点还是不错的。然已骑虎难下。

何其清醒也！已大不似往日"协理宁国府""弄权铁槛寺"时矣。

凤姐能够尊重知识和人才，能知道自己的不足，并非一味膨胀。可赞可敬！
遭遇探春，凤姐何等清醒。她最后的败，不是败在能人手下，而是败在时势与庸人手下。

也有惺惺惜惺惺的意思。也有官官相护、顾全大局的意思。

平儿玩笑中翘一翘尾巴，也是更显亲热。

探春的精明,探春的厉害,探春的难处;赵姨娘的愚蠢,赵姨娘的可怜;平儿的乖觉,平儿的尊重;凤姐的知人,凤姐在病中的比平日的浮躁要深沉多了的思考;众下人的刁、恶、赖,欺软怕硬;贾府的赤字问题:在这一回都得到了合情合理的表现。

多少过儿才罢。你看我病的这个样儿,还来怄我呢!过来坐下,横竖没人来,咱们一处吃饭是正经。"

平儿无资格与探春共餐,却可以与凤姐不分你我。

说着,丰儿等三四个小丫头子进来,放小炕桌。凤姐只吃燕窝粥,两碟子精致小菜,每日分例菜已暂减去。丰儿便将平儿的四样分例菜端至桌上,与平儿盛了饭来。平儿屈一膝于炕沿之上,半身犹立于炕下,陪着凤姐儿吃了饭,伏侍漱口毕,吩咐了丰儿些话,方往探春处来。只见院中寂静,人已散出。要知端的,且听下回分解。

号称你我,毕竟是一时脱口而出。如何坐法,坐席问题,则是大事,何敢逾礼!

真正的强者王熙凤,懂得尊重潜在的强者探春,同时抹杀与压服愚蠢粗鄙的赵姨娘。另一个潜在的强者宝钗,则连赵姨娘都要团结住。凤姐甚至也尊重与拉拢奴才中的精英,平儿、鸳鸯、袭人等。凤的恃强在于视弱者如草芥,对弱者欺负得太狠。她知道能者的厉害,不知道庸众的厉害。

第五十六回

敏探春兴利除宿弊　贤宝钗小惠全大体

凤姐"政躬违和"是一件大事。因为,没有一个人能像她那样玩得转。
疾病是天灾也是气数,从此,凤姐便渐渐有些心余力绌的架势,再没有此前那种游刃有余的威风与潇洒。但此事也有积极的一面,给"三套马车"特别是探春以一显身手的机会。
而哪怕是临时的"人事调整"在带来危机的同时也带来新的思路,新的点子。
于是,在凤姐大力支持下,探春开始了某些新政。

　　话说平儿陪着凤姐儿吃了饭,伏侍盥漱毕,方往探春处来,只见院中寂静,只有丫鬟婆子,诸内壶近人在窗外听候。平儿进入厅中,他姊妹姑嫂三人正议论些家务,说的便是年内赖大家请吃酒,他家花园中事故。见他来了,探春便命他脚踏上坐了,因说道:"我想的事,不为别的,只想着我们一月所用的头油脂粉又是二两的事。我想我们一月已有了二两月银,丫头们又另有月钱,可不是又同刚才学里的八两一样重重叠叠?这事虽小,钱有限,看起来也不妥当,你奶奶怎么就没想到这个呢?"

　　平儿笑道:"这有个原故:姑娘们所用的这些东西,自然该有分例,每月每处买办买了,令女人们交送我们收管,不过预备姑娘们使用就罢了;没有个我们天天各人拿着钱,找人买这些去的。所以外头买办总领了去,按月使女人按房交给我们。至于姑娘们每月的这二两,原不是为买这些的,为的是一时当家的奶奶太太,或

探春立马发现问题,是精明却也带稚气。
明察秋毫,而且绝无个人利害因素。

不在家,或不得闲,姑娘们偶然要个钱使,省得找人去。这不过是恐怕姑娘们受委曲意思。如今我冷眼看着,各屋里我们的姐妹都是现拿钱买这些东西的,竟有了一半子。我就疑惑不是买办脱了空,就是买的不是正经货。"探春李纨都笑道:"你也留心看出来了。脱空是没有的,只是迟些日子;催急了,不知那里弄些来,不过是个名儿,其实使不得,依然还得现买。就用二两银子,另叫别人的奶妈子的弟兄儿子买来,方才使得,若使官中的人去,依然是那一样的,不知他们是什么法子?"平儿便笑道:"买办买的是那样,别人买了好的来,买办的也不依他,又说他使坏心,要夺他的买办了。所以他们宁可得罪了里头,不肯得罪了外头办事的。若是姑娘们使了奶妈们,他们也就不敢说闲话了。"探春道:"因此我心里不自在,饶费两起儿钱,东西又白丢一半,不如竟把买办的这一项每月蠲了为是。此是第一件事。第二件,年里往赖大家去,你也去的,你看他那小园子,比咱们这个如何?"平儿笑道:"还没有咱们这一半大,树木花草也少多着呢。"探春道:"我因和他们家的女孩儿说闲话儿,他说这园子除他们带的花儿,吃的笋菜鱼虾,一年还有人包了去,年终足有二百两银子剩。从那日,我才知道一个破荷叶,一根枯草根子,都是值钱的。"

宝钗笑道:"真真膏粱纨裤之谈。你们虽是千金,原不知道这些事,但只你们也都念过书,识过字的,竟没看见过朱夫子有一篇"不自弃"的文么?"探春笑道:"虽也看过,不过是勉人自励,虚比浮词,那里都真有的?"宝钗道:"朱子都有了虚比浮词了?那句句都是有的。你才办了

> 大锅饭难以保证质量,难以及时供货,难以监督明察。

> 这里分析得深刻。这里也有一个网状结构,不允许竞争,只可以互相维持庇护。官官相护的风气下面,必然有吏吏相护、民民相护、奴奴相护的一面。

> 吸收先进经验,树立经营意识、财富意识。

> 书中已有。

两天事,就利欲熏心,把朱子都看虚浮了。你再出去,见了那些利弊大事,越发连孔子也都看虚了呢!"探春笑道:"你这样一个通人,竟没看见姬子书?当日姬子有云:'登利禄之场,处运筹之界者,穷尧舜之词,背孔孟之道,……'"宝钗笑道:"底下一句呢?"探春笑道:"如今断章取意,念出底下一句,我自己骂我自己不成?"宝钗道:"天下没有不可用的东西,既可用,便值钱。难为你是个聪明人,这大节目正事竟没经历。"李纨笑道:"叫人家来了,又不说正事,你们且对讲学问!"宝钗道:"学问中便是正事。若不拿学问提着,便都流入市俗去了。"

　　三人取笑了一回,便仍谈正事。探春又接说道:"咱们这个园子,只算比他们的多一半,加一倍算起来,一年就有四百银子的利息。若此时也出脱生发银子,自然小器,不是咱们这样人家的事;若派出两个一定的人来,既有许多值钱之物,一味任人作践,也似乎暴殄天物。不如在园子里所有的老妈妈中,拣出几个本分老成,能知园圃的,派他们收拾料理。也不必要他们交租纳税,只问他们一年可以孝敬些什么。一则园子有专定之人修理花木,自然一年好似一年的,也不用临时忙乱;二则也不致作践,白辜负了东西;三则老妈妈们也可借此小补,不枉年日家在园中辛苦;四则也可以省了这些花儿匠、山子匠并打扫人等的工费:将此有余,以补不足,未为不可。"宝钗正在地下看壁上的字画,听如此说,便点头笑道:"善哉,三年之内,无饥馑矣。"李纨道:"好主意。果然这么行,太太必喜欢。省钱事小,园子有人打扫,专司其职,又许他去卖钱,使之以权,动之以利,再无不尽职的

以虚带实,以虚隐实。利禄运筹,经世致用,没有这些不过是书呆子、字纸篓子。尧舜孔孟,没有这些哪里还有大旗、道义的自信与依据?这里的学问大矣深矣!

没有理论的实践是盲目的实践,没有实践的理论是空洞的理论。

此言说明背着寄生官僚的包袱,放不下来。

这也是一种承包责任制,比大锅饭起码分工专细了些。

宝钗的不断转文,是有意保持距离,不真正介入投入,半似客卿,半似清客,最佳身份,最佳(也最狡狯)状态。

了。"平儿道:"这件事须得姑娘说出来。我们奶奶虽有此心,未必好出口。此刻姑娘们在园里住着,不能多弄些玩意儿陪衬,反叫人去监管修理,图省钱,这话断不好出口。"

宝钗忙走过来,摸着他的脸笑道:"你张开嘴,我瞧瞧你的牙齿舌头是什么做的?从早起来,到这会子,你说了这些话,一套一个样子,也不奉承三姑娘,也不说你们奶奶才短想不到;三姑娘说一套话出来,你就有一套话回奉,总是三姑娘想得到的,你们奶奶也想到了,只是必有个不可办的原故,这会子又是因姑娘们住的园子,不好因省钱令人去监管。你们想想这话,要果真交与人弄钱去的,那人自然是一枝花也不许掐,一个果子也不许动了,姑娘们分中,自然是不敢讲究,天天和小姑娘们就吵不清。他这远愁近虑,不抗不卑,他们奶奶便不是和咱们好,听他这一番话,也必要自愧的变好了。"探春笑道:"我早起一肚子气,听他来了,忽然想起他主子来:素日当家,使出来的好撒野的人,我见了他更生气了。谁知他来了,避猫鼠儿是的,站了半日,怪可怜的。接着又说了那些话,不说他主子待我好,倒说'不枉姑娘待我们奶奶素日的情意了',这一句话,不但没了气,我倒愧了,又伤起心来。我细想:我一个女孩儿家,自己还闹得没人疼没人顾的,我那里还有好处去待人。"口内说到这里,不免又流下泪来。

李纨等见他说的恳切,又想他素日赵姨娘每生诽谤,在王夫人跟前,亦为赵姨娘所累,也都不免流下泪来,都忙劝他:"趁今日清净,大家商议两件兴利剔弊的事情,也不枉太太委托一场。又提这没要紧的事做什么!"平儿忙道:"我

这就叫各有各的局限性。

平儿有两个坚决:一、坚决忠于凤姐,二、坚决支持和尊重探春的新政。因此便能辩证地历史地分析问题,不搞是今非昨,也不搞是昨非今。如果是乱臣贼子,就要借此掀起凤、探的"路线斗争"。

宝钗盛赞平儿,也有引为同道的含义。
"三套车"中的宝钗这匹"马",何等轻松风凉!

平儿分析问题、谈问题,确实很有讲究。与那种以势压人、咄咄逼人、得理不让人的人大不相同,收效便大不一样。

已明白了。姑娘竟说,谁好,竟一派人,就完了。"探春道:"虽如此说,也须得回你奶奶一声。我们这里搜剔小利,已经不当,皆因你奶奶是个明白人,我才这样行;若是糊涂多歪多妒的,我也不肯,倒像抓他的乖一般了。岂可不商议了行的?"平儿笑道:"既这样,我去告诉一声儿。"说着去了;半日方回来,笑道:"我说是白走一趟。这样好事,奶奶岂有不依的!"

> 探春尊重前任,凤姐支持(代理)继任,堪称模范。
> 设想一下,如不是这样,只能是两败俱伤!

探春听了,便和李纨命人将园中所有婆子的名单要来,大家参度,大概定了几个人。又将他们一齐传来,李纨大概告诉与他们。众人听了,无不愿意。也有说:"那片竹子单交给我,一年工夫,明年又是一片。除了家里吃的笋,一年还可交些钱粮。"这一个说:"那一片稻地交给我,一年这些玩的大小雀鸟的粮食,不必动官中钱粮,我还可以交钱粮。"探春才要说话,人回:"大夫来了,进园瞧史姑娘去。"众婆子只得去领大夫。平儿忙说:"单你们,有一百也不成个体统。难道没有两个管事的头脑带进大夫来?"回事的那人说:"有吴大娘和单大娘,他两个在西南角上聚锦门等着呢。"平儿听说,方罢了。

众婆子去后,探春问宝钗:"如何?"宝钗笑答道:"幸于始者怠于终,善其辞者嗜其利。"探春听了,点头称赞,便向册上指出几个来与他三人看。平儿忙去取笔砚来。他三人说道:"这一个老祝妈,是个妥当的,况他老头子和他儿子,代代都是管打扫竹子,如今竟把这所有的竹子交与他。这一个老田妈,本是种庄家的,稻香村一带,凡有菜蔬稻稗之类,虽是玩意儿,不必认真大治大耕,也须得他去再细细按时加些植养,岂不更好?"探春又笑道:"可惜蘅芜院和怡红院

> 宝钗保持清醒头脑,不使探春陶醉于自己的改革方案,有功。

> 承包责任制,"红"已有之。

这两处大地方，竟没有出息之物！"李纨忙笑道："蘅芜院里更利害！如今香料铺并大市大庙卖的各处香料香草儿，都不是这些东西？算起来，比别的利息更大！怡红院别说别的，单只说春夏二季的玫瑰花，共下多少花朵儿，还有一带篱笆上的蔷薇、月季、宝相、金银花、藤花，这几色草花，干了卖到茶叶铺药铺去，也值好些钱。"探春笑道："原来如此，只是弄香草的没有在行的人。"平儿忙笑道："跟宝姑娘的莺儿他妈，就是会弄这个的。上回他还采了些晒干了，编成花篮葫芦给我玩呢。姑娘倒忘了不成？"宝钗笑道："我才赞你，你倒来捉弄我了。"三人都咤异问道："这是为何？"宝钗道："断断使不得。你们这里多少得用的人，一个个闲着没事办，这会子我又弄个人来，叫那起人连我也看小了。我倒替你们想出一个人来：怡红院有个老叶妈，他就是焙茗的娘，那是个诚实老人家；他又合我们莺儿妈极好。不如把这事交与叶妈，他有不知的，不必咱们说给他，就找莺儿的娘去商量了。那怕叶妈全不管，竟交与那一个，这是他们私情儿，有人说闲话，也就怨不到咱们身上。如此一行，你们办得又至公道，于事又甚妥。"李纨平儿都道："是极。"探春笑道："虽如此，只怕他们见利忘义呢。"平儿笑道："不相干。前日莺儿还认了叶妈做干娘，请吃饭吃酒，两家和厚得很呢。"探春听了，方罢了。又共斟酌出几人来，俱是他四人素昔冷眼取中的，用笔圈出。

一时婆子们来回："大夫已去。"将药方送上去，三人看了，一面遣人送出外边去取药，监派调服；一面探春与李纨明示诸人：某人管某处，"按四季，除家中定例用多少外，余者任凭你们

曹公对各种经营亦不外行。

用人也要避嫌。

已经估计到了这种可能。

平儿此话，不懂得经济利益的厉害了。

采取了去取利,年终算账。"探春笑道:"我又想起一件事:若年终算账,归钱时,自然归到账房,仍是上头又添一层管主,还在他们手心里,又剥一层皮。这如今我们兴出这事来,派了你们,已是跨过他们的头去了,心里有气,只说不出来;你们年终去归账,他还不捉弄你们等什么?再者,这一年间,管什么的,主子有一全分,他们就得半分,这是每常的旧规,人所共知的。如今这园子是我的新创,竟别入他们的手,每年归账,竟归到里头来才好。"宝钗笑道:"依我说,里头也不用归账,这个多了,那个少了,倒多了事。不如问他们谁领这一分的,他就揽一宗事去。不过是园里的人动用。我替你们算出来了,有限的几宗事,不过是头油、胭脂、香、纸,每一位姑娘,几个丫头,都是有定例的;再者各处笤帚、簸箕、掸子,并大小禽鸟、鹿、兔吃的粮食。不过这几样。都是他们包了去,不用账房去领钱。你算算,就省下多少来?"平儿笑道:"这几宗虽小,一年通共算了,也省得下四百两银子。"

宝钗笑道:"却又来!一年四百,二年八百两,打租的房子也能多买几间,薄沙地也可以添几亩了。虽然还有敷余,但他们既辛苦了一年,也要叫他们剩些,粘补自家。虽是兴利节用为纲,然亦不可太啬,总再省上二三百银子,失了大体统,也不像。所以如此一行,外头账房里一年少出四五百银子,也不觉的很艰啬了;他们里头却也得些小补;这些没营生的妈妈们,也宽裕了;园子里花木,也可以每年滋长繁盛;如此你们也得了可使之物,这庶几不失大体。若一味要省时,那里不搜寻出几个钱来?凡有些余利的,一概入了官中,那时里外怨声载道,岂不失

"改革"必然与旧体制发生矛盾。

宝钗讲理学,也讲实学。

事小理大。

"红"写这一类事,竟这样细致准确,宛如家务财务明细表一般,而同时又能写情天恨海,太虚幻境,悲秋葬花,僧道"好""了",这样的全才,古今中外无双。

了你们这样人家的大体？如今这园里几十个老妈妈们，若只给了这个，那剩的也必抱怨不公；我才说的他们只供给这个几样，也未免太宽裕了。一年竟除这个之外，他每人不论有余无余，只叫他拿出若干吊钱来，大家凑齐，单散与这些园中的妈妈们。他们虽不料理这些，却日夜也自在园中照看；当差之人，关门闭户，起早睡晚，大雨大雪，姑娘们出入，抬轿子，撑船，拉冰床，一应粗重活计，都是他们的差使：一年在园里辛苦到头，这园内既有出息，也是分内该沾带些的。还有一句至小的话，越发说破了，你们只顾了自己宽裕，不分与他们些，他们虽不敢明怨，心里却都不服，只用假公济私的，多摘你们几个果子，多掐几枝花儿，你们有冤还没处诉呢。他们也沾带些利息，你们有照顾不到的，他们就替你们照顾了。"

> 利益分配，统筹兼顾，求得和谐太平。但这样搞，太顾人际的平顺了，终难于调动个人的积极性。

　　众婆子听了这个议论，又去了账房受辖制，又不与凤姐儿去算账，一年不过多拿出若干吊钱来，各各欢喜异常，都齐声说："愿意。强如出去被他们揉搓着，还得拿出钱来呢！"那不得管地的，听了每年终无故得钱，也都喜欢起来，口内说："他们辛苦收拾，是该剩些钱粘补的；我们怎么好'稳吃三注'呢？"宝钗笑道："妈妈们也别推辞了，这原是分内应当的。你们只要日夜辛苦些，别躲懒纵放人吃酒赌钱就是了；不然，我也不该管这事。你们也知道，我姨娘亲口嘱托我三五回，说：'大奶奶如今又不得闲，别的姑娘又小，托我照看照看。我若不依，分明是叫姨娘操心。我们太太又多病，家务也忙，我原是个闲人，便是街坊邻居，也要个帮忙的，何况是姨娘托我？讲不起众人嫌我。倘或我只顾沽名钓

> 减少中间层次。

> 宝钗必须受命，同时要适当撇清。

作为一部巨著,"红"有自己的平衡原则。前面已评述到闲与忙、缓与急、情感缱绻与勾心斗角之间的交替、变化、平衡,这里表现的是虚实的变化平衡。

探春理家一节,写得实是太真太实太细,太形而下了。紧接着来一个甄宝玉,来一个宝玉的梦,一切叙写大大地形而上化了。

曹雪芹确实是大才、全才。

誉的,那时酒醉赌输了,再生出事来,我怎么见姨娘?你们那时后悔也迟了,就连你们素昔的老脸也都丢了。这些姑娘们,这么一所大花园,都是你们照管,皆因看得你们是三四代的老妈妈,最是循规蹈矩,原该大家齐心顾些体统。你们反纵放别人,任意吃酒赌博。姨娘听见了,教训一场犹可,倘若被那几个管家娘子听见了,他们也不用回姨娘,竟教导你们一场,你们这年老的反受了小的教训,虽是他们是管家,管得着你们,何如自己存些体统,他们如何得来作践呢!所以我如今替你们想出这个额外的进益来,也为的是大家齐心,把这园里周全得谨谨慎慎的,使那些有权执事的看见这般严肃谨慎,且不用他们操心,他们心里岂不敬服?也不枉替他们筹画些进益了。你们去细细想想这话。"众人都欢喜说:"姑娘说得很是。从此姑娘奶奶只管放心。姑娘奶奶这样疼顾我们,我们再要不体上情,天地也不容了!"

绵里藏针,勿谓言之不预。

宝钗的这一番话是除了承包以外还要强调脸面与自觉自律,有几分以礼治天下的意思。这本是最理想的升平之道,比严刑峻法高明得多也仁厚得多的升平之道。问题是,冰冻三尺非一日,即使主观上大家接受这一番道理,做起来却各顾各,乌眼鸡,最后还是做不成。理想主义最后常常失败。

说得甚好,也基本属实,唯这种感激之情代替不了也消解不了各种尖锐化复杂化的利益冲突与人际矛盾。

刚说着,只见林之孝家的进来,说:"江南甄府里家眷昨日到京,今日进宫朝贺,此刻先遣人来送礼请安。"说着便将礼单送上去。探春接了,看道是:"上用的妆缎蟒缎十二匹。上用杂色缎十二匹。上用各色纱十二匹。上用宫绸十二匹。宫用各色缎纱绸绫二十四匹。"李纨探春看过,说:"用上等封儿赏他。"因又命人去回了贾母。贾母命人叫李纨、探春、宝钗等都过来,

宝玉之外有宝玉,长安之外有南京(两个地方都不是实指的而是象征的),贾外有甄。设想一下,另外还有一个你(或你的对应者、虚像、模拟者)在远方生活,你能不激动吗?你能不浮想联翩吗?

将礼物看了。李纨收过一边,吩咐内库上人说:"等太太回来看了再收。"贾母因说:"这甄家又不与别家相同。上等封儿赏男人。只怕展眼又打发女人来请安,预备下尺头。"一语未了,果然人回:"甄府四个女人来请安。"

贾母听了,忙命人带进来。那四个人都是四十往上年纪,穿带之物皆比主子不大差别。请安问好毕,贾母便命拿了四个脚踏来。他四人谢了坐,宝钗等坐了,方都坐下。贾母便问:"多早晚进京的?"四人忙起身回说:"昨儿进的京,今儿太太带了姑娘进宫请安去了,所以叫女人们来请安,问候姑娘们。"贾母笑问道:"这些年没进京,也不想到就来。"四人也都笑回道:"正是。今年是奉旨唤进京的。"贾母问道:"家眷都来了?"四人回说:"老太太和哥儿、两位小姐,并别位太太,都没来;就只太太带了三姑娘来了。"贾母道:"有人家没有?"四人道:"还没有呢。"贾母笑道:"你们大姑娘和二姑娘,这两家,都和我们家甚好。"四人笑道:"正是。每年姑娘们有信回来说,全亏府上照看。"贾母笑道:"什么'照看'?原是世交,又是老亲,原应当的。你们二姑娘更好,不自尊大,所以我们才走的亲密。"四人笑道:"这是老太太过谦了。"

贾母又问:"你这哥儿也跟着你们老太太?"四人回说:"也跟着老太太呢。"贾母道:"几岁了?"又问:"上学不曾?"四人笑说:"今年十三岁。因长的齐整,老太太很疼,自幼淘气异常,天天逃学,老爷太太也不便十分管教。"贾母笑道:"也不成了我们家的了!你这哥儿叫什么名字?"四人道:"因老太太当作宝贝一样,他又生得白,老太太便叫作'宝玉'。"贾母笑向李纨道:

> 贾母说话有一种随意、平常、自然的风格,不拿腔作势,也不像凤姐那样花马掉嘴,即使是批判歪戏、捍卫道统的话,也是自己的语言风格。

> 通过自我分离达到自我观照、参照。

"偏也叫个'宝玉'！"李纨等忙欠身笑道："从古至今，同时隔代，重名的很多。"四人也笑道："起了这小名儿之后，我们上下都疑惑，不知那位亲友家也倒是曾有一个的，只是这十来年没进京来，却记不真了。"贾母笑道："那就是我的孙子。人来！"众媳妇丫头答应了一声，走近几步，贾母笑道："园里把咱们的宝玉叫了来，给这四个管家娘子瞧瞧，比他们的宝玉如何？"

重名固多,性格模样也相仿的则罕见。

众媳妇听了，忙去了，半刻，围了宝玉进来。四人一见，忙起身笑道："唬了我们一跳！若是我们不进府来，倘若别处遇见，还只当我们的宝玉后赶着也进了京呢！"一面说，一面都上来拉他的手，问长问短。宝玉也笑问个好。贾母笑道："比你们的长得如何？"李纨等笑道："四位妈妈才一说，可知是模样儿相仿了。"贾母笑道："那有这样巧事？大家子孩子们，再养得娇嫩，除了脸上有残疾十分丑的，大概看去都是一样齐整，这也没有什么怪处。"四人笑道："如今看来，模样是一样！据老太太说，淘气也一样；我们看来，这位哥儿，性情却比我们的好些。"贾母忙问："怎见得？"四人笑道："方才我们拉哥儿的手说话，便知道了。若是我们那一个，只说我们糊涂。慢说拉手，他的东西，我们略动一动，也不依。所使唤的人，都是女孩子们……"

当然唬了一跳,原来相同、相似常常比相异还吓人。盖相异是自然,而相同相似则另有玄机。

四人未说完，李纨姊妹等禁不住都失声笑出来。贾母也笑道："我们这会子也打发人去见了你们宝玉，若拉他的手，他也自然勉强忍耐着。不知你我这样人家的孩子，凭他们有什么刁钻古怪的毛病，见了外人，必是要还出正经礼数来的。若他不还正经礼数，也断不容他刁钻去了。就是大人溺爱的，也因为他一则生的得

这话重要。说明:一、贾母等

人意儿；二则见人礼数，竟比大人行出来的更不错，使人见了可爱可怜，背地里所以才纵得一点子。若一味他只管没里没外，不与大人争光，凭他生得怎样，也是该打死的。"四人听了，都笑说："老太太这话正是。虽然我们宝玉淘气古怪，有时见了客，规矩礼数，比大人还有趣，所以无人见了不爱，只说：'为什么还打他？'殊不知他在家里无法无天，大人想不到的话偏会说，想不到的事偏会行，所以老爷太太恨的无法。就是任性，也是小孩子的常情；胡乱花费，也是公子哥儿的常情；怕上学，也是小孩子的常情，都还治得过来。第一，天生下来这一种刁钻古怪的脾气，如何使得。"一语未完，人回："太太回来了。"王夫人进来，问过安，他四人请了安，大概说了两句，贾母便命："歇歇去罢。"王夫人亲捧过茶，方退出去。四人告辞了贾母，便往王夫人处来，说了一会子家务，打发他们回去，不必细说。

> 家长溺爱纵容宝玉，并非不讲原则，"打死"云云，可见无可商议。二、宝玉虽然"混闹"，大节并无闪失。

这里贾母喜得逢人便告诉：也有一个宝玉，也都一般行景。众人都想着：天下的世宦大家，同名的这也很多，祖母溺爱孙子也是常事，不是什么罕事，皆不介意。独宝玉是个迂阔呆公子的心性，自为是那四人承悦贾母之词；后至园中去看湘云病去，史湘云因说他："你放心闹罢，先还'单丝不成线，独树不成林'，如今有了个对子。闹急了，再打很了，你好逃到南京找那一个去。"宝玉道："那里的谎话，你也信了，偏又有宝玉了？"湘云道："怎么列国有个蔺相如，汉朝又有个司马相如呢？"宝玉笑道："这也罢了，偏又模样儿也一样，这是没有的事！"湘云道："怎么匡人看见孔子，只当是阳货呢？"宝玉笑道："孔

> 强调两个宝玉的性格已属超常。

人类的意识首先在于主观与客观的分离,在于分辨何者为物,何者为我。

物是林林总总的大千世界。我呢? 我在哪里? 我是什么? 我是意识的主体,也是意识的对象。

当我成为意识的对象的时候,我与我、主体与主体也开始分离了,一个是思想着意识着的我,一个是被思考被意识着的我。所以你至少有两个我。如果一个是假我,一个就是真我了。反之亦然。

自我批评就是我批评我。自我欣赏就是我欣赏我。

子阳货虽同貌,却不同名;蔺与司马虽同名,而又不同貌;偏我和他就两样俱同不成?"湘云没了话答对,因笑道:"你只会胡搅,我也不和你分证。有也罢,没也罢,与我无干。"说着,便睡下了。

> 宝玉的"胡搅",是对己、对他人的没底,他其实是需要湘云的聪明与见解的参照:或信其有,或断其无。

宝玉心中便又疑惑起来:"若说必无,也似必有;若说必有,又并无目睹。"心中闷闷,回至房中榻上,默默盘算,不觉昏昏睡去,竟到一座花园之内。宝玉诧异道:"除了我们大观园,竟又有这一个园子?"正疑惑间,忽然那边来了几个女孩儿,都是丫鬟,宝玉又诧异道:"除了鸳鸯、袭人、平儿之外,也竟还有这一干人?"只见那些丫鬟笑道:"宝玉怎么跑到这里来?"宝玉只当是说他,忙来陪笑说道:"因我偶步到此,不知是那位世交的花园? 姐姐们带我逛逛。"众丫鬟都笑道:"原来不是咱们家的宝玉! 他生得也还干净,嘴儿也倒乖觉。"宝玉听了,忙道:"姐姐们这里,也竟还有个宝玉?"丫鬟们忙道:"'宝玉'二字,我们家是奉老太太、太太之命,为保佑他延年消灾,我们叫他,他听见喜欢;你是那里远方来的小厮,也乱叫起来! 仔细你的臭肉,不打烂了你的!"又一个丫鬟笑道:"咱们快走罢,别叫宝玉看见。"又说:"同这臭小子说了话,把咱们熏臭了!"说着,一径去了。

宝玉纳闷道:"从来没有人如此荼毒我,他

> 这种心情几近于地球人之惊异于(思念于、追寻于)另一个载负着生命的"地球"。

> 地位取决于环境,离开了必需的环境,地位等于零。

> 此宝玉到了彼处,便是臭肉、臭小厮矣。

> 谁能认识"我",接受"我"? 谁能不荼毒"我"?

207

因为是小说,也因为宝玉没出息,所以此一宝玉只能是假(贾)。

他面对的那个我、那个宝玉呢?便是真,姑妄言之为真(甄)了。

假(贾宝玉)做真(实的小说人物)时,真(甄宝玉)亦假(设的小说人物)。

甄宝玉是贾宝玉的意识的产物,是贾宝玉的假设,是贾宝玉的一次令人毛骨悚然的自我想象、自我欣赏、自我嗟叹、自我分离、自我批评、自我邂逅。

读者能读甄宝玉而悚然心动,庶有望矣。

这不仅是一个人物、一段故事(作为人物与故事,甄宝玉写得即不成功也不要紧)。这更是一个方法论。如果以这种方法审视一切人物包括读者自己呢?

们如何竟这样的,莫不真也有我这样一个人不成?"一面想,一面顺步早到了一所院内。宝玉咤异道:"除了怡红院,也竟还有这么一个院落?"忽上了台阶,进入屋内,只见榻上有一个人卧着,那边有几个女儿做针线,或有嬉笑玩耍的。只见榻上那个少年叹了一声,一个丫鬟笑问道:"宝玉,你不睡,又叹什么?想必为你妹妹病了,你又胡愁乱恨呢。"

> 这宁可说是灵魂出窍,自己(飞翔在天空的)审视自己(卧在榻上的)。自由的想象中的自我,审视现实的"总和着社会关系"的我。

宝玉听说,心下也便吃惊,只见榻上少年说道:"我听见老太太说,'长安'都中也有个宝玉,和我一样的性情,我只不信。我才做了一个梦儿,竟梦中到了都中一个花园子里头,遇见几个姐姐,都叫我臭小厮,不理我。好容易找到他房里,偏他睡觉,空有皮囊,真性不知往那里去了。"宝玉听说,忙说道:"我因找宝玉来到这里,原来你就是宝玉?"榻上的忙下来拉住,笑道:"原来你就是宝玉!这可不是梦里了。"宝玉道:"这如何是梦?真而又真的!"一语未了,只见人来说:"老爷叫宝玉。"吓得二人皆慌了。一个宝玉就走,一个便忙叫:"宝玉快回来,宝玉快回来!"

> 想象中的被审视的我中,又生出一个自由的想象的我。恰如镜中有我,镜中有镜中之我,镜中有镜中的镜中之我——两个镜子相对而照我,产生出一种无限的长廊效应。

袭人在旁听他梦中自唤,忙推醒他,笑问道:"宝玉在那里?"此时宝玉虽醒,神意尚恍惚,因向门外指说:"才去了不远。"袭人笑道:"那是

> 你在哪里?我在哪里?你是谁?我是谁?禅中禅矣。

此节是天才之作,真正的小说!真正的想象!真正的灵性!

设想我之外另有一我,这是伟大的想象,这想象很可能来自镜子的启示。这个想象也来自庄生化蝶的典故的启示。不同的是,这次贾宝玉没有化成蝴蝶,而是在梦中看到了另一个宝玉。甄宝玉是宝玉的对应,也是宝玉的虚像,是假贾(假)宝玉,假假——否定之否定——遂成真实。

跳出来,跳出来,跳出来!一部"红楼",就是要教给你从现实的"我"中跳出来。跳出来后才知道那个自由的想象的我——且称之为灵我——在实我那里其实是陌生的、不被接受乃至被排斥的。

灵我无处容身。灵我漂泊,无枝可栖。灵我恐惧着实我,实我派生着新的孤独的灵我,这正是生存、存在与存在意识的大悲哀处。于是乎有宗教,有哲学,有艺术,有小说,有"红楼"。

愈思愈悲(乃至毛骨悚然),何曹公思、悲之深也!

你梦迷了。你揉眼细瞧,是镜子里照的你的影儿ル。"宝玉向前瞧了一瞧,原是那嵌的大镜对面相照,自己也笑了。早有丫鬟捧过漱盂茶卤来漱了口。麝月道:"怪道老太太常嘱咐说:'小人儿屋里不可多有镜子,人小魂不全,有镜子照多了,睡觉惊恐做胡梦。'如今倒在大镜子那里安了一张床!有时放下镜套还好;往前去,天热困倦,那里想得到放他?比如方才就忘了,自然先躺下照着影儿玩来着,一时合上眼,自然是胡梦颠倒的;不然,如何叫起自己的名字来呢?不如明日挪进床来是正经。"

> 果然是镜子!
> 镜子是天下第一奇物!镜子可以使我面对着我的映像。何等奇妙!

一语未了,只见王夫人遣人来叫宝玉,不知有何话说,且听下回分解。

> 这样物质性地解释一下,如同一个狂想曲,渐渐收到平实的音符上。

三套马车执政,宛如实录,贾宝玉梦到甄宝玉,却是遐想。没有实录感的小说神经兮兮,没有遐想力的小说如此而已。

第五十七回

慧紫鹃情辞试莽玉　慈姨妈爱语慰痴颦

以现实主义的尺度来量度,有关甄家的段落纯属蛇足、败笔。
满纸荒唐言……谁解其中味？可见,极伟大之主义也框不住《红楼梦》。
杰作比任何创作理论创作方法都更丰富,更新鲜,更杰出。

　　话说宝玉听王夫人唤他,忙至前边来,原来是王夫人要带他拜甄夫人去。宝玉自是欢喜,忙去换衣服,跟了王夫人到那里。见其家形景,自与荣宁不甚差别,或有一二稍盛者。细问,果有一宝玉。甄夫人留席,竟一日方回。宝玉不信。因晚间回家来,王夫人又吩咐预备上等的席面,定名班大戏,请过甄夫人母女。后二日,他母女便不作辞,回任去了,无话。

> 粗粗表过。
> 毕竟是镜花水月,幻想的产物,不好也不必铺开细写。

　　这日宝玉因见湘云渐愈,然后去看黛玉。正值黛玉才歇午觉,宝玉不敢惊动,因紫鹃正在回廊上手里做针线,便上来问他:"昨日夜里咳嗽的可好了？"紫鹃道:"好些了。"宝玉笑道:"阿弥陀佛！宁可好了罢。"紫鹃笑道:"你也念起佛来,真是新闻！"宝玉笑道:"所谓'病急乱投医'了。"一面说,一面见他穿着弹墨绫薄绵袄,外面只穿着青缎夹背心,宝玉便伸手向他身上抹了一抹,说道:"穿这样单薄,还在风口里坐着,时气又不好,你再病了,越发难了。"紫鹃便说道："从此咱们只可说话，别动手动脚的：一年大，二年小的，叫人看着不尊重。打紧的那起混账行子们背地里说呢；你总不留心，还自管和小时一般行为，如何使得。姑娘常常盼咐我们，不叫和你说笑。你近来瞧他，远着你还恐远不及呢。"说着，便起身携了针线进别的房里去了。

"一年大，二年小"云云，青春期的苦闷是也。

其实也是爱护，但这种爱护令人心寒。

宝玉见了这般景况，心中像浇了一盆冷水一般，只瞅着竹子发了一回呆。因祝妈正在那里刨土种竹，扫竹叶子，顿觉一时魂魄失守，随便坐在一块山石上出神，不觉滴下泪来。直呆了一顿饭的工夫，千思万想，总不知如何是可。偶值雪雁从王夫人房中取了人参来，从此经过，忽扭头看见桃花树下石上一人，手托着腮颊，正出神呢：不是别人，却是宝玉。雪雁疑惑道："怪冷的，他一个人在这里做什么？春天凡有残疾的人肯犯病，敢是他也犯了呆病了？"一边想，一边便走过来，蹲下来笑道："你在这里做什么呢？"宝玉忽见了雪雁，便说道："你又做什么来找我？你难道不是女儿？他既防嫌，不许你们理我，你又来寻我，倘被人看见，岂不又生口舌？你快家去罢。"

笔触又转到宝黛爱情上来了。太平了一阵子，该出事了。宝玉至情至真，便是疯傻了。

取笑了。

也是幻想，也是推迟成人化的世界，盼望着永远的童年。

雪雁听了，只当是他又受了黛玉的委屈，只得回至房中。黛玉未醒，将人参交给紫鹃。紫鹃因问他："太太做什么呢？"雪雁道："也睡中觉呢，所以等了这半日。姐姐，你听笑话儿：我因等太太的工夫，和玉钏儿姐姐坐在下房里说话儿，谁知赵姨奶奶招手儿叫我。我只当有什么话说，原来他和太太告了假，出去给他兄弟伴宿坐夜，明日送殡去。跟他的小丫头子小吉祥儿没衣裳，要借我的月白绫子袄儿。我想：他们一般也有两件子的，往这地方去，恐怕弄坏了，自

赵姨娘时时事事都是丢人现眼，反面教材。

己的舍不得穿,故此借别人的。借我的,弄坏了也是小事,只是我想他素日有什么好处到咱们跟前,所以我说:我的衣裳簪环,都是姑娘叫紫鹃姐姐收着呢。如今先得去告诉他,还得回姑娘,费多少事,别误了你老人家出门,不如再转借罢。"紫鹃笑道:"你这个小东西儿,倒也巧。你不借给他,你推我和姑娘身上,好叫人怨不着你。他这会子就去呀,还是等明日一早才去呢?"雪雁道:"这会子就去的,只怕此时已去了。"紫鹃点头。雪雁道:"姑娘还没醒呢,是谁给了宝玉气受?坐在那里哭呢!"紫鹃听了,忙问:"在那里?"雪雁道:"在沁芳亭后头桃花底下呢。"

　　紫鹃听说,忙放下针线,又嘱咐雪雁:"好生听叫。若问我,答应我就来。"说着,便出了潇湘馆,一径来寻宝玉。走至宝玉跟前,含笑说道:"我不过说了那么句话,为的是大家好,你就一气,跑了这风地里来哭,弄出病来还了得!"宝玉忙笑道:"谁赌气了!我因为听你说得有理,我想你们既这样说,自然别人也是这样说,将来渐渐的都不理我了,我所以想到这里,自己伤起心来了。"紫鹃也便挨他坐着。宝玉笑道:"方才对面说话,你尚走开,这会子如何又来挨着我坐着?"紫鹃道:"你都忘了?几日前,你们姊妹两个正说话,赵姨娘一头走了进来,我才听见他不在家,所以我来问你。正是前日你和他才说了一句'燕窝',就歇住了,总没提起,我正想着问你。"宝玉道:"也没什么要紧,不过我想着宝姐姐也是客中,既吃燕窝,又不可间断,若只管和他要,也太托实。虽不便和太太要,我已经在老太太跟前略露了个风声,只怕老太太和凤姐姐

鄙吝至此,亦可叹观止。

雪雁也机灵。

宝玉的福气比天高比海深,从小泡在"蜜罐子"里,却也还得哭,更要哭!

"渐渐……不理"云云,人们在年龄渐长的过程中,也会产生一种怀念往日的天真烂漫、不愿意长大的情绪。扩而大之,这也是叹惜:"逝者如斯夫,不舍昼夜。"

说了。我告诉他的,竟不告诉完。如今我听见一日给你们一两燕窝,这也就完了。"紫鹃道:"原来是你说了,这又多谢你费心。我们正疑惑,老太太怎么忽然想起来叫人每一日送一两燕窝来呢?这就是了。"宝玉笑道:"这要天天吃惯了,吃上三二年就好了。"紫鹃道:"在这里吃惯了,明年家去,那里有这闲钱吃这个。"

> 宝玉当然是关照细心。但他毕竟不掌权,此事后果到底如何,有没有早先黛玉顾虑到的那些问题,殊堪挂虑。

宝玉听了,吃了一惊,忙问:"谁家去?"紫鹃道:"妹妹回苏州去。"宝玉笑道:"你又说白话。苏州虽是原籍,因没了姑母,无人照看,才接了来的;明年回去找谁?可见你扯谎。"紫鹃冷笑道:"你太看小了人。你们贾家独是大族,人口多的;除了你家,别人只得一父一母,房族中真个再无人了不成?我们姑娘来时,原是老太太心疼他年小,虽有叔伯,不如亲父母,故此接来住几年。大了该出阁时,自然要送还林家的,终不成林家女儿在你贾家一世不成?林家虽贫到没饭吃,也是世代书香人家,断不肯将他家的人丢与亲戚,落的耻笑,所以早则明年春天,迟则秋天,这里纵不送去,林家亦必有人来接的。前日夜里姑娘和我说了,叫我告诉你,将从前小时玩的东西,有他送你的,叫你都打点出来还他;他也将你送他的打点在那里呢。"宝玉听了,便如头顶上响了一个焦雷一般。紫鹃看他怎么回答,等了半天,见他只不作声,才要再问,只见晴雯找来,说:"老太太叫你呢。谁知在这里。"紫鹃笑道:"他这里问姑娘的病症,我告诉了他半日,他只不信,你倒拉他去罢。"说着,自己便走回房去了。

> 宝玉对自己的感情生活时有危机感、分离感、破灭感。

> 或谓紫鹃在试探宝玉,但又事出有因,话出有因,并非为考验而出题目。紫鹃虽是戏言,却也句句字字真切合理。说明不仅宝黛,而且命运依附于黛玉的紫鹃,已经考虑到了进一步的事情。到了动真格的时候了。

> 头顶上一个焦雷,岂是儿戏!

晴雯见他呆呆的,一头热汗,满脸紫胀,忙拉他的手一直到怡红院中。袭人见了这般,慌起来了,只说时气所感,热身被风扑了。无奈宝玉发热事犹小可,更觉两个眼珠儿直直的起来;口角边津液流出,皆不知觉;给他个枕头,他便睡下;扶他起来,他便坐着;倒了茶来,他便吃茶。众人见了这样,一时忙乱起来,又不敢造次去回贾母,先要差人去请李嬷嬷来。一时李嬷嬷来了,看了半日:问他几句话,也无回答;用手向他脉上摸了摸,嘴唇人中上着力掐了两下,掐得指印如许来深,竟也不觉疼。李嬷嬷只说了一声:"可了不得了!""呀"的一声,便搂头放声大哭起来。急得袭人忙拉他说:"你老人家瞧瞧可怕不怕,且告诉我们,去回老太太、太太去。你老人家怎么先哭起来?"李嬷嬷捶床倒枕说:"这可不中用了!我白操了一世的心了!"

> 进入"休克"状态。紫鹃用的是休克检验术。
>
> 宝玉的心理健康状况,确有可疑之处。此前(被马道婆妖术所侵)亦有一次这种精神失常、感情障碍的状况。

袭人因他年老多知,所以请他来看;如今见他这般一说,都信以为实,也哭起来了。晴雯便告诉袭人方才如此这般,袭人听了,便忙到潇湘馆来,见紫鹃正伏侍黛玉吃药,也顾不得什么,便走上来问紫鹃道:"你才和我们宝玉说了些什么话? 你瞧瞧他去! 你回老太太去,我也不管了!"说着,便坐在椅上。黛玉忽见袭人满面急怒,又有泪痕,举止大变,更不免也着了忙,因问:"怎么了?"袭人定了一回,哭道:"不知紫鹃姑奶奶说了些什么话,那个呆子眼也直了,手脚也冷了,话也不说了,李嬷嬷掐着也不疼了,已死了大半个了! 连嬷嬷都说不中用了,那里放声大哭,只怕这会子都死了!"

> 奴才忠心报主,也有真情,也有利益(前途、未来)共同体的关系,以至真情假意总是情。

黛玉听此言,李嬷嬷乃久经老妪,说不中用了,可知必不中用,"哇"的一声,将所服之药,一口呕出,抖肠搜肺、炙胃扇肝的,哑声大嗽了几阵;一时面红发乱,目肿筋浮,喘的抬不起头来。

> 爱者,至大矣! 可死可生,生死攸关! 喜剧性的言谈(情节)描写之中包含着悲剧性的内容,读之笑而后泪下。

紫鹃忙上来捶背,黛玉伏枕喘息了半响,推紫鹃道:"你不用捶!你竟拿绳子来勒死我,是正经。"紫鹃哭道:"我并没说什么,不过是说了几句玩话,他就认真了。"袭人道:"你还不知道他那傻子,每每玩话认了真。"黛玉道:"你说了什么话?趁早儿去解说,他只怕就醒过来了。"紫鹃听说,忙下床,同袭人到了怡红院。谁知贾母王夫人等已都在那里了。贾母一见了紫鹃,便眼内出火,骂道:"你这小蹄子,和他说了什么?"紫鹃忙道:"并没敢说什么,不过说几句玩语。"谁知宝玉见了紫鹃,方"嗳呀"了一声,哭出来了。众人一见,都放下心来。贾母便拉住紫鹃,只当他得罪了宝玉,所以拉紫鹃命他赔罪。谁知宝玉一把拉住紫鹃,死也不放,说:"要去连我带了去。"

> 爱极成恨,成杀人。
> 紫鹃是个有心人。用心亦良苦矣!
>
> 傻子的封号使宝玉一下子可爱度增加了二十倍。
>
>
>
>
>
>
> 解铃还须系铃人。

众人不解,细问起来,方知紫鹃说要回苏州去,一句玩话引出来的。贾母流泪道:"我当有什么要紧大事,原来是这句玩话。"又向紫鹃道:"你这孩子,素日是个伶俐聪敏的,你又知道他有个呆根子,平白的哄他做什么?"薛姨妈劝道:"宝玉本来心实,可巧林姑娘又是从小儿来的,他姊妹两个一处长得这么大,比别的姊妹更不同。这会子热剌剌的说一个去,别说他是个实心的傻孩子,便是冷心肠的大人,也要伤心。这并不是什么大病,老太太和姨太太只管万安,吃一两剂药就好了。"

> 他有真情,故曰呆根子。
> 对紫鹃未再责骂,态度慈祥。
>
>
>
>
> 有根治爱情的良药么?

正说着,人回:"林之孝家的,赖大家的,都来瞧哥儿来了。"贾母道:"难为他们想着,叫他们来瞧瞧。"宝玉听了一个"林"字,便满床闹起来,说:"了不得了,林家的人接他们来了,快打出去罢!"贾母听了,也忙说:"打出去罢。"又忙

> 这里既有错乱一面,似亦有装疯卖傻一面。他"闹"的倾向性、目的性极明确的。

安慰说:"那不是林家的人,林家的人都死绝了,没人来接他的,你只放心罢!"宝玉哭道:"凭他是谁,除了林妹妹,都不许姓林的!"贾母道:"没姓林的来,凡姓林的都打出去了。"一面吩咐众人:"以后别叫林之孝家的进园来,你们也别说'林'字,孩子们,你们听了我这一句话罢!"众人忙答应,又不敢笑。一时宝玉又一眼看见了十锦槅子上陈设的一双金西洋自行船,便指着乱说:"那不是接他们来的船来了?湾在那里呢!"贾母忙命拿下来。袭人忙拿下来。宝玉伸手要,袭人递过去,宝玉便掖在被中,笑道:"这可去不成了!"一面说,一面死拉着紫鹃不放。

> 溺爱之情,舐犊之状,可怜煞也。

一时人回:"大夫来了。"贾母忙命:"快进来。"王夫人、薛姨妈、宝钗等暂避入里间。贾母便端坐在宝玉身旁。王太医进来,见许多的人,忙上去请了贾母的安,拿了宝玉的手,诊了一回。那紫鹃少不得低了头,王太医也不解何意,起身说道:"世兄这症,乃是急痛迷心。古人曾云:'痰迷有别:有气血亏柔饮食不能熔化痰迷者,有怒恼中痰急而迷者,有急痛壅塞者。'此亦痰迷之症,系急痛所致,不过一时壅蔽,较诸痰迷似轻。"贾母道:"你只说怕不怕,谁同你背药书呢!"王太医忙躬身笑道:"不妨,不妨。"贾母道:"果真不妨?"王太医道:"实在不妨。都在晚生身上。"贾母道:"既如此,请到外面坐,开药方。吃好了,我另外预备好谢礼,叫他亲自捧了,送去磕头;若耽误了,我打发人去拆了太医院的大堂。"王太医只躬身陪笑说:"不敢,不敢。"他原听了说"另具上等谢礼命宝玉去磕头",故满口说"不敢",竟未听见贾母后来说"拆太医院"之戏语,犹说"不敢",贾母与众人

> 果真能诊出"系急痛所致",倒是反映了中医精神病学的高水平。

> 知道"不妨"了,说话便放松了。
> 小有噱头。

谁闹的谁治,哪儿出的问题哪儿解决,这样一种追本溯源式的医学(不只医学)思路,很有特点。其实,因与果的关系并非如此简单直接。

反倒笑了。

一时按方煎药,药来服下,果觉比先安静。无奈宝玉只不肯放紫鹃,只说:"他去了,便是要回苏州去了。"贾母王夫人无法,只得命紫鹃守着他,另将琥珀去伏侍黛玉。黛玉不时遣雪雁来探消息。这晚间宝玉稍安,贾母王夫人等方回去了,一夜还遣人来问信几次。李奶妈带宋妈等几个年老人用心看守,紫鹃、袭人、晴雯等日夜相伴。有时宝玉睡去,必从梦中惊醒,不是哭了,说黛玉已去,便是说有人来接。每一惊时,必得紫鹃安慰一番方罢。彼时贾母又命将祛邪守灵丹及开窍通神散各样上方秘制诸药,按方饮服,次日又服了王太医药,渐次好了起来。宝玉心下明白,因恐紫鹃回去,倒故意作出佯狂之态。紫鹃自那日也着实后悔,如今日夜辛苦,并没有怨意。袭人等皆心安神定,因向紫鹃笑道:"都是你闹的,还得你来治。也没见我们这位呆子,'听见风就是雨',往后怎么好。"暂且按下。

且说此时湘云之症已愈,天天过来瞧看,见宝玉明白了,便将他病中狂态形容与他瞧,引得宝玉自己伏枕而笑:原来他起先那样,竟是不知的;如今听人说,还不信。无人时,紫鹃在侧,宝玉又拉他的手,问道:"你为什么唬我?"紫鹃道:"不过是哄你玩的,你就认真。"宝玉道:"你说得那样有情有理,如何是玩话呢?"紫鹃笑道:"那些玩话,都是我编的。林家实没了人口;纵有,也是极远的族中,也都不在苏州住,各省流寓不

当时已有安神控躁之药了。

小说不但要写人的常态,更要写人的异态、变态、病态,何况宝玉。

佯狂与真狂其实难以分辨。佯狂之为狂,无疑无异,故也是狂。

往后怎么好?往后更是大事不好!

定。纵有人来接,老太太也必不放去的。"宝玉道:"便老太太放去,我也不依!"紫鹃笑道:"果真的不依?只怕是口里的话。你如今也大了,连亲也定下了,过二三年再娶了亲,你眼睛里还有谁了。"

> 紫鹃为黛玉做火力侦察,原来爱情生活中也有兵法计谋。

宝玉听了,又惊问:"谁定了亲,定了谁?"紫鹃笑道:"年里我就听见老太太说要定了琴姑娘呢;不然,那么疼他?"宝玉笑道:"人人只说我傻,你比我更傻!不过是句玩话,他已经许给梅翰林家了。果然定下了他,我还是这个形景了?先是我发誓赌咒,砸这劳什子,你都没劝过吗?我病的刚刚的这几日才好了,你又来怄我!"一面说,一面咬牙切齿的,又说道:"我只愿这会子立刻我死了,把心迸出来,你们瞧见了,然后连皮带骨,一概都化成一股灰,再化成一股烟,一阵大风,吹得四面八方,都登时散了,这才好!"一面说,一面又滚下泪来。紫鹃忙上来握他的嘴,替他擦眼泪;又忙笑解释道:"你不用着急。这原是我心里着急,故来试你。"

> 这样说其实绕开了矛盾。也可能是紫鹃确有疑心。

> 心是看不见的。心是不容易被人知的。
> 知心最可贵。
> 心不被知最痛苦。

> 掬诚相告。

宝玉听了,更又咤异,问道:"你又着什么急?"紫鹃笑道:"你知道,我并不是林家的人,我也和袭人鸳鸯是一伙的,偏把我给了林姑娘使,偏生他又和我极好,比他苏州带来的还好十倍,一时一刻,我们两个离不开。我如今心里却愁他倘或要去了,我必要跟了他去的。我是合家在这里,我若不去,辜负了我们素日的情长;若去,又弃了本家。所以我疑惑,故说出这谎话来问你,谁知你就傻闹起来。"宝玉笑道:"原来是你愁这个,所以你是傻子!从此后再别愁了。我告诉你一句打茓儿的话:活着,咱们一处活着;不活着,咱们一处化灰,化烟。如何?"

> 绕开了爱情谈婚姻的可能性。回想一下我们的先辈是生活在一种严禁爱情的文化传统、道德标准下面的,不禁毛骨悚然。

> 宣誓了。

紫鹃听了,心下暗暗筹画。忽有人回:"环爷兰哥儿问候。"宝玉道:"就说难为他们,我才睡了,不必进来。"婆子答应去了。紫鹃笑道:"你也好了,该放我回去瞧瞧我们那一个去了。"宝玉道:"正是这话。我昨夜就要叫你去的,偏又忘了。我已经大好了,你就去罢。"紫鹃听说,方打迭铺盖妆奁之类。宝玉笑道:"我看见你文具里头有两三面镜子,你把那面小菱花的给我留下罢。我搁在枕头傍边,照着好睡,明日出门带着也轻巧。"紫鹃听说,只得与他留下。先命人将东西送过去,然后别了众人,自回潇湘馆来。

> 然而,这仍然不是婚姻的许诺与保证。紫鹃的"暗暗筹画"仍然是太早了,而且是一厢情愿。

黛玉近日闻得宝玉如此形景,未免又添些病症,多哭几场。今儿紫鹃来了,问其原故,已知大愈,仍遣琥珀去伏侍贾母。夜间人静后,紫鹃已宽衣卧下之时,悄向黛玉笑道:"宝玉的心倒实,听见咱们去,就那样起来。"黛玉不答。紫鹃停了半晌,自言自语的说道:"一动不如一静,我们这里就算好人家,别的都容易,最难得的是从小儿一处长大,脾气情性都彼此知道的了。"黛玉啐道:"你这几天还不乏,趁这会子不歇一歇,还嚼什么蛆!"紫鹃笑道:"倒不是白嚼蛆,我倒是一片真心为姑娘。替你愁了这几年了:无父母无兄弟,谁是知冷知热的人?趁早儿,老太太还明白硬朗的时节,作定了大事要紧。俗语说:'老健春寒秋后热。'倘或老太太一时有个好歹,那时虽也完事,只怕耽误了时光,还不得趁心如意呢。公子王孙虽多,那一个不是三房五妾,今日朝东,明日朝西?娶一个天仙来,也不过三夜五夜,也就摆在脖子后头了。甚至于怜新弃旧,反目成仇的。若娘家有人有势的,还好

> 宝黛感情,已不仅是两小无猜,也不仅是海誓山盟了。能不能结成理想的良缘,这个现实问题已经提到了议事日程上了。
> 小姐清高,丫头务实,小姐的事只能是丫鬟操心,呜呼!

些;若姑娘这样的人,有老太太一日还好,一日若没了老太太,也只是凭人去欺负罢了。所以说,拿主意要紧。姑娘是个明白人,岂不闻俗语说的'万两黄金容易得,知心一个也难求'!"黛玉听了,便说道:"这丫头今日可疯了,怎么去了几日,忽然变了一个人?我明日必回老太太,退回你去,我不敢要你了。"紫鹃笑道:"我说的是好话,不过叫你心里留神,并没叫你去为非作歹。何苦回老太太,叫我吃了亏,又有什么好处?"说着,竟自己睡了。黛玉听了这话,口内虽如此说,心内未尝不伤感。待他睡了,便直哭了一夜,至天明,方打了一个盹儿。次日,勉强盥漱了,吃了些燕窝粥。便有贾母等亲来看视了,又嘱咐了许多话。

势甚可危。

谁敢面对真实、真情、真忠?紫鹃真忠臣也。

此病非燕窝能奏效矣。

目今是薛姨妈的生日,自贾母起,诸人皆有祝贺之礼,黛玉也只得备了两色针线送去。是日也定了一班小戏,请贾母与王夫人等。独有宝玉与黛玉二人不曾去得。至晚散时,贾母等顺路又瞧了他二人一遍,方回房去。次日,薛姨妈家又命薛蝌陪诸伙计吃了一天酒,连忙了三四天,方才完结。因薛姨妈看见邢岫烟生的端雅稳重,且家道贫寒,是个钗荆裙布的女儿,便欲说与薛蟠为妻。因薛蟠素昔行止浮奢,又恐遭塌了人家女儿,正在踌躇之际,忽想起薛蝌未娶,看他二人,恰是一对天生地设的夫妻,因谋之于凤姐儿。凤姐儿笑道:"姑妈素知我们太太有些左性的,这事等我慢谋。"

"只得"何意? 不情愿乎? 似有暗示。

找媳妇时眼睛适当往下看。盖夫贵即可妻荣,妻随夫走,找个贫寒的正好。

凤姐不敢随意与太太(邢夫人)打交道。

因贾母去瞧凤姐儿时,凤姐儿便和贾母说:"薛姨妈有一件事求老祖宗,只是不好启齿的。"贾母忙问:"何事。"凤姐便将求亲一事说了。贾母笑道:"这有什么不好启齿,这是极好的好事,等我和你婆婆说了,怕他不依?"因回房来,即刻就命人来请了邢夫人过来,硬作保山。邢夫人想了一想:薛家根基不错,且现今大富;薛蝌生得又好;且贾母又作保山。将计就计,便应了。

贾母十分喜欢,忙命人请了薛姨妈来,二人见了,自然有许多谦辞。邢夫人即刻命人去告诉邢忠夫妇。他夫妇原是此来投靠邢夫人的,如何不依,早极口的说:"妙极。"贾母笑道:"我最爱管闲事,今日又管成了一件事,不知得多少谢媒钱?"薛姨妈笑道:"这是自然的。纵抬了整万银子来,只怕不稀罕。但只一件,老太太既是作媒,还得一位主亲才好。"贾母笑道:"别的没有,我们家折腿烂手的人还有两个。"说着,便命人去叫过尤氏婆媳二人来。贾母告诉他原故,彼此忙都道喜。贾母吩咐道:"咱们家的规矩,你是尽知的,从没有两亲家'争礼争面'的。如今你算替我在当中料理,不可太省,也不可太费,把他两家的事周全了回我。"尤氏忙答应了。薛姨妈喜之不尽,回家命写了请帖,补送过宁府。尤氏深知邢夫人性情,本不欲管,无奈贾母亲自嘱咐,只得应了。惟忖度邢夫人之意行事。薛姨妈是个无可无不可的人,倒还易说。这且不在话下。

如今薛姨妈既定了邢岫烟为媳,合宅皆知。邢夫人本欲接出岫烟去住,贾母因说:"这又何妨?两个孩子又不能见面,就是姨太太和他一个大姑子,一个小姑子,又何妨?况且都是女孩儿,正好亲近些呢。"邢夫人方罢。那薛蝌岫烟二人,前次途中,曾有一面之遇,大约二人心中皆如意,只是那岫烟未免比先时拘泥了些,不好

这里用"将计就计"四字令人觉得好笑。
反正邢夫人"左性",接受同意也最多是个"将计就计"。

没有个人的事,至少也是家族与家族之间的事。所以,宝座上的高端人物贾母要管。

薛姨妈不考虑邢夫人的"左性子"吗?还是另有谋划?

这样,宝钗的婚事问题就排到前面来了。

与宝钗姐妹共处闲谈;又兼湘云是个爱取笑的,更觉不好意思。幸他是个知书达礼的,虽是女儿,还不是那种佯羞诈鬼、一味轻薄造作之辈。

> 把佯羞诈鬼,定性为轻薄造作,流露出对真性情的呼唤。

宝钗自那日见他起,想他家业贫寒;二则别人的父母皆是年高有德之人,独他的父母偏是酒糟透了的人,于女儿分中平常;邢夫人也不过是脸面之情,亦非真心疼爱;且岫烟为人雅重,迎春是个老实人,连他自己尚未照管齐全,如何能管到他身上,凡闺阁中家常一应需用之物,或有亏乏,无人照管,他又不与人张口。宝钗倒暗中每相体贴接济,也不敢与邢夫人知道,也恐怕是多心闲话之故。如今却是众人意料之外奇缘作成这门亲事。岫烟心中先取中宝钗,有时仍与宝钗闲话,宝钗仍以姊妹相呼。

> 宝钗处理此事,仍是与人为善而又面面俱到。

> 何奇之有?亲上做亲,封闭循环,造成退化的一个因素。

这日宝钗因来瞧黛玉,恰值岫烟也来瞧黛玉,二人在半路相遇,宝钗含笑唤他到跟前,二人同走。至一块石壁后,宝钗笑问道:"这天还冷的很,你怎么倒全换了夹的了?"岫烟见问,低头不答。宝钗便知道又有了原故,因又笑问道:"必定是这个月的月钱又没得?凤姐姐如今也这样没心设计了。"岫烟道:"他倒想着不错日子给的。因姑妈打发人和我说道:一个月用不了二两银子,叫我省一两给爹妈送出去;要使什么,横竖有二姐姐的东西,能着些搭着就使了。姐姐想:二姐姐是个老实人,也不大留心。我使他的东西,他虽不说什么,他那些妈妈丫头,那一个是省事的?那一个是嘴里不尖的?我虽在那屋里,却不敢很使唤他们。过三天五天,我倒得拿些钱出来,给他们打酒买点心吃才好。因此,一月二两银子还不够使,如今又去了一两。前日我悄悄的把棉衣服叫人当了几吊钱盘缠。"

> 邢岫烟与贾家兴衰、宝黛关系的双主线似乎没啥关系,捎带手一写,仍然生动感人。生活真是多棱多面的啊!

> 为奴难,为主岂易?任何关系都有它的内情。外面看去,则是只知其一,不知其二。

宝钗听了,愁叹道:"偏梅家又合家在任上,后年才进来。若是在这里,琴儿过去了,好再商议你这事,离了这里就完了。如今不完了他妹妹的事,也断不敢先娶亲的。如今倒是一件难事。再迟两年,我又怕你熬煎出病来。等我和妈妈再商议。"

> 寄人篱下,并不好过。
>
> 宝钗心细。

宝钗又指他裙上一个璧玉佩问道:"这是谁给你的?"岫烟道:"这是三姐姐给的。"宝钗点头道:"他见人人皆有,独你一个没有,怕人笑话,故此送一个,这是他聪明细致之处。"岫烟又问:"姐姐此时那里去?"宝钗道:"我到潇湘馆去。你且回去,把那当票子叫丫头送来我那里,悄悄的取出来,晚上再悄悄的送给你去,早晚好穿;不然,风闪着还了得!但不知当在那里了?"岫烟道:"叫做什么恒舒,是鼓楼西大街的。"宝钗笑道:"这闹在一家去了!伙计们倘或知道了,好说'人没过来,衣裳先到了'。"岫烟听说,便知是他家的本钱,也不答,红了脸一笑,二人走开。

> 宝钗广结善缘,又得一(当)票。
>
> 薛家未来的儿媳跑到薛家的当铺当东西。命运就是这样善与人开玩笑。

宝钗就往潇湘馆来,恰正值他母亲也来瞧黛玉,正说闲话呢。宝钗笑道:"妈妈多早晚来的?我竟不知道。"薛姨妈道:"我这几日忙,总没来瞧瞧宝玉和他,所以今日瞧他两人。都也好了。"黛玉忙让宝钗坐了,因向宝钗道:"天下的事,真是人想不到的。拿着姨妈和大舅母说起,怎么又作一门亲家。"薛姨妈道:"我的儿,你们女孩儿家那里知道?自古道:'千里姻缘一线牵。'管姻缘的有一位月下老人,预先注定,暗里只用一根红丝,把这两个人的脚绊住,凭你两家那怕隔着海国呢,若有姻缘的,终久有机会作了夫妇。这一件事,都是出人意料之外。凭父母本人都愿意了,或是年年在一处,已为是定了的

> 有意无意地向黛玉进行服从命运、莫可如何的"教育"。
>
> 红线拴绊的说法虽然不经,也有一定的文学性和生动性。

亲事，若是月下老人不用红线拴的，再不能到一处。比如你姐妹两个的婚姻，此刻也不知在眼前，也不知在山南海北呢！"宝钗道："惟有妈妈说动话拉上我们！"一面说，一面伏在母亲怀里，笑说："咱们走罢。"黛玉就笑道："你瞧！这么大了，离了姨妈，他就是个最老到的；见了姨妈，他就撒娇儿。"薛姨妈将手摩弄着宝钗，向黛玉叹道："你这姐姐，就和凤哥儿在老太太跟前一样：着了正经事，就有话和他商量；没有了事，幸亏他开我的心。我见了他这样，有多少愁不散的。"

> 岂不说到黛玉的心病上？

黛玉听说，流泪叹道："他偏在这里这样，分明是气我没娘的人，故意来形容我！"宝钗笑道："妈妈，你瞧他这轻狂样儿，倒说我撒娇儿！"薛姨妈道："也怨不得他伤心，可怜没父母，到底没个亲人。"又摩挲黛玉，笑道："好孩子，别哭。你见我疼你姐姐，你伤心，你知我心里更疼你呢！你姐姐虽没父亲，到底有我，有亲哥哥，这就比你强了。我常和你姐姐说，心里很疼你，只是外头不好带出来的。你这里人多嘴杂，说好话的人少，说歹话的人多；不说你无依靠，为人做人可配人疼；只说我们看老太太疼你了，我们也'浇上水'去了。"黛玉笑道："姨妈既这么说，我明日就认姨妈做娘。姨妈若是弃嫌，便是假意疼我。"薛姨妈道："你不厌我，就认了。"宝钗忙道："认不得的。"黛玉道："怎么认不得？"宝钗笑道："我且问你：我哥哥还没定亲事，为什么反将邢妹妹先说与我兄弟了？是什么道理？"黛玉道："他不在家，或是属相生日不对，所以先说与兄弟了。"宝钗笑道："不是这样。我哥哥已经相准了，只等来家就放定，也不必提出人来。我说

> 话可以这样说，然而更觉无可指望。

> 薛姨妈一大堆话，虽不虚伪，仍嫌浮泛。此种顾虑就很难说服人：薛的处境很好，对黛玉好一点，不会产生高攀的意思，何"上水"之有？

> 不论从礼数上怎样控制少女的性情，仍然禁不住女儿们的随想曲、狂想曲、幻想曲、浪漫曲。

薛姨妈素日似不见有这么多话,连紫鹃也打趣上了。是她心情特别愉快吗?岫烟的亲做成了,几个家族的关系越发牢不可破了。显得话多而且有些油滑,影响了她的话的真诚可信的程度。至少客观上,事后回想起来,她的这些话变成了得便宜卖乖,甚至变成了戏弄,有点残酷。但我宁愿相信她无恶意。

无意的残酷,更残酷。

你认不得娘,你细想去!"说着,便和他母亲挤眼儿发笑。

黛玉听了,便一头伏在薛姨妈身上,说道:"姨妈不打他,我不依!"薛姨妈搂着他笑道:"你别信你姐姐的话,他是和你玩呢。"宝钗笑道:"真个妈妈明日和老太太求了,聘作媳妇,岂不比外头寻的好?"黛玉便拢上来要抓他,口内笑说:"你越发疯了!"薛姨妈忙笑劝,用手分开方罢。又向宝钗道:"连邢姑娘我还怕你哥哥遭塌了他,所以给你兄弟,别说这孩子,我也断不肯给他。前日老太太要把你妹妹说给宝玉,偏生又有了人家;不然,倒是门子好亲事。前日我说定了邢姑娘,老太太还取笑说:'我原要说他的人,谁知他的人没到手,倒被他说了我们一个去了。'虽是玩话,细想来倒也有些意思。我想宝琴虽有了人家,我虽无人可给,难道一句话也不说?我想你宝兄弟,老太太那样疼他,他又生得那样,若要外头说去,老太太断不中意,不如把你林妹妹定与他,岂不四角俱全?"

说得倒好,谁来做主呢?于是,便成了空话废话,说说而已。

甚至难保没有试探之意。她对钗许配与宝玉的可能性更不可能没考虑过,只是故意不说罢了。

黛玉先还怔怔的听,后来见说到自己身上,便啐了宝钗一口,红了脸,拉着宝钗笑道:"我只打你!为什么招出姨妈这些老没正经的话来?"宝钗笑道:"这可奇了!妈妈说你,为什么打我?"紫鹃忙跑来笑道:"姨太太既有这主意,为什么不和老太太说去?"薛姨妈笑道:"这孩子急什么!想必催着姑娘出了阁,你也要早些寻一

可见是浮泛空话,傻紫鹃当了真,被取笑了。

个小女婿子去了。"紫鹃也红了脸,笑道:"姨太太真个倚老卖老的!"说着便转身去了。黛玉先骂:"又与你这蹄子什么相干!"后来见了这样,也笑道:"阿弥陀佛!该,该,该!也臊了一鼻子灰去了!"薛姨妈母女及婆子丫鬟都笑起来。

> 说说笑笑中把这个婚姻大事的安排问题摆出来了。
> 可见,宝黛做亲的可能性也是人人心中都有。

一语未了,忽见湘云走来,手里拿着一张当票,口内笑道:"这是什么账篇子?"黛玉瞧了,不认得。地下婆子都笑道:"这可是一件好东西!这个乖不是白教的。"宝钗忙一把接了看时,正是岫烟才说的当票子,忙折了起来。薛姨妈忙说:"那必是那个妈妈的当票子失落了,回来急得他们找。那里得的?"湘云道:"什么'当票子'?"众人笑道:"真真是个呆子,连当票子也不知道!"薛姨妈叹道:"怨不得他,真真是侯门千金,而且又小,那里知道这个?那里去看这个?就是家下人有这个,他如何得见?别笑他是呆子,若给你们家的姑娘看了,也都成了呆子。"众婆子笑道:"林姑娘方才也不认得。别说姑娘们,就如宝玉,倒是外头常走出去的,只怕也还没见过呢。"薛姨妈忙将原故讲明,湘云黛玉二人听了,方笑道:"这人也太会想钱了!姨妈家当铺也有这个不成?"众人笑道:"这更呆了!'天下老鸹一般黑',岂有两样的。"薛姨妈因又问:"是那里拾的?"湘云方欲说时,宝钗忙说:"是一张死了没用的,不知是那年勾了账的。香菱拿着哄他们玩的。"薛姨妈听了此话是真,也就不问了。

> 心中皆有,却无人上心真正去办,这是黛玉的处境的可悲处。那时女子不能自主,出嫁之前如无父母操持,何等凄惶!

> 高贵者无知,乃有"高贵者最愚蠢"之讥。

> 随时遮掩,遮掩有术。
> 人人都有扯谎消灾的童子功。

一时人来回:"那府里大奶奶过来请姨太太说话呢。"薛姨妈起身去了。这里屋内无人时,宝钗方问湘云:"何处拾的?"湘云笑道:"我见你令弟媳的丫头篆儿悄悄的递与莺儿,莺儿便随薛蝌岫烟的婚事,不费吹灰之力就定下来了,而且各方满意。岫烟虽有困难,但因终身有靠,也便都能克服过去。他们没有什么爱不爱、知心不知心的问题,所以轻松"幸福"。

宝黛则只能为之死去活来,疯去傻来。紫鹃与宝、黛,薛姨妈与黛,说得这样明白透彻了,然而,一点也不中用。紫鹃对黛玉婚事之关切,更反衬出黛玉婚事无人做主的苦况。

手夹在书里,只当我没看见。我等他们出去了,我偷着看,竟不认得,知道你们都在这里,所以拿来大家认认。"黛玉忙问:"怎么他也当衣裳不成?既当了,怎么又给你?"

宝钗见问,不好隐瞒他两个,便将方才之事,都告诉了他二人。黛玉便说:"兔死狐悲,物伤其类。"不免也要感叹起来了。史湘云听了,便动了气,说:"等我问着二姐姐去!我骂那起老婆子丫头一顿,给你们出气,何如?"说着,便要走出去,宝钗忙一把拉住,笑道:"你又发疯了,还不给我坐下呢!"黛玉笑道:"你要是个男人,出去打一个抱不平儿;你又充什么荆轲、聂政?真真好笑。"湘云道:"既不叫问他去,明日也可把他接到咱们院里一处住去,岂不是好?"宝钗笑道:"明日再商量。"说着,人报:"三姑娘四姑娘来了。"三人听说,忙掩了口,不提此事。要知端详,且听下回分解。

> 黛玉此话倒似接受了宝钗的观念,不知是有意如此写还是疏忽。

或说宝黛爱情是"红"的主线,但用的篇幅并不甚多。第三回见面摔玉,第十九回静日生香,二十七回葬花与解释误会,三十四回赠帕题诗。到此一回,愈益病上加病,痴里更痴,苦中犹苦,能不为之掩涕!

第五十八回

杏子阴假凤泣虚凰　茜纱窗真情揆痴理

　　话说他三人因见探春等进来,忙将此话掩住不提。探春等问候过,大家说笑了一回方散。
　　谁知上回所表的那位老太妃已薨,凡诰命等皆入朝随班,按爵守制;敕谕天下,凡有爵之家,一年内不得筵宴音乐,庶民皆三月不得婚姻。贾母婆媳祖孙等俱每日入朝随祭,至未正以后方回。在大偏宫二十一日后,方请灵入先陵,地名孝慈县。这陵离都来往得十来日之功,如今请灵至此,还要停放数日,方入地宫,故得一月光景。宁府贾珍夫妻二人,也少不得是要去的:两府无人,因此大家计议,家中无主,便报了"尤氏产育",将他腾挪出来,协理宁荣两处事件。
　　因托了薛姨妈在园内照管他姊妹丫鬟,薛姨妈只得也挪进园来。因宝钗处有湘云香菱,李纨处目今李婶母虽去,然有时来往,三五日不定,贾母又将宝琴送与他去照管;迎春处有岫烟;探春因家务冗杂,且不时有赵姨娘与贾环嘈聒,甚不方便;惜春处房屋狭小。况贾母又千叮咛万嘱咐托他照管林黛玉,薛姨妈素习也最怜爱他的,今既巧遇这事,便挪至潇湘馆来和黛玉同房,一应药饵饮食,十分经心。黛玉感戴不尽,以后便亦如宝钗之称呼,连宝钗前亦直以

> 这位老太妃的死或可令人想起元春的命运来。

> 正事实事不多,虚礼摆样子的无事忙不少。

> 可忆及凤姐管理协理荣宁二府的盛况。
> 此一协理已非彼一协理矣!

> 颠来倒去,就这么几个人。封闭生活,哪怕是天堂般的生活,终无趣味。

"姐姐"呼之,宝琴前直以"妹妹"呼之,俨似同胞共出,较诸人更似亲切。贾母见如此,也十分喜悦放心。薛姨妈只不过照管他姊妹,禁约得丫鬟辈;一应家中大小事务也不肯多口。尤氏虽天天过来,也不过应名点卯,亦不肯乱作威福。且他家内上下,也只剩他一人料理;再者,每日还要照管贾母王夫人的下处一应所需饮馔铺设之物:所以也甚操劳。

> 又近了一步,为何要近成这个样子,能解释得清楚吗?反正解释成黛玉中计是太简单化了。也许"红"要写的正是这解不开的"理还乱"吧。

当下荣宁两处主人既如此不暇,并两处执事人等,或有跟随着入朝的,或有朝外照理下处事务的,又有先踩踏下处的,也都各各忙乱。因此两处下人无了正经头绪,也都偷安,或乘隙结党,与权暂执事者窃弄威福。荣府只留得赖大并几个管家照管外务。这赖大手下常用几个人已去,虽另委人,都是些生的,只觉不顺手。且他们无知,或赚骗无节,或呈告无据,或举荐无因,种种不善,在在生事,也难备述。

> 缺少自觉运转、互相制约的机制。贾府事务运作,很大程度上靠高压、手腕、精明与适度平衡的人治(基本上是贾母一王夫人一凤姐之治),这样,这种治理就很易受到削弱、干扰,直至破坏。

> 风气又坏,奈何。

又见各官宦家,凡养优伶男女者,一概蠲免遣发,尤氏等便议定,待王夫人回家回明,也欲遣发十二个女孩子。又说:"这些人原是买的,如今虽不学唱,尽可留着使唤,只令其教习们自去也罢了。"王夫人因说:"这学戏的倒比不得使唤的,他们也是好人家的女儿,因无能,卖了做这事,装丑弄鬼的几年,如今有这机会,不如给他们几两银子盘费,各自去罢。当日祖宗手里都是有这例的。咱们如今损阴坏德,而且还小器。如今虽有几个老的还在,那是他们各有原故,不肯回去的,所以才留下使唤的,大了配了我们家里小厮们的。"尤氏道:"如今我们也去问他十二个,有愿意回去的,就带了信儿,叫他父母来亲自领回去,给他们几两银子盘缠,方妥;

> 文艺工作者的地位与下场。

> 王夫人何等宽厚!与她后来的处理芳官成为对比。
> 演戏叫做"装丑弄鬼"。

倘若不叫上他的亲人来,只怕有混账人冒名领出去,又转卖了,岂不辜负了这恩典?若有不愿意回去的,就留下。"王夫人笑道:"这话妥当。"

尤氏等遣人告诉了凤姐儿,一面说与总理房中,每教习给银八两,令其自便。凡梨香院一应物件,查清记册收明,派人上夜。将十二个女孩子叫来,当面细问,倒有一多半不愿意回家的:也说父母虽有,他只以卖我们姊妹为事,这一去还被他卖了;也有父母已亡,或被叔伯兄弟所卖的;也有说无人可投的;也有说恋恩不舍的。所愿去者止四五人。王夫人听了,只得留下。将去者四五人皆令其干娘领回家去,单等他亲父母来领;将不愿去者,分散在园中使唤。贾母便留下文官自使,将正旦芳官指与宝玉,将小旦蕊官送了宝钗,将小生藕官指与了黛玉,将大花面葵官送了湘云,将小花面豆官送了宝琴,将老外艾官指与了探春,尤氏便讨了老旦茄官去:当下各得其所,就如那倦鸟出笼,每日园中游戏。众人皆知他们不能针黹,不惯使用,皆不大责备。其中或有一二个知事的,愁将来无应时之技,亦将本技丢开,便学起针黹纺绩女工诸务。

一日正是朝中大祭,贾母等五更便去了。下处用些点心小食,然后入朝。早膳已毕,方退至下处歇息。用过早饭,略歇片刻,复入朝侍中晚二祭,方出至下处歇息。用过晚饭方回家。可巧这下处乃是一个大官的家庙,乃比丘尼焚修,房舍极多极净,东西二院,荣府便赁了东院;北静王府便赁了西院,太妃少妃每日晏息,见贾母等在东院,彼此同出同入,都有照应。外面诸事不消细述。

也是宁做奴隶。

正旦给宝玉,小生给黛玉,不知是弗洛伊德还是阴阳调和之意。

表演艺术工作者自古面临转业问题。

且说大观园内,因贾母王夫人天天不在家内,又送灵去一月方回,各丫鬟婆子,皆有闲空,多在园内游玩,更又将梨香院内伏侍的众婆子一概撤回,并散在园内听使,更觉园内人多了几十个。因文官等一干人,或心性高傲,或倚势凌下,或拣衣挑食,或口角锋芒,大概不安分守己者多,因此众婆子含怨,只是口中不敢与他们分争;如今散了学,大家趁了愿;也有丢开手的;也有心地狭窄犹怀旧怨的,因将众人皆分在各房名下,不敢来厮侵。

> 实是文艺工作者的通病。

> 文艺者常有积怨,乃是隐患。

可巧这日乃是清明之日,贾琏已备下年例祭祀,带领贾环、贾琮、贾兰三人去往铁槛寺祭柩烧纸;宁府贾蓉也同族中人各办祭祀前往。因宝玉病未大愈,故不曾去得。饭后发倦,袭人因说:"天气甚好,你且出去逛逛,省的丢下粥碗就睡,存在心里。"宝玉听说,只得拄了一支杖,靸着鞋,走出院来。因近日将园中分与众婆子料理,各司各业,皆在忙时:也有修竹的,也有剔树的,也有栽花的,也有种豆的,池中间又有驾娘们行着船夹泥的,种藕。湘云、香菱、宝琴与些丫鬟等都坐在山石上瞧他们取乐。宝玉也慢慢行来。湘云见了他来,忙笑说:"快把这船打出去!他们是接林妹妹的。"众人都笑起来。宝玉红了脸,也笑道:"人家的病,谁是好意的,你也形容着取笑儿。"湘云笑道:"病也比人家另一样,原招笑儿,反说起人来。"说着,宝玉便也坐下,看着众人忙乱了一回。湘云因说:"这里有风,石头上又冷,坐坐去罢。"

> 已经拄上杖了,能有什么希望?

> 湘云的这类反应似缺心眼儿,不知爱史者怎么看?

宝玉也正要去瞧黛玉,起身拄拐,辞了他们,从沁芳桥一带堤上走来。只见柳垂金线,桃吐丹霞，山石之后，一株大杏树，花已全落，叶稠阴翠，上面已结了豆子大小的许多小杏。宝玉因想道："能病了几天，竟把杏花辜负了！不觉到'绿叶成阴子满枝'了！"因此仰望杏子不舍。又想起邢岫烟已择了夫婿一事：虽说男女大事，不可不行，但未免又少了一个好女儿，不过二年，便也要"绿叶成阴子满枝"了；再过几日，这杏树子落枝空，再几年，岫烟也不免乌发如银，红颜似槁了。因此，不免伤心，只管对杏叹息。正悲叹时，忽有一个雀儿飞来，落于枝上乱啼。宝玉又发了呆性了，心下想道："这雀儿必定是杏花正开时他曾来过，今见无花空有叶，故也乱啼。这声韵必是啼哭之声，可恨公冶长不在眼前，不能问他。但不知明年再发时，这个雀儿可还记得飞到这里来与杏花一会不能？"

　　正自胡思间，忽见一股火光，从山石那边发出，将雀儿惊飞，宝玉吃了一惊，又听外边有人喊道："藕官，你要死！怎么弄些纸钱进来烧？我回奶奶们去，仔细你的肉！"宝玉听了，益发疑惑起来，忙转过山石看时，只见藕官满面泪痕，蹲在那里，手内还拿着火，守着些纸钱灰作悲。宝玉忙问道："你与谁烧纸钱？快不要在这里烧！你或是为父母兄弟，你告诉我名姓，外头去叫小厮们，打了包袱写上名姓去烧。"藕官见了宝玉，只不做一声，宝玉数问不答。忽见一个婆子恶狠狠的走来拉藕官，口内说道："我已经回了奶奶们，奶奶们气得了不得！"藕官听了，终是孩气，怕辱没了没脸，便不肯去。婆子道："我说你们别太兴头过余了，如今还比得你们在外头乱闹呢！这是尺寸地方儿。"指着宝玉道："连我们的爷还守规矩呢，你是什么阿物儿，跑来胡

病了几天，辜负了杏花。读之清爽，而又悲从中来。

贾宝玉对光阴流逝十分敏感。至情在我，兼及杏、及鸟、及人。此大悲之心，诗人之心，情圣之心，也是疯癫之状。

这一类感慨不可没有，亦不可太多。没有则无情，太多则滥俗。

最大的悲哀是时间，最大的故事是时间，最大的盼头也是时间。

时间是一个变量。永无止息，永无循环，永无重复。

女儿都可爱，婆子都恶狠狠的，作者也是生活在宝玉的阴影下的。

闹!怕也不中用,跟我快走罢!"宝玉忙道:"他并没烧纸钱,原是林姑娘叫他烧那烂字纸的,你没看真,反错告了他。"

藕官正没了主意,见了宝玉,也正添了畏惧;忽听他反替遮掩,心内转忧成喜,也便硬着口说道:"你狠看真是纸钱子么?我烧的是林姑娘写坏的字纸。"那婆子便弯腰向纸灰中拣出不曾化尽的遗纸在手内,说道:"你还嘴硬?有证又有凭,只和你厅上讲去。"说着,拉了袖子,拽着要走。宝玉忙拉藕官,又用拄杖隔开那婆子的手,说道:"你只管拿了回去,实告诉你,我昨夜做了一梦,梦见杏花神和我要一挂白钱,不可叫本房人烧,另叫生人替烧,我的病就好得快了,所以我请了白钱,巴巴的烦他来替我烧了。我今日才能起来,偏你又看见了。这会子又不好了,都是你冲了!还要告他去?藕官,你只管见他们去,就依着这话说。"藕官听了,越得主意,反拉着要走。那婆子忙丢下纸钱,陪笑央告宝玉,说道:"我原不知道,若回太太,我这人岂不完了?"宝玉道:"你也不许再回,我便不说。"婆子道:"我已经回了,原叫我带他。只好说他被林姑娘叫去了。"宝玉点头应允,婆子自去。

这里宝玉细问藕官:"为谁烧纸?必非父母兄弟,定有私自的情理。"藕官因方才护庇之情,心中感激,知他是自己一流人物,况再难隐瞒,便含泪说道:"我这事,除了你屋里的芳官合宝姑娘的蕊官,并没第三个人知道。今日忽然被你撞见,这意思,少不得也告诉了你,只不许再对一人言讲。"又哭道:"我也不便和你面说,你只回去,背人悄悄问芳官就知道了。"说毕,快快而去。宝玉听了,心下纳闷,只得趿到潇湘馆瞧

——

一说不成,再立一说,宝玉甚至于有政治家、外交家的某些禀赋。

建议写篇论文:"《红楼梦》中人物的编瞎话本经"。

此句最妙。

"自己一流",说得好,宝玉也是文艺细胞。

黛玉,越发瘦得可怜,问起来,比往日大好了些。黛玉见他也比先大瘦了,想起往日之事,不免流下泪来,些微谈了一谈,便催宝玉去歇息调养。宝玉只得回来。因惦记着要问芳官原委,偏有湘云香菱来了,正和袭人芳官一处说笑,不好叫他,恐人又盘诘,只得耐着。

> 如果说黛玉此生是"还泪"的,那么宝玉此生便是"还魂"的了,他的魂灵,一点点渡给黛玉了也。

一时芳官又跟了他干娘去洗头,他干娘偏又先叫他亲女儿洗过才叫芳官洗。芳官见了这般,便说他偏心:"把你女儿的剩水给我洗。我一个月的月钱都是你拿着,沾我的光不算,反倒给我剩东剩西的!"他干娘羞恼变成怒,便骂他:"不识抬举的东西!怪不得人人都说戏子没一个好缠的,凭你什么好的,入了这一行,都学坏了。这一点子小崽子,也挑么挑六,咸嘴淡舌,咬群的骡子似的!"娘儿两个吵起来。

> 我们有鄙薄艺术从业人员的悠久传统。

袭人忙打发人去说:"少乱嚷!瞅着老太太不在家,一个个连句安静话也都不说了。"晴雯因说:"这是芳官不省事,不知狂的什么?也不过是会两出戏,倒像杀了贼王、擒过反叛来的!"袭人道:"'一个巴掌拍不响',老的也太不公些,小的也太可恶些。"宝玉道:"怨不得芳官!自古说:'物不平则鸣。'他失亲少眷的在这里,没人照看;赚了他的钱,又作践他,如何怪得!"又向袭人说:"他到底一月多少钱?以后不如你收了过来照管他,岂不省事?"袭人道:"我要照看他,那里不照看了?又要他那几个钱才照看他?没的招人骂去了。"说着,便起身至那屋里,取了一瓶花露油、鸡蛋、香皂、头绳之类,叫了一个婆子来:"送给芳官去,叫他另要水自洗,不要吵闹了。"他干娘越发羞愧,便说芳官:"没良心!只说我克扣你的钱!"便向他身上拍了几下,芳官

> 晴雯也不忿!杀、擒云云,指的是战功。唱功如何与战功比!

> 也是香波、润丝的雏形。

便哭起来。宝玉便走出来,袭人忙劝:"做什么?我去说他。"晴雯忙先过来,指他干娘说道:"你这么大年纪,太不懂事!你不给他好好的洗,我们才给他东西。你自己不臊,还有脸打他!他要是还在学里学艺,你也敢打他不成?"那婆子便说:"'一日叫娘,终身是母。'他排揎我,我就打得!"

袭人唤麝月道:"我不会和人拌嘴,晴雯性太急,你快过去震吓他两句。"麝月听了,忙过来说道:"你且别嚷,我且问你:别说我们这一处,你看满园子里,谁在主子屋里教导过女儿的?就是你的亲女儿,既经分了房,有了主子,自有主子打骂;再者,大些的姑娘姐姐们也可以打得骂得,谁许你老子娘又半中间管起闲事来了!都这样管,又要叫他们跟着我们学什么?越老越没了规矩!你见前日坠儿的妈来吵,你如今也来跟他学!你们放心,因连日这个病那个病,再老太太又不得闲,所以我也没有去回。等两日咱们去痛回一回,大家把这威风煞一煞儿才好呢!况且宝玉才好了些,连我们也不敢说话,你反打得人狼号鬼哭的!上头出了几日门,你们就无法无天的,眼珠子里就没了人了。再两天,你们就该打我们了。他不要你这干娘,怕粪草埋了他不成?"

宝玉恨得拿拄杖打着门槛子说道:"这些老婆子都是铁心石肠是的,真是大奇事!不能照看,反倒折挫他们。地久天长,如何是好?"晴雯道:"什么'如何是好'?都撵了出去,不要这些'中看不中吃的'!"那婆子羞愧难当,一言不发。那芳官只穿着海棠红的小绵袄,底下绿绸洒花夹裤,敞着裤腿,一头乌油似的头发披在脑后,

各有长短,此事偏由麝月做,但麝月性格毕竟不鲜明。

麝月是发言人呀!
上上下下,似乎都受过牙口训练。

动辄说什么"撵了出去",最后被撵出去的却是自己。不也是"现世报"吗?

哭得泪人一般。麝月笑道："把个莺莺小姐反弄成才拷打完的红娘了！这会子又不妆扮了，还是这么着？"晴雯因走过去拉了他，替他洗净了发，用手巾拧干，松松的挽了一个慵妆髻；命他穿了衣服，过这边来。

接着司内厨的婆子来问："晚饭有了，可送不送？"小丫头听了，进来问袭人。袭人笑道："方才胡吵了一阵，也没留心听得，几下钟了？"晴雯道："这劳什子又不知怎么了，又得去收拾！"说着，拿过表来瞧了一瞧，说道："再略等半钟茶的工夫就是了。"小丫头去了。麝月笑道："提起淘气来，芳官也该打两下儿，昨日是他摆弄了那坠子半日，就坏了。"说话之间，便将食具打点现成。一时小丫头子捧了盒子进来站住，晴雯麝月揭开看时，还是这四样小菜。晴雯笑道："已经好了，还不给两样清淡菜吃！这稀饭咸菜闹到多早晚？"一面摆好，一面又看那盒中，却有一碗火腿鲜笋汤，忙端了放在宝玉跟前。宝玉便就桌上喝了一口，说道："好汤！"众人都笑道："菩萨，能几日没见荤腥儿，馋得这样起来？"一面说，一面端起来，轻轻用口吹着。因见芳官在侧，便递与芳官，说道："你也学些伏侍，别一味傻玩傻睡。口儿轻着些，别吹上唾沫星儿。"芳官依言果吹了几口，甚妥。他干娘也端饭在门外伺候，向里忙跑进来，笑道："他不老成，仔细打了碗，等我吹罢。"一面说，一面就接。

晴雯忙喊道："快出去！你让他砸了碗，也轮不到你吹！你什么空儿跑到里槅儿来了？"一面又骂小丫头们："瞎了眼的！他不知道，你们也该说给他！"小丫头们都说："我们撵他不出去，说他又不信，如今带累我们受气，这是何苦

既有钟表了，便要看之修之，似乎反添了麻烦。

这种"伏侍"的小儿科性质着实可笑。

婆子固是不识相，晴雯的说法也实不懂得尊重他人、比自己年纪大的人。婆子的表现与晴雯的话，都令人恶心。

宝玉、姑娘、婆子的关系有趣。

姑娘中,几乎没有一个可厌的。包括被逐出的偷东西的坠儿,亦不引起人的反感。婆子则没有一个好的。婆子最恨年轻的女孩子们。宝玉最爱女孩子们。宝玉便与婆子们对立。宝玉之爱女孩子并不占理,上不得台面,婆子们常常摆出"教育"女孩子们的架势。

谁的"弗洛伊德"?婆子的?宝玉的?雪芹的?写成了这种格局。

呢!你可信了?我们到的地方儿,有你到的一半儿,那一半儿是你到不去的呢!何况又跑到我们到不去的地方儿还不算,又去伸手动嘴的了。"一面说,一面推他出去。阶下几个等空盒家伙的婆子见他出来,都笑道:"嫂子也没有'用镜子照一照',就进去了!"羞得那婆子又恨又气,只得忍耐下去了。芳官吹了几口,宝玉笑道:"你尝尝,好了没有?"芳官当是玩话,只是笑着看袭人等。袭人道:"你就尝一口何妨。"晴雯笑道:"你瞧我尝。"说着便喝一口。芳官见如此,他便尝了一口,说:"好了。"递与宝玉,喝了半碗,吃了几片笋,又吃了半碗粥,就罢了。众人便收出去。小丫头捧沐盆,漱盥毕,袭人等去吃饭。宝玉使个眼色与芳官,芳官本来伶俐,又学了几年戏,何事不知。便装肚子疼,不吃饭了。袭人道:"既不吃,在屋里做伴儿。把粥留下,你饿了再吃。"说着去了。

宝玉将方才见藕官,如何谎言护庇,如何藕官叫我问你,细细的告诉一遍,又问:"他祭的果系何人?"芳官听了,眼圈儿一红,又叹一口气,道:"这事说来,藕官儿也是胡闹。"宝玉忙问:"如何?"芳官道:"他祭的就是死了的药官儿。"宝玉道:"他们两个也算朋友,也是应当的。"芳官道:"那里又是什么朋友哩?那都是傻想头,他是小生,药官是小旦,往常时,他们扮作两口儿,每日唱戏的时候,都装着那么亲热,一来二

> 宝玉对女孩子们的宠爱,使女孩子们处于一个极遭嫉恨的位置。

> 学了戏,何事不知?而社会不愿青年人知得太多。

当人被各种利益计算、事务计算所占据,当人与人的关系日益成为互相利用或互相争斗的关系的时候,出现一点匪夷所思的奇想,出现一点原生状态的情性,也算是一种平衡,一种需要。

也是文学的一个重要功能。文学可以促进社会的发展演化,也可以弥补社会组织的完善过程所带来的空白与遗憾,抵御"进步"带来的某种寂寞和(内心世界的)荒芜。

为之一笑一悲,就够了。不是提倡,不是榜样。你当然不能像藕官般行事,我们都不能那样,所以更需要小说中的藕官故事。

去,两个人就装糊涂了,倒像真的一样儿。后来两个竟是你疼我,我爱你。药官儿一死,他就哭的死去活来的,到如今不忘,所以每节烧纸。后来补了蕊官,我们见他也是那样,就问他:'为什么得了新的就把旧的忘了?'他说:'不是忘了。比如人家男人死了女人,也有再娶的,只是不把死的丢过不提就是有情分了。'你说他是傻不是呢?"

宝玉听了这呆话,独合了他的呆性,不觉又喜又悲,又称奇道绝。拉着芳官嘱咐道:"既如此说,我有一句话嘱咐你,须得你告诉他:以后断不可烧纸,逢时按节,只备一炉香,一心虔诚,就能感应了。我那案上也只设着一个炉,我有心事,不论日期,时常焚香;随便新茶新水,就供一盏;或有鲜花鲜果,甚至荤腥素菜都可。只在敬心,不在虚名。以后快命他不可再烧纸!"芳官听了,便答应着;一时吃过粥。便有人回:"老太太回来了。"要知端的,且看下回分解。

像陈凯歌导的《霸王别姬》。

一个是同性恋,以同性为异性。一个是幻想,以戏做真,以幻想的假做真。反映了这些女孩子的感情苦闷,性苦闷,故合了宝玉的呆性。在这样一个蝇营狗苟的家庭里,能这样苦闷、幻想、多情,倒也有几分可爱。也是一份纯情。

我国至今烧纸风俗仍盛,乌烟瘴气,引起火灾。宝玉此言,应广为宣传推广。

笔触岔到文艺圈里去了,倒也不恶。人生长恨水长东,各有各的烦恼。曹雪芹体贴众人,很好,只是不知体贴一下婆子们。而女儿的明天,正是婆子啊!

第五十九回

柳叶渚边嗔莺咤燕　绛芸轩里召将飞符

　　话说宝玉闻听贾母等回来，随多添了一件衣服，挂了杖前边来，都见过了。贾母等因每日辛苦，都要早些歇息，一宿无话。次日五更，又往朝中去。离送灵日不远，鸳鸯、琥珀、翡翠、玻璃四人，都忙着打点贾母之物；玉钏、彩云、彩霞皆打点王夫人之物；当面查点与跟随的管事媳妇们。跟随的一共大小六个丫鬟，十个老婆媳妇子，男人不算。连日收拾驮轿器械。鸳鸯与玉钏儿皆不随去，只看屋子。一面先几日预备帐幔铺陈之物，先有四五个媳妇并几个男子领了出来，坐了几辆车绕道，先至下处，铺陈安插等候。无事忙，却也辛苦。

　　临日，贾母带着贾蓉媳妇坐一乘驮轿，王夫人在后，亦坐一乘驮轿；贾珍骑马，率领众家丁围护；又有几辆大车，与婆子丫鬟等坐，并放些随换的衣包等件。是日薛姨妈尤氏率领诸人直送至大门外方回。贾琏恐路上不便，一面打发他父母起身，赶上了贾母王夫人驮轿，自己也随后带领家丁押后跟来。

　　荣府内，赖大添派人丁上夜，将两处厅院都关了，一应出入人等皆走西边小角门；日落时，便命关了仪门，不放人出入；园中前后东西角门亦皆关锁，只留王夫人大房之后常系他姊妹出国不可一日无君，家不可一日无主。
于是乱了起来。

入之门,东边通薛姨妈的角门:这两门因在里院,不必关锁;里面鸳鸯和玉钏儿也将上房关了,自领丫鬟婆子下房去歇;每日林之孝家的带领十来个老婆子上夜,穿堂内又添了许多小厮打更:已安插得十分妥当。

一日清晓,宝钗春困已醒,搴帷下榻,微觉轻寒,及启户视之,见院中土润苔青:原来五更时落了几点微雨。于是唤起湘云等人来。一面梳洗,湘云因说两腮作痒,恐又犯了杏斑癣,因问宝钗要些蔷薇硝擦。宝钗道:"前日剩的都给了妹子了。"因说:"颦儿配了许多,我正要要他些来,因今年竟没发痒,就忘了。"因命莺儿去取些来。莺儿应了才去时,蕊官便说:"我同你去,顺便瞧瞧藕官。"说着一径同莺儿出了蘅芜院。二人你言我语,一面行走,一面说笑,不觉到了柳叶渚。顺着柳堤走来,因见叶才点碧,丝若垂金,莺儿便笑道:"你会拿这柳条子编东西不会?"蕊官笑道:"编什么东西?"莺儿道:"什么编不得?玩的,使的,都可。等我摘些下来,带着这叶子编一个花篮,采了各色花儿放在里头,才是好玩呢!"说着,且不去取硝,且伸手采了许多嫩条,命蕊官拿着,他却一行走,一行编花篮。随路见花便采一二枝,编出一个玲珑过梁的篮子。枝上自有本来翠叶满布,将花放上,却也别致有趣。喜得蕊官笑说:"好姐姐,给了我罢!"莺儿道:"这一个咱们送林姑娘,回来咱们再多采些,编几个大家玩。"说着,来至潇湘馆中。

黛玉也正晨妆,见了这篮子,便笑说:"这个新鲜花篮是谁编的?"莺儿说:"我编了,送与姑娘玩的。"黛玉接了,笑道:"怪道人人赞你的手巧,这玩意儿却别致。"一面瞧了,一面便叫紫

> 皮肤的过敏反应。尚未见人著述"红楼临床大全"。

> 女孩儿都那么手巧。

> 纯美如诗。天趣。

鹃挂在那里。莺儿又问候薛姨妈,方和黛玉要硝。黛玉忙命紫鹃去包了一包,递与莺儿。黛玉又说道:"我好了,今日要出去逛逛;你回去说与姐姐,不用过来问候妈了,也不敢劳他过来,我梳了头,同妈都往你那里去吃饭,大家热闹些。"

　　莺儿答应了出来,便到紫鹃房中找蕊官。只见蕊官却与藕官二人正说得高兴,不能相舍,莺儿便笑说:"姑娘也去呢,藕官先同去等着,岂不是好?"紫鹃听见如此说,便也说道:"这话倒很是。他这里淘气的可厌。"一面说,一面便将黛玉的匙箸用了一块洋巾包了,交与藕官道:"你先带了这个去,也算一趟差了。"藕官接了,笑嘻嘻同他二人出来,一径顺着柳堤走来。莺儿便又采些柳条,索性坐在山石上编起来;又命蕊官先送了硝去再来。他二人只顾爱看他编,那里舍得去?莺儿只管催,说:"你们再不去,我就不编了。"藕官便说:"同你去了,再快回来。"二人方去了。

　　这里莺儿正编,只见何妈的女儿春燕走来,笑问:"姐姐编什么呢?"正说着,蕊官藕官也到了,春燕便向藕官道:"前日你到底烧了什么纸?被我姨妈看见了,要告你没告成,倒被宝玉赖他好些不是,气得他一五一十告诉我妈。你们在外头二三年了,积了些什么仇恨,如今还不解开?"藕官冷笑道:"有什么仇恨?他们不知足,反怨我们了。在外头这两年,不知赚了我们多少东西。你说说,可有的没的?"

　　春燕笑道:"他是我的姨妈,也不好向着外人反说他的。怨不得宝玉说:'女孩儿未出嫁是颗无价宝珠,出了嫁不知怎么就变出许多不好

这些事,难为"红"写得如此耐心,表现出对日常生活的熟悉与兴趣。按说,有这种熟悉与兴趣的人不会太悲观,何必谈玄究底? 这就是人生,这就是生活呀!

老老少少,零零碎碎,松松紧紧,起起落落,闲闲杂杂……仍觉无形的大灾难正在一步步走来。

宝玉高论。
入世未深的女孩子,当然可爱。

的毛病儿来；再老了，更不是珠子，竟是鱼眼睛了！分明一个人，怎么变出三样来。'这话虽是混账话，想起来真不错。别人不知道，只说我妈和姨妈，他老姐儿两个，如今越老了，越把钱看得真了。先是老姐儿两个在家抱怨没个差使进益；幸亏有了这园子，把我挑进来，可巧把我分到怡红院。家里省了我一个人的费用不算外，每月还有四五百钱的余剩，这也还说不够。后来老姐儿两个都派到梨香院去照看他们，藕官认了我姨妈，芳官认了我妈，这几年着实宽绰了。如今挪进来，也算撆开手了，还只无厌。你说好笑不好笑？接着我妈和芳官又吵了一场，又要给宝玉吹汤，讨个没趣儿。幸亏园里的人多，没人记得清楚谁是谁的亲故；要有人记得，我们一家子，叫人家看着什么意思呢！你这会子又跑了来弄这个。这一带地方上的东西，都是我姑妈管着，他一得了这地，每日起早睡晚，自己辛苦了还不算，每日逼着我们来照看，生怕有人遭塌，我又怕误了我的差使；如今我们进来了，老姑嫂两个照看得谨谨慎慎，一根草也不许人乱动，你还掐这些好花儿，又折他的嫩树枝子，他们即刻就来，仔细他们抱怨。"莺儿道："别人折掐使不得，独我使得。自从分了地基之后，各房里每日皆有分例的，不用算；单算花草玩意儿，谁管什么，每日谁就把各房里姑娘丫头戴的，必要各色送些折枝去，另有插瓶的。惟有我们姑娘说了：'一概不用送，等要什么再和你要。'究竟总没要过一次。我今便掐些，他们也不好意思说的。"

一言未了，他姑妈果然挂了拐杖走来，莺儿春燕等忙让坐。那婆子见采了许多嫩柳，又见

> 越老越如何，表面上看是厌弃老，其实是对社会、世道的牢骚。入世深了，不那么天真了，是否就成了"鱼眼睛"了呢？

> 从春燕口里再说一遍，有点结构现实主义的意思。

> 承包唤起了责任感。

> 宝钗独有操持。

藕官等采了许多鲜花,心里便不受用;看着莺儿编弄,又不好说什么,便说春燕道:"我叫你来照看照看,你就贪着玩不去了,倘或叫起你来,你又说我使你了。拿我作隐身草儿,你来乐!"春燕道:"你老人家又使我,又怕,这会子反说我,难道把我劈八瓣子不成?"莺儿笑道:"姑妈,你别信小燕儿的话,这都是他摘下来,烦我给他编,我撺他,他不去。"春燕笑道:"你可少玩儿!你只顾玩,他老人家就认真的。"

> 这个玩笑触到了痛处。
> 诗意都是脆弱的。
> 极易被鄙俗所吞噬。

那婆子本是愚夯之辈,兼之年迈昏眊,惟利是命,一概情面不管;正心疼肝断,无计可施,听莺儿如此说,便倚老卖老,拿起拄杖向春燕身上击了几下,骂道:"小蹄子,我说着你,你还和我强嘴儿呢!你妈恨的牙痒痒,要撕你的肉吃呢,你还和我梆子是的!"打得春燕又愧又急,因哭道:"莺儿姐姐玩话,你就认真打我!我妈为什么恨我?又没烧糊了洗脸水,有什么不是?"莺儿本是玩话,忽见婆子认真动了气,忙上前拉住,笑道:"我才是玩话,你老人家打他,这不是臊我了吗?"那婆子道:"姑娘,你别管我们的事,难道为姑娘这里不许我们管孩子不成?"莺儿听这般蠢话,便赌气红了脸,撒了手,冷笑道:"你要管,那一刻管不得?偏我说了一句玩话,就管他了?我看你管去!"说着便坐下,仍编柳篮子。

偏又春燕的娘出来找他,喊道:"你不来舀水,在那里做什么?"这婆子便接声儿道:"你来瞧瞧!你女孩儿连我也不服了,在这里排揎我呢!"那婆子一面走过来,说:"姑奶奶又怎么了?我们丫头眼里没娘罢了,连姑妈也没了不成?"莺儿见他娘来了,只得又说原故。他姑妈那里容人说话,便将石上的花柳与他娘瞧,道:"你瞧

> 偏偏有些弱势人物,急于寻找更弱势者出气。

瞧，你女孩儿这么大孩子顽的！他领着人遭塌我，我怎么说人？"他娘也正为芳官之气未平，又恨春燕不遂他的心，便走上来打了个耳刮子，骂道："小娼妇，你能上了几年台盘，你也跟着那起轻薄浪小妇学！怎么就管不得你们了？干的我管不得，你是我自己生出来的，难道也不敢管你不成？既是你们这起蹄子到得去的地方我到不去，你就死在那里伺候，又跑出来浪汉子！"一面又抓起柳条子来，直送到他脸上，问道："这叫做什么，这编的是你娘的什么？"莺儿忙道："那是我编的，你别'指桑骂槐'的！"

　　那婆子深妒袭人晴雯一干人，早知道凡房中大些的丫鬟，都比他们有些体统权势，凡见了这一干人，心中又畏又让，未免又气又恨，亦且迁怒于众；复又看见了藕官，又是他姐姐的冤家：四处凑成一股怨气。那春燕啼哭着往怡红院去了。他娘又恐问他为何哭，怕他又说出来，又要受晴雯等的气，不免赶着来喊道："你回来！我告诉你再去。"春燕那里肯回来，急的他娘跑了去要拉他。春燕回头看见，便也往前飞跑。他娘只顾赶他，不防脚下被青苔滑倒。引得莺儿三个人都反笑了。莺儿赌气将花柳皆掷于河中，自回房去。这里把个婆子心疼的只念佛，又骂："促狭小蹄子！遭塌了花儿，雷也是要劈的！"自己且掐花与各房送去。

　　却说春燕一直跑入院中，顶头遇见袭人往黛玉处问安去，春燕便一把抱住袭人说："姑娘救我，我妈又打我呢！"袭人见他娘来了，不免生气，便说道："三日两头儿，打了干的打亲的，还是卖弄你女孩儿多？还是认真不知王法？"这婆子来了几日，见袭人不言不语，是好性儿的，便

特殊的"代沟"现象。

除了老婆子与女孩子之争妒以外，这里还有一个利益承包与人情的矛盾。从人情上说，莺、燕掐枝条编篮，说说笑笑，本极可爱，婆子们一管，就觉可厌。但如一味讲这些，就搞不成园子的承包与管理了。

在曹氏笔下，婆子们丑态百出。世界如果只由"女儿"们组成，该有多好。看来，除了社会乌托邦主义，还有青春乌托邦主义，少女乌托邦主义，或者也可以命名为"贾宝玉乌托邦"。

说道:"姑娘,你不知道,别管我们的闲事,都是你们纵的,还管什么?"说着,便又赶着打。袭人气的转身进来,见麝月正在海棠下晾手巾,听如此喊闹,便说:"姐姐别管,看他怎么!"一面使眼色与春燕。春燕便会意,直奔了宝玉去。众人都笑道:"这可是从来没有的事今儿都闹出来了。"麝月向婆子道:"你再略煞一煞气儿,难道这些人的脸面,和你讨一个情还讨不出来不成?"

那婆子见他女儿奔到宝玉身边去,又见宝玉拉了春燕的手,说:"你别怕,有我呢!"春燕一行哭,一行将方才莺儿等事都说出来。宝玉越发急起来,说:"你只在这里闹也罢了,怎么连亲戚也都得罪起来!"麝月又向婆子及众人道:"怨不得这嫂子说我们管不着他们的事,我们虽无知,错管了。如今请出一个管得着的人来管一管,嫂子就心服口服,也知道规矩了。"便回头命小丫头子:"去把平儿给我叫来,平儿不得闲,就把林大娘叫了来。"那小丫头子应了便走。众媳妇上来笑说:"嫂子快求姑娘们叫回那孩子来罢。平姑娘来了,可就不好了!"那婆子说道:"凭是那个姑娘来了,也要评个理。没有见个娘管女孩儿,大家管着娘的!"众人笑道:"你当是那个平姑娘?是二奶奶屋里的平姑娘!他有情么,说你两句;他一翻脸,嫂子,你'吃不了兜着走'!"

说着,只见那个小丫头回来说:"平姑娘正有事呢,问我做什么,我告诉了他。他说,既这样,且撵出他去,告诉林大娘,在角门打四十板子就是了。"那婆子听见如此说了,吓得泪流满面,央告袭人等说:"好容易我进来了!况且我

都有默契。

四十板还未打,弯子就转过来了。
所谓愚夯之人,只听得进板子的语言。

曹公显然是站在宝玉的这边,大体上以宝玉的眼光来写这些"代沟"冲突事件的。如果站在婆子们这边呢?几个屁事不懂的小女孩,狗仗人势,轻薄浮浪,暴殄天物,不敬亲娘,也许更该挨板子吧?"上边"因有事或其他原因略一宽松,底下就"作起反"来了。竟是四面着火、八方冒烟架势。

是寡妇家,没有坏心,一心在里头伏侍姑娘们。我这一去,不知苦到什么地步!"袭人见他如此说,又心软了,便说:"你既要在这里,又不守规矩,又不听话,又乱打人,那里弄你这个不晓事的人来!天天斗口齿,也叫人笑话。"晴雯道:"理他呢!打发他去了正经。那里那么大工夫和他对嘴对舌的。"那婆子又央众人道:"我虽错了,姑娘们吩咐了,以后改过。姑娘们那不是行好积德。"一面又央告春燕:"原是为打你起的,饶没打成你,我如今反受了罪。好孩子,你好歹替我求求罢!"宝玉见如此可怜,便命留下:"不许再闹!再闹,一定打了撵出去。"那婆子一一谢过下去。

只见平儿走来,问系何事,袭人等忙说:"已完了,不必再提。"平儿笑道:"'得饶人处且饶人',得将就的就省些事罢。但只听得各屋大小人等都作起反来了,一处不了又一处,叫我不知管那一处是。"袭人笑道:"我只说我们这里反了,原来还有几处。"平儿笑道:"这算什么事!这三四日的工夫,一共大小出了八九件呢,比这里的还大。可气,可笑!"不知平儿说出何事,且听下回分解。

按照宝玉的逻辑,二十年后,这些女孩子便也这样愚夯可恶了。
何前倨而后恭焉?在人屋檐下,焉得不低头!

反过来说,如此这般,从宝玉到袭人,也欠了点账。

管理——压迫稍一放松,各屋大小人等都作起反来,一处不了又一处。这是管理上的最大悖论,压迫多了自然不公正,引起反抗造反;管理松了,"自由""民主"多一些了,又是这种态势。平儿的话有用,仍是倚仗了"四十大板"的威慑,这样的话,岂有宁日?

第 六 十 回

茉莉粉替去蔷薇硝　玫瑰露引出茯苓霜

矛盾此起彼伏,故事丝丝入扣,情理鞭辟透里,读之大长见识。
决不简单化。不是黑白两种脸谱,不是正反两种判断。这一两回读罢,令图解生活者愧死!

话说袭人因问平儿:"何事这等忙乱?"平儿笑道:"都是世人想不到的,说来也好笑。等过几日告诉你,如今没头绪呢,且也不得闲儿。"一语未了,只见李纨的丫鬟来了,说:"平姐姐可在这里!奶奶等你,你怎么不去了?"平儿忙转身出来,口内笑说:"来了,来了!"袭人等笑道:"他奶奶病了,他又成了'香饽饽'了,都抢不到手。"平儿去了不提。

> 各种事件,各种写法,包括提一下再略过去,也是妙文。

这里宝玉便叫春燕:"你跟了你妈去,到宝姑娘房里,给莺儿句好话儿听听,也不可白得罪了他。"春燕答应了,和他妈出去。宝玉又隔窗说道:"不可当着宝姑娘说,仔细反叫莺儿受教导。"娘儿两个应了出来,一边走着,一面说闲话儿。春燕因向他娘道:"我素日劝你老人家,再不信。何苦闹出没趣来才罢!"他娘笑道:"小蹄子,你走罢!俗语说:'不经一事,不长一智。'我如今知道了,你又该来支问着我了!"春燕笑道:"妈,你若好生安分守己,在这屋里长久了,自有许多好处。我且告诉你句话。宝玉常说:这屋里的人,无论家里外头的,一应我们这些人,他

> 宝玉这十七个字补住了漏洞。此书此处天衣无缝矣。

> 人必自重而后人重之。赵姨娘、贾环行事,颇有教训意味。但事已至此,亦难分是非。麝月、芳官对待贾环,确也不太对头。
>
> 雪芹反正是一写到这母子,必让他们出洋相的。何至于斯!

都要回太太全放出去,与本人父母自便呢。你只说这一件,可好不好?"他娘听说,喜的忙问:"这话果真?"春燕道:"谁可撒谎做什么?"婆子听了,便念佛不绝。

> 宝玉要搞"解放农奴"么?

　　当下来至蘅芜院中,正值宝钗、黛玉、薛姨妈等吃饭。莺儿自去泡茶。春燕便和他妈一径到莺儿前,陪笑说:"方才言语冒撞,姑娘莫嗔莫怪!特来陪罪。"莺儿也笑了,让他坐,又倒茶;他娘儿两个说有事,便作辞回来。忽见蕊官赶出,叫:"妈妈,姐姐,略站一站。"一面走上,递了一个纸包儿与他们,说是蔷薇硝,与芳官去擦脸。春燕笑道:"你们也太小气了,还怕那里没这个给他?巴巴儿的又弄一包给他去。"蕊官道:"他是他的,我送的是我送的,姐姐千万带回去罢!"春燕只得接了。娘儿两个回来,正值贾环贾琮二人来问候宝玉,也才进去。春燕便向他娘说:"只我进去罢,你老人家不用去。"他娘听了。自此百依百随的,不敢倔强了。

> 为宫里的丧事奔走,并非贾府灾难,但已乱象丛生,贾府的管理危机,随时暴露。

> 一场风波,起于青之末,起于蕊官之一点好心。

　　春燕进来,宝玉知道回复了,便先点头。春燕知意,便不再说一语,略站了一站,便转身出来,使眼色与芳官。芳官出来,春燕方悄悄的说与他蕊官之事,并与了他硝。宝玉并无与琮环可谈之语,因笑问芳官:"手里是什么?"芳官便忙递与宝玉瞧,又说:"是擦春癣的蔷薇硝。"宝玉笑道:"难为他想得到。"贾环听了,便伸着头瞧了一瞧,又闻得一股清香,便弯腰向靴筒内掏出一张纸来,托着笑道:"好哥哥,给我一半儿!"宝玉只得要给他。芳官心中因是蕊官之赠,不

> 宝玉问个什么劲儿?
> 阴差阳错。

> 手足之情,环儿要之有理。
> 芳官这样想,并非无理。

肯给别人,连忙拦住,笑说道:"别动这个,我另拿些来。"宝玉会意,忙笑道:"且包上拿去。"

芳官接了这个,自去收好,便从奁中去寻自己常使的。启奁看时,盒内已空,心中疑惑:"早上还剩了些,如何就没了?"因问人时,都说不知。麝月便说:"这会子且忙着问这个!不过是这屋里人一时短了使了,你不管拿些什么给他们,那里看得出来?快打发他们去了,咱们好吃饭。"芳官听说,便将些茉莉粉包了一包拿来。贾环见了,喜的就伸手来接,芳官便忙向炕上一掷。贾环见了,也只得向炕上拾了,揣在怀内,方作辞而去。

> 麝月有轻视贾环意。

> 一副小兔羔子的可怜相儿。

原来贾政不在家,且王夫人等又不在家,贾环连日也便装病逃学。如今得了硝,兴兴头头来找彩云,正值彩云和赵姨娘闲谈,贾环笑嘻嘻向彩云道:"我也得了一包好的,送你擦脸。你常说蔷薇硝擦癣比外头买的银硝强,你看看,是这个不是?"彩云打开一看,"嗤"的一笑,说道:"你是和谁要来的?"贾环便将方才之事说了一遍。彩云笑道:"这是他们哄你这乡老儿呢!这不是硝,这是茉莉粉。"贾环看了一看,果见比先的带些红色,闻闻也是喷香,因笑道:"这是好的,硝粉一样,留着擦罢,横竖比外头买的高便好。"彩云只得收了。赵姨娘便说:"有好的给你?谁叫你要去了?怎么怨他们耍你!依我,拿了去照脸摔给他去。趁着这会子,撞尸的撞尸去了,挺床的挺床,吵一出子,大家别心净,也算是报报仇。莫不成两个月之后,还找出这个渣儿来问你不成?就问你,你也有话说。宝玉是哥哥,不敢冲撞他罢了,难道他屋里的猫儿狗儿也不敢去问问?"贾环听了,便低了头。彩云

> 奴才打骂哭闹,主子装病逃学,贾府后事堪忧。

> 彩云比贾环明眼。

> 赵姨娘腔口极佳,张口就是争、闹、赖、怨。然而又不能说她的愤然毫无道理。
> 这也是恶性循环:自轻自贱则人侮之,侮而后怨之争之,怨争失态,皆得轻之贱之。
> 水平如是,又难怨别人轻之贱之了。

忙说:"这又是何苦来!不管怎么,忍耐些罢了。"赵姨娘道:"你也别管,横竖与你无干。趁着抓住了理,骂那些浪娼妇们一顿,也是好的。"又指贾环道:"呸!你这下流没刚性的,也只好受这些毛丫头的气!平白我说你一句儿,或无心中错拿了一件东西给你,你倒会扭头暴筋、瞪着眼,撅摔娘;这会子被那起毛崽子耍弄,倒就罢了。你明日还想这些家里人怕你呢!你没有什么本事,我也替你恨!"

> 癞狗一般,咬人咬群又互咬乱咬。

贾环听了,不免又愧又急,又不敢去,只摔手说道:"你这么会说,你又不敢去。支使了我去闹,他们倘或往学里告去,我挨了打,你敢自不疼的!遭遭儿调唆我去,闹出事来,我挨了打骂,你一般也低了头。这会子又调唆我和毛丫头们去闹!你不怕三姐姐,你敢去,我就服你!"

> 揭老底。

一句话戳了他娘的肺,便嚷道:"我肠子里爬出来的,我再怕了,这屋里越发有得活了!"一面说,一面拿了那包子,便飞也似的往园中去了。彩云死劝不住,只得躲入别房。贾环便也躲出仪门,自去玩耍。

> 戳痛处。无师自通。
> ——莫非真是从肠子里带出来的?

赵姨娘直进园子,正是一头火,顶头遇见藕官的干娘夏婆子走来,瞧见赵姨娘气得眼红面青的走来,因问:"姨奶奶,那里去?"赵姨娘拍着手道:"你瞧瞧!这屋里连三日两日进来唱戏的小粉头们都三般两样,掂人的分量,放小菜儿了。要是别一个我还不恼,若叫这些小娼妇捉弄了,还成了什么了!"夏婆子听了,正中己怀,忙问:"因什么事?"赵姨娘遂将以粉作硝、轻侮贾环之事说了一回。夏婆子道:"我的奶奶,你今日才知道?这算什么事!连昨日这个地方,他们私自烧纸钱,宝玉还拦在头里。人家还没

> 赵、夏,都是不得烟儿抽的。

> 在野派的统一战线,往往比主流派还壮大。

赵姨娘的位置不能算太低,至少不比平儿、袭人低,更比芳官等"小粉头"高。

她的难处在于她的素质太低,即使在等级森严,位置几乎可以决定一切的封建家庭中,仅有位置没有素质也是不行的。且莫以为有了位置便可以发号施令。其次是,她没有走靠拢主流派的路线,而是走了靠拢在野派的路子。从凤姐那里就烦她,众人便都轻贱她。

其实,赵姨娘单枪匹马地斗,实有点造反精神。

拿进个什么儿来,就说使不得,不干不净的东西忌讳,这烧纸倒不忌讳?你想一想:这屋里除了太太,谁还大似你?你自己掌不起!但凡掌的起来,谁还不怕你老人家?如今我想:趁这几个小粉头儿都不是正经货,就得罪他们,也有限的。快把这两件事抓着理,扎个筏子,我帮着你作证见。你老人家把威风也抖一抖,以后也好争别的。就是奶奶姑娘们,也不好为那起小粉头子说你老人家的不是。"赵姨娘听了这话,越发有理,便说:"烧纸的事我不知道,你细细告诉我。"夏婆子便将前事一一的说了。又说:"你只管说去,倘或闹起来,还有我们帮着你呢。"赵姨娘听了,越发得了意,仗着胆子,便一径到了怡红院中。

> 问题恰恰在于:硬是撑不起来。
> 越是硬撑,越是撑不起来。

> 火上加油,借机报私仇,挑唆赵火中取栗。
> 夏婆子亦精通利用矛盾,借刀杀人,亦有一番阴谋政客的本事。

可巧宝玉往黛玉那里去了,芳官正与袭人等吃饭,见赵姨娘来了,忙都起身让:"姨奶奶吃饭。什么事情这等忙?"赵姨娘也不答话,走上来,便将粉照芳官脸上摔来,手指着芳官骂道:"小娼妇养的!你是我们家银子钱买了来学戏的,不过娼妇粉头之流,我家里下三等奴才也比你高贵些!你都会'看人下菜碟儿'!宝玉要给东西,你拦在头里,莫不是要了你的了?拿这个哄他,你只当他不认得呢!好不好,他们是手足,都是一样的主子,那里有你小看他的?"

> 优娼同流,低人四等——所以比三等奴才还低贱。

> 这几句话都不算冤枉。

芳官那里禁得住这话,一行哭,一行便说:"没了硝,我才把这个给他的;要说没了,又怕不到现在为止,除请马道婆做妖法这一不经之事外,赵姨娘愚夯粗鄙则愚夯粗鄙矣,论起狠毒阴险,则不及凤姐之什一。但赵姨娘的形象特别丑陋不堪。皆因她缺少自信自尊,自己降低了自己。而凤姐心计、容貌、口才、经验、意志,特别是地位,都压人一头。上者为尊。这种阅读效果自然与作者的倾向性有关。

信。难道这不是好的?我便学戏,也没往外头唱去。我一个女孩儿家,知道什么'粉头''面头'的!姨奶奶犯不着来骂我,我又不是姨奶奶家买的。'梅香拜把子——都是奴才'罢咧!这是何苦来呢!"袭人忙拉他说:"休胡说!"赵姨娘气的发怔,便上来打了两个耳刮子,袭人等忙上来拉劝,说:"姨奶奶不要和他小孩子一般见识,等我们说他。"芳官挨了两下打,那里肯依?便打滚撒泼的哭闹起来;口内便说:"你打的着我么?你照照你那模样儿再动手!我叫你打了去,也不用活着了!"撞在他怀中叫他打。众人一面劝,一面拉。晴雯悄拉袭人说:"不用管他们,让他们闹去,看怎么开交。如今乱为王了,什么你也来打,我也来打,都这样起来,还了得呢!"外面跟赵姨娘来的一干人听见如此,心中各各趁愿,都念佛说:"也有今日!"又有那一干怀怨的老婆子,见打了芳官,也都趁愿。

> 芳官也照准穴位用针。

> 赵的憋气亦非打一处来,不过发作在芳官这里了。

> 晴雯此话里固有对赵姨娘的不满,对芳官也并无好感。

> 各有各的喝彩观众。
> 反对派也有人马。

当下藕官蕊官等正在一处玩,湘云的大花面葵官,宝琴的豆官,两个听见此信,忙找着他两个说:"芳官被人欺负,咱们也没趣儿,须得大家破着大闹一场,方争的过气来。"四人终是小孩子心性,只顾他们情分上义愤,便不顾别的,一齐跑入怡红院中。豆官先就照着赵姨娘撞了一头,几乎不曾将赵姨娘撞了一跤。那三个也便拥上来,放声大哭,手撕头撞,把个赵姨娘裹住。晴雯等一面笑,一面假意去拉。急的袭人拉起这个,又跑了那个,口内只说:"你们要死

> 铁姐们儿,磁姐们儿。不失孩子气。

> 你有你的打法,我有我的打法。
> 大观园里"东风吹,战鼓擂,谁也不怕谁"!

啊！有委屈只管好说,这样没道理,还了得了！"赵姨娘反没了主意,只好乱骂。蕊官藕官两个一边一个,抱住左右手;葵官豆官前后头顶住,只说:"你打死我们四个就罢！"芳官直挺挺躺在地下,哭得死过去。

正没开交,谁知晴雯早遣春燕回了探春,当下尤氏、李纨、探春三人带着平儿与众媳妇走将来,忙把四个喝住。问起原故来,赵姨娘气得瞪着眼、粗了筋,一五一十,说个不清。尤李两个不答言,只喝禁他四人。探春便叹气说道:"这是什么大事！姨娘太肯动气了。我正有一句话,要请姨娘商议,怪道丫头们说不知在那里,原来在这里生气呢！姨娘快同我来。"尤氏李纨都笑说:"请姨娘到厅上来,咱们商量。"

赵姨娘无法,只得同他三人出来,口内犹说长说短。探春便说:"那些小丫头子们原是玩意儿,喜欢呢,和他玩玩笑笑;不喜欢,可以不理他就是了。他不好了,如同猫儿狗儿抓咬了一下子,可恕就恕;不恕时,也只该叫管家媳妇们,说给他去责罚。何苦自不尊重,大吆小喝,也失了体统。你瞧周姨娘,怎么没人欺他、他也不寻人去？我劝姨娘且回房去煞煞性儿,别听那说瞎话的混账人调唆,惹人笑话自己呆,白给人家做活。心里有二十分的气,也忍耐这几天,等太太回来,自然料理。"一席话说得赵姨娘闭口无言,只得回房去了。

这里探春气得和李纨尤氏说:"这么大年纪,行出来的事总不叫人敬服！这是什么意思,也值的吵一吵,并不留体统！耳朵又软,心里又没有算计,这又是那起没脸面的奴才们调唆的,作弄出个呆人,替他们出气！"越想越气,因命

贬低对手正是为了贬低当事人。
探春之言,虽称金玉良言,但骨子里的冷酷,尤甚于傻闹浑搅。
此话替她娘留了地步。如此说来,也只是个没心没肺、上当受骗的傻子罢了。

赵姨娘气的是她与贾环特别是贾环得不到应有的尊重。按主子身份来说，贾环有权要求尊重。赵气得有理。问题是尊重不是可以闹来的，越是计较，越是乱闹，越得不到尊重。

行事不能服人，建立不起威信来，大喊大叫大吵又有何益？徒增笑柄而已。

人："查是谁调唆的！"媳妇们只得答应着出来，相视而笑，都说是："大海里那里捞针去？"只得将赵姨娘的人并园中人唤来盘诘，都说："不知道。"众人也无法，只得回探春："一时难查，慢慢的访。凡有口舌不妥的，一总来回了责罚。"

> 暂时无人举报夏婆子。这样其实于探春也有利。这种事只能淡化。若果真揪出夏婆子来，处理一通，于事何补？反而加深了挑起了探春与众婆子及赵姨娘的矛盾。

探春气渐渐平服，方罢。可巧艾官便悄悄的回探春说："都是夏妈素日和这芳官不对，每每的造出些事来。前日赖藕官烧纸，幸亏是宝二爷自己应了，他才没话。今日我与姑娘送手巾去，看见他和姨奶奶在一处说了半天，喊喊喳喳的，见了我来，才走开了。"探春听了，虽知情弊，亦料定他们皆一党，本皆淘气异常，便只答应，也不肯据此为证。

> 艾官来举，探春气已渐平，看问题已较客观了。不了了之，难得糊涂。还能怎么样呢？

谁知夏婆的外孙女儿小蝉儿，便是探春处当差的，时常与房中丫鬟们买东西，众女孩儿都待他好。这日饭后，探春正上厅理事，翠墨在家看屋子，因命小蝉出去叫小幺儿买糕去。小蝉便笑说："我才扫了个大院子，腰腿生疼的，你叫别的人去罢。"翠墨笑说："我又叫谁去？你趁早儿去，我告诉你一句好话：你到后门顺路告诉你老娘，防着些儿。"说着，便将艾官告他老娘的话告诉了他。小蝉听说，忙接了钱，道："这个小蹄子也要捉弄人，等我告诉去。"说着，便起身出来。至后门边，只见厨房内此刻手闲之时，都坐在台阶上说闲话呢，夏婆亦在其内。小蝉便命一个婆子出去买糕，他且一行骂，一行说，将方才的话告诉了夏婆子。夏婆子听了，又气又怕，

> 到处有耳目，有长舌。长舌是一种"业余爱好"，"为艺术而艺术"，未必都有敌友关系。所以是非越发多上加多。

便欲去找艾官问他；又要往探春前去诉冤。小蝉忙拦住说："你老人家去怎么说呢？这话怎么知道的？可又叨蹬不好了，说给你老人家防着就是了，那里忙在一时儿？"

正说着，忽见芳官走来，扒着院门，笑向厨房中柳家媳妇说道："柳婶子，宝二爷说了：晚饭的素菜，要一样凉凉的酸酸的东西，只不要搁上香油弄腻了。"柳家的笑道："知道。今儿怎么又打发你来告诉这么句要紧的话呢？你不嫌腌臜，进来逛逛。"芳官才进来，忽有一个婆子，手里托了一碟子糕来。芳官戏说："谁买的热糕？我先尝一块儿。"小蝉一手接了，道："这是人家买的，你们还希罕这个！"柳家的见了，忙笑道："芳姑娘，你爱吃这个，我这里有才买下给你姐姐吃的，他没有吃，还收在那里，干干净净没动的。"说着，便拿了一碟子出来，递与芳官，又说："你等我替你炖口好茶来。"一面进去现通开火炖茶。芳官便拿着那糕，举到小蝉脸上，说："谁希罕吃你那糕！这个不是糕不成？我不过说着玩罢了，你给我磕头，我还不吃呢！"说着，便把手内的糕掰了一块，掷着逗雀儿玩，口内笑说道："柳婶子，你别心疼，我回来买二斤给你。"小蝉气的怔怔的瞅着说道："雷公老爷也有眼睛，怎么不打这作孽的人！"众人都说道："姑娘们罢哟！天天见了就咕唧。"有几个伶透的，见他们拌起嘴来了，又怕生事，都拿起脚来各自走开。当下小蝉也不敢十分说话，一面咕哝着去了。

这里柳家的见人散了，忙出来和芳官说："前日那话说了没有？"芳官道："说了。等一两天，再提这事。偏那赵不死的又和我闹了一场。前日那玫瑰露，姐姐吃了没有？他到底可好

事体虽小，危机四伏。

能替主子传话，芳官的行市够俏的了。

一帮小戏奴，各有其位，各有其道。

芳官无德。
地位、人缘、对待，自是三六九等，因是愤愤不平，火山随时准备爆发。
芳官恃宠傲物，必致其祸。

芳官到宝玉处时间不长，已有了相当地位了。

些?"柳家的道:"可不都吃了!他爱得什么似的,又不好合你再要。"芳官道:"不值什么,等我再要些来给他就是了。"

原来柳家的有个女孩儿,年才十六岁,虽是厨役之女,却生得人物与平、袭、鸳、紫相类。因他排行第五,便叫他五儿。因素有弱疾,故没得差使。近因柳家的见宝玉房中丫鬟,差轻人多,且又闻宝玉将来都要放他们,故如今要送到那里去应名。正无路头,可巧这柳家的是梨香院的差使,他最小意殷勤,伏侍得芳官一干人,比别的干娘还好,芳官等待他也极好。如今便和芳官说了,央芳官去和宝玉说。宝玉虽是依允,只是近日病着,又有事,尚未得说。

前言少述,且说当下芳官回至怡红院中,回复了宝玉。这里宝玉正为赵姨娘吵闹,心中不悦,说又不是,不说又不是,只等吵完了,打听着探春劝了他去后,方又劝了芳官一阵,因使他到厨房说话去。今见他回来,又说还要些玫瑰露与柳五儿吃去,宝玉忙道:"有着呢,我又不大吃,你都给他吃去罢。"说着,命袭人取出来。见瓶中也不多,遂连瓶与了芳官。

芳官便自携了瓶与他去。正值柳家的带进他女儿来散闷,在那边畸角子一带地方逛了一回,便回到厨房内,正吃茶歇脚儿。见芳官拿了一个五寸来高的小玻璃瓶来,迎亮照着,里面有半瓶胭脂一般的汁子,还当是宝玉吃的西洋葡萄酒。母女两个忙说:"快拿旋子烫滚了水,你且坐下。"芳官笑道:"就剩了这些,连瓶子给你罢。"五儿听说,方知是玫瑰露,忙接了,又谢芳官。因说道:"今日好些,进来逛逛。这后边一带,也没有什么意思,不过是些大石头大树和房

说明柳家的投靠宝玉及其亲信丫头一边。她走的是攀附主流派的路线。

宝玉做人情,芳官做人情并显示自己在宝玉处的地位。一个人做一件事的时候,难以预料后果。

宝玉已用过干红、干白?

子后墙,正经好景致也没看见。"芳官道:"你为什么不往前去?"柳家的道:"我没叫他往前去:姑娘们也不认得他,倘有不对眼的人看见了,又是一番口舌。明日托你携带他,有了房头儿,怕没人带着逛呢!只怕逛腻了的日子还有呢!"芳官听了,笑道:"怕什么?有我呢!"柳家的忙道:"嗳哟哟!我的姑娘!我们的头皮儿薄,比不得你们。"说着,又倒了茶来。芳官那里吃这茶?只漱了一口便走了。柳家的说:"我这里占着手呢,五丫头送送。"

　　五儿便送出来,因见无人,又拉着芳官说道:"我的话到底说了没有?"芳官笑道:"难道哄你不成?我听见屋里正经还少两个人的窝儿,并没补上:一个是小红的,琏二奶奶要了去,还没给人来;一个是坠儿的,也没补。如今要你一个也不算过分。皆因平儿每每和袭人说:'凡有动人动钱的事,得挨的且挨一日。如今三姑娘正要拿人作筏子呢。'连他屋里的事都驳了两三件,如今正要寻我们屋里的事没寻着,何苦来往网里碰去?倘或说些话驳了,那时候老了,倒难再回转。且等冷一冷儿,老太太、太太心闲了,凭是天大的事,先和老的儿一说,没有不成的!"五儿道:"虽如此说,我却性儿急,等不得了。趁如今挑上了:头宗,给我妈争口气,也不枉养我一场;二宗,我添了月钱,家里又从容些;三宗,我开开心,只怕这病就好了。便是请大夫吃药,也省了家里的钱。"芳官说:"你的话我都知道了,你只管放心。"说毕,芳官自去了。

　　单表五儿回来,与他娘深谢芳官之情。他娘因说:"再不承望得了这些东西,虽然是个尊贵物儿,却是吃多了也动热,竟把这个倒些送个

已经这样膨胀了么?

走后门走到芳官头上,说明芳官已经可以的了。

暂时冻结。

芳官已经掌握权力运作的核心信息了。

也是前程,而且是这种女孩子的最佳前程。

无事生非。

人去,也是大情。"五儿问:"送谁?"他娘道:"送你姑舅兄弟一点儿,他那热病,也想这些东西吃。我倒半盏给他去。"五儿听了,半日没言语,随他妈倒了半盏去,将剩的连瓶便放在家伙厨内。五儿冷笑道:"依我说,竟不给他也罢了。倘或有人盘问起来,倒又是一场是非。"他娘道:"那里怕起这些来,还了得!我们辛辛苦苦的,里头赚些东西,也是应当的。难道是作贼偷的不成?"说着,不听,一径去了,直至外边他哥哥家中。他侄儿正躺着。一见这个,他哥哥、嫂子、侄儿,无不欢喜。现从井上取了凉水,吃了一碗,心中爽快,头目清凉。剩的半盏,用纸盖着,放在桌上。

> 柳家的有卖弄之意,不懂得见好就收,几招大祸。

> 妇人之见,竟不如女儿之见。

> 穷人吃到了平日吃不着的东西,便觉是仙丹妙药。

　　可巧又有家中几个小厮,同他侄儿素日相好的伴儿,走来看他的病,内中有一个叫做钱槐,是赵姨娘之内亲。他父母现在库上管账,他本身又派跟贾环上学。因他手头宽裕,尚未娶亲,素日看上柳家的五儿标致,一心和父母说了,娶他为妻。也曾央中保媒人,再四求告。柳家父母却也情愿,争奈五儿执意不从,虽未明言,却已中止,他父母未敢应允。近日又想往园内去,越发将此事丢开,只等三五年后放出时,自向外边择婿了。钱槐家中人见如此,也就罢了。争奈钱槐不得五儿,心中又气又愧,发恨定要弄取成配,方了此愿。今日也同人来看望柳氏的侄儿,不期柳家的在内。

> 留下了伏笔。五儿也有大志,也看中了宝玉?

　　柳家的见一群人来了,内中有钱槐,便推说不得闲,起身走了。他哥哥嫂子忙说:"姑妈怎么不喝茶就走?倒难为姑妈记挂着。"柳家的因笑道:"只怕里面传饭。再闲了,出来瞧侄儿罢。"他嫂子因向抽屉内取了一个纸包儿出来,过年、祭祖、元宵才过,大观园里已是矛盾重重,危机四伏。

赵姨娘大打出手,芳官泼闹一场,柳五儿走芳官的门子,柳家的左拉右扯,夏婆子煽风点火,艾官举报又被小蝉掌握。你争我夺,你嫉我妒,加上此前的春燕娘的抗争与丑态,承包后的新矛盾……

大观园无宁日矣。内乱是衰败的姊妹,互为原因,互为结果。

拿在手内,送了柳家的出来,至墙角边,递与柳家的,又笑道:"这是你哥哥昨日在门上该班儿,谁知这五日的班儿,一个外财没发,只有昨日有广东的官儿来拜,送了上头两小篓子茯苓霜,余外给了门上人一篓作门礼,你哥哥分了这些。昨儿晚上,我打开看了看,怪俊,雪白的。说拿人奶和了,每日早起吃一钟,最补人的。没人奶就用牛奶;再不得就是滚白水也好。我们想着正是外甥女儿吃得的,上半天原打发小丫头子送了家去,他说锁着门,连外甥女儿也进去了。本来我要瞧瞧他去,给他带了去的,又想着主子们不在家,各处严紧,我又没什么差使,跑什么?况且这两日风闻得里头家反作乱的,倘或沾带了,倒值多了。姑妈来的正好,亲自带去罢。"

都有小小猫腻。

门官厉害,雁过拔毛。

柳氏道了生受,作别回来。刚走到角门前,只见一个小么儿笑道:"你老人家那里去了?里头三次两趟叫人传呢,叫我们三四个人各处都找到了。你老人家从那里来了?这条路又不是家去的路,我倒要疑心起来了。"那柳家的笑道:"好小猴儿崽子!你也和我胡说起来了!回来问你。"要知端的,下回分解。

可以说是无巧不成书,也可以说纸包不住火,早晚要出事。

混乱衍生混乱,猫腻生长猫腻,虽然低俗恶劣,竟比少爷小姐们的生活"充实"些。看来为生存而混战、钻营、辛苦,比活得好好的却无事可做好一些。

第六十一回

投鼠忌器宝玉瞒赃　判冤决狱平儿行权

　　话说那柳家的听了这小么儿一夕话,笑道:"好猴儿崽子,你亲婶子找野老儿去了,你岂不多得一个叔叔?有什么疑的!不要讨我把你头上的枓子盖揪下来,还不开门让我进去呢!"小厮且不推门,且又拉着笑道:"好婶子!你这一进去,好歹偷几个杏儿出来赏我吃。我这里老等。你要忘了,日后半夜三更打酒买油的,我不给你老人家开门,也不答应你,随你干叫去。"柳氏啐道:"发了昏的!今年还比往年?把这些东西都分给了众妈妈了。一个个的不像抓破了脸的!人打树底下一过,两眼就像那鰲鸡是的,还动他的果子!可是你舅母姨娘两三个亲戚都管着,怎不和他们要去,倒和我来要?这可是'仓老鼠问老鸹去借粮,守着的没有,飞着的倒有'!"小厮笑道:"嗳哟哟,没有罢了,说上这些闲话!我看你老人家,从今已后,就用不着我了?就是姐姐有了好地方,将来呼唤我们的日子多着呢!只要我们多答应他些就有了。"柳氏听了笑道:"你这个小猴儿精又捣鬼了,你姐姐有什么好地方了?"那小厮笑道:"不用哄我了,早已知道了。单是你们有内纤,难道我们就没有内纤不成?我虽在这里听差,里头却也有两个姐姐,成个体统的。什么事瞒了我们!"

什么人,什么腔口,如闻其声。

都是贾家的奴才,都给贾家当差。但每个人都利用自己的差事与别人做交易,以差谋私。

利益原则的威力。与自然经济的情面原则相悖反。

互相利用,十分露骨。

此话重要。所以什么事也瞒不住。信息传播是规律,大路不通便各择小道。

正说着,只听门内又有老婆子向外叫:"小猴儿,快传你柳婶子去罢,再不来,可就误了。"柳家的听了,不顾和那小厮说话,忙推门进去,笑说:"不必忙,我来了。"一面来至厨房,虽有几个同伴的人,他们都不敢自专,单等他来调停分派,一面问众人:"五丫头那里去了?"众人都说:"才往茶房里找他们姐妹去了。"

柳家的听了,便将茯苓霜搁起,且按着房头分派菜馔。忽见迎春房里小丫头莲花儿走来说:"司棋姐姐说:要碗鸡蛋,炖得嫩嫩的。"柳家的道:"就是这一样儿尊贵。不知怎么,今年鸡蛋短的很,十个钱一个还找不出来。昨日上头给亲戚家送粥米去,四五个买办出去,好容易才凑了二千个来,我那里找去?你说给他,改日吃罢。"莲花儿道:"前日要吃豆腐,你弄了些馊的,叫他说了我一顿;今日要鸡蛋又没有了!什么好东西?我就不信连鸡蛋都没有了,别叫我翻出来。"一面说,一面真个走来,揭起菜箱一看,只见里面果有十来个鸡蛋,说道:"这不是?你就这么利害!吃的是主子分给我们的分例,你为什么心疼?又不是你下的蛋,怕人吃了。"

柳家的忙丢了手里的活计,便上来说道:"你少满嘴里混嗲!你妈才下蛋呢!通共留下这几个,预备菜上的浇头,姑娘们不要,还不肯做上去呢,预备遇急儿的。你们吃了,倘或一声要起来,没有好的,连鸡蛋都没了。你们深宅大院,'水来伸手,饭来张口',只知鸡蛋是平常物件,那里知道外头买卖的行市呢。别说这个,有一年连草棍子还没了的日子还有呢。我劝他们,细米白饭,每日肥鸡大鸭子,将就些儿也罢了。吃腻了肠子,天天又闹起故事来了。鸡蛋,

	似乎天下太平,并无任何风波。
	鸡蛋供不应求,"红"已有之,要不就是柳家的刁难。
	世上的事,怕就怕认真。
	如闻其声。
	是经验也是预言。

豆腐，又是什么面筋、酱萝卜炸儿，敢自倒换口味。只是我又不是答应你们的，一处要一样，就是十来样；我倒不用伺候头层主子，只预备你们二层主子了。"

莲花儿听了，便红了脸，喊道："谁天天要你什么来，你说上这两车子话！叫你来，不是为便宜，却为什么？前日春燕来说，晴雯姐姐要吃芦蒿，你怎么忙得还问肉炒鸡炒？春燕说荤的不好，才另叫你炒个面筋儿，少搁油才好，你忙得倒说自己'发昏'，赶着洗手炒了，'狗颠屁股儿'似的，亲捧了去；今日反倒拿我作筏子，说我给众人听。"

> 不平之忿，人皆有之。
>
> 矛盾就在这里。对晴雯和司棋摆不平。
>
> 地位越低的人说话越生动。这也是"卑贱者最聪明"吧。

柳家的忙道："阿弥陀佛，这些人眼见的。不要说前日一次，就从旧年以来，凡各房里，偶然间不论姑娘姐姐们，要添一样半样，谁不是先拿了钱来另买另添？有的没的，名声好听。算着连姑娘带姐儿们四五十人，一日也只管要两只鸡，两只鸭子，一二十斤肉，一吊钱的菜蔬，你们算算，够做什么的？连本项两顿饭还撑持不住，还搁得住这个点这样，那个点那样，买来的又不吃，又要别的去。既这样，不如回了太太，多添些分例，也像大厨房里预备老太太的饭，把天下所有的菜蔬，用水牌写了，天天转着吃，到一个月现算倒好。连前日三姑娘和宝姑娘偶然商量了要吃个油盐炒豆芽儿来，现打发个姐儿拿着五百钱给我，我倒笑起来了，说：'二位姑娘就是大肚子弥勒佛，也吃不了五百钱的。这二三十个钱的事，还备得起。'赶着我送回钱去，到底不收，说赏我打酒吃，又说：'如今厨房在里头，保不住屋里的人不去叨蹬。一盐一酱，那不是钱买的？你不给又不好，给了你又没得赔，你

> 当然也可以想象在贾府掌管厨房的难处。
>
> 看来有标准饭、自点饭两种。后者要交一点钱。
>
> 探春与宝钗，行事自然体面，实力不同，风度也不同。
>
> 探春宝钗行事自会周到些。

鸡蛋风波说明：一、厨房里确有艰窘的一面。二、柳家的"看人下菜碟"，对不得烟抽的迎春小山头轻视冷落。三、太不平衡了就会遭到激烈的反抗，反抗愈激烈她就愈抵挡不住。四、进行激烈反抗的司棋也不可能全胜，而是留下隐患，付出了代价。

拿着这个钱，权当还了他们素日叨蹬的东西窝儿。'这就是明白体下的姑娘，我们心里，只替他念佛。没得赵姨奶奶听了，又气不忿，反说太便宜了我，隔不了十天，也打发个小丫头子来寻这样，寻那样，我倒好笑起来。你们竟成了例，不是这个，就是那个，我那里有这些赔的？"

但柳家的愈这样说，司棋就愈发火了。
这里提出一个"体下"的原则，值得一想。中国封建社会虽然专制，但还有些类似"体下""护民"的说法，有利平衡。

正乱时，只见司棋又打发人来催莲花儿，说他："死在这里？怎么就不回去？"莲花儿赌气回来，便添了一篇话，告诉了司棋。司棋听了，不免心头起火，此刻伺候迎春饭罢，带了小丫头们走来，见了许多人正吃饭，见他来得势头不好，都忙起身陪笑让坐。司棋便喝命小丫头子动手："凡箱柜所有的菜蔬，只管扔出去喂狗，大家赚不成！"小丫头子们巴不得一声，七手八脚抢上去，一顿乱翻乱掷，慌的众人一面拉劝，一面央告司棋说："姑娘别误听了小孩子的话，柳嫂子有八个头，也不敢得罪姑娘。说鸡蛋难买是真。我们才也说他不知好歹，凭是什么东西，也少不得变法儿去。他已经悟过来了，连忙蒸上了。姑娘不信，瞧那火上。"司棋被众人一顿好言语，方将气劝得渐平了。小丫头子们也没得摔完东西，便拉开了。司棋连说带骂，闹了一回，方被众人劝去。柳家的只好摔碗丢盘，自己咕唧了一回，蒸了一碗鸡蛋，令人送去。司棋全泼了地下。那人回来，也不敢说，恐又生事。

注意，添了一篇话，自然而然，添油加醒，挑拨是非成为本性。

生活培养恶人。打砸抢既是"造反有理"又是源远流长。

只剩了自己咕唧的分儿了。
小姐脾气丫环命。

柳家的打发他女儿喝了一回汤，吃了半碗粥，又将茯苓霜一节说了。五儿听罢，便心下要分些赠芳官，遂用纸另包了一半，趁黄昏人稀之

"小人"得志，横向串联，拉扯弥宽，自找麻烦。

一波未平,一波又起。狗扯羊肠子,没结没完。

所有关节都带有偶然性,但发生这些问题并非偶然;赵姨娘、贾环(拉扯上彩云)与主流派的矛盾并非偶然,柳氏母女与其他奴才的重重矛盾并非偶然,物资管理漏洞很多(也是吃大锅饭的结果)不是偶然,纪律松弛或时紧时松也不是偶然,人员众多,管理力量薄弱也不是偶然。

所以一定要出事的。

时,自己花遮柳隐的来找芳官。且喜无人盘问,一径到了怡红院门首,不好进去,只在一簇玫瑰花前站立,远远的望着。有一盏茶时候,可巧春燕出来,忙上前叫住。春燕不知是那一个,到跟前方看真切,因问:"做什么?"五儿笑道:"你叫出芳官来,我和他说话。"春燕悄笑道:"姐姐太性急了。横竖等十来日就来了,只管找他做什么?方才使了他往前头去了,你且等他一等。不然,有什么话告诉我,等我告诉他;恐怕你等不得,只怕关了园门。"五儿便将茯苓霜递与春燕,又说:"这是茯苓霜。"如何吃,如何补益,"我得了些送他的,转烦你递与他就是了。"说毕,便走回来。	鬼鬼祟祟,不是贼也成贼。 也正常,也可怜。这也是"权力经济"的后果,如果"市场经济",会少一些猫腻。
正走蓼溆一带,忽迎见林之孝家的带着几个婆子走来,五儿藏躲不及,只得上来问好。林家的问道:"我听见你病了,怎么跑到这里来?"五儿陪笑说道:"因这两日好些,跟我妈进来散散闷。才因我妈使我到怡红院送家伙去。"林之孝家的说道:"这话岔了。方才我见你妈出去,我才关门。既是你妈使了你去,他如何不告诉我说你在这里呢,竟出去让我关门,是何主意?可是你撒谎。"五儿听了,没话回答,只说:"原是我妈一早教我去取的,我忘了,挨到这时,我才想起来了。只怕我妈错认我先去了,所以没和大娘说得。" 林之孝家的听他词钝意虚,又因近日玉钏	何苦这样做贼?五儿兴奋过度,抑制不住自己了。

儿说那边正房内失落了东西,几个丫头对赖,没主儿,心下便起了疑。可巧小蝉莲花儿并几个媳妇子走来,见了这事,便说道:"林奶奶倒要审审他。这两日他往这里头跑得不像,鬼鬼祟祟的,不知干些什么事。"小蝉又道:"正是。昨日玉钏姐姐说:'太太耳房里的柜子开了,少了好些零碎东西。'琏二奶奶打发平姑娘和玉钏姐姐要些玫瑰露,谁知也少了一罐子,不是寻露还不知道呢!"莲花儿笑道:"这我没听见。今日我倒看见一个露瓶子。"林之孝家的正因这事没主儿,每日凤姐儿使平儿催逼他,一听此言,忙问:"在那里?"莲花儿便说:"在他们厨房里呢。"林之孝家的听了,忙命打了灯笼,带着众人来寻。五儿急得便说:"那原是宝二爷屋里的芳官给我的。"林之孝家的便:"不管你'方官''圆官',现有赃证,我只呈报了,凭你主子前辩去!"一面说,一面进入厨房,莲花儿带着,取出露瓶。恐还偷有别物,又细细搜了一遍,又得了一包茯苓霜,一并拿了,带了五儿来回李纨与探春。

那时李纨正因兰儿病了,不理事务,只命去见探春。探春已归房,人回进去,丫鬟们都在院内纳凉,探春在内盥沐,只有侍书回进去,半日出来说:"姑娘知道了,叫你们找平儿回二奶奶去。"林之孝家的只得领出来,到凤姐那边,先找着平儿进去回了凤姐。凤姐方才睡下,听见此事,便吩咐:"将他娘打四十板子,撵出去,永不许进二门;把五儿打四十板子,立刻交给庄子上,或卖或配人。"

平儿听了出来,依言吩咐了林之孝家的。五儿吓得哭哭啼啼,给平儿跪着,细诉芳官之事。平儿道:"这也不难,等明日问了芳官,便知

又是有曲折旧怨之人。

确实五儿跑得过头了,堪一切为自己奔走者戒。

林之孝家的逻辑很有意思:是露瓶子就是赃,其他一概不管。基本思路仍是不准申辩,我说你是赃就是赃。是一种独断主义。

草菅人"运"。

五儿相好一个芳官,便急于钻营,欲速不达,自取其辱。

当初得到半瓶子玫瑰露,就自己用了好了,柳家的偏要拿出去做文章。得到茯苓霜后,又急着还芳官的情,一点稳重没有,小家子气。

真假。但这茯苓霜,前日人送了来,还等老太太、太太回来看了才敢打动,这不该偷了去。"五儿见问,忙又将他舅舅送的一节说了出来。平儿听了,笑道:"这样说,你竟是个平白无辜之人,拿你来顶缸的。此时天晚,奶奶才进了药歇下,不便为这点子小事去絮叨。如今且将他交给上夜的人看守一夜,等明日我回了奶奶,再作道理。"林之孝家的不敢违拗,只得带出来,交与上夜的媳妇们看守,自己便去了。

幸有平儿明察。恐怕也有平儿对宝玉山头的人的关照因素。

这里五儿被人软禁起来,一步不敢多走。又兼众媳妇也有劝他说:"不该做这没行止的事。"也有抱怨说:"正经更还坐不上来,又弄个贼来给我们看守,倘或眼不见寻了死,或逃走了,都是我们的不是。"又有素日一干与柳家不睦的人,见了这般,十分趁愿,都来奚落嘲戏他。这五儿心内又气又委屈,竟无处可诉;且本来怯弱有病,这一夜思茶无茶,思水无水,思睡无衾枕,呜呜咽咽,直哭了一夜。

有幸灾乐祸,也有落井下石之意。

人人皆有对立面,世上尽有感到压抑之人,因此任何人倒霉都会令人"移情"快意。

谁知和他母女不和的那些人,巴不得一时就撵他出门去。生恐次日有变,大家先起了个清早,都悄悄的来买转平儿,送了些东西,一面又奉承他办事简断,一面又讲述他母亲素日许多不好处。平儿一一的都应着,打发他们去了,却悄悄的来访袭人,问他可果真芳官给他玫瑰露了。袭人便说:"露却是给了芳官,芳官转给何人,我却不知。"袭人于是又问芳官,芳官听了,唬了一跳,忙应是自己送他的。芳官便又告诉了宝玉,宝玉也慌了,说:"露虽有了,若勾起

可见柳氏母女积怨太多。她们娘儿俩都热衷于攀高枝,讨嫌。

出了点事,都跟着瞎忙活,实际上又不起作用。到头来都是"为他人作嫁衣裳"!

茯苓霜来,他自然也实供。若听见了是他舅舅门上得的,他舅舅又有了不是,岂不是人家的好意,反被咱们陷害了。"因忙和平儿计议:"露的事虽完了,然这霜也是有不是的。好姐姐,你只叫他也说是芳官给他的,就完了。"平儿笑道:"虽如此,只是他昨晚已经同人说是他舅舅给的了,如何又说你给的?况且那边所丢之霜,正没主儿,如今有赃证的白放了,又去找谁?谁还肯认?众人也未必心服。"晴雯走来,笑道:"太太那边的露,再无别人,分明是彩云偷了给环哥儿去了,你们可瞎乱说。"

平儿笑道:"谁不知这个原故,但今玉钏儿急的哭,悄悄问着他,他要应了,玉钏也罢了,大家也就混着不问了,难道我们好意兜揽这事不成?可恨彩云不但不应,他还挤玉钏儿,说他偷了去了。两个人'窝里炮',先吵得合府皆知,我们如何装没事人,少不得要查的。殊不知告失盗的就是贼,又没赃证,怎么说他?"宝玉道:"也罢。这件事,我也应起来,就说是我要吓他们玩的,悄悄的偷了太太的来了,两件事就都完了。"袭人道:"也倒是一件阴骘事,保全人的贼名儿。只是太太听见,又说你小孩子气像,不知好歹了。"平儿笑道:"也倒是小事。如今便从赵姨娘屋里起了赃来也容易,我只怕又伤着一个好人的体面。别人都不要管,只这一个人,岂不又生气。我可怜的是他,不肯为'打老鼠伤了玉瓶'。"说着,把三个指头一伸。

袭人等听说,便知他说的是探春,大家都忙说:"可是这话,竟是我们这里应起来的为是。"平儿又笑道:"也须得把彩云和玉钏儿两个孽障叫了来,问准了他方好。不然,他们得了意,不

> 有诸多事上不得台盘,却又实际普遍存在。不追究就没有事,一追究都是事。

> 这样,一方面是纪律松弛,弊病百出,一方面是严刑峻法,草菅人命。

> 主子不想把事情搞大,偏偏下面斗个不休。

> 袭人先护宝玉。

> 又要查清清查,又要照顾要人脸面。

说为这个,倒像我没有本事,问不出来;就是这里完事,他们以后越发偷的偷不管的不管了。"袭人等笑道:"正是,也要你留个地步。"

平儿便命一个人叫了他两个来,说道:"不用慌,贼已有了。"玉钏儿先问:"贼在那里?"平儿道:"现在二奶奶屋里呢,问他什么应什么。我心里明白,知道不是他偷的,可怜他害怕,都承认了。这里宝二爷不过意,要替他认一半。我待要说出来,但只是这做贼的,素日又是和我好的一个姐妹;窝主却是平常,里面又伤了一个好人的体面,因此为难。少不得央求宝二爷应了,大家无事。如今反要问你们两个,还是怎样:要从此以后,大家小心存体面,这便求宝二爷应了;若不然,我就回了二奶奶,不要冤屈了人。"彩云听了,不觉红了脸,一时羞恶之心感发,便说道:"姐姐放心。也不用冤屈好人,我说了罢,伤体面,偷东西,原是赵姨奶奶央告我再三,我拿了些与环哥儿是情真。连太太在家我们还拿过,各人去送人,也是常有的。我原说嚷过两天就罢了;如今既冤屈了好人,我心也不忍。姐姐竟带了我回奶奶去,一概应了完事。"

众人听了这话,一个个都咤异他竟这样有肝胆。宝玉忙笑道:"彩云姐姐果然是个正经人。如今也不用你应,我只说我悄悄的偷的吓你们玩,如今闹出事来,我原该承认。我只求姐姐们以后省些事,大家就好了。"彩云道:"我干的事,为什么叫你应,死活我该去受。"平儿袭人忙道:"不是这样说,你一应了,未免又叨登出赵姨奶奶来,那时三姑娘听了,岂不又生气。竟不如宝二爷应了,大家无事;且除这几个人,皆不得知道,这样何等的干净!但只以后千万大家

> 该放的要放,该抓的要抓。宽严有度。

> 实戏虚做。

> 人的素质有限,却又甚讲情义二字。

> 这也是将心比心,人的羞恶之心毕竟尚存,何况是面对着平儿这样的"法官"。这是平儿的道德力量与分寸感的胜利。

> 于是一件屁事成了机密。

小心些就是了。要拿什么,好歹等太太到家;那怕连房子给了人,我们就没干系了。"彩云听了,低头想了想,方依允。

于是大家商议妥贴,平儿带了他两个并芳官来至上夜房中,叫了五儿,将茯苓霜一节也悄悄的教他说系芳官所赠,五儿感谢不尽。平儿带他们来至自己这边,已见林之孝家的带领了几个媳妇,押解着柳家的等够多时。林之孝家的又向平儿说:"今日一早押了他来,恐园里没有人伺候姑娘们饭,我暂且将秦显的女人派了去伺候姑娘们的饭呢。"平儿道:"秦显的女人是谁?我不大相熟。"林之孝家的道:"他是园里南角子上夜的,白日里没什么事,所以姑娘不大认识。高高儿的孤拐,大大的眼睛,最干净爽利的。"玉钏儿道:"是了。姐姐,你怎么忘了?他是跟二姑娘的司棋的婶子。司棋的父亲虽是大老爷那边的人,他这叔叔却是咱们这边的。"

平儿听了,方想起来,笑道:"哦!你早说是他,我就明白了。"又笑道:"也太派急了些。如今这事,八下里水落石出了,连前日太太屋里丢的,也有了主儿,是宝玉那日过来和这两个孽障不知道要什么的,偏这两个孽障怄他玩,说:'太太不在家,不敢拿。'宝玉便瞅着他两个不堤防时节,自己进去拿了些个什么出来。这两个孽障不知道,就吓慌了。如今宝玉听见带累了别人,方细细的告诉了我,拿出东西来我瞧,一件不差。那茯苓霜也是宝玉外头得了的,也曾赏过许多人。不独园内人有,连妈妈子们讨了出去给亲戚们吃,又转送人。袭人也曾给过芳官一流的人。他们私情,各自来往,也是常事。前日那两篓还摆在议事厅上,好好的原封没动,怎

> 林之孝家的趁机插一腿。

> 最干净云云,透露了林之孝家的乘机举荐自己的友好的倾向。
> 恰好是柳家的对立面。

> 平儿开始导演,让戏按自己的路子演下去。

凤姐鹰派，平儿鸽派，与她们的个性有关，也与她们的不同地位有关。凤姐是大拿，是特命全权总管，她倾向于保持震慑，保持张力，宁可挂误，不可疏漏。平儿带有承上启下、亦主亦奴的性质，她要忠于主子，又要保护奴才，更要照顾平衡左右。如果她也这么强硬，她很可能"吃不了兜着走"。平儿的鸽既帮助了凤姐，为之补台，又在客观上反衬了凤姐的不得人心。她起的作用也是一分为二的。她完全没有一点为自己留地步的意图吗？未可说得太绝对了，虽然，至今看不出她对凤姐有一丝一毫的不忠。

么就混赖起人来。等我回了奶奶再说。"说毕，抽身进了卧房，将此事照前言回了凤姐儿一遍。

　　凤姐儿道："虽如此说，但宝玉为人，不管青红皂白，爱兜揽事情。别人再求求他去，他又搁不住人两句好话，给他个炭篓子带上，什么事他不应承。咱们若信了，将来若大事也如此，如何治人。还要细细的追求才是。依我的主意，把太太屋里的丫头都拿来，虽不便擅加拷打，只叫他们垫着磁瓦子跪在太阳地下，茶饭也不用给他们吃，一日不说跪一日，便是铁打的，一日也管招了。"又道："'苍蝇不抱没缝儿的鸡蛋'，虽然这柳家的没偷，到底有些影儿，人才说他。虽不加贼刑，也革出不用。朝廷原有挂误的，到底不算委屈了他。"平儿道："何苦来操这心！'得放手时须放手'，什么大不了的事，乐得施恩呢。依我说，纵在这屋里操上一百分心，终久是回那边屋里去的，没的结些小人仇恨，使人含恨抱怨。况且自己又三灾八难的，好容易怀了一个哥儿，到了六七个月还掉了，焉知不是素日操劳太过，气恼伤着的。如今趁早儿见一半不见一半的，也倒罢了。"一夕话说得凤姐儿倒笑了，道："随你们罢！没的怄气。"平儿笑道："这不是正经话！"说毕，转身出来，一一发放。要知端的，下回分解。

凤姐也是知人者。

宝玉最是好好先生。这与他吃凉不管酸的处境有关。

冤案有理论。

冤案会不会也有某种原因呢？这么一琢磨还真乱了套了。

平儿的鸽派路线补充、平衡了凤的鹰派习性。

平儿不但是鸽派,而且是中华情义文化、情面文化的继承与践行者。"二情文化"很有人情味,平儿也很得人心,但距是非曲直必须弄清的法治文化越发远了。

第六十二回

憨湘云醉眠芍药茵　呆香菱情解石榴裙

局部战争硝烟四起,闹了一阵子。又该少爷小姐姑娘们享受生活,及时行乐了。

话说平儿出来吩咐林之孝家的道:"'大事化为小事,小事化为没事',方是兴旺之家。若是一点子小事便扬铃打鼓,乱折腾起来,不成道理。如今将他母女带回,照旧去当差,将秦显家的仍旧追回。再不必提此事,只是每日小心巡察要紧。"说毕,起身走了。柳家的母女忙向上磕头。林家的就带回园中,回了李纨探春,二人都说:"知道了,宁可无事,很好。"

> 这也是先讲大原则,先务虚,再具体化。

司棋等人空兴头了一阵。那秦显家的好容易等了这个空子钻了来,只兴头了半天。在厨房内正乱接收家伙、米粮、煤炭等物,又查出许多亏空来,说:"粳米短了两担,长用米又多支了一个月的,炭也欠着额数。"一面又打点送林之孝的礼,悄悄的备了一篓炭,一担粳米在外边,就遣人送到林家去了;又打点送账房儿的礼;又备几样菜蔬请几位同事的人,说:"我来了,全仗你们列位扶持。自今以后,都是一家人了,我有照顾不到的,好歹大家照顾些。"

> 其实,即使柳家母女被逐,又能给司棋等多少便宜?到头来仍是"空兴头"罢了。

> 秦显家的接权,是天上掉下了馅饼。柳家的"官复原职",秦显家的方知天上不掉馅饼,或天上掉的馅饼是靠不住的。

正乱着,忽有人来说:"你看完了这一顿早饭,就出去罢。柳嫂儿原无事,如今还交与他管了。"秦显家的听了,轰去了魂魄,垂头丧气,登

> 非常短命的一次夺权事件。

时掩旗息鼓,卷包而去。送人之物,白白去了许多,自己倒要折变了赔补亏空。连司棋都气了个直眉瞪眼,无计挽回,只得罢了。

> 令人想起一九六七年的"一月革命"。
> 柳家的本不是好货,只因小说追身写她,反使读者更讨厌起秦显家的来了。

赵姨娘正因彩云私赠了许多东西,被玉钏儿吵出,生恐查问出来,每日捏着一把汗,偷偷的打听信儿。忽见彩云来告诉说:"都是宝玉应了,从此无事。"赵姨娘方把心放下来。谁知贾环听如此说,便起了疑心,将彩云凡私赠之物都拿了出来,照着彩云脸上摔了来,说:"你这'两面三刀'的东西!我不希罕。你不和宝玉好,他怎么肯替你应?你既有担当给了我,原该不与一个人知道;如今你既然告诉了他,我再要这个,也没趣儿。"

> 都是些愚而诈的下三流角色。

> 不能说贾环疑得一点理都没有。都是这种水平,谁能比谁高去?彩云情有独钟于环,又应赵之请beacon玫瑰露,也很难说怎么样。

彩云见如此,急得赌咒发誓,至于哭了。百般解说,贾环执意不信,说:"不看你素日,我索性去告诉二嫂子,就说你偷来给我,我不敢要。你细想去罢!"说毕,摔手出去了。急的赵姨娘骂:"没造化的种子!这是怎么说!"气得彩云哭了个泪干肠断,赵姨娘百般的安慰他:"好孩子,他辜负了你的心,我横竖看得真。我收起来,过两日,他自然回转过来了。"说着,便要收东西。彩云赌气一顿卷包起来,趁人不见,来至园中,都撒在河内,顺水沉的沉漂的漂了。自己气得夜间在被内暗哭了一夜。

> 矛盾重重,小气上再加上小气,丑态中又添丑态。

> 与气量狭小的人打交道,永远痛苦,永无幸福。

当下又值宝玉生日已到。原来宝琴也是这日,二人相同。王夫人不在家,也不曾像往年热闹,只有张道士送了四样礼,换的寄名符儿;还有几处僧尼庙的和尚姑子送了供尖儿,并寿星、纸马、疏头,并本宫星官、值年太岁、周岁换的锁儿。家中常走的男女,先日来上寿。王子腾那

> 奇怪,过个生日也要成双捉对。

> "红"中写宝琴给人以虚张声势之感。

273

边,仍是一套衣服,一双鞋袜,一百寿桃,一百束上用银丝挂面。薛姨妈处减一半。其余家中尤氏仍是一双鞋袜;凤姐儿是一个宫制四面扣合荷包,里面装一个金寿星,一件波斯国的玩器。各庙中遣人去放堂舍钱。又另有宝琴之礼,不能备述。姊妹中皆随便,或有一扇的,或有一字的,或有一画的,或有一诗的,聊为应景儿而已。

这日,宝玉清晨起来,梳洗已毕,冠带起来,至前厅院中,已有李贵等四个人在那里设下天地香烛。宝玉炷了香,行了礼,奠茶烧纸后,便至宁府中宗祠祖先堂两处行毕了礼。出至月台上,又朝上遥拜过贾母、贾政、王夫人等。一顺到尤氏上房,行过礼,坐了一回,方回荣府。先至薛姨妈处,再三拉着,然后又见过薛蝌,让一回,方进园来。晴雯麝月二人跟随,小丫头夹着毡子,从李氏起,一一挨着,比自己长的房中到过;复出二门,至四个奶妈家,让了一回,方进来。虽众人要行礼,也不曾受。回至房中,袭人等只都来说一声就是了:王夫人有言,不令年轻人受礼,恐折了福寿,故此皆不磕头。

一时贾环贾兰来了,袭人连忙拉住,坐了一坐,便去了。宝玉笑道:"走乏了!"便歪在床上。方吃了半盏茶,只听外头咕咕呱呱,一群丫头,笑了进来,原来是翠墨、小螺、翠缕、入画,邢岫烟的丫头篆儿,并奶子抱着巧姐儿,彩鸾、绣鸾八九个人,都抱着红毡子笑着进来,说:"拜寿的挤破了门了,快拿面来我们吃!"刚进来时,探春、湘云、宝琴、岫烟、惜春也都来了。宝玉忙迎出来,笑说:"不敢起动。快预备好茶!"进入房中,不免推让一回,大家归坐。

袭人等捧过茶来,才吃了一口,平儿也打扮

> 种种礼数是规矩也是享受,是体面也是熏陶,是孝悌也是过场。

> 没完没了的礼。

> 折了福寿的说法不经,但很有见识。

> 宝玉不拄棍了。

得花枝招展的来了。宝玉忙迎出来,笑说:"我方才到凤姐姐门上,回进去,说不能见我;我又打发人进去让姐姐的。"平儿笑道:"我正打发你姐姐梳头,不得出来回你。后来听见又说让我,我那里禁当得起?所以特给二爷来磕头。"宝玉笑道:"我也禁当不起。"袭人早在外间安了座,让他坐。平儿便拜下去,宝玉作揖不迭;平儿便跪下去,宝玉也忙还跪下,袭人连忙搀起来;又拜了一拜,宝玉又还了一揖。袭人笑推宝玉:"你再作揖。"宝玉道:"已经完了,怎么又作揖?"袭人笑道:"这是他来给你拜寿,今日也是他的生日,你也该给他拜寿。"宝玉喜得忙作揖,笑道:"原来今日也是姐姐的好日子。"平儿赶着也还了礼。湘云拉宝琴岫烟说:"你们四个人对拜寿,直拜一天才是。"探春忙问:"原来邢妹妹也是今日?我怎么就忘了。"忙命丫头:"去告诉二奶奶,赶着补了一分礼,与琴姑娘的一样,送到二姑娘屋里去。"丫头答应着去了。岫烟见湘云直口说出来,少不得要到各房去让让。

　　探春笑道:"倒有些意思,一年十二个月,月月有几个生日。人多了,便这等巧。也有三个一日的,两个一日的。大年初一也不白过,大姐姐占了去,怨不得他福大,生日比别人就占先。又是大祖太爷的生日冥寿。过了灯节,就是老太太和宝姐姐,他们娘儿两个遇的巧。三月初一是太太的,初九是琏二哥哥。二月没人。"袭人道:"二月十二是林姑娘,怎么没人?只不是咱家的人。"探春笑道:"你看我这个记性儿。"宝玉笑指袭人道:"他和林妹妹是一日,他所以记得。"探春笑道:"原来你两个倒是一日?每年连头也不给我们磕一个!平儿的生日,我们也不

你闹你的卑鄙无耻,我过我的生日华诞。你们是昏天黑地、蛆虫泥鳅,我这里是吃喝玩乐、受用快活。

光两个还不够,又添了第三个。过生日也扎堆。

又一个。很难分析这里关于四人同一天生日的叙述的意图:是随机写的?是原型如此?是为了再写酒令?
让一让是中国人的说法,虚说一下之意。

这又是哪个冷锅里冒的热气?是怕人们忘了黛玉吗?

知道,这也是才知道的。"平儿笑道:"我们是那牌儿名上的人,生日也没拜寿的福,又没受礼的职分,可吵嚷什么,可不悄悄儿的就过去了吗?今日他又偏吵出来了。等姑娘回房,我再行礼去罢。"探春笑道:"也不敢惊动。只是今日倒要替你过个生日,我心里才过得去。"宝玉湘云等一齐都说:"很是。"探春便吩咐了丫头:"去告诉他奶奶,说我们大家说了,今日一天不放平儿出去,我们也大家凑了分子过生日呢。"

> 平儿在女奴中应属第一名,自有殊荣。

丫头笑着去了,半日回来说:"二奶奶说了,多谢姑娘们给他脸。不知过生日给他些什么吃,只别忘了二奶奶,就不来絮聒他了。"众人都笑了。探春因说道:"可巧今日里头厨房不预备饭,一应下面弄菜,都是外头收拾,咱们就凑了钱,叫柳家的来领了去,只在咱们里头收拾倒好。"众人都说:"很好。"探春一面遣人去请李纨、宝钗、黛玉,一面遣人去传柳家的进来,吩咐他内厨房中快收拾两桌酒席。柳家的不知何意,因说:"外厨房都预备了。"探春笑道:"你原来不知道,今日是平姑娘的好日子,外头预备的是上头的,这如今我们私下又凑了分子,单为平姑娘预备两桌请他。你只管拣新巧的菜蔬预备了来,开了账,我那里领钱。"柳家的笑道:"今日又是平姑娘的千秋?我们竟不知道。"说着,便向平儿磕头,慌得平儿拉起他来。柳家的忙去预备酒席。

> 果然凑了钱给柳家。

> 柳家的理应磕头。

这里探春又邀了宝玉,同到厅上去吃面,等到李纨宝钗一齐来全,又遣人去请薛姨妈与黛玉。因天气和暖,黛玉之疾渐愈,故也来了。花团锦簇,挤了一厅的人。谁知薛蟠又送了巾扇香帛四色寿礼与宝玉,宝玉于是过去陪他吃面。

两家皆办了寿酒,互相酬送,彼此同领。至午间,宝玉又陪薛蝌吃了两杯酒。宝钗带了宝琴过来与薛蝌行礼,把盏毕,宝钗因嘱咐薛蝌:"家里的酒也不用送过那边去,这虚套竟收了。你只请伙计们吃罢。我们和宝兄弟进去,还要待人去呢,也不能陪你了。"薛蝌忙说:"姐姐兄弟只管请,只怕伙计们也就好来了。"

宝玉忙又告过罪,方同他姊妹回来。一进角门,宝钗便命婆子将门锁上,把钥匙要了,自己拿着。宝玉忙说:"这一道门何必关?又没多的人走,况且姨娘、姐姐、妹妹都在里头,倘或要家去取什么,岂不费事?"宝钗笑道:"小心没过逾的。你们那边,这几日七事八事,竟没有我们那边的人,可知是这门关得有功效了。若是开着,保不住那起人图顺脚走近路,从这里走,拦谁的是?不如锁了,连妈妈和我也禁着些,大家别走。纵有了事,就赖不着这边的人了。"宝玉笑道:"原来姐姐也知道我们那边近日丢了东西?"宝钗笑道:"你只知道玫瑰露和茯苓霜两件,乃因人而及物;若不是里头有人,你是连这两件还不知道呢。殊不知还有几件比这两件大的呢。若以后叨蹬不出来,是大家的造化;若叨蹬出来了,不知里头连累多少人呢。你也是不管事的人,我才告诉你。平儿是个明白人,我前日也告诉了他,皆因他奶奶不在外头,所以使他明白了。若不犯出来,大家落得丢开手;若犯出来,他心里已有了稿儿,自有头绪,就冤屈不着平人了。你只听我说,以后留神小心就是了。这话也不可告诉第二个人。"

说着,来到沁芳亭边,只见袭人、香菱、侍书、晴雯、麝月、芳官、蕊官、藕官十来个人,都在

圣人早有教导,穷则独善其身,达则兼济天下。

独善其身,自扫门前雪。宝钗的锁门主义有理。

这些话本不必说与宝玉,宝钗有套磁意。

什么事?举一反多,漫延无边。留下猜测想象余地。

知之方,处之圆。知则明察秋毫,处则不见舆薪,难得精明,难得糊涂,不自恃精明,不是真糊涂,宝钗真完人也。"明白"是少数够格儿的人的专利。不够"格儿"而明白,危险!

那里看鱼玩呢,见他们来了,都说:"芍药栏里预备下了,快去上席罢。"宝钗等随携了他们,同到芍药栏中红香圃三间小敞厅内,连尤氏已请过来了,诸人都在那里,只没平儿。原来平儿出去,有赖林诸家送了礼来,连三接四,上中下三等家人,拜寿送礼的不少。平儿忙着打发赏钱道谢,一面又色色的回明了凤姐儿,不过留下几样;也有不受的,也有受下即刻赏与人的。忙了一回,又直等凤姐儿吃过面,方换了衣裳,往园里来。刚进了园,就有几个丫鬟来找他,一同到了红香圃中。只见筵开玳瑁,褥设芙蓉。众人都笑说:"寿星全了。"上面四座,定要让他们四个人坐。四人皆不肯。

> 不贪,是风度也是智慧。

薛姨妈说:"我老天拔地,不合你们的群儿,我倒拘的慌,不如我到厅上随便躺躺去倒好。我又吃不下什么去,又不大吃酒,这里让他们,倒便宜。"尤氏等执意不从。宝钗道:"这也罢了,倒是让妈妈在厅上歪着自如些。有爱吃的送些过去,倒自在了。且前头没人在那里,又可照看了。"探春笑道:"既这样,恭敬不如从命。"因大家送到议事厅上,眼看着命小丫头们铺了一个锦褥并靠背引枕之类,又嘱咐:"好生给姨太太捶腿。要茶要水,别推三拉四的。回来送了东西来,姨太太吃了,赏你们吃。只别离了这里。"小丫头子们都答应了。

> 薛姨妈也极会行事。

> 这也要嘱咐。

探春等方回来。终久让宝琴岫烟二人在上,平儿面西坐,宝玉面东坐。探春又接了鸳鸯来,二人并肩对面相陪。西边一桌,宝钗、黛玉、湘云、迎春、惜春依序,一面又拉了香菱玉钏儿二人打横。三桌上尤氏李纨,又拉了袭人彩云陪坐。四桌上便是紫鹃、莺儿、晴雯、小螺、司棋

> 原来不仅是《水浒传》,《红楼梦》里也是没完没了地排座次。
> 后人读之,殊可笑也。笑者能释然吗?能解脱自己吗?能不争座次吗?

等人围坐。

　　当下探春等还要把盏,宝琴等四人都说:"这一闹,一日也坐不成了。"方才罢了。两个女先儿,要弹词上寿。众人都说:"我们没人听那些野话,你厅上去,说给姨太太解闷儿去罢。"一面又将各色吃食拣了,命人送与薛姨妈去。宝玉便说:"雅坐无趣,须要行令才好。"众人中有说行这个令好,又有那个说行那个令才好。黛玉道:"依我说,拿了笔砚,将各色令都写了,拈成阄儿,咱们抓出那个来就是那个。"众人都道:"妙极!"即命拿了一副笔砚花笺。香菱近日学了诗,又天天学写字,见了笔砚,便巴不得连忙起来,说:"我写。"

<small>又是喝酒行令,不免烦人。</small>

　　众人想了一回,共得十来个,念着,香菱一一写了,搓成阄儿,掷在一个瓶中。探春便命平儿拈,平儿向内搅了一搅,用箸夹了一个出来,打开一看,上写着"射覆"二字。宝钗笑道:"把个令祖宗拈出来了!射覆从古有的,如今失了传;这是后纂的,比一切的令都难。这里头倒有一半是不会的,不如毁了,另拈一个雅俗共赏的。"探春笑道:"既拈了出来,如何再毁?如今再拈一个,若是雅俗共赏的,便叫他们行去,咱们行这个。"说着,又叫袭人拈了一个,却是"拇战"。

<small>"红"写人物,鲜活生动。片言只语,活脱脱出现。香菱、宝琴,也写得不错,但写宝琴之美、香菱之诚,似嫌刻意,反复强调。她们二人缺少自己的灵魂。</small>

<small>通过拈阄儿,再多讲几样酒令,再百科全书一番。</small>

　　湘云先笑着说:"这个简断爽利,合了我的脾气。我不行这个射覆,没的垂头丧气闷人,我只猜拳去了。"探春道:"惟有他乱令,宝姐姐快罚他一钟!"宝钗不容分说,便灌了湘云一杯。探春道:"我吃一杯,我是令官;也不用宣,只听我分派。取了令骰令盆来,从琴妹妹掷起,挨着掷下去,对了点的二人射覆。"宝琴一掷,是个

"三"。岫烟宝玉等皆掷的不对,直到香菱方掷了个"三"。宝琴笑道:"只好室内生春,若说到外头去,可太没头绪了。"探春道:"自然。三次不中者罚一杯。你覆他射。"

宝琴想了一想,说了个"老"字。香菱原生于这令,一时想不到,满室满席都不见有与"老"字相连的成语。湘云先听了,便也乱看,忽见门斗上贴着"红香圃"三个字,便知宝琴覆的是"吾不如老圃"的"圃"字;见香菱射不着,众人击鼓又催,便悄悄的拉香菱,教他说"药"字。黛玉偏看见了,说:"快罚他!又在那里传递呢!"闹得众人都知道了,忙又罚了一杯。恨的湘云拿筷子敲黛玉的手。于是罚了香菱一杯。下则宝钗和探春对了点子,探春便覆了一"人"字,宝钗笑道:"这个'人'字泛得很。"探春笑道:"添一个字,两覆一射,也不泛了。"说着,便又说了一个"窗"字。宝钗一想,因见席上有鸡,便猜着他是用"鸡窗""鸡人"二典了,因射了一个"埘"字。探春知他射着,用了"鸡栖于埘"的典,二人一笑,各饮一口门杯。

湘云等不得,早和宝玉"三""五"乱叫,猜起拳来。那边尤氏和鸳鸯隔着席,也"七""八"乱叫,搳起拳来。平儿袭人也作了一对,叮叮当当,只听得腕上镯子响。一时,湘云赢了宝玉,袭人赢了平儿,二人限酒底酒面。湘云便说:"酒面要一句古文,一句旧诗,一句骨牌名,一句曲牌名,还要一句时宪书上有的话,共总成一句话。酒底要关人事的果菜名。"众人听了,都说:"惟有他的令比人唠叨,倒也有些意思。"便催宝玉快说。宝玉笑道:"谁说过这个!也等想一想儿。"黛玉便道:"你多喝一钟,我替你说。"宝玉

> 介绍传统文字游戏。

> 其乐何如!

> 还都有点学问呢。

> 猜拳场面,何等可爱。

> "腕上镯子响"五字,侧面烘托,最为传神。令人神往。

真个喝了酒。听黛玉说道：

> 落霞与孤鹜齐飞，风急江天过雁哀，却是一枝折脚雁，叫得人九回肠，这是鸿雁来宾。

> 这几句没有逻辑关系、没有起承转合的文案，仍然有一种文化的魅力、知识的魅力，智力游戏的趣味、才华的趣味。

说得大家笑了。众人说："这一串子倒有些意思！"黛玉又拈了一个榛瓤，说酒底道：

> 榛子非关隔院砧，何来万户捣衣声？

令完，鸳鸯袭人等皆说的是一句俗话，都带一个"寿"字，不须多赘。

> 文化就是文化，才具就是才具。柴米油盐、吃喝拉撒，一切上头都见文化之高低，才具之有无。

大家轮流乱了一阵。这上面湘云又和宝琴对了手，李纨和岫烟对了点子。李纨便覆了一个"瓢"字，岫烟便射了一个"绿"字，二人会意，各饮一口。湘云的拳却输了，请酒面酒底。宝琴笑道："请君入瓮。"大家笑起来，说："这个典用得当。"湘云便说道：

> 奔腾澎湃，江间波浪兼天涌，须要铁索缆孤舟，既遇着一江风，不宜出行。

> 这种集句，令人想起西方新潮派的"扑克牌文学"。

说的众人都笑了，说："好个岂断了肠子的！怪道他出这个令，故意惹人笑。"又催他："快说酒底儿。"湘云吃了酒，夹了一块鸭肉，呷口酒，忽见碗内有半个鸭头，遂夹出来吃脑子。众人催他："别只顾吃，你到底快说了。"湘云便用箸子举着说道：

> 文学当然不仅仅是或者主要不是形式。但形式的排列组合委实迷人。迷到令人走火入魔的程度。

> 这鸭头不是那丫头，头上那有桂花油。

众人越发笑起来，引得晴雯小螺等一干人都走过来说："云姑娘会开心儿，拿着我们取笑儿，快罚一杯才罢！怎见得我们就该擦桂花油的？倒得每人给瓶子桂花油擦擦。"黛玉笑道："他倒有心给你们一瓶子油，又怕挂误着打窃盗官司。"众人不理论，宝玉却明白，忙低了头。彩云心里有病，不觉的红了脸。宝钗忙暗暗的瞅

> 虽是谐音玩笑，并无用意，却令读者过目不忘。余幼时读"红"，各种酒令都记不住，唯薛蟠的"大马猴""往里戳"与此"桂花油"句不忘。俗能胜雅，奈何？

这一个光明单纯青春的镜头照出了所有的"红楼梦女子"的可怜,也照出了此后湘云自己的命运的可怜。

这是"黑暗王国的一线光明",这是如诗如梦的刹那高峰体验,这是空谷足音,这是人生本来应该过得如何自由而且快乐的转瞬即逝的"闪过"。从此,一去不复返矣!哀哉!

了黛玉一眼。黛玉自悔失言,原是打趣宝玉的,就忘了趣了彩云了。自悔不及,忙一顿的行令猜拳岔开了。	猫儿腻愈多则愈易失言,于是培养出了木头人或总是东张西望、察言观色的心眼兜儿。
底下宝玉可巧和宝钗对了点子,宝钗便覆了一个"宝"字,宝玉想了一想,便知是宝钗作戏,指着自己的通灵玉说的,便笑道:"姐姐拿我作雅谑,我却射着了。说出来姐姐别恼,就是姐姐的讳,'钗'字就是了。"众人道:"怎么解?"宝玉道:"他说'宝',底下自然是'玉'字了;我射'钗'字,旧诗曾有'敲断玉钗红烛冷',岂不射着了?"湘云说道:"这用时事却使不得,两个人都该罚。"香菱道:"不止时事,这也是有出处的。"湘云道:"'宝玉'二字并无出处,不过是春联上或有之,诗书纪载并无,算不得。"香菱道:"前日我读岑嘉州五言律,现有一句,说:'此乡多宝玉',怎么你倒忘了?后来又读李义山七言绝句,又有一句,'宝钗无日不生尘'。我还笑说:他两个名字都原来在唐诗上呢。"众人笑说:"这可问住了,快罚一杯!"湘云无话,只得饮了。	宝钗似乎有点套近乎的意思。 香菱也这么大学问了?真是立竿见影。 雪芹借香菱之口炫耀才学。 找出处,找典故,是中国文人的一大乐趣,一大没有出息。学问大了半天,不过起个搜索扫描软件的作用。香菱如果专心治学,似也可以成为这种类型的高峰呢。
大家又该对点撧拳,这些人因贾母王夫人不在家,没了管束,便任意取乐,呼三喝四,喊七叫八,满厅中红飞翠舞,玉动珠摇,真是十分热闹。玩了一回,大家方起席散了。却忽然不见了湘云,只当他外头自便就来,谁知越等越没了影儿。使人各处去找,那里找得着。	
接着林之孝家的同着几个老婆子来,一则恐有正事呼唤,二则恐丫鬟们年轻,趁王夫人不	

在家,不服探春等约束,恣意痛饮,失了体统,故来请问有事无事。探春见他们来了,便知其意,忙笑道:"你们又不放心,来查我们来了。我们并没有多吃酒,不过是大家玩笑,将酒作引子。妈妈们别耽心。"李纨尤氏也都笑说:"你们歇着去罢,我们也不敢叫他们多吃了。"林之孝家的等人笑说:"我们知道。连老太太让姑娘们吃酒,姑娘们还不肯吃呢,何况太太们不在家,自然玩罢了。我们怕有事,来打听打听。二则天长了,姑娘们玩一会子,还该点补些小食儿。素日又不大吃杂项东西,如今吃一两杯酒,若不多吃些东西,怕受伤。"探春笑道:"妈妈说的是,我们也正要吃呢。"回头命取点心来。两旁丫鬟们齐声答应了,忙去传点心。探春又笑让:"你们歇着去,或是姨妈那里说话儿去。我们即刻打发人送酒你们吃去。"林之孝家的等人笑回:"不敢领了。"又站了一回,方退了出来。平儿摸着脸笑道:"我的脸都热了,也不好意思见他们。依我说,竟收了罢,别惹他们再来,倒没意思了。"探春笑道:"不相干,横竖咱们不认真喝酒,就罢了。"

　　正说着,只见一个小丫头笑嘻嘻的走来,说:"姑娘们快瞧云姑娘,吃醉了图凉快,在山子后头一块青石板磴上睡着了。"众人听说,都笑道:"快别吵嚷。"说着,都走来看时,果见湘云卧于山石僻处一个石磴子上,业经香梦沉酣,四面芍药花飞了一身,满头脸衣襟上皆是红香散乱;手中的扇子在地下,也半被落花埋了,一群蜜蜂蝴蝶闹嚷嚷的围着;又用鲛帕包了一包芍药花瓣枕着。众人看了,又是爱,又是笑,忙上来推唤挽扶。湘云口内犹作睡语说酒令,嘟嘟嚷嚷

> 一个大家庭,彼此合作,也相互制约,相互妨碍,关系有趣。

> 林之孝家的,无权无势,但仍可以也必须对年轻人进行文化监督。

> 中国的酒文化,同样需要中庸之道。适可而止,保持平衡,谁也不能为所欲为。

> 一副自然之子、光明之子的形象。女孩子本来是天生光明纯美的,却封闭在那样一个外面光里面烂的环境之中,只是在醉卧之后,极其偶然地昙花般地一现自由人的光辉。
> 这样的女孩子却要被一再荼毒下去,令人怎生不慨叹。

说:"泉香酒洌,……醉扶归,宜会亲友。"众人笑推他说道:"快醒醒儿,吃饭去,这潮磴上还睡出病来呢。"

湘云慢启秋波,见了众人,又低头看了一看自己,方知是醉了。原是纳凉避静的,不觉因多罚了两杯酒,娇袅不胜,便睡着了,心中反觉自愧。早有小丫头端了一盆洗脸水,两个捧着镜奁。众人等着他。便在石磴上重新匀了脸,拢了鬓,连忙起身,同着来至红香圃中。又吃了两杯浓茶,探春忙命将醒酒石拿来,给他衔在口内,一时又命他吃了些酸汤,方才觉得好了些。

> 醉美云云,"红"已有之。

当下又选了几样果菜与凤姐儿送去,凤姐儿也送了几样来。宝钗等吃过点心,大家也有坐的,也有立的,也有在外观花的,也有倚栏看鱼的,各自取便,说笑不一。探春便和宝琴下棋,宝钗岫烟观局。黛玉和宝玉在一簇花下唧唧哝哝,不知说些什么。只见林之孝家的和一群女人,带了一个媳妇进来。那媳妇愁眉泪眼,也不敢进厅来,到阶下便朝上跪下磕头。探春因一块棋受了敌,算来算去,总得了两个眼,便折了官着儿,两眼只瞅着棋盘,一只手伸在盒内,只管抓棋子作想。林之孝家的站了半天。因回头要茶时,才看见,问:"什么事?"林之孝家的便指那媳妇说:"这是四姑娘屋里小丫头彩儿的娘,现是园内伺候的人。嘴很不好,才是我听见了,问着他,他说的话也不敢回姑娘,竟要撵出去才是。"探春道:"怎么不回大奶奶?"林之孝家的道:"方才大奶奶往厅上姨太太处去,顶头看见,我已回明白了,叫回姑娘来。"探春道:"怎么不回二奶奶?"平儿道:"不回去也罢,我回去说一声就是了。既这么着,就撵他出去,等太太

> 林之孝家的是忠臣也是鹰犬,到头来却是搬起石头砸自己的脚(见后)。

回来再回。请姑娘定夺。"探春点头,仍又下棋。这里林之孝家的带了那人出去,不提。

黛玉和宝玉二人站在花下,遥遥盼望。黛玉便说道:"你家三丫头倒是个乖人,虽然叫他管些事,倒也一步不肯多走。差不多的人,就早作起威福来了。"宝玉道:"你不知道呢,你病着时,他干了几件事。这园子也分了人管,如今多掐一根草也不能了。又蠲了几件事,单拿我和凤姐姐做筏子。最是心里有算计的人,岂止乖呢!"黛玉道:"要这样才好。咱们也太费了。我虽不管事,心里每常闲了,替他们一算,出的多,进的少,如今若不省俭,必致后手不接。"宝玉笑道:"凭他怎么后手不接,也不短了咱们四个人的。"黛玉听了,转身就往厅上寻宝钗说笑去了。

> 黛玉并非不懂世态者。

> 连黛玉都看出问题来了。宝玉还这样浑然无觉,自吃自乐。可恼!

宝玉正欲走时,只见袭人走来,手内捧着一个小连环洋漆茶盘,里面可式放着两钟新茶,因问:"他往那里去了?我见你两个半日没吃茶,巴巴的倒了两钟来,他又走了。"宝玉道:"那不是他?你给他送去。"说着,自拿了一钟。袭人便送了那钟去,偏和宝钗在一处,只得一钟茶,便说:"那位喝时那位先接了,我再倒去。"宝钗笑道:"我倒不喝,只要一口漱漱就是了。"说着,先拿起来,喝了一口,剩了半杯,递在黛玉手内。袭人笑说:"我再倒去。"黛玉笑道:"你知道我这病,大夫不许多吃茶,这半钟尽够了,难为你想得到。"说毕饮干,将杯放下。袭人又来接宝玉的。宝玉因问:"这半日不见芳官,他在那里呢?"袭人四顾一瞧,说:"才在这里,几个人斗草玩,这会子不见了。"

> 只一盅茶,偏有两个人,有趣,但不可坐实。

> 宝玉主动关心芳官。

宝玉听说,便忙回至房中,果见芳官面向里睡在床上。宝玉推他说道:"快别睡觉,咱们外头玩去。一会子好吃饭。"芳官道:"你们吃酒,不理我,叫我闷了半日,可不来睡觉罢了。"宝玉拉了他起来,笑道:"咱们晚上家里再吃,回来我叫袭人姐姐带了你桌上吃饭,何如?"芳官道:"藕官蕊官都不上去,单我在那里,也不好。我也不惯吃那个面条子,早起也没好生吃,才刚饿了,我已告诉了柳婶子,先给我做一碗汤,盛半碗粳米饭送来,我这里吃了就完事。若是晚上吃酒,不许叫人管着我,我要尽力吃够了才罢。我先在家里,吃二三斤好惠泉酒呢;如今学了这劳什子,他们说怕坏嗓子,这几年也没闻见。趁今日,我可是要开斋了。"宝玉道:"这个容易。"

> 芳官有不同的经历与习性。
>
> 一支笔写出了千军万马,现在捎带上芳官了。两句话显出了性情与任性,也是小姐身子丫鬟命。

说着,只见柳家的果遣人送了一个盒子来。春燕接着,揭开看时,里面是一碗虾丸鸡皮汤,又是一碗酒酿清蒸鸭子,一碟腌的胭脂鹅脯,还有一碟四个奶油松瓤卷酥,并一大碗热腾腾碧莹莹绿畦香稻粳米饭。春燕放在案上,走来安小菜碗箸,过来拨了一碗饭。芳官便说:"油腻腻的,谁吃这些东西!"只将汤泡饭吃了一碗,拣了两块腌鹅,就不吃了。宝玉闻着,倒觉比往常之味又胜些似的,遂吃了一个卷酥,又命春燕也拨了半碗饭,泡汤一吃,十分香甜可口。春燕和芳官都笑了。

> 芳官已相当忒宠骄纵了。不祥。

吃毕,春燕便将剩的要交回。宝玉道:"你吃了罢,若不够,再要些来。"春燕道:"不用要,这就够了。方才麝月姐姐拿了两盘子点心给我们吃了,我再吃了这个,尽够了,不用再吃了。"说着,便站在桌旁,一顿吃了,又留下两个卷酥,说:"这个留着给我妈吃。晚上要吃酒,给我两碗酒吃就是了。"宝玉笑道:"你也爱吃酒? 等着咱们晚上痛喝一阵。你袭人姐姐和晴雯姐姐的

> 女奴们的物质生活远优于平民,这大概可以叫做"贵族奴隶"了。
>
> 各有其好,各有其乐,各有其路子,哪怕奴才也罢。

量也好,也要喝,只是每日不好意思,趁今日大家开斋。还有件事,想着嘱咐你,竟忘了,此刻才想起来,以后芳官全要你照看他,他或有不到处,你提他。袭人照顾不过这些人来。"春燕道:"我都知道,不用你操心。但只五儿的事怎么样?"宝玉道:"你和柳家的说去,明儿直叫他进来罢,等我告诉他们一声就完了。"芳官听了,笑道:"这倒是正经事。"春燕又叫两个小丫头进来,伏侍洗手倒茶。自己收了家伙,交与婆子,也洗手,便去找柳家的,不在话下。

> 只须知会或备案,不须审批。小丫头自有其关系网。

　　宝玉便出来,仍往红香圃寻众姊妹。芳官在后,拿着巾扇。刚出了院门,只见袭人晴雯二人携手回来。宝玉问:"你们做什么?"袭人道:"摆下饭了,等你吃饭呢。"宝玉便笑着将方才吃饭的一节,告诉了他两个。袭人笑道:"我说你是猫儿食。虽然如此,也该上去陪他们,多少应个景儿。"晴雯用手指戳在芳官额上,说道:"你就是狐媚子!什么空儿,跑了去吃饭,两个怎么约下了?也不告诉我们一声儿。"袭人笑道:"不过是误打误撞的遇见,说约下,可是没有的事。"

> 都是"狐媚子"啊!

晴雯道:"既这么着,要我们无用,明日我们都走了,让芳官一个人,就够使了。"袭人笑道:"我们都去了使得,你却去不得。"晴雯道:"惟有我是第一个要去,又懒,又夯,性子又不好,又没用。"

> 也是娇音谑语。

袭人笑道:"倘或那孔雀褂子襟再烧了窟窿,你去了,谁可会补呢?你倒别和我拿三搬四的,我烦你做个什么,把你懒的'横针不拈,竖线不动'。一般也不是我的私活烦你,横竖都是他的,你就都不肯做。怎么我去了几天,你病的七死八活,一夜连命也不顾,给他做了出来,这又是什么原故?你到底说话呀!怎么装憨儿,和

> 既嫉妒,又友谊,既嗔怨,又耍笑,既攻守,又开心。这个劲儿拿得准,写得巧。左添一分便成了争风吃醋姨太太打架,右添一分便成了一堆废话。

我笑？那也当不了什么。"晴雯笑着啐了一口。大家说着，来至厅上。薛姨妈也来了，依序坐下吃饭。宝玉只用茶泡了半碗饭，应景而已。

　　一时吃毕，大家吃茶闲话，又随便玩笑。外面小螺和香菱、芳官、蕊官、藕官、豆官等四五个人，满园玩了一回，大家采了些花草来，兜着坐在花草堆里斗草。这一个说："我有观音柳。"那一个说："我有罗汉松。"那一个又说："我有君子竹。"这一个又说："我有美人蕉。"这个又说："我有星星翠。"那个又说："我有月月红。"这个又说："我有《牡丹亭》上的牡丹花。"那个又说："我有《琵琶记》里的枇杷果。"豆官便说："我有姊妹花。"众人没了，香菱便说："我有夫妻蕙。"豆官说："从没听见有个'夫妻蕙'。"香菱道："一个剪儿一个花儿叫做'兰'，一个剪儿几个花儿叫做'蕙'。上下结花的为'兄弟蕙'，并头结花的为'夫妻蕙'。我这枝并头的，怎么不是'夫妻蕙'？"豆官没得说了，便起身笑道："依你说，要是这两枝一大一小，就是'老子儿子蕙'了。若是两枝背面开的，就是'仇人蕙'了。你汉子去了大半年，你想他了，便拉扯着蕙上也有了夫妻了，好不害羞！"

　　香菱听了，红了脸，忙要起身拧他，笑骂道："我把你这个烂了嘴的小蹄子！满口里放屁胡说。"豆官见他要站起来，怎肯容他，便连忙伏身将他压住，回头笑着央告蕊官等："来帮着我拧他这张嘴！"两个人滚在地下。众人拍手笑说："了不得了！那是一洼子水，可惜弄了他的新裙子。"豆官回头看了一看，果见傍边有一汪积雨，香菱的半条裙子都污湿了，自己不好意思，忙夺手跑了。众人笑个不住，怕香菱拿他们出气，也

> 植物科，花草篇。雪芹真个是"能不够"也。

> 这应叫"人文花草学"。

> 小女子们说笑打闹，本甚有趣，"红"中嫌多了些。

都笑着一哄而散。

香菱起身,低头一瞧,见那裙上犹滴滴点点流下绿水来。正恨骂不绝,可巧宝玉见他们斗草,也寻了些草花来凑戏,忽见众人跑了,只剩了香菱一个,低头弄裙,因问:"怎么散了?"香菱便说:"我有一枝夫妻蕙,他们不知道,反说我诌,因此闹起来,把我的新裙子也遭塌了。"宝玉笑道:"你有夫妻蕙,我这里倒有一枝并蒂菱。"口内说着,手里真个拈着一枝并蒂菱花,又拈了那枝夫妻蕙在手内。香菱道:"什么夫妻不夫妻,并蒂不并蒂!你瞧瞧这裙子。"宝玉便低头一瞧,"嗳呀"了一声,说:"怎么就拉在泥里了?可惜!这石榴红绫,最不禁染。"香菱道:"这是前日琴姑娘带了来的,姑娘做了一条,我做了一条,今日才上身。"宝玉跌脚叹道:"若你们家,一日遭塌这么一件,也不值什么。只是头一件,既系琴姑娘带来的,你和宝姐姐每人才一件,他的尚好,你的先弄坏了,岂不辜负他的心。二则,姨妈老人家的嘴碎,饶这样,我还听见常说你们不知过日子,只会遭塌东西,不知惜福呢。这叫姨妈看见了,又说个不清。"香菱听了这话,却碰在心坎儿上,反倒喜欢起来,因笑道:"就是这话。我虽有几条新裙子,都不合这一样;若有一样的,赶着换了,也就好了,过后再说。"

宝玉道:"你快休动,只站着方好;不然连小衣、膝裤、鞋面都要弄上泥水了。我有主意:袭人上月做了一条和这个一模一样的。他因有孝,如今也不穿,竟送了你换下这个来,何如?"香菱笑着摇头说:"不好。倘或他们听见了,倒不好。"宝玉道:"这怕什么。等他孝满了,他爱什么,难道不许你送他别的不成?你若这样,不

	这几句描写令人想入非非。
	夫妻蕙、并蒂菱,万物都有阴阳和谐之美。
	宝玉为何对姨妈有此反应?是不是宝玉想起了薛姨妈关于婚配的一些说法来了?

是你素日为人了。况且不是瞒人的事,只管告诉宝姐姐也可。只不过怕姨妈老人家生气罢了。"香菱想了一想有理,点头笑道:"就是这样罢了,别辜负了你的心。等着你,千万叫他亲自送来才好!"宝玉听了,喜欢非常,答应了,忙忙的回来,一壁低头心下暗想:"可惜这么一个人,没父母,连自己本姓也忘了,被人拐出来,偏又卖与这个霸王。"因又想起:"上月平儿也是意外,想不到的;今日更是意外之意外的事了。"一面胡思乱想,来至房中,拉了袭人,细细告诉了他原故。

宝玉到处怜香惜玉,广结惜缘。

香菱之为人,无人不怜爱的;袭人又本是个手中撒漫的,况与香菱相好,一闻此信,忙就开箱取了出来,折好,随了宝玉来寻香菱。见他还站在那里等呢。袭人笑道:"我说你太淘气了,总要淘出个故事来才罢。"香菱红了脸,笑说:"多谢姐姐了,谁知那起促狭鬼使的黑心!"说着,接了裙子,展开一看,果然合自己的一样;又命宝玉背过脸去,自己向内解下来,将这条系上。袭人道:"把这腌臜了的交与我拿回去,收拾了,给你送来。你若拿回去,看见了,又是要问的。"香菱道:"好姐姐,你拿去,不拘给那个妹妹罢,我有了这个,不要他了。"袭人道:"你倒大方得很。"香菱忙又拜了两拜,道谢袭人。一面袭人拿了那条泥污了的裙子就走。

像好莱坞的镜头。男女纯情,美在天真,令人向往,令人爱恋。细想起来,却摆脱不了性意识与性暗示……而一旦"性"起来,这种天真的纯情又失落了。人间诸事,实难两全。

香菱身世虽不幸,心境倒宽。

香菱见宝玉蹲在地下,将方才夫妻蕙与并蒂菱用树枝儿挖了一个坑,先抓些落花来铺垫了,将这菱蕙安放上,又将些落花来掩了,方撮土掩埋平伏。香菱拉他的手笑道:"这又叫做什么?怪道人人说你惯会鬼鬼祟祟使人肉麻呢。你瞧瞧,你这手弄得泥污苔滑的,还不快洗去!"

有点亲热感了。

此回题云"呆香菱情解石榴裙",其实应是呆宝玉情赠石榴裙。

香菱或亦有情,主要是宝玉,宝玉处处有情。

连续四回(五十八——六十一)写大观园里的纷争,赵姨娘大打出手,柳家的摘权半日,司棋打砸抢,五儿拘留审察……这一回又缓下来了。

四面虽起火,天下仍太平。

宝玉笑着,方起身走了去洗手。香菱也自走开。

  二人已走了数步,香菱复转身回来,叫住宝玉。宝玉不知有何说话,扎煞着两只泥手,笑嘻嘻的转来,问:"作什么?"香菱红了脸,只管笑,嘴里却要说什么,又说不出口来。因那边他的小丫头臻儿走来说:"二姑娘等你说话呢。"香菱脸又一红,方向宝玉道:"裙子的事,可别和你哥哥说,就完了。"说毕,即转身走了。宝玉笑道:"可不是我疯了,往虎口里探头儿去呢!"说着,也回去了。不知端详,下回分解。

> 似乎确有话要说。
>
> 此话似不必说(正如宝玉所说"可不我疯了"),或许是想说句体己的感谢话,又不知怎么说好吧?

  生活一团乱麻,青春仍然欢愉,园子依旧美丽,情思永远美好,哪怕厄运渐渐离近。

第六十三回

寿怡红群芳开夜宴　死金丹独艳理亲丧

又一次狂欢。这么多狂欢,怎么得了? 对于普通人来说,人生能有几次(狂)欢?

　　话说宝玉回至房中洗手,因与袭人商议:"晚间吃酒,大家取乐,不可拘泥。如今吃什么好,早说给他们备办去。"袭人笑道:"你放心,我和晴雯、麝月、秋纹四个人,每人五钱银子,共是二两;芳官、碧痕、春燕、四儿四个人,每人三钱银子,他们告假的不算:共是三两二钱银子,早已交给了柳嫂子,预备四十碟果子。我和平儿说了,已经抬了一坛好绍兴酒,藏在那边了。我们八个人,单替你做生日。"宝玉听了,喜的忙说:"他们是那里的钱,不该叫他们出才是。"晴雯道:"他们没钱,难道我们是有钱的? 这原是各人的心,那怕他偷的呢,只管领他的情就是了。"

　　宝玉听了,笑说:"你说的是。"袭人笑道:"你这个人,一天不挨他两句硬话村你,你再过不去。"晴雯笑道:"你如今也学坏了,专会调三窝四。"说着,大家都笑了。宝玉说:"关了院门罢。"袭人笑道:"怪不得人说你是'无事忙'! 这会子关了门,人倒疑惑起来,索性再等一等。"宝玉点头,因说:"我出去走走。四儿舀水去,春燕一个跟我来罢。"说着,走至外边,因见无人,

与给凤姐过生日的路子有同有不同。

绍兴酒源远流长。

快人快语。

硬话,其实就是到位乃至略越位的话。有对上一章的袭人的玩笑数落的回答。"红"中对话,不仅反映了该时该景,而且照顾到前因后果。雪芹真神笔也。

便问五儿之事。春燕道:"我才告诉了柳嫂子,他倒喜欢得很;只是五儿那夜受了委屈烦恼,回去又气病了,那里来得?只等好了罢。"宝玉听了,未免后悔长叹,因又问:"这事袭人知道不知道?"春燕道:"我没告诉,不知芳官可说了不曾?"宝玉道:"我却没告诉过他。也罢,等我告诉他就是了。"说毕,复走进来,故意洗手。

好事多磨。
有病也会影响提拔。

已是掌灯时分,听得院门前有一群人进来。大家隔窗悄视,果见林之孝家的和几个管事的女人走来,前头一人提着大灯笼。晴雯悄笑道:"他们查上夜的人来了。这一出去,咱们就好关门了。"只见怡红院凡上夜的人,都迎了出去。林之孝家的看了不少,又吩咐:"别耍钱吃酒,放倒头睡到大天亮。我听见是不依的。"众人都笑说:"那里有这么大胆子的人。"林之孝家的又问:"宝二爷睡下了没有?"众人都回:"不知道。"袭人忙推宝玉,宝玉靸了鞋,便迎出来,笑道:"我还没睡呢。妈妈进来歇歇。"又叫:"袭人,倒茶来。"林之孝家的忙进来,笑说:"还没睡呢?如今天长夜短了,该早些睡,明日方起得早;不然,到了明日起迟了,人家笑话,不是个读书上学的公子了,倒像那起挑脚汉了。"说毕,又笑。宝玉忙笑道:"妈妈说得是。我每日都睡得早,妈妈每日进来,可都是我不知道的,已经睡了。今日因吃了面,怕停食,所以多玩一回。"林之孝家的又向袭人等笑说:"该泡些普洱茶吃。"袭人晴雯二人忙说:"泡了一茶缸子女儿茶,已经吃过两碗了。大娘也尝一碗,都是现成的。"

林之孝家的之流,本很忠心报主,却又给人以讨嫌之感。

很负责。

也是你有政策我有对策,你说你的,我活我的。

说着,晴雯便倒了来。林家的站起接了,又笑道:"这些时,我听见二爷嘴里都换了字眼,赶着这几位大姑娘们竟叫起名字来。虽然在这屋

这是评论前写"袭人倒茶来"这句话的。
教育别人的人都嫌啰嗦。

里，到底是老太太、太太的人，还该嘴里尊重些才是。若一时半刻偶然叫一声使得；若只管顺口叫起来，怕以后兄弟侄儿照样，便惹人笑话这家子的人眼里没有长辈了。"宝玉笑道："妈妈说的是。我不过是一时半刻偶然叫一句是有的。"袭人晴雯都笑说："这可别委屈了他。直到如今，他可'姐姐'没离了嘴，不过玩的时候叫一声半声名字。若当着人，却是和先一样。"林之孝家的笑道："这才好呢，这才是读书知礼的。越自己谦逊，越尊重，别说是三五代的陈人，现从老太太、太太屋里拨过来的，便是老太太、太太屋里的猫儿狗儿，轻易也伤不得他。这才是受过调教的公子行事。"说毕，吃了茶，便说："请安歇罢，我们走了。"宝玉还说："再歇歇。"那林之孝家的已带了众人又查别处去了。

> 林家的永不停息地进行文化监督、文化维护。

> 林之孝家的也是语出必教训，一副教师奶奶的面孔。

这里晴雯等忙命关了门，进来笑说："这位奶奶那里吃了一杯来了？唠三叨四的，又排场了我们一顿去了。"麝月笑道："他也不是好意的，少不得也要常提着些儿，也堤防着怕走了大褶儿的意思。"说着，一面摆上酒果。袭人道："不用高桌，咱们把那张花梨圆炕桌子放在炕上坐，又宽绰，又便宜。"说着，大家果然抬来。麝月和四儿那边去搬果子，用两个大茶盘，做四五次方搬运了来。两个老婆子蹲在外面火盆上筛酒。

> 常提着些儿，提防着，怕走了大褶儿，对于实际很难贯彻却又贵为金科玉律的东西，就要这样下多下嘴皮子上的功夫。

宝玉说："天热，咱们都脱了大衣裳才好。"众人笑道："你要脱，你脱，我们还要轮流安席呢。"宝玉笑道："这一安席，就要到五更天了。知道我最怕这些俗套，在外人跟前，不得已的。这会子还怄我，就不好了。"众人听了，都说："依你。"于是先不上坐，且忙着卸妆宽衣。一时将

> "安席"大约是一种很正式的客气，犹如领导讲话，然后大家举杯。

反映了宝玉也反映了作者对于钗、黛的选择上的困惑,乃至遗憾。似钗似黛(见第五回)才算"兼美"。

对于黛玉的定情,并不妨碍对于宝钗的高度评价、艳羡。

宝钗毕竟也是一种极致,一种理想,正像黛玉是另一种。

作者理想的女性似应是二者的兼美,实际上又做不到,实际上常常是顾此失彼,重此轻彼。

作者钟爱的女性当然是黛玉。作者钦佩的女性却是宝钗。

正妆卸去,头上只随便挽着纂儿,身上皆是长裙短袄。宝玉只穿着大红绵纱小袄儿,下面绿绫弹墨夹裤,散着裤脚,系着一条汗巾,靠着一个各色玫瑰芍药花瓣装的玉色夹纱新枕头,和芳官两个先搳拳。当时芳官满口嚷热,只穿着一件玉色红青驼绒三色缎子拼的水田小夹袄,束着一条柳绿汗巾;底下是水红洒花夹裤,也散着裤腿;头上齐额编着一圈小辫,总归至顶心,结一根粗辫,拖在脑后;右耳根内只塞着米粒大小的一个小玉塞子,左耳上单一个白果大小的硬红镶金大坠子;越显得面如满月犹白,眼似秋水还清。引得众人笑说:"他两个倒像一对双生弟兄。"	不拘形式。 卸去正装,青春毕现。 瞧这穿戴! 落笔芳官,立马引人入胜。 这种性别代换的说法有趣。
袭人等一一斟上酒来,说:"且等一等再搳拳,虽不安席,在我们每人手里吃一口罢了。"于是袭人为先,端在唇上,吃了一口,其余依次下去,一一吃过,大家方团圆坐了。春燕四儿因炕沿坐不下,便端了两张椅子,近炕放下。那四十个碟子,皆是一色白彩定窑的,不过只有小茶碟大,里面不过是山南海北干鲜水陆的酒馔果菜。	
宝玉因说:"咱们也该行个令才好。"袭人道:"斯文些才好,别大呼小叫,叫人听见;二则我们不识字,可不要那些文的。"麝月笑道:"拿骰子咱们抢红罢。"宝玉道:"没趣,不好。咱们占花名儿好。"晴雯笑道:"正是,早已想弄这个	一个酒令一次次地写,博大精深也。

玩意儿。"袭人道："这个玩意虽好，人少了没趣。"春燕笑道："依我说，咱们竟悄悄的把宝姑娘、云姑娘、林姑娘请了来，玩一会子，到二更天再睡不迟。"袭人道："又开门阖户的闹，倘或遇见巡夜的问。"宝玉道："怕什么，咱们三姑娘也吃酒，再请他一声才好。还有琴姑娘。"众人都道："琴姑娘罢了，他在大奶奶屋里，叮蹬的大发了。"宝玉道："怕什么！你们就快请去。"

> 渐渐"做"大了。

春燕四儿都巴不得一声，二人忙命开门，分头去请。晴雯、麝月、袭人三人又说："他两个去请，只怕宝林两个不肯来，须得我们请去，死活拉他来。"于是袭人晴雯忙又命老婆子打个灯笼，二人又去。果然宝钗说："夜深了。"黛玉说："身上不好。"他二人再三央求："好歹给我们一点体面，略坐坐再来。"众人听了，却也欢喜，因想不请李纨，倘或被他知道了，倒不好，便命翠墨同了春燕也再三的请了李纨和宝琴二人，会齐，先后都到了怡红院中；袭人又死活拉了香菱来。炕上又并了一张桌子，方坐开了。宝玉忙说："林妹妹怕冷，过这边靠板壁坐。"又拿了个靠背垫着些。袭人等都端了椅子在炕沿下陪着。黛玉却离桌远远的靠着靠背，因笑向宝钗、李纨、探春等道："你们日日说人家夜饮聚赌，今日我们自己也如此，以后怎么说人！"李纨笑道："有何妨碍？一年之中，不过生日节间如此，并没夜夜如此，这倒也不怕。"

> 任何场面都有类似李纨这样的"不请不好"，却本来可以不请的人。

> 有了李纨，增加了夜宴的正当性、安全性。

说着，晴雯拿了一个竹雕的签筒来，里面装着象牙花名签子，摇了一摇，放在当中。又取过骰子来，盛在盒内，摇了一摇，揭开一看，里面是六点，数至宝钗。宝钗便笑道："我先抓，不知抓出个什么来！"说着将筒摇了一摇，伸手掣出一

签,大家一看,只见签上画着一枝牡丹,题着"艳冠群芳"四字,下面又有镌的小字,一句唐诗,道是:

> 任是无情也动人。

又注着:"在席共贺一杯。此为群芳之冠,随意命人,不拘诗词雅谑,或新曲一支为贺。"众人都笑说:"巧得很!你也原配牡丹花。"说着大家共贺了一杯,宝钗吃过,便笑说:"芳官唱一只我们听罢。"芳官道:"既这样,大家吃了门杯好听。"于是大家吃酒,芳官便唱:"寿筵开处风光好……"众人都道:"快打回去!这会子很不用你来上寿。拣你极好的唱来。"芳官只得细细的唱了一只《赏花时》:"翠凤翎毛扎帚叉,闲踏天门扫落花……"才罢。

宝玉却只管拿着那签,口内颠来倒去念"任是无情也动人",听了这曲子,眼看着芳官不语。湘云忙一手夺了,撂与宝钗,宝钗又掷了一个十六点,数到探春。探春笑道:"还不知得个什么!"伸手掣了一根出来,自己一瞧,便撂在桌上,红了脸,笑道:"这东西,不该行这令。这原是外头男人们行的令,许多混账话在上头。"众人不解,袭人等忙拾了起来,众人看上面是一枝杏花,那红字写着"瑶池仙品"四字,诗云:

> 日边红杏倚云栽。

注云:"得此签者,必得贵婿,大家恭贺一杯,共同饮一杯。"众人笑说道:"我们说是什么呢!这签原是闺阁中取笑的,除了这两三根有这话的,并无杂话,这有何妨?我们家已有了王妃,难道你也是王妃不成?大喜,大喜!"说着大家来敬,探春那里肯饮,却被史湘云、香菱、李纨等三四个人,强死强活,灌了一钟才罢。探春只命:"蠲

	无情动人,此说甚有说服力。其实哪里无情?矜持克己罢了。
	把宝钗定为"群芳之冠",说她"任是无情也动人",倒也当之无愧。
	宝钗也是一种理想,是人所不可缺少的一种心理机制的化身。
	想起黛玉葬花来了。
	另一种组合,另一种酒令,另一种文化氛围。
	日边、倚云云云,言其远也。"命运说"未必可信,但对于命运与征兆的相信会带来许多小说情节。

了这个,再行别的。"众人断不肯依。湘云拿着他的手,强掷了个十九点出来,便该李氏掣。

李氏摇了一摇,掣出一根来,一看笑道:"好极!你们瞧瞧这行子,竟有些意思。"众人瞧那签上,画着一枝老梅,是写着"霜晓寒姿"四字,那一面旧诗是:

> 竹篱茅舍自甘心。

> 李纨与众少女有良好的关系,却也保持着距离,既能入乎其内,又能出乎其外。

注云:"自饮一杯,下家掷骰。"李纨笑道:"真有趣,你们掷去罢,我只自吃一杯,不问你们的废兴。"说着便吃酒,将骰过与黛玉。黛玉一掷是十八点,便该湘云掣。湘云笑着,揎拳掳袖的,伸手掣了一根出来,大家看时,一面画着一枝海棠,题着"香梦沉酣"四字,那面诗道是:

> "不问……废兴"本是政治语言。中国有以政治语言表述生活琐事乃至游戏的传统。

> 只恐夜深花睡去。

> 香梦沉酣,岂止湘云?

> 抽出来的绪语,对于众女儿有一种充分的体贴与悲悯。

黛玉笑道:"'夜深'二字改'石凉'两个字。"众人便知他打趣白日间湘云醉眠的事,都笑了。湘云笑指那自行船与黛玉看,又说:"快坐上那船家去罢,别多说了!"众人都笑了。因看注云:"既云香梦沉酣,掣此签者,不便饮酒,只令上下两家各饮一杯。"湘云拍手笑道:"阿弥陀佛,真真好签!"恰好黛玉是上家,宝玉是下家,二人掣了两杯,只得要饮。宝玉先饮了半杯,瞅人不见,递与芳官,芳官即便端起来,一仰脖喝了。黛玉只管和人说话,将酒全折在漱盂内了。

> 芳官好可爱,天真如个半大小子。

湘云便抓起骰子来一掷个九点,数去该麝月。麝月便掣了一根出来,大家看时,上面是一枝荼蘼花,题着"韶华胜极"四字,那边写着一句旧诗,道是:

> 花事渐了,悲凉之雾袭来。

> 开到荼蘼花事了。

> 宝玉喜聚不喜散,喜始不喜了,悲夫!

是酒令,是花名,也是一些朦朦胧胧的诗句。是花,是诗,是谜,是象征。

狂欢中不无凄凉:任是无情,红杏倚云,夜深花睡,花了送春,莫怨东风,又见一春,低吟短唱,余音绕梁,谁能解破,谁能自已?

注云:"在席各饮三杯送春。"麝月问:"怎么讲?"宝玉皱眉,忙将签藏了,说:"咱们且喝酒。"说着,大家吃了三口,以充三杯之数。麝月一掷个十点,该香菱。香菱便掣了一根并蒂花,题着"联春绕瑞",那面写着一句旧诗,道是:

　　连理枝头花正开。

注云:"共贺掣者三杯,大家陪饮一杯。"香菱便又掷了个六点,该黛玉。黛玉默默的想道:"不知还有什么好的被我掣着方好。"一面伸手取了一根,只见上面画着一枝芙蓉花,题着"风露清愁"四字,那面一句旧诗,道是:

　　莫怨东风当自嗟。

注云:"自饮一杯,牡丹陪饮一杯。"众人笑说:"这个好极!除了他,别人不配做芙蓉。"黛玉也自笑了,于是饮了酒,便掷了个二十点,该着袭人。袭人便伸手取了一枝出来,却是一枝桃花,题着"武陵别景"四字,那一面写着旧诗,道是:

　　桃红又见一年春。

注云:"杏花陪一盏,坐中同庚者陪一盏,同姓者陪一盏。"众人笑道:"这一回热闹有趣。"大家算来:香菱、晴雯、宝钗三人皆与他同庚,黛玉与他同辰,只无同姓者。芳官忙道:"我也姓花,我也陪他一钟。"于是大家斟了酒,黛玉因向探春笑道:"命中该招贵婿的,你是杏花,快喝了,我们好喝。"探春笑道:"这是什么话,大嫂子顺手给他一巴掌!"李纨笑道:"人家不得贵婿,反挨打,我也不忍得。"众人都笑了。

文学中的恋情,容易写得美好浪漫乃至洒脱,现实中的男女,则带着人的汗臭、屁臭、体臭。

何必认真?太放不开了。

牡丹陪饮。难解难分。

以花比附少女,诗文中早已有之,多取其美艳之意,而"红"则把花写成了性格与命运的载体,令人产生沉重感。

时过境迁,悲凉无尽,于是往日一切笑语皆成谶语,一切哄闹皆成丧音,岂不哀哉!

袭人才要掷,只听有人叫门,老婆子忙出去问时,原来是薛姨妈打发人来了接黛玉的。众人因问:"几更了?"人回:"二更以后了,钟打过十一下了。"宝玉犹不信,要过表来瞧了一瞧,已是子初二刻十分了,黛玉便起身说:"我可掌不住了,回去还要吃药哩。"众人说:"也都该散了。"袭人宝玉等还要留着众人,李纨探春等都说:"夜太深了不像,这已是破格了。"袭人道:"既如此,每位再吃一杯再走。"说着,晴雯等已都斟满了酒。每人吃了,都命点灯。

> 越晚越不想散,越晚越想继续。

袭人等都送过沁芳亭河那边,方回来。关了门,大家复又行起令来。袭人等又用大钟斟了几钟,用盘子攒了各样果菜与地下的老妈妈们吃。彼此有了三分酒,便搳拳赢唱小曲儿。那天已四更时分,老妈妈们一面明吃,一面暗偷,酒缸已罄,众人听了,方收拾盥漱睡觉。芳官吃得两腮胭脂一般,眉梢眼角,添了许多丰韵,身子图不得,便睡在袭人身上,说:"姐姐,我心跳得很。"袭人笑道:"谁叫你尽力灌呢!"春燕四儿也图不得,早睡了,晴雯还只管叫。宝玉道:"不用叫了,咱们且胡乱歇一歇。"自己便枕了那红香枕,身子一歪,就睡着了。袭人见芳官醉得很,恐闹他唾酒,只得轻轻起来,就将芳官扶在宝玉之侧,由他睡了,自己却在对面榻上倒下。大家黑甜一觉,不知所之。

> 群芳中芳官成了主角,时间与场合,决定了主角的转换,想一想,竟也是"命",也是写文章的方法,总要不断变换笔墨的。

及至天明,袭人睁眼一看,只见天色晶明,忙说:"可迟了!"向对面床上瞧了一瞧,只见芳官头枕着炕沿上,睡犹未醒,连忙起来叫他,宝玉已翻身醒了,笑道:"可迟了!"因又推芳官起身。那芳官坐起来,犹发怔揉眼睛。袭人笑道:"不害羞!你吃醉了,怎么也不拣地方儿,乱挺下了?"芳官听了,瞧一瞧,方知是和宝玉同榻,忙笑的下地来说:"我怎么吃得不知道了!"宝玉笑道:"我竟也不知道了。若知道,给你脸上抹些黑墨。"

> 竟是一副长不大的小少爷的声口。

说着,丫头进来,伺候梳洗。宝玉笑道:"昨日有扰,今日晚上我还席。"袭人笑道:"罢,罢,罢!今日可别闹了,再闹就有人说话了。"宝玉道:"怕什么,不过才两次罢了。咱们也算会吃酒的了,那一坛子酒怎么就吃光了。正在有趣,偏又没了。"袭人笑道:"原要这样才有趣。必致兴尽了,反无后味。昨日都好上来了,晴雯连臊也忘了,我记得他还唱了一个曲儿。"四儿笑道:"姐姐忘了,连姐姐还唱了一个呢。在席的谁没唱过?"众人听了,俱红了脸,用两手握着,笑个不住。

> 袭人也讲哲学。

> 这就是酒的好处,使压制重重的少女们"解放"那么一回。
> 青春行乐图。

忽见平儿笑嘻嘻的走来,说:"我亲自来请昨日在席的人,今日我还东,短一个也使不得。"众人忙让坐吃茶。晴雯笑道:"可惜昨夜没他。"平儿忙问:"你们夜里做什么来?"袭人便说:"告诉不得你。昨日夜里热闹非常,连往日老太太、太太带着众人玩,也不及昨日这一玩。一坛酒我们都鼓捣光了,一个个喝得把臊都丢了,又都唱起来。四更多天,才横三竖四的打了一个盹儿。"平儿笑道:"好!白和我要了酒来,也不请我,还说着给我听,气我。"晴雯道:"今日他还席,必自来请你的,等着罢。"平儿笑问道:"'他'是谁,谁是'他'?"晴雯听了,把脸飞红了,赶着打,笑说道:"偏你这耳朵尖,听得真。"平儿笑道:"呸,不害臊的丫头!这会子有事,不和你说,我干事去了,回来再打发人来请。一个不到,我是打上门来的。"宝玉等忙留他,却已经

> "臊都丢了",天真本性。无耻,则完全是贬意。

> 满腔春意关不住,一个"他"字出口来。

去了。

　　这里宝玉梳洗了,正吃茶,忽然一眼看见砚台底下压着一张纸,因说道:"你们这么随便混压东西,也不好。"袭人晴雯等忙问:"又怎么了,谁又有了不是了?"宝玉指道:"砚台下是什么?一定又是那位的样子,忘记收的。"晴雯忙启砚拿了出来,却是一张字帖儿,递与宝玉看时,原来是一张粉红笺纸,上面写着:"槛外人妙玉恭肃遥叩芳辰。"宝玉看毕,直跳了起来,忙问:"是谁接了来的? 也不告诉。"袭人晴雯等见了这般,不知当是那个要紧的人来的帖子,忙一齐问:"昨日是谁接下了一个帖子?"四儿忙跑进来,笑说:"昨日妙玉并没亲来,只打发个妈妈送来,我就搁在这里,谁知一顿酒喝的就忘了。"众人听了道:"我当是谁,大惊小怪! 这也不值得。"

　　宝玉忙命:"快拿纸来。"当下拿了纸,研了墨,看他下着"槛外人"三字,自己竟不知回帖上回个什么字样才相敌,只管提笔出神,半天仍没主意。因又想:"若问宝钗去,他必又批评怪诞,不如问黛玉去。"想罢,袖了帖儿,径来寻黛玉。刚过了沁芳亭,忽见岫烟颤颤巍巍的迎面走来,宝玉忙问:"姐姐那里去?"岫烟笑道:"我找妙玉说话。"宝玉听了咤异,说道:"他为人孤癖,不合时宜,万人不入他的目。原来他推重姐姐,竟知姐姐不是我们一流俗人。"岫烟笑道:"他也未必真心重我,但我和他做过十年的邻居,只一墙之隔。他在蟠香寺修炼,我家原寒素,赁房居住,就赁了他的庙里房子,住了十年,无事到他庙里去作伴。我所认得的字,都是承他所授。我和他又是贫贱之交,又有半师之分。因我们投亲

以宝玉为核心,除了包括小姐与只包括身边工作人员的嫡系两个同心圆外,还有槛外一点的尴尬妙玉。

妙玉特殊。如真正"槛外",何必叩"芳辰"。槛外叩着芳着辰着槛内,殊可痛也。然后是槛内红学家对妙玉的挑剔与讥讽!

岫烟走路如何会颤颤巍巍,想是形容其柔弱动人之状。

同是天涯沦落人。

小说人物,分分合合,岫烟本似节外生枝,却又在这里与妙玉会合。

这才是小说,高明的小说。宝玉情感,或有专注,二人丽质,难分轩轾。宝玉的情感,又明白又不明白,又掰得开又掰不开,又专一又不那么专一。呜呼,此为小说笔墨也。

如果把其中一个看成"第三者插足",看成阴谋家、坏蛋,那种人物、故事,与"红"首回便嘲笑的三流传奇又有什么两样?

去了,闻得他因不合时宜,权势不容,竟投到这里来。如今又天缘凑合,我们得遇,旧情竟未改易,承他青目,更胜当日。"

宝玉听了,恍如听了焦雷一般,喜得笑道:"怪道姐姐举止言谈,超然如野鹤闲云,原本有来历。我正因他的一件事为难,要请教别人去。如今遇见姐姐,真是天缘凑合,求姐姐指教。"说着便将拜帖取与岫烟看。岫烟笑道:"他这脾气竟不能改,竟是生成这等放诞诡僻了。从来没见拜帖上下别号的,这可是俗语说的'僧不僧,俗不俗,女不女,男不男',成个什么理数!"宝玉听说,忙笑道:"姐姐不知道,他原不在这些人中算,他原是世人意外之人,因取了我是个些微有知识的,方给我这帖子。我因不知回什么字样才好,竟没了主意,正要去问林妹妹,可巧遇见了姐姐。"

岫烟听了宝玉这话,且只管用眼上下细细打量了半日,方笑道:"怪道俗语说的'闻名不如见面',又怪不得妙玉竟下这帖子给你,又怪不得上年竟给你那些梅花。既连他这样,少不得我告诉你原故。他常说:'古人中自汉、晋、五代、唐、宋以来,皆无好诗,只有两句好,说道:"纵有千年铁门槛,终须一个土馒头。"'所以他自称'槛外之人'。又常赞:'文是庄子的好。'故又或称为'畸人'。他若帖子上是自称'畸人'的,你就还他个'世人'。'畸人'者,他自称是畸零之人;你谦自己乃世人扰扰之人,他便喜

野鹤闲云,更像说男人,更多却给人作秀之感。这里说岫烟,似也过了。

一种扭曲,可叹。

通过岫烟之口,透露出妙玉对宝玉的某些特殊对待的信息。

虽有一个土馒头,都羡千年铁门槛。

了。如今他自称'槛外之人',是自谓蹈于'铁槛'之外了,故你如今只下'槛内人',便合了他的心了。"宝玉听了,如醍醐灌顶,"嗳哟"了一声,方笑道:"怪道我们家庙说是'铁槛寺'呢!原来有这一说。姐姐就请,让我去写回帖。"岫烟听了,便自往栊翠庵来。宝玉回房,写了帖子,上面只写:"槛内人宝玉熏沐谨拜"几字,亲自拿了到栊翠庵,只隔门缝儿投进去,便回来了。

岫烟、妙玉等人,作者似已无空隙去写她们,对于一般作家来说,写了钗、黛、凤、平、袭、晴、探、芳等,已经有招架不了、支应不开之感了,而曹仍然不慌不忙地、自然而然地写到了岫、妙,如韩信点兵,多多益善,千军万马之众,一支秃笔调动得游刃有余。

　　因饭后平儿还席,说红香圃太热,便在榆荫堂中摆了几席新酒佳肴。可喜尤氏又带了佩凤偕鸾二妾过来游玩,这二妾亦是青年姣憨女子,不常过来的,今既入了这园,再遇见湘云、香菱、芳、蕊一干女子,所谓"方以类聚,物以群分",二语不错,只见他们说笑不了,也不管尤氏在那里,只凭丫鬟们去服役,且同众人一一的游玩。

上等奴才,奴婢贵族,也有自己的路径与平台。

　　闲言少述,且说当下众人都在榆荫堂中,以酒为名,大家玩笑,命女先儿击鼓。平儿采了一枝芍药,大家约二十来人,传花为令,热闹了一回。因人回说:"甄家有两个女人送东西来了。"探春和李纨尤氏三人出去议事厅相见。这里众人且出来散一散。佩凤偕鸾两个去打秋千玩耍,宝玉便说:"你两个上去,让我送。"慌得佩凤说:"罢了,别替我们闹乱子!"

平儿的还席草草带过,如上一章的片断回放,叫做余音袅袅。

宝玉太不落空子了。

　　忽见东府里几个人,慌慌张张跑来,说:"老爷殡天了。"众人听了,吓了一大跳,忙都说:"好好的并无疾病,怎么就没了?"家人说:"老爷天天修炼,定是功成圆满,升仙去了。"尤氏一闻此言,又见贾珍父子并贾琏等皆不在家,一时竟没个着己的男子来,未免忙了。只得忙卸了妆饰,命人先到元真观将所有的道士都锁了起来,等

不问青红皂白,先锁起来。

大爷来家审问;一面忙忙坐车,带了赖升一干老人媳妇出城。又请大夫看视,到底系何病症。

大夫们见人已死,何处诊脉来?素知贾敬导气之术,总属虚诞,更至参星礼斗,守庚申,服灵砂等,妄作虚为,过于劳神费力,反因此伤了性命的。如今虽死,腹中坚硬似铁,面皮嘴唇,烧的紫绛皱裂,便向媳妇回道:"系道教中吞金服砂,烧胀而殁。"众道士慌的回道:"原是秘制的丹砂吃坏了事,小道们也曾劝说:'功夫未到,且服不得。'不承望老爷于今夜守庚申时,悄悄的服了下去,便升仙去了。这是虔心得道,已出苦海,脱去皮囊了。"

> 贾敬的死仍觉突然。不能排除他是自杀的可能性。
> 征候确实像自杀。学道修炼已久,为什么忽一日吞丹而殁?

尤氏也不便听,只命锁着,等贾珍来发放,且命人飞马报信。一面看视里面窄狭,不能停放,横竖也不能进城的,忙装裹好了,用软轿抬至铁槛寺来停放。掐指算来,至早也得半月的工夫,贾珍方能来到,目今天气炎热,实不能相待,遂自行主持,命天文生择了日期入殓。寿木早年已经备下,寄在此庙的,甚是便宜。三日后,便破孝开吊,一面且做起道场来。因那边荣府中凤姐儿出不来,李纨又照顾姐妹,宝玉不识事体,只得将外头事务,暂托了几个家中二等管事人。贾瑞、贾珖、贾珩、贾㻞、贾菖、贾菱等各有执事。尤氏不能回家,便将他继母接来,在宁府看家。这继母只得将两个未出嫁的女孩儿带来,一并住着,才放心。

> 有罪预设,只命锁着。

> "一并住着,才放心"云云,像是讽刺,像是把种瓜得瓜变成了种瓜得豆。

且说贾珍闻了此信,急忙告假,并贾蓉是有职人员。礼部见当今隆敦孝弟,不敢自专,具本请旨。原来天子极是仁孝过天的,且更隆重功臣之裔,一见此本,便诏问贾敬何职,礼部代奏:"系进士出身,祖职已荫其子贾珍。贾敬因年迈

> 封建道学讲得愈是高尚,礼节仪式愈是庄严隆重,就愈是脱离实际,脱离生活。实不若平易近人一点,承认人的基本欲望,并给以必要的引导约束,反贴近一点,真一点。远离了生活实际人性实际的道德只能是伪道德。

多疾,常养静于都城之外元真观,今因疾殁于观中。其子珍,其孙蓉,现因国丧,随驾在此,故乞假归殓。"天子听了,忙下额外恩旨曰:"贾敬虽无功于国,念彼祖父之忠,追赐五品之职,令其子孙扶柩由北下门入都,恩赐私第殡殓,任子孙尽丧,礼毕扶柩回籍。外着光禄寺按上例赐祭,朝中由王公以下,准其祭吊。钦此。"此旨一下,不但贾府中人谢恩,连朝中所有大臣,皆嵩呼称颂不绝。

<small>无功而赐,贾家的脸面何在?
阶级社会,死人也要等分级享受不同的祭吊等待遇。</small>

贾珍父子星夜驰回。半路中又见贾瑞贾珖二人领家丁飞骑而来,看见贾珍,一齐滚鞍下马请安。贾珍忙问:"做什么?"贾瑞回说:"嫂子恐哥哥和侄儿来了,老太太路上无人,叫我们两个来护送老太太的。"贾珍听了,赞声不绝。又问:"家中如何料理??"贾瑞等便将如何拿了道士,如何挪至家庙,怕家内无人,接了亲家母和两个姨奶奶在上房住着,贾蓉当下也下了马,听见两个姨娘来了,喜的笑容满面。贾珍忙说了几声"妥当",加鞭便走。店也不投,连夜换马飞驰。

<small>"喜的笑容满面"云云,露出一肚子坏水。</small>

一日到了都门,先奔入铁槛寺,那天已是四更天气,坐更的闻知,忙喝起众人来。贾珍下了马,和贾蓉放声大哭,从大门外便跪爬进来,至棺前稽颡泣血,直哭到天亮,喉咙都哭哑了方住。尤氏等都一齐见过,贾珍父子忙按礼换了凶服,在棺前俯伏。无奈自要理事,竟不能目不视物,耳不闻声,少不得减了些悲戚,好指挥众人。因将恩旨备述给众亲友听了,一面先打发贾蓉家中来,料理停灵之事。

<small>膝行作态,至今不绝。
虚应故事,却与真的一样,或超过了真情流露。</small>

贾蓉巴不得一声儿,便先骑马跑来,到家忙命前厅收桌椅,下槅扇,挂孝幔子,门前起鼓手棚、牌楼等事。又忙着进来看外祖母、两个姨娘。原来尤老安人年高喜睡,常常歪着;他二姨娘三姨娘都和丫头们做活计,见他来了,都道烦恼。贾蓉且嘻嘻的望他二姨娘笑说:"二姨娘,你又来了?我父亲正想你呢。"尤二姐红了脸,骂道:"好蓉小子!我过两日不骂你几句,你就过不得了,越发连个体统都没了!还亏你是大家公子哥儿,每日念书学礼的,越发连那小家子的也跟不上!"说着顺手拿起一个熨斗来,兜头就打,吓得贾蓉抱着头,滚到怀里告饶。尤三姐便转过脸去,说道:"等姐姐来家再告诉他。"

贾蓉忙笑着跪在炕上求饶,因又和他二姨娘抢砂仁吃。那二姐儿嚼了一嘴渣子,吐了他一脸,贾蓉用舌头都碴着吃了。众丫头看不过,都笑说:"热孝在身上,老娘才睡了觉。他两个虽小,到底是姨娘家。你太眼里没有奶奶了。回来告诉爷,你吃不了兜着走!"贾蓉撇下他姨娘,便抱着那丫头亲嘴,说:"我的心肝!你说得是。咱们馋他们两个。"丫头们忙推他,恨得骂:"短命鬼!你一般有老婆丫头,只和我们闹。知道的说是玩,不知道的人,再遇见那样脏心烂肺的爱多管闲事嚼舌头的人,吵嚷到那府里,背地嚼舌,说咱们这边混账。"贾蓉笑道:"各门另户,谁管谁的事?都够使的了。从古至今,连汉朝和唐朝,人还说'脏唐臭汉',何况咱们这宗人家!谁家没风流事?别叫我说出来。连那边大老爷这么利害,琏二叔还和那小姨娘不干净呢。凤婶子那样刚强,瑞大叔还想他的账。那一件瞒了我!"贾蓉只管信口开河,胡言乱道,三姐儿

> 为什么巴不得?下三滥本色。

> 看来早有瓜葛。

> 尤二姐也很有风尘气、江湖气,倒是个训练有素、身手不凡的样儿。

> 贾蓉常显恶俗下流,比薛蟠多了些无赖气。

> "脏唐臭汉",惊心动魄。

> 完全不讲道学,连遮羞布都撕光了。贾蓉此语,帮助我们正视传统的另一面。

> 典故尚多。

生日过完就是丧事。生死亦大矣。

丧事一开始,宁府的加倍腐烂的气息便出来了。宝玉等人的天真文雅的游戏结束了,贾蓉贾珍的下三滥游戏开场了。这也是交替作业,清浊循环,周而复始,天道有定。

> 沉了脸,早下炕进里间屋里,叫醒尤老娘。
> 　　这里贾蓉见他老娘醒了,忙去请安问好。又说:"老祖宗劳心,又难为两位姨娘受委屈,我们爷儿们感激不尽。惟有等事完了,我们合家大小登门磕头去。"尤老安人点头道:"我的儿,倒是你会说话,亲戚们原是该的。"又问:"你父亲好?几时得了信赶到的?"贾蓉笑道:"刚才赶到的,先打发我瞧你老人家来了,好歹求你老人家事完了再去。"说着,又和他二姨娘挤眼儿。尤二姐便悄悄咬牙骂道:"很会嚼舌头的猴儿崽子,留下我们,给你爹做妈不成!"
> 　　贾蓉又与尤老娘道:"放心罢,我父亲每日为两位姨娘操心,要寻两个有根基又富贵又年轻又俏皮的两位姨父,好聘嫁这二位姨娘。这几年总没拣着,可巧前日路上才相准了一个。"尤老娘只当是真话,忙问:"是谁家的?"尤二姐丢了活计,一头笑,一头赶着打,说:"妈妈,别信这混账孩子的话!"三姐儿道:"蓉儿,你说是说,别只管嘴里这么不清不浑的!"说着,人来回话,说:"事已完了,请哥儿出去看了,回爷的话去呢。"那贾蓉方笑嘻嘻的出来。不知如何,且看下回分解。

> 红楼二尤一出场,便给读者以另类感,而且没有过程,立即进入了或带来了另类语言、氛围。

> 这样的流氓无赖,是如何出现的?怎样炼成的?

寿怡红群芳夜宴,是"红"的青年联欢活动的谢幕之作。天鹅将死,吉兆亦悲,青春其萎,欢声转哀。陡然一个贾敬之死,从此贾府的腐烂衰亡过程,进入了新的回旋加速阶段。

第六十四回

幽淑女悲题五美吟　浪荡子情遗九龙佩

"红"中生日做了不知多少次,一次几乎比一次红火。丧事这是第二次,却写不出多少风光来了。

话说贾蓉见家中诸事已妥,连忙赶至寺中,回明贾珍。于是连夜分派各项执事人役,并预备一切应用幡杠等物,择于初四日卯时请灵柩进城;一面使人知会诸位亲友。是日丧仪焜耀,宾客如云,自铁槛寺至宁府,夹路看的何止数万人。内中有嗟叹的,也有羡慕的,又有一等"半瓶醋"的读书人,说是丧礼与其奢易,莫若俭戚的,一路纷纷议论不一。至未申时方到,将灵柩停放正堂之内,供奠举哀已毕,亲友渐次散回,只剩族中人分理迎宾送客等事。近亲只有邢舅太爷相伴未去。

> 写得简略还是办得简略?远无秦氏葬礼的气派。

> 通过"'半瓶醋'的读书人"之口,对贾敬丧事有所微词,这是一种极聪明的写法,作者不表态,由读者分析问题在于"半瓶醋"还是在于丧礼奢易。

贾珍贾蓉此时为礼法所拘,不免在灵旁籍草枕块,恨苦居丧;人散后,仍乘空寻他小姨子们厮混。宝玉亦每日在宁府穿孝,至晚人散,方回园里。凤姐身体未愈,虽不能时常在此,或遇开坛诵经亲友上祭之日,亦扎挣过来相帮尤氏料理。

> 贾敬殊不值得敬。

一日,供毕早饭,因此时天气尚长,贾珍等连日劳倦,不免在灵旁假寐。宝玉见无客至,遂欲回家看视黛玉,因先回至怡红院中。进入门来，只见院中寂静无人，有几个老婆子与小丫头们在回廊下取便乘凉，也有睡卧的，也有坐着打盹的。宝玉也不去惊动。只有四儿看见，连忙上前来打帘子。将掀起时，只见芳官自内带笑跑出，几乎与宝玉撞个满怀。一见宝玉，方含笑站着，说道："你怎么来了？你快与我拦住晴雯，他要打我呢。"一语未了，只听得屋里唏嚼哗喇的乱响，不知是何物撒了一地。随后晴雯赶来骂道："我看你这小蹄子往那里去，输了不叫打。宝玉不在家，我看你有谁来救你。"宝玉连忙带笑拦住，道："你妹子小，不知怎么得罪了你，看我的分上，饶他罢。"

> 想想中华孝文化的致敬、致乐、致忧、致哀、致严的说法，再想想贾府这帮子无赖，不能不沉思呀！

晴雯也不想宝玉此时回来，乍一见，不觉好笑，遂笑说道："芳官竟是个狐狸精变的，竟是会拘神遣将的，符咒也没有这样快！"又笑道："就是你真请了神来，我也不怕。"遂夺手仍要捉拿芳官，芳官早已藏在宝玉身后，宝玉遂一手拉了晴雯，一手携了芳官，进入屋内。看时，只见西边炕上麝月、秋纹、碧痕、春燕等正在那里抓子儿赢瓜子儿呢。却是芳官输与晴雯，芳官不肯叫打，跑了出去，晴雯因赶芳官，将怀内的子儿撒了一地。宝玉欢喜道："如此长天，我不在家，正怕你们寂寞，吃了饭睡觉，睡出病来；大家寻件事玩笑消遣甚好。"因不见袭人，又问道："你袭人姐姐呢？"晴雯道："袭人么？越发道学了，独自个在屋里面壁呢。这好一会我们没进去，不知他做什么呢，一些声气也听不见。你快瞧瞧去罢！或者此时参悟了，也不可定。"

> 芳官是个天真无邪娇纵的小精灵。秋纹、碧痕等等对于企图"上进"的无名小辈本来是嫉压有加的，而芳官居然不久便与她们几乎平起平坐乃至超出了，不凡。

> 本是游戏儿童，却又陷入种种纠纷苦恼。

宝玉听说，一面笑，一面走至里间，只见袭人坐在近窗床上，手中拿着一根灰色绦子，正在那里打结子呢，见宝玉进来，连忙站起，笑道：

"晴雯这东西,编派我什么呢?我因要赶着打完了这结子,没工夫和他们瞎闹,因哄他道:'你们玩去罢。趁着二爷不在家,我要在这里静坐一坐,养一养神。'他就编派了我这些混话,什么'面壁了''参禅了'的。等一会我不撕他那嘴。"

> 这里众丫头的气氛还是不错的:团结、祥和、活泼。袭人的表现,总是高一筹。

宝玉笑着,挨近袭人坐下,瞧他打结子,问道:"这么长天,你也该歇息歇息,或和他们玩笑,要不瞧瞧林妹妹去也好。怪热的打这个,那里使?"袭人道:"我见你带的扇套,还是那年东府里蓉大奶奶的事情上做的。那个青东西,除族中或亲友家夏天有丧事才带得着,一年遇着带一两遭,平常又不犯做;如今那府里有事,这是要过去天天带的,所以我赶着另作一个,等打完了结子,给你换下那旧的来。你虽然不讲究这个,要叫老太太回来看见,又该说我们躲懒,连你的穿带之物都不经心了。"宝玉笑道:"这真难为你想的到。只是也不可过于赶,热着了,倒是大事。"

> 有意提醒人们回忆那起丧事。

> 有点"相敬如宾"的意思。

说着,芳官早托了一杯凉水内新湃的茶来。因宝玉素昔秉赋柔脆,虽暑月不敢用冰,只以新汲井水,将茶连壶浸在盆内,不时更换,取其凉意而已。宝玉就芳官手内吃了半盏,遂向袭人道:"我来时,已吩咐了焙茗,若珍大哥那边有要紧的客来时,叫他即刻送信;若无要紧的事,我就不过去了。"说毕,遂出了房门,又回头向碧痕等道:"如有事,往林姑娘处来找我。"

> 芳官已是近侍了。回想小红为之倒茶,受到何等打击?

于是一径往潇湘馆来看黛玉。将过了沁芳桥,只见雪雁领着两个老婆子,手中都拿着菱藕瓜果之类。宝玉忙问雪雁道:"你们姑娘从来不吃这些凉东西,拿这些瓜果何用?不是要请那

> 写罢下流坯的贾蓉,一跃而到了神经质的雅致的黛玉,难矣哉。见到蓉哥儿,一脚踹过去也就行了。黛玉呢?则完全会不知如何是好。

位姑娘奶奶么?"雪雁笑道:"我告诉你,可不许你对姑娘说去。"宝玉点头应允。雪雁便命两个婆子:"先将瓜果送去,交与紫鹃姐姐,他要问我,你就说我做什么呢,就来。"那婆子答应着去了。雪雁方说道:"我们姑娘这两日方觉身上好些了,今日饭后,三姑娘来会着要瞧二奶奶去,姑娘也没去,又不知想起了什么来,自己哭了一回,提笔写了好些,不知是诗是词。叫我传瓜果去时,又听叫紫鹃将屋内摆着的小琴桌上的陈设搬下来,将桌子挪在外间当地;又叫将那龙文鼎放在桌上,等瓜果来时听用。若说是请人呢,不犯先忙着把个炉摆出来;若说点香呢,我们姑娘素日屋内除摆新鲜花果木瓜之类,又不大喜熏衣服。就是点香,也当点在常坐卧之处。难道是老婆子们把屋子熏臭了,要拿香熏熏不成?究竟连我也不知何故。"说毕,便连忙的去了。

> 黛玉叫做"多愁善感",再过一分便是"无事生非"。

宝玉这里,不由的低头心内细想道:"据雪雁说来,必有原故。若是同那一位姊妹们闲坐,亦不必如此先设馔具,或者是姑爹姑妈的忌辰?但我记得每年到此日期,老太太都吩咐另外整理肴馔送去林妹妹私祭,此时已过。大约必是七月,因为瓜果之节,家家都上秋季的坟,林妹妹有感于心,所以在私室自己奠祭,取《礼记》:'春秋荐其时食'之意,也未可定。但我此刻走去,见他伤感,必极力劝解,又怕他烦恼郁结于心;若竟不去,又恐他过于伤感,无人劝止:两件皆足致疾。莫若先到凤姐姐处一看,在彼稍坐即回。如若见林妹妹伤感,再设法开解。既不至使其过悲,哀痛稍申,亦不至抑郁致病。"

> 宝玉想得过细。
>
> 心理医学,不无道理,亦取中庸之道。

想毕,遂出了园门,一径到凤姐处来。正有许多执事婆子们回事毕,纷纷散出,凤姐儿正倚着门和平儿说话呢。一见了宝玉,笑道:"你回来了么。我才吩咐了林之孝家的,叫他使人告诉跟你的小厮,若没什么事,趁便请你回来歇息歇息。再者那里人多,你那里禁得住那些气味。不想恰好你倒来了。"宝玉笑道:"多谢姐姐记挂。我也因今日没事,又见姐姐这两日没往那府里去,不知身上可大愈否,所以回来看视看视。"凤姐道:"左右也不过是这样,三日好,两日不好的。老太太、太太不在家,这些大娘们,嗳,那一个是安分的?每日不是打架,就是拌嘴,连赌博偷盗的事情都闹出来了两三件了。虽说有三姑娘帮着办理,他又是个没出阁的姑娘,也有叫他知道得的,也有往他说不得的事,也只好强扎挣着罢了。总不得心静一会儿!别说想病好,求其不添,也就罢了。"

　　宝玉道:"姐姐虽如此说,姐姐还要保重身体,少操些心才是。"说毕,又说了些闲话,别了凤姐,一直往园中走来。进了潇湘馆院门看时,只见炉袅残烟,奠余玉醴,紫鹃正看着人往里收桌子,搬陈设呢。宝玉便知已经奠祭完了,走入屋内,只见黛玉面向里歪着,病体恹恹,大有不胜之态。紫鹃连忙说道:"宝二爷来了。"黛玉方慢慢的起来,含笑让坐。宝玉道:"妹妹这两天可大好些了?气色倒觉静些,只是为何又伤心了?"黛玉道:"可是你没的说了,好好的,我多早晚又伤心了?"宝玉笑道:"妹妹脸上现有泪痕,如何还哄我呢。只是我想妹妹素日本来多病,凡事当各自宽解,不可过作无益之悲。若作践坏了身子,使我……"刚说到这里,觉得以下的话有些难说,连忙咽住。只因他虽说和黛玉一处长大,情投意合,又愿同生死,却是只心中领

中国人那时不懂传染病学,但直觉地判定人杂的地方"气味"不好,有道理。

奔丧、居丧、生病本属正常事,但贾府之颓败已经不住任何事了。

凤姐身体一直不见好。

情之道在于体贴入微。

有些话是不要说出的,有些则必须说出,有些是不能说出的,有些是等着说出,一旦说出却又要打回去的。说出云云,学问大矣!

会，从来未曾当面说出，况兼黛玉心多，每每说话造次，得罪了他。今日原为的是来劝解，不想把话又说造次了，接不下去，心中一急，又怕黛玉恼他；又想一想自己的心，实在的是为好，因而转念为悲，早已滚下泪来。黛玉起先原恼宝玉说话不论轻重，如今见此光景，心有所感，本来素昔爱哭，此时亦不免无言对泣。

无言对泣：黛玉还泪的过程中，又欠下了新泪。泪是还不完的啊！

却说紫鹃端了茶来，打量二人又为何事口角，因说道："姑娘身上才好些，宝二爷又来怄气了。到底是怎么样？"宝玉一面拭泪，笑道："谁敢怄妹妹了？"一面搭讪着起来闲步，只见砚台底下微露一纸角，不禁伸手拿起。黛玉忙要起身来夺，已被宝玉揣在怀内，笑央道："好妹妹，赏我看看罢。"黛玉道："不管什么，来了就混翻。"

一语未了，只见宝钗走来，笑道："宝兄弟要看什么？"宝玉因未见上面是何言词，又不知黛玉心中如何，未敢造次回答，却望着黛玉笑。黛玉一面让宝钗坐，一面笑道："我曾见古史中有才色的女子，终身遭际，令人可欣、可羡、可悲、可叹者甚多，今日饭后无事，因欲择出数人，胡乱凑几首诗，以寄感慨，可巧探丫头来会我瞧凤姐姐去，我也身上懒懒的，没同他去，才将做了五首，一时困倦起来，撂在那里，不想二爷来了，就瞧见了。其实给他看也到没有什么，但只我嫌他是不是的写给人看去。"宝玉忙道："我多早晚给人看来呢？昨日那把扇子，原是我爱那几首白海棠的诗，所以我自己用小楷写了，不过为的是拿在手中看着便易。我岂不知闺阁中诗词字迹是轻易往外传诵不得的？自从你说了我，总没拿出园子去。"宝钗道："林妹妹这虑的也

"宝钗走来"四字十分突兀，竟像是"此处略"一般。

"是不是的"中的"是"，是作为不定代词用的，犹言"咋不咋"。"满是价""饶是价"亦是如此，今作"满世界""绕世界"，非。

处处都是约束，令人喘不过气来。

是。你既写在扇子上,偶然忘记了,拿在书房里去,被相公们看见了,岂有不问是谁做的呢。倘或传扬开了,反为不美。自古道'女子无才便是德',总以贞静为主,女工还是第二件。其余诗词,不过是闺中游戏,原可以会,可以不会。咱们这样人家的姑娘,倒不要这些才华的名誉。"因又笑向黛玉道:"拿出来给我看看无妨,只不叫宝兄弟拿出去就是了。"黛玉笑道:"既如此说,连你也可以不必看了。"又指着宝玉笑道:"他早已抢了去了。"宝玉听了,方自怀内取出,凑至宝钗身旁,一同细看。只见写道:

先贬一顿,再要来看,未免占得太全。

连你也不必看云云,有某些不满之意。

西　施

一代倾城逐浪花,吴宫空自忆儿家;
效颦莫笑东村女,头白溪边尚浣纱。

西施没有效颦的问题。这两句无的放矢、隔靴搔痒。

虞　姬

肠断乌啼夜啸风,虞兮幽恨对重瞳;
黥彭甘受他年醢,饮剑何如楚帐中?

虞姬自刎与黥彭命运不好比较。

明　妃

绝艳惊人出汉宫,红颜命薄古今同;
君王纵使轻颜色,予夺权何畀画工?

在红颜薄命的陈词下,多少有一点对女性命运的叹息。

绿　珠

瓦砾明珠一例抛,何曾石尉重娇娆?
都缘顽福前生造,更有同归慰寂寥。

红　拂

长剑雄谈态自殊,美人巨眼识穷途;
尸居余气杨公幕,岂得羁縻女丈夫。

插进一段五美吟,未见十分佳妙。颇觉可有可无。几首诗平平,何至赞不绝口?

宝玉看了,赞不绝口,又说道:"妹妹这诗,恰好只做了五首,何不就命曰'五美吟'?"于是不容分说,便提笔写在后面。宝钗亦说道:"作诗不论何题,只要善翻古人之意。若要随人脚踪走去,纵使字句精工,已落第二艺,究竟算不得好

为翻而翻,亦非大道。

诗。即如前人所咏昭君之诗甚多,有悲挽昭君的,有怨恨延寿的,又有讥汉帝不能使画工图貌贤臣而画美人的,纷纷不一。后来王荆公复有'意态由来画不成,当时枉杀毛延寿',永叔有'耳目所见尚如此,万里安能制夷狄':二诗俱能各出己见,不与人同。今日林妹妹这五首诗,亦可谓命意新奇,别开生面了。"

> 宝钗这一段话大模大样。

仍欲往下说时,只见有人回道:"琏二爷回来了。适才外间传说,往东府里去了好一会了,想必就回来的。"宝玉听了,连忙起身,迎至大门以内等待,恰好贾琏自外下马进来,于是宝玉先迎着贾琏跪下,口中给贾母王夫人等请了安,又给贾琏请了安。二人携手走进来。只见李纨、凤姐、宝钗、黛玉、迎、探、惜等早在中堂等候,相见已毕。因听贾琏说道:"老太太明日一早到家,一路身体甚好。今日先打发了我来回家看视,明日五更,仍要出城迎接。"说毕,众人又问了些路途的景况。因贾琏是远归,遂大家别过,让贾琏回房歇息。一宿晚景,不必细述。

> 中华礼文化,思路很精彩,但当礼仪活动成了贾母等的主要生活内容以后,礼的意义就异化了。

至次日饭时前后,果见贾母王夫人等到来。众人接见已毕,略坐了一坐,吃了一杯茶,便领了王夫人等人过宁府中来,只听见里面哭声震天,却是贾赦贾琏送贾母到家,即过这边来了。当下贾母进入里面,早有贾赦贾琏率领族中人哭着迎了出来。他父子一边一个,挽了贾母,走至灵前,又有贾珍贾蓉跪着,扑入贾母怀中痛哭。贾母暮年人,见此光景,亦搂了珍蓉等痛哭不已。贾赦贾琏在旁苦劝,方略略止住。又转至灵右,见了尤氏婆媳,不免又相持大痛一场。哭毕,众人方上前,一一请安问好。

> 正是在庄严沉痛的悼念丧礼条件下,贾府出现了恶劣的新局面。

> 亦真亦假,亦情亦做。

> 在死神面前,痛哭不已,固相宜也。

贾珍因贾母才回家来,未得歇息,坐在此间

看着，未免要伤心，遂再三的劝；贾母不得已，方回来了。果然年迈的人，禁不住风霜伤感，至夜间便觉头闷心酸，鼻塞声重，连忙请了医生来诊脉下药，足足的忙乱了半夜一日。幸而发散的快，未曾传经，至三更天，些须发了点汗，脉静身凉，大家方放了心。至次日，仍服药调理。又过了数日，乃贾敬送殡之期，贾母犹未大愈，遂留宝玉在家侍奉。凤姐因未曾甚好，亦未去。其余贾赦、贾琏、邢夫人、王夫人等，率领家人仆妇，都送至铁槛寺，至晚方回。贾珍尤氏并贾蓉仍在寺中守灵，等过百日后，方扶柩回籍。家中仍托尤老娘并二姐儿三姐儿照管。

> 贾母之病，不排除躲避贾敬白事的因素。

> 贾敬生时讨嫌，死后亦降格处理。

　　却说贾琏素日既闻尤氏姐妹之名，恨无缘得见；近因贾敬停灵在家，每日与二姐儿三姐儿相认已熟，不禁动了垂涎之意。况知与贾珍贾蓉等素日有聚麀之诮，因而乘机百般撩拨，眉目传情。那三姐儿却只是淡淡相对，只有二姐儿也十分有意，但只是眼目众多，无从下手。贾琏又怕贾珍吃醋，不敢轻动，只好二人心领神会而已。此时出殡以后，贾珍家下人少，除尤老娘带领二姐儿三姐儿并几个粗使的丫鬟老婆子在正室居住外，其余婢妾都随在寺中；外面仆妇，不过晚间巡更，日间看守门户，白日无事，亦不进里面去。所以贾琏便欲趁此时下手，遂托相伴贾珍为名，亦在寺中住宿；又时常借着替贾珍料理家务，不时至宁府中来勾搭二姐儿。

> 成语妙用。
> 现今"心领神会"四字绝少用在男女调情上。

　　一日有小管家俞禄来回贾珍道："前者所用棚杠孝布并请杠人青衣，共使银一千一百十两，除给银五百两外，仍欠六百零十两。昨日两处买卖人俱来催讨，奴才特来讨爷的示下。"贾珍道:"你且向库上领去就是了,这又何必来回我。"俞禄道:"昨日已曾上库上去领,但只是老爷宾天以后,各处支领甚多,所剩还要预备百日道场及庙中用度,此时竟不能发给,所以奴才今日特来回爷,或者爷内库里暂且发给,或者挪借何项,吩咐了,奴才好办。"贾珍笑道:"你还当是先呢,有银子放着不使。你无论那里借了给他罢。"俞禄笑回道:"若说一二百,奴才还可巴结;这五六百,奴才一时那里办得来?"贾珍想了一回,向贾蓉道:"你问你娘去,昨日出殡以后,有江南甄家送来打祭银五百两,未曾交到库上去,家里再找找,凑齐了,给他去罢。"贾蓉答应了,连忙过这边来,回了尤氏,复转来回他父亲道:"昨日那项银子已使了二百两,下剩的三百两,令人送至家中,交与老娘收了。"贾珍道:"既然如此,你就带了他去,向你老娘要了出来,交给他。再也瞧瞧家中有事无事,问你两个姨娘好。下剩的,俞禄先借了添上罢。"

> 寄生贵族的特点是,收入越多,花费越大,收高一尺,支高一丈。

> 财政已是捉襟见肘,几近穷途末路。可见贾府每况愈下,呼喇喇大厦将倾。

> 诸种危机,表现为财政危机;财政危机,体现了政治危机,管理危机、人事危机、道德文化危机。

贾蓉与俞禄答应了,方欲退出,只见贾琏走了进来,俞禄忙上前请了安,贾琏便问:"何事?"贾珍一一告诉了。贾琏心中想道:"趁此机会,正可至宁府寻二姐儿。"一面遂说道:"这有多大事,何必向人借去?昨日我方得了一项银子,还没有使呢,莫若给他添上,岂不省事?"贾珍道:"如此甚好,你就吩咐了蓉儿,一并令他取去。"贾琏忙道:"这必得我亲自取去。再我这几日没回家了,还要给老太太、老爷、太太们请请安去;到大哥那边查查家人们有无生事,再也给亲家太太请请安。"贾珍笑道:"只是又劳动你,我心里倒不安。"贾琏也笑道:"自家兄弟,这有何妨呢?"贾珍又吩咐贾蓉道:"你跟了你叔叔去,也

> 贾琏行事,以偷鸡摸狗为纲。

> 给亲戚、长辈请安,令人温暖。没有具体内容的请安,又絮烦无聊乃至虚伪。

到那边给老太太、老爷、太太们请安,说我和你娘都请安。打听打听老太太身上可大安了,还服药呢没有。"

贾蓉一一答应了,跟随贾琏出来,带了几个小厮,骑上马,一同进城。在路叔侄闲话,贾琏有心,便提到尤二姐,因夸说如何标致,如何做人好:"举止大方,言语温柔,无一处不令人可敬可爱。人人都说你婶子好,据我看,那里及你二姨儿一零儿呢!"贾蓉揣知其意,便笑道:"叔叔既这么爱他,我给叔叔作媒,说了做二房何如?"贾琏笑道:"你这是玩话,还是正经话?"贾蓉道:"我说的是当真的话。"贾琏又笑道:"敢自好,只是怕你婶子不依;再也怕你老娘不愿意。况且我听见说你二姨儿已有了人家了。"贾蓉道:"这都无妨。我二姨儿三姨儿,都不是我老爷养的,原是我老娘带了来的。听见说,我老娘在那一家时,就把我二姨儿许给皇粮庄头张家,指腹为婚。后来张家遭了官司,败落了,我老娘又自那家嫁了出来,如今这十数年,两家音信不通。我老娘时常抱怨,要给他家退婚。我父亲也要将姨儿转聘,只等有了好人家,不过令人找着张家,给他十几两银子,写上一张退婚的字儿。想张家穷极了的人,见了银子,有什么不依的。再他也知道咱们这样的人家,也不怕他不依。又是叔叔这样人说了做二房,我管保我老娘和我父亲都愿意。倒只是婶子那里却难。"

贾琏听到这里,心花都开了,那里还有什么话说,只是一味呆笑而已。贾蓉又想了一想,笑道:"叔叔若有胆量,依我的主意,管保无妨,不过多花几个钱。"贾琏忙道:"好孩子,你有什么主意,只管说给我听听。"贾蓉道:"叔叔回家,一

> 看来尤氏亦非大家出身。如何"混入"宁府的呢?

> 婚配的背后,仍是金钱交易。

> 只有一味呆笑,进入无差别白痴状态了。

点声色也别露。等我回明了我父亲,向我老娘说妥,然后在咱们府后方近左右,买上一所房子及应用家伙,再拨两窝子家人过去服侍,择了日子,人不知,鬼不觉,娶了过去,嘱咐家人不许走漏风声,婶子在里面住着,深宅大院,那里就得知道了?叔叔两下里住着,过个一年半载,即或闹出来,不过挨上老爷一顿骂。叔叔只说婶子总不生育,原是为子嗣起见,所以私自在外面作成此事。就是婶子,见'生米做成熟饭',也只得罢了。再求一求老太太,没有不完的事。"

自古道"欲令智昏"。贾琏只顾贪图二姐美色,听了贾蓉一篇话,遂为计出万全,将现今身上有服,并停妻再娶,严父妒妻,种种不妥之处,皆置之度外了。却不知贾蓉亦非好意:素日因同他姨娘有情,只因贾珍在内,不能畅意;如今若是贾琏娶了,少不得在外居住,趁贾琏不在时,好去鬼混之意。贾琏那里思想及此?遂向贾蓉致谢道:"好侄儿!你果然能够说成了,我买两个绝色的丫头谢你。"说着,已至宁府门首,贾蓉说道:"叔叔进去向我老娘要出银子来,就交给俞禄罢。我先给老太太请安去。"贾琏含笑点头道:"老太太跟前,别说我和你一同来的。"贾蓉说:"知道。"又附耳向贾琏道:"今日要遇见二姨儿,可别性急了,闹出事来,往后倒难办了。"贾琏笑道:"少胡说!你快去罢。我在这里等你。"于是贾蓉自去给贾母请安。

贾琏进入宁府,早有家人头儿率领家人等请安,一路围随至厅上,贾琏一一的问了些话,不过塞责而已,便命家人散去,独自往里面走来。原来贾琏贾珍素日亲密,又是弟兄,本无可避忌之人,自来是不等通报的。于是走至上房,

> 先搞个据点,再徐图由远及近,由外及内,由暗及明。

> 第一是希图侥幸,第二是生米煮成熟饭,那就什么都可以做了。

> 通同作弊,狼狈为奸,一丘之貉。

> 这样的叔侄关系!

早有廊下伺候的老婆子打起帘子让贾琏进去。贾琏进入房中一看,只见南边炕上只有尤二姐带着两个丫鬟一处做活,却不见尤老娘与三姐儿。贾琏忙上前问好相见。尤二姐含笑让坐,便靠东边排插儿坐下。贾琏仍将上首让与二姐儿,说了几句见面情儿,便笑问道:"亲家太太合三妹妹那里去了?怎么不见?"尤二姐笑道:"才有事往后头去了,也就来的。"此时伺候的丫鬟因倒茶去,无人在跟前,贾琏不住的拿眼瞟着二姐儿。二姐儿低了头,只含笑不理。贾琏又不敢造次动手动脚,因见二姐儿手中拿着一条拴着荷包的绢子摆弄,便搭讪着,往腰里摸了摸,说道:"槟榔荷包也忘记了带了来,妹妹有槟榔,赏我一口吃。"二姐道:"槟榔倒有,就只是我的槟榔从来不给人吃。"

> "含笑""笑道",尤二姐轻率了。
>
> 这种表情应是两厢情愿。

贾琏便笑着,欲近身来拿。二姐儿怕有人来看见不雅,便连忙一笑,撂了过来。贾琏接在手中,都倒了出来,拣了半块吃剩下的,撂在口中吃了,又将剩下的都揣了起来。刚要把荷包亲身送过去,只见两个丫鬟倒了茶来。贾琏一面接了茶吃茶,一面暗将自己带的一个汉玉九龙佩解了下来,拴在手绢上,趁丫鬟回头时,仍撂了过去。二姐儿亦不去拿,只装看不见,坐着吃茶。只听后面一阵帘子响,却是尤老娘三姐儿带着两个小丫鬟自后面走来。贾琏送目与二姐儿,令其拾取,这尤二姐亦只是不理。贾琏不知二姐儿何意,甚实着急,只得迎上来与尤老娘三姐儿相见。一面又回头看二姐儿时,只见二姐儿笑着,没事人似的;再又看一看,绢子已不知那里去了,贾琏方放心。

> 这套调情方略,实在贫乏可怜。一是文化素质问题,一是性观念问题。一面将性视为肮脏罪恶,一面又迷恋贪婪不舍,于是只能做贼鬼鬼,没有男女情感中的美好情操与丰富交往。
>
> 默契配合,恰到好处。

于是大家归坐后叙了些闲话。贾琏说道:

"大姐子说,前日有一包银子交给亲家太太收起来了,今日因要还人,大哥令我来取,再也看看家里有事无事。"尤老娘听了,连忙使二姐儿拿钥匙去取银子。这里贾琏又说道:"我也要给亲家太太请请安,瞧瞧二位妹妹。亲家太太脸面倒好,只是二位妹妹在我们家里受委屈。"尤老娘笑道:"咱们都是至亲骨肉,说那里的话?在家里也是住着,在这里也是住着。不瞒二爷说,我们家里,自从先夫去世,家计也着实艰难了,全亏了这里姑爷帮助。如今姑爷家里有了这样大事,我们不能别的出力,白看一看家,还有什么委屈了的呢?"

> 本是正常亲情,言语一过就显出了邪气。

> "家计艰难",一针见血。

> 白看一看云云,只如嘲讽一般。许多人的言语客观上在挖苦自己、"搞笑"自己。

正说着,二姐儿已取了银子来,交与尤老娘;老娘便递与贾琏。贾琏叫一个小丫头叫了一个老婆子来,吩咐他道:"你把这个交给俞禄,叫他拿过那边去等我。"老婆子答应了出去。只听得院内是贾蓉的声音说话。须臾进来,给他老娘姨娘请了安,又向贾琏笑道:"才刚老爷还问叔叔呢,说是有什么事情要使唤,原要使人到庙里去叫,我回老爷说,'叔叔就来'。老爷还吩咐我,路上遇着叔叔,叫快去呢。"

贾琏听了,忙要起身,又听贾蓉和他老娘说道:"那一次我和老太太说的,我父亲要给二姨儿说的姨父,就和我这叔叔的面貌身量差不多儿。老太太说好不好?"一面说着,又悄悄的用手指着贾琏,和他二姨儿努嘴。二姐儿倒不好意思说什么,只见三姐儿似笑非笑、似恼非恼的骂道:"坏透了的小猴儿崽子!没了你娘的说了!多早晚我才撕他那嘴呢!"贾蓉早笑着跑了出去,贾琏也笑着辞了出来。走至厅上,又吩咐了家人们,不可耍钱吃酒等话;又悄悄的央贾

> 人有三六九等,语言动作表情应对,自也有三六九等。

蓉,回去急速和他父亲说。一面便带了俞禄过来,将银子添足,交给他拿去。一面给贾赦请安,又给贾母去请安,不提。

却说贾蓉见俞禄跟了贾琏去取银子,自己无事,便仍回至里面,和他两个姨娘嘲戏一回,方起身。至晚到寺,见了贾珍,回道:"银子已竟交给俞禄了。老太太已大愈了,如今已经不服药了。"说毕,又趁便将路上贾琏要娶尤二姐做二房之意说了,又说如何在外面置房子住,不使凤姐知道,"此时总不过为的是子嗣艰难起见,为的是二姨儿是见过的,亲上做亲,比别处不知道的人家说了来的好。所以二叔再三央我对父亲说。"只不说是他自己的主意。

> 嘲戏云云,实下作得很。

贾珍想了想,笑道:"其实倒也罢了,只不知你二姨娘心中愿意不愿意。明日你先去和你老娘商量,叫你老娘问准了你二姨娘,再作定夺。"于是又教了贾蓉一篇话,便走过来,将此事告诉了尤氏。尤氏却知此事不妥,因而极力劝止。无奈贾珍主意已定,素日又是顺从惯了的,况且他与二姐儿本非一母,不便深管,因而也只得由他们闹去了。

> 事事都有猫腻,故都要留一手。

> 前面描写的尤氏,并非软弱之人,她主办凤姐的祝寿活动,也很有主张。为何此事竟一无作用?是否她潜意识里也有对凤姐的不满,想通过尤二姐最终取而代之呢?

至次日一早,果然贾蓉复进城来见他老娘,将他父亲之意说了,又添上许多话,说贾琏做人如何好,目今凤姐身子有病,已是不能好的了,暂且买了房子,在外面住着,过个一年半载,只等凤姐一死,便接了二姨儿进去做正室。又说他父亲此时如何聘,贾琏那边如何娶,如何接了你老人家养老,往后三姨儿也是那边应了替聘,说得天花乱坠,不由得尤老娘不肯。况且素日全亏贾珍周济,此时又是贾珍作主替聘,而且妆奁不用自己置买;贾琏又是青年公子,强胜张家,遂忙过来与二姐儿商议。二姐儿又是水性人儿,在先已和姐夫不妥,又常怨恨当时错许张华,致使后来终身失所,今见贾琏有情,况是姐夫将他聘嫁,有何不肯?也便点头依允。当下回复了。

因邪及邪,相生更邪。

贾蓉回了他父亲,次日命人请了贾琏到寺中来,贾珍当面告诉了他尤老娘应允之事。贾琏自是喜出望外,感谢贾珍贾蓉父子不尽。于是二人商量着,使人看房子,打首饰,给二姐儿置买妆奁,及新房中应用床帐等物。不过几日,早将诸事办妥,已于宁荣街后二里远近小花枝巷内买定一所房子,共二十余间;又买了两个小丫鬟。只是府里家人不敢擅动,外头买人又怕不知心腹,走漏了风声,忽然想起家人鲍二来。当初因和他女人偷情,被凤姐儿打闹了一阵,含羞吊死了,贾琏给了二百银子,叫他另娶一个。那鲍二向来却合厨子多浑虫的媳妇多姑娘有一手儿,后来多浑虫酒痨死了,这多姑娘儿见鲍二手里从容了,便嫁了鲍二。况且这多姑娘儿原也和贾琏好的,此时都搬出外头住着。贾琏一时想起来,便叫了他两口儿到新房子里来,预备二姐儿过来时伏侍。那鲍二两口子听见这个巧宗儿,如何不来呢?

利用矛盾,利用主要对立面的对立面。

贾琏、鲍二,共妻鲍二家的与多姑娘。

各种事宜中都有"巧宗儿",这是机会主义的客观依据。

留下后遗症,留下伏笔。

再说张华之祖,原当皇粮庄头,后来死去,至张华父亲时,仍充此役。因与尤老娘前夫相好,所以将张华与尤二姐指腹为婚。后来不料遭了官司,败落了家产,弄得衣食不周,那里还娶得起媳妇呢?尤老娘又自那家嫁了出来,两家有十数年音信不通。今被贾府家人唤至,逼他与二姐儿退婚,心中虽不愿意,无奈惧怕贾珍等势焰,不敢不依,只得写了一张退婚文约。尤琏及珍蓉,固是滥淫之徒。琏与尤二姐的婚事安排,不无宁府孤立凤姐乃至觊觎凤姐位置的客观含义。

曹公好身手,小说过半,才给宁府的一些人、事派上了用场,纳入了凤姐兴废的主线中去。好比是一支预备队,终于起用了。驾驭统帅诸人诸事,曹公真帅才也。

老娘与了二十两银子,两家退亲不提。

　　这里贾琏等见诸事已妥,遂择了初三黄道吉日,以便迎娶二姐儿过门。下回分解。

> 林黛玉吟咏完了历史上的名女子,再让读者面对一下现实中尤二、三姐这等女性。这样的结构,有深意乎?

　　灭亡的过程也很丰满,卑鄙者享受卑鄙,清冷者咀嚼清冷,狗男女们丑态毕露,炼仙丹者死于结石,自取灭亡者犹自闹热……

　　斯时的中国"贵族",肮脏丑陋。至今有些文人喜欢渲染自己的上辈有贵族气,是贾敬、贾赦式的贵族吗?还是邢夫人、王熙凤式的贵族?

第六十五回

贾二舍偷娶尤二姨　尤三姐思嫁柳二郎

话说贾琏、贾珍、贾蓉等三人商议，事事妥贴，至初二日，先将尤老娘和三姐儿送入新房。尤老娘看了一看，虽不似贾蓉口内之言，倒也十分齐备，母女二人，已算称了心愿。鲍二两口子见了，如一盆火儿，赶着尤老娘一口一声叫"老娘"，又或是"老太太"；赶着三姐儿叫"三姨儿"，或是"姨娘"。至次日五更天，一乘素轿，将二姐儿抬来，各色香烛纸马，并铺盖以及酒饭，早已预备得十分妥当。一时，贾琏素服坐了小轿来了，拜过了天地，焚了纸马。那尤老娘见了二姐儿身上头上，焕然一新，不似在家模样，十分得意。搀入洞房。是夜贾琏同他颠鸾倒凤，百般恩爱，不消细说。

那贾琏越看越爱，越瞧越喜，不知要怎么奉承这二姐儿才过得去，乃命鲍二等人不许提三说二，直以"奶奶"称之；自己也称"奶奶"，竟将凤姐一笔勾倒。有时回家，只说在东府有事。凤姐因知他和贾珍好，有事相商，也不疑心。家下人虽多，都也不管这些事。便有那游手好闲、专打听小事的人，也都去奉承贾琏，乘机讨些便宜，谁肯去露风。于是贾琏深感贾珍不尽。贾琏一月出十五两银子，做天天的供给。若不来时，他母女三人一处吃饭；若贾琏来，他夫妻二

> 事事妥帖云云，不是讽刺吗？三姐有何反应？是不是也成了同伙？

> 十分得意带来百分灾难。百般恩爱带来万事成灰。

> 这样的习惯一直保存下来，如对副科长也一律称之为科长。

> 有补贴标准。雪芹写人生，从不避讳"算经济账"。

人一处吃,他母女便回房自吃。贾琏又将自己积年所有的体己,一并搬来与二姐儿收着;又将凤姐儿素日之为人行事,枕边衾里,尽情告诉了他。只等一死,便接他进去。二姐儿听了,自然是愿意的了。当下十来个人,倒也过起日子来,十分丰足。

> 一厢情愿,自取灭亡。

眼见已是两月光景,这日贾珍在铁槛寺做完佛事,晚间回家时,与他姊妹久别,竟要去探望探望。先命小厮去打听贾琏在与不在。小厮回来,说:"不在那里。"贾珍欢喜,将家人一概先遣回去,只留两个心腹小童牵马。一时,到了新房子里,已是掌灯时候,悄悄进去。两个小厮将马拴在圈内,自往下房去听候。贾珍进来,屋里才点灯,先看过尤氏母女,然后二姐儿出来相见。贾珍见了二姐儿,满脸的笑容,一面吃茶,一面笑说:"我做的保山如何?要错过了,打着灯笼还没处寻,过日你姐姐还备礼来瞧你们呢。"

> 肚里有鬼。

> 故意说得轻巧。

说话之间,二姐儿已命人预备下酒馔,关起门来。都是一家人,原无避讳。那鲍二来请安,贾珍便说:"你还是个有良心的,所以二爷叫你来伏侍。日后自有大用你之处,不可在外头吃酒生事,我自然赏你。倘或这里短了什么,你二爷事多,那里人杂,你只管去回我。我们弟兄,不比别人。"鲍二答应道:"小的知道。若小的不尽心,除非不要这脑袋了。"贾珍笑着点头道:"要你知道就好。"当下四人一处吃酒。二姐儿此时恐怕贾琏一时走来,彼此不雅,吃了两钟酒便推故往那边去了。贾珍此时也无可奈何,只得看着二姐儿自去。剩下尤老娘和三姐儿相

> 忠不忠的问题乃是脑袋问题。
> 如果没有掉脑袋的危险,也就不必忠了。

陪。那三姐儿虽向来也和贾珍偶有戏言,但不似他姐姐那样随和儿,所以贾珍虽有垂涎之意,却也不肯造次了,致讨没趣。况且尤老娘在傍边陪着,贾珍也不好意思太露轻薄。

却说跟的两个小厮,都在厨下和鲍二饮酒,那鲍二的女人多姑娘儿上灶。忽见两个丫头也走了来,嘲笑要吃酒,鲍二因说:"姐儿们不在上头伏侍,也偷着来了;一时叫起来没人,又有事。"他女人骂道:"糊涂浑呛了的忘八!你撞丧那黄汤罢。撞丧醉了,夹着你那脑袋挺你的尸去!叫不叫,与你什么相干!一应有我承当呢。风啊雨的,横竖淋不到你头上来。"

"下人"骂起人来,何等痛快淋漓!脑袋怎样夹?是否另有所指?

这鲍二原因妻子之力,在贾琏前十分有脸;近日他女人越发在二姐儿跟前殷勤服侍,他便自己除赚钱吃酒之外,一概不管,一听他女人吩咐,百依百随。当下又吃够了,便去睡觉。这里女人陪着这些丫鬟小厮吃酒,又和那几个小厮们打牙撂嘴儿的玩笑,讨他们的好,准备在贾珍前讨好儿。四人正在吃的高兴,忽听见扣门的声儿,鲍二的女人忙出来开门看时,见是贾琏下马,问有事无事。鲍二女人便悄悄的告诉他说:"大爷在这里西院里呢。"贾琏听了,便至卧房。见尤二姐和两个小丫头在房中,见他来了,脸上却有些赸赸的。贾琏反推不知,只命:"快拿酒来。咱们吃两杯好睡觉,我今日乏了。"二姐儿忙忙陪笑,接衣捧茶,问长问短,贾琏喜的心痒难受。一时,鲍二的女人端上酒来,二人对饮,两个小丫头在地下伏侍。

"风气"一坏到底,叫做"烂透了"。

未免不堪。

贾琏的心腹小童隆儿拴马去,瞧见有了一匹马,细瞧一瞧,知是贾珍的,心下会意,也来厨下。只见喜儿寿儿两个正在那里坐着吃酒,见他来了,也都会意,笑道:"你这会子来得巧。我们因赶不上爷的马,恐怕犯夜,往这里来借个地方儿睡一夜。"隆儿便笑道:"我是二爷使我送月银的。交给了奶奶,我也不回去了。"鲍二的女人便道:"咱们这里有的是炕,为什么不大家睡呢?"喜儿便说:"我们吃多了,你来吃一钟。"

　　隆儿才坐下,端起酒来,忽听马棚内闹将起来。原来二马同槽,不能相容,互蹶蹄起来。隆儿等慌得忙放下酒杯,出来喝马,好容易喝住,另拴好了进来。鲍二的女人笑说:"你三人就在这里罢,茶也现成了,我可去了。"说着带门出去。这里喜儿喝了几杯,已是楞子眼了。隆儿寿儿关了门,回头见喜儿直挺挺的仰卧炕上,二人便推他说:"好兄弟,起来好生睡。只顾你一个人舒服,我们就苦了。"那喜儿便说道:"咱们今儿可要公公道道贴一炉子烧饼了。"隆儿寿儿见他醉了,也不便多说,只得吹了灯,将就卧下。

　　二姐听见马闹,心下着实不安,只管用言语混乱贾琏。那贾琏吃了几杯,春兴发作,便命收了酒果,掩门宽衣。尤二姐只穿着大红小袄,散挽乌云,满脸春色,比白日更增了颜色。贾琏搂着他笑道:"人人都说我们那夜叉婆整齐,如今我看来,给你拾鞋也不要。"二姐儿道:"我虽标致,却无品行,看来倒底是不标致的好。"贾琏忙说:"如何说这话?我却不懂。"尤二姐滴泪说道:"你们拿我作糊涂人待,什么事我不知道?我如今和你作了两个月夫妻,日子虽浅,我也知你不是糊涂人。我生是你的人,死是你的鬼,如今既做了夫妻,终身我靠你,岂敢瞒藏一字,我算是有倚有靠了。将来我妹子却如何结果?据我看来,这个形景儿,恐非常策,要作长久之计

贾珍贾琏倒能相容。

上下全是流氓痞子。

说话到位。

方可。"

贾琏听了,笑道:"你且放心,我不是那拈酸吃醋的人。你前头的事,我都知道了,你不必惊慌。如今你跟了我来,大哥跟前自然倒要拘起形迹来了。依我的主意,不如叫三姨儿也合大哥成了好事,彼此两无拘束,索性大家作个通家之好。你的意思怎么样?"尤二姐一面拭泪,一面说道:"虽然你有这个好意,头一件,三妹妹脾气不好;第二件,也怕大爷脸上下不来。"贾琏道:"这个无妨。我这会子就过去,索性破了例。"说着走了,便至西院中来,只见窗内灯烛辉煌。贾琏便推门进去,说:"大爷在这里呢,兄弟来请安。"

> "前头的事",自可意会,不必言传。

> 真是一帮狗男女。

贾珍听是贾琏的声音,倒唬了一跳,见贾琏进来,不觉羞惭满面,尤老娘也觉不好意思。贾琏笑道:"何必做如此景象,咱们弟兄,从前是如何样来?大哥为我操心,我今日粉身碎骨,感激不尽。大哥若多心,我倒不安了。从此以后,还求大哥照常方好;不然兄弟宁可绝后,再不敢到此处来了。"说着便要跪下。慌得贾珍连忙搀起,只说:"兄弟怎么说,我无不领命。"贾琏忙命人:"看酒来,我和大哥吃两杯。"因又笑嘻嘻向三姐儿道:"三妹妹为何不合大哥吃个双钟儿?我也敬一杯,给大哥合三妹妹道喜。"

> 连老娘也入了伙。

> 情深义长。

> 痞子有痞子之义气。

三姐儿听了这话,就跳起来,站在炕上,指着贾琏冷笑道:"你不用和我'花马掉嘴'的,咱们'清水下杂面,你吃我看'。'提着影戏人子上场儿,好歹别戳破这层纸儿。'你别糊涂油蒙了心,打量我们不知道你府上的事呢!这会子花了几个臭钱,你们哥儿俩,拿着我们姊妹两个权当粉头来取乐儿,你们就打错了算盘了。我也

> 强中更有强中手,能人背后有能人!

知道你那老婆太难缠,如今把我姐姐拐了来做了二房,'偷来的锣鼓儿打不得'。我也要会会那凤奶奶去,看他是几个脑袋?几只手?若大家好,取和儿便罢;倘若有一点叫人过不去,我有本事先把你两个的牛黄狗宝掏出来,再和那泼妇拚了这条命!喝酒怕什么?咱们就喝!"说着,自己拿起壶来,斟了一杯,自己先喝了半盏,揪过贾琏来就灌,说:"我倒不曾和你哥哥吃过,今日倒要和你吃一吃,咱们也亲近亲近。"吓的贾琏酒都醒了。贾珍也不承望尤三姐这等拉的下脸来。兄弟两个本是风流场中耍惯的,不想今日反被这个闺女一席话说得不能搭言。

何等豪迈!可惜"壮志未酬身先死"。
你下流,我比你更"下流",你就没有办法了,这在方法论上就是用超极端来压住极端。

尤三姐看了这样,越发一叠声又叫:"将姐姐请来!要乐,咱们四个大家一处乐。俗语说的,'便宜不过当家',你们是哥哥兄弟,我们是姐姐妹妹,又不是外人,只管上来!"尤二姐反不好意思起来。贾珍得便就要溜,尤三姐儿那里肯放?贾珍此时反后悔,不承望他是这种人,与贾琏反不好轻薄起来。

三姐这段表现,精彩则精彩矣,唯略感突兀。

这三姐索性卸了妆饰,脱了大衣服,松松的挽个纂儿;身上只穿着大红袄儿,半掩半开,故意露出葱绿抹胸,一痕雪脯;底下绿裤红鞋,鲜艳夺目。忽起忽坐,忽喜忽嗔,没半刻斯文。两个坠子就和打秋千一般,灯光之下越显得柳眉笼翠,檀口含丹。本是一双秋水眼,再吃了几杯酒,越发横波入鬓,转盼流光。真把那珍琏二人弄的欲近不敢,欲远不舍,迷离恍惚,落魄垂涎。再加方才一席话,直将二人禁住。弟兄两个竟全然无一点儿能为,别说调情斗口,竟连一句响亮话都没了。尤三姐自己高谈阔论,任意挥霍,村俗流言,洒落一阵,由着性儿拿他弟兄二人嘲

以传神的描写尽写三姐的优势。

这几段描写脍炙人口,读之痛快淋漓,虽是一时尽兴,在"红"中也是绝无仅有。在女性深受几方面的压抑的条件下,尤三姐能够以毒攻毒,把两个色狼的气焰压下去,着实难能可贵。

粗有粗的魅力,野有野的迷人,强有强的威势,三姐简直是光芒万丈!

笑取乐。一时,他的酒足兴尽,更不容他弟兄多坐,竟撵了出去,自己关门睡去了。

　　自此后,或略有丫鬟婆子不到之处,便将贾珍、贾琏、贾蓉三个厉言痛骂,说他爷儿三个诓骗他寡妇孤女。贾珍回去之后,也不敢轻易再来。那三姐儿有时高兴,又命小厮来找。及至到了这里,也只好随他的便,干瞅着罢了。

　　看官听说:这尤三姐天生脾气,和人异样诡僻。只因他的模样儿风流标致,他又偏爱打扮的出色,另式另样,做出许多万人不及的风情体态来。那些男子们,别说贾珍贾琏这样风流公子,便是一班老到人,铁石心肠,看见了这般光景,也要动心的。及至到他跟前,他那一种轻狂豪爽、目中无人的光景,早又把人的一团高兴逼住,不敢动手动脚。所以贾珍向来和二姐儿无所不至,渐渐的俗了,却一心注定在三姐儿身上,便把二姐儿乐得让给贾琏,自己却和三姐儿捏合。偏那三姐一般合他玩笑,别有一种令人不敢招惹的光景。他母亲和二姐儿也曾十分相劝,他反说:"姐姐糊涂!咱们金玉一般的人,白叫这两个现世宝沾污了去,也算无能!而且他家现放着个极利害的女人,如今瞒着,自然是好的,倘或一日他知道了,岂肯干休?势必有一场大闹。你二人不知谁生谁死,这如何便当作安身乐业的去处?"他母女听他这话,料着难劝,也只得罢了。那尤三姐儿天天挑拣穿吃,打了银的,又要金的;有了珠子,又要宝石;吃着肥鹅,又宰肥鸭。或不趁心,连桌一推;衣裳不如意,

以我为主,充分发挥主体性。

从这场吃酒来看,三姐是大获全胜。但从大环境来说,三姐仍是劣势弱势。

风情体态,这就是中国式的"性感"吧。

这种境界相当高。不是寡妇脸式的道学,也不是潘金莲式的淫荡。

"现世宝"今称现世报,是做尽坏事,立受报应的意思?

以歪治歪,充分发挥优势。

不论绫缎新整,便用剪刀剪碎,撕一条,骂一句。究竟贾珍等何曾随意了一日,反花了许多昧心钱。

贾琏来了,只在二姐房内,心中也渐渐的悔上来了。无奈二姐儿倒是个多情人,以为贾琏是终身之主了,凡事倒还知疼着热。若论温柔和顺,却较着凤姐还有些体度;就论起那标致来,以及言谈行事,也不减于凤姐。但已经失了脚,有了一个"淫"字,凭他什么好处也不算了。偏这贾琏又说:"谁人无错,知过必改就好。"故不提已往之淫,只取现今之善。便如胶似漆,一心一计,誓同生死,那里还有凤平二人在意了?二姐在枕边衾内,也常劝贾琏说:"你和珍大爷商议商议,拣个相熟的,把三丫头聘了罢;留着他不是常法子,终久要生事故。"贾琏道:"前日我也曾回大哥的,他只是舍不的。我还说,'就是块肥羊肉,无奈烫的慌;玫瑰花儿可爱,刺多扎手。咱们未必降的住,正经拣个人聘了罢。'他只意意思思的就丢开手了。你叫我有什么法儿?"二姐儿道:"你放心。咱们明日先劝三丫头,他肯了,让他自己闹去;闹的无法,少不得聘他。"贾琏听了,说:"这话极是。"

至次日,二姐儿另备了酒,贾琏也不出门,至午间,特请他妹妹过来与他母亲上坐。三姐儿便知其意,刚斟上酒,也不用他姐姐开口,便先滴泪说道:"姐姐今日请我,自然有一番大道理要说;但只我也不是糊涂人,也不用絮絮叨叨的,从前的事情我已尽知,说也无益。既如今姐姐也得了好处安身,妈妈也有了安身之处,我也要自寻归结去,方是正礼。但终身大事,一生至一死,非同儿戏。向来人家看着咱们娘儿们微

> 喜新厌旧,虚情假意,猪狗不如。

> 俗有俗的比喻,倒也贴切。

"红"与一般传统小说不同,并不以戏剧性传奇性见长,所以"红楼戏"远不如"三国戏""水浒戏""西游戏"那样多。把"红"搬上舞台,难度很大。唯"红楼二尤"一节,戏剧性强,性格对比与性格转变鲜明强烈,故事大开大合。但也正因如此,它们缺少"红"的其他部分的那种生活实感,而多了传奇性。

息,都安着不知什么心。我所以破着没脸,人家才不敢欺负。这如今要办正事,不是我女孩儿家没羞耻,必得我拣一个素日可心如意的人,方跟他。若凭你们拣择,虽是有钱有势的,我心里进不去,白过了这一世。"贾琏笑道:"这也容易。凭你说是谁,就是谁。一应彩礼,都有我们置办,母亲也不用操心。"三姐儿道:"姐姐横竖知道,不用我说。"贾琏笑问二姐儿:"是谁?"二姐儿一时想不起来。贾琏料定必是此人无疑了,便拍手笑道:"我知道这人了。果然好眼力。"二姐儿笑道:"是谁?"贾琏笑道:"别人他如何进得去,一定是宝玉。"二姐儿与尤老娘听了,也以为必然是宝玉了。三姐儿便啐了一口,说:"我们有姐妹十个,也嫁你弟兄十个不成?难道除了你家,天下就没有好男人了不成?"众人听了都咤异:"除了他,还有那一个?"三姐儿道:"别只在眼前想,姐姐只在五年前想,就是了。"

> 如此这般,尤三姐的表现略显突兀与戏剧化,与"红"中其他人物的处理风格不尽一致。
> "红"中其他人物的表现手法是生活化、日常化,无边际的真实化。

> 二尤与大观园诸女儿相比,是一个异数,是一段不无突兀的变奏。

> 略略吊一下读者胃口。

正说着,忽见贾琏的心腹小厮兴儿走来请贾琏,说:"老爷那边紧等着叫爷呢。小的答应往舅老爷那边去了,小的连忙来请。"贾琏又忙问:"昨日家里问我来着么?"兴儿说:"小的回奶奶:爷在家庙里和珍大爷商议做百日的事,只怕不能来。"贾琏忙命拉马,隆儿跟随去了,留下兴儿答应人。尤二姐便要了两碟菜来,命拿大杯斟了酒,就命兴儿在炕沿下站着吃,一长一短,向他说话儿,问道:"家里奶奶多大年纪?怎么个利害的样子?老太太多大年纪?姑娘几个?"

各样家常等话。

兴儿笑嘻嘻的,在炕沿下,一头吃,一头将荣府之事备细告诉他母女。又说:"我是二门上该班的人。我们共是两班,一班四个,共是八个人。有几个是奶奶的心腹,有几个是爷的心腹。奶奶的心腹,我们不敢惹;爷的心腹,奶奶却敢惹。提起来,我们奶奶的事,告诉不得奶奶。他心里歹毒,口里尖快。我们二爷也算是个好的,那里见得他?倒是跟前平姑娘,为人很好,虽然和奶奶一气,他倒背着奶奶常作些好事。小的们有了不是,奶奶是容不过的,只求求他去就完了。如今合家大小,除了老太太、太太两个,没有不恨他的,只不过面子情儿怕他。皆因他一时看得人都不及他,只一味哄着老太太、太太两个人喜欢。他说一是一,说二是二,没人敢拦他。又恨不得把银子钱省了下来,堆成山,好叫老太太、太太说他会过日子,殊不知苦了下人,他讨好儿。或有好事,他就不等别人去说,他先抓尖儿;或有不好的事,或他自己错了,他便一缩头,推到别人身上来,他还在傍边拨火儿。如今连他正经婆婆太太都嫌了,说他'雀儿拣着旺处飞','黑母鸡一窝儿',自家的事不管,倒替人家去瞎张罗。要不是老太太在头里,早叫过他去了。"

尤二姐笑道:"你背着他这等说他,将来你又不知怎样说我呢。我又差他一层儿,越发有得说了。"兴儿忙跪下说道:"奶奶要这样说,小的不怕雷劈吗?但凡小的要有造化,起先娶奶奶时,若得了这样的人,小的们也少挨些打骂,也少提心吊胆的。如今跟爷的几个人,谁不是背前背后称扬奶奶盛德怜下?我们商量着叫二

小至于斯,有"线"划分。

从兴儿这话亦可看出平儿所行的双重意义:帮助了凤姐却也反衬了凤姐的不得人心。

得宠而致众怨,天下之至险也。其下场不堪设想。

这个信息极为重要,是凤姐面临的主要危险。

此话说得有两下子。

爷要出来,情愿来伺候奶奶呢。"尤二姐笑道:"你这小猾贼儿,还不起来!说句玩话儿,就吓得这个样儿。你们做什么往这里来,我还要找了你奶奶去呢。"兴儿连忙摇手,说:"奶奶千万不要去,我告诉奶奶,一辈子别见他才好!'嘴甜心苦,两面三刀','上头笑着,脚底下就使绊子','明是一盆火,暗是一把刀',都占全了。只怕三姨儿的这张嘴还说不过他呢!奶奶这样斯文良善人,那里是他的对手?"

> 尤二姐现在斯文了,原来似也不怎么斯文。

尤氏笑道:"我只以理待他,他敢怎么样我!"兴儿道:"不是小的喝了酒,放肆胡说,奶奶便用着礼让,他看见奶奶比他标致,又比他得人心儿,他就肯善罢干休了?人家是醋罐子,他是醋缸,醋瓮。凡丫头们,二爷多看一眼,他有本事当着爷打个烂羊头似的。虽然平姑娘在屋里,大约一年间,两个有一次在一处,他还要嘴里掂十来个过儿呢。气的平姑娘性子上来,哭闹一阵,说:'又不是我自己寻来的,你逼着我,我原不愿意,又说我反了。这会子又这样!'他一般的也罢了,倒央告平姑娘。"尤二姐笑道:"可是撒谎!这样一个夜叉,怎么反怕屋里的人呢?"兴儿道:"就是俗语说的:'三人抬不过一个"理"字去'了。这平姑娘原是他自幼儿的丫头,陪了过来一共四个,死的,嫁的,只剩下这个心腹,收了屋里。一则显他的贤良,二则又拴爷的心。那平姑娘又是个正经人,从不会挑三窝四的,倒一味忠心赤胆伏侍他,所以才容下了。"

> 这一段兴儿谈凤姐十分脍炙人口,使凤姐的形象更加立体化了。

> 哪怕是不好伺候的主子如凤姐,也仍然需要平儿这样的忠臣拾遗补缺。

尤二姐笑道:"原来如此。但只我听见你们还有一位寡妇奶奶和几位姑娘,他这样利害,这些人如何依他?"兴儿拍手笑道:"原来奶奶不知道!我们家这位寡妇奶奶,第一个善德人,从不

> 第一善德了,也就管不成事了。

这是继冷子兴演说荣国府后又一次"小兴儿演说荣国府"。

兴儿是下人,越是下人说话越是生动,天生的直观形象,找得准感觉。当然,有他这下人的角度。

管事的,只教姑娘们看书写字,针线道理,这是他的事情。前日因为他病了,这大奶奶暂管了几日事,总是按着老例儿行,不像他那么多事逞才的。我们大姑娘,不用说,是好的了。二姑娘混名儿叫'二木头'。三姑娘的混名儿叫'玫瑰花儿',又红又香,无人不爱,只是有刺扎手,可惜不是太太养的,'老鸹窝里出凤凰'。四姑娘小,正经是珍大爷的亲妹子,太太抱过来的,养了这么大,也是一位不管事的。奶奶不知道,我们家的姑娘们不算外,还有两位姑娘,真是天下少有。一位是我们姑太太的女孩儿,姓林;一位是姨太太的女孩儿,姓薛。这两位姑娘都是美人一样,又都知书识字的。或出门上车,或在园子里遇见,我们连气儿也不敢出。"尤二姐笑道:"你们家规矩大,小孩子进得去,遇见姑娘们,原该远远的藏躲着,敢出什么气儿呢。"兴儿摇手,道:"不是那么不敢出气儿,是怕这气儿大了,吹倒了林姑娘;气儿暖了,又吹化了薛姑娘!"说得满屋里都笑了。	管事本身,就包含着恶的因子。 贾琏说过尤三姐像玫瑰花儿。 贾府的体制,培养不管事儿的,也滋生流氓无赖,而管事的,必带几分杀气。 拉开距离,指点评论,便觉轻松幽默。真加入进去,就没有这份生动活泼了。 这是名言,准确、生动、俏皮。
要知尤三姐要嫁何人,下回分解。	

尤三姐的表现,令人想起古代名言:"即以其人之道,还治其人之身。"现代名言:"我是流氓我怕谁?"绝对的正人君子,常常败在流氓手里,奈何?

兴儿的渲说应该引起高高在上者的觉悟,在你们考察下人的时候,下人更是洞若观火地给你们做着操行鉴定。

第六十六回

情小妹耻情归地府　冷二郎一冷入空门

话说兴儿说怕吹倒了林姑娘，吹化了薛姑娘，大家都笑了。那鲍二家的打他一下子，笑道："原有些真，到了你嘴里，越发没了捆儿了。你倒不像跟二爷的人，这些话倒像是宝玉的人。"

> 底层的语言生动，眼光更犀利。

尤二姐才要又问，忽见尤三姐笑问道："可是你们家那宝玉，除了上学，他做些什么？"兴儿笑道："三姨儿别问他，说起来，三姨儿也未必信。他长了这么大，独他没有上过正经学。我们家从祖宗直到二爷，谁不是学里的师老爷严严的管着念书？偏他不爱念书，是老太太的宝贝。老爷先还管，如今也不敢管了。成天家疯疯癫癫的，说话人也不懂，干的事人也不知。外头人人看着好清俊模样儿，心里自然是聪明的，谁知里头更糊涂，见了人，一句话也没有。所有的好处，虽没上过学，倒难为他认得几个字。每日又不习文，又不学武，又怕见人，只爱在丫头群儿里闹。再者，也没个刚气儿，有一遭见了我们，喜欢时，没上没下，大家乱玩一阵；不喜欢，各自走了，他也不理人。我们坐着卧着，见了他也不理他，他也不责备。因此，没人怕他，只管随便，都过的去。"

> 三姐对宝玉也有了点兴趣。

> 兴儿如果有机会，或可写出另一版本的《红楼梦》。

> 不符合社会规范，连兴儿也瞧不起。

尤三姐笑道："主子宽了，你们又这样；严

> 当然。

了,又抱怨。可知你们难缠。"尤二姐道:"我们看他倒好,原来这样。可惜了儿的一个好胎子。"尤三姐道:"姐姐信他胡说?咱们也不是见过一面两面的,行事言谈吃喝,原有些女儿气的,自然是天天只在里头惯了的。若说糊涂,那些儿糊涂?姐姐记得穿孝时,咱们同在一处,那日正是和尚们进来绕棺,咱们都在那里站着,他只站在头里挡着人。人说他不知礼,又没眼色。过后他没悄悄的告诉咱们说:'姐姐们不知道:我并不是没眼色;想和尚们的那样腌臢,只恐怕气味熏了姐姐们。'接着他吃茶,姐姐又要茶,那个老婆子就拿了他的碗去倒,他赶忙说:'我吃腌臢了的,另洗了再斟来。'这两件上,我冷眼看去,原来他在女孩儿跟前,不管什么都过的去,只不大合外人的式,所以他们不知道。"尤二姐听说,笑道:"依你说,你两个已是情投意合了。竟把你许了他,岂不好?"三姐见有兴儿,不便说话,只低了头磕瓜子儿。兴儿笑道:"若论模样儿行为,倒是一对儿好人!只是他已经有了人了,只是没有露形儿,将来准是林姑娘定了的。因林姑娘多病,二则都还小,所以还没办呢。再过三二年,老太太便一开言,那是再无不准的了。"

大家正说话,只见隆儿又来了,说:"老爷有事,是件机密大事,要遣二爷往平安州去。不过三五日就起身,来回得十五六天的工夫。今日不能来了,请老奶奶早和二姨儿定了那件事。明日爷来,好做定夺。"说着带了兴儿,也回去了。这里尤二姐命掩了门,早睡下了,盘问他妹子一夜。

至次日午后,贾琏方来了。尤二姐因劝他,

体贴。

三姐更能不受舆论与既有规范的拘束,用自己的眼睛看人。

从不同的角度刻画叙述同一人同一事,给人以十分立体的感觉。

局面已经形成,故连兴儿也门儿清。

说:"既有正事,何必忙忙又来,千万别为我误事。"贾琏道:"也没什么事,只是偏偏的又出来了一件远差。出了月儿就起身,得半月工夫才来。"尤二姐道:"既如此,你只管放心前去,这里一应不用你记挂。三妹妹他从不会朝更暮改的。他已择定了人,你只要依他就是了。"贾琏忙问:"是谁?"二姐笑道:"这人此刻不在这里,不知多早晚才来。也难为他的眼力。他自己说了,这人一年不来,他等一年;十年不来,等十年;若这人死了,再不来了,他情愿剃了头当姑子去,吃常斋念佛,再不嫁人。"贾琏问:"到底是谁,这样动他的心?"二姐儿笑道:"说来话长。五年前,我们老娘家做生日,妈妈和我们到那里给老娘拜寿,他家请了一起玩戏的人,也都是好人家子弟。里头有个装小生的,叫做柳湘莲,如今要是他才嫁。旧年闻得这人惹了祸逃走了,不知回来了不曾?"贾琏听了道:"怪道呢!我说是个什么人,原来是他!果然眼力不错。你不知道,那柳老二那样一个标致人,最是冷面冷心的,差不多的人,他都无情无义。他最和宝玉合的来。去年因打了薛呆子,他不好意思见我们的,不知那里去了,一向没来。听见有人说来了,不知是真是假,一问宝玉的小厮们,就知道了。倘或不来时,他是萍踪浪迹,知道几年才来,岂不白耽搁了?"二姐道:"我们这三丫头,说的出来,干的出来。他怎样说,只依他便了。"

　　二人正说之间,只见三姐走来说道:"姐夫,你也不知道我们是什么人!今日和你说罢,你只放心,我们不是那心口两样的人,说什么是什么。若有了姓柳的来,我便嫁他。从今日起,我吃斋念佛,伏侍母亲,等来了,嫁了他去;若一百

> 突然变成了贞节烈女?还是反映三姐的带有任性特点的激情?

> 最后不是通过三姐己口,而是二姐代为说出。回避开尴尬的自由择婿,变为比较容易接受的代言。

> 无情无义,冷面冷心,为何最与宝玉合得来?

> 一再强调三丫头的特立独行,略显过分。

年不来,我自己修行去了。"说着将头上一根玉簪拔下来,磕作两段,说:"一句不真,就合这簪子一样!"说着,回房去了,真个竟"非礼不动,非礼不言"起来。

贾琏无了法,只得和二姐商议了一回家务,复回家与凤姐商议起身之事。一面着人问焙茗,焙茗说:"竟不知道。大约没来,若来了,必是我知道的。"一面又问他的街坊,也说没来。贾琏只得回复了二姐儿。至起身之日已近,前两天便说起身,却先往二姐儿这边来住两夜,从这里再悄悄的长行。果见三姐儿竟像又换了一个人的是的;又见二姐儿持家勤慎,自是不消记挂。

是日,一早出城,竟奔平安州大道,晓行夜住,渴饮饥餐。方走了三日,那日正走之间,顶头来了一群驮子,内中一伙,主仆十来匹马。走的近了,一看时,不是别人,就是薛蟠和柳湘莲来了。贾琏深为奇怪,忙伸马迎了上来,大家一齐相见,说些别后寒温,便入一酒店歇下,共叙谈叙谈。贾琏因笑道:"闹过之后,我们忙着请你两个和解,谁知柳二弟踪迹全无。怎么你们两个今日倒在一处了?"薛蟠笑道:"天下竟有这样奇事:我和伙计贩了货物,自春天起身,往回里走,一路平安。谁知前日到了平安州地面,遇见一伙强盗,已将东西劫去。不想柳二弟从那边来了,方把贼人赶散,夺回货物,还救了我们的性命。我谢他又不受,所以我们结拜了生死弟兄,如今一路进京。从此后,我们是亲弟兄一般。到前面岔口上分路,他就分路往南二百里,有他一个姑妈,他去望候望候。我先进京去安置了我的事,然后给他寻一所房子,寻一门好亲

> 似嫌过于黑白分明,戏剧化了。
> 这固是尤三姐的血性,却也是尤三姐自己进了封建规范的框套,以她的性格和过去,这样做岂能见容?岂能被接纳?岂能不自投罗网,自取灭亡?

> 这是一种近似浪漫主义的写法,令人想起雨果《悲惨世界》中的冉阿让。

> 更为奇巧。
> 一般来说,"红"并不走无巧不成书的路子,但毕竟是小说了,不可能完全摆脱小说技巧直至套路。

> 这位眠花宿柳、吹歌弹唱的没落少爷,竟扮演了大侠角色。其实利用这段故事可以写一本武侠小说的。

写一个人虽然忏悔但不得见容的故事,古今中外都有。例如法国电影《推向断头台》。

事,大家过起来。"贾琏听了道:"原来如此,倒好,只是我们白悬了几日心。"又说道:"方才说起给柳二弟提亲,我正有一门好亲事,堪配二弟。"说着,便将自己娶尤氏,如今又要发嫁小姨子一节,说了出来,只不说尤三姐自择之语。又嘱薛蟠:"且不可告诉家里。等生了儿子,自然是知道的。"

> 从结构上说,尤三姐思嫁柳二郎,是神来之笔,一下子,人物关系收得拢了。

薛蟠听了大喜,说:"早该如此。这都是舍表妹之过。"湘莲忙笑说:"你又忘情了,还不住口!"薛蟠忙止住不语,便说:"既是这等,这门亲事定要做的。"湘莲道:"我本有愿,定要一个绝色的女子。如今既是贵昆仲高谊,顾不得许多了,任凭定夺,我无不从命。"贾琏笑道:"如今口说无凭,等柳二弟一见,便知我这内娣的品貌,是古今有一无二的了。"湘莲听了大喜,说:"既如此说,等弟探过姑母,不过月中,就进京的,那时再定,如何?"贾琏笑道:"你我一言为定。只是我信不过二弟,你是萍踪浪迹,倘然去了不来,岂不误了人家一辈子的大事?须得留一个定礼。"湘莲道:"大丈夫岂有失信之理。小弟素系寒贫,况且客中,那里能有定礼。"薛蟠道:"我这里现成,就备一分,二哥带去。"贾琏道:"也不用金银珠宝,须是柳二弟亲身自有的东西,不论贵贱,不过带去取信耳。"湘莲道:"既如此说,弟无别物,囊中还有一把'鸳鸯剑',乃弟家中传代之宝,弟也不敢擅用,只是随身收藏着,二哥就请拿去为定。弟纵系水流花落之性,亦断不舍此剑。"说毕,大家又饮了几杯,方各自上马,作别起程去了。

> 薛蟠也不站在凤姐一边。

> 由贾琏这色人做亲,埋伏下失败的种子。

> 不敢擅用,并非实战武器。实战武器怎好作聘礼?

且说贾琏一日到了平安州,见了节度,完了公事,因又嘱咐他十月前后务要还来一次。贾琏领命,次日连忙取路回家,先到尤二姐那边。且说二姐儿操持家务,十分谨肃,每日关门闭户,一点外事不闻。那三姐儿果是个斩钉截铁之人,每日侍奉母亲之余,只和姐姐一处做些活计,虽贾珍趁贾琏不在家,也来鬼混了两次,无奈二姐儿只不兜揽,推故不见。那三姐儿的脾气,贾珍早已领过教的,那里还敢招惹他去?所以踪迹一发疏阔了。

> 极写二姐三姐之谨肃、斩钉截铁、各门其安,写暴风雨前的平安无事,欲擒先纵。

却说这日贾琏进门,看见二姐儿三姐儿这般景况,喜之不尽,深念二姐儿之德。大家叙些寒温,贾琏便将路遇柳湘莲一事说了一回,又将"鸳鸯剑"取出,递与三姐儿。三姐儿看时,上面龙吞夔护,珠宝晶荧;及至拿出来看时,里面却是两把合体的,一把上面錾一"鸳"字,一把上面錾一"鸯"字,冷飕飕,明亮亮,如两痕秋水一般。三姐儿喜出望外,连忙收了,挂在自己绣房床上,每日望着剑,自喜终身有靠。贾琏住了两天,回去复了父命,回家合宅相见。那时凤姐已大愈,出来理事行走了。贾琏又将此事告诉了贾珍。贾珍因近日又搭上了新相知,二则正恼他姐妹们无情,把这事丢过了,全不在心上,任凭贾琏裁夺;只怕贾琏独力不能,少不得又给他几十两银子。贾琏拿来,交与二姐儿,预备妆奁。

> 个个是空喜一场。人生就是这样的一个骗局吗?

谁知八月内湘莲方进了京,先来拜见薛姨妈。又遇见薛蟠,方知薛蟠不惯风霜,不服水土,一进京时,便病倒在家,请医调治。听见湘莲来了,请入卧室相见。薛姨妈也不念旧事,只感救命之恩。母子们十分称谢。又说起亲事一节,凡一应东西皆置办妥当,只等择日。柳湘莲也感激不尽。

次日,又来见宝玉。二人相会,如鱼得水。湘莲因问贾琏偷娶二房之事。宝玉笑道:"我听见焙茗说,我却未见。我也不敢多管。我又听见焙茗说,琏二哥哥着实问你,不知有何话说。"湘莲就将路上所有之事,一概告诉宝玉。宝玉笑道:"大喜,大喜!难得这个标致人,果然是个古今绝色,堪配你之为人。"湘莲道:"既是这样,他那少了人物,如何只想到我?况且我又素日不甚和他相厚,也关切不至于此。路上忙忙的就那样再三要求定下,难道女家反赶着男家不成?我自己疑惑起来,后悔不该留下这剑作定。所以后来想起你来,可以细细问了底里才好。"宝玉道:"你原是个精细人,如何既许了定礼又疑惑起来?你原说只要一个绝色的,如今既得了个绝色的,便罢了,何必再疑?"湘莲道:"你既不知他来历,如何又知是绝色?"宝玉道:"他是珍大嫂子的继母带来的两位妹子。我在那里和他们混了一个月,怎么不知?真真一对尤物,他又姓尤。"

湘莲听了,跌足道:"这事不好,断乎做不得!你们东府里,除了那两个石头狮子干净罢了!"宝玉听说,红了脸。湘莲自惭失言,连忙作揖,说:"我该死胡说!你好歹告诉我,他品行如何?"宝玉笑道:"你既深知,又来问我做甚么?连我也未必干净了。"湘莲笑道:"原是我自己一时忘情,好歹别多心。"宝玉笑道:"何必再提,这倒似有心了。"湘莲作揖告辞出来,心中想着要找薛蟠,一则他病着,二则他又浮躁,不如去要回定礼。主意已定,便一径来找贾琏。

"如鱼得水"四字,给人以狎昵感。

最怜香惜玉的宝二爷,为何不说尤三姐一句好话,为何客观上起了毁灭三姐的作用?有一个可能的解释,宝玉与湘莲有过于狎昵的关系,他不愿柳与三姐成婚。否则,便是被认为"反封建"的宝二爷,维护的仍是封建礼法。

宝玉的"尤物"说,是背后一刀。

宝玉无法为三姐辩护,反而坐实了湘莲对三姐的疑心。

湘莲自己干净吗?也是男女有别:男人自可拈花惹草,不足为病,反称风流,而女人就不同了。

贾琏正在新房中，闻湘莲来了，喜之不尽，忙迎出来，让到内堂，与尤老娘相见。湘莲只作揖，称"老伯母"，自称"晚生"，贾琏听了咤异。吃茶之间，湘莲便说："客中偶然忙促，谁知家姑母于四月订了弟妇，使弟无言可回。要从了二哥，背了姑母，似不合理。若系金帛之定，弟不敢索取；但此剑系祖父所遗，请仍赐回为幸。"贾琏听了，心中自是不自在，便道："二弟，这话你说错了。定者，定也；原怕返悔，所以为定。岂有婚姻之事，出入随意的？这个断乎使不得。"湘莲笑说："如此说，弟愿领责领罚，然此事断不敢从命。"贾琏还要饶舌。湘莲便起身说："请兄外座一叙，此处不便。"那尤三姐在房明明听见。好容易等了他来，今忽见返悔，便知他在贾府中听了什么话来，把自己也当做淫奔无耻之流，不屑为妻。今若容他出去和贾琏说退亲，料那贾琏不但无法可处，就是争辩起来，自己也无趣味。一听贾琏要同他出去，连忙摘下剑来，将一股雌锋隐在肘后，出来便说："你们也不必出去再议，还你的定礼！"一面泪如雨下，左手将剑并鞘送与湘莲，右手回肘，只往项上一横，可怜：

揉碎桃花红满地，玉山倾倒再难扶！

当下唬的众人急救不迭。尤老娘一面嚎哭，一面大骂湘莲。贾琏揪住湘莲，命人捆了送官。二姐儿忙止泪，反劝贾琏："人家并没威逼他，是他自寻短见，你便送他到官，又有何益？反觉生事出丑。不如放他去罢。"贾琏此时也没了主意，便放了手，命湘莲快去。湘莲反不动身，拉下手绢，拭泪道："我并不知是这等刚烈人，真真可敬！是我没福消受。"大哭一场，等买了棺木，眼看着入殓，又抚棺大哭一场，方告辞而去。

原来勇斗贾珍贾琏的英勇豪迈哪里去了？

可见与"敌人"斗易，与自己人（特别是自己钦佩心爱的人）的偏见冤枉斗难。
失去了精神支柱，失去了"改恶从善"的前途。这实是执着精神的失败，却也塑造了一种特殊的"烈女"形象。

这两句引用得太隔也太戏曲化了，反减弱了人道主义力量。

此前三姐与贾珍贾琏斗争，锋芒毕露，所向披靡，淋漓尽致，不祥。斗得胜得都太满了，自己择婿也太能干了，可惜！

这大概也算报答，活着时害了人，死了大哭一场。

如何能自刎得这般爽快？剑如此锋利？尤三姐用剑如此熟练,二人连扑救都没有？

试看写各种生活场面——饮酒、祝寿、吟诗、赏花、赏雪、医疗、丧葬、上学……是何等细致丰满。可见,那些描写曹公有自己的亲身经验依据。而三姐故事,出自想象或道听途说,反正不是第一手经验。

又是阴魂招引,又是一僧一道。自二十五回"通灵玉蒙蔽遇双真"以来,此僧此道久违了。然而他们的法力无处不在。他们为现实生活蒙上了阴影,也为现实生活破开了一个黑洞,给予了无出路的出路。

不了了之。是人生的不了了之,是爱情的不了了之,是柳湘莲的不了了之,也是小说的不了了之。再写下去,反为不美。

> 出门正无所之,昏昏默默,自想方才之事:"原来这样标致人,又这等刚烈!"自悔不及,信步行来,也不自知了。

不死就不刚烈,就肮脏了。为什么道德规范常常需要用死来证明自身、实现自身？

> 　　正走之间,只听得隐隐一阵环佩之声,尤三姐从那边来了,一手捧着鸳鸯剑,一手捧着一卷册子,向湘莲哭道:"妾痴情待君五年,不期君果'冷心冷面',妾以死报此痴情。妾今奉警幻仙姑之命,前往太虚幻境,修注案中所有一干情鬼。妾不忍相别,故来一会,从此再不能相见矣。"说毕,又向湘莲洒了几点眼泪,便要告辞而行。湘莲不舍,忙欲上来拉住问时,那尤三姐一摔手,便自去了。这里柳湘莲放声大哭,不觉自梦中哭醒,似梦非梦,睁眼看时,竟是一座破庙,旁边坐着一个瘸腿道士捕虱。湘莲便起身稽首相问:"此系何方？仙师何号？"道士笑道:"连我也不知道此系何方,我系何人。不过暂来歇脚而已。"柳湘莲听了,冷然如寒冰侵骨。掣出那股雄剑来,将万根烦恼丝,一挥而尽,便随那道士,不知往那里去了。要知端的,且看下回分解。

读到这里,人生诸事诸欲诸烦恼已令读者把太虚幻境忘在了一边,别忙,幻境等着湘莲,等着各人,也等着你我呢。

偶尔现出劝世的主旨,更多的是纠缠不休,欲罢不能。

万根烦恼丝,岂是一挥可尽的！

尤三姐来得痛快,恶得痛快,走得痛快,虽痛仍快,难得！

第 六 十 七 回

见土仪颦卿思故里　闻秘事凤姐讯家童

话说尤三姐自尽之后,尤老娘合二姐儿、贾珍、贾琏等,俱不胜悲恸,自不必说,忙令人盛殓,送往城外埋葬。柳湘莲见尤三姐身亡,痴情眷恋,却被道人数句冷言,打破迷关,竟自截发出家,跟随疯道人飘然而去,不知何往。暂且不表。

> 别出心裁的《红楼梦》,也有顺着套路走的平凡乃至贫乏。

且说薛姨妈闻知湘莲已说定了尤三姐为妻,心中甚喜,正是高高兴兴,要打算替他买房子,治家伙,择吉迎娶,以报他救命之恩。忽有家中小厮吵嚷:"三姐儿自尽了。"被小丫头们听见,告知薛姨妈。薛姨妈不知为何,心甚叹息。正在猜疑,宝钗从园里过来,薛姨妈便对宝钗说道:"我的儿,你听见了没有?你珍大嫂子的妹妹三姑娘,他不是已经许定给你哥哥的义弟柳湘莲了么!不知为什么自刎了。那柳湘莲也不知往那里去了,真正奇怪的事,叫人意想不到!"宝钗听了,并不在意,便说道:"俗语说的好:'天有不测风云,人有旦夕祸福。'这也是他们前生命定。前日妈妈为他救了哥哥,商量着替他料理,如今已经死的死了,走的走了,依我说,也只好由他罢了。妈妈也不必为他们伤感了。倒是自从哥哥打江南回来了一二十日,贩了来的货物,想来也该发完了。那同伴去的伙计们辛辛

> 好梦难圆。

> 为何如此不在意?连好奇心都没有了么?
> 不仅冷面冷心,而且冷血了。刚说过她"艳冠群芳",如何又用春秋笔法贬损之?
> 或者可以解释为宝钗洁身自好,自来就对湘莲这种风流人物不感兴趣,更对他与尤三姐的婚事不感兴趣。

347

苦苦的回来几个月了,妈妈合哥哥商议商议,也该请一请,酬谢酬谢才是。别叫人家看着无理似的。"

母女正说话间,见薛蟠自外而入,眼中尚有泪痕,一进门来,便向他母亲拍手说道:"妈妈可知道柳二哥尤三姐的事么?"薛姨妈说:"我才听见说,正在这里合你妹妹说这件公案呢。"薛蟠道:"妈妈可听见说柳湘莲跟着一个道士出了家了么?"薛姨妈道:"这越发奇了!怎么柳相公那样一个年轻的聪明人,一时糊涂就跟着道士去了呢。我想你们好了一场,他又无父母兄弟,只身一人在此,你该各处找找他才是。靠那道士,能往那里远去,左不过是在这方近左右的庙里寺里罢了。"薛蟠说:"何尝不是呢。我一听见这个信儿,就连忙带了小厮们在各处寻找,连一个影儿也没有。又去问人,都说没看见。"薛姨妈说:"你既找寻过,没有,也算把你做朋友的心尽了。焉知他这一出家,不是得了好处去呢。只是你如今也该张罗张罗买卖;二则把你自己娶媳妇应办的事情,倒早些料理料理。咱们家没人,俗语说的,'夯雀儿先飞',省得临时丢三落四的不齐全,令人笑话。再者,你妹妹才说你也回家半个多月了,想货物也该发完了,同你去的伙计们,也该摆桌酒,给他们道道乏才是。人家陪着你走了二三千里的程途,受了四五个月的辛苦,而且在路上又替你担了多少的惊怕沉重。"薛蟠听说,便道:"妈妈说的很是。倒是妹妹想的周到,我也这样想着,只因这些日子为各处发货,闹的脑袋都大了。又为柳二哥的事忙了这几日,反倒落了一个空,白张罗了一会子,倒把正经事都误了。要不然,定了明儿后儿下

	时兴追求淡定,太淡定了也引起反感。
	越发奇之事,一般并不可信,视为托词或讹传可也。
	薛蟠的表现比乃妹强多了。薛蟠本是个罪行(乃至血债)累累的恶霸,但他给历代评家的印象并不太坏(至少比赦、珍、琏、蓉、芸辈强得多),一是因他心直口快,阴谋诡计不多,坏也坏在明处,二则是在这些事上,他很讲交情。
	人生诸事,未知如何,不过如此。岂无意外?岂有新意?
	柳尤之事,本不是"正经事"。

帖儿请罢。"薛姨妈道："由你办去罢。"

话犹未了，外面小厮进来回说："管总的张大爷差人送了两箱子东西来，说：'这是爷各自买的，不在货账里面。本要早送来，因货物箱子压着，没得拿；昨儿货物发完了，所以今日才送来了。'"一面说，一面又见两个小厮搬进了两个夹板夹的大棕箱。薛蟠一见，说："嗳哟，可是我怎么就糊涂到这步田地了！特特的给妈合妹妹带来的东西，都忘了，没拿了家里来，还是伙计送了来了。"宝钗说："亏你说还是'特特的带来'的，才放了一二十天，若不是'特特的带来'，大约要放到年底下才送来呢。我看你也诸事太不留心了。"薛蟠笑道："想是在路上叫人把魂吓掉了，还没归窍呢。"

可能是薛蟠忘了，也可能是写小说的一支笔难以同时叙述那么多事儿。

说着，大家笑了一回，便向小丫头说："出去告诉小厮们，东西收下，叫他们回去罢。"薛姨妈和宝钗因问："到底是什么东西，这样捆着绑着的？"薛蟠便命叫两个小厮进来，解了绳子，去了夹板，开了锁看时，这一箱都是绸缎绫锦洋货等家常应用之物。薛蟠笑着道："那一箱是给妹妹带的。"亲自来开。母女二人看时，却是些笔、墨、纸、砚，各色笺纸，香袋、香珠、扇子、扇坠、花粉、胭脂等物；外有虎丘带来的自行人、酒令儿，水银灌的打金斗小小子，沙子灯，一出一出的泥人儿的戏，用青纱罩的匣子装着；又有在虎丘山上泥捏的薛蟠的小像，与薛蟠毫无相差。宝钗见了，别的都不理论，倒是薛蟠的小像，拿着细细看了一看，又看看他哥哥，不禁笑起来了。因叫莺儿带着几个老婆子，将这些东西连箱子送到园里去。又和母亲哥哥说了一回闲话儿，才回园子里去了。这里薛姨妈将箱子里的东西取

又是物的叙述，物的贯口。物到了笔下，开始发出光彩！

添一分则过,性格化的结果有时收效适得其反。刘备、宋江直至宝钗,都令人疑其伪。
太"正确"了就像假的。这是不是人性恶的表现?抑是性恶论的影响?恶人、偏执人比善人、全人更可信。不可叹乎?

出,一分一分的打点清楚,叫同喜送给贾母并王夫人等处,不提。

　　且说宝钗到了自己房中,将那些玩意儿一件一件的过了目,除了自己留用之外,一分一分配合妥当:也有送笔、墨、纸、砚的;也有送香袋、扇子、香坠的;也有送脂粉、头油的;有单送玩意儿的。只有黛玉的比别人不同,且又加厚一倍。一一打点完毕,使莺儿同着一个老婆子,跟着送往各处。

> 处处公关,滴水不漏。
>
> 时时提醒,二人地位不一般,关系也不一般。

　　这边姊妹诸人都收了东西,赏赐来使,说:"见面再谢。"惟有黛玉看见他家乡之物,反自触物伤情,想起:"父母双亡,又无兄弟,寄居亲戚家中,那里有人也给我带些土物?"想到这里,不觉的又伤起心来了。紫鹃深知黛玉心肠,但也不敢说破,只在一旁劝道:"姑娘的身子多病,早晚服药,这两日看着比那些日子略好些,虽说精神长了一点儿,还算不得十分大好。今儿宝姑娘送来的这些东西,可见宝姑娘素日看得姑娘很重,姑娘看着该喜欢才是,为什么反倒伤起心来。这不是宝姑娘送东西来,倒叫姑娘烦恼了不成?就是宝姑娘听见,反觉脸上不好看。再者,这里老太太们为姑娘的病体,千方百计请好大夫配药诊治,也为是姑娘的病好。这如今才好些,又这样哭哭啼啼,岂不是自己遭塌了自己身子,叫老太太看着添了愁烦了么?况且姑娘这病,原是素日忧虑过度,伤了血气。姑娘的千金贵体,也别自己看轻了。"

> 这些地方都是写之再三,不无絮叨。
>
> 巨型长篇的写法,本也与精短小品不一样。

　　紫鹃正在这里劝解,只听见小丫头子在院

伤心则一切伤心——黛玉,体贴则一切(女子)体贴——宝玉,冷静则一切冷静——宝钗,尴尬则一切尴尬——赵姨娘,孤僻则一切孤僻——妙玉,平顺则一切平顺——平儿⋯⋯

人物的性格化原则在某种意义上说也就是小说化原则,盖这样的人物鲜明生动,活灵活现,却只有在小说中才结识得着,实际生活中,很难把人的个性提纯到这种程度。

内说:"宝二爷来了。"紫鹃忙说:"请二爷进来罢。"只见宝玉进房来了。黛玉让坐毕,宝玉见黛玉泪痕满面,便问:"妹妹,又是谁气着你了?"黛玉勉强笑道:"谁生什么气。"旁边紫鹃将嘴向床后桌上一努。宝玉会意,往那里一瞧,见堆着许多东西,就知道是宝钗送来的,便取笑说道:"那里这些东西?不是妹妹要开杂货铺啊?"黛玉也不答言。紫鹃笑着道:"二爷还提东西呢!因宝姑娘送了些东西来,姑娘一看,就伤起心来了。我正在这里劝解,恰好二爷来的很巧,替我们劝劝。"

> 宝二爷的到来都是时候。

> 给心爱的人插科打诨,也是示爱。

> 伤心则无事不伤心,无物不伤心。
> 以伤心观照万事万物。
> 当然可以解释黛玉的伤心:父母双亡、寄人篱下、终身无靠等等。但最好是不去解释,依黛玉的心性,没有这些苦处也会为别的事情而伤心。
> 自来伤心。

宝玉明知黛玉是这个原故,却也不敢提头儿,只得笑道:"你们姑娘的原故,想来不为别的,必是宝姑娘送来的东西少,所以生气伤心。妹妹,你放心,等我明年叫人往江南去,与你多多的带两船来,省得你淌眼抹泪的。"黛玉听了这些话,也知宝玉是为自己开心,也不好推,也不好任,因说道:"我任凭怎么没见世面,也到不了这步田地,因送的东西少,就生气伤心。我又不是两三岁的小孩子,你也忒把人看得小气了。我有我的原故,你那里知道?"说着,眼泪又流下来了。宝玉忙走到床前,挨着黛玉坐下,将那些东西一件一件拿起来,摆弄着细瞧,故意问这是什么,叫什么名字?那是什么做的,这样齐整?这是什么,要他做什么使用?又说这一件可以摆在面前;又说那一件可以放在条桌上,当古董儿倒好呢。一味的将些没要紧的话来厮混。黛

> 其实如果送得少了或没有送也是要伤心的。

> 宝玉确好。
> 能这样细心耐心对待一个女孩子,确实与那些淫人不同。

> 为何不写宝玉对柳尤事件的反应,何况此事与他有关。

玉见宝玉如此，自己心里倒过不去，便说："你不用在这里混搅了，咱们到宝姐姐那边去罢。"宝玉巴不得黛玉出去散散闷，解了悲痛，便道："宝姐姐送咱们东西，咱们原该谢谢去。"黛玉道："自家姊妹，这倒不必；只是到他那边，薛大哥回来了，必然告诉他些南边的古迹儿，我去听听，只当回了家乡一趟的。"说着，眼圈儿又红了。宝玉便站着等他。黛玉只得同他出来，往宝钗那里去了。

> 黛玉知此感此，亦无怨矣。

> 这一段似无太大意义，写钗黛关系，又似乎隐藏着什么。

且说薛蟠听了母亲之言，急下了请帖，办了酒席。次日，请了四位伙计，俱已到齐，不免说些贩卖账目发货之事。不一时，上席让坐，薛蟠挨次斟了酒，薛姨妈又使人出来致意。大家喝着酒说闲话儿，内中一个道："今日这席上短两个好朋友。"众人齐问："是谁？"那人道："还有谁，就是贾府上的琏二爷和大爷的盟弟柳二爷。"大家果然都想起来，问着薛蟠道："怎么不请琏二爷合柳二爷来？"薛蟠闻言，把眉一皱，叹口气道："琏二爷又往平安州去了，头两天就起了身的。那柳二爷竟别提起，真是天下头一件奇事！什么是'柳二爷'，如今不知那里作'柳道爷'去了。"众人都咤异道："这是怎么说？"

> 对柳湘莲命运的关心，限于层次不高的圈子。

薛蟠便把湘莲前后事体说了一遍。众人听了，越发骇异，因说道："怪不的前日在我们店里，仿仿佛佛也听见人吵嚷说：'有一个道士，三言两语，把一个人度了去了。'又说：'一阵风刮了去了。'只不知是谁。我们正发货，那里有闲工夫打听这事去，到如今还是似信不信的，谁知就是柳二爷呢！早知是他，我们大家也该劝劝他才是。任他怎么着，也不叫他去。"内中一个道："别是这么着罢？"众人问："怎么样？"那

> 再找补一下，使不经之言坐实。

> 发生了一件什么事情，人们

人道："柳二爷那样个伶俐人，未必是真跟了道士去罢。他原会些武艺，又有力量，或看破那道士的妖术邪法，特意跟他去，在背地摆布他，也未可知。"薛蟠道："果然如此，倒也罢了。世上这些妖言惑众的人，怎么没人治他一下子！"众人道："那时难道你知道了也没找寻他去？"薛蟠说："城里城外，那里没有找到？不怕你们笑话，我找不着他，还哭了一场呢。"言毕，只是长吁短叹，无精打彩的，不像往日高兴。众伙计见他这样光景，自然不便久坐，不过随便喝了几杯酒，吃了饭，大家散了。

就做成各种传闻与解释，隔靴搔痒，以讹传讹。

救世渡人，从另一面解释，恰是妖言惑众。

这次致谢宴请的不成功，反衬出宝钗的不近人情。众人都关心，宝钗例外。

且说宝玉同着黛玉到宝钗处来，宝玉见了宝钗，便说道："大哥哥辛辛苦苦的带了东西来，姐姐留着使罢，又送我们。"宝钗笑道："原不是什么好东西，不过是远路带来的土物儿，大家看着新鲜些就是了。"黛玉道："这些东西，我们小时候倒不理会，如今看见，真是新鲜物儿了。"宝钗因笑道："妹妹知道，这就是俗语说的'物离乡贵'，其实可算什么呢。"宝玉听了这话，正对了黛玉方才的心事，连忙拿话岔道："明年好歹大哥哥再去时，替我们多带些来。"黛玉瞅了他一眼，便道："你要，你只管说，不必拉扯上人。姐姐，你瞧，宝哥哥不是给姐姐来道谢，竟又要定下明年的东西来了。"说的宝钗宝玉都笑了。

乡愁如酒。
愁也是一种美。

物离乡贵是市场规律，更是心理规律。

从伤感到幽默，这其实是一种健康化和成熟化的表现。

三个人又闲话了一回，因提起黛玉的病来，宝钗劝了一回，因说道："妹妹若觉着身上不爽快，倒要自己勉强拄挣着出来，各处走走逛逛，散散心，比在屋里闷坐着到底好些。我那两日，不是觉着发懒、浑身发热，只是要歪着，也因为时气不好，怕病，因此寻些事情，自己混着。这

寻些事情，也是养生之道。
"我也是……"后面似有但书。

王夫人对赵的态度实在太不友好。此节她至少应该礼貌礼貌,对付对付。人家来表示对你的外甥女的感谢称颂,你怎么一句人话也不说呢?

作者的倾向也完全是肯定王而嘲弄赵。

两日才觉着好些了。"黛玉道:"姐姐说的何尝不是,我也是这么想着呢。"大家又坐了一会子方散。宝玉仍把黛玉送至潇湘馆门首,才各自回去了。

且说赵姨娘因见宝钗送了贾环些东西,心中甚是喜欢,想道:"怨不得别人都说那宝丫头好,会做人,很大方。如今看起来,果然不错!他哥哥能带了多少东西来?他挨门儿送到,并不遗漏一处,也不露出谁薄谁厚。连我们这样没时运的,他都想到了;若是那林丫头,他把我们娘儿们正眼也不瞧,那里还肯送我们东西?"一面想,一面把那些东西翻来复去的摆弄,瞧看一回。忽然想到宝钗系王夫人的亲戚,为何不到王夫人跟前卖个好儿呢。自己便蝎蝎螫螫的,拿着东西,走至王夫人房中,站在旁边,陪笑说道:"这是宝姑娘才刚给环哥儿的。难为宝姑娘这么年轻的人,想的这么周到,真是大户人家的姑娘,又展样,又大方。怎么叫人不敬服呢!怪不得老太太和太太成日家都夸他疼他。我也不敢自专就收起来,特拿来给太太瞧瞧,太太也喜欢喜欢。"王夫人听了,早知道来意了。又见他说的不伦不类,也不便不理他,说道:"你只管收了去给环哥玩罢。"赵姨娘来时,兴兴头头,谁知抹了一鼻子灰,满心生气,又不敢露出来,只得讪讪的出来了。到了自己房中,将东西丢在一边,嘴里咕咕哝哝,自言自语道:"这个又算了个什么儿呢?"一面坐着各自生了一回闷气。

却说莺儿带着老婆子们送东西回来,回复

赵姨娘难得对主流派亲属产生此种美好情绪。一碗水端平,方能令人折服。

赵姨娘也反林?似不值一提,但恰恰是这里,赵代表了主流民意。

蝎蝎螫螫,这样的人我也见过。

不能算"不伦不类"。

赵姨娘感谢宝钗,到王夫人处说一说,自是讨好之意,起码并无不良动机。却也"抹了一鼻子灰",对赵氏,未免太苛刻了。

了宝钗,将众人道谢的话并赏赐的银钱都回完了,那老婆子便出去了。莺儿走近前来一步,挨着宝钗,悄悄的说道:"刚才我到琏二奶奶那边,看见二奶奶一脸的怒气。我送下东西出来时,悄悄的问小红,说:'刚才二奶奶从老太太屋里回来,不似往日欢天喜地的,叫了平儿去,唧唧咕咕的不知说了些什么。'看那个光景,倒像有什么大事的是的。姑娘没听见那边老太太有什么事?"宝钗听了,也自己纳闷,想不出凤姐是为什么有气,便道:"各人家有各人的事,咱们那里管得?你去倒茶去罢。"莺儿于是出来,自己倒茶不提。

> 风暴来了。
> 小红长舌。

> 此话好。

且说宝玉送了黛玉回来,想着黛玉的孤苦,不免也替他伤感起来,因要将这话告诉袭人。进来时,却只有麝月秋纹在房中,因问:"你袭人姐姐那里去了?"麝月道:"左不过在这几个院里,那里就丢了他,一时不见就这样找。"宝玉笑着道:"不是怕丢了他。因我方才到林姑娘那边,见林姑娘又正伤心呢。问起来,却是为宝姐姐送了他东西,他看见是他家乡的土物,不免对景伤情。我要告诉你袭人姐姐,叫他闲时过去劝劝。"正说着,晴雯进来了,因问宝玉道:"你回来了!你又要叫劝谁?"宝玉将方才的话说了一遍。晴雯道:"袭人姐姐才出去,听见他说要到琏二奶奶那边去。保不住还到林姑娘那里。"宝玉听了,便不言语。秋纹倒了茶来,宝玉漱了一口,递给小丫头子,心中着实不自在,就随便歪在床上。

> "着实不自在"的潜台词是什么?

却说袭人因宝玉出门,自己作了回活计,忽想起凤姐身上不好,这几日也没有过去看看,况山雨欲来风满楼。

大闹宁国府前夕,先是莺儿向宝钗报信儿,宝钗虽说不管闲事,悬念已给读者造成。接着袭人也感到了异常气氛,虽是若无其事地说闲话,却更给人以风暴前的平静的感觉。袭人来凤处的路上插一段防蜂护果的插曲,虽似信手拈来的闲笔,实则既略补补园子承包后的景象描写,又进一步烘托了风暴欲来,阴云密布,而众人万物尚无察觉的气氛,欲擒故纵,大家风度。

闻贾琏出门,正好大家说说话儿,便告诉晴雯:"好生在屋里,别都出去了,叫二爷回来抓不着人。"晴雯道:"嗳哟,这屋里单你一个人记挂着他,我们都是白闲着,混饭吃的!"

> 袭人恰恰此时想起凤姐并去看望,是巧合吗?

袭人笑着,也不答言,就走了。刚来到沁芳桥畔,那时正是夏末秋初,池中莲藕,新残相间,红绿离披。袭人走着,沿堤看玩了一回,猛抬头,看见那边葡萄架底下,有人拿着掸子,在那里掸什么呢。走到跟前,却是老祝妈。那老婆子见了袭人,便笑嘻嘻的迎上来,说道:"姑娘怎么今日得工夫出来逛逛?"袭人道:"可不是。我要到琏二奶奶家瞧瞧去。你在这里做什么呢?"那婆子道:"我在这里赶蜜蜂儿。今年三伏里雨水少,这果子树上都有虫子,把果子吃的疤疤流星的,掉了好些下来。姑娘还不知道呢,这马蜂最可恶的,一嘟噜上,只咬破三两个儿,那破的水滴到好的上头,连这一嘟噜都是要烂的。姑娘,你瞧,咱们说话的空儿没赶,就落上许多了。"袭人道:"你就是不住手的赶,也赶不了许多。你倒是告诉买办,叫他多多做些小冷布口袋儿,一嘟噜套上一个,又透风,又不遭塌。"

> 承包激发出来的积极性。

> 袭人也懂园艺?此法至今使用。

婆子笑道:"倒是姑娘说的是。我今年才管上,那里知道这个巧法儿呢。"因又笑着说道:"今年果子虽遭塌了些,味儿倒好,不信摘一个姑娘尝尝。"袭人正色道:"这那里使得?不但没熟吃不得,就是熟了,上头还没有供鲜,咱们倒以此回为例,先追光宝钗薛姨妈,联系到薛蟠,转到薛蟠身上;然后薛蟠送礼,追光转到黛玉;宝玉来安慰黛玉,追光在宝玉;宝玉派袭人,又追袭人;袭人至凤姐,才打开大灯把戏有声有色地围绕凤姐演出来。

长篇小说,视角变幻,方见全景,亦似散点透视,领着读者且行且看地逛大观园。这种结构方法颇有气派,唯须作者确有多方洞察,写到哪儿都有把握都不"手软"的本领。

先吃了。你是府里使老了的,难道连这个规矩都不懂了?"老祝妈忙笑道:"姑娘说得是。我见姑娘很喜欢,我才敢这么说,可就把规矩错了。我可是老糊涂了。"袭人道:"这也没有什么,只是你们有年纪的老奶奶们,别先领着头儿这么着就好了。"

> 果然坚持规范。

> 中规中矩,是好职工,却未必是好情人。

说着,遂一径出了园门,来到凤姐这边。一到院里,只听凤姐说道:"天理良心!我在这屋里熬的越发成了贼了。"袭人听见这话,知道有原故了,又不好回来,又不好进去,遂把脚步放重些,隔着窗子问道:"平姐姐在家里呢么?"平儿忙答应着迎出来。袭人便问:"二奶奶也在家里呢么?身上可大安了?"说着,已走进来。

凤姐装着在床上歪着呢。见袭人进来,也笑着站起来,说:"好些了,叫你惦着。怎么这几日不过我们这边坐坐?"袭人道:"奶奶身上欠安,本该天天过来请安才是。但只怕奶奶身上不爽快,倒要静静儿的歇歇儿,我们来了,倒吵的奶奶烦。"凤姐笑道:"烦是没的话。倒是宝兄弟屋里虽然人多,也就靠着你一个照看他,也实在的离不开。我常听见平儿告诉我说,你背地里还惦着我,常常问我。这就是你尽心了。"一面说着,叫平儿挪了张杌子放在床傍边,让袭人坐下。丰儿端进茶来。袭人欠身道:"妹妹坐着罢。"一面说闲话儿。只见一个小丫头子在外间屋里,悄悄的和平儿说:"旺儿来了,在二门上伺

> 从凤姐的态度可以看出袭人的地位。

> 只靠一人,太宠太过了。

> "红"到这里,各种人物性格已经锁定,然后各种场合都是这种性格,缺少变数了。

> 不忘致敬。
> 致敬学也是一门学问,与名单学、座次学一样,不可不察。

候着呢。"又听见平儿也悄悄的道:"知道了。叫他先去,回来再来,别在门口儿站着。"袭人知他们有事,又说了两句话,便起身要走。凤姐道:"闲来坐坐,说说话儿,我倒开心。"因命:"平儿,送送你妹妹。"平儿答应着,送出来。只见两三个小丫头子都在那里,屏声息气,齐齐的伺候着。袭人不知何事,便自去了。

"他们有事"四字,把读者的心亦高高吊起。

却说平儿送出袭人,进来回道:"旺儿才来了,因袭人在这里,我叫他先到外头等等儿。这会子还是立刻叫他呢,还是等着?请奶奶的示下。"凤姐道:"叫他来!"平儿忙叫小丫头去传旺儿进来。这里凤姐又问平儿:"你到底是怎么听见说的?"平儿道:"就是头里那小丫头子的话。他说他在二门里头,听见外头两个小厮说:'这个新二奶奶比咱们旧二奶奶还俊呢,脾气儿也好。'不知是旺儿是谁,吆喝了两个一顿,说:'什么新奶奶旧奶奶的,还不快悄悄儿的呢!叫里头知道了,把你的舌头还割了呢。'"平儿正说着,只见一个小丫头进来,回说:"旺儿在外头伺候着呢。"凤姐听了,冷笑了一声,说:"叫他进来!"那小丫头出来说:"奶奶叫呢。"旺儿连忙答应着进来。

注意:最早打报告的不是别的恶人,而是平儿。这说明,平儿确实忠于凤姐。其次,当一个"好人"忠于一个恶人的时候,这个好人究竟会起什么作用?思之怵然。第三,此后平儿又十分同情与帮助尤二姐,这不也是自相矛盾乃至人格分裂吗?

冷笑一声,已进入格杀状态。

旺儿请了安,在外间门口垂手侍立。凤姐儿道:"你过来,我问你话。"旺儿才走到里间门旁站着。凤姐儿道:"你二爷在外头弄了人,你知道不知道?"旺儿又打着千儿,回道:"奴才天天在二门上听差事,如何能知道二爷外头的事呢。"凤姐冷笑道:"你自然'不知道'!你要知道,你怎么拦人呢。"旺儿见这话,知道刚才的话已经走了风了,料着瞒不过,便又跪回道:"奴才实在不知,就是头里兴儿和喜儿两个人在那里

又一声冷笑,尖刀已指向咽喉。

混说,奴才吆喝了他们两句。内中深情底里,奴才不知道,不敢妄回。求奶奶问兴儿,他是长跟二爷出门的。"凤姐儿听了,下死劲啐了一口,骂道:"你们这一起没良心的混账忘八崽子!都是一条藤儿,打量我不知道呢!先去给我把兴儿那个忘八崽子叫了来,你也不许走。问明白了他,回来再问你。好,好,好!这才是我使出来的好人呢。"那旺儿只得连声答应几个"是",磕了个头,爬起来出去,去叫兴儿。

　　却说兴儿正在账房儿里和小厮们玩呢,听见说"二奶奶叫",先唬了一跳,却也想不到是这件事发作了,连忙跟着旺儿进来。旺儿先进去,回说:"兴儿来了。"凤姐儿厉声道:"叫他!"那兴儿听见这个声音儿,早已没了主意了,只得乍着胆子进来。凤姐儿一见便说:"好小子啊!你和你爷办的好事啊!你只实说罢。"兴儿一闻此言,又看见凤姐儿气色,及两边丫头们的光景,早唬软了,不觉跪下,只是磕头。凤姐儿道:"论起这事来,我也听见说不与你相干,但只你不早来回我知道,这就是你的不是了。你要实说了,我还饶你;再有一字虚言,你先摸摸你腔子上几个脑袋瓜子!"兴儿战兢兢的朝上磕头道:"奶奶问的是什么事,奴才和爷办坏了?"凤姐听了,一腔火都发作起来,喝命:"打嘴巴!"旺儿过来才要打时,凤姐儿骂道:"什么糊涂忘八崽子!叫他自己打,用你打吗!一会子你再各人打你那嘴巴子还不迟呢。"那兴儿真个自己左右开弓,打了自己十几个嘴巴。凤姐儿喝声"站住",问道:"你二爷外头娶了什么'新奶奶''旧奶奶'的事,你大概不知道啊!"兴儿见说出这件事来,越发着了慌,连忙把帽子抓下来,在砖地上咕咚

没良心云云,可叹。凤姐要求别人对她讲良心,实际仍是要求单向效忠。

这也叫纸包不住火。

网开一面。
坦白从宽。
抗拒从严。

这个场面很有某种特色或意味。
主人让奴才自打嘴巴,个中似亦有一种权力的铺展,权力的自我欣赏与自我满足。

咕咚碰的头山响,口里直说道:"只求奶奶超生,奴才再也不敢撒一个字儿的谎。"凤姐道:"快说!"

兴儿直蹶蹶的跪起来回道:"这事头里奴才也不知道。就是这一天,东府里大老爷送了殡,俞禄往珍大爷庙里去领银子,二爷同着蓉哥儿到了东府里,道儿上,爷儿两个说起珍大奶奶那边的二位姨奶奶来,二爷夸他好,蓉哥儿哄着二爷,说把二姨奶奶说给二爷……"凤姐听到这里,使劲啐道:"呸!没脸的忘八蛋!他是你那一门子的姨奶奶?"兴儿忙又磕头说:"奴才该死!"往上瞅着,不敢言语。凤姐儿道:"完了吗?怎么不说了?"兴儿方才又回道:"奶奶恕奴才,奴才才敢回。"凤姐啐道:"放你妈的屁!这还什么'恕'不'恕'了。你好生给我往下说,好多着呢!"兴儿又回道:"二爷听见这个话,就喜欢了。后来奴才也不知道怎么就弄真了。"凤姐微微冷笑道:"这个自然么,你可那里知道呢!你知道的只怕都烦了呢!——是了,说底下的罢。"兴儿回道:"后来就是蓉哥儿给二爷找了房子。"凤姐忙问道:"如今房子在那里?"兴儿道:"就在府后头。"凤姐儿道:"哦!"回头瞅着平儿,道:"咱们都是死人哪。你听听!"平儿也不敢作声。兴儿又回道:"珍大爷那边给了张家不知多少银子,那张家就不问了。"凤姐道:"这里头怎么又扯拉上什么张家李家咧呢?"兴儿回道:"奶奶不知道。这二奶奶……"刚说到这里,又自己打了个嘴巴,把凤姐儿倒怄笑了,两边的丫头也都抿嘴儿笑。兴儿想了想,说道:"那珍大奶奶的妹子……"凤姐儿接着道:"怎么样?快说呀!"兴儿道:"那珍大奶奶的妹子原来从小儿有人家

骂人也是权威的一种体现,不甚文明的体现。骂与被骂,也是等级的体现。
凤姐一骂,所向披靡。兴儿一被骂,五体投地。

拉平儿。平儿的汇报中不排除她自身的嫉妒因素。贾琏当时如果不瞒平儿,把平儿拉住稳住,可能情况还好一些(但也可能更早暴露)。

幽默有时离不开自嘲自贬。

这场"斗争",对于凤姐来说亦非易事。盖男权中心,贾琏本有权三妻四妾。故凤姐需要尽知始末过节,方能抓住对方弱点,发起一场攻击。

的,姓张,叫什么张华,如今穷的待好讨饭。珍大爷许了他银子,他就退了亲了。"

凤姐儿听到这里,点了点头儿,回头便望丫头们说道:"你们都听见了?小忘八崽子,头里他还说他不知道呢!"兴儿又回道:"后来二爷才叫人裱糊了房子,娶过来了。"凤姐道:"打那里娶过来的?"兴儿回道:"就在他老娘家抬过来的。"凤姐道:"好罢咧!"又问:"没人送亲么?"兴儿道:"就是蓉哥儿,还有几个丫头老婆子们,没别人。"凤姐道:"你大奶奶没来吗?"兴儿道:"过了两天,大奶奶才拿了些东西来瞧的。"凤姐儿笑了一笑,回头向平儿道:"怪道那两天二爷称赞大奶奶不离嘴呢!"掉过脸来,又问兴儿:"谁伏侍呢?自然是你了。"兴儿赶着碰头,不言语。凤姐又问:"前头那些日子,说给那府里办事,想来办的就是这个了?"兴儿回道:"也有办事的时候,也有往新房子里去的时候。"凤姐又问道:"谁和他住着呢?"兴儿道:"他母亲和他妹子。昨儿他妹子各人抹了脖子了。"凤姐道:"这又为什么?"

兴儿随将柳湘莲的事说了一遍。凤姐道:"这个人还算造化高,省了当那出名儿的忘八。"因又问道:"没了别的事了么?"兴儿道:"别的事奴才不知道。奴才刚才说的,字字是实,没一字虚假,奶奶问出来,只管打死奴才,奴才也无怨的。"凤姐低了一回头,便又指着兴儿说道:"你这个猴儿崽子,就该打死!这有什么瞒着我的?你想着瞒了我,就在你那糊涂爷跟前讨了好儿

抓住了破绽,直觉地认定已经有了由头,所以才点头。

"好罢咧",这是喝倒彩。

从凤姐的评论,可以想象柳湘莲不得不退婚时的思想压力。

"低了一回头",进入兵法谋略思考。

凤姐盛怒中保持着冷静,"审案子"的时候有威猛亦有清醒策略,注意弄清情况以使自己立于不败之地,然后定出来连环妙计,棋看许多步以外,着实有两下子。

她的这些本事,都不是读书读出来的,而是天才加锻炼、经验加自信的产物。

书呆子们给凤姐提鞋,也不够格儿!

了,你新奶奶好疼你。我不看你刚才还有点怕惧儿,不敢撒谎,我把你的腿不给你砸折了呢。"说着,喝声:"起去!"

> 当奴才的必须有点"怕惧儿",不然早该打死。

兴儿磕了个头,才爬起来,退到外间门口,不敢就走。凤姐道:"过来,我还有话呢。"兴儿赶忙垂手敬听。凤姐道:"你忙什么,新奶奶等着赏你什么呢?"兴儿也不敢抬头。凤姐道:"你从今日不许过去。我什么时候叫你,你什么时候到。迟一步儿,你试试!出去罢。"兴儿忙答应几个"是",退出门来。凤姐又叫道:"兴儿!"兴儿赶忙答应回来。凤姐道:"快出去告诉你二爷去,是不是啊?"兴儿回道:"奴才不敢。"凤姐道:"你出去提一个字儿,堤防你的皮!"兴儿连忙答应着,才出去了。凤姐又叫:"旺儿呢?"旺儿连忙答应着过来。凤姐把眼直瞪瞪的瞅了两三句话的工夫,才说道:"好旺儿,很好,去罢!外头有人提一个字儿,全在你身上!"旺儿答应着,也慢慢的退出去了。凤姐便叫:"倒茶。"小丫头子们会意,都出去了。

> 放一步又叫回来一次,这种拉锯法使兴儿深刻意识到自己已是凤姐猫爪下的一只老鼠,很有心理威慑镇服的作用。

> 无言威胁。也算善于以威压人。

这里凤姐才和平儿说:"你都听见了?这才好呢。"平儿也不敢答言,只好陪笑儿。凤姐越想越气,歪在枕上,只是出神。忽然眉头一皱,计上心来,便叫:"平儿,来!"平儿连忙答应过来。凤姐道:"我想这件事,竟该这么着才好,也不必等你二爷回来再商议了。"未知凤姐如何办理,下回分解。

贾琏的卑鄙伎俩,兴儿的油嘴滑舌,毕竟不是熙凤的谋略加权威的对手。风云突变,旦夕祸福,一波未平,一波又起,波谲云诡。放大了说,直如政治敌友与国际恩仇一般。

第 六 十 八 回

苦尤娘赚入大观园　酸凤姐大闹宁国府

话说贾琏起身去后，偏值平安节度巡边在外，约一个月方回，贾琏未得确信，只得住在下处等候。及至回来相见，将事办妥，回程已是将近两个月的限了。谁知凤姐早已心下算定，只待贾琏前脚走了，回来便传各色匠役，收拾东厢房三间，照依自己正室一样，装饰陈设。至十四日，便回明贾母王夫人，说十五日一早要到姑子庙进香去。只带了平儿、丰儿、周瑞媳妇、旺儿媳妇四人。未曾上车，便将原故告诉了众人，又吩咐众男人，素衣素盖，一径前来。兴儿引路，一直到了门前扣门。鲍二家的开了，兴儿笑道："快回二奶奶去，大奶奶来了。"

> 此鲍二家的已不是与贾琏鬼混的那一位了。

鲍二家的听了这句，顶梁骨走了真魂，忙飞跑进去，报与尤二姐。尤二姐虽也一惊，但已来了，只得以礼相见，于是忙整理衣裳，迎了出来。至门前，凤姐方下了车进来，尤二姐一看，只见头上都是素白银器，身上月白缎子袄，青缎子掐银线的褂子，白绫素裙；眉弯柳叶，高吊两梢，目横丹凤，神凝三角：俏丽若三春之桃，清素若九秋之菊。周瑞旺儿二女人搀进院来。尤二姐陪笑，忙迎上来拜见，张口便叫"姐姐"，说："今儿实在不知姐姐下降，不曾远接，求姐姐宽恕。"说着便拜下去。凤姐忙陪笑还礼不迭，赶着拉了

> 风度仪表，居高临下，压人一头。
> 凤姐的这套贵族行头，本身就有一种权威。

> 能在此时陪笑还礼不迭，道行深了去啦。

二姐儿的手,同入房中。

凤姐上坐,尤二姐忙命丫头拿褥子,便行礼,说:"妹子年轻,一从到了这里,诸事都是家母和家姐商议主张。今日有幸相会,若姐姐不弃寒微,凡事求姐姐的指教,情愿倾心吐胆,只伏侍姐姐。"说着便行下礼去。凤姐忙下坐还礼,口内忙说:"皆因我也年轻,向来总是妇人的见识,一味的只劝二爷保重,别在外边眠花宿柳,恐怕叫太爷太太耽心。这都是你我的痴心,谁知二爷倒错会了我的意。若是外头包占人家姐妹的,瞒着家里也罢了;如今娶了妹妹作二房,这样正经大事,也是人家大礼,却不曾合我说。我也劝过二爷,早办这件事,果然生个一男半女,连我后来都有靠。不想二爷反以我为那等妒忌不堪的人,私自办了,真真叫我有冤没处诉。我的这个心,惟有天地可表。头十天头里,我就风闻着知道了,只怕二爷又错想了,遂不敢先说;目今可巧二爷走了,所以我亲自过来拜见,还求妹妹体谅我的苦心,起动大驾,挪到家中,你我姐妹同居同处,彼此合心合意的谏劝二爷,谨慎世务,保养身子,这才是大礼呢。要是妹妹在外头,我在里头,妹妹白想想,我心里怎么过的去呢?再者叫外人听着,不但我的名声不好听,就是妹妹的名儿也不雅。况且二爷的名声,更是要紧的,倒是谈论咱们姐儿们还是小事。至如那起下人小人之言,未免见我素昔持家太严,背地里加减些话,也是常情。妹妹想,自古说的:'当家人,恶水缸。'我要真有不容人的地方儿,上头三层公婆,当中有好几位姐姐、妹妹、妯娌们,怎么容的我到今儿?就是今儿二爷私娶妹妹,在外头住着,我自然不愿意见妹

谈吐妥当,与对贾珍父子的说法大不相同。

拉上二姐讲什么"你我"。

以子之矛,攻子之盾。与你想到一处去了,请君入瓮吧。

这个楔子打得有意思,更使一切珠圆玉润。

料事如神,句句字字入辙合韵。

此话不无道理。总不能由兴儿旺儿们民主推举"当家人"。

凤姐这一套,堂堂正正,亲亲热热,端的是威力强大的糖衣炮弹!不说谎,办不了事?

妹,我如何还肯来呢?拿着我们平儿说起,我还劝着二爷收他呢。这都是天地神佛不忍我叫这些小人们遭塌,所以才叫我知道了。我如今来求妹妹,进去和我一样儿,住的、使的、穿的、带的,你我总是一样儿。妹妹这样伶透人,若肯真心帮我,我也得个膀臂。不但那起小人,堵了他们的嘴;就是二爷,回来一见,他也从今后悔,我并不是那种吃醋调歪的人。你我三人,更加和气。所以妹妹还是我的大恩人呢。要是妹妹不合我去,我也愿意搬出来陪着妹妹住,只求妹妹在二爷跟前替我好言方便方便,留我个站脚的地方儿,就叫我伏侍妹妹梳头洗脸,我也是愿意的。"说着,便呜呜咽咽,哭将起来。

天命可依,高屋建瓴。

不忘辩诬。
能将"大恩人"三字说出口,太毒辣了。

此话软中含硬,有威胁性。软硬哭笑虚实,语言的生动性、煽情性与论辩性发挥到了极致,便比毒药炸弹还危险了。

　　尤二姐见了这般,也不免滴下泪来。二人对见了礼,分序坐下。平儿忙也上来要见礼。尤二姐见他打扮不凡,举止品貌不俗,料定是平儿,连忙亲身搀住,只叫:"妹子快别这么着,你我是一样的人。"凤姐忙也起身笑说:"折死了他!妹妹只管受礼,他原是咱们的丫头。以后快别如此。"说着,又命周瑞家的从包袱里取出四匹上色尺头,四对金珠簪环,为拜见礼。尤二姐忙拜受了。二人吃茶,对诉已往之事。凤姐口内全是自怨自错:"怨不得别人,如今只求妹妹疼我。"

这样说,能满足尤二姐的虚荣。尤二姐能同意嫁贾琏,本身就有攀附因素。她的悲剧,从她这方面找原因,恐在这里。

"疼我"二字,谎言杀人。

　　尤二姐见了这般,便认做他是个极好的人,小人不遂心,诽谤主子,亦是常理,故倾心吐胆,叙了一回,竟把凤姐认为知己。又见周瑞家的等媳妇在傍边称扬凤姐素日许多善政,只是吃亏心太痴了,反惹人怨。又说:"已经预备了房

尤二姐似不至如此天真。成了白痴!

看第六十三、六十四两回，尤二姐并非善类，而今上套后一切听任摆布宰杀，完全成了面捏的。即使一只老鼠，打死也还要吱一声，况一个人！一个原因是作者追求情节的戏剧化效果，以尤二姐的百依百顺反衬凤姐的阴毒狠辣与机关算尽。再一个解释就是尤二姐从一开始就有以低攀高、以贱附贵、以污逐清的弱势和心理障碍，硬气不起来。

屋，奶奶进去，一看便知。"尤氏心中早已要进去同住方好，今又见如此，岂有不允之理，便说："原该跟了姐姐去，只是这里怎么样？"凤姐儿道："这有何难，妹妹的箱笼细软，只管着小厮搬了进去。这些粗夯货，要他无用，还叫人看着。妹妹说谁妥当，就叫谁在这里。"二姐忙说："今日既遇见姐姐，这一进去，凡事只凭姐姐料理。我也来的日子浅，也不曾当过家，世事不明白，如何敢作主？这几件箱柜拿进去罢。我也没有什么东西，那也不过是二爷的。"

凤姐听了，便命周瑞家的记清，好生看管着，抬到东厢房去。于是催着尤二姐急忙穿戴了，二人携手上车，又同坐一处，又悄悄的告诉他："我们家的规矩大。这事老太太、太太一概不知，倘或知道二爷孝中娶你，管把他打死了。如今且别见老太太、太太。我们有一个花园子极大，姊妹们住着，容易没人去的。你这一去，且在园子里住两天，等我设个法子，回明白了，那时再见方妥。"尤二姐道："任凭姐姐裁处。"那些跟车的小厮们皆是预先说明的，如今不进大门，只奔后门来。下了车，赶散众人，凤姐便带了尤氏进了大观园的后门，来到李纨处相见了。

彼时大观园中十停人已有九停人知道了。今忽见凤姐带了进来，引动众人来看问。尤二姐一一见过。众人见了他标致和悦，无不称扬。凤姐一一的盼咐了众人："都不许在外走了风声，若老太太、太太知道，我先叫你们死！"园中

早要进去是关键。否则，至少你可以等贾琏回来再定夺。

依尤二姐的经历与此前表现，似不敢如此乖乖就范。这里有法家所注重的权与势，守儒所主张的"理"的问题。权势理都方欠的尤二姐，只能任人宰割。

抓住弱点，设计了大圈套中的小圈套。

婆子丫头都素惧凤姐的,又系贾琏国孝家孝中所行之事,知道关系非常,都不管这事。凤姐悄悄的求李纨收养几日,"等回明了,我们自然过去的。"李纨见凤姐那边已收拾房屋,况在服中不好倡扬,自是正理,只得收下权住。凤姐又便去将他的丫头一概退出,又将自己的一个丫头送他使唤,暗暗吩咐他园中媳妇们:"好生照看着他。若有走失逃亡,一概和你们算账!"自己又去暗中行事,不提。且说合家之人,都暗暗的纳罕,说:"看他如何这等贤惠起来了?"那尤二姐得了这个所在,又见园中姊妹个个相好,倒也安心乐业的,自为得所。

利用一切可以利用的力量。"善德"如李纨,也成凤姐的合作伙伴了。

谁知三日之后,丫头善姐便有些不服使唤起来。尤二姐因说:"没了头油了,你去回一声大奶奶,拿些个来。"善姐儿便道:"二奶奶,你怎么不知好歹,没眼色?我们奶奶,天天承应了老太太,又要承应这边太太,那边太太。这些姑娘妯娌们,上下几百男女,天天起来,都等他的话。一日少说,大事也有一二十件,小事还有三五十件。外头的从娘娘算起,以至王公侯伯家,多少人情,家里又有这些亲友的调度。银子上千钱上万,一日都从他一个手一个心一个嘴里调度,那里为这点子小事去烦琐他?我劝你能着些儿罢。咱们又不是明媒正娶来的。这是他亘古少有一个贤良人,才这样待你。若差些儿的人,听见了这话,吵嚷起来,把你丢在外,死不死,活不活,你又敢怎么样呢?"

先控制住。问题是尤二姐不可能没有察觉没有反应。

为什么尤二姐乖乖地进了大观园?她与贾琏的关系,是偷偷摸摸的,凤姐一来,她没有不从的任何可能。
还有,她不无巴结攀附的思想,利令智昏。
她对付小流氓有能力,对付凤姐这样的高级流氓,差远了。

一夕话,说的尤氏垂了头。自为有这一说,少不得将就些罢了。那善姐渐渐的连饭也怕端来与他吃,或早一顿、晚一顿,所拿来的东西,皆是剩的。尤二姐说过两次,他反瞪着眼叫唤起

这样的声口偏出自"善"姐。

凤姐此次行事，是一个高峰，也是一个转折。她想得周密，做得有条不紊，有理有利，且阴且毒，能放能收，兼软兼硬，亦文亦武，又哭又闹，简直是艺术！害人的艺术，整人的艺术，坑人的艺术。应把此节编成教材供有志整人的人学习。她大获全胜，所向无敌，然而，她还是错了。

来。尤二姐又怕人笑他不安本分，少不得忍着。隔上五日八日，见凤姐一面，那凤姐却是和容悦色，满嘴里"好妹妹"不离口。又说："倘有下人不到之处，你降不住他们，只管告诉我，我打他们。"又骂丫头媳妇说："我深知你们软的欺，硬的怕，背着我的眼，还怕谁？倘或二奶奶告诉我一个'不'字，我要你们的命！"二姐见他这般好心，"既有他，我又何必多事？下人不知好歹是常情。我若告了他们，受了委屈，反叫人说我不贤良。"因此，反替他们遮掩。

已经进入了凤姐的势力范围。

所谓瞪着眼睛说瞎话。

借刀杀人，反充好人，阴损的看家本领。

　　凤姐一面使旺儿在外打听这尤二姐的底细，皆已深知，果然已有了婆家的，女婿现在才十九岁，成日在外赌博，不理世业，家私花尽，父母撵他出来，现在赌钱场存身。父亲得了尤婆子二十两银子，退了亲的，这女婿尚不知道，原来这小伙子名叫张华。凤姐都一一尽知原委，便封了二十两银子与旺儿，悄悄命他将张华勾来养活，"着他写一张状子，只要往有司衙门中告去，就告琏二爷国孝家孝的里头，背旨瞒亲，仗财依势，强逼退亲，停妻再娶。"这张华也深知利害，先不敢造次。旺儿回了凤姐。凤姐气的骂道："真是他娘的话！怨不得俗语说，'癞狗扶不上墙'的。你细细说给他：'就告我家谋反也没事。'不过是借他一闹，大家没脸；若告大了，我这里自然能够平服的。"旺儿领命，只得细说与张华。凤姐又吩咐旺儿："他若告了你，你

到处都有流氓痞子，专门充任为凤姐这样的人打前锋的角色。

尤二姐的经验与智商不应在张华之下。

"借他一闹，大家没脸"八字，不失为一种"斗争方式"。

贾珍贾琏贾蓉确实下流,而且大大地输了理。骂骂闹闹他们,好。只是牺牲的是弱者尤二姐,令人不忍。

作者欲表现凤姐阴毒,选取了这个情节。但这个情节的处理却带有男权中心的腐朽观念,凤姐酸,珍琏蓉之辈则既烂且丑,怎能反忽略了他们的罪责呢?

就和他对词去。"如此,如此,"我自有道理。"旺儿听了有他做主,便又命张华状子上添上自己,说:"你只告我来旺的过付,一应调唆二爷做的。"张华便得了主意,和旺儿商议定了,写一张状子,次日便往都察院处喊了冤。| 以便以守为攻。

察院坐堂,看状子是告贾琏的事,上面有"家人旺儿一人",只得遣人去贾府传旺儿来对词。青衣不敢擅入,只命人带信。那旺儿正等着此事,不用人带信,早在这条街上等候,见了青衣,反迎上去,笑道:"起动众位弟兄,必是兄弟的事犯了。说不得,快来套上。"众青衣不敢,只说:"好哥哥,你去罢,别闹了。"于是来至堂前跪下。察院命将状子与他看。旺儿故意看了一遍,碰头说道:"这事小的尽知的,主人实有此事。但这张华素与小的有仇,故意拉小的在内,其中还有人,求老爷再问。"张华碰头道:"虽还有人,小的不敢告他,所以只告他下人。"旺儿故意的说:"糊涂东西!还不快说出来!这是朝廷公堂上,凭是主子,也要说出来。"张华便说出贾蓉来。察院听了无法,只得去传贾蓉。| 旺儿亦颇有身手。

凤姐山头,强将手下无弱兵。

凤姐又差了庆儿暗中打听告了起来,便忙将王信唤来,告诉他此事,命他托察院,只要虚张声势,惊唬而已,又拿了三百银子与他去打点。是夜,王信到了察院私宅,安了根子。那察院深知原委,收了赃银。次日回堂,只说张华无赖,因拖欠了贾府银两,妄捏虚词,诬赖良人。都察院素与王子腾相好,王信也只到家说了一| 总导演!

法治、法制,为私利服务!

> 尤氏本与凤姐关系尚好，这次当了靶子。还是女人可怜，固是贾珍躲了凤姐，却也说明凤姐放了贾珍。如她与贾珍直接闹，诸多不便。于是拉出尤氏顶缸，也是柿子捡软的捏。

声，况是贾府之人，巴不得了事，便也不提此事，且都收下，只传贾蓉对词。

且说贾蓉等正忙着贾琏之事，忽有人来报信，说："有人告你们。"如此如此，这般这般，"快作道理"。贾蓉慌忙来回贾珍。贾珍说："我却早防着这一着。倒难为他这么大胆子。"即刻封了二百银子，着人去打点察院；又命家人去对词。正商议间，又报："西府二奶奶来了。"贾珍听了这话，倒吃了一惊，忙要同贾蓉藏躲，不想凤姐已经进来了，说："好大哥哥，带着兄弟们干的好事！"贾蓉忙请安。凤姐拉了他就进来。贾珍还笑说："好生伺候你婶娘，吩咐他们杀牲口备饭。"说着，忙命备马，躲往别处去了。

> 吃了原告吃被告，腐败已经成了无处不有的常态。

这里凤姐带着贾蓉，走来上房。尤氏也迎了出来，见凤姐气色不善，忙说："什么事情，这等忙？"凤姐照脸一口唾沫，啐道："你尤家的丫头没人要了，偷着只往贾家送！难道贾家的人都是好的，普天下死绝了男人了？你就愿意给，也要三媒六证，大家说明，成个体统才是。你瘾迷了心，脂油蒙了窍！国孝，家孝，两重在身，就把个人送来了。这会子被人告我们，连官场中都知道我利害，吃醋。如今指名提我，要休我。我到了你家，干错了什么不是，你这等害我？或是老太太、太太有了话在你心里，使你们做这个圈套要挤我出去。如今咱们两个一同去见官，分证明白，回来咱们公同请了合族中人，大家觌面说个明白，给我休书，我就走！"一面说，一面大哭，拉着尤氏，只要去见官。急的贾蓉跪在地

> 啐，也是一种"身体语言"。话如钢刀，句句见红。

> 先从尤氏开刀，战术有讲究。

> "国孝家孝"四字，把他们压得大气也不敢出。

下碰头,只求:"婶娘息怒。"凤姐一面又骂贾蓉:"天打雷劈、五鬼分尸的没良心的种子!不知天有多高,地有多厚,成日家调三窝四,干出这些没脸面、没王法、败家破业的营生。你死了的娘,阴灵儿也不容你!祖宗也不容你!还敢来劝我!"一面骂着,扬手就打。唬的贾蓉忙碰头说道:"婶娘别动气,只求婶娘看这一时,侄儿千日的不好,还有一日的好。实在婶娘气不平,何用婶娘打,让我自己打,婶娘只别生气。"说着,就自己举手,左右开弓,自己打了一顿嘴巴子。又自己问着自己说:"以后可还再顾三不顾四的不了?以后还单听叔叔的话、不听婶娘的话不了?婶娘是怎么样待你?你这样没天理,没良心的!"众人又要劝,又要笑,又不敢笑。

　　凤姐儿滚到尤氏怀里,嚎天动地,大放悲声,只说:"给你兄弟娶亲,我不恼。为什么使他违旨背亲,把混账名儿给我背着?咱们只去见官,省得捕快皂隶来拿。再者,咱们过去,只见了老太太、太太和众族人等,大家公议了,我既不贤良,又不容男人买妾,只给我一纸休书,我即刻就走!你妹妹,我也亲身接了来家,生怕老太太、太太生气,也不敢回,现在三茶六饭,金奴银婢的住在园里。我这里赶着收拾房子,和我一样的,只等老太太知道了。原说下接过来大家安分守己的,我也不提旧事了。谁知又是有了人家的。不知你们干的什么事,我一概又不知道。如今告我,我昨日急了,纵然我出去见官,也丢的是你贾家的脸,少不得偷把太太的五百两银子去打点。如今把我的人还锁在那里。"说了又哭,哭了又骂。后来又放声大哭起"祖宗爷娘"来,又要寻死撞头。把个尤氏揉搓成一个

骂也是功夫。也是一种文化。
凤姐直把他们批了个体无完肤。

比兴儿更下流。这样的人渣,什么坏事做不出来!

"滚"字传神。

凤姐文武昆乱不挡,全活!

凤姐一面借刀杀人,一面亲临前线,并非一味躲在后面,这倒还不失强人本色。

面团儿,衣服上全是眼泪鼻涕,并无别话,只骂贾蓉:"混账种子,和你老子做的好事!我当初就说使不得。"

凤姐儿听说这话,哭着,搬着尤氏的脸,问道:"你发昏了?你的嘴里难道有茄子塞着?不就是他们给你嚼子衔上了?为什么你不来告诉我去?你若告诉了我,这会子不平安了?怎么得惊官动府,闹到这步田地,你这会子还怨他们!自古说'妻贤夫祸少','表壮不如里壮',你但凡是个好的,他们怎敢闹出这些事来!你又没才干,又没口齿,锯了嘴子的葫芦,就只会一味瞎小心,应贤良的名儿。"说着,啐了几口。尤氏也哭道:"何曾不是这样,你不信,问问跟的人,我何曾不劝的?也要他们听。叫我怎么样的呢,怨不得妹妹生气,我只好听着罢了。"众姬妾丫头媳妇等已是黑压压跪了一地,陪笑求说:"二奶奶最圣明的。虽是我们奶奶的不是,奶奶也作践够了,当着奴才们。奶奶们素日何等好来?如今还求奶奶给留点脸儿。"

说着,捧上茶来。凤姐也摔了。一回止了哭,挽头发。又喝骂贾蓉:"出去请你父亲来,我对面问他!问亲大爷的孝才五七,侄儿娶亲,这个礼,我竟不知道,我问问也好学着,日后教导你们。"贾蓉只跪着磕头,说:"这事原不与父母相干,都是侄儿一时吃了屎,调唆着叔叔做的。我父亲也并不知道。婶娘若闹起来了,侄儿也是个死;只求婶娘责罚侄儿,侄儿谨领。这官司还求婶娘料理,侄儿竟不能干这大事。婶娘是何等样人,岂不知俗语说的'胳膊折了,在袖子

穷寇更追,批深批烂。

黑压压跪了一地,这样的场面,堪称愚昧野蛮却又感人。

但个中也有过场形式。

一时吃屎,厚颜无赖的语言传统。

蓉明知"官司"亦是凤一手导演的。

里'。侄儿糊涂死了,既做了不肖的事,就和那猫儿狗儿一般,少不得还要婶娘费心费力,将外头的事压住了才好。只当婶娘有这个不孝的儿子,就惹了祸,少不得委屈还要疼他呢。"说着,又磕头不绝。

凤姐儿见了贾蓉这般,心里早软了,只是碍着众人面前,又难改过口来,因叹了一口气,一面拉起来,一面拭泪向尤氏道:"嫂子也别恼我,我是年轻不知事的人,一听见有人告诉了,把我吓昏了,不知方才怎么得罪了嫂子,可是蓉儿说的,'胳膊折了,往袖子里藏',少不得嫂子要体谅我。还得嫂子在哥哥跟前替说,先把这官司按下去才好。"尤氏贾蓉一齐都说:"婶娘放心,横竖一点儿连累不着叔叔。婶娘方才说用过了五百两银子,少不得我们娘儿们打点五百两银子,与婶娘送过去,好补上,岂有叫婶娘又添上亏空的?越发我们该死了!但还有一件,老太太、太太们跟前,婶娘还要周全方便,别提这些话才好。"

凤姐又冷笑道:"你们饶压着我的头干了事,这会子反哄着我替你们周全。我就是个傻子,也傻不到如此。嫂子的兄弟,是我的什么人?嫂子既怕他绝了后,我难道不更比嫂子更怕绝后?嫂子的妹子,就合我的妹子一样,我一听见这话,连夜喜欢的连觉也睡不成,赶着传人收拾了屋子,就要接进来同住;倒是奴才小人的见识,他们倒说:'奶奶太性急,若是我们的主意,先回了老太太、太太,看是怎么样,再收拾房子去接也不迟。'我听了这话,叫我要打要骂的,才不言语了。谁知偏不称我的意,偏偏的打嘴,半空里又跑出一个张华来告了一状。我听见

> 如何能软?与贾蓉有什么特殊关系?

> 凤姐演出的是交响乐,开始进入小提琴抒情乐句。

> 有节制。大步进退。经济补偿,在任何时候任何事情上都是可行的。

> 他们知道,老太太、太太那里,还是凤姐说得上话,凤的优势在这里。

> 全天下的理你都占了,全天下的情也都归了你!

> 无所不用其极。

> 用自己的良好心愿铺垫反衬张华告状事件的恶劣影响。

了,吓的两夜没合眼儿,又不敢声张,只得求人去打听这张华是什么人,这样大胆。打听了两日,谁知是个无赖的花子。小子们说:'原是二奶奶许了他的。他如今急了,冻死饿死,也是个死;现在有这个理他抓住,纵然死了,死的倒比冻死饿死还值些。怎么怨的他告呢?这事原是爷做事太急。国孝一层罪,家孝一层罪,背着父母私娶一层罪,停妻再娶一层罪。俗语说,"拚着一身剐,敢把皇帝拉下马",他穷疯了的人,什么事做不出来?况且他又拿着这满理,不告等请不成?'嫂子说,我就是个韩信、张良,听了这话,也把智谋吓回去了。你兄弟又不在家,又没个人商量,少不得拿钱去垫补。谁知越使钱越叫人拿住刀靶儿,越发来讹。我是'耗子尾巴上长疮,多少脓血儿'。所以又急又气,少不得来找嫂子……"尤氏贾蓉不等说完,都说:"不必操心,自然要料理。"贾蓉又道:"那张华不过是穷急,故舍了命才告咱们;如今想了一个法儿:竟许他些银子,只叫他应个妄告不实之罪,咱们替他打点完了官司,他出来时,再给他些银子就完了。"凤姐儿咂着嘴儿笑道:"难为你想!怨不得你顾一不顾二的,做出这些事来。原来你竟是这么个糊涂东西,我往日错看了你了!若你说的这话,他暂且依了,且打出官司来,又得了银子,眼前自然了事。这些人既是无赖的小人,银子到手,三天五天,一光了,他又来找事讹诈,再要叨蹬起来,咱们虽不怕,终久耽心。搁不住他说:'既没毛病,为什么反给他银子?'"

贾蓉原是个明白人,听如此一说,便笑道:"我还有个主意,'来是是非人,去是是非者',这事还得我了才好。如今我竟问张华个主意,或

> 红卫兵造反精神的滥觞,源远流长,"红"已有之。

> 也是韩、张一流人物。中国有一种尚计谋的传统(这里叫做"智谋")。

> 要哭就哭,要笑就笑,要滚就滚,要咂嘴就咂嘴。凤姐有表演情绪的天赋。

> 凤姐已估计了各种可能各种反应和各种对策反对策。

是他定要人？或是他愿意了事，得钱再娶？他若说一定要人，少不得我去劝我二姨娘，叫他出来，仍嫁他去；若说要钱，我们这里少不得给他。"凤姐儿忙道："虽如此说，我断舍不得你姨娘出去，我也断不肯使他出去。他要出去了，咱们家的脸在那里呢？依我说，只宁可多给钱为是。"贾蓉深知凤姐儿口虽如此，心却是巴不得只要本人出来，他却做贤良人。如今怎么说，且只好怎么依。

　　凤姐儿欢喜了，又说："外头好处了，家里终久怎么样？你也同我过去回明了老太太、太太才是。"尤氏又慌了，拉凤姐儿讨主意，如何撒谎才好。凤姐冷笑道："既没这本事，谁叫你干这样事？这会子这个腔儿，我又看不上。待要不出个主意，我又是个心慈面软的人，凭人撮弄我，我还是一片傻心肠儿，说不得让我应起来。如今你们只别露面，我只领了你妹妹去给老太太、太太们磕头，只说原系你妹妹我看上了很好，正因我不大生长，原说买两个人放在屋里的；今既见了你妹妹很好，而且又是亲上做亲的，我愿意娶来做二房。皆因家中父母姊妹亲近一概死了，日子又难，不能度日，若等百日之后，无奈无家无业，实在难等。就算我的主意，接了进来，已经厢房收拾了出来，暂且住着，等满了孝再圆房儿。仗着我这不害臊的脸，死活赖去，有了不是，也寻不着你们了。你们娘儿两个想想，可使得？"尤氏贾蓉一齐笑说："到底是婶娘宽洪大量，足智多谋。等事妥了，少不得我们娘儿们过去拜谢。"凤姐儿道："罢呀！还说什么拜谢不拜谢。"又指着贾蓉道："今日我才知道你了！"说着，把脸却一红，眼圈儿也红了，似有

> 贾蓉这等人竟可以无耻到这样！

> 亦是知音，默契。

> 凤姐是主意篓子，是足智多谋，尤氏只能俯首称臣。当然，向凤讨主意，也是尤的投降姿态。

> 要傻就傻，得心应手，十八般武艺，使全了抡圆了。

> 主意是全套的，是外面一套，里面一套的。

> 毕竟凤姐占理，充分发挥占理优势。事到如此，实际上包括贾蓉尤氏，已准备牺牲尤二姐了。

> 不无女性魅力。

此事其实凤姐占尽优势。势高,理正,上下内外都有亲信,有胆识有想象力。于是她发挥尽了优势。势不可挡,谁能不服?然而,优势用尽,也就没有优势了。

多少委屈的光景。贾蓉忙陪笑道:"罢了!婶娘少不得饶恕我这一次。"说着,忙又跪下。凤姐儿扭过脸去不理他,贾蓉才笑着起来了。

这里尤氏忙命丫头们舀水,取妆奁,伏侍凤姐儿梳洗了,赶忙又命预备晚饭。凤姐儿执意要回去,尤氏拦着道:"今日二婶子要这么走了,我们什么脸还过那边去呢?"贾蓉旁边笑着劝道:"好婶娘,亲婶娘!以后蓉儿要不真心孝顺你老人家,天打雷劈!"凤姐瞅了他一眼,啐道:"谁信你这……"说到这里,又咽住了。一面老婆丫头们摆上酒菜来,尤氏亲自递酒布菜。贾蓉又跪着敬了一钟酒。凤姐便合尤氏吃了饭。丫头们递了漱口茶,又捧上茶来。凤姐喝了两口,便起身回去。贾蓉亲身送过来,才回去了。

尤氏与贾蓉的回应也够精彩。

且说凤姐进园中,将此事告诉尤二姐,又说,我怎么操心,又怎么打听,须得如此如此,方保得众人无罪,"少不得咱们按着这个法儿来才好"。不知凤姐又变出什么法儿来,且听下回分解。

凤不仅占情占理而且占有智力优势、操作优势,分析当时已经造成的情况,竟无法不按凤的路线图行事。

将欲废之,必固兴之。将欲取之,必固予之。拉大旗作虎皮,善于表演,特级演员。内外勾结,不怕闹大,再闹大。占(垄断)理更要占情。量小非君子,无毒不丈夫。全了。

从战术观点看,从言词的角度看,凤姐圆满精到,真神人也。从战略观点看,凤姐益发走向孤立。她太不懂适可而止、留有余地、过犹不及、勿为已甚了。

第六十九回

弄小巧用借剑杀人　觉大限吞生金自逝

　　话说尤二姐听了，又感激不尽，只得跟了他来。尤氏那边怎好不过来呢，少不得也过来，跟着凤姐去回，方是大礼。凤姐笑说："你只别说话，等我去说。"尤氏道："这个自然。但有了不是，往你身上推就是了。"说着，大家先至贾母房中。

　　正值贾母和园中姊妹们说笑解闷，忽见凤姐带了一个标致小媳妇进来，忙觑着眼瞧说："这是谁家的孩子？好可怜见儿的。"凤姐上来笑道："老祖宗倒细细的看看，好不好？"说着，忙拉二姐儿说："这是太婆婆，快磕头。"二姐儿忙行了大礼，展拜起来。又指着众姊妹说，这是某人某人："你先认了，太太瞧过了，再见礼。"二姐儿听了，一一又从新故意的问过，垂头站在傍边。贾母上下瞧了一遍，因又笑问："你姓什么？今年十几岁了？"凤姐忙又笑说："老祖宗且别问，只说比我俊不俊。"贾母又带上了眼镜，命鸳鸯琥珀："把那孩子拉过来，我瞧瞧肉皮儿。"众人都抿着嘴儿笑着，推他上去。贾母细瞧了一遍，又命琥珀："拿出他的手来我瞧瞧。"贾母瞧毕，摘下眼镜来，笑说道："竟是个齐全孩子，我看比你还俊些呢。"

　　凤姐听说，笑着，忙跪下将尤氏那边所编之

尤二姐益发白痴化了。

全部掌握在手心里。

什么叫玩得转，凤姐便是案例。

即使是表演，亦不大易。

像审视一个物品。这种说法和做法是源于对人身依附关系即自己是这些人的主子的确认。

话,一五一十,细细的说了一遍,"少不得老祖宗发慈心,先许他进来住,一年后再圆房"。贾母听了道:"这有什么不是?既你这样贤良,很好,只是一年后方可圆得房。"凤姐听了,叩头起来,又求贾母:"着两个女人,一同带去见太太们,说是老祖宗的主意。"贾母依允,遂使二人带去,见了邢夫人等。王夫人正因他风声不雅,深为忧虑;见他今行此事,岂有不乐之理。于是尤二姐自此见了天日,挪到厢房居住。

> 贾母的话客观上是凤氏"灭尤工程"的一部分,起了对尤的麻醉作用。
> 凤姐以退为进,以让尤见天日为代价达到一年内使之不得圆房的目的。不怕付出代价,方能行事。
> 凤的一大成功在于能使自己的心计化为贾母的旨意。

凤姐一面使人暗暗调唆张华,只叫他要原妻,这里还有许多陪送外,还给他银子安家过活。张华原无胆无心告贾家的,后来又见贾蓉打发了人对词,那人原说的:"张华先退了亲,我们原是亲戚,接到家里住着是真,并无娶之说。皆因张华拖欠我们的债务,追索不给,方诬赖小的主儿。"那个察院都和贾王两处有瓜葛,况又受了贿,只说张华无赖,以穷讹诈,状子也不收,打了一顿赶出来。庆儿在外,替张华打点,也没打重,又调唆张华,说:"这亲原是你家定的,你只要亲事,官必还断给你。"于是又告。王信那边又透了消息与察院。察院便批:"张华借欠贾宅之银,令其限内按数交还;其所定之亲,仍令其有力时娶回。"又传了他父亲来,当堂批准。他父亲亦系庆儿说明,乐得人财两进,便去贾家领人。

> 贾蓉这种人最恶劣,原来怎么"帮"贾琏和尤二姐,现在又怎么"帮"凤。

> 这是"灭尤工程"的另一层面。

凤姐一面吓的来回贾母说,如此这般:"都是珍大嫂子干事不明,那家并没退准,惹人告了,如此官断。"贾母听了,忙唤尤氏过来,说他做事不妥:"既你妹子从小与人指腹为婚,又没退断,使人告了,这是什么事?"尤氏听了,只得说:"他连银子都收了,怎么没准?"凤姐在旁说:

> 乱中取胜,乱中利用局势达到自己的目的,固奸雄的常用办法。

"张华的口供上现说没见银子,也没见人去。他老子又说:'原是亲家说过一次,并没应准。亲家死了,你们就接进去做二房。'如此没有对证话,只好由他去混说。幸而琏二爷不在家,不曾圆房,这还无妨;只是人已来了,怎好送回去?岂不伤脸!"贾母道:"又没圆房,没的强占人家有夫之人,名声也不好,不如送给他去。那里寻不出好人来?"尤二姐听了,又回贾母说:"我母亲实于某年某月某日,给了他二十两银子退准的。他因穷极了告,又翻了口。我姐姐原没错办。"贾母听了,便说:"可见刁民难惹。既这样,凤丫头去料理料理。"

> 贾母也如傀儡般被凤牵着线行动。

> 合乎贾母身份性格,不必太具体,而是交给凤酌处。

凤姐听了,无法,只得应着回来,只命人去找贾蓉。贾蓉深知凤姐之意,若要使张华领回,成何体统?便回了贾珍,暗暗遣人去说张华:"你如今既有许多银子,何必定要原人。若只管执定主意,岂不怕爷们一怒,寻出一个由头,你死无葬身之地。你有了银子,回家去,什么好人寻不出来。你若走呢,还赏你些路费。"张华听了,心中想了一想:"这倒是好主意。"和父母商议已定,约共也得了有百金,父子次日起了五更,便回原籍去了。

贾蓉打听得真了,来回了贾母凤姐,说:"张华父子妄告不实,惧罪逃走,官府亦知此情,也不追究,大事完毕。"凤姐听了,心中一想:"若必定着张华带回二姐儿去,未免贾琏回来,再花几个钱包占住,不怕张华不依;还是二姐儿不去,自己拉绊着还妥当,且再作道理。只是张华此去,不知何往,倘或他再将此事告诉了别人,或日后再寻出这由头来翻案,岂不是自己害了自己。原先不该如此将刀靶付给外人去的。"因

> 倒完全没有贾珍的事了。

> 势要做足,事要适可而止。卸磨杀驴,杀人灭口。

> 通过大闹宁国府,其实做好了交易。尤氏贾蓉等牺牲尤二姐,唯凤之命是从,然后与凤修好。

此,悔之不迭。复又想了一个主意出来,悄命旺儿遣人寻着了他,或讹他做贼,和他打官司,将他治死,或暗使人算计,务将张华治死,方剪草除根,保住自己的名誉。

> 凤姐做得越足,后遗症越大。

旺儿领命出来,回家细想:"人已走了完事,何必如此大做?人命关天,非同儿戏。我且哄过他去,再作道理。"因此在外躲了几日,回来告诉凤姐,只说:"张华因有几两银子在身上,逃去第三日,在京口地界,五更天,已被截路打闷棍的打死了。他老子唬死在店房,在那里验尸掩埋。"凤姐听了不信,说:"你要撒谎,我再使人打听出来,敲你的牙!"自此,方丢过不究。凤姐和尤二姐和美非常,竟比亲姊妹还胜几倍。

> 你糊弄我,我糊弄你。留下了后患。

> 旺儿的谎近小儿科,凤姐不太可能丢手。

那贾琏一日事毕回来,先到了新房中,已经静悄悄的关锁,只有一个看房子的老头儿。贾琏问起原故,老头子细说原委,贾琏只在镫中跺足。少不得来见贾赦与邢夫人,将所完之事回明。贾赦十分欢喜,说他中用,赏了他一百两银子,又将房中一个十七岁的丫鬟名唤秋桐赏他为妾。贾琏叩头领去,喜之不尽。见了贾母合家众人,回来见了凤姐,未免脸上有些愧色。谁知凤姐反不似往日容颜,同尤二姐一同出来,叙了寒温。贾琏将秋桐之事说了,未免脸上有些得意骄矜之色。凤姐听了,忙命两个媳妇坐车在那边接了来。心中一刺未除,又平空添了一刺,说不得且吞声忍气,将好颜面换出来遮饰。一面又命摆酒接风,一面带了秋桐来见贾母与王夫人等。贾琏心中也暗暗的纳罕。

> 贾琏并非没有任何保护尤二姐的办法,除非他并不想如此做。正如尤氏、贾蓉一般,贾琏也未必愿意为尤二姐真格的得罪元配夫人、王夫人侄女、老祖宗宠物、大拿王熙凤。

> 可见,底下的事并非凤姐一手牵线。她把尤二姐弄进来一为便于控制,二为洗刷自己的醋名。至于进一步整死尤二姐,尚无计划。

381

且说凤姐在家,外面待尤二姐自不必说的,只是心中又怀别意,无人处,只和尤二姐说:"妹妹的声名很不好听,连老太太、太太们都知道了,说妹妹在家做女孩儿就不干净,又和姐夫来往太密,'没人要的,你拣了来。还不休了,再寻好的'。我听见这话气的什么儿是的。后来打听是谁说的,又察不出来。这日久天长,这些奴才们跟前,怎么说嘴?我反弄了鱼头来拆。"说了两遍,自己先气病了,茶饭也不吃。除了平儿,众丫头媳妇无不言三语四,指桑说槐,暗相讥刺。

<small>确有辫子可抓。</small>

<small>无不言三语四云云,与后文有矛盾。</small>

且说秋桐自以为系贾赦之赐,无人僭他的,连凤姐平儿皆不放在眼里,岂容那先奸后娶、没汉子要的妇女?凤姐听了暗乐。自从装病,便不和尤二姐吃饭,每日只命人端了菜饭到他房中去吃,那茶饭都系不堪之物。平儿看不过,自拿钱出来弄菜与他吃;或是有时只说和他园中去玩,在园中厨内另做了汤水与他吃。也无人敢回凤姐。只有秋桐撞见了,便去说舌,告诉凤姐说:"奶奶名声,生是平儿弄坏了的。这样好菜好饭,浪着不吃,却往园里去偷吃。"凤姐听了,骂平儿说:"人家养猫拿耗子,我的猫只倒咬鸡!"平儿不敢多说,自此也要远着了,又暗恨秋桐。

<small>是否全属装病,存疑。</small>

园中姊妹一干人暗为二姐耽心。虽都不敢多言,却也可怜。每常无人处,说起话来,尤二姐淌眼抹泪,又不敢抱怨凤姐儿,因无一点坏形。贾琏来家时,见了凤姐贤良,也便不留心。况素昔见贾赦姬妾丫鬟最多,贾琏每怀不轨之心,只未敢下手;今日天缘凑巧,竟把秋桐赏了他,真是一对烈火干柴,如胶投漆,燕尔新婚,连

<small>一方面言三语四,一方面耽心可怜。人就是如此多面。</small>

尤二姐一役,凤姐八面来风,八面威风,大获全胜。但这是从战役上说的。

从战略上说,凤犯了大错误,她经过此事彻底得罪了贾琏,留下了隐患。最终,此事谁也不会原谅她了。她的主要危险是非主流派的她的婆婆邢夫人,她本应团结住贾琏才能立稳脚步。

所以说"机关算尽太聪明,反算了卿卿性命"。毕竟是妇人之见,意气用事,又太逞能了。

日那里拆得开?贾琏在二姐身上之心,也渐渐淡了,只有秋桐一人是命。凤姐虽恨秋桐,且喜借他先可发脱二姐,用"借刀杀人"之法,"坐山观虎斗",等秋桐杀了尤二姐,自己再杀秋桐。主意一定,没人处,常又私劝秋桐说:"你年轻不知事。他现是二房奶奶,你爷心坎儿上的人,我还让他三分,你去硬碰他,岂不是自寻其死?"

| 这才是尤二姐必死的主要原因。
| 借刀、观虎云云,是阴谋策略的核心性一着。

那秋桐听了这话,越发恼了,天天大口乱骂,说:"奶奶是软弱人,那等贤惠,我却做不来。奶奶把素日的威风,怎么都没了?奶奶宽洪大量,我却眼里揉不下沙子去。让我和这娼妇做一回,他才知道呢!"凤姐儿在屋里,只装不敢出声儿。气得尤二姐在房里哭泣,连饭也不吃,又不敢告诉贾琏。次日,贾母见他眼睛红红的肿了,问他,又不敢说。秋桐正是抓乖卖俏之时,他便悄悄的告诉贾母王夫人等说:"他专会作死,好好的,成天丧声嚎气。背地里咒二奶奶和我早死了,好和二爷一心一计的过。"贾母听了,便说:"人太生娇俏了,可知心就嫉妒了。凤丫头倒好意待他,他倒这样争锋吃醋,可知是个贱骨头。"因此,渐次便不大喜欢。众人见贾母不喜,不免又往上践踏起来。弄得这尤二姐要死不能,要生不得。还是亏了平儿时常背着凤姐与他排解。

秋桐这种女人俯拾皆是,越是男权中心,越培养被压迫玩弄的女性中的恶戾之气。

凤姐装成胆小鬼,其实是难以令人相信的,只能说明,装者愿装,信者愿信,既然害尤方便,就先联合起来灭尤。

事情的发展未免太直线太一边倒了。
尤二姐百依百顺,除平儿偶一为之无一人对尤做一点好事等等,略显简单化了。

那尤二姐原是"花为肠肚,雪作肌肤"的人,如何经得这般折磨?不过受了一月的暗气,便恹恹得了一病,四肢懒动,茶饭不进,渐次黄瘦下去。夜来合上眼,只见他妹妹手捧鸳鸯宝剑,前来说:"姐姐,你为人一生心痴意软,终久吃了亏。休信那妒妇花言巧语,外作贤良,内藏奸滑。他发恨定要弄你一死方罢。若妹子在世,断不肯令你进来;就是进来,亦不容他这样。此亦系理数应然,只因你前生淫奔不才,使人家丧伦败行,故有此报。你速依我,将此剑斩了那妒妇,一同归至警幻案下,听其发落。不然,你则白白的丧命,且无人怜惜。"尤二姐哭道:"妹妹,我一生品行既亏,今日之报,既系当然,何必又生杀戮之冤。"三姐儿听了,长叹而去。尤二姐惊醒,却是一梦。等贾琏来看时,因无人在侧,便哭着合贾琏说:"我这病不能好了。我来了半年,腹中已有身孕,但不能预知男女。倘老天可怜,生了下来还;若不然,我的命还不能保,何况于他。"贾琏亦哭说:"你只放心,我请名人来医治。"于是出去,即刻请医生。

　　谁知王太医此时也病了,亦谋干了军前效力,回来好讨荫封的。小厮们走去,便仍旧请了那年给晴雯看病的太医胡君荣来。诊视了,说是经水不调,全要大补。贾琏便说:"已是三月庚信不行,又常呕酸,恐是胎气。"胡君荣听了,复又命老婆子请出手来,再看了半日,说:"若论胎气,肝脉自应洪大;然木盛则生火,经水不调,亦皆因肝木所致。医生要大胆,须得请奶奶将金面略露一露,医生观看气色,方敢下药。"贾琏无法,只得命将帐子掀起一缝。尤二姐露出脸来。胡君荣一见,早已魂飞天外,那里还能辨气色?一时掩了帐子,贾琏陪他出来,问是如何。胡太医道:"不是胎气,只是瘀血凝结。如今只以下瘀通经要紧。"于是写了一方,作辞而去。

适当呼应,回声和声。

许多事情是解释不清楚的,只有拉上"理数"帮忙,才于不合理处弄合理了。
每遇生死关头,便有神魔梦幻。

是巧合,是"理数",还是幕后黑手的安排?

胡君荣也来起一大哄。尤二姐气数已尽,才碰上这样的医生。

贾琏令人送了药礼，抓了药来，调服下去。只半夜光景，尤二姐腹痛不止，谁知竟将一个已成形的男胎打了下来。于是血行不止，二姐就昏迷过去。贾琏闻知，大骂胡君荣。一面遣人再去请医调治，一面命人去找胡君荣。胡君荣听了，早已卷包逃走。这里太医便说："本来血气亏弱，受胎以来，想是着了些气恼，郁结于中。这位先生误用虎狼之剂，如今大人元气，十伤八九，一时难保就愈。煎丸二药并行，还要一些闲言闲事不闻，庶可望好。"说毕而去，也开了个煎药方子并调元散郁的丸药方子去了。急的贾琏便查："谁请的姓胡的来！"一时查出，便打了个半死。

> 此节略感过分，对尤二姐的描写中仍有戒淫的恐吓、教化意识。

凤姐比贾琏更急十倍，只说："咱们命中无子，好容易有了一个，遇见这样没本事的大夫来。"于是天地前烧香礼拜，自己通诚祷告，说："我情愿有病，只求尤氏妹子身体大愈，再得怀胎，生一男子，我愿吃常斋念佛。"贾琏众人见了，无不称赞。贾琏与秋桐在一处。凤姐又做汤做水的着人送与二姐，又叫人出去算命打卦，偏算命的回来又说："系属兔的阴人冲犯了。"大家算将起来，只有秋桐一人属兔，说他冲的。

> 又是充分地、满溢地戏剧化处理。

> "众人"专信虚言佞语。

秋桐见贾琏请医调治，打人骂狗，为二姐十分尽心，他心中早浸了一缸醋在内了；今又听见如此，说他冲了，凤姐儿又劝他说："你暂且别处躲几日再来。"秋桐便气得哭骂道："理那起饿不死的杂种，混嚼舌根！我和他'井水不犯河水'，怎么就冲了他？好个'爱八哥儿'！在外头什么人不见，偏来了就冲了。我还要问问他呢，到底是那里来的孩子？他不过哄我们那个棉花耳朵的爷罢了。纵有孩子，也不知张姓王姓的。奶

> 越闹越粗鄙，越闹越荒诞。

> 恶人无友，但有敌人的敌人。

奶希罕那杂种羔子,我不喜欢!谁不会养!一年半载养一个,倒还是一点搀杂没有的呢!"众人又要笑,又不敢笑。

> 秋桐何等人模狗样,揭开面纱,竟是这样粗鄙赤裸,下贱不堪!

可巧邢夫人过来请安,秋桐便告诉邢夫人说:"二爷二奶奶要撵我回去,我没有安身之处,太太好歹开恩。"邢夫人听说,便数落了凤姐儿一阵,又骂贾琏:"不知好歹的种子!凭他怎样,是你父亲给的,为个外来的撵他,连老子都没了。"说着,赌气去了。秋桐更又得意,越发走到窗户根底下,大骂起来。尤二姐听了,不免更添烦恼。晚间,贾琏在秋桐房中歇了,凤姐已睡,平儿过尤二姐那边来劝慰了一番,尤二姐哭诉了一回。平儿又嘱咐了几句,夜已深了,方去安息。

> 尤二姐一事,充分表现出贾府的彻底乱套。

> 走到窗户根底下大骂,至今国人有类似陋习与表演。

> 雪芹伟大,暴露了可爱的能人王熙凤狰狞的一面,更批判了封建主义!

这里尤二姐心中自思:"病已成势,日无所养,反有所伤,料定必不能好。况胎已经打下,无甚悬心,何必受这些零气?不如一死,倒还干净。常听见人说'生金子可以坠死',岂不比上吊自刎又干净。"想毕,扎挣起来,打开箱子,找出一块生金,也不知多重。哭了一回,外边将近五更天气,那二姐咬牙狠命,便吞入口中,几次直脖,方咽了下去。于是赶忙将衣裳首饰穿戴齐整,上炕躺下。当下人不知,鬼不觉。

> 据科普杂志载文称,吞金不能达到自杀的结果。
> 红楼二尤故事更多戏剧性,不足为实。

到第二日早晨,丫鬟媳妇们见他不叫人,乐得自己梳洗。凤姐秋桐都上去了。平儿看不过,说丫头们:"就只配没人心的打着骂着使也罢了,一个病人,也不知可怜可怜。他虽好性儿,你们也该拿出个样儿来,别太过逾了,'墙倒众人推'。"丫鬟听了,急推房门进来看时,却穿戴的齐齐整整,死在炕上。于是方吓慌了,喊叫起来。平儿进来瞧见,不禁大哭。众人虽素昔尤二姐之死,小说着重渲染凤姐之阴毒,将凤作为主凶。

其实,主凶是贾琏,其次贾珍、贾蓉,其次凤姐、秋桐,以及一些旁人——包括胡君荣医生。

评点者揣摩,尤二姐故事是雪芹年轻时听说的一个糊涂故事,未知其详,颇为之悲,又痛恨凤式人物之毒,便生发连续编纂了这一悲剧故事。

当然,不论谁是主凶,从中足以见封建制度封建家庭之吃人性质。

惧怕凤姐,然想二姐儿实在温和怜下,如今死去,谁不伤心落泪,只不敢与凤姐看见。

当下合宅皆知。贾琏进来,搂尸大哭不止。凤姐也假意哭道:"狠心的妹妹!你怎么丢下我去了,辜负了我的心!"尤氏贾蓉等也都来哭了一场,劝住贾琏。贾琏便回了王夫人,讨了梨香院,停放五日,挪到铁槛寺去。王夫人依允。贾琏忙命人去往梨香院收拾停灵,将二姐儿抬上去,用衾单盖了,八个小厮和八个媳妇围随,抬往梨香院来。那里已请下天文生,择定明日寅时入殓大吉;五日出不得,七日方可。贾琏道:"竟是七日。因家叔家兄皆在外,小丧不敢久停。"天文生应诺,写了殃榜而去。宝玉一早过来,陪哭一场。众族人也都来了。贾琏忙进去找凤姐,要银子治办丧礼。

凤姐儿见抬了出去,推有病,回:"老太太、太太说我病着,忌三房,不许我去,我因此也不出来穿孝。"且往大观园中来,绕过群山,至北界墙根下,往外听了一言半语,回来又回贾母说如此这般。贾母道:"信他胡说!谁家痨病死的孩子不烧了,也认真开丧破土起来。既是二房一场,也是夫妻情分,停五七日,抬出来,或一烧,或乱葬埂上埋了完事。"凤姐笑道:"可是这话,我又不敢劝他。"

正说着,丫鬟来请凤姐,说:"二爷在家,等着奶奶拿银子呢。"凤姐儿只得来了,便问他:

众人既承认尤温和怜下,不可能全都墙倒众人推。成也平儿,败也平儿。第一名告密者是平儿,平儿对此毫无忏悔吗?国人果真毫无忏悔的意识吗?

凤姐也算"血债累累"了。

此前凤姐很注意表演,为何现在如此赤膊?尤二姐已死,秋桐已是主要对立面,更不必如此了。嫌过分了。

"什么银子？家里近日艰难，你还不知道？咱们的月例，一月赶不上一月。昨儿我把两个金项圈当了三百银，用剩了还有二十几两，你要就拿去。"说着，命平儿拿了出来，递与贾琏，指着贾母有话，又去了。恨得贾琏无话可说，只得开了尤氏箱笼，去拿自己体己。及开了箱柜，一点无存，只有些拆簪烂花，并几件半新不旧的绸绢衣裳，都是尤二姐素日穿的，不禁又伤心哭了。想着他死得不分明，又不敢说。只得自己用个包袱，一齐包了，也不用小厮丫鬟来拿，自己提着来烧。

"一家人"之间的切齿痛恨，冤冤相报，而又隐藏在孝悌忠信的天伦之乐里。

平儿又是伤心，又是好笑，忙将二百两一包碎银子偷了出来，悄递与贾琏，说："你别言语才好，你要哭，外头有多少哭不得？又跑了这里来点眼。"贾琏便说道："你说得是。"接了银子，又将一条汗巾递与平儿，说："这是他家常系的，你好生替我收着，做个念心儿。"平儿只得接了，自己收去。贾琏有了银子，命人买板进来，连夜赶造，一面分派了人口守灵。晚上自己也不进去，只在这里伴宿。要知端的，下回分解。

平儿的这一类表现太多了，反让人烦心。

美丽的大观园，美丽的宝玉加众女儿身边，积累着这样多的罪恶、人命、阴谋、虚伪、乖戾、仇恨……贾府不灭，世无天理，中国不发生风暴怒火，世无天理！

第 七 十 回

林黛玉重建桃花社　史湘云偶填柳絮词

果然,狠毒奸诈血腥脏臭的一页掀过去,又要雅一雅、飘一飘了。真是全方位的展现,全色调的渲染,全姿态的表演。波澜起伏,变化无穷。大哉曹子!

话说贾琏自在梨香院伴宿七日夜,天天僧道不断做佛事。贾母唤了他去,吩咐不许送往家庙中,贾琏无法,只得又和时觉说了,就在尤三姐之上点了一个穴,破土埋葬。那日送殡,只不过族中人与王姓夫妇、尤氏婆媳而已。凤姐一应不管,只凭他自去办理。

又因年近岁逼,诸事烦杂不算外,又有林之孝开了一个人单子来回:共有八个二十五岁的单身小厮,应该娶妻成房的,等里面有该放的丫头,好求指配。凤姐看了,先来问贾母和王夫人。大家商议,虽有几个应该发配的,奈各人皆有缘故:第一个鸳鸯,发誓不去。自那日之后,一向未与宝玉说话,也不盛妆浓饰。众人见他志坚,不好相强。第二个琥珀,现又有病,这次不能了。彩云因近日和贾环分崩,染了无医之症。只有凤姐儿和李纨房中粗使的大丫头发出去了。其余年纪未足,令他们外头自娶去了。

原来这一向因凤姐儿病了,李纨探春料理家务,不得闲暇,接着过年过节,许多杂事,竟将

贾母如此帮凶,亦不无人为处理痕迹。

说了也就了了。

诸事前后呼应。

非诗的生活排挤着、冷落着诗。

诗社搁起。如今仲春天气,虽得了工夫,争奈宝玉因柳湘莲遁迹空门,又闻得尤三姐自刎,尤二姐被凤姐逼死,又兼柳五儿自那夜监禁之后,病越重了。连连接接,闲愁胡恨,一重不了一重添,弄的情色若痴,话言常乱,似染怔忡之病。慌的袭人等又不敢回贾母,只百般逗他玩笑。

> 怔忡之病,现已露头。此后便要一再怔忡,益发怔忡。

这日清晨方醒,只听得外间屋内咭咭呱呱,笑声不断。袭人因笑说:"你快出去拉拉罢,晴雯和麝月两个人按住芳官那里隔肢呢。"宝玉听了,忙披上灰鼠长袄出来一瞧,只见他三人被褥尚未叠起,大衣也未穿:那晴雯只穿着葱绿杭绸小袄,红绸子小衣儿,披着头发,骑在芳官身上。

> 厄运到来之前,玩吧。

麝月是红绫抹胸,披着一身旧衣,在那里抓芳官的肋肢。芳官却仰在炕上,穿着撒花紧身儿,红裤绿袜,两脚乱蹬,笑的喘不过气来。宝玉忙笑

> 这种少男少女的生活描写,生动有趣。

说:"两个大的欺负一个小的,等我来挠你们。"说着也上床来隔肢晴雯。晴雯触痒,笑的忙丢下芳官,来合宝玉对抓,芳官趁势将晴雯按倒。袭人看他四人滚在一处,倒好笑,因说道:"仔细冻着了,可不是玩的。都穿上衣裳罢!"

> 宝玉常站在芳官一边。

忽见碧月进来说:"昨儿晚上,奶奶在这里把块绢子忘了,不知可在这里没有?"春燕忙应道:"有。我在地下捡起来,不知是那一位的,才洗了,刚晾着,还没有干呢。"碧月见他四人乱滚,因笑道:"倒是你们这里热闹,大清早起就咭咭呱呱的玩到一处。"宝玉笑道:"你们那里人也不少,怎么不玩?"碧月道:"我们奶奶不玩,把两个姨娘和姑娘也都拘住了。如今琴姑娘跟了老太太前头去,更冷冷清清的了。两个姨娘到明年冬天,也都家去了,更那才冷清呢。你瞧瞧,宝姑娘那里出去了一个香菱,就像短了多少人

是的,把个云姑娘落了单了。"

正说着,见湘云又打发了翠缕来说:"请二爷快出去瞧好诗。"宝玉听了,忙梳洗出来,果见黛玉、宝钗、湘云、宝琴、探春,都在那里,手里拿着一篇诗看。见他来时,都笑道:"这会子还不起来!咱们的诗社散了一年,也没有一个人作兴作兴。如今正是初春时节,万物更新,正该鼓舞另立起来才好。"湘云笑道:"一起诗社时是秋天,就不应发达的。如今却好万物逢春,咱们重新整理起这个社来,自然要有生趣儿。况这首'桃花诗'又好,就把海棠社改作桃花社,岂不大妙?"宝玉听着点头,说:"很好。"且忙着要诗看。众人都又说:"咱们此时就访稻香老农去,大家议定好起社。"说着,一齐站起来,都往稻香村来。宝玉一壁走,一壁看,写着是:

桃 花 行

桃花帘外东风软,桃花帘内晨妆懒;
帘外桃花帘内人,人与桃花隔不远。
东风有意揭帘栊,花欲窥人帘不卷。
桃花帘外开仍旧,帘中人比桃花瘦;
花解怜人花也愁,隔帘消息风吹透。
风透帘栊花满庭,庭前春色倍伤情;
闲苔院落门空掩,斜日栏杆人自凭。
凭栏人向东风泣,茜裙偷傍桃花立;
桃花桃叶乱纷纷,花绽新红叶凝碧。
树树烟封一万株,烘楼照壁红模糊。
天机烧破鸳鸯锦,春酣欲醒移珊枕;
侍女金盆进水来,香泉饮蘸胭脂冷。
胭脂鲜艳何相类,花之颜色人之泪;
若将人泪比桃花,泪自长流花自媚。
泪眼观花泪易干,泪干春尽花憔悴。

> 除宝玉之怔忡外,这些个青春少女,对于各种变故人命,竟毫无反应,照旧吟诗行乐吗?

> 又抓振兴创作了。

> 也是一种跳荡。从秋桐的粗话跳到《桃花行》上来,令人觉得它雅得泄气。

> 在粗野面前,文雅显得何等苍白!何等条条道道!

> 因诗设文,终无大用!

> 已有葬花在先,再怎么写也赶不上,更超不过了。

　　　　憔悴花遮憔悴人，花飞人倦易黄昏；
　　　　一声杜宇春归尽，寂寞帘栊空月痕！
宝玉看了，并不称赞，痴痴呆呆，竟要滚下泪来，又怕众人看见，忙自己拭了。因问："你们怎么得来？"宝琴笑道："你猜是谁做的？"宝玉笑道："自然是潇湘子的稿子。"宝琴笑道："现是我做的呢。"宝玉笑道："我不信。这声调口气，迥乎不像。"宝琴笑道："所以你不通，难道杜工部首首都作'丛菊两开他日泪'之句不成！一般的也有'红绽雨肥梅''水荇牵风翠带长'等语。"宝玉笑道："固然如此，但我知道姐姐断不许妹妹有此伤悼语句，妹妹本有此才，却也断不肯做的。比不得林妹妹曾经离丧，作此哀音。"众人听说，都笑了。

　　已至稻香村中，将诗与李纨看了，自不必说，称赏不已。说起诗社，大家议定：明日乃三月初二日，就起社，便改"海棠社"为"桃花社"，黛玉为社主。明日饭后，齐集潇湘馆。因又大家拟题。黛玉便说："大家就要'桃花诗'一百韵。"宝钗道："使不得。古来'桃花诗'最多，纵作了，必落套，比不得你这一首古风。须得再拟。"正说着，人回："舅太太来了，请姑娘们出去请安。"因此大家都往前头来见王子腾的夫人，陪着说话。饭毕，又陪着入园中来游玩一遍，至晚饭后掌灯方去。

　　次日乃是探春的寿日，元春早打发了两个小太监，送了几件玩器。合家皆有寿礼，自不必细说。饭后，探春换了礼服，各处行礼。黛玉笑向众人道："我这一社开的又不巧了，偏忘了这两日是他的生日。虽不摆酒唱戏，少不得都要陪他在老太太、太太跟前玩笑一日，如何能得闲

这首诗写得平面、单薄，缺少内蕴。

凤姐大闹以后，宝、黛、诗歌，为之失色。

这是诗教理论。
这一笑，便有排遣闲愁的作用了。

有点题材（甚至诗题）决定论。不是高明的诗论。但或与旧体诗的形式限制相关，多陈陈相因，缺少开拓创造的空间。

寿日复寿日，寿日何其多，寿寿何能寿，多多总不多。

空儿。"因此，改至初五。

　　这日，众姊妹皆在房中侍早膳毕，便有贾政书信到了。宝玉请安，将请贾母的安禀拆开，念与贾母听，上面不过是请安的话，说六月准进京等语。其余家信事物之帖，自有贾琏和王夫人开读。众人听说六七月回京，都喜之不尽。偏生这日王子腾之女许与保宁侯之子为妻，择于五月间过门，凤姐儿又忙着张罗，常三五日不在家。这日，王子腾的夫人又来接凤姐儿，一并请众甥男甥女乐一日。贾母和王夫人命宝玉、探春、林黛玉、宝钗四人同凤姐去。众人不敢违拗，只得回房去，另妆饰了起来。五人去了一日，掌灯方回。

　　宝玉进入怡红院，歇了半刻，袭人便乘机见景劝他收一收心，闲时把书理一理，预备着。宝玉屈指一算，说："还早呢。"袭人道："书还是第二件，到那时纵然你有了书，你的字写的在那里呢？"宝玉笑道："我时常也有写了的好些，难道都没收着？"袭人道："何曾没收着？你昨儿不在家，我就拿出来，统共数了一数，才有五百六十几篇，这三四年的工夫，难道只有这几张字不成！依我说，明日起，把别的心先都收了起来，天天快临几张字补上。虽不能按日都有，也要大概看得过去。"宝玉听了，忙着自己又亲检了一遍，实在搪塞不过，便说："明日为始，一天写一百字才好。"说话时，大家睡下。

　　至次日起来，梳洗了，便在窗下恭楷临帖。贾母因不见他，只当病了，忙使人来问。宝玉方去请安，便说："写字之故，因此出来迟了。"贾母听说，十分欢喜，就盼咐他："以后只管写字念书，不用出来也使得。你去回你太太知道。"宝

还要抻抻拖拖，掺兑清水，把阅读的心弦彻底松下来。

粗粗写一点与外面世界的关系。

袭人操心，袭人正确，袭人讨厌。

玉听说,便往王夫人房中来说明。王夫人便道:"'临阵磨枪',也不中用。有这会子着急,天天写写念念,有多少完不了的。这一赶,又赶出病来才罢。"宝玉回说:"不妨事。"宝钗探春等都笑说:"太太不用着急。书虽替不得他,字却替得的,我们每日每人临一篇给他,搪塞过这一步儿去就完了。一则老爷不生气,二则他也急不出病来。"王夫人听说,喜之不尽。

> 平时怠惰,无人催促,临阵磨枪,又恐累着。娇惯的结果,只能怠惰下去。

> 帮助作弊。
> 一个作弊,一个编瞎话,是普适也是常态。

　　原来黛玉闻得贾政回家,必问宝玉的功课,宝玉一向分心,到临期自然要吃亏。因自己只装不耐烦,把诗社更不提起。探春宝钗二人,每日也临一篇楷书字与宝玉。宝玉自己每日也加功,或写二百三百不拘。至三月下旬,便将字又积了许多。这日正算着再得五十篇,也就搪得过了。谁知紫鹃走来,送了一卷东西,宝玉拆开看时,却是一色去油纸上临的钟王蝇头小楷,字迹且与自己十分相类。喜的宝玉和紫鹃作了一个揖,又亲自来道谢。接着湘云宝琴二人也都临了几篇相送。凑成虽不足功课,亦可搪塞了。宝玉放了心,于是将应读之书,又温理过几次。正是天天用功,可巧近海一带海啸,又遭塌了几处生民,地方官题本奏闻,奉旨就着贾政顺路查看赈济回来。如此算去,至七月底方回。宝玉听了,便把书字又丢过一边,仍是照旧游荡。

> 诗社又不提了。

> 宝二爷的作业,众姐妹"支援"。宝二爷的学习,另类风光。

> 这一段贾政回家前宝玉"磨枪"一事,为七十三回类似情节作铺垫。

　　时值暮春之际,湘云无聊,因见柳花飘舞,便偶成一小令,调寄《如梦令》。其词曰:
　　　　岂是绣绒才吐,卷起半帘香雾。纤手自拈来,空使鹃啼燕妒。且住,且住!莫使春光别去。

> 并无创意。

　　自己做了,心中得意,便用一条纸儿写好,给宝钗看了,又来找黛玉。黛玉看毕,笑道:"好新鲜,有趣儿,我却不能。"湘云说道:"咱们这几社总没有填词,你明日何不起社填词,岂不新鲜些。"黛玉听了,偶然兴动,便说:"这话也倒是。"湘云道:"咱们趁今日天气好,为什么不就是今日?"黛玉道:"也使得。"说着,一面吩咐预备了几色果点,一面就打发人分头去请。

> 诗闹了几阵子了,便再敷衍词。

> "为什么不就是今日",这倒可以成为名言、格言。

这里二人便拟了"柳絮"为题,又限出几个调来,写了粘在壁上。众人来看时:"以柳絮为题,限各色小调。"又都看了湘云的,称赏了一回。宝玉笑道:"这词上我倒平常,少不得也要胡诌起来。"于是大家拈阄。宝钗炷了一支"梦甜香",大家思索起来。一时,黛玉有了,写完。接着宝琴也忙写出来。宝钗笑道:"我已有了。瞧了你们的,再看我的。"探春笑道:"今儿这香怎么这样快!我才有了半首。"因又问宝玉:"你可有了?"宝玉虽做了些,自己嫌不好,又都抹了,要另做;回头看,香已尽了。李纨等笑道:"宝玉又输了。蕉丫头的呢?"探春听说,便写出来。众人看时,却只半首《南柯子》,写道是:

> 一贯落后。

空挂纤纤缕,徒垂络络丝。也难绾系也难羁,一任东西南北各分离。

李纨笑道:"这却也好,何不再续上?"宝玉见香没了,情愿认输,不肯勉强塞责,将笔搁下,来瞧这半首。见没完时,反倒动了兴,乃提笔续道:

> 叹光阴,叹分离,本是人之常情、至情,但自古以来叹得太多太多了,往往写不出个性与新意来。

落去君休惜,飞来我自知。莺愁蝶倦晚芳时,纵是明春再见——隔年期!

> 仍是触景伤情,悲叹人生,并预示分离。

众人笑道:"正经你分内的又不能,这却偏有了。纵然好,也算不得。"说着,看黛玉的,是一阕《唐多令》:

粉堕百花洲,香残燕子楼。一团团逐队成球。漂泊亦如人命薄,空缱绻,说风流！　　草木也知愁,韶华竟白头。叹今生谁舍谁收?嫁与东风春不管,凭尔去,忍淹留。

> 一味愁下去,反不如先动人。

众人看了,俱点头感叹说:"太作悲了!好是果然好的。"因又看宝琴的《西江月》:

汉苑零星有限,隋堤点缀无穷。三春事业付东风,明月梅花一梦。　　几处落红庭院,谁家香雪帘栊?江南江北一般同,偏是离人恨重。

> 《西江月》词牌,易写悲壮语。

众人都笑说:"到底是他的声调悲壮。'几处''谁家'两句最妙。"宝钗笑道:"总不免过于丧败。我想,柳絮原是一件轻薄无根的东西,依我的主意,偏要把他说好了,才不落套。所以我诌了一首来,未必合你们的意思。"众人笑道:"不要太谦,自然是好的,我们赏鉴赏鉴。"因看这一阕《临江仙》道:

白玉堂前春解舞,东风卷得均匀。

> 偏要说好,当非好办法,为翻案而翻案,又有什么意思呢?

湘云先笑道:"好一个'东风卷得均匀'!这一句就出人之上了。"

蜂团蝶阵乱纷纷。几曾随逝水,岂必委芳尘?　　万缕千丝终不改,任他随聚随分。韶华休笑本无根,好风凭借力,送我上青云!

> 如果说这是宝钗言志,她可又说了"柳絮原是一件轻薄无根的东西"。

众人拍案叫绝,都说:"果然翻得好!自然这首为尊。缠绵悲戚,让潇湘子;情致妩媚,却是枕霞;小薛与蕉客,今日落第,要受罚的。"宝琴笑道:"我们自然受罚,但不知交白卷子的,又怎么罚?"李纨道:"不用忙,这定要重重的罚他,下次为例。"

> 这倒是。柳絮词唯此首给人留下印象。

一语未了,只听窗外竹子上一声响,恰似窗屉子倒了一般,众人吓了一跳。丫鬟们出去瞧时,帘外丫头子们回道:"一个大蝴蝶风筝,挂在竹梢上了。"众丫鬟笑道:"好一个齐整风筝!不知是谁家放的,断了线。咱们拿下他来。"宝玉等听了,也都出来看时,宝玉笑道:"我认得这风筝,这是大老爷那院里嫣红姑娘放的。拿下来给他送过去罢。"紫鹃笑道:"难道天下没有一样的风筝,单他有这个不成?二爷也太死心眼儿了。我不管,我且拿起来。"探春笑道:"紫鹃也太小器了,你们一般有,这会子拾人走了的,也不嫌个忌讳?"黛玉笑道:"可是呢。把咱们的拿出来,咱们也放放晦气。"

柳絮、蝴蝶风筝……便觉春意盎然。
这样天真快乐。
上天不容。

丫头们听见放风筝,巴不得一声儿,七手八脚,都忙着拿出来,也有美人儿的,也有沙雁儿的。丫头们搬高墩,捆剪子股儿,一面拨起籰子来。宝钗等立在院门前,命丫头们在院外敞地下放去。宝琴笑道:"你这个不好看,不如三姐姐的一个软翅子大凤凰好。"宝钗回头向翠墨笑道:"你去把你们的拿来也放放。"宝玉又兴头起来,也打发个小丫头子家去,说:"把昨日赖大娘送的那个大鱼取来。"小丫头去了半天,空手回来,笑道:"晴雯姑娘昨儿放走了。"宝玉道:"我还没放一遭儿呢。"探春笑道:"横竖是给你放晦气罢了。"宝玉道:"再把大螃蟹拿来罢"丫头去了,同了几个人,扛了一个美人并籰子来,回说:"袭姑娘说:昨儿把螃蟹给了三爷了,这一个是林大娘才送来的,放这一个罢。"宝玉细看了一回,只见这美人做的十分精细,心中欢喜,便叫:"放起来!"

曹雪芹精通风筝。又是春光依旧。

如春日行乐图。在当时条件下,各种乐也享受尽了。何悲惨之有?还愁些什么?

此时探春的也取了来了,丫头们在那山坡上已放起来。宝琴叫丫头放起一个大蝙蝠来,宝钗也放起个一连七个大雁来,独有宝玉的美

就我个人而言,宁愿看放风筝、吃螃蟹的描写。曹亦甚通诗词之道,但拿出来的货色并不精彩。

二尤事的强烈浓聚后,此回淡淡的。做功课,却也不忙。桃花诗,并无后文。柳絮词,写好写坏,无关大体,带有文字游戏性质。放风筝,最后飞去。又是大战之前的平静了。
二尤故事后,诸雅女们的生活单调得令人打哈欠。

人儿,再放不起来。宝玉说丫头们不会放,自己放了半天,只起房高,便落下来了,急得宝玉头上的汗都出来了。众人又笑,宝玉恨得掷在地下,指着风筝说道:"要不是个美人,我一顿脚踩个稀烂!"黛玉笑道:"那是顶线不好,拿去叫人换好了,就好放了。再取一个来放罢。"

  宝玉等大家都仰面看天上,这几个风筝起在空中。一时风紧,众丫头都用手帕垫手。黛玉果见风力紧大,过去将籰子一松,只听得一阵"豁喇喇"响,登时线尽,风筝随风去了。黛玉因让众人来放,众人都说:"林姑娘的病根儿都放了去了,咱们大家都放了罢。"于是丫头们拿过一把剪子来,铰断了线,那风筝都飘飘飖飖的随风而去。一时只有鸡蛋大,一展眼只剩下一点黑星儿,一会儿就不见了。众人仰面说道:"有趣,有趣!"说着,有丫头来请吃饭,大家方散。

  从此宝玉的工课也不敢像先竟撂在脖子后头了。有时写写字,有时念念书,闷了也出来合姐妹们玩笑半天,或往潇湘馆去闲话一回。众姐妹都知他工课亏欠,大家自去吟诗取乐,或讲习针黹之事,也不肯去招他。便是黛玉更怕贾政回来宝玉受气,每每推睡,不大兜揽他。宝玉也只得在自己屋里,随便用些工课。

  展眼已是夏末秋初。一日,贾母处两个小丫头,匆匆忙忙来叫宝玉。不知何事,下回分解。

> 有美人却放不起来,也是讽喻吗?

> 风筝随风而去,可喜?可恋?可怜?多少畅快,多少凄凄。
> 干脆放手,不亦乐乎?无踪可觅,不亦悲乎!
> 所去茫茫,引人遐想。

  一面是卑鄙的激烈,一面是寂寞的高雅。与熙凤、兴儿、秋桐的口头散文相比,众女儿的诗词可以休矣。

第七十一回

嫌隙人有心生嫌隙　鸳鸯女无意遇鸳鸯

邢夫人整凤姐,是重要关节。读了这回,才能理解抄检大观园的突变。这一回又带有过渡性,向着"天下大乱"过渡。

话说贾母处两个丫头,匆匆忙忙来找宝玉,口里说道:"二爷快跟着我们走罢,老爷家来了。"宝玉听了,又喜又愁,只得忙忙换了衣服,前来请安。贾政正在贾母房中,连衣服未换,看见宝玉进来请安,心中自是欢喜,却又有些伤感之意。又叙了些任上的事情,贾母便说:"你也乏了,歇歇去罢。"贾政忙站起来,笑着答应了个"是",又略站着说了几句话,才退出来。宝玉等也都跟过来。贾政自然问问他的工课,也就散了。

> 宝玉极不喜其父,不知算不算俄狄浦斯(弑父)情结。

原来贾政回京复命,因是学差,故不敢先到家中。珍、琏、宝玉头一天便迎出一站去;接见了,贾政先请了贾母的安,便命都回家伺候。次日面圣,诸事完毕,才回家来。又蒙恩赐假一月,在家歇息。因年景渐老,事重身衰,又近因在外几年,骨肉离异,今得宴然复聚,自觉喜幸不尽,一应大小事务,一概亦付之度外,只是看书,闷了便与清客们下棋吃酒,或日间在里边,母子夫妻,共叙天伦之乐。

> 贾政也是吃凉不管酸,对于家中诸事,一无作用,一筹莫展,废物一个,终于一败涂地。

因今岁八月初三日乃贾母八旬大庆,又因

> 大庆!

亲友全来,恐筵宴排设不开,便早同贾赦及贾琏等商议,议定于七月二十八日起,至八月初五日止,宁荣两处,齐开筵宴。宁国府中单请官客,荣国府中单请堂客。大观园中,收拾出缀锦阁并嘉荫堂等几处大地方来,做退居。二十八日请皇亲、驸马、王公、诸王、郡主、王妃、公主、国君、太君、夫人等,二十九日便是阁府督镇及诰命等,三十日便是诸官长及诰命并远近亲友及堂客。初一日是贾赦的家宴,初二日是贾政,初三日是贾珍贾琏,初四日是贾府中合族长幼大小共凑家宴,初五日是赖大林之孝等家下管事人等共凑一日。

> 排场初现,令人亢奋;再现,令人首肯;三现,哈欠;四现,只有厌烦。荣华富贵,也是对生命的戕害。

自七月上旬,送寿礼者便络绎不绝。礼部奉旨:钦赐金玉如意一柄,彩缎四端,金玉杯各四件,帑银五百两。元春又命太监送出金寿星一尊,沉香拐一支,伽楠珠一串,福寿香一盒,金锭一对,银锭四对,彩缎十二匹,玉杯四只。余者自亲王驸马以及大小文武官员家,凡所来往者,莫不有礼,不能胜记。堂屋内设下大桌案,铺了红毡,将凡有精细之物都摆上,请贾母过目。先一二日,还高兴过来瞧瞧,后来烦了,也不过目,只说:"叫凤丫头收了,改日闲了再瞧。"

> 礼单开来开去,怎不令人絮烦!富贵何等累人!
>
> 果然烦了。

至二十八日,两府中俱悬灯结彩,屏开鸾凤,褥设芙蓉;笙箫鼓乐之音,通衢越巷。宁府中,本日只有北静王、南安郡王、永昌驸马、乐善郡王并几位世交公侯荫袭;荣府中,南安王太妃、北静王妃并世交公侯诰命。贾母等皆是按品大妆迎接。大家厮见,先请至大观园内嘉荫堂,茶毕更衣,方出至荣庆堂上拜寿入席。大家谦逊半日,方才入座。上面两席是南北王妃,下面依序,便是众公侯命妇。左边下手一席,陪客

> 一个家也如一个人物,走下坡路之日,灭亡之前且折腾呢。

是锦乡侯诰命与临昌伯诰命；右边下手是贾母主位。邢夫人王夫人带领尤氏凤姐并族中几个媳妇，两溜雁翅，站在贾母身后侍立。林之孝赖大家的带领众媳妇，都在竹帘外面，伺候上菜上酒；周瑞家的带领几个丫鬟，在围屏后伺候呼唤。凡跟来的人，早又有人款待，别处去了。

一时参了场，台下一色十二个未留发的小丫头，都是小厮打扮，垂手伺候。须臾，一个捧了戏单至阶下，先递与回事的媳妇；这媳妇接了，才递与林之孝家的；林之孝家的用小茶盘托上，挨身入帘来，递与尤氏的侍妾佩凤，佩凤接了，才奉与尤氏；尤氏托着，走至上席，南安太妃谦让了一回，点了一出吉庆戏文，然后又让北静王妃，也点了一出；众人又让了一回，命随便拣好的唱罢。

> 未留发的小丫头，都是小厮打扮，以此来欣赏取乐。看来性改变乃至性错乱也是吸引眼球的。至少作为表演，男演女，女演男，女净，男旦或者女歌星出声低浑如男子……都易出效果。

少时，菜已四献，汤始一道，跟来各家的放了赏，大家便更衣复入园来，另献好茶。南安太妃因问宝玉，贾母笑道："今日几处庙里念'保安延寿经'，他跪经去了。"又问众小姐们，贾母笑道："他们姊妹们病的病，弱的弱，见人腼腆，所以叫他们给我看屋子去了。有的是小戏子，传了一班在那边厅上陪着他姨娘家姊妹们也看戏呢。"南安太妃笑道："既这样，叫人请来。"贾母回头命了凤姐儿："去把史、薛、林四位姑娘带来。再只叫你三妹妹陪着来罢。"凤姐答应了，来至贾母这边，只见他姊妹们正吃果子看戏，宝玉也才从庙里跪经回来。凤姐说了，宝钗姊妹与黛玉湘云五人来至园中，见了大众，俱请安问好。内中也有见过的，还有一两家不曾见过的，都齐声夸赞不绝。其中湘云最熟，南安太妃因笑道："你在这里，听见我来了还不出来，还等请

> 贾母对女孩子们也是心中有数的。

> 这段故事曲曲折折,小题大做,无事生非,可与玫瑰露、茯苓霜一回类比。

去。我明儿和你叔叔算账。"因一手拉着探春,一手拉着宝钗,问:"十几岁了?"又连声夸赞,因又松了他两个,又拉着黛玉宝琴,也着实细看,极夸一回,又笑道:"都是好的!不知叫我夸那一个的是。"早有人将备用礼物打点出几分来:金玉戒指各五个,腕香珠五串。南安太妃笑道:"你姊妹们别笑话,留着赏丫头们罢。"五人忙拜谢过。北静王妃也有五样礼物。余者不必细说。

> 南安太妃,北静王妃,何等荣耀体面。

吃了茶,园中略逛了一逛,贾母等因又让入席。南安太妃便告辞,说:"身上不快,今日若不来,实在使不得。因此,恕我竟先要告别了。"贾母等听说,也不便强留,大家又让了一回,送至园门,坐轿而去。接着北静王妃略坐了一坐,也就告辞了。余者也有终席的,也有不终席的。贾母劳乏了一日,次日便不见人,一应都是邢夫人款待。有那些世家子弟拜寿的,只到厅上行礼,贾赦、贾政、贾珍还礼,看待至宁府坐席,不在话下。

> 有规模,有讲究,有程序。只是缺了精神,缺了趣味。还不如前几次小庆能给人以深刻印象呢。

这几日,尤氏晚间也不回那府去,白日间待客,晚间陪贾母玩笑,又帮着凤姐料理出入大小器皿,以及收放礼物。晚间在园内李氏房中歇宿。这日晚间伏侍过贾母晚饭后,贾母因说:"你们乏了,我也乏了,早些寻一点子吃的,歇歇去罢。明儿还要起早呢。"尤氏答应着,退了出去,到凤姐儿房里来吃饭。凤姐儿在楼上看着人收送来的围屏呢,只有平儿在房里,与凤姐叠衣服。尤氏想起二姐儿在时,多承平儿照应,便点着头儿,说道:"好丫头!你这样好心儿,难为你在这里熬。"平儿把眼圈一红,拿别话岔过去。尤氏因笑问道:"你们奶奶吃了饭了没有?"平儿笑道:"吃饭岂不请奶奶去的。"尤氏笑道:"既这样,我别处找吃的去罢,饿的我受不得了。"说着,就走。平儿忙笑道:"奶奶请回来,这里有点心,且点补些儿,回来再吃饭。"尤氏笑道:"你们忙得这样,我园里和他姊妹闹去。"一面说,一面就走。平儿留不住,只得罢了。

　　且说尤氏一径来至园中,只见园中正门与各处角门仍未关好,犹吊着各色彩灯,因回头命小丫头叫该班的女人。那丫鬟走入班房中,竟没一个人影,回来回了尤氏,尤氏便命传管家的女人。这丫头应了便出去,到二门外鹿顶内,乃是管事的女人议事取齐之所。到了这里,只有两个婆子分果菜吃。因问:"那一位管事的奶奶在这里?东府里的奶奶立等一位奶奶,有话吩咐。"这两个婆子只顾分菜果,又听见是东府里的奶奶,不大在心上,因就回说:"管家奶奶们才散了。"小丫头道:"既散了,你们家里传他去。"婆子道:"我们只管看屋子,不管传人;姑娘要传人,再派传人的去。"小丫头听了道:"嗳哟,这可反了!怎么你们不传去?你哄新来的,怎么哄起我来了!素日你们不传,谁传去?这会子打听了体己信儿,或是赏了那位管家奶奶的东西,你们争着狗颠屁股儿的传去了,不知是谁呢。琏二奶奶要传,你们也敢这么回?"这婆子,一则吃了酒,二则被这丫头揭着弊病,便羞恼成怒了,因回口道:"扯你的臊!我们的事传不传,不与你相干。你未从揭挑我们,你想想你那老子娘,在那边管家爷们跟前,比我们还更会溜呢。

红眼圈何意?想起尤二姐来了么?
尤二姐的鬼魂,不可能一时间散去。

有点意兴阑珊的样子。

一副懒怠松弛景象。是否与前凤姐大闹宁国府,闹得尤氏没了行市有关?

都不是省油的。
既然是奴才,是为主子当差,就不会有什么真正的责任心。

各门各户的,你有本事排揎你们那边的人去。我们这边,你离着还远些呢!"丫头听了,气白了脸,因说道:"好,好,这话说得好!"一面转身进来回话。

尤氏已早进园来。因遇见了袭人、宝琴、湘云三人,同着地藏庵的两个姑子,正说故事玩笑,尤氏因说:"饿了。"先到怡红院,袭人装了几样荤素点心出来,与尤氏吃。那小丫头子一径找了来,气狠狠的把方才的话都说了出来。尤氏听了,冷笑道:"这是两个什么人?"两个姑子笑推这丫头道:"你这姑娘好气性大!那糊涂老妈妈们的话,你也不该来回才是。咱们奶奶万金之体,劳乏了几日,黄汤辣水没吃,咱们只有哄他欢喜的,说这些话做什么?"袭人也忙笑拉他出去,说:"好妹子!你且出去歇歇,我打发人叫他们去。"尤氏道:"你不要叫人,你去就叫这两个婆子来,到那边把他们家的凤姐叫来。"袭人笑道:"我请去。"尤氏笑道:"偏不要你。"两个姑子忙立起身来笑说:"奶奶素日宽洪大量,今日老祖宗千秋,奶奶生气,岂不惹人议论。"宝琴湘云二人也都笑劝,尤氏道:"不为老太太的千秋,我一定不依!且放着就是了。"

说话之间,袭人早又遣了一个丫头去到园门外找人。可巧遇见周瑞家的,这小丫头子就把这话告诉他了。周瑞家的虽不管事,因他素日仗着王夫人的陪房,原有些体面,心性乖滑,专惯各处献勤讨好,所以各房主人都喜欢他。他今日听了这话,忙跑入怡红院,一面飞走,一面说:"可了不得!气坏了奶奶了。偏我不在跟前!且打他们几个耳刮子,再等过了这几天算账。"

> 尤氏本应隐而不发,徐图于后。

> 尤氏这话已对凤不甚友好。等后面,她又一推六二五了。

> 袭人本不是惹事者,为何这次卷了进去?也是积极太过了么?

> 出来个积极分子。

尤氏见了他,也便笑道:"周姐姐,你来,有个理你说说。这早晚园门还大开着,明灯蜡烛,出入的人又杂,倘有不防的事,如何使得?因此,叫该班的人吹灯关门。谁知一个人牙儿也没有。"周瑞家的道:"这还了得!前儿二奶奶还盼咐过的,今儿就没了人。过了这几日,必要打几个才好。"尤氏又说小丫头子的话,周瑞家的说:"奶奶不要生气。等过了事,我告诉管事的,打他个臭死,只问他们谁说'各门各户'的话。我已经叫他们吹灯关门呢。奶奶也别生气了。"正乱着,只见凤姐儿打发人来请吃饭。尤氏道:"我也不饿了,才吃了几个饽饽,请你奶奶自己吃罢。"

已很不快。

一时,周瑞家的出去,便把方才之事回了凤姐,凤姐便命:"将那两个的名字记上,等过了这几日,捆了送到那府里,凭大奶奶开发,或是打,或是开恩,随他就完了,什么大事。"周瑞家的听了,巴不得一声,素日因与这几个人不睦,出来了便命一个小厮到林之孝家去传凤姐的话,立刻叫林之孝家的进来见大奶奶;一面又传人立刻捆起这两个婆子来,交到马圈里,派人看守。

干脆矛盾横移。

凤姐本要过了这几日再处理,周瑞家的却立刻捆上。帮倒忙的积极分子。

林之孝家的不知甚么事,忙坐车进来,先见凤姐。至二门上,传进话去,丫头们出来说:"奶奶才歇下了。大奶奶在园内,叫大娘见见大奶奶就是了。"林之孝家的只得进园来到稻香村,丫鬟们回进去。尤氏听了,反过不去,忙唤进他来,因笑向他道:"我不过为找人找不着,因问你;你既去了,也不是什么大事,谁又把你叫进来?倒要你白跑一趟。不大的事,已经撂过手了。"林之孝家的也笑回道:"二奶奶打发人传我,说奶奶有话咐。"尤氏道:"大约周姐姐说

是不是事件?还是糊涂账?

一件小事，冲了大庆气氛。不祥之兆。

的。你家去歇着罢，没有什么大事。"李纨又要说原故，尤氏反拦住了。

已经闹起来了。

林之孝家的见如此，只得便回身出园去。可巧遇见赵姨娘，因笑说："嗳哟哟，我的嫂子！这会子还不家去歇歇，跑什么？"林之孝家的便笑说："何曾不家去！"如此这般进来了。赵姨娘便说："这事也值一个屁！开恩呢，就不理论；心窄些儿，也不过打几下就完了。也值的叫你进来！你快歇歇去，我也不留你吃茶了。"

各种矛盾，本来是连环扣。一件小事，都乘机矛盾起来了，牵一发而动全身。

说毕，林之孝家的出来，到了侧门前，就有才两个婆子的女儿上来哭着求情。林之孝家的笑道："你这孩子好糊涂！谁叫他好喝酒混说话？惹出事来，连我也不知道。二奶奶打发人捆他，连我还有不是呢，我替谁讨情去？"这两个小丫头子才七、八岁，原不识事，只管啼哭求告。

因乱动而致动乱。雷厉风行与阳奉阴违，同样可以造成布朗运动。

缠的林之孝家的没法，因说道："糊涂东西！你放着门路不去求，却缠我来。你姐姐现给了那边太太作陪房费大娘的儿子，你过去告诉你姐姐，叫亲家娘和太太一说，什么完不了的？"一语提醒了这一个，那一个还求。林之孝家的啐道："糊涂攮的！他过去一说，自然都完了。没有单放他妈，又打你妈的礼。"说毕上车去了。

林之孝家的这一指导，实在是稳、准、狠了。但又似并非有意为之，只是因小丫头子磨得不行。

这一个小丫头子，果然过来告诉了他姐姐，和费婆子说了。这费婆子原是个大不安静的，便隔墙大骂一阵，便走了来求邢夫人，说他亲家"与大奶奶的小丫头白斗了两句话，周瑞家的挑唆了二奶奶，现捆在马圈里，等过两日还要打呢。求太太和二奶奶说声，饶他一次罢"。邢夫人自为要鸳鸯讨了没意思，贾母冷淡了他；且前

又一个不安定因素。

日南安太妃来,贾母又单令探春出来,自己心内早已怨忿;又有在侧一干小人,心内嫉妒,挟怨凤姐,便调唆得邢夫人着实憎恶凤姐。如今又听了如此一篇话,也不说长短。

　　至次日一早,见过贾母,众族人到齐,开戏。贾母高兴,又今日都是自己族中子侄辈,只便妆出来堂上受礼。当中独设一榻,引枕、靠背、脚踏俱全,自己歪在榻上。榻之前后左右,皆是一色的矮凳。宝钗、宝琴、黛玉、湘云、迎春、探春、惜春姊妹等围绕。因贾瑞之母也带了女儿喜鸾,贾琼之母也带了女儿四姐儿,还有几房的孙女儿,大小共有二十来个,贾母独见喜鸾四姐儿生得又好,说话行事与众不同,心中欢喜,便叫他两个也坐在榻前。宝玉却在榻上,与贾母捶腿。首席便是薛姨妈,下边两溜顺着房头辈数下去。帘外两廊,都是族中男客,也依次而坐。先是那女客一起一起行礼,后是男客行礼。贾母歪在榻上,只命人说:"免了罢。"然后赖大等带领众家人,从仪门直跪至大厅上磕头。礼毕,又是众家下媳妇。然后各房丫头。足闹了两三顿饭时。然后又抬了许多雀笼来,在那当院中放了生。贾赦等焚过天地寿星纸,方开戏饮酒。直到歇了中台,贾母方进来歇息,命他们取便,因命凤姐留下喜鸾四姐儿玩两日再去。凤姐儿出来,便和他母亲说。他两个母亲素日承凤姐的照顾,愿意在园内玩笑,至晚便不回去了。

　　邢夫人直至晚间散时,当着众人,陪笑和凤姐求情说:"我昨日晚上听见二奶奶生气,打发周管家的娘子捆了两个老婆子,可也不知犯了什么罪,论理,我不该讨情。我想老太太好日子,发狠的还要舍钱舍米,周贫济老,咱们先倒

与凤姐相比,邢夫人如同粪土。但粪土也有招数,也不好惹。凤姐对此估计不足。

歪在榻上,舒服不如撂倒子,封建传统,众人肃立或危坐,顶尖人物则歪在榻上,显示高人一等,舒服一等。可参考拙著《青狐》中对于白有光喜欢半躺着听汇报的描写。

恶人陪笑,比狰狞面目还要狰狞。

每句话都衬托凤姐的霸道。

其实此事很难怨凤。邢夫人早等着整她,尤氏也不可能帮她。在"红"中是首次,凤姐如此窝囊憋气。尤二姐事件,凤的智、谋、泼、狠……都发挥到了极致。物极必反,从此凤走下坡路了。

折磨起老人家来了。便不看我的脸,权且看老太太,暂且竟放了他们罢。"说毕,上车去了。

　　凤姐听了这话,又当着众人,又羞又气,一时找寻不着头脑,逼得脸紫胀,回头向赖大家的等冷笑道:"这是那里的话?昨儿因为这里的人得罪了那府里的大嫂子,我怕大嫂子多心,所以尽让他发放,并不为得罪了我。这又是谁的耳报神这么快。"王夫人因问:"为什么事?"凤姐儿笑将昨日的事说了。尤氏也笑道:"连我并不知道,你原也太多事了。"凤姐儿道:"我为你脸上过不去,所以等你开发,不过是个礼。就如我在你那里,有人得罪了我,你自然送了来尽我。凭他是什么好奴才,到底错不过这个礼去。这又不知谁过去,没的献勤儿,这也当作一件事情去说。"王夫人道:"你太太说得是。就是珍阿哥媳妇,也不是外人,也不用这些虚礼。老太太的千秋要紧,放了他们为是。"说着,回头便命人去放了那两个婆子。

　　凤姐由不得越想越气越愧,不觉的一阵心灰,落下泪来。因赌气回房哭泣,又不使人知觉;偏是贾母打发了琥珀来叫,立等说话。琥珀见了,咤异道:"好好的,这是什么原故?那里立等你呢。"凤姐听了,忙擦干了泪,洗面另施了脂粉,方同琥珀过来。贾母因问道:"前儿这些人家送礼来的,共有几家有围屏?"凤姐儿道:"共有十六家。有十二架大的,四家小的炕屏。内中只有甄家一架大屏,十二扇大红缎子刻丝'满床笏'、一面泥金'百寿图'是头等。还有粤海将

> 说毕上车,最是整人的法子,连讨论也不讨论。

> 怕××多心,已经说明己方的多心了。

> 为二姐事已得罪够了尤氏。

> 王夫人要时刻摆出高高在上永远正确而又严格要求自己的人的架势。可厌。

军邬家一架玻璃的还罢了。"贾母道："既这样，这两架别动，好生搁着，我要送人的。"凤姐儿答应了。

鸳鸯忽过来向凤姐脸上细瞧，引得贾母问："你不认得他？只管瞧什么？"鸳鸯笑道："我看他的眼肿肿的，所以我咤异。"贾母便叫近来，也细看着。凤姐笑道："才觉得发痒，揉肿了些。"鸳鸯笑道："别又是受了谁的气了罢？"凤姐笑道："谁敢给我气受？便受了气，老太太好日子，我也不敢哭的。"贾母道："正是呢。我正要吃饭，你在这里打发我吃，剩下的，你和珍儿媳妇吃了。你两个在这里帮着两个师父，替我拣佛豆儿，你们也积积寿。前儿你姊妹们和宝玉都拣了，如今也叫你们拣拣，别说我偏心。"

> 得了伟大的贾母的宠爱，照样有受卑微的邢夫人气的可能。
>
> 这就叫打掉了牙齿往肚里吞。

说话时，先摆上一桌素的来，两个姑子吃。然后摆上荤的，贾母吃毕，抬出外间。尤氏凤姐二人正吃着，贾母又叫把喜鸾四姐儿二人叫来，跟他二人吃毕，洗了手，点上香，捧上一升豆子来。两个姑子先念了佛偈，然后一个一个的拣在一个笸箩内，明日煮熟了，令人在十字街结寿缘。贾母歪着，听两个姑子说些因果。鸳鸯早已听见琥珀说凤姐哭之一事，又和平儿前打听得原故，晚间人散时，便回说："二奶奶还是哭的，那边大太太当着人给二奶奶没脸。"贾母因问："为什么原故？"鸳鸯便将原故说了。贾母道："这才是凤丫头知礼处。难道为我的生日，由着奴才们把一族中的主子都得罪了，也不管罢！这是大太太素日没好气，不敢发作，所以今儿拿着这个作法，明是当着众人给凤姐儿没脸罢了。"正说着，只见宝琴来了，也就不说了。

> 因果俱在"红"中，何劳姑子叙说？

> 幸有贾母知遇。
> 但也说明，即使有老祖宗知遇，也仍然处处陷阱。一人之宠，万人之怨，最险。

贾母忽想起留下的喜姐儿四姐儿，叫人吩

咐园中婆子们:"要和家里的姑娘一样照应,倘有人小看了他们,我听见可不饶!"婆子答应了,方要走时,鸳鸯道:"我说去罢,他们那里听他的话。"说着,便一径往园里来。先到稻香村中,李纨与尤氏都不在这里。问丫鬟们,都说:"在三姑娘那里呢。"鸳鸯回身,又来至晓翠堂,果见那园中人都在那里说笑,见他来了,都笑说:"你这会子又跑到这里做什么?"又让他坐。鸳鸯笑道:"不许我逛逛么?"于是把方才的话说了一遍。李纨忙起身听了,即刻就叫人把各处的头儿唤了一个来,令他们传与诸人知道,不在话下。

这里尤氏笑道:"老太太也太想的到。实在我们年轻力壮的人,捆上十个也赶不上。"李纨道:"凤丫头仗着鬼聪明,还离脚踪儿不远,咱们是不能的了。"鸳鸯道:"罢哟!还提'凤丫头''虎丫头'呢。他的为人,也可怜见儿的。虽然这几年没有在老太太、太太跟前有个错缝儿,暗里也不知得罪了多少人。总而言之,为人是难做的:若太老实了,没有个机变,公婆又嫌太老实了,家里人也不怕;若有些机变,未免又'治一经损一经'。如今咱们家更好,新出来的这些底下字号的奶奶们,一个个心满意足,都不知道要怎样才好,少有不得意,不是背地里嚼舌根,就是挑三窝四的。我怕老太太生气,一点儿也不肯说;不然,我告诉出来,大家别过太平日子。这不是我当着三姑娘说:老太太偏疼宝玉,有人背地怨言还罢了,算是偏心;如今老太太偏疼你,我听着也是不好。这可笑不可笑?"探春笑道:"糊涂人多,那里较量得许多?我说,倒不如小人家,虽然寒素些,倒是天天娘儿们欢天喜

> 类似的话凤姐也说过,贾母确实有智商,同时她的"高位"也容易显示智商。例如刘老老也有智商,但不会受到这等称赞。
> 跟不上。

> 鸳鸯的"为人难做论"极有概括力。

> 鸳鸯论做人之难,管事之难。

> 虽说是代老太太立言,体贴开脱凤姐的,却也预言了凤姐的必然败灭。

> 宝玉不分场合事件,老讲这些话。未免太"世界观"化了,形而上化了。
> 他似与任何实际生活无关,吃饱了玩够了渲染发作自己的虚无主义的"世界观"。

地,大家快乐。我们这样人家,人都看着我们不知千金万金,何等快乐,殊不知这里说不出来的烦难,更利害。"

> 小人家有小人家的难处,探春不知罢了。
> 大家关系问题更难处,当然。谁难受,谁知道。

宝玉道:"谁都像三妹妹好多心多事。我常劝你,总别听那些俗语,想那些俗事,只管安富尊荣才是。比不得我们,没这清福,应该混闹的。"尤氏道:"谁都像你是一心无挂碍,只知道和姊妹们玩笑,饿了吃,困了睡,再过几年,不过是这样,一点后事也不虑。"宝玉笑道:"我能够和姊妹们过一日,是一日,死了就完了,什么后事不后事。"李纨等都笑道:"这可又是胡说了。就算你是个没出息的,终老在这里,难道他姊妹们都不出门的?"尤氏笑道:"怨不得人都说他是假长了一个胎子,究竟是个又傻又呆的。"宝玉笑道:"人事莫定,谁死谁活。倘或我在今日明日、今年明年死了,也算是随心一辈子了。"众人不等说完,便说:"可是又疯了,别和他说话才好。若和他说话,不是呆话,就是疯话。"喜鸾因笑道:"二哥哥,你别这样说,等这里姐姐们果然都出了门,横竖老太太、太太也寂寞,我来和你作伴儿。"李纨尤氏等都笑道:"姑娘也别说呆话,难道你是不出门的,这话哄谁?"说得喜鸾也低了头。当下已起更时分,大家各自归房安歇,不提。

> 说着轻松罢了。

> 贾宝玉的"及时生死论",似乎还不那么简单表面。

> 指不上眼珠子,难道能指得上眼眶子?

且说鸳鸯一径回来,刚至园门前,只见角门虚掩,犹未上闩。此时园内无人来往,只有该班的房内灯光掩映,微月半天。鸳鸯又不曾有伴,

411

也不曾提灯,独自一个,脚步又轻,所以该班的人皆不理会。偏要小解,因下了甬路,找微草处走动,行至一块湘山石后大桂树底下来。刚转至石后,只听一阵衣衫响,吓了一惊不小。定睛一看,只见是两个人在那里,见他来了,便想往树丛石后藏躲。鸳鸯眼尖,趁着半明的月色,早看见一个穿红裙子梳头、高大丰壮身材的,是迎春房里司棋。鸳鸯只当他和别的女孩子也在此方便,见自己来了,故意藏躲,吓着玩耍,因便笑叫道:"司棋,你不快出来,吓着我,我就喊起来,当贼拿了。这么大丫头,也没个黑家白日只是玩不够。"

> 只要都是活人,天下就不会如意太平。

这本是鸳鸯戏语,叫他出来。谁知他贼人胆虚,只当鸳鸯已看见他的首尾了,生恐叫喊出来,使众人知觉,更不好;且素日鸳鸯又和自己亲厚,不比别人,便从树后跑出来,一把拉住鸳鸯,便双膝跪下,只说:"好姐姐,千万别嚷!"鸳鸯反不知他为什么,忙拉他起来,问道:"这是怎么说?"司棋只不言语,拿手帕拭泪。鸳鸯越发不解,再瞧了一瞧,又有一个人影儿,恍惚像个小厮,心下便猜着了八九分,自己反羞的心跳耳热,又怕起来。因定了一会,忙悄问:"那一个是谁?"司棋又跪下道:"是我姑舅兄弟。"鸳鸯啐了一口,却羞的一句话也说不出来。司棋又回头悄叫道:"你不用藏着,姐姐已经看见了,快出来磕头。"那小厮听了,只得也从树后跑出来,磕头如捣蒜。鸳鸯忙要回身,司棋拉住苦求,哭道:"我们的性命,都在姐姐身上,只求姐姐超生我们罢!"鸳鸯道:"你不用多说了,快叫他去罢,横竖我不告诉人就是了。你这是怎么说呢!"

> 司棋的命运渐露端倪。并非重要人物,但有一个闹厨房,有此事,再加后面的抄检被逐,也就印象深刻,再难忘怀了。

> "心跳耳热"云云,性禁忌下的脆弱心态。越脆弱越易出事。

> 文化提升人,文化管死人。

一语未了,只听角门上有人说道:"金姑娘

此事作者原意可能是进一步说明贾府的下人们的违法乱纪,已经处处疵漏,防不胜防。从某种意义上说,这是抄检大观园的铺垫与依据。

从另一个角度看,关着这么多青春年少的丫头,岂能没有春色出墙入园?

偶然,实是必然。各种合力,已使大观园乱了套了。贾母八旬大寿,大庆之中显出了颓败,给人以强弩之末之感。下人无礼,山头互斗,凤姐吃憋,鸳鸯睹异,都是不祥之兆。

大事渐渐不好。

已经出去了,角门上锁罢。"鸳鸯正被司棋拉住,不得脱身,听见如此说,便忙着接声道:"我在这里有事,且略等等儿我出来了。"司棋听了,只得松手,让他去了。要知端的,下回分解。

任何人的所向无敌都不是绝对的。种豆得豆,王熙凤开始收获了。贾府的乱局越演越烈了。

第七十二回

王熙凤恃强羞说病　来旺妇倚势霸成亲

且说鸳鸯出了角门,脸上犹热,心内突突的乱跳,真是意外之事,因想:"这事非常,若说出来,奸盗相连,关系人命,还保不住带累旁人。横竖与自己无干,且藏在心内,不说与人知道。"回房复了贾母的命,大家安息不提。

推托遮掩,也是无奈常态。

压抑与恐怖的重压下的青春。

且说司棋因从小儿和他姑表兄弟一处玩笑,起初时小儿戏言,便都订下将来不娶不嫁;近年大了,彼此又出落得品貌风流,常时司棋回家时,二人眉来眼去,旧情不断,只不能入手。又彼此生怕父母不从,二人便设法,彼此里外买嘱园内老婆子们,留门看道,今日趁乱,方从外进来。初次入港,虽未成双,却也海誓山盟,私传表记,已有无限风情。忽被鸳鸯惊散,那小厮早穿花度柳,从角门出去了。

人之大患,在吾有身。

司棋一夜不曾睡着,又后悔不来。至次日见了鸳鸯,自是脸上一红一白,百般过不去,心内怀着鬼胎,茶饭无心,起坐恍惚。挨了两日,竟不听见有动静,方略放下了心。这日晚间,忽有个婆子来悄悄告诉道:"你兄弟竟逃走了,三四天没上家,如今打发人四处找他呢。"司棋听了,又急又气又伤心,因想道:"总然闹出来,也该死在一处。真真男人没情意,先就走了。"因此,又添了一层气,次日便觉心内不快,支持不

这一类事,女性的压力更大,女性更易抱一种孤注一掷的必死决心。而男性反不这样执着。

住,一头躺倒,恹恹的成了病了。

鸳鸯闻知那边无故走了一个小厮,园内司棋病重,要往外挪,心下料定是二人惧罪之故,生怕我说出来。因此,自己反过意不去,指着来望候司棋,支出人去,反自己赌咒发誓,与司棋说:"我若告诉一个人,立刻现死现报!你只管放心养病,别白遭塌了小命儿。"司棋一把拉住,哭道:"我的姐姐,咱们从小儿耳鬓厮磨,你不曾拿我当外人待,我也不敢怠慢了你。如今我虽一着走错,你若果然不告诉一个人,你就是我的亲娘一样。从此后,我活一日,是你给我一日。我的病要好了,把你立个长生牌位,我天天烧香磕头,保佑你一辈子福寿双全的。我若死了时,变驴变狗报答你。倘或咱们散了,以后遇见,我自有报答的去处。"一面说,一面哭。这一夕话,反把鸳鸯说的心酸,也哭起来了。因点头道:"你也是自家要作死哟!我作什么管你这些事坏你的名儿,我白去献勤儿?况且这事我也不便开口向人说,你只放心。从此养好了,可要安分守己的,再别胡行乱闹了。"司棋在枕上点首不绝。

唉!一个人的生存,依靠另一人的宽容恩惠,太悲惨了。知恩必报,也是中国传统道德极感人的一个原因。

司棋的语言极到位:煽情。司棋的口头散文,也比小姐们的诗词强烈动人。

鸳鸯又安慰了他一番,方出来。因知贾琏不在家中,又因这两日凤姐儿声色怠惰了些,不似往日一样,便顺路来问候。刚进入凤姐院中,二门上的人见是他来,便站立待他进去。鸳鸯来至堂屋,只见平儿从里头出来,见了他来,便忙上来悄声笑道:"才吃了一口饭,歇了午觉了。你且这屋里略坐坐。"鸳鸯听了,只得同平儿到东边房里来。小丫头倒了茶来。鸳鸯悄问道:"你奶奶这两日是怎么了?我近来看着他懒懒的。"平儿见问,因房内无人,便叹道:"他这懒懒的,也不止今日了,这有一月之先,便是这样的。这几日忙乱了几天,又受了些闲气,从新又勾起来;这两日比先又添了些病,所以支不住,便露出马脚来了。"鸳鸯道:"既这样,怎么不早请大夫治?"平儿叹道:"我的姐姐,你还不知道他那脾气的,别说请大夫来吃药;我看不过,白问一声'身上觉怎么样',他就动了气,反说我咒他病了。饶这样,天天还是察三访四。自己再不看破些且养身子。"鸳鸯道:"虽然如此,到底该请大夫来瞧瞧是什么病,也都好放心。"平儿叹道:"说起病来,据我看,也不是什么小症候。"鸳鸯忙道:"是什么病呢?"平儿见问,又往前凑了一凑,向耳边说道:"只从上月行了经之后,这一个月,竟沥沥淅淅的没有止住。这可是大病不是?"鸳鸯听了忙答应道:"嗳哟!依这么说,可不成了'血山崩'了吗?"平儿忙啐了一口,又悄笑道:"你个女孩儿家,这是怎么说,你倒会咒人的!"鸳鸯见说,不禁红了脸,又悄笑道:"究竟我也不知什么是崩不崩的。你倒忘了不成,先我姐姐不是害这病死了。我也不知是什么病,因无心中听见妈和亲家妈说,我还纳闷,后来听见原故,才明白了一二分。"

> 注意疾病的心理原因。
>
> 与其掩盖马脚,不如晾晒马脚。
>
> 过于逞强,只能害己。用心太过,反不成功。
>
> 写女人便要说一些女人的话儿,曹公不含糊。
>
> 疾病如神祇,该来就来,自有威风。

二人正说着,只见小丫头向平儿道:"方才朱大娘又来了。我们回了他:'奶奶才歇午觉。'他往太太上头去了。"平儿听了点头。鸳鸯问:"那一个朱大娘?"平儿道:"就是官媒婆朱嫂子。因有个什么孙大人来和咱们求亲,所以他这两日天天弄个帖子来,闹得人怪烦的。"一语未了,小丫头跑来说:"二爷进来了。"说话之间,贾琏已走至堂屋门口,平儿忙迎出来。贾琏见平儿在东屋里,便也过这间房内来,走至门前,忽见鸳鸯坐在炕上,便煞住脚,笑道:"鸳鸯姐姐,今儿贵脚幸踏贱地。"鸳鸯只坐着,笑道:"来请爷奶奶的安,偏又不在家的不在家,睡觉的睡觉。"贾琏笑道:"姐姐一年到头辛苦,伏侍老太太,我还没看你去,那里还敢劳动来看我们。"又说:"巧得很。我才要找姐姐去,因为穿着这袍子热,先来换了夹袍子,再过去找姐姐去,不想老天爷可怜,省我走这一趟。"一面说,一面在椅子上坐下。

> 鸳鸯来自老太太那里,故而身份规格不同。
> 也是所谓猫儿狗儿来自上辈人便不可怠慢之意。

鸳鸯因问:"又有什么说的?"贾琏未语先笑,道:"因有一件事竟忘了,只怕姐姐还记得:上年老太太生日,曾有一个外路和尚来孝敬一个腊油冻的佛手,因老太太爱,就即刻拿过来摆着了。因前日老太太生日,我看古董账,还有一笔在这账上,却不知此时这件着落在何处。古董房里的人也回过了我两次,等我问准了,好注上一笔。所以我问姐姐,如今还是老太太摆着呢,还是交到谁手里去了呢?"鸳鸯听说,便说道:"老太太摆了几日,厌烦了,就给你们奶奶了。你这会子又问我来了!我连日子还记得,还是我打发了老王家的送来。你忘了,或是问你们奶奶和平儿。"平儿正拿衣服,听见如此说,忙出来回说:"交过来了,现在楼上放着呢。奶奶已经打发人去说过,他们发昏没记上,又来叨蹬这些没要紧的事。"贾琏听说,笑道:"既然给了你奶奶,我怎么不知道,你们就昧下了。"平儿道:"奶奶告诉二爷,二爷还要送人,奶奶不肯,好容易留下的。这会子自己忘了,倒说我们昧下。那是什么好东西!比那强十倍的,也没昧下一遭儿,这会子就爱上那不值钱的咧!"

> 欧洲现代有"无边的现实主义"一说,而"红"的现实主义,应该叫做无孔不入的、无所不在的现实主义。

> 贾府的物权问题,真猫腻假猫腻,乱套了。
> 实似有猫腻,不便认真追下去罢了。

贾琏垂头含笑,想了想,拍手道:"我如今竟糊涂了！丢三忘四，惹人抱怨，竟大不像先了。"鸳鸯笑道："也怨不得。事情又多，口舌又杂，你再喝上两钟酒，那里记得许多。"一面说，一面起身要走。贾琏忙也立起身来，说道："好姐姐，略坐一坐儿，兄弟还有一事相求。"说着，便骂小丫头："怎么不沏好茶来！快拿干净盖碗，把昨日进上的新茶沏一碗来。"说着，向鸳鸯道："这两日，因老太太千秋，所有的几千两都使了。几处房租、地租，统在九月才得，这会子竟接不上。明儿又要送南安府里的礼，又要预备娘娘的重阳节，还有几家红白大礼，至少还得三二千两银子用，一时难去支借。俗语说的好：'求人不如求己。'说不得，姐姐担个不是，暂且把老太太查不着的金银家伙，偷着运出一箱子来，暂押千数两银子，支腾过去。不上半月的光景，银子来了，我就赎了交还，断不能叫姐姐落不是。"

也许佛手是个引子，要谈的是银子的拆借。

鸳鸯听了，笑道："你倒会变法儿！亏你怎么想了。"贾琏笑道："不是我撒谎，若论除了姐姐，也还有人手里管得起千数两银子，只是他们为人，都不如你明白有胆量。我和他们一说，反吓住了他们。所以我'宁撞金钟一下，不打铙钹三千'。"一语未了，贾母那边小丫头子忙忙走来找鸳鸯，说："老太太找姐姐。这半日，我那里没找到！却在这里。"鸳鸯听说，忙的去见贾母。

甚至采取这种办法，而且是与鸳鸯联手。说明鸳鸯亦深知这一家的财政困难（不知这是不是她日后殉主的一个原因。）

邢岫烟典当，受到宝钗的阻拦与救援。这产的大宗典押，谁来救援？

越是顶尖人物，越会被巧为利用。

贾琏见他去了，只得回来瞧凤姐。谁知凤姐已醒了，听他和鸳鸯借当，自己不能答话，只躺在榻上。听见鸳鸯去了，贾琏进来，凤姐因问道："他可应准了？"贾琏笑道："虽未应准，却有几分成了。须得你再去和他说一说，就十分成了。"凤姐笑道："我不管这些事。倘或说准了，这会子说着好听，到了有钱的时节，你就丢在脖子后头了,谁和你打饥荒去?倘或老太太知道了,倒把我这几年的脸面都丢了。"贾琏笑道:"好人,你若说定了,我谢你。"凤姐笑道:"你谢我什么呢?"贾琏笑道:"你说要什么就有什么。"

平儿一旁笑道:"奶奶倒不要别的。刚才正说要做一件什么事,恰少一二百银子使,不如借了来,奶奶拿这么一二百银子,岂不两全其美。"凤姐笑道:"幸亏提起我来。就是这样也罢了。"贾琏笑道:"你们也太狠了!你们这会子别说一千两的当头,就是现银子,要三五千,只怕也难不倒。我不和你们借就罢了,这会子烦你说一句话,还要个利钱,真真了不得。"凤姐听了,翻身起来说道:"我三千五千,不是赚得你的。如今里里外外上上下下,背着嚼说我的不少,就短了你来说了,可知'没家亲引不出外鬼来'。我们看着你家什么石崇邓通?把我王家的缝子扫一扫,就够你们一辈子过的了。说出来的话也不害臊!现有对证:把太太和我的嫁妆细看看,比一比,我们那一样是配不上你们的。"贾琏笑道:"说句玩话儿就急了。这有什么这样的,你要使一二百两银子值什么,多的没有,这还能够。先拿进来,你使了,再说去,如何?"凤姐道:"我又不等着'衔口垫背',忙什么呢。"贾琏道:"何苦来,不犯着这样肝火盛。"

凤姐听了,又笑起来,"不是我着急,你说的话戳人的心。我因为想着后日是尤二姐的周年,我们好了一场,虽不能别的,到底给他上个坟,烧张纸,也是姊妹一场。他虽没个儿女留下,也别要'前人洒土,迷了后人的眼'才是。"贾琏半晌方道:"难为你想得周全。"凤姐一语倒把贾琏说没了话,低头打算,说:"既是后日才用,

> 平儿也参加到巧取豪夺的勾当里。

> 夫妻也不断谈判交易试探,讨价还价。

> "背着嚼"的况状并无正面描写,是凤姐自己说的,也算一个交代。

> 王家厉害!这也是凤受宠而且自我感觉特别好的一个依据。

> 假话说"真"了,竟比"真"还真,还动人。
> 为何哪壶不开提哪壶?
> 半晌想了些什么?

若明日得了这个,你随便使多少就是了。"

　　一语未了,只见旺儿媳妇走进来。凤姐便问:"可成了没有?"旺儿媳妇道:"竟不中用。我说须得奶奶作主就成了。"贾琏便问:"又是什么事?"凤姐儿见问,便说道:"不是什么大事。旺儿有个小子,今年十七岁了,还没娶媳妇儿,因要求太太房里的彩霞,不知太太心里怎么样。前日太太见彩霞大了,二则又多病多灾的,因此开恩,打发他出去,给他老子随便自己择女婿去罢。因此,旺儿媳妇来求我。我想他两家也就算门当户对了,一说去,自然成的。谁知他这会子来了,说不中用。"贾琏道:"这是什么大事,比彩霞好的多着呢。"旺儿家的便笑道:"爷虽如此说,连他家还看不起我们,别人越发看不起我们了。好容易相看准一个媳妇儿,我只说求爷奶奶的恩典,替作成了,奶奶又说他必是肯的。我就烦了人过去试一试,谁知白讨了个没趣儿。若论那孩子,倒好,据我素日合意儿试他,心里没有什么说的,只是他老子娘两个老东西,太心高了些。"

　　一语戳动了凤姐和贾琏,凤姐因见贾琏在此,且不做一声,只看贾琏的光景。贾琏心中有事,那里把这点事放在心里?待要不管,只是看着凤姐儿的陪房,且素日出过力的,脸上实在过不去,因说:"什么大事?只管咕咕唧唧的。你放心且去,我明日作媒,打发两个有体面的人,一面说,一面带着定礼去,就说是我的主意。他十分不依,叫他来见我。"旺儿家的看着凤姐,凤姐便努嘴儿。旺儿家的会意,忙爬下就给贾琏磕头谢恩。这贾琏忙道:"你只管给你姑娘磕头。我虽如此说了这样行,到底也得你姑娘打

权势包揽一切,无孔不入,结果只能是自取灭亡。

大事小事,都要动用威权,强人所难。除了不会尊重人以外,精通一切压迫人、扭转人、降服人的手段。

主子与陪房也是一荣皆荣,一损皆损。

大事小事都是仗势欺人,"官"大一级压死人。(所谓"你要当家?'皇军'要当你的家"。)

发人叫他女人上来,和他好说更好些;不然,太霸道了,日后你们两亲家也难走动。"凤姐忙道:"连你还这样开恩操心呢,我反倒袖手旁观不成。旺儿家的,你听见了,这事说了,你也忙忙的给我完了事来,说给你男人,外头所有的账目,一概赶今年年底收了进来,少一个钱也不依。我的名声不好,再放一年,都要生吃了我呢。"

> 就是太霸道了。

> 一面"偷"老太太的东西去典押,一面放钱。实仍是损"公"肥私,中饱自己。

旺儿媳妇笑道:"奶奶也太胆小了。谁敢议论奶奶,若收了时,我也是一场痴心白使了。"凤姐道:"我真个还等钱做什么,不过为的是日用,出的多,进的少。这屋里有的没的,我和你姑爷一月的月钱,再连上四个丫头的月钱,通共一二十两银子,还不够三五天使用的呢。若不是我千凑万挪的,早不知过到什么破窑里去了。如今倒落了一个放账的名儿。既这样,我就收了回来。我比谁不会花钱?咱们以后就坐着花,到多早晚,就是多早晚。这不是样儿:前儿老太太生日,太太急了两个月,想不出法儿来,还是我提了一句,后楼上现有些没要紧的大铜锡家伙,四五箱子,拿出去弄了三百银子,才把太太遮羞礼儿搪过去了。我是你们知道的,那一个金自鸣钟卖了五百六十两银子,没有半个月,大事小事没十件,白填在里头。今儿外头也短住了,不知是谁的主意,搜寻上老太太了。明儿再过一年,便搜寻到头面衣服,可就好了!"旺儿媳妇笑道:"那一位太太奶奶的头面衣服折变了不够过一辈子的?只是不肯罢了。"凤姐道:"不是我说没能耐的话,要像这样,我竟不能了。昨儿晚上,忽然做了一个梦,说来可笑,梦见一个人,虽然面善,却又不知名姓,找我说,娘娘打发他

> 贪污有理论。

> 或谓高薪养廉?那么能不能说低薪诱贪呢?

> 凤有权,但不是最高人物,所以也将军斗气。

> 已这样拆东墙补西墙。

> 不知为何,经济危机总是与人事、政治危机相伴。

来,要一百匹锦。我问他是那一位娘娘,他说的又不是咱们的娘娘。我就不肯给他,他就来夺。正夺着,就醒了。"旺儿家的笑道:"这是奶奶日间操心,常应候宫里的事。"

> 梦中也在进行与宫廷的来往交易。
> 此梦有预兆之意乎?

一语未了,人回:"夏太监打发了一个小内家来说话。"贾琏听了,忙皱眉道:"又是什么话?一年他们也搬够了。"凤姐道:"你藏起来,等我见他,若是小事,罢了;若是大事,我自有回话。"贾琏便躲入内套间去。这里凤姐命人带进小太监来,让他椅上坐了吃茶,因问何事。那小太监便说:"夏爷爷因今儿偶见一所房子,如今竟短二百两银子,打发我来问舅奶奶家里,有现成的银子暂借一二百,这一两日就送来。"凤姐儿听了,笑道:"什么是送来?有的是银子,只管先兑了去。改日等我们短了,再借去也是一样。"小太监道:"夏爷爷还说:上两回还有那一千二百两银子没送来,等今年年底下,自然一齐都送了过来。"凤姐笑道:"你夏爷爷好小气。这也值得放在心里?我说一句话,不怕他多心,若都这么记清了还我们,不知要还多少了。只怕我们没有,若有,只管拿去。"因叫旺儿媳妇来,"出去不管那里先支二百银来。"旺儿媳妇会意,因笑道:"我才因别处支不动,才来和奶奶支的。"凤姐道:"你们只会里头来要钱,叫你们外头弄去,就不能了。"说着,叫平儿:"把我那两个金项圈拿出去,暂且押四百两银子。"

> 巧取豪夺,是权贵(包括太监)们的规律。
>
> 话说得爽快,心想的另样,做的更是艰难。
>
> 做个姿态让夏太监量入为出地难受一下。

平儿答应去了,果然拿了一个锦盒子来,里面两个锦袱包着,打开时,一个金累丝攒珠的,那珍珠都有莲子大小;一个点翠嵌宝石的,两个都与宫中之物不离上下。一时拿去,果然拿了四百两银子来。凤姐命与小太监打叠一半,那

"红"全书劝人"省些寿命筋力""不去谋虚逐念"(第一回),自然是就全书而言,但尤其是针对凤姐的。作者通过凤姐的形象,劝诫世人留有余地,难得糊涂,戒骄戒躁,不可机关算尽,逞强到底。凤姐既是一个正面的形象也是一个反面的形象。其次是针对宝、黛的。

察三访四的结果是一大混乱,一大糊涂。爱情追求的结果也是一场虚空。

一半与了旺儿媳妇,命他拿去办八月中秋的节。那小太监便告辞了,凤姐命人替他拿着银子,送出大门去了。这里贾琏出来,笑道:"这一起外祟,何日是了!"凤姐笑道:"刚说着,就来了一股子。"贾琏道:"昨儿周太监来,张口一千两,我略慢应了些,他不自在。将来得罪人之处不少。这会子再发个三二百万的财就好了。"一面说,一面平儿伏侍凤姐另洗了脸,更衣往贾母处伺候晚饭。

<small>横向联系,更是无章可循。</small>

<small>可以想象他们的财政困难,种种计划外非程度支出,十分吓人。</small>

这里贾琏出来,刚至外书房,忽见林之孝走来。贾琏因问何事。林之孝说道:"方才听得雨村降了,却不知因何事。只怕未必真。"贾琏道:"真不真,他那官儿未必保的长。只怕将来有事,咱们宁可疏远着他好。"林之孝道:"何尝不是,只是一时难以疏远。如今东府大爷和他更好,老爷又喜欢他,时常来往,那个不知?"贾琏道:"横竖不和他谋事,也不相干。你去再打听真了,是为什么。"

林之孝答应了,却不动身,坐在椅子上再说闲话,因又说起家道艰难,便趁势说:"人口太众了。不如拣个空日,回明老太太老爷,把这些出过力的老家人,用不着的,开恩放几家出去。一则他们各有营运,二则家里一年也省口粮月钱。再者,里头的姑娘也太多。俗语说,'一时比不得一时',如今说不得先时的例了,少不得大家委屈些,该使八个使六个,使四个的使两个。若各房算起来,一年也可以省许多月米月钱。况

<small>林之孝与他家里,倒像个正统派。</small>

<small>捉襟见时,末世光景。</small>

且里头的女孩子们,一半都大了,也该配人的配人,成了房,岂不又滋生出人来。"贾琏道:"我也这样想,只是老爷才回家来,多少大事未回,那里议到这个上头。前儿官媒拿了个庚帖子来求亲,太太还说老爷才来家,每日欢天喜地的说'骨肉完聚',忽然提起这事,恐老爷又伤心,所以且不叫提起。"林之孝道:"这也是正理,太太想得周到。"贾琏道:"正是,提起这话,我想起一件事来:我们旺儿的小子,要说太太屋里的彩霞,他昨儿求我,我想,什么大事,不管谁去说一声去,就说我的话。"

　　林之孝答应了,半晌,笑道:"依我说,二爷竟别管这件事。旺儿的那小子,虽然年轻,在外吃酒赌钱,无所不至。虽说都是奴才,到底是一辈子的事。彩霞这孩子,这几年我虽没见,听见说,越发出跳得好了,何苦来白遭塌一个人。"贾琏道:"他小儿子原会吃酒不成人么?这样,那里还给他老婆?且给他一顿棍,锁起来,再问他老子娘。"林之孝笑道:"何必在这一时。那是我错了,等他再生事,我们自然回爷处治,如今且恕他。"贾琏不语。一时林之孝出去。

　　晚间,凤姐已命人唤了彩霞之母来说媒。那彩霞之母,满心纵不愿意,见凤姐自和他说,何等体面,便心不由己的满口应了出来。凤姐又问贾琏:"可说了没有?"贾琏因说:"我原要说的,打听得他小儿子大不成人,故还不曾说。若果然不成人,且管教他两日,再给他老婆不迟。"凤姐笑道:"我们王家的人,连我还不中你们的意呢,何况奴才!我已经和他娘说了,他娘已经欢天喜地,难道又叫进他来,不要了不成?"贾琏道:"既你说了,又何必退?明日说给他老子,好

需要精简。

照顾情绪高于一切。故许多应做的事不能做。

我的话云云,压下来的势头。

大事小事,都是乱上加乱。

山头主义,宗派主义。

家道艰难,实有苦处,漏洞很多,窾象丛生。做主子的有事事为人作"主"的癖好。也是一种权力卖弄欲。从来旺妇为儿子说亲事,扯到赵姨娘,扯到宝玉。一场暴风雨开始准备酝酿。

生管他就是了。"这里说话,不提。

又是一件草菅人运。

且说彩霞因前日出去等父母择人,心中虽与贾环有旧,尚未作准。今日又见旺儿每每来求亲,早闻得旺儿之子酗酒赌博,而且容颜丑陋,不能如意。自此,心中越发懊恼,惟恐旺儿仗势作成,终身不遂,未免心中急躁。至晚间,悄命他妹子小霞进二门来找赵姨娘,问个端的。赵姨娘素日深与彩霞好,巴不得与了贾环,方有个膀臂,不承望王夫人又放了出去。每每调唆贾环去讨,一则贾环羞口难开,二则贾环也不在意,不过是个丫头,他去了,将来自然还有,遂迁延住不说,意思便丢开了手。无奈赵姨娘又不舍,又见他妹子来问,是晚得空,便先求了贾政。贾政说道:"且忙什么!等他们再念一二年书,再放人不迟。我已经看中了两个丫头,一个与宝玉,一个给环儿。只是年纪还小,又怕他们误了念书,再等一二年再提。"赵姨娘还要说话,只听外面一声响,不知何物,大家吃了一惊。未知如何,下回分解。

任何一件事都与许多阴差阳错、矛盾过节有关。

赵姨娘本来吃不开,贾环本来吃不开,偏偏母子二人又不合作,还怎么斗与争?

显然贾政对赵还不错,才能求得上话。

鸳鸯的角色,必须兼顾各方,而且兼顾内外、虚实、真伪,要忠诚,但不能呆板,要主流,但不能教条,要兼顾地位、名分、实权、利益分配、人际关系与自己的脚步、影响。

第七十三回

痴丫头误拾绣春囊　懦小姐不问累金凤

话说那赵姨娘和贾政说话,忽听外面一声响,不知何物,忙问时,原来是外间窗屉不曾扣好,滑了屈戌,掉下来。赵姨娘骂了丫头几句,自己带领丫鬟上好,方进来打发贾政安歇,不在话下。

却说怡红院中,宝玉方才睡下,丫鬟们正欲各散安歇,忽听有人来敲院门。老婆子开了,见是赵姨娘房内的丫头,名唤小鹊的;问他作什么事,小鹊不答,直往房内,来找宝玉。只见宝玉才睡下,晴雯等犹在床边坐着,大家玩笑,见他来了,都问:"什么事,这时候又跑来做什么?"小鹊笑向宝玉道:"我来告诉你一个信儿,方才我们奶奶,咕咕唧唧,在老爷前不知说了你些个什么,我只听见'宝玉'二字。我来告诉你,仔细明儿老爷向你说话,着实留神。"说着,回身去了。袭人命人留他吃茶,因怕关门,遂一直去了。

这里宝玉知道赵姨娘心术不端,合自己仇人是的,又不知他说些什么,听了便如孙大圣听见了"紧箍咒"一般,登时四肢五内,一齐皆不自在起来。想来想去,别无他法,且理熟了书,预备明儿盘考,只能书不舛错,便有他事,也可搪塞。一面想罢,忙披衣起来要读书。心中又自

> 到底何物?
>
> 贾政由赵"打发安歇",有点意思。
>
> 你中有我,我中有你。结果矛盾更增加了。
> 方才政、赵谈话听到响动,是否与小鹊听窗户根有关?
>
> 宝玉也只是这点起色。

后悔："这些日子,只说不提了,偏又丢生,早知该天天好歹温习些的。"如今打算打算,肚子里现可背诵的,不过只有《学》《庸》《二论》还背得出来。至上本《孟子》,就有一半是夹生的,若凭空提一句,断不能背的;至下《孟子》,就有大半生的。算起《五经》来,因近来作诗,常把《五经》集些,虽不甚熟,还可塞责的。别的虽不记得,素日贾政幸未叫读的,纵不知,也还不妨。至于古文,这是那几年所读过的几篇《左传》《国策》《公羊》《穀梁》、汉、唐等文,这几年未曾读得,不过一时之兴,随看随忘,未曾下过苦功,如何记得?这是更难塞责的。更有时文八股一道,因平素深恶此道,原非圣贤之制撰,焉能阐发圣贤之奥,不过是后人饵名钓禄之阶。虽贾政当日起身,选了百十篇命他读的,不过是后人的时文,偶见其中一二股内,或承起之中,有做得精致,或流荡,或游戏,或悲感,稍能动性者,偶尔一读,不过供一时之兴趣,究竟何曾成篇潜心玩索?如今若温习这个,又恐明日盘究那个。若温习那个,又恐盘驳这个。一夜之工,亦不能全然温习。因此,越添了焦躁。自己读书,不知紧要,却累着一房丫鬟们都不能睡。袭人等在旁剪烛斟茶,那些小的都困倦起来,前仰后合。晴雯骂道:"什么蹄子!一个个黑家白日挺尸挺不够,偶然一次睡迟了些,就装出这个腔调儿来了。再这样,我拿针扎你们两下子!"

话犹未了,只听外间"咕咚"一声。急忙看时,原来是一个小丫头坐着打盹,一头撞到壁上了,从梦中惊醒,却正是晴雯说这话之时,他怔怔的只当是晴雯打了他一下,遂哭着央说道:"好姐姐,我再不敢了。"众人都发起笑来。宝玉

此时贾府,传统经典也出现了传承危机。

太对了!宝玉一眼看穿,为何社会反看不穿?
有此需要(如鲁迅所说的瞒和骗的需要)罢了。

其实小鹊的情报不准确,这是第一个阴差阳错的折腾。

没事找事,没事出事。一报有误,一人折腾,便开始带动一批人折腾。

左一声"咕咚",右一声"咕咚"。假雷慢慢打成了真雷。

有大家哭的时候呢。

忙劝道："饶他罢。原该叫他们睡去。你们也该替换着睡。"袭人道："小祖宗,你只顾你的罢！统共这一夜的工夫,你把心暂且用在这几本书上,等过了这一关,由你再张罗别的,也不算误了什么。"宝玉听他说得恳切,只得又读几句。麝月斟了一杯茶来润舌,宝玉接茶吃了。因见麝月只穿着短袄,解了裙子,宝玉道："夜静了,冷,到底穿一件大衣裳才是。"麝月笑指着书道："你暂且把我们忘了,且把心对着他些罢。"话犹未了,只听春燕秋纹从后房门跑进来,口内喊说："不好了,一个人从墙上跳下来了！"众人听说,忙问："在那里？"即喝起人来,各处寻找。

    晴雯因见宝玉读书苦恼,劳费一夜神思,明日也未必妥当,心下正要替宝玉想出一个主意来,好脱此难。忽然逢着这一惊,便生计向宝玉道："趁这个机会,快装病,只说吓着了。"正中宝玉心怀。因而叫起上夜人等来,打着灯笼,各处搜寻,并无踪迹,都说："小姑娘们想是睡花了眼出去,风摇的树枝儿,错认了人。"晴雯便道："别放屁！你们查得不严,怕耽不是,还拿这话来支吾。刚才并不是一个人见的,宝玉和我们出去有事,大家亲见的。如今宝玉吓得颜色都变了,满身发热,我如今还要上房里取安魂丸药去；太太问起来,是要回明白的,难道依你说就罢了不成。"众人听了,吓得不敢则声,只得又各处去找。晴雯和秋纹二人果出去要药,故意闹得众人皆知宝玉着了惊,吓病了。王夫人听了,忙命人来看视给药,又吩咐各上夜人仔细搜查；又一面叫查二门外邻园墙上夜的小厮们。于是园内灯笼火把,直闹了一夜。至五更天,就传管家的细看查访。

"四书""五经"八股,哪如姑娘们关心动情。

又"咕咚"了。
第二件阴差阳错。

晴雯用计,最后石头砸到自己脚上。
晴雯恃宠恃才,大意了。

令人想起一个典故："文革"中一农村马棚失火,然后展开了"小驴踢灯(造成火灾)"论与"阶级敌人(破坏造成)"论的论战。前者被批为右倾机会主义。
进一步折腾。玩火。应知折腾的结果只可能是一场灾难。
看来,人常常是为击倒自己而奔忙。

"斗"的气氛渐渐造成。

贾母声气如此凶恶、意外、不祥,也是众人特别是晴雯带头折腾、玩火的结果。

也说明,正如贾母自己说过的,当年她比如今的凤姐还要"能"。能够"能",就不仅有享福、吃好、玩好、说笑话、宠孙子的一面,必然还有——尤其是对下人——凶神恶煞的一面。

贾母闻知宝玉被吓,细问原由,不敢再隐,只得回明。贾母道:"我不料道有此事。如今各处上夜人都不小心还是小事,只怕他们就是贼,也未可知。"当下邢夫人并尤氏等都过来请安,李纨凤姐及姊妹等皆陪侍,听贾母如此说,都默然无所答。独探春出位笑道:"近因凤姐姐身子不好几日,园里的人,比先放肆许多。先前不过是大家偷着一时半刻,或夜里坐更时,三四个人聚在一处,或掷骰,或斗牌,小小的玩意,不过为熬困起见。迩来渐次放诞,竟开了赌局,甚有头家局主,或三十吊五十吊的大输赢。半月前竟有争斗相打之事。"贾母听了,忙说:"你既知道,为何不早回我们来?"探春道:"我因想着太太事多,且连日不自在,所以没回,只告诉大嫂子和管事的人们,戒饬过几次,近日好些。"贾母忙道:"你姑娘家,如何知道这里头的利害,你自为赌钱常事,不过怕起争论。殊不知夜间既要钱,就保不住不吃酒;既吃酒;就未免门户任意开锁,或买东西。其中夜静人稀,趁便藏贼引盗,何等事做不出来。况且园内你姊妹们起居所伴者,皆系丫头媳妇们,贤愚混杂,贼盗事小,倘有别事,略沾带些,关系非小!这事岂可轻恕。"

探春听说,便默然归坐。凤姐虽未大愈,精神未尝稍减,今见贾母如此说,便忙道:"偏生我又病了。"遂回头命人速传林之孝家的等总理家事的四个媳妇到来,当着贾母申饬了一顿。贾母命:"即刻查了头家赌家来,有人出首者赏,隐

不要以为贾母是个只享清福的人,她也是"杀"出来的,在旧中国,哪个出人头地的人不是恶斗出来的?

语出惊人,恶声恶气,与老太太的素日慈祥亲切大不相同。

大家默不作声,自有道理。独探春积极响应,也是搬石头砸脚。第三步阴差阳错。

探春自找麻烦,使局面向恶化方面发展。

保不住,莫须有,越说越没有边了。

无限上纲,无限发挥。

现在她也默然了。

贾母动怒,凤姐亲抓,大事不

429

贾母的既这样就保不住不那样的莫须有扩大化逻辑十分惊人,也十分凶险。按这种逻辑,必然遇事小题大做,鸡飞狗跳。这种逻辑其实不符合起码的逻辑规则,也就不符合事实,所以表面凶,实际解决不了问题而给坏人以可乘之机。

情不告者罚。"林之孝家的等见贾母动怒,谁敢徇私,忙去园内传齐,又一一盘查。虽然大家赖一回,终不免水落石出。查得大头家三人,小头家八人,聚赌者统共二十多人,都带来见贾母,跪在院内,磕响头求饶。贾母先问大头家名姓,和钱之多少。原来这大头家,一个是林之孝家的两姨亲家,一个是园内厨房内柳家媳妇之妹,一个是迎春之乳母。这是三个为首的,余者不能多记。贾母便命将骰子纸牌一并烧毁,所有的钱入官,分散与众人;将为首者每人打四十大板,撵出去,总不许再入;从者每人打二十板,革去三月月钱,拨入圊厕行内。又将林之孝家的申饬了一番。

　　林之孝家的见他的亲戚又与他打嘴,自己也觉没趣;迎春在坐也觉没意思。黛玉、宝钗、探春等见迎春的乳母如此,也是"物伤其类"的意思,遂都起身笑向贾母讨情,说:"这个奶奶,素日原不玩的,不知怎么,也偶然高兴;求看二姐姐面上,饶过这次罢。"贾母道:"你们不知道!大约这些奶子们,一个个仗着奶过哥儿姐儿,原比别人有些体面,他们就生事,比别人更可恶,专管调唆主子,护短偏向。我都是经过的。况且要拿一个作法,恰好果然就遇见了一个。你们别管,我自有道理。"宝钗等听说,只得罢了。

　　一时,贾母歇晌,大家散出;都知贾母生气,皆不敢回家,只得在此暂候。尤氏到凤姐儿处来闲话了一回,因他也不自在,只得园内去闲

好。阴差阳错之四。其实都是小鹊谎报军情,晴雯随意玩火引起。当然,从必然的角度看,也是贾府矛盾重重、上下交恶的一种暴露。

林之孝家的亦是搬石砸脚。

贾母反赌,态度坚决。

一直拉扯到迎春山头,阴差阳错到了第五步了。

平时不过问具体事务的贾母亲自抓管理,更没谱了。

贾母的这些话,分量极重。如此这般,出大事的气氛已经造成了。

谈。邢夫人在王夫人处坐了一回,也要到园内走走。刚至园门前,只见贾母房内的小丫头子名唤傻大姐的,笑嘻嘻走来,手内拿着个花红柳绿的东西,低头瞧着只管走,不防迎头撞见邢夫人,抬头看见,方才站住。邢夫人因说:"这傻丫头,又得个什么爱巴物儿,这样欢喜?拿来我瞧瞧。"

> 是阴差阳错的第六步,也是一场糊涂世界大战的开端。
>
> 撞到邢夫人,绣春囊算是得其主了。

原来这傻大姐年方十四五岁,是新挑上来的,与贾母这边专做粗活。因他生得体肥面阔,两只大脚,做粗活爽利简捷,且心性愚顽,一无知识,出言可以发笑,贾母欢喜,便起名为"傻大姐"。若有错失,也不苛责他。无事时,便入园内来玩耍。正往山石背后掏促织去,忽见一个五彩绣香囊,上面绣的并非花鸟等物,一面却是两个人,赤条条的相抱,一面是几个字。这痴丫头原不认得是春意儿,心下打量:"敢是两个妖精打架?不就是两口子打架呢。"左右猜解不来,正要拿去与贾母看呢,所以笑嘻嘻走回。忽见邢夫人如此说,便笑道:"太太真个说的巧,真是个爱巴物儿!太太瞧一瞧。"说着,便送过去。邢夫人接来一看,吓得连忙死紧攥住,忙问:"你是那里得的?"傻大姐道:"我掏促织儿,在山子石后头拣的。"邢夫人道:"快别告诉人,这不是好东西,连你也要打死呢。因你素日是个傻丫头,以后再别提了。"这傻大姐听了,反吓得黄了脸,说:"再不敢了。"磕了头,呆呆而去。

> 丑、粗、笨也是得宠条件。
>
> 不傻也会隐匿,不是邢夫人也会隐匿;如此看来,这场大战简直是天意!
>
> 或令人联想到司棋,联想到她被鸳鸯撞见与此后的强烈反应。

邢夫人回头看时,都是些女孩儿,不便递与他们,自己便塞在袖里。心内十分罕异,揣摩此物从何而来,且不形于声色,且到迎春房里。迎春正因他乳母获罪,心中不自在,忽报母亲来了,遂接入。奉茶毕,邢夫人因说道:"你这么大邢夫人掌握了绣春囊,世界大战的按钮只待一按便爆发了。暂时按下不表,说说迎春这个不太重要的人物山头里的事。也是欲擒故纵,摇曳多姿,面面俱到。

好比决战前统帅刮刮胡子,关心一下卫士的闲事。然后,厮杀开始,别的全顾不上了。

了,你那奶妈子行此事,你也不说说他;如今别人都好好的,偏咱们的人做出这事来,什么意思。"迎春低头弄衣带,半晌答道:"我说他两次,他不听,也叫我无法儿。况且他是妈妈,只有他说我的,没有我说他的。"邢夫人道:"胡说!你不好了,他原该说;如今他犯了法,你就该拿出姑娘的身分来。他敢不依,你就回我去才是。如今直等外人共知,这可是什么意思!再者,放头儿,还只怕他巧语花言的和你借贷些簪环衣服做本钱。你这心活面软,未必不周济他些。若被他骗了去,我是一个钱没有,看你明日怎么过节。"迎春不语,只低着头。邢夫人见他这般,因冷笑道:"你是大老爷跟前的人养的,这里探丫头是二老爷跟前的人养的,出身一样,你娘比赵姨娘强十分,你也该比探丫头强才是。怎么你反不及他一半!倒是我无儿女的一生干净,也不能惹人笑话。"人回:"琏二奶奶来了。"邢夫人听了,冷笑两声,命人出去说:"请他自己养病,我这里不用他伺候。"接着又有探事的小丫头来报说:"老太太醒了。"邢夫人方起身往前边来。

迎春送至院外方回。绣橘因说道:"如何?前儿我回姑娘:'那一个攒珠累金凤,竟不知那里去了。'回了姑娘,竟不问一声儿。我说:'必是老奶奶拿去,当了银子,放头儿的。'姑娘不信,只说:'司棋收着。'叫问司棋,司棋虽病,心里却明白,说:'没有收起来,还在书架上匣内放

正好火上浇油。

错入第七步,错入膏肓了。山头高于一切,事情本身反不重要了。

真真令人怀疑:莫非贾母坚持从重处理迎春乳母,也有或隐或现的山头意识作祟?

引出更深刻的矛盾了。

你矛盾我,我矛盾你,战争是不可避免的了。

你有你的打法,我有我的打法,邢自有道理。

又平空杀出一员小将绣橘。

着,预备八月十五要戴呢。'姑娘该叫人去问老奶奶一声。"迎春道:"何用问,那自然是他拿了去摘了肩儿了。我只说他悄悄的拿了出去,不过一时半晌,仍旧悄悄的放在里头,谁知他就忘了。今日偏又闹出来,问他也无益。"绣橘道:"何曾是忘记!他是试准了姑娘的性格,所以才这样。如今我有个主意:走到二奶奶房里,将此事回了,他或着人要,他或省事拿几吊钱来替他赎了。如何?"迎春忙道:"罢,罢,罢!省事些好。宁可没有了,又何必生事。"绣橘道:"姑娘怎这样软弱?都要省起事来,将来连姑娘还骗了去!我竟去的是。"说着便走。迎春便不言语,只好由他。

也是预兆。

　　谁知迎春的乳母之媳玉柱儿媳妇为他婆婆得罪,来求迎春去讨情,他们正说金凤一事,且不进去。也因素日迎春懦弱,他们都不放在心上;如今见绣橘立意去回凤姐,又看这事脱不过去,只得进来,陪笑先向绣橘说:"姑娘,你别去生事。姑娘的金丝凤,原是我们老奶奶老糊涂了,输了几个钱,没的捞梢,所以借去,不想今日弄出事来。虽然这样,到底主子的东西,我们不敢迟误,终久是要赎的。如今还要求姑娘看着从小儿吃奶的情分,常往老太太那边去讨一个情,救出他来才好。"迎春便说道:"好嫂子,你趁早打了这妄想。要等我去说情儿,等到明年,也是不中用的。方才连宝姐姐林妹妹大伙儿说情,老太太还不依,何况是我一个人。我自己臊还臊不过来,还去讨臊去!"绣橘便说:"赎金凤是一件事,说情是一件事,别绞在一处。难道姑娘不去说情,你就不赔了不成?嫂子且取了金凤来再说。"

螳螂捕蝉,黄雀在后。隔墙有耳。

凤姐严厉。手大捂不过天来,她严她的,下边松懈猫儿腻下边的。缺少层层负责、各有权责的分层管理机制。

抄检大战前插入迎春事,入情入理。客观上,这是为邢夫人的抓辫子大将军作铺垫。迎春如此受气,只能由乃(嫡)母出面闹它一次。

　　玉柱儿家的听见迎春如此拒绝他,绣橘的话又锋利,无可回答,一时脸上过不去,也明欺迎春素日好性儿,乃向绣橘发话道:"姑娘,你别太张势了。你满家子算一算,谁的妈妈奶奶不仗着主子哥儿姐儿多得些意,偏咱们就这样'丁是丁,卯是卯'的,只许你们偷偷摸摸的哄骗了去。自从邢姑娘来了,太太吩咐一个月俭省一两银子来与舅太太去,这里饶添了邢姑娘的使费,反少了一两银子。时常短了这个,少了那个,那不是我们供给,谁又要去?不过大家将就些罢了。算到今日,少说也有三十两了。我们这一向的钱,岂不白填了限呢。"绣橘不待说完,便啐了一口,道:"做什么你白填了三十两,我且和你算算账,姑娘要了些什么东西?"

恶劣风气已经形成,大家便向恶看齐,正经道理反成了"太张势"了。

互抓短处,互捅伤疤。

　　迎春听了这媳妇发邢夫人之私意,忙止道:"罢,罢,罢!不能拿了金凤来,你不必拉三扯四乱嚷。我也不要那凤了。便是太太问时,我只说丢了,也妨碍不着你什么,你出去歇息歇息倒好。"一面叫绣橘倒茶来。绣橘又气又急,因说道:"姑娘虽不怕,我们是做什么的?把姑娘的东西丢了,他倒赖说姑娘使了他们的钱,这如今竟要准折起来。倘或太太问姑娘为什么使了这些钱,敢是我们就中取势?这还了得!"一行说,一行就哭了。司棋听不过,只得勉强过来,帮着绣橘,问着那媳妇。迎春劝止不住,自拿了一本《太上感应篇》去看。

遇到迎春这样的主子,或遇到凤姐式的主子,不知哪一边的奴才日子好过一些?

妙。令人想到《子夜》的开头。"太上"篇妙用无穷。

　　三人正没开交,可巧宝钗、黛玉、宝琴、探春等,因恐迎春今日不自在,都约着来安慰。他们迎春这一套,从老观点看,实是人生极高境界。从绣橘、司棋的眼光看,这样的主子真正是窝囊废!

走至院中,听见几个人讲究,探春从纱窗内一看,只见迎春倚在床上看书,若有不闻之状,探春也笑了。小丫头们忙打起帘子报道:"姑娘们来了。"迎春放下书起身。那媳妇见有人来,且又有探春在内,不劝自止了,遂趁便就走。探春坐下,便问:"刚才谁在这里说话?倒像拌嘴似的。"迎春笑道:"没有什么,左不过他们小题大做罢了。何必问他。"探春笑道:"我才听见什么'金凤',又是什么'没有钱,只合我们奴才要'。谁和奴才要钱了?难道姐姐和奴才要钱不成?"司棋绣橘道:"姑娘说得是了,姑娘何曾和他要什么了?"探春笑道:"姐姐既没有和他要,必定是我们和他们要了不成!你叫他进来,我倒要问问他。"迎春笑道:"这话又可笑。你们又无沾碍,何必如此?"探春道:"这倒不然。我和姐姐一样,姐姐的事和我一般。他说姐姐,即是说我;我那边有人怨我,姐姐听见,也是合怨姐姐一样。咱们是主子,自然不理论那些钱财小事,只知想起什么要什么,也是有的事。但不知金累丝凤因何又夹在里头?"

那玉柱媳妇生恐绣橘等告出他来,遂忙进来用话掩饰。探春深知其意,因笑道:"你们所以糊涂。如今你奶奶已得了不是,趁此求二奶奶,把方才的钱未曾散人的拿出些来赎取就完了。比不得没闹出来,大家都藏着留脸面;如今既是没了脸,趁此时,总有十个罪也只一人受罚,没有砍两颗头的理。你依我说,竟是和二奶奶趁便说去。在这里大声小气,如何使得。"这媳妇被探春说出真病,也无可赖了,只不敢往凤

> 这"画面"也是典型的。应该画一幅迎春闹中取静读"太上"篇图。

姐处自首。探春笑道:"我不听见便罢;既听见,少不得替你们分解分解。"

谁知探春早使了眼色与侍书,侍书出去了。这里正说话,忽见平儿进来。宝琴拍手笑道:"三姐姐敢是有驱神召将的符术?"黛玉笑道:"这倒不是道家玄术,倒是用兵最精的所谓'守如处女,出如脱兔','出其不备'的妙策。"二人取笑,宝钗便使眼色与二人,遂以别话岔开。探春见平儿来了,遂问:"你奶奶可好些了?真是病糊涂了,事事都不在心上,叫我们受这样委屈。"平儿忙道:"谁敢给姑娘气受?姑娘吩咐我。"那玉柱儿媳妇方慌了手脚,遂上来赶着平儿叫:"姑娘坐下,让我说原故,姑娘请听。"平儿正色道:"姑娘这里说话,也有你混插口的理!你但凡知礼,只该在外头伺侍。也有外头的媳妇们无故到姑娘房里来的么?"绣橘道:"你不知我们这屋里是没礼的,谁爱来就来!"平儿道:"都是你们不是!姑娘好性儿,你们就该打出去,然后再回太太去才是。"

柱儿媳妇见平儿出了言,红了脸,方退出去。探春接着道:"我且告诉你,若是别人得罪了我,倒还罢了;如今这柱儿媳妇和他婆婆,仗着是嬷嬷,又瞅着二姐姐好性儿,私自拿了首饰去赌钱,而且还捏造假账,逼着去讨情,和这两个丫头在卧房里大嚷大叫,二姐姐竟不能辖治。所以我看不过,才请你来问一声:还是他本是天外的人,不知道理?还是有谁主使他如此,先把二姐姐制伏了,然后就要治我和四姑娘了?"平儿忙陪笑道:"姑娘怎么今日说出这话来?我们奶奶如何担得起!"探春冷笑道:"俗语说的,'物伤其类,齿竭唇亡',我自然有些惊心。"平儿问

黛玉对这一套也不陌生。黛玉如生活在另一种条件下,会不会展现她精明乃至苛刻的那一面呢?

欲解决实质,先批评程序。一个程序(礼)的问题就把她压扁了。

柱儿媳妇之流,不能给脸。不压着她,她就要生事乃至欺诈别人。

凤姐毕竟在位,有迁就对付的一面。
探春只是协理,出了事她也将凤姐的军,使事态益发恶化。

此回探春未免好强太过,气焰亦高,毕竟还是姑娘家,谙事未深,难称老到。探春迎春一起写,互相映衬,对比分明。各种矛盾露头,如同暴风雨前乌云自四面八方渐渐聚拢。

迎春道:"若论此事,本好处的;但只他是姑娘的奶嫂,姑娘怎么样为是?"

当下迎春只合宝钗看《感应篇》故事,究竟连探春之话也不曾闻得,忽见平儿如此说,仍笑道:"问我,我也没什么法子。他们的不是,自作自受,我也不能讨情,我也不去加责就是了。至于私自拿去的东西,送来我收下;不送来,我也不要了。太太们要来问我,可以隐瞒遮饰的过去,是他的造化;若瞒不住,我也没法儿,没有个为他们反欺枉太太们的理,少不得直说。你们若说我好性儿,没个决断,有好主意可以八面周全,不叫太太们生气,任凭你们处治,我也不管。"众人听了,都好笑起来。黛玉笑道:"真是'虎狼屯于阶陛,尚谈因果'。若使二姐姐是个男人,一家上下这些人,又如何裁治他们?"迎春笑道:"正是,多少男人,尚且如此,何况我呢。"一语未了,只听又有一人来了。不知是谁,下回分解。

> 也是按性格的浓聚化鲜明化来构思的。
> 平儿一问,把球踢到迎春这边了。
>
> 其实迎春这一套话并不简单,甚至有八面玲珑之态。
>
> 看来黛玉亦有凤姐之才、智。唯凤姐无黛玉之文化素养与情操。所以说书愈读就愈蠢。
> 下人向恶看齐,主子向弱、劣看齐。

许多小事,小差错,如滚雪球一般,渐成气候,形成了风暴眼。

第七十四回

惑奸谗抄检大观园　避嫌隙杜绝宁国府

> 曰"惑奸谗",作者的倾向性是明显的,是完全否定这一抄检行动的。不抄检又怎么样呢?四面起火,八方冒烟。

话说平儿听迎春说了,正自好笑,忽见宝玉也来了。原来管厨房柳家媳妇的妹子,也因放头开赌得了不是。因这园中有素与柳家的不好的,便又告出柳家的来,说他和妹子是伙计,赚了平分。因此凤姐要治柳家之罪。那柳家的听得此信,便慌了手脚,因思素与怡红院的人最为深厚,故走来悄悄的央求晴雯芳官等人,转告诉了宝玉。宝玉因思内中迎春的嬷嬷也现有此罪,不若来约同迎春去讨情,比自己独去单为柳家的说情又更妥当,故此前来。忽见许多人在此,见他来时,都问道:"你的病可好了,跑来做什么?"宝玉不便说出讨情一事,只说:"来看二姐姐。"当下众人也不在意,且说些闲话。

> 各有各的渠道。

> 遇事先离开事情本身,立即投入情面大战。

平儿便出去办"累金凤"一事。那玉柱儿媳妇紧跟在后,口内百般央求,只说:"姑娘好歹口内超生,我横竖去赎了来。"平儿笑道:"你迟也赎,早也赎,'既有今日,何必当初'。你的意思'得过就过',既是这样,我也不好意思告人,趁早儿取了来,交与我送去,一字不提。"玉柱儿媳妇听说,方放下心来,就拜谢,又说:"姑娘自去

> 平儿做事,压你服了,给以出路,行好积德。也算既讲原则又讲灵活。

贵干,赶晚赎了来,先回了姑娘,再送去,如何?"平儿道:"赶晚不来,可别怨我。"说毕,二人方分路各自散了。

　　平儿到房,凤姐问他:"三姑娘叫你做什么?"平儿笑道:"三姑娘怕奶奶生气,叫我劝着奶奶些,问奶奶这两天可吃些什么?"凤姐笑道:"倒是他还记挂我。刚才又出来了一件事:有人来告柳二媳妇和他妹子通同开局,凡妹子所为,都是他作主。我想,你素日肯劝我'多一事不如省一事,自己保养保养也是好的'。我因听不进去,果然应了,先把太太得罪了,而且反赚了一场病。如今我也看破了,随他们闹去罢,横竖还有许多人呢。我白操一会子心,倒惹的万人咒骂,不如且自家养养病;就是病好了,我也会做好好先生,得乐且乐,得笑且笑,一概是非都凭他们去罢。所以我只答应着知道了。"平儿笑道:"奶奶果然如此,那就是我们的造化了。"

　　一语未了,只见贾琏进来,拍手叹气道:"好好的又生事!前儿我和鸳鸯借当,那边太太怎么知道的。才刚太太叫过我去,叫我不管那里先借二百银子,做八月十五节下使用。我回没处借,太太就说:'你没有钱就有地方挪移,我白和你商量,你就搪塞我,你就没地方儿!前儿一千银子的当是那里的?连老太太的东西你都有神通弄出来,这会二百银子你就这样难。亏我没和别人说去。'我想太太分明不短,何苦来又寻事奈何人。"凤姐儿道:"那日并没个外人,谁走了这个消息?"平儿听了,也细想那日有谁在此,想了半日,笑道:"是了。那日说话时没人,但晚上送东西来的时节,老太太那边傻大姐的娘可巧来送浆洗衣服,他在下房里坐了一会子,

实际是对宝玉线上的人的客气。

当然也有自己的考虑。

如是另外线上的呢?不排除怒从心头起、恶向胆边生的可能性。

明明是自己的继母,却称为"那边太太",亲疏之意可见。

那边与这边的矛盾日益激化。

太太(邢夫人)没有权,但有势,有辈分儿,有地位,她闹起来,也麻烦。

看平儿处理柱儿媳妇,凤姐处理柳家的,似乎诸事可能平息。

其实,大战之势已成,局面已不是凤、平所能掌握的了。也是一种树欲静而风不止呢。

看见一大箱子东西,自然要问,必是小丫头们不知道,说出来了,也未可知。"因此便唤了几个小丫头来问:"那日谁告诉傻大姐的娘了?"众小丫头慌了,都跪下赌神发誓说:"自来也没敢多说一句话。有人凡问什么,都答应不知道,这事如何敢说。"

> 查也白查。

凤姐详情度理,说:"他们必不敢多说一句话,倒别委屈了他们。如今把这事靠后,且把太太打发了去要紧。宁可咱们短些,又别讨没意思。"因叫平儿:"把我的金首饰再去押二百银子来,送去完事。"贾琏道:"越发多押二百,咱们也要使呢。"凤姐道:"很不必,我没处使。这不知还指那一项赎呢!"平儿拿了去,吩咐旺儿媳妇领去,不一时,拿了银子来,贾琏亲自送去,不在话下。

> 财政状况恶化、人际关系恶化、山头关系恶化、纪律秩序恶化、道德风气恶化……全面恶化导致一场灾难,无法避免。

这里凤姐和平儿猜疑走风的人:"反叫鸳鸯受累,岂不是咱们过失。"正在胡想,人报:"太太来了。"凤姐听了咤异,不知何事,遂与平儿等忙迎出来。只见王夫人气色更变,只带一个贴己小丫头走来,一语不发,走至里间坐下。凤姐忙捧茶,因陪笑问道:"太太今日高兴,到这里逛逛?"王夫人喝命:"平儿出去!"平儿见了这般,不知怎么了,忙应了一声,带着众小丫头一齐出去,在房门外站住。越发将房门掩了,自己坐在台阶上,所有的人一个不许进去。

> 突发事件,凤完全被动。

> 一句话等于宣布了紧急状态。
> 让你平儿体面就体面,不让你体面,老老实实当你的奴才去。

凤姐也着了慌,不知有何事。只见王夫人含着泪,从袖里掷出一个香袋来,说:"你瞧!"凤姐忙拾起一看,见是十锦春意香袋,也吓了一王夫人发火而且毫不怀疑地怪罪凤姐,第八步错,而且是大错特错了。
凤姐再恶、坏,贾府离了她就更一塌糊涂。

跳,忙问:"太太从那里得来?"王夫人见问,越发泪如雨下,颤声说道:"我从那里得来?我天天坐在井里,想你是个细心人,所以我才偷空儿,谁知你也和我一样。这样东西,大天白日,明摆在园里山石上,被老太太的丫头拾着,不亏你婆婆看见,早已送到老太太跟前去了。我且问你:这个东西如何丢在那里?"

> 王夫人的道德情操感天动地。
> 坐井云云,此话失态。

凤姐听得,也更了颜色,忙问:"太太怎么知道是我的?"王夫人又哭又叹道:"你反问我!你想,一家子除了你们小夫小妻,余者老婆子们,要这个何用?女孩子们是从那里得来?自然是那琏儿不长进下流种子那里弄来的。你们又和气,当作一件玩意儿;年轻的人,儿女闺房私意是有的,你还和我赖!幸而园内上下人还不解事,尚未拣得,倘或丫头们拣着,你姊妹看见,这还了得。不然,有那小丫头们拣着出去,说是园内拣的,外人知道,这性命脸面要也不要?"

> 惊慌失措,自己先起火冒烟。

> 自然云云,岂能自然?不重证据、不讲逻辑、不察始末的想当然。

凤姐听说,又急又愧,登时紫胀了面皮,便挨着炕沿双膝跪下,也含泪诉道:"太太说的固然有理,我也不敢辩我并无这样东西,但其中还要求太太细想:这香袋儿是外头仿着内工绣的,带连穗子一概是市卖的东西,我虽年轻不尊重,也不肯要这样东西。再者,这也不是常带着的,我纵然有,也只好在私处搁着,焉肯在身上常带,各处逛去?况且又在园里去,个个姊妹,我们多肯拉拉扯扯,倘或露出来,不但在姊妹前看见,就是奴才看见,我有什么意思?三则论主子内,我是年轻媳妇,算起来,奴才比我更年轻的

> 凤姐成了罪魁祸首,被逼到了死角,只有自己含泪下跪申诉。

又不止一个了。况且他们也常在园走动,焉知不是他们掉的?再者,除我常在园里,还有那边太太常带过几个小姨娘来,嫣红翠云那几个人,也都是年轻的人,他们更该有这个了。还有那边珍大嫂子,他也不算很老,也常带过佩凤他们来,又焉知又不是他们的?况且园内丫头太多,保不住都是正经的。或者年纪大些的,知道了人事,一刻查问不到,偷了出去,或借着因由,合二门上小么儿们打牙撂嘴儿,外头得了来的,也未可知。不但我没此事,就连平儿,我也可以下保的。太太请细想。"

> 炮火烧向那边的赦、邢山头,但已无威慑力。

> 凤姐在极其不利的形势下,铁嘴铜牙,有条不紊,入情入理地发表了辩护词。

王夫人听了这一夕话,很近情理,因叹道:"你起来。我也知道你是大家子的姑娘出身,不至这样轻薄,不过我气激你的话。但只如今,且怎么处?你婆婆才打发人封了这个给我瞧,把我气了个死。"凤姐道:"太太快别生气。若被众人觉察了,保不定老太太不知道。且平心静气,暗暗访察,才能得这个实在;纵然访不着,外人也不能知道。如今惟有趁着赌钱的因由革了许多人这空儿,把周瑞媳妇旺儿媳妇等四五个贴近不能走话的人,安插在园里,以查赌为由。再如今他们的丫头也太多了,保不住人大心大,生事作耗,等闹出来,反悔之不及。如今若无故裁革,不但姑娘们委屈烦恼,就连太太和我也过不去。不如趁此机会,以后凡年纪大些的,或有些咬牙难缠的,拿个错儿撵出去,配了人。一则保的住没有别事,二则也可省些用度。太太想我这话如何?"王夫人叹道:"你说的何尝不是,但从公细想,你这几个姊妹,每人只有两三个丫头像人,余者竟是小鬼儿是的,如今再去了,不但我心里不忍,只怕老太太未必就依。虽然艰难,

> 来势汹汹,说改口又改口。常有理,把冤枉说成"气激"。唉!
> 有将军者,有吃枪者。
> 老太太知道了会怎么样?放火杀人不成?

> 凤姐还是用自己的人。
> 从查赌开始,查出了"黄",再以查赌为由,暗查"黄源"。由是由,真实意图是真实意图。
> 凤姐儿实想把主子间的矛盾转嫁给奴才们。

> 两三个人,余者小鬼,这是奴才制度的必然。

封建道德的不近人情、虚伪矫情,令人难解。实际上"扒灰""养小叔子"倒不可怕,一个工艺品或玩物却像是奇耻大辱、奇魔大怪一般,直把大观园轰了个摇摇欲坠。

也还穷不至此。我虽没受过大荣华,比你们是强些,如今宁可省我些,别委屈了他们。你如今且叫人传周瑞家的等人进来,吩咐他们快快暗访这事要紧。"凤姐即唤平儿进来,吩咐出去。

一时,周瑞家的与吴兴家的、郑华家的、来旺家的、来喜家的现在五家陪房进来。王夫人正嫌人少,不能勘察,忽见邢夫人的陪房王善保家的走来,正是方才是他送香袋来的。王夫人向来看视邢夫人之得力心腹人等,原无二意,今见他来打听此事,便向他说:"你去回了太太,也进园来照管照管,比别人强些。"王善保家的因素日进园去,那些丫鬟们不大趋奉他,他心里不自在,要寻他们的故事又寻不着,恰好生出这件事来,以为得了把柄;又听王夫人委托他,正碰在心坎上,道:"这个容易。不是奴才多话,论理这事该早严紧些的。太太也不大往园里去,这些女孩子们,一个个倒像受了封诰似的,他们就成了千金小姐了。闹下天来,谁敢哼一声儿。不然,就调唆姑娘们,说欺负了姑娘们了,谁还耽得起。"王夫人道:"这也有的常情,跟姑娘们的丫头比别的娇贵些。"王善保家的道:"别的还罢了,太太不知,头一个是宝玉屋里的晴雯那丫头,仗着他生的模样儿比别人标致些,又生了一张巧嘴,天天打扮的像个西施样子,在人跟前能说惯道,抓尖要强。一句话不投机,他就立起两只眼睛来骂人。妖妖调调,大不成个体统。"

王夫人听了这话,猛然触动往事,便问凤姐道:"上次我们跟了老太太进园逛去,有一个水

> 王夫人高姿态——实际是向邢夫人让步。

> 小人得志,丑态百出,又一个搬起石头砸自己的脚的。砸完了没一个同情,小说人物和时至今日的读者一致拍手称快。这种效应,也不同寻常。

> 开始"官报私仇",实乃事出有因。

把王善保家的吸收到查访事务中来,是第九错。

从小说角度看,她是搜检的急先锋,是戏剧性的关键人物。她不来,就没戏了。

蛇腰、削肩膀儿、眉眼又有些像你林妹妹的,正在那里骂小丫头。我心里很看不上那狂样子,因同老太太走,我不曾说得;后来要问是谁,又偏忘了。今日对了槛儿,这丫头想必就是他了。"凤姐道:"若论这些丫头们,共总比起来,都没晴雯生得好。论举止言语,他原轻薄些。方才太太说的倒很像她,我也忘了那日的事,不敢乱说。"

> 骂小丫头云云,确实有些狂。王夫人"心里很看不上",则除了道德观念以外还有自己的弗洛伊德。

> 凤姐也坐实了晴雯的"轻薄"。愈是生得好,愈容易扣上"轻薄"的帽子。傻大姐决不轻薄。

王善保家的便道:"不用这样,此刻不难叫了他来,太太瞧瞧。"王夫人道:"宝玉房里常见我的,只有袭人麝月,这两个笨笨的倒好。要有这个,他自然不敢来见我的。我一生最嫌这样的人,且又出来这个事。好好的宝玉,倘或叫这蹄子勾引坏了,那还了得!"因叫自己的丫头来,吩咐他道:"你去,只说我有话问他,留下袭人麝月伏侍宝玉,不必来;有一个晴雯最伶俐,叫他即刻快来。你不许和他说什么。"小丫头答应了,走入怡红院,正值晴雯身上不自在,睡中觉才起来,正发闷,听如此说,只得随了他来。

> "笨笨的倒好",这是一种择劣选拔的原则。
> "一生最嫌",则带有心理变态性质。
> "好好的宝玉",有保护下一代的真意,但与实际情况相比,则如痴人说梦。

素日晴雯不敢出头,因连日不自在,并没十分妆饰,自为无碍。及到了凤姐房中,王夫人一见他钗鬓鬓松,衫垂带褪,大有春睡捧心之态;而且形容面貌恰是上月的那人,不觉勾起方才的火来。王夫人便冷笑道:"好个美人儿!真像个'病西施'了。你天天作这轻狂样儿给谁看?你干的事,打量我不知道呢!我且放着你,自然明儿揭你的皮!宝玉今日可好些?"

> 丑是绝对容纳不了容忍不了美的。美在丑面前,确是罪大恶极。

晴雯一听如此说,心内大异,便知有人暗算

> 王夫人太情绪化了。这样易如反掌地"惑奸谗",实说明她的思路、水平与邢夫人、王善保家的无异。但她又要做出一种仁义道德、高高在上、严格律己的样子。着实可叹。

了他,虽然着恼,只不敢作声。他本是个聪明过顶的人,见问宝玉可好些,他便不肯以实话答应,忙跪下回道:"我不大到宝玉房里去,又不常和宝玉在一处,好歹我不能知;那都是袭人合麝月两个人的事,太太问他们。"王夫人道:"这就该打嘴!你难道是死人,要你们做什么!"晴雯道:"我原是跟老太太的人,因老太太说园里空大人少,宝玉害怕,所以拨了我去外间屋里上夜,不过看屋子。我原回过我笨,不能伏侍,老太太骂了我:'又不叫你管他的事,要伶俐的做什么。'我听了,不敢不去,才去的。不过十天半月之内,宝玉叫着了,答应几句话,就散了。至于宝玉的饮食起居,上一层有老奶奶老妈妈们,下一层有袭人、麝月、秋纹几个人。我闲着还要做老太太屋里的针线,所以宝玉的事,竟不曾留心。太太既怪,从此后我留心就是了。"

> 晴雯随机应变,然已无力回天。
> 从晴这方面总结经验,还是平时有失。

王夫人信以为实了,忙说:"阿弥陀佛!你不近宝玉,是我的造化,竟不劳你费心。既是老太太给宝玉的,我明儿回了老太太,再撵你。"因向王善保家的道:"你们进去,好生防他几日,不许他在宝玉屋里睡觉,等我回过老太太,再处治他。"喝声:"出去!站在这里,我看不上这浪样儿!谁许你这样花红柳绿的妆扮!"晴雯只得出来,这气非同小可,一出门,便拿手帕子握脸,一头走,一头哭,直哭到园内去。

> 王夫人的智商、经验如此!像个孩子。

这里王夫人向凤姐等自怨道:"这几年我越发精神短了,照顾不到。这样妖精似的东西,竟没看见。只怕这样的还有,明日倒得查查。"凤

> 迁怒到服装上。封建道德的核心是禁欲,所谓"存天理,灭人欲"。封建特权的要素是男性的纵欲。这样,王夫人势必心理变态,直至视晴雯为"妖精"。其实,这不是王夫人的发明,包括脍炙人口的"三打白骨精",都告诉人们美女很可能是妖精。

王夫人亲自审察判断晴雯之事,大灾大难来了!一错再错,言行皆错,无法再计数了。
凤姐的管理机制已经瘫痪,她已看出王夫人的不妥,但已无法进言。

姐见王夫人盛怒之际,又因王善保家的是邢夫人的耳目,常时调唆的邢夫人生事,纵有千百样言语,此刻也不敢说,只低头答应着。王善保家的道:"太太且请息怒。这些小事,只交与奴才。如今要查这个是极容易的,等到晚上园门关了的时节,内外不通风,我们竟给他们个冷不防,带着人到各处丫头们房里搜寻。想来谁有这个,断不单有这个,自然还有别的;那时翻出别的来,自然这个也是他的了。"王夫人道:"这话倒是。若不如此,断乎不能明白。"因问凤姐:"如何?"凤姐只得答应说:"太太说是,就行罢了。"王夫人道:"这主意很是。不然一年也查不出来。"

凤姐也有不敢说、低头答应的时候。

她也是"自然"怎样,与王夫人一个腔调。无证据,无逻辑,任意铺展扩大,怎能不坏事。

于是大家商议已定,至晚饭后,待贾母安寝了,宝钗等入园时,王家的便请了凤姐一并进园,喝命将角门皆上锁,便从上夜的婆子处来抄拣起,不过抄拣些多余攒下蜡烛灯油等物。王善保家的道:"这也是赃,不许动的,等明日回过太太再动。"于是先就到怡红院中,喝命关门。当下宝玉正因晴雯不自在,忽见这一干人来,不知为何,直扑了丫头们的房门去,因迎出凤姐来,问是何故。凤姐道:"丢了一件要紧的东西,因大家混赖,恐怕有丫头们偷了,所以大家都查一查去疑儿。"一面说,一面坐下吃茶。

凤姐反成了王家的催拨(跟班)。

赃越多,她功才越大。
大观园内竟搞起抄家来。

凤姐勉为其难地进行说明。
她的差也难当。

王家的等搜了一回,又细问:"这几个箱子是谁的?"都叫本人来亲自打开。袭人因见晴雯这样,必有异事,又见这番抄拣,只得自己先出来打开了箱子并匣子,任其搜拣一番,不过平常通用之物。随放下，又搜别人的，挨次都一一搜过。到晴雯的箱子，因问："是谁的？怎么不打开叫搜？"袭人方欲代晴雯开时，只见晴雯挽着头发闯进来，"豁啷"一声，将箱子掀开，两手提着底子，往地下一翻，将所有之物尽都倒出来。王善保家的也觉没趣儿，便紫胀了脸，说道："姑娘，你别生气。我们并非私自就来的，原是奉太太的命来搜察；你们叫翻呢，我们就翻一翻，不叫翻，我们还许回太太去呢。那用急的这个样子！"晴雯听了这话，越发火上浇油，便指着他的脸说道："你说你是太太打发来的，我还是老太太打发来的呢！太太那边的人我也都见过，就只没看见你这么个有头有脸大管事的奶奶！"

　　凤姐见晴雯说话锋利尖酸，心中甚喜，却碍着邢夫人的脸，忙喝住晴雯。那王善保家的又羞又气，刚要还言，凤姐道："妈妈，你也不必和他们一般见识，你且细细搜你的；咱们还到各处走走呢，再迟了，走了风，我可担不起。"王善保家的只得咬咬牙，且忍了这口气，细细的看了一看，也无甚私弊之物，回了凤姐，要别处去，凤姐道："你可细细的查，若这一番查不出来，难回话的。"众人都道："尽都细翻了，没有什么差错东西；虽有几样男人物件，都是小孩子东西，想是宝玉的旧物，没甚关系的。"

　　凤姐听了，笑道："既然如此，咱们就走，再瞧别处去。"说着，一径出来，向王善保家的道："我有一句话，不知是不是：要抄拣只抄拣咱们家的人，薛大姑娘屋里，断乎抄拣不得的。"王善保家的笑道："这个自然，岂有抄起亲戚家来的。"凤姐点头道："我也这样说呢。"一头说，一头到了潇湘馆内。黛玉已睡了，忽报这些人来，

干脆来痛快的。也是无办法的办法。

狗仗人势，借以吓人。

可悲的是，你已经得不到老太太的关照了。
凤姐心态合理。

凤姐的才能，只能发挥到这细处了。

凤姐也只好拉旗。

晴雯发火，于己无补，但总不能让王善保家的太得意了。

薛平时已将功夫做足，地位尊严，不可触犯。

为什么可以抄黛玉的呢？

王善保家的突然大搜检方案，是一个祸园殃民、打击一大片的方案，使原来散处于各个角落的"起火""冒烟"，变成自上而下的大火浓烟。

凤姐原来的暗暗查访，借机处理一批人的方案，其实更符合贾府的利益，但王夫人一味对王善保家的——邢夫人让步，使凤不起作用了。

不知为甚事，才要起来，只见凤姐已走进来，忙按住他不叫起来，只说："睡着罢，我们就走的。"这边且说些闲话。

> 看来，邢夫人处宝钗也是做了工作，搞了平衡的。

那王善保家的带了众人，到了丫鬟房中，也一一开箱倒笼抄拣了一番。因从紫鹃房中搜出两副宝玉往常换下来的寄名符儿，一副束带上的帔带，两个荷包并扇套，套内有扇子，打开看时，皆是宝玉往日手内曾拿过的。王善保家的自为得了意，遂忙请凤姐过来验视，又说："这些东西从那里来的？"凤姐笑道："宝玉和他们从小儿在一处混了几年，这自然是宝玉的旧东西。况且这符儿合扇子，都是老太太和太太常见的；妈妈不信，咱们只管拿了去。"王家的忙笑道："二奶奶既知道就是了。"凤姐道："这也不是什么稀罕事，撂下再往别处去是正经。"紫鹃笑道："直到如今，我们两下里的账也算不清，要问这一个，连我也忘了是那年月日有的了。"

> 少见多怪。

> 为何黛玉毫无反应？"促狭""小性"都哪里去了？从小说学角度看倒可以理解，此回重点不在黛。

这里凤姐合王善保家的又到探春院内，谁知早有人报与探春了。探春也就猜着必有原故，所以引出这等丑态来，遂命众丫鬟秉烛开门而待。一时众人来了，探春故问："何事？"凤姐笑道："因丢了一件东西，连日访察不出人来，恐怕旁人赖这些女孩子们，所以大家搜一搜，使人去疑儿，倒是洗净他们的好法子。"探春笑道："我们的丫头，自然都是些贼，我就是头一个窝主。既如此，先来搜我的箱柜，他们所偷了来的，都交给我藏着呢。"说着，便命丫鬟们把箱一

> "这等丑态"四字，已做了结论。

> 凤姐角色尴尬，可怜。
> 探春以退为进，与晴雯"豁啷"倾箱同一路数。关键时刻，冲上第一线，潜台词是："抄检就是污辱我，我们就面对面地干，少玩花活！"

探春的策略是，既不是好来，就干脆尖锐化，以使搜检者承担一切压力与责任，打消她们要整人又要花言巧语遮掩的企图。

探春这一段关于自杀自灭的言论，实为金玉良言。

思之深，哀之痛，愤之至，言之透辟，应该刻在石碑上以为窝里斗者戒。毕竟是有学问的人，才能有这种几乎可以称之为"政治家"的眼光。无怪乎凤姐对她有"比我知书识字，更利（厉）害一层"的正确评价。但探春一下子这样重言，仍略有突然感。此前未见她做过这样根本性的思考。很可能，这里边有曹公的见解，借探春口讲出来了。大致还可以。

齐打开，将镜奁、妆盒、衾袱、衣包若大若小之物，一齐打开，请凤姐去抄阅。凤姐陪笑道："我不过是奉太太的命来，妹妹别错怪了我。"因命丫鬟们："快快给姑娘关上。"

> 就要怪你，错也要怪你，谁让你来了？一个也不原谅。

　　平儿丰儿等先忙着替侍书等关的关，收的收。探春道："我的东西，倒许你们搜阅；要想搜我的丫头，这却不能。我原比众人歹毒，凡丫头所有的东西，我都知道，都在我这里间收着，一针一线，他们也没得收藏。要搜，所以只来搜我。你们不依，只管去回太太，只说我违背了太太，该怎么处治，我去自领。你们别忙，自然你们抄的日子有呢！你们今日早起不是议论甄家，自己盼着好好的抄家，果然今日真抄了。咱们也渐渐的来了。可知这样大族人家，若从外头杀来，一时是杀不死的，这可是古人说的，'百足之虫，死而不僵'，必须先从家里自杀自灭起来，才能一败涂地呢！"说着，不觉流下泪来。

> 字字如刀割，摆出一副发狠的架势，不怕，迎头痛击。探春真好样的也！

> 带威胁性：你毒，我更毒。

> 至言也！字字血，声声泪，掷地有声。
> 何人知忧？唯有探春。

　　凤姐只看着众媳妇们。周瑞家的便道："既是女孩子的东西全在这里，奶奶且请到别处去罢，也让姑娘好安寝。"凤姐便起身告辞。探春道："可细细搜明白了？若明日再来，我就不依了。"凤姐笑道："既然丫头们的东西都在这里，就不必搜了。"探春冷笑道："你果然倒乖。连我的包袱都打开了，还说没翻。明日敢说我护着

> 穷追到底，不饶不依。

探春一个耳光,余音绕梁,三日不绝,三百年不绝!即使大势已去,也不能让恶人毫无忌惮。整个"红",黏黏糊糊,纷纷乱乱,如麻如粥,此一耳光,却有英勇豪迈气概,金声玉振,大快人心!这一及时起板,大灭了小人的威风,大长了好人的志气。王善保家的之类的家伙呀,你们不注意维护一下自己的嘴巴吗?

丫头们,不许你们翻了。你趁早说明,若还要翻,不妨再翻一遍。"凤姐知道探春素日与众不同的,只得陪笑道:"已经连你的东西都搜察明白了。"探春又问众人:"你们也都搜明白了没有?"周瑞家的等都陪笑说:"都明白了。"	决不客气。 探春变被动为主动。
那王善保家的本是个心内没成算的人,素日虽闻探春的名,他想众人没眼色没胆量罢了,那里一个姑娘就这样利害起来;况且又是庶出,他敢怎么着。自己又仗着是邢夫人的陪房,连王夫人尚另眼相待,何况别人?只当是探春认真单恼凤姐,与他们无干,他便要趁势作脸,因越众向前,拉起探春的衣襟,故意一掀,嘻嘻的笑道:"连姑娘身上我都翻了,果然没有什么。"凤姐见他这样,忙说:"妈妈走罢,别疯疯癫癫的。"	作死! 傻货!
一语未了,只听"啪"的一声,王家的脸上早着了探春一巴掌。探春登时大怒,指着王家的问道:"你是什么东西,敢来拉扯我的衣裳!我不过看着太太的面上,你又有几岁年纪,叫你一声'妈妈';你就狗仗人势,天天作耗,在我们跟前逞脸。如今越发了不得了,你索性望我动手动脚的了!你打量我是同你们姑娘那么好性儿,由着你们欺负,你就错了主意了!你来搜检东西我不恼,你不该拿我取笑儿!"说着,便亲自要解钮子,拉着凤姐儿细细的翻:"省得你们叫奴才来翻我。"	物极必反。王善保家的太猖狂了,犯了规了,活该! 整个《红楼梦》,腻腻歪歪,琐琐碎碎,虚虚伪伪,堪称金声玉振痛快淋漓的就是探春这一耳光。她的话语也堪称振聋发聩,字字是真理,应该刻石树碑,永志不忘!
凤姐平儿等都忙与探春理裙整袄,口内喝	

着王善保家的说:"妈妈吃两口酒,就疯疯癫癫起来,前儿把太太也冲撞了。快出去,别再讨脸了。"又忙劝探春:"好姑娘,别生气。他算什么,姑娘气着倒值多了。"探春冷笑道:"我但凡有气,早一头碰死了!不然,怎么许奴才来我身上搜贼赃呢。明儿一早,先过去给老太太、太太,再过去给大娘赔礼。该怎么着,我去领!"

也抓住把柄了!

那王善保家的讨了个没脸,赶忙躲出窗外,只说:"罢了,罢了!这也是头一遭挨打。我明儿回了太太,仍回老娘家去罢,这个老命还要他做什么!"探春喝命丫鬟:"你们听见他说话,还等我和他拌嘴去不成?"侍书听说,便出去说道:"妈妈,你知点好歹儿,省一句儿罢。你果然回老娘家去,倒是我们的造化了;只怕你舍不得去!你去了,叫谁讨主子的好儿,调唆着察考姑娘,折磨我们呢!"凤姐笑道:"好丫头!真是有其主必有其仆。"探春冷笑道:"我们做贼的人,嘴里都有三言两语的;就只不会背地里调唆主子。"平儿忙也陪笑解劝,一面又拉了侍书进来。周瑞家的等人劝了一番,凤姐直待伏侍探春睡下,方带着人往对过暖香坞来。

有身份。身先士卒,已获大胜,下面的仗,可以由侍书之类的打了。

凤姐此话有缓和气氛之意,也有真心称赞之心。
凤姐想说说风凉话,也有解嘲的意思。
但探春不容她又抄检又风凉,故穷追不舍。

彼时李纨犹病在床上,他与惜春是紧邻,又和探春相近,故顺路先到这两处。因李纨才吃了药睡着,不好惊动,只到丫鬟们房中,一一的搜了一遍,也没有什么东西,遂到惜春房中来。因惜春年少,尚未识事,吓的不知当有什么事故,凤姐少不得安慰他。谁知竟在入画箱中寻出一大包银锞子来,约共三四十个,为察奸情,反得贼赃。又有一副玉带版子,并一包男人的靴袜等物。凤姐也黄了脸,因问:"是那里来的?"入画只得跪下哭诉真情,说:"这是珍大爷

人生中歪打正着、瞎猫死鼠、有意无花、无心问柳的糊涂账,多了去啦!

赏我哥哥的。因我们老子娘都在南方,如今只跟着叔叔过日子;我叔叔婶子只要吃酒赌钱,我哥哥怕交给他们又花了,所以每常得了,悄悄的烦老妈妈带进来,叫我收着的。"

惜春胆小,见了这个,也害怕说:"我竟不知道,这还了得!二嫂子要打他,好歹带他出去打罢,我听不惯的。"凤姐笑道:"若果真呢,也倒可恕,只是不该私自传送进来。这个可以传递,怕什么不可传递。这倒是传递人的不是了。若这话不真,倘是偷来的,你可就别想活了。"入画跪哭道:"我不敢撒谎,奶奶只管明日问我们奶奶和大爷去,若说不是赏的,就拿我和我哥哥一同打死无怨。"凤姐道:"这个自然要问的。只是真赏的,也有不是,谁许你私自传送东西的!你且说是谁接应,我就饶你。下次万万不可。"惜春道:"嫂子别饶他,这里人多,若不管了他,那些大的听见了,又不知怎么样呢。嫂子若依他,我也不依。"凤姐道:"素日我看他还使得。谁没有一个错,只这一次,二次再犯,二罪俱罚。但不知传递是谁?"惜春道:"若说传递,再无别个,必是后门上的张妈。他常和这些丫头鬼鬼祟祟的,这些丫头们也都肯照顾他。"

凤姐听说,便命人记下,将东西且交给周瑞家的暂且拿着,等明日对明再议。谁知那老张妈原和王善保家有亲,近因王善保家的在邢夫人跟前作了心腹人,便把亲戚和伴儿们都看不到眼里了。后来张家的气不平,斗了两次口,彼此都不说话了。如今王家的听见是他传递,碰在他心坎儿上,更兼刚才挨了探春的打,受了侍书的气,没处发泄,听见张家的这事,因撺掇凤姐道:"这传东西的事关系更大。想来那些东

> 这种武断加无限延伸的逻辑,与贾母、王夫人、王善保家的都一样。

> 惜春怯懦,所谓"洁身自好",实为自私。表现出来竟比凤姐更苛刻!实为人性奇观!

> 传递云云,罪该万死,因为破坏了封闭管制的规矩。

> 在在都是搅屎棍!

西,自然也是传递进来的,奶奶倒不可不问。"凤姐儿道:"我知道,不用你说。"于是别了惜春,方往迎春房内去。

> 凤姐借探春的耳光之威,对王说话硬气了点。

迎春已经睡着了,丫鬟们也才要睡,众人扣门,半日才开。凤姐吩咐:"不必惊动姑娘。"遂往丫鬟们房里来。因司棋是王善保家的外孙女儿,凤姐要看王家的可藏私不藏私,遂留神看他搜检。先从别人箱子起,皆无别物;及到了司棋箱中,随意掏了一回,王善保家的说:"也没有什么东西。"才要关箱时,周瑞家的道:"这是什么话?有没有,总要一样看看才公道。"说着,便伸手掣出一双男子的绵袜并一双缎鞋,又有一个小包袱,打开看时,里面是一个同心如意,并一个字帖儿。一总递与凤姐,凤姐因理家常久,每每看帖看账,也颇识得几个字了。那帖是大红双喜笺,便看上面写道:

> 你将我的军,我还将你的军呢!
> 周瑞家的不肯放过王善保家的,这样就会竞相加码。

> 认几个字,不认几个字,随着生活的需要走。

上月你来家后,父母已察觉你我之意。但姑娘未出阁,尚不能完你我之心愿。若园内可以相见,你可托张妈给一信息。若得在园内一见,倒比来家好说话。千万,千万!再所赐香珠二串,今已查收外,特寄香袋一个,略表我心。千万收好。表弟潘又安拜具。

凤姐看罢,不怒而反乐,别人并不识字。王善保家的素日并不知道他姑表姊弟有这一节风流故事,见了这鞋袜,心内已是有些毛病,又见有一红帖,凤姐看着又笑,他便说道:"必是他们写的账目不成字,所以奶奶见笑。"凤姐笑道:"正是这个账竟算不过来。你是司棋的老娘,他表弟也该姓王,怎么又姓潘呢?"王善保家的见问得奇怪,只得勉强告道:"司棋的姑妈给了潘

> 不但压抑,而且玩弄人性人情人欲,蹂躏嘲笑,无所不至其极。

搜检事件,没有胜利者。

王夫人没有达到查出绣春囊及加强道德秩序的目的,而只是添了乱。凤姐大为丢人。邢夫人将了军,又得到了什么呢?王善保家的自取其辱。大观园吟诗作乐的气氛没有了,笼罩着的是猜疑,专横,恐惧。

这是"红"的最大事件。实是前八十回的终结,底下几回是余波。

家,所以他姑表弟兄姓潘。上次逃走了的潘又安,就是他。"凤姐笑道:"这就是了。"因说:"我念给你听听。"说着,从头念了一遍,大家都吓一跳。这王家的一心只要拿人的错儿,不想反拿住了他外孙女儿,又气又臊。周瑞家的四人听见凤姐儿念了,都吐舌头,摇头儿。周瑞家的道:"王大妈听见了?这是明明白白,再没得话说了。这如今怎么样呢?"	文化不高,干这事却够用。也是搬事(石)砸己脚。 就王家的说,活该。就司棋说,可怜。 主子一斗,奴才一定遭殃。
王家的只恨无地缝儿可钻。凤姐只瞅着他,抿着嘴儿嘻嘻的笑,向周瑞家的道:"这倒也好。不用他老娘操一点心儿,鸦雀不闻,就给他们弄了个好女婿来了。"周瑞家的也笑着凑趣儿,王家的无处煞气,只好打着自己的脸骂道:"老不死的娼妇,怎么造下孽了!说嘴打嘴,现世现报。"众人见他如此,要笑又不敢笑,也有趁愿的,也有心中感动报应不爽的。凤姐见司棋低头不语,也并无畏惧惭愧之意,倒觉可异。料此时夜深,且不必盘问,只怕他夜间自寻短志,遂唤两个婆子监守,且带了人,拿了赃证,回来歇息,等待明日料理。	这样的表演,也是报应。 豁出去了,有几分可敬了。
谁知夜里下面淋血不止,次日便觉身体十分软弱起来,遂掌不住,请医诊视,开方立案,说要保重而去。老嬷嬷们拿了方子,回过王夫人,不免又添一番愁闷,遂将司棋之事暂且搁起。	凤姐还是深为震动、窝气。

可巧这日尤氏来看凤姐,坐了一回,又看李纨等。忽见惜春遣人来请,尤氏到他房中,惜春便将昨夜之事细细告诉了,又命人将入画的东西一概要来与尤氏过目。尤氏道:"实是你哥哥赏他哥哥的,只不该私自传送,如今官盐反成了私盐了。"因骂入画:"糊涂东西!"惜春道:"你们管教不严,反骂丫头。这些姊妹,独我的丫头没脸,我如何去见人。昨儿叫凤姐姐带了他去,又不肯;今日嫂子来的恰好,快带了他去。或打,或杀,或卖,我一概不管。"入画听说,跪地哀求,百般苦告。尤氏和奶妈等人也都十分解说:"他不过一时糊涂,下次再不敢的。看他从小儿伏侍一场。"

> 惜春冷酷,不通人性,几近变态。

谁知惜春年幼,天性孤僻,任人怎说,只是咬定牙,断乎不肯留着。更又说道:"不但不要入画,如今我也大了,连我也不便往你们那边去了。况且近日闻得多少议论,我若再去,连我也编派。"尤氏道:"谁敢议论什么?又有什么可议论的!姑娘是谁,我们是谁。姑娘既听见人议论我们,就该问着他才是。"惜春冷笑道:"你这话问着我倒好。我一个姑娘家,只好躲是非的,我反寻是非,成个什么人了!况且古人说得好,'善恶生死,父子不能有所勖助',何况你我二人之间。我只能保住自己就够了。以后你们有事,好歹别累我。"

> 孤僻也可成为变态。

> 从惜春的冷僻入手,暗写贾府的腐臭是非泥淖之可怖。

尤氏听了,又气又好笑,因向地下众人道:"怪道人人都说四姑娘年轻糊涂,我只不信。你们听这些话,无原无故,又没轻重,真真的叫人寒心。"众人都劝说道:"姑娘年轻,奶奶自然该吃些亏的。"惜春冷笑道:"我虽年轻,这话却不年轻。你们不看书,不识字,所以都是呆子,倒水至清则无鱼,人至察则无徒。以惜春的冷嘴冷心为此回作结,最为恰当。也可以视为写完搜检一回后,曹公借惜春之口表达他的厌恶绝望心情,通过这一两回,把王夫人、三个春酣畅饱满地写了一回。

宝、黛、钗等反退入后场去了。

说我糊涂。"尤氏道:"你是状元,第一个才子。我们糊涂人,不如你明白!"惜春道:"据你这话就不明白,状元难道没有糊涂的?可知你们这些人都是世俗之见,那里眼里识得出真假、心里分得出好歹来?你们要看真人,总在最初一步的心上看起,才能明白呢!"尤氏笑道:"好!才是才子,这会子又做大和尚,又讲起参悟来了。"惜春道:"我也不是什么参悟。我看如今人一概也都是入画一般,没有什么大说头儿。"尤氏道:"可知你真是个心冷嘴冷的人。"惜春道:"怎么我不冷?我清清白白的一个人,为什么叫你们带累坏了!"

　　尤氏心内原有病,怕说这些话。听说有人议论,已是心中羞恼,只是今日惜春分中,不好发作,忍耐了大半天。今见惜春又说这话,因按捺不住,便问道:"怎么就带累了你?你的丫头的不是,无故说我;我倒忍了这半日,你倒越发得了意,只管说这些话。你是千金小姐,我们以后就不亲近你,仔细带累了小姐的美名儿。即刻就叫人将入画带了过去!"说着,便赌气起身去了。惜春道:"你这一去了,若果然不来,倒也省了口舌是非,大家倒还干净。"尤氏也不答应,一径往前边去了。未知后事如何,下回分解。

入画事引起姑嫂之争,也只是个由头而已。

惜春这些话,也带有变态性质。可能她受过一些刺激,目睹过一些她无法接受的事。

惜春的不近人情的表现,也可理解为对抄检这一凶险举动的变态的反应、变态的抗议。

说冷,就益发冷得出奇。

　　因与果并不衔接,事与愿全无关联,稀里糊涂,杀气腾腾,开始了并初步完成了对于大观园的青春大剿杀。除美务尽,灭情必狠,偶然的、必然的,吃挂落(牵连)的,混乱而又血腥。探春说得好,这叫自杀自灭!

第七十五回

开夜宴异兆发悲音　赏中秋新词得佳谶

话说尤氏从惜春处赌气出来,正欲往王夫人处去,跟从的老嬷嬷们因悄悄的道:"回奶奶,且别往上房去。才有甄家的几个人来,还有些东西,不知是做什么机密事。奶奶这一去,恐怕不便。"尤氏听了道:"昨日听见你老爷说,看见抄报上,甄家犯了罪,现今抄没家私,调取进京治罪。怎么又有人来?"老嬷嬷道:"正是呢。才来了几个女人,气色不成气色,慌慌张张的,想必有甚么瞒人的事。"

尤氏听了,便不往前去,仍往李纨这边来了。恰好太医才诊了脉去。李纨近日也觉精爽了些,拥衾倚枕,坐在床上,正欲人来说些闲话。因见尤氏进来,不似方才和蔼,只呆呆的坐着,李纨因问道:"你过来了,可吃些东西?只怕饿了。"命素云:"瞧有什么新鲜点心拿来。"尤氏忙止道:"不必,不必。你这一向病着,那里有什么新鲜东西。况且我也不饿。"李纨道:"昨日人家送来的好茶面子,倒是对碗来你喝罢。"说毕,便吩咐去对茶。

尤氏出神无语。跟来的丫头媳妇们因问:"奶奶今日中晌尚未洗脸,这会子趁便可净一净好?"尤氏点头。李纨忙命素云来取自己妆奁。素云又将自己脂粉拿来,笑道:"我们奶奶就少

在奸、谗、抄、闹、打(耳光)之后,宜有惜春之冷,冷后则宜悲也。

搜检大观园是贾府终被查抄的预演。
查抄事大,又通过甄家的被抄再预报一次。
本来,甄家就是贾家的镜中映像。甄贾互为虚像。

余波,晦气。

茶面正是什么饮料?不像好茶。

这个。奶奶不嫌腌臜，能着用些。"李纨道："我虽没有，你就该往姑娘们那里取去，怎么公然拿出你的来？幸而是他，若是别人，岂不恼呢？"尤氏笑道："这有何妨。"说着，一面洗脸。丫头只弯腰捧着脸盆。李纨道："怎么这样没规矩？"那丫头赶着跪下。尤氏笑道："我们家下大小的人，只会讲外面假礼假体面，究竟做出来的事都够使的了。"李纨听如此说，便知他已知道昨夜的事，因笑道："你这话有因。谁做事究竟够使的了？"尤氏道："你倒问我！你敢是病着死过去了？"

> 跪式服务，"红"已有之，外礼外体，内乱内糟。

一语未了，只见人报："宝姑娘来。"二人忙说"快请"时，宝钗已走进来。尤氏忙擦脸起身让坐，因问："怎么一个人忽然走进来，别的姊妹都不见？"宝钗道："正是，我也没有见他们。只因今日我们奶奶身上不自在，家里两个女人也都因时症未起炕，别的靠不得，我今儿要出去陪着老人家夜里作伴。要去回老太太、太太，我想又不是什么大事，且不用提，等好了，我横竖进来的。所以来告诉大嫂子一声。"李纨听说，只看着尤氏笑，尤氏也看着李纨笑。

> 尤氏、宝钗，都处于搜检之外，但无不受到影响。

> 三十六计走为上。

> 苦笑而已。

一时，尤氏盥洗已毕，大家吃面茶。李纨因笑着向宝钗道："既这样，且打发人去请姨娘的安，问是何病。我也病着，不能亲自来的。好妹妹，你去只管去，我且打发人去到你那里去看屋子。你好歹住一两天还进来，别叫我落不是。"宝钗笑道："落什么不是呢？也是人之常情，你又不曾卖放了贼。依我的主意，也不必添人过去，竟把云丫头请了来，你和他住一两日，岂不省事。"尤氏道："可是史大妹妹往那里去了？"宝钗道："我才打发他们找你们探丫头去了，叫他

> 一个好好的大观园，经抄检后变成了险地、泥淖、是非之地。

搜检后情况如何？也是陌生化的办法，通过尤氏的眼光写。从对搜检的追身写，到尤氏的拉开距离写，亦可算作镜头的变化与焦距的变化。

同到这里来，我也明白告诉他。"

正说着，果然报："云姑娘和三姑娘来了。"大家让坐已毕，宝钗便说要出去一事。探春道："很好。不但姨妈好了还来，就便好了不来也使得。"尤氏笑道："这话奇怪！怎么撑起亲戚来了？"探春冷笑道："正是呢，有别人撑的，不如我先撑。亲戚们好，也不在必要死住着才好。咱们倒是一家子亲骨肉呢，一个个不像乌眼鸡似的？恨不得你吃了我，我吃了你！"尤氏忙笑道："我今儿是那里来的晦气，偏都碰着你姊妹们气头上了。"探春道："谁叫你趁热灶火来了！"因问："谁又得罪了你呢？"因又寻思道："凤丫头也不犯合你怄气，却是谁呢？"尤氏只含糊答应。

探春知他畏事，不肯多言，因笑道："你别装老实了。除了朝廷治罪，没有砍头的，你不必唬的这个样儿。告诉你罢，我昨日把王善保家那老婆子打了，我还顶着罪呢。也不过背地里说我些闲话，难道也还打我一顿不成！"宝钗忙问："因何又打他？"探春悉把昨夜的事一一都说了出来。尤氏见探春已经说了出来，便把惜春方才的事也说了出来。探春道："这是他向来的脾气，孤介太过，我们再扭不过他的。"又告诉他们说："今日一早不见动静，打听了凤丫头病着，就打发人四下打听王善保家的是怎样。回来告诉我说：'王善保家的挨了一顿打，嗔着他多事。'"尤氏李纨道："这倒也是正礼。"探春冷笑道："这种遮人眼目儿的事，谁不会做？且再瞧就是了。"尤氏李纨皆默无所答。一时，丫头们来请

沉痛，也是抗议。

不知林彪名言"不是你吃掉我就是我吃掉你"是否受了这一段的启发。

这话有种，说得透。如果横下一条心，连砍头都不怕呢！

孤介也没治。

探春矛头指向凤姐，是对凤的苦衷理解不够。这二位强人矛盾，更加不祥。

用饭,湘云宝钗回房打点衣衫,不在话下。

尤氏辞了李纨,往贾母这边来。贾母歪在榻上,王夫人正说甄家因何获罪,如今抄没了家产,来京治罪等话。贾母听了,心中甚不自在。恰好见他姊妹来了,因问:"从那里来的?可知凤姐儿妯娌两个病着,今日怎么样?"尤氏等忙回道:"今日都好些。"贾母点头叹道:"咱们别管人家的事,且商量咱们八月十五赏月是正经。"王夫人笑道:"已预备下了,不知老太太拣那里好?只是园里恐夜晚风凉。"贾母笑道:"多穿两件衣服何妨,那里正是赏月的地方,岂可倒不去的。"

说话之间,媳妇们抬过饭桌,王夫人尤氏等忙上来放箸捧饭。贾母见自己几色菜已摆完,另有两大捧盒内,盛了几色菜,便是各房孝敬的旧规矩。贾母说:"我吩咐过几次,蠲了罢,都不听,也只罢了。"王夫人笑道:"不过都是家常东西。今日我吃斋,没有别的。那些面筋豆腐,老太太又不甚爱吃,只拣了一样椒油莼齑酱来。"贾母笑道:"我倒也想这个吃。"鸳鸯听说,便将碟子挪在跟前。宝琴一一的让了,方归坐。贾母便命探春来同吃,探春也都让了,便和宝琴对面坐下。侍书忙去取了碗箸。鸳鸯又指那几样菜道:"这两样看不出是什么东西来,是大老爷孝敬的。这一碗是鸡髓笋,是外头老爷送上来的。"一面说,一面就将这碗笋送至桌上。贾母略尝了两点,便命:"将那几样着人都送回去,就说我吃了。以后不必天天送,我想吃什么,自然着人来要。"媳妇们答应着仍送过去,不在话下。

贾母因问:"拿稀饭来吃些罢。"尤氏早捧过

> 兔死狐悲。

> 装聋作哑,以歪就歪,开始令人反感了。哪里是人家的事?里院起火了。"园里……夜晚风凉",此语可视为双关。天然双关,比语带机关更妙。

> 美食谱,没结没完。

> 五味乱腹,五色伤目。

> 一方面都尽礼尽力地孝,一方面却又各怀鬼胎。吃饭饮酒时亦不例外(见下)。

一碗来,说是红稻米粥。贾母接来吃了半碗,便吩咐:"将这粥送给凤姐儿吃去。"又指着这一盘果子:"独给平儿吃去。"又向尤氏道:"我吃了,你就来吃了罢。"尤氏答应着,待贾母漱口洗手毕,贾母便下地,和王夫人说闲话行食。尤氏告坐吃饭。贾母又命鸳鸯等来陪吃。贾母见尤氏吃的仍是白米饭,因问说:"怎么不盛我的饭?"丫头们回道:"老太太的饭完了。今日添了一位姑娘,所以短了些。"鸳鸯道:"如今都是'可着头做帽子'了,要一点儿富余也不能的。"王夫人忙回道:"这一二年旱涝不定,庄上的米都不能按数交的。这几样细米更艰难,所以都是可着吃的做。"贾母笑道:"正是'巧媳妇做不出没米儿粥来'。"众人都笑起来。鸳鸯一面回头向门外伺候媳妇们道:"既这样,你们就去把三姑娘的饭拿来添上,也是一样。"尤氏笑道:"我这个就够了,也不用去取。"鸳鸯道:"你够了,我不会吃的?"媳妇们听说,方忙着取去了。

　　一时,王夫人也去用饭。这里尤氏直陪贾母说话取笑到起更的时候,贾母说:"你也过去罢。"尤氏方告辞出来。走至二门外,上了车,众媳妇放下帘子来,四个小厮拉出来,套上牲口,几个媳妇带着小丫头子们先走,到那边大门口等着去了。这里送的丫鬟们也回来了。

　　尤氏在车内,因见自己门首两边狮子下,放着四五辆大车,便知系来赴赌之人,向小丫头银蝶儿道:"你看,坐车的是这些,骑马的又不知有几个呢!"说着进府,已到了厅上。贾蓉媳妇带了丫鬟媳妇,也都秉着羊角手罩接了出来。尤氏笑道:"成日家我要偷着瞧瞧他们赌钱,也没得便,今日倒巧,顺便打他们窗户跟前走过去。"

仍然是宠幸有加。

艰窘之状。

俗语"巧妇难为无米之炊",这里以粥代炊,说明了粥的重要。

你整顿你的,我烂我的。

众媳妇答应着，提灯引路。又有一个先去悄悄的知会伏侍的小厮们，不许失惊打怪。于是尤氏一行人悄悄的来至窗下，只听里面称三赞四，耍笑之音虽多，又兼有恨五骂六，忿怨之声亦不少。

原来贾珍近因居丧，不得游玩，无聊之极，便生了个破闷的法子。日间以习射为由，请了几位世家弟兄及诸富贵亲友来较射，因说："白白的只管乱射终是无益，不但不能长进，且坏了式样；必须立了罚约，赌个利物，大家才有勉力之心。"因此，天香楼下箭道内立了鹄子，皆约定每日早饭后时射鹄子。贾珍不好出名，便命贾蓉做局家。这些都是少年，正是斗鸡走狗、问柳评花的一干游侠纨袴。因此，大家议定，每日轮流做晚饭之主，天天宰猪割羊，屠鹅杀鸭，好似"临潼斗宝"的一般，都要卖弄自己家里的好厨役，好烹调。

> 习射为由，赌博为质。

不到半月工夫，贾政等听见这般，不知就里，反说："这才是正理，文既误了，武也当习，况在武荫之属。"遂也令宝玉、贾环、贾琮、贾兰等四人，于饭后过来，跟着贾珍习射一回，方许回去。贾珍志不在此，再过几日，便渐次以歇肩养力为由，晚间或抹骨牌，赌个酒东儿，至后渐次至钱。如今三四个月的光景，竟一日一日赌胜于射了，公然斗叶掷骰，放头开局，大赌起来。家下人借此各有些利益，巴不得如此，所以竟成了局势。外人皆不知一字。近日邢夫人的胞弟邢德全也酷好如此，所以也在其中；又有薛蟠，头一个惯喜送钱与人的，见此岂不快乐。这邢德全虽系邢夫人的胞弟，却居心行事，大不相同。他只知吃酒赌钱、眠花宿柳为乐；手中滥漫

> 错就错，迁更迁，贾政这种教条主义者确是百分之百的白痴，自我感觉良好的白痴。本是体育竞技，也会变质，这是"酱缸文化"的厉害。

> 封建寄生，无恶不做。文化危机已至于斯，膏肓之疾也。

使钱,待人无心,因此,都叫他"傻大舅"。薛蟠早已出名的"呆大爷"。今日二人凑在一处,都爱抢快,便又会了两家,在外间炕上抢快。又有几个在当地下大桌子上赶羊。里间又有一起斯文些的抹骨牌,打天九。此间伏侍的小厮都是十五岁以下的孩子。此是前话。

且说尤氏潜至窗外偷看,其中有两个陪酒的小么儿,都打扮得粉妆锦饰。今日薛蟠又掷输了,正没好气,幸而后手里渐渐翻过来了。除了冲账的,反赢了好些,心中自是兴头起来。贾珍道:"且打住,吃东西再来。"因问:"那两处怎么样。"里头打天九赶老羊的未清,先摆下一桌,贾珍陪着吃。薛蟠兴头了,便搂着一个小么儿喝酒,又命将酒去敬傻大舅。傻大舅输家,没心肠,喝了两碗,便有些醉意,嗔着陪酒的小么儿只赶赢家不理输家了,因骂道:"你们这起兔子,真是些没良心的忘八羔子!天天在一处,谁的恩你们不沾?只不过这会子输了几两银子,你们就这么三六九等儿的了。难道从此以后再没有求着我的事了?"众人见他带酒,那些输家不便言语,只抿着嘴儿笑。那些赢家忙说:"大舅骂的很是。这小狗攮的们都是这个风俗儿。"因笑道:"还不给舅太爷斟酒呢!"两个小孩子都是演就的圈套,忙都跪下奉酒,扶着傻大舅的腿,一面撒娇儿说道:"你老人家别生气,看着我们两个小孩子罢。我们师父教的,不论远近厚薄,只看一时有钱就亲近。你老人家不信,回来大大的下一注,赢了,白瞧瞧我们两个是什么光景儿。"说的众人都笑了。这傻大舅掌不住也笑了,一面伸手接过酒来,一面说道:"我要不看着你们两个素日怪可怜见儿的,我这一脚把你

傻大姐完了又出来傻大舅。回忆傻大姐的突然出现与随之而来的暴风雨,令人觉得那像是一个女巫。傻大舅呢?

偷听偷窥,阴险下流,怎么训练出来的呢?

"红"也算"能上能下",从怡红院、潇湘馆写到这样的阴暗腐烂角落。
写什么像什么。

小孩子?小孩子是这等面目?

们两个的小蛋黄子踢出来。"说着,把腿一抬。两个孩子趁势儿爬起来,越发撒娇撒痴,拿着酒花绢子,托了傻大舅的手,把那钟酒灌在傻大舅嘴里。傻大舅哈哈的笑着,一扬脖儿,把一钟酒都干了,因拧了那孩子的脸一下儿,笑说道:"我这会子看着又怪心疼的了!"说着,忽然想起旧事来,乃拍案对贾珍说道:"昨日我和你令伯母怄气,你可知道么?"贾珍道:"不曾听见。"邢大舅叹道:"就为钱这件东西!老贤甥,你不知我们邢家的底里。我们老太太去世时,我还小呢,世事不知。他姊妹三个人,只有你令伯母居长。他出阁时,把家私都带了过来了。如今你二姨儿也出了阁了,他家里也很艰窘。你三姨儿尚在家里。一应用度,都是这里陪房王善保家的掌管。我就是来要几个钱,也并不是要贾府里的家私,我邢家的家私也就够我花了。无奈竟不得到手,你们就欺负我没钱!"贾珍见他酒醉,外人听见不雅,忙用话解劝。

　　外面尤氏等听得十分真切,乃悄向银蝶儿等笑说:"你听见了,这是北院里大太太的兄弟抱怨他呢。可见他亲兄弟还是这样,就怨不得这些人了。"因还要听时,正值赶老羊的那些人也歇住了,要酒。有一个人问道:"方才是谁得罪了舅太爷?我们竟没听明白。且告诉我们,评评理。"邢德全便把两个陪酒的孩子不理的话说了一遍。那人接过来就说:"可恼!怨不得舅太爷生气。我问你,舅太爷不过输了几个钱罢咧,并没有输掉了毬把,怎么你们就不理他了?"说着,大家都笑起来。邢德全也喷了一地饭,说:"你这个东西,行不动儿就撒村捣怪的!"尤氏在外面听了这话,悄悄的啐了一口,骂道:"你

恶俗至此。
小说百无禁忌。

各有狗扯羊肠子的纠葛。

果然个个乌眼鸡般,个个愤愤不平。

男人的条条框框比女人少,往鄙陋上使劲;被压抑约束得多的女人,只能往阴狠上下功夫。

听听,这一起没廉耻的小挨刀的!再灌丧了黄汤,还不知嗳出些什么新样儿的来呢。"一面便进去卸妆安歇。至四更时,贾珍方散,往佩凤房里去了。

次日起来,就有人回:"西瓜月饼都全了,只待分派送人。"贾珍盼咐佩凤道:"你请奶奶看着送罢,我还有别的事呢。"佩凤答应去了,回了尤氏,一一分派,遣人送去。一时,佩凤来说:"爷问奶奶今儿出门不出门?说咱们是孝家,十五过不得节;今儿晚上倒好,可以大家应个景儿。"尤氏道:"我倒不愿意出门呢。那边珠大奶奶又病了,琏二奶奶也躺下了,我再不去,越发没个人了。"佩凤道:"爷说,奶奶出门,好歹早些回来,叫我跟了奶奶去呢。"尤氏道:"既这么样,快些吃了,我好走。"佩凤道:"爷说早饭在外头吃,请奶奶自己吃罢。"尤氏问道:"今日外头有谁?"佩凤道:"听见外头有两个南京新来的,倒不知是谁。"说毕,吃饭更衣,尤氏等仍过荣府来,至晚方回去。

果然贾珍煮了一口猪,烧了一腔羊,备了一桌菜蔬果品,在汇芳园丛绿堂中,带领妻子姬妾,先吃过晚饭,然后摆上酒,开怀作乐赏月。将一更时分,真是风清月朗,银河微隐。贾珍因命佩凤等四个人也都入席,下面一溜坐下,猜枚揩拳。饮了一回,贾珍有了几分酒,高兴起来,便命取了一支紫竹箫来,命佩凤吹箫,文花唱曲,喉清韵雅,甚令人魄散魂消。唱罢,复又行令。那天将有三更时分,贾珍酒已八分,大家正添衣喝茶、换盏更酌之际,忽听那边墙下有人长叹之声。大家明明听见,都毛发竦然。贾珍忙厉声叱问:"谁在那边?"连问几声,无人答应。

其实尤氏听窗户根,不听到这里是不算完的。打四书两句:"在亲民,在止于至善。"尤氏得到了某种心理满足。尤氏听窗根儿,目的就在听听这样的话吧?

零落之势已有。

把这些写在中秋赏月过程中,盖时至中秋,月虽明而岁将寒,本来已有几分凄清也。

连问几声,无人答应,描写简

此节设计得好。墙下长叹,比任何好莱坞式的怪声怪叫还要神秘逼人许多倍。怪声怪叫怪相,虽能唬人一时,毕竟较小儿科,不若长叹之令人毛骨悚然。这是雪芹的伟大,也是中国文学传统的骄傲,我们早已运用超现实主义的手段补充、加强现实主义的表现力。

尤氏道:"必是墙外边家里人,也未可知。"贾珍道:"胡说!这墙四面皆无下人的房子,况且那边又紧靠着祠堂,焉得有人。"

> 单而引人入"境"。

一语未了,只听得一阵风声,竟过墙去了。恍惚闻得祠堂内槅扇开阖之声,只觉得风气森森,比先更觉凄惨起来。看那月色时,也淡淡的,不似先前明朗,众人都觉毛发倒竖。贾珍酒已吓醒了一半,只比别人掌得住些,心里也十分警畏,便大没兴头。勉强又坐了一会,也就归房安歇去了。次日一早起来,乃是十五日,带领众子侄开祠行朔望之礼。细察祠内,都仍是照旧好好的,并无怪异之迹。贾珍自为醉后自怪,也不提此事。礼毕,仍旧闭上门,看着锁禁起来。

> 这个描写很像电影镜头。或问,有神论乎?无神论乎?曰:敬神如神在,畏鬼如鬼在。信什么有什么,怕什么来什么。颓势已成,病入膏肓,焉能无神鬼之惊?

贾珍夫妻,至晚饭后,方过荣府来。只见贾赦贾政都在贾母房里坐着说闲话儿,与贾母取笑呢。贾琏、宝玉、贾环、贾兰皆在地下侍立。贾珍来了,都一一见过,说了两句话,贾珍方在挨门小杌子上告了坐,侧着身子坐下。贾母笑问道:"这两日,你宝兄弟的箭如何了?"贾珍忙起身笑道:"大长进了,不但式样好,而且弓也长了一个劲。"贾母道:"这也够了,且别贪力,仔细努伤着。"贾珍忙答应了几个"是"。贾母又道:"你昨日送来的月饼好,西瓜看着倒好,打开却也罢了。"贾珍答应:"月饼是新来的一个专做点心的厨子,我试了试,果然好,才敢做了孝敬来的。西瓜往年都还可以,不知今年怎么就不好

> 一切建立在瞒和骗上。

这就是"红"的蒙太奇,"红"的衔接结构妙术。

赏月一节与搜检一事无逻辑因果关系,不搭界。但连在一起写,中间有一种形而上的、让我们姑且称为"小说感"的紧密联结。搜检太凶了,大凶之后,必有异兆。

了。"贾政道:"大约今年雨水太勤之过。"贾母笑道:"此时月亮已上来了,咱们且去上香。"说着,便起身扶着宝玉的肩,带领众人,齐往园中来。

> 贾政居然知道雨水勤伤瓜,失敬了。

当下园子正门俱已大开,挂着羊角灯。嘉荫堂月台上,焚着斗香,秉着烛,陈设着瓜果月饼等物。邢夫人等皆在里面久候。真是月明灯彩,人气香烟,晶艳氤氲,不可形状。地下铺着拜毡锦褥。贾母盥手上香,拜毕,于是大家皆拜过。贾母便说:"赏月在山上最好。"因命在那山上的大花厅上去。众人听说,就忙着在那里铺设,贾母且在嘉荫堂中吃茶少歇,说些闲话。

> 真是,祸到临头了,还富贵尊荣呢。

一时,人回:"都齐备了。"贾母方扶着人上山来。王夫人等因回说:"恐石上苔滑,还是坐竹椅上去。"贾母道:"天天打扫,况且极平稳的宽路,何必不疏散疏散筋骨。"于是贾赦贾政等在前引导,又有两个老婆子秉着两把羊角手罩,鸳鸯、琥珀、尤氏等贴身搀扶,邢夫人等在后围随,从下逶迤不过百余步,到了主山峰脊上,便是这座敞厅。因在山之高脊,故名曰凸碧山庄。厅前平台上列下桌椅,又用一架大围屏隔做两间。凡桌椅形式皆是圆的,特取团圆之意。上面居中,贾母坐下,左边贾赦、贾珍、贾琏、贾蓉,右边贾政、宝玉、贾环、贾兰,团团围坐,只坐了半桌,下面还有半桌余空。贾母笑道:"常日倒还不觉人少,今日看来,究竟咱们的人也甚少,算不得甚么。想当年过的日子,今夜男女三四十个,何等热闹。今日又这样,太少了,如今叫

> 平稳云云,任何一句随意的话,都显出信心与讲究,直至崩溃灭亡。

> 表面团圆,实际四分五裂。

> 也是日薄西山的感慨。

女孩儿们来坐那边罢。"于是令人向围屏后邢夫人等席上将迎春、探春、惜春三个请过来。贾琏宝玉等一齐出坐,先尽他姊妹坐了,然后在下依次坐定。

贾母便命折一枝桂花来,命一媳妇在屏后击鼓传花,若花在手中,饮酒一杯,罚说笑话一个。于是先从贾母起,次贾赦,一一接过。鼓声两转,恰恰在贾政手中住了,只得饮了酒。众姊妹弟兄都你悄悄的扯我一下,我暗暗的又捏你一把,都含笑心里想着,倒要听是何笑话儿。

贾政见贾母欢喜,只得承欢。方欲说时,贾母又笑道:"若说得不笑了,还要罚。"贾政笑道:"只得一个,若不说笑了,也只好愿罚。"贾母道:"你就说这一个。"贾政因说道:"一家子一个人,最怕老婆。"只说了这一句,大家都笑了。因从没听见贾政说过,所以才笑,贾母笑道:"这必是好的。"贾政笑道:"若好,老太太先多吃一杯。"贾母笑道:"使得。"贾赦连忙捧杯,贾政执壶,斟了一杯。贾赦仍旧递给贾政,贾赦旁边侍立。贾政捧上,安放在贾母面前,贾母饮了一口。贾赦贾政退回本位。于是贾政又说道:"这个怕老婆的人,从不敢多走一步。偏是那日是八月十五,到街上买东西,便见了几个朋友,死活拉到家里去吃酒。不想吃醉了,便在朋友家睡着。第二日醒了,后悔不及,只得来家赔罪。他老婆正洗脚,说:'既是这样,你替我磕磕就饶你。'这男人只得给他磕,未免恶心要吐。他老婆便恼了,要打,说:'你这样轻狂!'吓得他男人忙跪下求,说:'并不是奶奶的脚腌臜,只因昨儿喝多了黄酒,又吃了月饼馅子,所以今日有些作酸呢。'"说得贾母和众人都笑了。贾政忙又斟了

> "红"中虽有刁妇形象,却无怕老婆的男人形象。贾琏对凤,也不是那种怕法。
> 只是在贾政的笑话中,怕老婆云云,比较通俗有趣。

> 令人觉得贾母的水平如此,贾政俯就。

> 联系月饼,有点即景生情之意。

中国民间盛行怕老婆故事,连贾政也能讲能记。

一、这种现象及这种故事,恰是对男权中心的一种反动。也可以说,绝对的男权中心道德,是对事实上(特别在庶民中间)怕老婆风气的一种恐惧。

二、很可能是上层男权中心,下层连娶老婆都难,易怕。

三、这种故事是一种变相的"荤故事",也是性压抑的产物。

一杯送与贾母。贾母笑道:"既这样,快叫人取烧酒来,别叫你们有媳妇的人受累。"众人又都笑起来。

于是又击鼓,便从贾政传起,可巧传到宝玉手中鼓止。宝玉因贾政在坐,早已踧踖不安,偏又在他手中,因想:"说笑话,倘或说不好了,又说没口才;若说好了,又说正经的不会,只惯贫嘴,更有不是,不如不说好。"乃起身辞道:"我不能说笑话,求限别的罢。"贾政道:"既这样,限一个'秋'字,就即景做一首诗。好便赏你;若不好,明日仔细。"贾母忙道:"好好的行令,如何又作诗?"贾政陪笑道:"他能的。"贾母听说:"既这样,就做,快命人取纸笔来。"贾政道:"只不许用这些'水''晶''冰''玉''银''彩''光''明''素'等堆砌字样。要另出主见,试试你这几年情思。"宝玉听了,碰在心坎儿上,遂立想了四句,向纸上写了,呈与贾政看。贾政看了,点头不语。贾母见这般,知无甚不好,便问:"怎么样?"贾政因欲贾母喜欢,便说:"难为他。只是不肯念书,到底词句不雅。"贾母道:"这就罢了。就该奖励,以后越发上心了。"贾政道:"正是。"因回头命个老嬷嬷出去,"吩咐小厮们,把我海南带来的扇子取来给两把与宝玉。"宝玉磕了一个头,仍复归坐行令。当下贾兰见奖励宝玉,他便出席,也做一首,呈与贾政看。贾政看了,喜不自胜。遂并讲与贾母听时,贾母也十分欢喜,

文字游戏,文字血泪,文字牢狱,文字的自由王国。

文字禁锢,文字琐碎,文字僵尸,文字空洞。

今日贾政多有"突破",说村俗笑话是一,赏赐宝玉是二。

也忙令贾政赏他。

　　于是大家归坐，复行起令来。这次贾赦手内住了，只得吃了酒，说笑话，因说道："一家子一个儿子，最孝顺，偏生母亲病了，各处求医不得，便请了一个针灸的婆子来。这婆子原不知道脉理，只说是心火，一针就好了。这儿子慌了，便问：'心见铁就死，如何针得？'婆子道：'不用针心，只针肋条就是了。'儿子道：'肋条离心远着呢，怎么就好了呢？'婆子道：'不妨事。你不知天下作父母的偏心的多着呢！'"众人听说，都笑起来。贾母也只得吃半杯酒，半日笑道："我也得这婆子针一针就好了。"贾赦听说，自知出言冒撞，贾母疑心，忙起身笑与贾母把盏，以别言解释。

> 到了贾赦这里，便要"放毒"。

> 有心无心，无心有心，偏心平心，平心偏心，这里并无多少道理多少笑话可讲。
> 贾母毫不在意地反击回去。

　　贾母亦不好再提，且行令，不料这花却在贾环手里。贾环近日读书稍进，亦好外务。今见宝玉作诗受奖，他便技痒，只当着贾政，不敢造次。如今可巧花在手中，便也索纸笔来，立就一绝，呈与贾政。贾政看了，亦觉罕异，只见词句中终带着不乐读书之意，遂不悦道："可见是弟兄了。发言吐意，总属邪派。古人中有'二难'，你两个也可以称'二难'了。就只不是那一个'难'字，却是做'难以教训''难'字讲才好。哥哥是公然温飞卿自居，如今兄弟又自为曹唐再世了。"说得众人都笑了。贾赦道："拿诗来我瞧。"便连声赞好，道："这诗据我看，甚是有气骨。想来咱们这样人家，原不必寒窗萤火，只要读些书，比人略明白些，可以做得官时，就跑不了一个官儿的。何必多费了工夫，反弄出书呆子来。所以我爱他这诗，竟不失咱们侯门的气概。"因回头吩咐人去取自己的许多玩物来赏赐

> 难兄难弟。

> 贾赦的见解亦有理。也算"读（多）书无用"论吧。

疾风暴雨之后,闲谈赏月之中,已无升平祥和气氛。伤口已经裂开,难以愈合矣。
此回及以下数回,皆可做搜检之袅袅余音来读。

与他,因又拍着贾环的脑袋笑道:"以后就这样做去,这世袭的前程就跑不了你袭了。"

贾政听说,忙劝说:"不过他胡诌如此,那里就论到后事了。"说着,便斟了酒,又行了一回令。贾母便说:"你们去罢。自然外头还有相公们候着,也不可轻忽了他们。况且二更多了,你们散了,再让姑娘们多乐一回子,好歇着了。"贾政等听了,方止令起身。大家公进了一杯酒,才带着子侄们出去了。要知端的,下回分解。

在野派向着在野派。

写赋诗与别人对诗的评论,却不写诗本身。
可见,一个作诗也有无穷无尽的写法。

月夜饮酒赏月,忽听墙下有人长叹,连问几声,无人回答,这样的描写忧愤凄清。鬼狐妖仙,是神来之笔,读之冷彻骨髓。

第七十六回

凸碧堂品笛感凄清　凹晶馆联诗悲寂寞

话说贾赦贾政带领贾珍等散去,不提。且说贾母这里命将围屏撤去,两席并作一席。众媳妇另行擦桌整果,更杯洗箸,陈设一番。贾母等都添了衣,盥漱吃茶,方又坐下,团团围绕。贾母看时,宝钗姊妹二人不在坐内,知他家去圆月;且李纨凤姐二人又病。少了这四个人,便觉冷清了好些。贾母因笑道:"往年你老爷们不在家,咱们越发请过姨太太来,大家赏月,却十分热闹。忽一时想起你老爷来,又不免想到母子夫妻儿女不能一处,也都没兴。及至今年,你老爷来了,正该大家团圆取乐,又不便请他们娘儿们来说笑说笑。况且他们今年又添了两口人,也难丢了他们,跑到这里来。偏又把凤丫头病了,有他一个人来说说笑笑,还抵得十个人的空儿:可见天下事总难十全。"说毕,不觉长叹一声,随命:"拿大杯来斟热酒。"王夫人笑道:"今日得母子团圆,自比往年有趣。往年娘儿们虽多,终不似今年骨肉齐全的好。"贾母笑道:"正是为此,所以我才高兴,拿大杯吃酒。你们也换大杯才是。"邢夫人等只得换上大杯来。因夜深体乏,且不能胜酒,未免都有些倦意。无奈贾母兴犹未阑,只得陪饮。贾母又命将毡毯铺在阶上,命将月饼、西瓜、果品等类都叫搬下去,令丫

> 撤围屏,并一席,整桌果,洗杯箸,又有何用?败落之感,凄清之态,寂寞之状,已无可救药了。

> 还蒙在鼓里吗?已不是一般的"事难十全",而是千疮百孔了。

> 贾母高兴,大家倦意,哀哉。

> 乐得不免勉强。

头媳妇们也都一一围坐赏月。

　　贾母因见月至天中，比先越发精彩可爱，因说："如此好月，不可不闻笛。"因命又将十番上女子传来，贾母道："音乐多了，反失雅致，只用吹笛的远远的吹起来，就够了。"说毕，刚才去吹时，只见跟邢夫人的媳妇走来向邢夫人说了两句话，贾母便问："什么事？"邢夫人便回说："方才大老爷出去，被石头绊了一下，歪了腿。"贾母听说，忙命两个婆子快看去，又命邢夫人快去。邢夫人遂告辞起身。贾母便又说："珍哥媳妇也趁着便儿就家去罢，我也就睡了。"尤氏笑道："我今日不回去了，定要和老祖宗吃一夜。"贾母笑道："使不得。你们小夫妻家，今夜不要团团圆圆，如何为我耽搁了。"尤氏红了脸，笑道："老祖宗说的我们太不堪了。我们虽是年轻，已经是二十来年的夫妻，也奔四十岁的人了。况且孝服未满，陪着老太太玩一夜是正理。"贾母听说，笑道："这话很是。我倒也忘了孝未满。可怜你公公已死了二年多了，可是我倒忘了，该罚我一大杯。既这样，你就别去，竟陪着我罢。叫蓉儿媳妇送去，就顺便回去罢。"尤氏说了，贾蓉媳妇答应着，送出邢夫人，一同至大门，各自上车回去。不在话下。

　　这里众人赏了一回桂花，又入席换暖酒来。正说着闲话，猛不防那壁厢桂花树下，呜咽悠扬，吹出笛声来。趁着这明月清风，天空地静，真令人烦心顿释，万虑齐除，肃然危坐，默然相赏。听约两盏茶时，方才止住，大家称赞不已。于是遂又斟上暖酒来，贾母笑道："果然好听么？"众人笑道："实在可听！我们也想不到这样。须得老太太带领着，我们也得开些心儿。"

> 月事可爱，人民事堪忧。

> 更不顺了。

> 笑着想起贾赦，说声可怜。果然是可怜了。

> 释烦、除虑——说听笛感受，很是。

悲、喜、寂、热都是相反相成的。如中秋十五,赏不成月,吃不成酒,反无大意思。现这样最好,众人病的病,倦的倦,不在的不在,败兴的败兴,偏贾母老祖宗兴致盎然,各位孝子孝孙孝媳孝奴必须承欢,欢又欢不成,散又散不成,别有一股子难受的劲儿。

贾母道:"这还不大好,须得拣那曲谱越慢的吹来越好听。"便命斟一大杯酒,送给吹笛之人,慢慢的吃了,再细细的吹一套来。媳妇们答应了,方送去,只见方才看贾赦的两个婆子回来说:"瞧了。右脚面上白肿了些,如今调服了药,疼的好些了,也无甚大关系。"贾母点头叹道:"我也太操心。打紧说我偏心,我反这样。"

中秋,月夜,笛声,酒饭,儿女,天伦,又有超越人事的一面。

这些似乎可有可无的穿插,增加了生活实感,也给人以刹那祸福、诸事难顺、难保(不)意外的伤感。

说着,鸳鸯拿巾兜与大斗篷来,说:"夜深了,恐露水下了,风吹了头。坐坐也该歇了。"贾母道:"偏今儿高兴,你又来催。难道我醉了不成,偏到天亮!"因命再斟酒来,一面戴上兜巾,披了斗篷,大家陪着又饮,说些笑话。只听桂花阴里又发出一缕笛音来,果然比先越发凄凉,大家都寂然而坐。夜静月明,众人不禁伤感,忙转身陪笑发语解释,又命换酒止笛。尤氏笑说道:"我也就学了一个笑话,说与老太太解胸闷。"贾母勉强笑道:"这样更好,快说来我听。"尤氏乃说道:"一家子养了四个儿子:大儿子只一个眼睛,二儿子只一个耳朵,三儿子只一个鼻子眼,四儿子倒都齐全,偏又是个哑吧。"

人从来都是不自由的。被孝、被伏侍就更不自由。

夜凉如水。
只恐夜深花睡去。谁能阻挡黑夜?

正说到这里,只见席上贾母已蒙眬双眼,似有睡去之态。尤氏方住了,忙和王夫人轻轻叫请。贾母睁眼笑道:"我不困,白闭闭眼养神。你们只管说,我听着呢。"王夫人等道:"夜已深了,风露也大,请老太太安歇罢了。明日再赏,十六月色也好。"贾母道:"什么时候?"王夫人笑道:"已交四更。他们姊妹们熬不过,都去睡了。"贾母听说,细看了一看,果然都散了,只有

夜深人乏,欲逗笑也逗不起来,就在这样一个聋聋渺渺哑哑的气氛中蒙眬睡去,甚有气氛。

探春一人在此。贾母笑道:"也罢。你们也熬不惯;况且弱的弱,病的病,去了倒省心。只是三丫头可怜,尚还等着。你也去罢,我们散了。"说着,便起身,吃了一口清茶,便坐竹椅小轿,两个婆子搭起,众人围随,出园去了,不在话下。

尤氏笑话,亦付阙如。
无头公案,无尾笑话,人世诸事,又有什么头尾?

说来归齐,还是得散。

　　这里众媳妇收拾杯盘,却少了个细茶杯,各处寻觅不见,又问众人:"必是失手打了。撂在那里,告诉我,拿了磁瓦去交收,是证见,不然,又说偷起来了。"众人都说:"没有打碎,只怕跟姑娘的人打了,也未可知。你细想想,或问问他们去。"一语提醒了那媳妇,笑道:"是了。那一会记得是翠缕拿着的,我去问他。"说着便去找时,刚到了甬道,就遇见紫鹃和翠缕来了。翠缕便问道:"老太太散了?可知我们姑娘那里去了?"这媳妇道:"我来问你,一个茶钟那里去了,你倒问我要姑娘。"翠缕笑道:"我因倒茶给姑娘吃的,展眼回头,就连姑娘也没了。"那媳妇道:"太太才说,都睡觉去了。你不知那里玩去了,还不知道呢。"翠缕和紫鹃道:"断乎没有悄悄睡去之理,只怕那里走了一走。如今老太太走了,赶过前边送去,也未可知,我们且往前边找去。有了姑娘,自然你的茶钟也有了。你明日一早再找罢,有什么忙的。"媳妇笑道:"有了下落,就不必忙了,明儿和你要罢。"说毕,回去查收家伙。这里紫鹃和翠缕便往贾母处来,不在话下。

"悄悄睡去",只恐夜深花睡去。

赏月余波——寻茶钟,别一番懒洋洋、稀落落的样子。

通过找茶钟一件无聊的事,把聚光改到湘云身上。

　　原来黛玉和湘云二人并未去睡,只因黛玉见贾府中许多人赏月,贾母犹叹人少,又想宝钗姊妹家去,母女弟兄自去赏月,不觉对景感怀,自去倚栏垂泪。宝玉近因晴雯病势甚重,诸务

宝玉不是"喜聚不喜散"吗?

无心,王夫人再四遣他去睡,他从此去了。探春又因近日家事恼着,无心游玩;虽有迎春惜春二人,偏又素日不大甚合。所以只剩湘云一人宽慰他。因说:"你是个明白人,还不自己保养。可恨宝姐姐琴妹妹,天天说亲道热,早已说今年中秋,要大家一处赏月,必要起诗社,大家联句;到今日,便弃了咱们,自己赏月去了。社也散了,诗也不做了。倒是他们父子叔侄纵横起来。你可知宋太祖说得好:'卧榻之侧,岂容他人酣睡。'他们不来,咱们两个竟联起句来,明日羞他们一羞。"

黛玉见他这般劝慰,也不肯负他的豪兴,因笑道:"你看这里这等人声嘈杂,有何诗兴。"湘云笑道:"这山上赏月虽好,总不及近水赏月更妙。你知道这山坡底下就是池沿,山凹里近水一个所在,就是凹晶馆。可知当日盖这园子,就有学问。这山之高处,就叫凸碧;山之低洼近水处,就叫凹晶。这'凸''凹'二字,历来用的人最少,如今直用作轩馆之名,更觉新鲜,不落窠臼。可知这两处,一上一下,一明一暗,一高一矮,一山一水,竟是特因玩月而设此处。有爱那山高月小的,便往这里来;有爱那皓月清波的,便往那里去。只是这两个字俗念作'洼''拱'二音,便说俗了,不大见用。只陆放翁用了一个'凹'字,'古砚微凹聚墨多',还有人批他俗,岂不可笑?"黛玉道:"也不只放翁才用,古人中用者太多。如《青苔赋》,东方朔《神异经》,以至《画记》上云'张僧繇画一乘寺'的故事,不可胜举。只是今日不知,误作俗字用了。实和你说罢,这两个字,还是我拟的呢。因那年试宝玉,宝玉拟了未妥,我们拟写出来,送与大姐姐瞧

可见不是绝对的。

宝琴等在"红"中的地位,其实是虚晃一枪。

有意避开。

不忘炫学。

长篇小说给了作者以足够的空间,有什么鸡零狗碎都可以拿出来耍一耍。

补叙此事。

了,他又带出来,命给舅舅瞧过,所以都用了。如今咱们就往凹晶馆去。"

说着,二人同下山坡,只一转弯就是。池沿上一带竹栏相接,直通着那边藕香榭的路径。只有两个婆子上夜,因知在凸碧山庄赏月,与他们无干,早已息灯睡了。黛玉湘云见息了灯,都笑道:"倒是他们睡了好,咱们就在卷篷底下赏这水月,何如?"

> 这大概与中国传统文化有关。"红"很少写一个人独处时的所行所思,我们确实缺少独处(privacy)的观念。写到"双处"也就相当于西洋小说里的写"独处"了。

二人遂在两个竹墩上坐下,只见天上一轮皓月,池中一个月影,上下争辉,如置身于晶宫鲛室之内。微风一过,鄰鄰然池面皱碧叠纹,真令人神气清爽。湘云笑道:"怎么得这会子上船吃酒倒好。要是我家里这样,我就立刻坐船了。"黛玉道:"正是古人常说的:'事若求全何所乐。'据我说,这也罢了,偏要坐船起来?"湘云笑道:"得陇望蜀,人之常情。"

> 黛玉反而说服湘云,不可求全,可见她并非一味挑剔。

正说间,只听笛韵悠扬起来。黛玉笑道:"今日老太太、太太高兴了,这笛子吹得有趣,倒是助咱们的兴趣了。咱两个都爱五言,就还是五言排律罢。"湘云道:"限何韵?"黛玉笑道:"咱们数这个栏杆上的直棍,这头到那头为止,他是第几根,就是第几韵。"湘云笑道:"这倒别致。"于是二人起身,便从头数至尽头,止得十三根。湘云道:"偏又是'十三元'了。这个韵,可用的少,作排律,只怕牵强不能压韵呢。少不得你先起一句罢了。"黛玉笑道:"倒要试试咱们谁强谁弱,只是没有纸笔记。"湘云道:"明儿再写,只怕这一点聪明还有。"黛玉道:"我先起一句现成的俗语罢。"因念道:

> 与前半回共时。
> 也是"花开两朵,各表一枝"。

　　三五中秋夕,
湘云想了一想,道:

> 缓缓起始。

清游拟上元。撒天箕斗灿，	渐渐展开。
黛玉笑道：	
匝地管弦繁。几处狂飞盏？	不无能量。
湘云笑道："这一句'几处狂飞盏'有些意思，这倒要对得好呢。"想了一想，笑道：	
谁家不启轩。轻寒风剪剪，	有点秋思。
黛玉道："好对！比我的却好。只是这句又说俗话了，就该加劲说了去才是。"湘云笑道："诗多韵险，也要铺陈些才是。总有好的，且留在后头。"黛玉笑道："到后头没有好的，我看你羞不羞。"因联道：	
良夜景暄暄。争饼嘲黄发，	生活地气。
湘云笑道："这句不好，杜撰，用俗事来难我了。"黛玉笑道："我说你不曾见过书呢，'吃饼'是旧典。《唐书》《唐志》，你看了来再说。"湘云笑道："这也难不倒，我也有了。"因联道：	
分瓜笑绿媛。香新荣玉桂，	诗胆豪情。
黛玉道："这可是实实你的杜撰了。"湘云笑道："明日咱们对查了出来，大家看看，这会子别耽搁工夫。"黛玉笑道："虽如此，下句也不好，不犯又用'玉桂''金兰'等字样来塞责。"因联道：	
色健茂金萱。蜡烛辉琼宴，	未有特色。
湘云笑道："'金萱'二字，便宜了你，省了多少力。这样现成的韵，被你得了，只不犯着替他们颂圣去。况且下句你也是塞责了。"黛玉笑道："你不说'玉桂'，我难道强对个'金萱'罢？再也要铺陈些富丽，方是即景之实事。"湘云只得又联道：	这些联诗，强调的是形式方面，富于文字(对抗性)游戏的性质。
觥筹乱绮园。分曹尊一令，	
黛玉笑道："下句好，只难对些。"因想了一想，联道：	

> 射覆听三宣。骰彩红成点，

湘云笑道："'三宣'有趣，竟化俗成雅了。只是下句又说上骰子。"少不得联道：

> 传花鼓滥喧。晴光摇院宇，

黛玉笑道："对得却好。下句又溜了，只管拿些风月来塞责。"湘云道："究竟没说到月上，也要点缀点缀，方不落题。"黛玉道："且姑存之，明日再斟酌。"因联道：

> 素彩接乾坤。赏罚无宾主，

湘云道："又说到他们做什么，不如说咱们。"因联道：

> 吟诗序仲昆。构思时倚槛，

黛玉道："这可以入上你我了。"因联道：

> 拟句或依门。酒尽情犹在，

湘云说道："这时候了。"乃联道：

> 更残乐已谖。渐闻语笑寂，

黛玉说道："这时候，可知一步难似一步了。"因联道：

> 空剩雪霜痕。阶露团朝菌，

湘云道："这一句怎么叶韵，让我想想。"因起身负手想了一想，笑道："够了。幸而想出一个字来，不然，几乎败了。"因联道：

> 庭烟敛夕棔。秋湍泻石髓，

黛玉听了，不禁也起身叫妙，说："这促狭鬼！果然留下好的。这会子方说'棔'字，亏你想得出。"湘云道："幸而昨日看《历朝文选》，见了这个字，我不知是何树，因要查一查。宝姐姐说：'不用查，这就是如今俗叫做"朝开夜合"的。'我信不及，到底查了一查，果然不错。看来宝姐姐知道的竟多。"黛玉笑道："'棔'字用在此时更恰，也还罢了。只是'秋湍'一句，亏你好想！

	固应有限。
	格局如此。
	这种描叙，可以说也是一种"诗话"。
	走向空泛。
	倚槛可亲。
	情尽尽情。
	鲜克有终。
	乐残笑寂，霜痕朝菌，确实是衰败下去了。
	秋水伊人。
	钗不在而犹在。

只这一句,别的都要抹倒。我少不得打起精神来对这一句,只是再不能似这一句了。"因想了一想道:

  风叶聚云根。宝婺情孤洁,

湘云道:"这对得也还好。只是这一句,你也溜了,幸而是景中情,不单用'宝婺'来塞责。"因联道:

  银蟾气吐吞。药催灵兔捣,

黛玉不语点头,半日遂念道:

  人向广寒奔。犯斗邀牛女,

湘云也望月点首,联道:

  乘槎访帝孙。盈虚轮莫定,

黛玉道:"对句不好,合掌。下句推开一步,倒还是'急脉缓灸法'。"因又联道:

  晦朔魄空存。壶漏声将涸,

湘云方欲联时,黛玉指池中黑影与湘云看道:"你看那河里,怎么像个人到黑影里去了,敢是个鬼?"湘云笑道:"可是又见鬼了。我是不怕鬼的,等我打他一下。"因弯腰拾了一块小石片,向那池中打去,只听打得水响,一个大圆圈将月影激荡,散而复聚者几次。只听那黑影里"嘎"的一声,却飞起一个白鹤来,直往藕香榭去了。黛玉笑道:"原是他,猛然想不到,反吓了一跳。"湘云笑道:"正是这个鹤有趣,倒助了我了。"因联道:

  窗灯焰已昏。寒塘渡鹤影,

黛玉听了,又叫好,又跺足,说:"了不得,这鹤真是助他的了!这一句更比'秋湍'不同,叫我对什么才好?'影'字只有一个'魂'字可对,况且'寒塘渡鹤',何等自然,何等现成,何等有景,且又新鲜,我竟要搁笔了。"湘云笑道:"大家细想

	书袋可掉。
	惜哉!湘云黛玉似乎生活在脱离尘世的一个狭小的天地里。
	半日难念。
	脱离了生活,必不能从生活获得什么。
	诗亦将涸。
	令人想起《后赤壁赋》来。
	鹤比人强。

果然对比鲜明。

抄检一节与联诗一节,非诗与诗,混乱热闹与冷冷清清,俗与雅,实与虚,皆成对比。

一个诗,写来写去,写出百般花样。以此次联诗与赏雪联诗一节相比,也是映比鲜明。

使人产生一个怪念头:"坏人"似乎生活丰富,智力及语言都生气勃勃。而"好人"呢,除了作诗,行酒令,还是作诗,行酒令,能不凄清、寂寞吗?亦是暴风雨后的百花凋零景象。百花凋零,不一定都是风暴搞的,但都发生在风暴之后,更加莫可奈何。

就有了,不然,就放着明日再联也可。"黛玉只看天,不理他,半日,猛然笑道:"你不必捞嘴,我也有了,你听听。"因对道:

　　冷月葬诗魂。

> 呜乎哀哉。

湘云拍手赞道:"果然好极,非此不能对。好个'葬诗魂'!"因又叹道:"诗固新奇,只是太颓丧了些。你现病着,不该作此过于凄清奇谲之语。"黛玉笑道:"不如此,如何压倒你。只为用工在这一句了。"

> 有诗教在。说起来也是维护诗的健康品格。

一语未了,只见栏外山石后转出一个人来,笑道:"好诗,好诗!果然太悲凉了,不必再往下做。若底下只这样去,反不显这两句了,倒弄得堆砌牵强。"二人不防,倒吓了一跳。细看时不是别人,却是妙玉。二人皆咤异,因问:"你如何到了这里?"妙玉笑道:"我听见你们大家赏月,又吹得好笛,我也出来玩赏这清池皓月。顺脚走到这里,忽听见你们两个吟诗,更觉清雅异常,故此就听住了。只是方才我听见这一首中,有几句虽好,只是过于颓败凄楚。此亦关人之气数而有,所以我出来止住。如今老太太都早已散了,满园的人想俱已睡熟了,你两个的丫头还不知在那里找你们呢。你们也不怕冷了?快同我来,到我那里去吃杯茶,只怕就天亮了。"黛玉笑道:"谁知道就这个时候了。"

> 葬诗魂而出妙玉。
> 两人联句,既有趣又寂寞。
> 乃出一妙玉,出一妙玉,反更寂寞矣。
> 此亦"鸟鸣山更幽"之法。

> 气数云云,如在冥冥之中。形而下的生活描写之中,出现了对于形而上的某种力量的感受。

> 妙玉此时出现,黛湘二人来到此地,皆最佳之处理,不易之笔墨。

三人遂一同来至栊翠庵中。只见龛焰犹

青,炉香未烬,几个老嬷嬷也都睡了,只有小丫头在蒲团上垂头打盹。妙玉唤他起来现烹茶。忽听扣门之声,小丫鬟忙去开门看时,却是紫鹃翠缕与几个老嬷嬷,来找他姊妹两个。进来见他们正吃茶,因都笑道:"叫我们好找!一个园里走遍了,连姨太太那里都找到了。那小亭里找时,可巧那里上夜的正睡醒了。我们问他们,他们说:'方才亭外头棚下两个人说话,后来又添了一个人,听见说,大家往庵里去。'我们就知道是这里了。"

_{更有秋夜迟迟之感。}

妙玉忙命丫鬟引他们到那边去坐着歇息吃茶,自却取了笔砚纸墨出来,将方才的诗,命他二人念着,遂从头写出来。黛玉见他今日十分高兴,便笑道:"从来没见你这样高兴,我也不敢唐突请教。这还可以见教否?若不堪时,便就烧了;若或可改,即请改正改正。"妙玉笑道:"也不敢妄评。只是这才有二十二韵。我意思想着你二位警句已出,再续时,倒恐后力不加。我竟要续貂,又恐有玷。"黛玉从没见妙玉做过诗,今见他高兴如此,忙说:"果然如此,我们虽不好,亦可以带好了。"妙玉道:"如今收结,到底还归到本来面目上去。若只管丢了真情真事,且去搜奇检怪,一则失了咱们的闺阁面目,二则也与题目无涉了。"林史二人皆道:"极是。"妙玉提笔,一挥而就,递与他二人,道:"休要见笑。依我必须如此,方翻转过来。虽前头有凄楚之句,亦无甚碍了。"二人接了看时,只见他续道:

_{妙玉十分高兴,比她十分别扭还不祥。}

_{"红"中少女,诗品皆高,不但能做,而且能评。但诸评论总都有些为作诗而作诗的意思。}

香篆销金鼎,冰脂腻玉盆。
箫增嫠妇泣,衾倩侍儿温。
空帐悲金凤,闲屏掩彩鸳。
露浓苔更滑,霜重竹难扪。

_{妙玉诗才固佳,词句仍嫌堆砌。}

可以以本回写笛声的一些话头形容这一回文字。
搜检时波谲云诡,铙钹齐鸣;到此节,万念俱寂,一片空明,只剩了一件乐器的独奏。
舞台转换,角色转换,布景与灯光、效果皆别一个天地。于是黛玉湘云,尤其妙玉,成了主角。
一个美貌的带发修行的才女——尼姑,完成了联诗,而且说到气数。你能不怵然、嘿然吗?
读后夜风月色,滞留心中,难以忘怀。

> 犹步萦纡沼,还登寂历原。
> 石奇神鬼缚,木怪虎狼蹲。
> 赑屃朝光透,罘罳晓露屯。
> 振林千树鸟,啼谷一声猿。
> 歧熟焉忘径?泉知不问源。
> 钟鸣栊翠寺,鸡唱稻香村。
> 有兴悲何极?无愁意岂烦?
> 芳情只自遣,雅趣向谁言!
> 彻旦休云倦,烹茶更细论。

以文求文,以诗求诗,以典写典。诗而无魂,与生活,与心魄,都隔着一层诗墙。

也是天外有天之意。妙玉诗才,无法在赏雪赏梅的乱乱哄哄中一显身手。正可在此时此处。

后书"右中秋夜大观园即景联句三十五韵"。

黛玉湘云二人称赞不已,说:"可见我们天天是舍近求远,现有这样诗人在此,却天天去纸上谈兵。"妙玉笑道:"明日再润色。此时已天明了,到底也歇息歇息才是。"林史二人听说,便起身告辞,带领了丫鬟出来。妙玉送至门外,看他们去远,方掩门进来,不在话下。

雪芹喜爱的人物,都有诗才诗作。诗才诗作,使灵秀与鄙俗之作区分开来。

这里翠缕向湘云道:"大奶奶那里还有人等着咱们睡去呢。如今还是那里去好?"湘云笑道:"你顺路告诉他们,叫他们睡罢。我这一去,未免惊动病人,不如闹林姑娘去罢。"说着,大家走至潇湘馆中,有一半人已睡去。二人进去,方卸妆宽衣,盥洗已毕,方上床安歇。紫鹃放下绡帐,移灯掩门出去。

谁知湘云有择席之病,虽在枕上,只是睡不着。黛玉又是个心血不足,常常失眠的,今日又错过困头,自然也是睡不着。二人在枕上翻来复去。黛玉因问道:"怎么还睡不着?"湘云微笑道:"我有个择席的病,况且走了困,只好躺躺儿罢;你怎么也睡不着?"黛玉叹道:"我这睡不着,也并非一日了。大约一年之中,通共也只好睡十夜满足的觉。"湘云道:"你这病就怪不得了。"要知端底,下回分解。

> 夜深,人静,无眠。中秋中秋,欲欢无欢,就这样逝去了。

  诗不诗无所谓,氛围写得极好。青春与寂寞共存,友好与冷漠同在,月夜充满阴影,谈笑不乏凄情。此景此时此人,泪沾襟矣。

第七十七回

俏丫鬟抱屈夭风流　　美优伶斩情归水月

此回内容悲惨,但回目的拟定"俏丫鬟""美优伶"如何,有点"不可承受之轻"。
第一,我们的人本主义还很成问题。丫鬟、优伶,不能完全意识到她们是和主子一样的人。
第二,中国的艺术重形式、程式,间离欣赏,把很悲惨的故事弄成带一点香艳、整齐对仗、颇有戏剧性的章回小说回目,变成赏心悦目的东西。这种状况最可以从京剧中得到启发,在京剧中,甚至杀人的故事也弄得极为"好看"。从尤三姐自刎的描写语言中亦可感到同类特点,与十九世纪欧洲的人道主义——现实主义传统不大相同。

　　话说王夫人见中秋已过,凤姐病也比先减了,虽未大愈,然亦可以出入行走得了,仍命大夫每日诊脉服药,又开了丸药方来,配调经养荣丸。因用上等人参二两,王夫人取时,翻寻了半日,只向小匣内寻了几枝簪挺粗细的。王夫人看了嫌不好,命再找去,又找了一大包须沫出来。王夫人焦躁道:"用不着偏有,但用着了,再找不着。成日家我叫你们查一查,都归拢一处,你们自不听,就随手混撂。"彩云道:"想是没了,就只有这个。上次那边的太太来寻了去了。"王夫人道:"没有的话,你再细找找。"彩云只得又去找寻,拿了几包药材来,说:"我们不认得这个,请太太自看。除了这个没有了。"

　　王夫人打开看时,也都忘了,不知都是什么,并没有一支人参。因一面遣人去问凤姐有无,凤姐来说:"也只有些参膏。芦须虽有几根,也不是上好的,每日还要煎药里用呢。"王夫人

> 坐吃山空,捉襟见肘。

> 当年贾瑞病时需人参,凤姐

听了,只得向邢夫人那里问去。说道:"因上次没了,才往这里来寻,早已用完了。"王夫人没法,只得亲身过来请问贾母。贾母忙命鸳鸯取出当日余的来,竟还有一大包,皆有手指头粗细不等,遂秤了二两与王夫人。王夫人出来,交与周瑞家的拿去,令小厮送与医生家去;又命将那几包不能辨的药也带了去,命医生认了,各包号上。

> 故意刁难。如今,报应到自己头上来了。

> 通过搜寻人参写出捉襟见肘的窘态。

一时,周瑞家的又拿进来,说:"这几样都各包号上名字了。但那一包人参,固然是上好的,只是年代太陈。这东西比别的大不同,凭是怎样好的,只过一百年后,就自己成了灰了。如今这个虽未成灰,然已成了糟朽烂木,也没有力量的了。请太太收了这个,倒不拘粗细,多少再换些新的倒好。"王夫人听了,低头不语,半日才说:"这可没法了,只好去买二两来罢。"也无心看那些,只命:"都收了罢。"因问周瑞家的:"你就去说给外头人们,拣好的换二两来。倘或一时老太太问你们,只说用的是老太太的,不必多说。"

> 人参是补药,人参是享受,人参是被崇拜和羡慕的。终于,人参是没落衰亡的符号。

> 说明老太太那里也已有了问题。如果老太太自己需要人参呢?是接着瞒下去还是骗下去呢?

周瑞家的方才要去时,宝钗因在坐,乃笑道:"姨娘且住。如今外头人参都没有好的,虽有全枝,他们也必截做两三段,镶嵌上芦泡须枝,揽匀了好卖,看不得粗细。我们铺子里常与参行交易,如今我去和妈妈说了,哥哥去托个伙计过去和参行里要他二两原枝来,不妨咱们多使几两银子,也得了好的。"王夫人笑道:"倒是你明白。但只还得你亲自走一趟,才能明白。"

> 宝钗一方的实力,至少在人参问题上显示出来了。
> 在关键时候宝钗站出来。宝钗是明白人。

于是宝钗去了,半日回来,说:"已遣人去,赶晚就有回音的。明日一早去配也不迟。"王夫人自是喜悦,因说道:"'卖油的娘子水梳头',自

> 不足为奇。值得怵惕。且不可以为卖油的娘子用不完的油也。

来家里有的,给人多少。这会子轮到自己用,反倒各处寻去。"说毕长叹。宝钗笑道:"这东西虽然值钱,总不过是药,原该济众散人才是。咱们比不得那没见世面的人家,得了这个,就珍藏密敛的。"王夫人点头道:"你这话也是。"一时宝钗去后,因见无别人在室,遂唤周瑞家的,问:"前日园中搜检的事情,可得下落?"

> 永远解心宽。
> 宝钗最能安慰人,从积极处解释。但人们又需要激动火气一番,故宝钗此类言语有时反令人反感。

周瑞家的是已和凤姐商议停妥,一字不隐,遂回明王夫人。王夫人吃了一惊,想到司棋系迎春丫头,乃系那边的人,只得令人去回邢氏。周瑞家的回道:"前日那边太太嗔着王善保家的多事,打了几个嘴巴子,如今他也装病在家,不肯出头了。况且又是他外孙女儿,自己打了嘴,他只好装个忘了,日久平服了再说。如今我们过去回时,恐怕又多心,倒像似咱们多事的。不如直把司棋带过去,一并连赃证与那边太太瞧了,不过打一顿配了人,再指个丫头来,岂不省事?如今白告诉去,那边太太再推三阻四的,又说:'既这样,你太太就该料理,又来说什么。'岂不倒耽搁了?倘或那丫头瞅空儿寻了死,反不好了。如今看了两三天,都有些偷懒,倘一时不到,岂不倒弄出事来。"王夫人想了一想,说:"这也倒是。快办了这一件,再办咱们家的那些妖精。"

> 搜检结果,对凤姐无不利处,正好拿出来交差。是只得回复邢氏,还是正好把球踢回去?

> 但愿王善保家的之流,多挨嘴巴。

> 周瑞家的所虑甚是。她是不是吸取了上次过于积极地为尤氏出气的教训?主子之间斗得太狠,对于奴才并不利——当然主子铁板一块也不利。

> 把自己不喜欢的人说成妖精,说成牛鬼蛇神,把斗争说成"人妖之间"的斗争,这种语言一脉相承,"红"已有之。

周瑞家的听说,会齐了那边几个媳妇,先到迎春房里,回明迎春。迎春听了,含泪似有不舍之意。因前夜之事,丫头们悄悄说了原故,虽数年之情难舍,但事关风化,亦无可如何了。那司棋也曾求了迎春,实指望能救,只是迎春语言迟慢,耳软心活,是不能作主的。司棋见了这般,知不能免,因跪着哭道:"姑娘好狠心!哄了我这两日,如今怎么连一句话也没有?"周瑞家的说道:"你还要姑娘留你不成?便留下,你也难见园里的人了。依我们的好话,快快收了这样子,倒是人不知鬼不觉的去罢,大家体面些。"

迎春手里拿着一本书,正看呢,听了这话,书也不看,话也不答,只管扭着身子,呆呆的坐着。周瑞家的又催道:"这么大女儿,自己作的,还不知道?把姑娘都带的不好看,你还敢紧着缠磨他!"迎春听了,方发话道:"你瞧入画也是几年的,怎么说去就去了?自然不止你两个,想这园里凡大的都要去呢。依我说,将来总有一散,不如各人去罢。"周瑞家的道:"所以到底是姑娘明白。明儿还有打发的人呢,你放心罢。"

司棋无法,只得含泪与迎春磕头,和众人告别。又向迎春耳边说:"好歹打听我受罪,替我说个情儿,就是主仆一场!"迎春亦含泪答应:"放心。"于是周瑞家的等人,带了司棋出去;又有两个婆子,将司棋所有的东西,都与他拿着。走了没几步,只见后头绣橘赶来,一面也擦着泪,一面递与司棋一个绢包,说:"这是姑娘给你的。主仆一场,如今一旦分离,这个与你做个想念罢。"司棋接了,不觉得更哭起来了,又和绣橘哭了一回。周瑞家的不耐烦,只管催促,二人只得散了。司棋因又哭告道:"姐子大娘们,好歹略徇个情儿,如今且歇一歇,让我到相好姊妹跟前辞一辞,也是这几年我们相好一场。"

周瑞家的等人皆各有事,做这些事,便是不得已了;况且又深恨他们素日大样,如今那里工夫听他的话?因冷笑道:"我劝你去罢,别拉拉扯扯的了。我们还有正经事呢。谁是你一个衣胞里爬出来的,辞他们做什么?你不过挨一会

能怨其主,说明司棋坦荡,扛得住,厉害了。

宝玉对晴雯被逐也是一个屁未放,何况迎春之于司棋?
迎春的"总有一散论"从哲学上看是正确的,从人情上看,则差劲了。

横下一条心,何愧之有?比被鸳鸯发现时硬气多了。

残酷无情至此!对于死刑犯人处决前也可以满足其一二要求呀!
主不怜主,奴不怜奴,在这种环境里,倒是只有宝玉还有点同情心。

是一会,难道算了不成!依我说,快走罢。"一面说,一面总不住脚,直带到后角门出去。司棋无奈,又不敢再说,只得跟着出来。

可巧正值宝玉从外头进来,一见带了司棋出去,又见后面又抱着些东西,料着此去再不能来了。因闻得上夜之事,又晴雯的病亦因那日加重,细问晴雯,又不说是为何。今见司棋亦走,不觉如丧魂魄,因忙拦住问道:"那里去?"周瑞家的等皆知宝玉素昔行为,又恐唠叨误事,因笑道:"不干你事,快念书去罢。"宝玉笑道:"姐姐们且站一站,我有道理。"周瑞家的便道:"太太吩咐不许少捱时刻,又有什么道理。我们只知道太太的话,管不得许多。"司棋见了宝玉,因拉住哭道:"他们做不得主,好歹求求太太去。"宝玉不禁也伤心,含泪说道:"我不知你做了什么大事,晴雯也气病着,如今你又要去了,这却怎么着好。"周瑞家的发躁向司棋道:"你如今不是副小姐了,若不听说,我就打得你了。别想往日有姑娘护着,任你们作耗。越说着,还不好好的走!如今有了小爷见面,又拉拉扯扯,成何体统!"那几个妇人不由分说,拉着司棋便出去了。宝玉又恐他们去告舌,恨得只瞪着他们。看已走远了,方指着恨道:"奇怪,奇怪!怎么这些人,只一嫁了汉子,染了男人的气味,就这样混账起来,比男人更可杀了!"守园门的婆子听了,也不禁好笑起来,因问道:"这样说,凡女儿各各是好的了,女人个个是坏的了?"宝玉点头道:"不错,不错!"

正说着,只见几个老婆子走来,忙说道:"你们小心传齐了伺候着,此刻太太亲自到园里查人呢。"又吩咐:"快叫怡红院晴雯姑娘的哥嫂

> 经过中秋的过渡,联诗的凄清,人参的发霉,又回到窝里斗的人祸上来。

> 奴使奴,累死奴,奴管奴,整死奴。

> 想当初,司棋还敢在厨房搞打砸抢呢!

> 当然只是表面现象。但确有此现象。一些已婚女人对于未婚女子的争取爱情的行为的深恶痛绝比男人尤甚,可能反映了她们自身的感情与性的饥渴、绝望、变态。

来,在这里等着,领出他妹子去。"因又笑道:"阿弥陀佛!今日天睁了眼,把这个祸害妖精退送了,大家清静些。"宝玉一闻得王夫人进来亲查,便料到晴雯也保不住了,早飞也似的赶了去,所以后来趁愿之话,竟未听见。

宝玉及到了怡红院,只见一群人在那里。王夫人在屋里坐着,一脸怒色,见宝玉也不理。晴雯四五日水米不曾沾牙,如今现在炕上拉了下来,蓬头垢面,两个女人搀架起来去了。王夫人吩咐:"把他贴身的衣服撂出去,余者留下,给好的丫头们穿。"又命:"把这里所有的丫头们都叫来!"一一过目。

原来王夫人惟怕丫头们教坏了宝玉,乃从袭人起以至于极小的粗活小丫头们,个个亲自看了一遍。因问:"谁是和宝玉一日的生日?"本人不敢答应,李嬷嬷指道:"这一个蕙香,又叫做四儿的,是同宝玉一日生日的。"王夫人细看了一看,虽比不上晴雯一半,却有几分水秀,视其行止,聪明皆露在外面,且也打扮得不同。王夫人冷笑道:"这也是个没廉耻的货!他背地里说的同日生日就是夫妻,这可是你说的?打量我隔得远,都不知道呢!可知我身子虽不大来,我的心耳神意时时都在这里。难道我统共一个宝玉,就白放心凭你们勾引坏了不成?"这个四儿见王夫人说着他素日和宝玉的私语,不禁红了脸,低头垂泪。王夫人即命:"也快把他家人叫来,领出去配人。"又问:"那芳官呢?"芳官只得过来。王夫人道:"唱戏的女孩子,自然更是狐狸精了!上次放你们,你们又不愿去,可就该安分守己才是;你就成精鼓捣起来,调唆宝玉,无

> 王夫人之可恶,远胜赵姨娘。只是作者出于对她的敬意,没把她写得那样不堪。

> 心耳神意是谁?最可能是袭人了。

> 除美务尽,天生机务干干净净。

> 又是"自然"。她以为是何等天经地义!
> 敌视"文艺工作者",也是源远流长。

解放后受两条路线、两个阶级的斗争模式的影响,评者多痛恨袭人,并坐定袭人谗害晴雯之罪。当然罪之有理。

从袭人角度来看,也有下列因素可研究:一、是宝玉离不开袭人,袭人在宝玉跟前仍是最成功的。二、是晴雯锋芒过露,自取其祸。三、认同既定规范(哪怕只是口头认同),袭人才能自保,也才能为宝玉出谋划策打掩护。四、袭人做得留有余地,网开一面,尽可能照顾各方。五、袭人也是奴才,毕竟是王夫人做的主而不是袭人。六、起码在大搜检一事上,袭人并未推波助澜,火上浇油。七、袭人甚有嫌疑,但毕竟没有完全坐实,要不要"无罪推定"呢? 八、这也是一种优胜劣败的竞争。并不是袭人自己,而是社会与传统使袭人与晴雯实际处于竞争的地位,而竞争,自有其并不脉脉含情的一面。

所不为。"芳官笑辩道:"并不敢调唆什么。"王夫人笑道:"你还强嘴。你连你干娘都压倒了,岂止别人!"因喝命:"唤他干娘来领去! 就赏他外头找个女婿罢。他的东西,一概给他。"吩咐:"上年凡有姑娘分的唱戏女孩儿们,一概不许留在园里,都令其各人干娘带出,自行聘嫁。"一语传出,这些干娘皆感恩趁愿不尽,都约齐与王夫人磕头领去。

一个一个扫地出门。

王夫人又满屋里搜检宝玉之物。凡略有眼生之物,一并命收卷起来,拿到自己房里去了。因说:"这才干净,省得旁人口舌。"又吩咐袭人麝月等人:"你们小心! 往后再有一点分外之事,我一概不饶。因叫人查看了,今年不宜迁挪,暂且挨过今年,明年一并给我仍旧搬出去,才心净。"说毕,茶也不吃,遂带领众人,又往别处去阅人。暂且说不到后文。

王夫人做这些蛮不讲理的凶恶事情的时候,自以为充满着道德激情,一身正气呢。

自搜检以来,宝玉一屁未放。他当然抵挡不住王夫人的凛然正气加主观主义,但归根结底,婢子毕竟还是奴才,死后烧个香(对金钏),活时探个病,他也就做得够好、够超常的了。

如今且说宝玉只道王夫人不过来搜检搜检,无甚大事,谁知竟这样雷嗔电怒的来了。所责之事,皆系平日私语,一字不爽,料必不能挽回的。虽心下恨不能一死,但王夫人盛怒之际,自不敢多言。一直跟送王夫人到沁芳亭,王夫人命:"回去好生念念那书! 仔细明儿问你,才已发下狠了。"

"雷嗔电怒",才有了派。

"恨不能一死",却又言也不放。软弱就必然虚伪。

宝玉听如此说，才回来，一路打算："谁这样犯舌？况这里事也无人知道，如何就都说着了？"一面想，一面进来，只见袭人在那里垂泪。且去了第一等的人，岂不伤心？便倒在床上大哭起来。袭人知他心里别的犹可，独有晴雯是第一件大事，乃劝道："哭也不中用。你起来，我告诉你，晴雯已经好了，他这一家去，倒心净养几天。你果然舍不得他，等太太气消了，你再求老太太，慢慢的叫进来，也不难。太太不过偶然听了别人的闲话，在气头上罢了。"宝玉道："我究竟不知晴雯犯了什么迷天大罪！"袭人道："太太只嫌他生的太好了，未免轻狂些。太太是深知这样美人是的人，心里是不能安静的，所以很嫌他，像我们这粗粗笨笨的倒好。"宝玉道："美人是的，心里就不安静么？你那里知道，古来美人安静的多着呢！这也罢了，咱们私自玩话，怎么也知道了？又没外人走风，这可奇怪了。"袭人道："你有什么忌讳的？一时高兴，你就不管有人没人了。我也曾使过眼色，也曾递过暗号，被那人知道了，你还不觉。"宝玉道："怎么人人的不是，太太都知道了，单不挑出你和麝月秋纹来？"

> 袭人要替太太做出解释，又要保持超脱，不能卷入，更不能站在太太一边得罪了宝玉。

> 已有怀疑。

> 提得好。

> 宝玉已疑袭人，只是并无证据。

袭人听了这话，心内一动，低头半日，无可回答，因便笑道："正是呢。若论我们，也有玩笑不留心的去处，怎么太太竟忘了？想是还有别的事，等完了，再发放我们，也未可知。"宝玉笑道："你是头一个出了名的至善至贤的人，他两个又是你陶冶教育的，焉得有什么该罚之处！只是芳官尚小，过于伶俐些，未免倚强，压倒了人，惹人厌。四儿是我误了他，还是那年我和你拌嘴的那日起，叫上来做细活的，众人见我待他

> 此话厉害。

好,未免夺了地位,也是有的,故有今日。只是晴雯,也是和你们一样从小儿在老太太屋里过来的,虽生得比人强,也没什么妨碍着谁的去处;就只是他的性情爽利,口角锋芒,竟也没见他得罪了那一个。可是你说的,想是他过于生得好了,反被这个好带累了。"说毕,复又哭起来。

> 最疑处在这里。

袭人细揣此话,直是宝玉有疑他之意,竟不好再劝,因叹道:"天知道罢了。此时也查不出人来了,白哭一会子,也无益了。"宝玉冷笑道:"原是想他自幼娇生惯养的,何尝受过一日委屈,如今是一盆才透出嫩箭的兰花送到猪圈里去一般。况又是一身重病,里头一肚子闷气。他又没有亲爹热娘,只有一个醉泥鳅姑舅哥哥。他这一去,那里还等得一月半月?再不能见一面两面的了!"说着,越发心痛起来。

> 皆知美之为美,斯恶矣。

> 此话不对。你这里才是猪圈!狗窝!狼穴!

袭人笑道:"可是你'自许州官放火,不许百姓点灯'。我们偶说一句妨碍的话,你就说不吉利,你如今好好的咒他,就该了!"宝玉道:"我不是妄口咒人,今年春天已有兆头的。"袭人忙问:"何兆?"宝玉道:"这阶下好好的一株海棠花,竟无故死了半边,我就知道有坏事,果然应在他身上。"袭人听了,又笑起来,说:"我要不说,又掌不住,你也太婆婆妈妈的了。这样的话,怎么是你读书的人说的。"宝玉叹道:"你们那里知道,不但草木,凡天下有情有理的东西,也和人一样,得了知己,便极有灵验的。若用大题目比,就像孔子庙前桧树、坟前的蓍草,诸葛祠前的柏树,岳武穆坟前的松树:这都是堂堂正大之气,千古不磨之物。世乱,他就枯干了;世治,他就茂盛了,凡千年枯了又生的几次。这

> 也是一种朴素的天人感应论。

是应兆么？若是小题目比，就像杨太真沉香亭的木芍药，端正楼的相思树，王昭君坟上的长青草，难道不也有灵验？所以这海棠亦是应着人生的。"

> 宝玉的杂学歪理极多，不需论证，更无需实验，想怎么信就怎么断定。

袭人听了这篇痴话，又可笑，又可叹，因笑道："真真的这话越发说上我的气来了。那晴雯是个什么东西，就费这样心思，比出这些正经人来！还有一说，他总好，也越不过我的次序去。就是这海棠，也该先来比我，也还轮不到他。想是我要死的了。"宝玉听说，忙掩他的嘴，劝道："这是何苦！一个未清，你又这样起来。罢了，再别提此事，别弄得去了三个，又饶上一个。"袭人听说，心下暗喜道："若不如此，也没个了局。"

> 袭人对宝玉的侍候，刚柔相济，进退有据。通过服务而有所管控，学问不小。

宝玉又道："我还有一句话要和你商量，不知你肯不肯，现在他的东西，是'瞒上不瞒下'，悄悄的送还他去。再或有咱们常日积攒下的钱，拿几吊出去，给他养病，也是你姊妹好了一场。"袭人听了，笑道："你太把我看得忒小器又没人心了。这话还等你说，我才把他的衣裳各物已打点下了，放在那里。如今白日里，人多眼杂，又恐生事，且等到晚上，悄悄的叫宋妈给他拿去。我还有攒下的几吊钱，也给他去。"宝玉听了，点点头儿。袭人笑道："我原是久已'出名的贤人'，连这一点子好名还不会买去不成！"宝玉听了他方才说的，又陪笑抚慰他，怕他寒了心。晚间，果遣宋妈送去。

> 事到如此，鸡零狗碎的人情，谁不愿做？

> 给以适当回应，亦真亦伪，亦嘲亦叹。

> 服务与被服务，谁也离不开谁。

宝玉将一切人稳住，便独自得便，到园子后角门，央一个老婆子，带他到晴雯家去。先这婆子百般不肯，只说怕人知道，"回了太太，我还吃饭不吃饭！"无奈宝玉死活央告，又许他些钱，那个婆子方带了他去。

> 宝玉探晴雯一节，脍炙人口，是真情，是屈尊，是痴，是知其不可而为之，宝玉的特点正在他的言行的非功利性。

这是站在贵公子的立场上写的,看望晴雯,用自己的手帕为晴雯擦茶碗,侍候晴雯喝茶,似乎也就对得起她了。而晴雯生、死,也都为的是宝玉一人。被贵公子所"爱",比被贵公子所冷淡还要危险,下场还要悲惨。

王夫人盛怒,宝玉为何不大闹一场?可以装疯,可以半真半假地自杀,总是有得闹的,即使于事无补也罢。最终,他还是离不开王夫人,离不开袭人,离不开封建秩序为他部署的既定轨道。

  却说这晴雯当日系赖大买的。还有个姑舅哥哥,叫做吴贵,人都叫他贵儿。那时晴雯才得十岁,时常赖嬷嬷带进来,贾母见了喜欢,故此,赖嬷嬷就孝敬了贾母。过了几年,赖大又给他姑舅哥哥娶了一房媳妇。谁知贵儿一味胆小老实,那媳妇却倒伶俐,又兼有几分姿色,看着贵儿无能为,便每日家打扮的妖妖调调,两只眼儿水汪汪的,招惹的赖大家人如蝇逐臭,渐渐做出些风流勾当来。那时晴雯已在宝玉房中,他便央及了晴雯,转求凤姐,合赖大家的要过来。目今两口儿就在园子后角门外居住,伺候园中买办杂差。

  这晴雯一时被撵出来,住在他家。那媳妇那里有心肠照管?吃了饭,便自去串门子,只剩下晴雯一人在外间屋内爬着。宝玉命那婆子在外了望,他独掀起布帘进来,一眼就看见晴雯睡在一领芦席上,幸而被褥还是旧日铺盖的,心内不知自己怎么才好,因上来含泪伸手,轻轻拉他,悄唤两声。当下晴雯又因着了风,又受了哥嫂的歹话,病上加病,嗽了一日,才朦胧睡了。忽闻有人唤他,强展双眸,一见是宝玉,又惊又喜,又悲又痛,一把死攥住他的手。哽咽了半日,方说道:"我只道不得见你了。"接着便嗽个不住。宝玉也只有哽咽之分。晴雯道:"阿弥陀佛!你来得好,且把那茶倒半碗我喝。渴了半日,叫半个人也叫不着。"宝玉听说,忙拭泪问:

顺便一拨拉,人情冷暖,世态炎凉。

主子如此俯就,奴才便被逼死了还得感恩。

所谓"怜香惜玉",仍然不是对人的同情。

"茶在那里?"晴雯道:"在炉台上。"宝玉看时,虽有个黑煤乌嘴的吊子,也不像个茶壶。只得桌上去拿了一个碗,未到手内,先闻得油膻之气。宝玉只得拿了来,先拿些水,洗了两次,复用自己的绢子拭了,闻了闻,还有些气味,没奈何,提起壶来斟了半碗,看时,绛红的,也不大像茶。晴雯扶枕道:"快给我喝一口罢!这就是茶了。那里比得咱们的茶呢!"宝玉听说,先自己尝了一尝,并无茶味,咸涩不堪,只得递与晴雯。只见晴雯如得了甘露一般,一气都灌下去了。

> 对平民的生活描写得如此不堪,作者哪有什么新意识?

> 封建贵族垄断了一切财富与享受,离开了贵族也就离开了"文明"富裕的生活。这就是宁愿做奴婢的原因。

宝玉看着,眼中泪直流下来,连自己的身子都不知为何物了,一面问道:"你有什么说的,趁着没人,告诉我。"晴雯呜咽道:"有什么可说的!不过是挨一刻是一刻,挨一日是一日。我已知横竖不过三五日的光景,我就好回去了。只是一件,我死也不甘心:我虽生得比别人好些,并没有私情勾引你,怎么一口死咬定了我是个'狐狸精'!我今日既担了虚名,况且没了远限,不是我说一句后悔的话,早知如此,我当日……"说到这里,气往上咽,便说不出来,两手已经冰凉。宝玉又痛,又急,又害怕。便歪在席上,一只手攥着他的手,一只手轻轻的给他捶打着。又不敢大声的叫,真真万箭攒心。

> 中国的男女之防,害人何深!

两三句话时,晴雯才哭出来。宝玉拉着他的手,只觉瘦如枯柴,腕上犹戴着四个银镯。因哭道:"除下来,等好了再戴上去罢。"又说:"这一病好了,又伤好些。"晴雯拭泪,把那手用力拳回,搁在口边,狠命一咬,只听"咯吱"一声,把两根葱管一般的指甲,齐根咬下,拉了宝玉的手,将指甲搁在他手中;又回手扎挣着,连揪带脱,在被窝内,将贴身穿着的一件旧红绫小袄儿脱

> 这种表达感情的方式也很

这些描写有烘托晴雯的可怜可悲下场的含意,也充满着视平民生活为猪狗不如的贵族意识。

下,递给宝玉。不想虚弱透了的人,那里禁得这么抖搂,早喘成一处了。

宝玉见他这般,已经会意,连忙解开外衣,将自己的袄儿褪下来,盖在他身上,却把这件穿上;不及扣钮子,只用外头衣服掩了。刚系腰时,只见晴雯睁眼道:"你扶起我来坐坐。"宝玉只得扶他。那里扶得起,好容易欠起半身,晴雯伸手把宝玉的袄儿往自己身上拉。宝玉连忙给他披上,拖着肐膊,伸上袖子,轻轻放倒,然后将他的指甲装在荷包里。晴雯哭道:"你去罢!这里腌臜,你那里受得,你的身子要紧。今日这一来,我就死了,也不枉担了虚名。"

一语未完,只见他嫂子笑嘻嘻掀帘进来道:"好呀!你两个的话,我已都听见了。"又向宝玉道:"你一个做主子的,跑到下人房里来做什么?看着我年轻长的俊,你敢只是来调戏我么?"宝玉听见,吓得忙陪笑央及道:"好姐姐,快别大声的。他伏侍我一场,我私自来瞧瞧他。"那媳妇儿点着头儿,笑道:"怨不得人家都说你有情有义儿的。"便一手拉了宝玉进里间来,笑道:"你要不叫我嚷,这也容易,你只是依我一件事。"说着,便自己坐在炕沿上,把宝玉拉在怀中,紧紧的将两条腿夹住。

宝玉那里见过这个,心内早突突的跳起来了,急得满面红胀,身上乱战,又羞又愧,又怕又恼,只说:"好姐姐,别闹。"那媳妇也斜了眼儿,笑道:"呸!成日家听见你在女孩儿们身上做工夫,怎么今儿个就发起赸来了?"宝玉红了脸,笑道:"姐姐撒开手,有话咱们慢慢儿的说。外头

特别。不能相爱真爱,只能移情交情友情。

梅花大鼓选了这一段诗唱,也算好眼力。

不忘随时拉出个恶俗的来垫背、对比。

这种动物性的表演,是晴雯情谊的反衬。

如果比较一下这两种女性呢?无言了。

有老妈妈听见,什么意思呢?"那媳妇那里肯放,笑道:"我早进来了,已经叫那老婆子去到园门口儿等着呢。我等什么儿是的,今日才等着你了。你要不依我,我就嚷起来。叫里头太太听见了,我看你怎么样!你这么个人,只这么大胆子儿。我刚才进来了好一会子,在窗下细听,屋内只你两个人,我只道有些个体己话儿。这样看起来,你们两个人竟还是各不相扰儿呢。我可不能像他那么傻。"说着,就要动手。宝玉急的死往外拽。

正闹着,只听窗外有人问道:"晴雯姐姐在这里住呢不是?"那媳妇子也吓了一跳,连忙放了宝玉。这宝玉已经吓怔了,听不出声音。外边晴雯听见他嫂子缠磨宝玉,又急,又臊,又气,一阵虚火上攻,早昏晕过去。那媳妇连忙答应着,出来看,不是别人,却是柳五儿和他母亲两个,抱着一个包袱,柳家的拿着几吊钱。悄悄的问那媳妇道:"这是里头袭姑娘叫拿出来给你们姑娘的。他在那屋里呢?"那媳妇儿笑道:"就是这个屋子,那里还有屋子。"

那柳家的领着五儿,刚进门来,只见一个人影儿往屋里一闪。柳家的素知这媳妇子不妥,只打量是他的私人。看见晴雯睡着了,连忙放下,带着五儿,便往外走。谁知五儿眼尖,早已见是宝玉,便问他母亲道:"头里不是袭人姐姐那里悄悄儿的找宝二爷呢吗?"柳家的道:"嗳哟!可是忘了。方才老宋妈说:'见宝二爷出角门来了。门上还有人等着,要关园门呢。'"因回头问那媳妇儿,那媳妇儿自己心虚,便道:"宝二爷那里肯到我们这屋里来?"柳家的听说,便要走。这宝玉一则怕关了门,二则怕那媳妇子进

"红"从不回避或省略这些低俗场景,问题在于,它正视了低俗,同时十分强烈地表现了纯洁与美好、高雅与终极。低俗不可怕,可怕的是只剩下了低俗。

五儿未能进入宝玉近侍行列,反保全了自己。塞翁失马,安知非福。

来又缠,也顾不得什么了,连忙掀了帘子出来道:"柳嫂子,你等等我,一路儿走。"柳家的听了,倒唬了一大跳,说:"我的爷,你怎么跑了这里来了?"那宝玉也不答言,一直飞走。那柳五儿道:"妈,你快叫住宝二爷不用忙,仔细冒冒失失,被人碰见,倒不好。况且才出来时,袭人姐姐已经打发人留了门了。"说着,赶忙同他妈来赶宝玉。这里晴雯的嫂子干瞅着,把个妙人儿走了。

即使千情万意,还是赶紧回贾府去。

却说宝玉跑进角门,才把心放下来,还是突突乱跳。又怕五儿关在外头,眼巴巴瞅着他母女也进来了。远远听见里边嬷嬷们正查人,若再迟一步,就关了园门了。宝玉进入园中,且喜无人知道,到了自己房内,告诉袭人,只说在薛姨妈家去的,也就罢了。一时铺床,袭人不得不问:"今日怎么睡?"宝玉道:"不管怎么睡罢了。"原来这一二年间,袭人因王夫人看重了他,越发自要尊重,凡背人之处,或夜晚之间,总不与宝玉狎昵,较先小时,反倒疏远了。虽无大事办理,然一应针线,并宝玉及诸小丫头出入银线衣履什物等事,也甚烦琐;且有吐血之症,故近来夜间总不与宝玉同房。宝玉夜间胆小,醒了便要唤人,因晴雯睡卧警醒,故夜间一应茶水,起坐呼唤之事,悉皆委他一人,所以宝玉外床只是晴雯睡着。他今去了,袭人只得将自己铺盖搬来,铺设床外。

生死亦大矣,情爱亦深矣,行为亦险矣,故探晴雯这样一件非宏大的叙事,也有些惊心动魄。

即使好人,也要随时扯谎。

人去床空,无比怅惘。

宝玉发了一晚上的呆。袭人催他睡下,然后自睡。只听宝玉在枕上长吁短叹,复去翻来,直至三更以后,方渐渐安顿了。袭人方放心,也就蒙眬睡着。没半盏茶时,只听宝玉叫:"晴雯。"袭人忙连声答应,问:"做什么?"宝玉因要晴雯、芳官,实为宝玉处众丫头的尖子。木秀于林,风必摧之。锋芒太露,终无善果。

贾政卫道,责宝玉。王夫人卫道,只责"妖精"。这里显然有一种与俄狄浦斯等情结逆向的更加乖张的情结(不是"娶母""恋父"而是"杀子""杀女")。大观园已经腐烂混乱到这步田地了,作者仍把大观园外的平民生活写得那样腌臜、粗鄙、不堪忍受。作者的同情绝对不在下人、平民一边。王夫人与凤姐,都是有血债的。但凤姐血债是为了除掉对手,为了弄权,而王夫人的血腥记录,却是主观主义没来由的道德激情与刚愎自用。凤姐犹可说,王夫人则只是一味蛮不讲理。

茶吃。袭人倒了茶来,宝玉乃笑道:"我近来叫惯了他,却忘了是你。"袭人笑道:"他乍来,你也曾睡梦中叫我的,以后才改了。"说着,大家又睡下。宝玉又翻转了一个更次,至五更方睡去时,只见晴雯从外走来,仍是往日形景,进来向宝玉道:"你们好生过罢,我从此别过了。"说毕,翻身就走。宝玉忙叫时,又将袭人叫醒。袭人还只当他惯了口乱叫,却见宝玉哭了,说道:"晴雯死了。"袭人笑道:"这是那里话!叫人听着,什么意思。"宝玉那里肯听?恨不得一时亮了就遣人去问信。

及至亮时,就有王夫人房里小丫头叫开前角门,传王夫人的话:"'即时叫起宝玉,快洗脸,换了衣裳快来,因今儿有人请老爷赏秋菊,老爷因喜欢他前儿做的诗好,故此要带他们去。'这都是太太的话儿,你们快告诉去,立逼他快来,老爷在上屋里等他们吃面茶呢。环哥儿已来了,快快儿的去罢。我去叫兰哥儿去了。"里面的婆子听一句,应一句,一面扣着钮子,一面开门。袭人听得叩门,便知有事,一面命人问时,自己已起来了。听得这话,忙催人来舀了洗脸水,催宝玉起来梳洗,他自去取衣。因思跟贾政出门,便不肯拿出十分出色的新鲜衣服来,只拣那三等成色的来。宝玉此时已无法,只得忙忙前来。果然贾政在那里吃茶,十分喜悦。宝玉

晴雯去矣,痕迹永存。

淡化矛盾,化解矛盾,但脸皮委实不薄。
试想,如是晴雯侍候,宝玉梦唤袭人,晴雯不会是这等反应的。

好作品有一种裹胁的力量。读到宝玉见贾政,读者都会感到不安。

请了早安,贾环贾兰二人也都见过。贾政命坐吃茶,向环兰二人道:"宝玉读书,不及你两个,论题联和诗这种聪明,你们皆不及他。今日此去,未免叫你们作诗,宝玉须随便助他们两个。"

王夫人自来不曾听见这等考语,真是意外之喜。一时,候他父子去了,方欲过贾母那边来时,就有芳官等三个干娘走来,回说:"芳官自前日蒙太太的恩典赏了出去,他就疯了似的,茶饭都不吃,勾引上藕官蕊官,三个人寻死觅活,只要铰了头发做尼姑去。我只当是小孩子家,一时出去不惯,也是有的,不过隔两日就好了。谁知越闹越凶,打骂着也不怕。实在没法,所以来求太太,或是依他们去做尼姑去,或教导他们一顿,赏给别人做女孩儿去罢。我们没这福。"王夫人听了道:"胡说!那里由得他们起来,佛门也是轻易进去的么?每人打一顿给他们,看还闹不闹!"

> 王夫人自以为在保护和教育第二代方面自己立了奇勋。

> 王夫人恶于毒蛇猛兽。

当下因八月十五日,各庙内上供去,皆有各庙内的尼姑来送供尖,因曾留下水月庵的智通与地藏庵的圆信住下未回,听得此信,就想拐两个女孩子去做活使唤,都向王夫人说:"府上到底是善人家,因太太好善,所以感应得这些小姑娘们皆如此。虽然说'佛门容易难上',也要知道'佛法平等',我佛立愿,原度一切众生。如今两三个姑娘既然无父母,家乡又远,他们既经了这富贵,又想从小命苦,入了风流行次,将来知道终身怎么样,所以'苦海回头',立意出家,修修来世,也是他们的高意。太太倒不要阻了善念。"

> 去虎口乎?改狼窝乎?留蛇洞乎?
> 茫茫天地,哪有天真活泼美貌的女演员们的出路?
> 戕害青春,戕害人性,戕害美,以王夫人为代表的封建礼教果然该死。谁能责怪五四新文化运动过于偏激了呢?

王夫人原是个善人,起先听见这话,谅系小孩子不遂心的话,将来熬不得清净,反致获罪。

今听了这两个拐子的话,大近情理;且近日家中多故,又有邢夫人遣人过来知会,明日接迎春家去住两日,以备人家相看;且又有官媒来求说探春等,心绪正烦,那里着意在这些小事?既听此言,便笑答道:"你两个既这等说,你们就带了做徒弟去,如何?"二姑子听了,念一声佛道:"善哉,善哉!若如此,可是老人家的阴德不小。"说毕,便稽首拜谢。王夫人道:"既这样,你们问他去。若果真心,即上来当着我拜了师父去罢。"

这三个女人听了出去,果然将他三人带来。王夫人问之再三,他三人已立定主意,遂与两个姑子叩了头,又拜辞了王夫人。王夫人见他们意皆决断,知不可强了,反倒伤心可怜,忙命人来取了些东西来赏了他们,又送了两个姑子些礼物。从此芳官跟了水月庵的智通,蕊官藕官二人跟了地藏庵圆信,各自出家去了。要知后事,下回分解。

> 两个拐子云云,按"红"的风格,本可以说得更含蓄些。如今顾不上含蓄了,表达了作者的痛惜心情。

> "红"中人物的两大出路:死亡与出家。

以愚蠢、横蛮、狠毒、死硬、变态为标志进行的剿杀青春、扑灭生命、蓣除美丽的大战之后,死伤遍地,天怒人怨,分崩离析,一切都是适得其反。

第七十八回

老学士闲征姽婳词　痴公子杜撰芙蓉诔

话说两个尼姑领了芳官等去后，王夫人便往贾母处来。见贾母喜欢，便趁便回道："宝玉屋里有个晴雯，那个丫头也大了，而且一年之间，病不离身；我常见他比别人分外淘气，也懒；前日又病倒了十几天，叫大夫瞧，说是女儿痨，所以我就赶着叫他下去了。若养好了，也不用叫他进来，就赏他家配人去也罢了。再那几个学戏的女孩子，我也做主放了。一则他们都会戏，口里没轻没重，只会混说，女孩儿们听了，如何使得？二则他们唱会子戏，白放了他们，也是应该的。况丫头们也太多，若说不够使，再挑上几个来，也是一样。"

> 寻找时机，以求操纵。
> 王夫人也是作假汇报，欺上压下。

> 成了恩典。
> 她在贾母那里不敢逞凶。

贾母听了，点头道："这是正理，我也正想着如此。但晴雯那丫头，我看他甚好，言谈针线都不及他，将来还可以给宝玉使唤的。谁知变了。"王夫人笑道："老太太挑中的人原不错，只是他命里没造化，所以得了这个病。俗语又说：'女大十八变。'况且有本事的人，未免就有些调歪。老太太还有什么不曾经历过的？三年前，我也就留心这件事，先只取中了他。我留心看去，他色色比人强，只是不大沉重。知大体，莫若袭人第一。虽说贤妻美妾，也要性情和顺，举止沉重的更好些。袭人的模样虽比晴雯次一

> 从容、优雅、好心地害死了一个好人。

> 又是"精英淘汰，择劣选拔"！

> 这也是理高于势，道德高于地位。

从这一段谈话看来，贾母原是倾向于高评价晴雯，至少胜过袭人的。好个王夫人，竟然花言巧语，谎报实情，蒙蔽老太太，先斩后奏，自行其是！其品质也够呛了。

等，然放在房里，也算是一二等的。况且行事大方，心地老实，这几年从未同着宝玉淘气。凡宝玉十分胡闹的事，他只有死劝的。因此，品择了二年，一点不错了，我悄悄的把他丫头的月钱止住，我的月分银子里批出二两银子来给他。不过使他自己知道，越发小心效好之意。且没有明说，一则宝玉年纪尚小，老爷知道了，又恐说耽误了书；二则宝玉自以为自己跟前的人，不敢劝他说他，反倒纵性起来。所以直到今日，才回明老太太。"贾母听了，笑道："原来这样，如此更好了。袭人本来从小儿不言不语，我只说是'没嘴的葫芦'。既是你深知，岂有大错误的。"王夫人又回今日贾政如何夸奖，如何带他们逛去。贾母听了，更加喜悦。

> 特殊补贴。

> 这里还有一个逻辑命题。袭人之优，能够证明晴雯之劣吗？这中间有什么逻辑关系呢？

一时，只见迎春妆扮了前来告辞过去。凤姐也来请早安，伺候早饭。又说笑一回，贾母歇晌，王夫人便唤了凤姐，问他丸药可曾配来。凤姐道："还不曾呢，如今还是吃汤药。太太只管放心，我已大好了。"王夫人见他精神复初，也就信了，因告诉撵逐晴雯等事。又说："宝丫头怎么私自回家去了，你们都不知道？我前儿顺路都查了一查。谁知兰小子的这一个新进来的奶子也十分的妖调，也不喜欢他。我说与你大嫂子了，好不好，叫他各自去罢。我因问你大嫂子：'宝丫头出去，难道你不知道不成？'他说是告诉了他的，不两三日，等姨妈病好了，就进来。姨妈究竟没甚大病，不过是咳嗽腰疼，年年是如此的。他这去的必有原故，敢是有人得罪了他

> 王夫人仇视美。
> 除美务尽：宁可错逐十个，决不姑息一个。

不成?那孩子心重,亲戚们住一场,别得罪了人,反不好了。"凤姐笑道:"谁可好好的得罪着他?"王夫人道:"别是宝玉有嘴无心,从来没个忌讳,高了兴,信嘴胡说,也是有的。"凤姐笑道:"这可是太太过于操心了。若说他,出门去干正经事,说正经话去,却像傻子;若只叫他进来,在这些姊妹跟前,以至于大小的丫头跟前,最有仁让,又恐怕得罪了人,那是再不得有人恼他的。我想薛妹妹此去必为着前夜搜检众丫头的原故。他自然为信不及园里的人,他又是亲戚,现也有丫头老婆在内,我们又不好去搜检了,恐我们疑他,所以多了这个心,自己回避了。也是应该避嫌疑的。"

薛去了,也是此时无声胜有声。
这算是凤姐的婉转进言。凤姐不赞成王夫人——王善保家的搜检计划,她迟早会有所流露的。终于收到了使王夫人"低头一想"的效果。

王夫人听了这话不错,自己遂低头一想,便命人去请了宝钗来,分晰前日的事,以解他的疑心,又仍命他进来照旧居住。宝钗陪笑道:"我原要早出去的,因姨妈有许多大事,所以不便来说。可巧前日妈妈又不好了,家里两个靠得的女人又病,所以我趁便去了。姨妈今日既已知道了,我正好回明,就从今日辞了,好搬东西。"王夫人凤姐都笑道:"你太固执了。正经再搬进来为是,休为没要紧的事反疏远了亲戚。"宝钗笑道:"这话说的太重了,并没为什么事要出去。我为的是妈妈近来神思比先大减,而且夜晚没有得靠的人,统共只我一二人;二则如今我哥哥眼看娶嫂子,多少针线活计,并家里一切动用器皿,尚有未齐备的,我也须得帮着妈妈去料理料理。姨妈和凤姐姐都知道我们家的事,不是我撒谎。再者,自我在园里,东南上小角门子就常开着,原是为我走的,保不住出入的人图省走路,也从那里走。又没个人盘查,设若从那里弄

遇到这种凶险的搜检事件,任何他人都会赶快躲避。

宝钗坚持并无他意,与己方便,与人方便,自是上上策。

毕竟大观园是乌托邦,可以观赏,不可久居。

出事来，岂不两碍。而且我进园里来睡，原不是什么大事。因前几年年纪都小，且家里没事，在外头不如进来，姊妹们在一处玩笑作针线，都比在外头一人闷坐好些。如今彼此都大了，况姨娘这边历年皆遇不遂心之事，所以那园子里，倘有一时照顾不到的，皆有关系。惟有少几个人，就可以少操些心了。所以今日不但我决意辞去，此外还要劝姨娘，如今该减省的就减省些，也不为失了大家的体统。据我看，园里的这一项费用也竟可以免的，说不得当日的话。姨娘深知我家的，难道我家当日也是这样零落不成？"凤姐听了这篇话，便向王夫人笑道："这话依我竟不必强他。"王夫人点头道："我也无可回答，只好随你的便罢了。"

> 宝钗此话，终于也曲折表达了对于搜检事件的看法——她无意批评搜检，但更要求以紧缩措施治本。倒是黛玉，怎会对搜检一事不闻不问不说不响？

> 原来都已走向零落，原来零落成了大趋势。

说话之间，只见宝玉已回来了，因说："老爷还未散，恐天黑了，所以先叫我们回来了。"王夫人忙问："今日可丢了丑了没有？"宝玉笑道："不但不丢丑，拐了许多东西来。"接着就有老婆子们从二门上小厮手内接进东西来。王夫人一看时，只见扇子三把，扇坠三个，笔墨共六匣，香珠三串，玉绦环三个。宝玉说道："这是梅翰林送的，那是杨侍郎送的，这是李员外送的，每人一分。"说着，又向怀中取出一个檀香小护身佛来，说："这是庆国公单给我的。"王夫人又问在席何人，做何诗词。说毕，只将宝玉一分，令人拿着，同宝玉、环、兰，前来见贾母。贾母看了，喜欢不尽，不免又问些话。无奈宝玉一心记着晴雯，答应完了，便说："骑马颠了，骨头疼。"贾母便说："快回房去，换了衣服，疏散疏散就好了，不许睡。"宝玉听了，便忙进园来。

> 宝玉得意而笑，仍然是乃父乃母的好儿子！

> 种种礼物，听事看来可爱，但没有用场，没有意义，也全无馈赠的动机。

当下麝月秋纹已带了两个丫头来等候，见

宝玉辞了贾母出来,秋纹便将墨笔等物拿着,随宝玉进园来。宝玉满口里说:"好热!"一壁走,一面便摘冠解带,将外面的大衣服都脱下来,麝月拿着,只穿着一件松花绫子夹袄,襟内露出血点般大红裤子来,秋纹见这条红裤是晴雯针线,因叹道:"真是'物在人亡'了。"麝月将秋纹拉了一把,笑道:"这裤子配着松花色袄儿,石青靴子,越显出靛青的头,雪白的脸来了。"宝玉在前,只装没听见,又走了两步,便止步道:"我要走一走,这怎么好?"麝月道:"大白日里,还怕什么?还怕丢了你不成!"因命两个小丫头跟着,"我们送了这些东西去再来。"宝玉道:"好姐姐,等一等我再去。"麝月道:"我们去了就来。两个人手里都有东西,倒像摆执事的,一个捧着文房四宝,一个捧着冠袍带履,成个什么样子!" 从麝月的声口来看,她是务实事而疏性情的。再说,她是第三把手,诸事方便。

宝玉听了,正中心怀,便让他二人去了。他便带了两个小丫头到一块山子石后头,悄问他二人道:"自我去了,你袭人姐姐打发人去瞧晴雯姐姐没有?"这一个答道:"打发宋妈瞧去了。"宝玉道:"回来说什么?"小丫头道:"回来说,晴雯姐姐直着脖子叫了一夜,今日早起,就闭了眼,住了口,世事不知,只有倒气的分儿了。"宝玉忙道:"一夜叫的是谁?"小丫头道:"一夜叫的是娘。"宝玉拭泪道:"还叫谁?"小丫头道:"没有听见叫别人了。"宝玉道:"你糊涂,想必没有听真。" 其状极惨。
王夫人的血债。

想入非非。
叫娘是现实主义。叫别的是浪漫主义。

傍边那一个小丫头最伶俐,听宝玉如此说,便上来说:"真个他糊涂。"又向宝玉说:"不但我听得真切,我还亲自偷着看去的。"宝玉听说,忙问:"怎么又亲自看去?"小丫头道:"我因想,晴雯姐姐素日与别人不同,待我们极好。如今他虽受了委屈出去，我们不能别的法子救他，只亲去瞧瞧，也不枉素日疼我们一场。就是人知道了，回了太太，打我们一顿，也是愿受的。所以我拼着一顿打，偷着出去瞧了一瞧。谁知他平生为人聪明，至死不变，见我去了，便睁开眼拉我的手问：'宝玉那去了？'我告诉他了。他叹了一口气，说：'不能见了。'我就说：'姐姐何不等一等他回来见一面？'他就笑道：'你们不知道，我不是死，如今天上少了一位花神，玉皇爷命我去管花儿。我如今在未正二刻就上任去了，宝玉须得未正三刻才到家，只少得一刻儿的工夫，不能见面。世上凡有该死的人，阎王勾取了去，是差些个小鬼来捉人魂魄。若要迟延一时半刻，不过烧些纸钱，浇些浆饭，那鬼只顾抢钱去了，该死的人就可少待个工夫。我这如今是天上的神仙来召请，岂可捱得时刻？'我听了这话，竟不大信。及进来到屋里，留神看时辰表，果然是未正二刻，他咽了气；正三刻上，就有人来叫我们，说你来了。"宝玉忙道："你不认得字，所以不知道，这原是有的。不但花有一花神，还有总花神。但他不知做总花神去了，还是单管一样花神？"这丫头听了，一时诌不来。恰好这是八月时节，园中池上芙蓉正开，这丫头便见景生情，忙答道："我已曾问他：'是管什么花的神？告诉我们，日后也好供养的。'他说：'你只可告诉宝玉一人，除他之外，不可泄了天机。'就告诉我说，他是专管芙蓉花的。"

宝玉听了这话，不但不为怪，亦且去悲生喜，便回过头来，看着那芙蓉笑道："此花也须得这样一个人去主管。我就料定，他那样的人必有一番事业。虽然超生苦海，从此再不能相见

> 假作真时真亦假，胡言乱语中有真情在焉。

> 编得极贴切圆满，好个伶俐小丫头。

> 小丫头是假，宝玉是真，假真契合。

> 越是胡诌越是对景，一对百对，枪枪十环，小说乎？小说也。真切乎？真切也。

> 得到安慰了，还是更加惆怅了呢？

此节小丫头谎言极有味道。对于小丫头来说,纯粹信口开河,是假。对于宝玉来说,恰合他的幻想、愿望、思路,他对于这个谎言的充分相信,是真。

当人们对待真实毫无办法的时候,幻想便会应运而生。不能没有幻想。当真实与人们背道而驰的时候,幻想表现着人,幻想就是人,而文学常常就包含着这样的幻想。美是幻想。美是纪念。美是"自欺欺人"。

小丫头在进行着文学创作,她的创作受到了美的接受者贾宝玉的激赏,因为她的创作符合宝玉的美学理想,美学规范,而且包含童心。这是幻想的美,文学的美。这又是幻想的可怜,文学的可怜,美的可悲可怜乃至可笑!

读了这一段,哭乎?笑乎?叹乎?嘲乎?摇头乎?惋惜乎?反正更加令人惆怅。信手拈来,毫不费力,曹雪芹的笔当真成了精了!

了,免不得伤感思念。"因又想:"虽然临终未见,如今且去灵前一拜,也算尽这五六年的情意。"想毕,忙至房中,正值麝月秋纹找来。

　　宝玉又自穿戴了,只说去看黛玉,遂一人出园,往前次看望之处来,意为停柩在内。谁知他哥嫂见他一咽气,便回了进去,希图早些得几两发送例银。王夫人闻知,便命赏了十两银子,又命:"即刻送到外头焚化了罢,女子痨死的,断不可留!"他哥嫂听了这话,一面得银,一面催人立刻入殓,抬往城外化人厂上去了。剩的衣裳簪环,约有三四百金之数,他哥嫂自收了,为后日之计。二人将门锁上,一同送殡去了。

火葬,"红"已有之。

　　宝玉走来,扑了一个空,站了半天,并无别法,只得复身进入园中。及回至房中,甚觉无味,因顺路来找黛玉,不在房中,问其何往,丫鬟们回说:"往宝姑娘那里去了。"宝玉又至蘅芜院中,只见寂静无人,房内搬的空空落落,不觉吃一大惊,才想起前日仿佛听见宝钗要搬出去,只因这两日工课忙,就混忘了。这时看见如此,才知道果然搬出。怔了半天,因转念一想:"不如还是和袭人厮混,再与黛玉相伴。只这两三个人,只怕还是同死同归。"想毕,仍往潇湘馆来,

"甚觉无味"四字,也是宝玉生活的总结的一个方面。

是这样么?
谁能掌握自己的命运?

偏黛玉还未回来。正在不知所之，忽见王夫人的丫头进来找他，说："老爷回来了，找你呢，又得了好题目了。快走，快走。"宝玉听了，只得跟了出来。到王夫人房中，他父亲已出去了，王夫人命人送宝玉至书房中。

彼时贾政正与众幕友们谈论寻秋之胜，又说："临散时，忽谈及一事，最是千古佳谈，'风流隽逸，忠义感慨'，八字皆备。倒是个好题目，大家要做一首挽词。"众幕宾听了，都请教："系何等妙事？"贾政乃道："当日曾有一位王爵，封曰恒王，出镇青州。这恒王最喜女色，且公余好武，因选了许多美女，日习武事，令众美女学习战攻斗伐之事。内中有个姓林行四的，姿色既佳，且武艺更精，皆呼为林四娘。恒王最得意，遂超拔林四娘统辖诸姬，又呼为姽婳将军。"众清客都称："妙极神奇。竟以'姽婳'下加'将军'二字，反更觉妩媚风流，真绝世奇文也！想这恒王也是千古第一风流人物了。"

贾政笑道："这话自然如此。但更有可奇可叹之事。"众清客都惊问道："不知底下有何等奇事？"贾政道："谁知次年便有'黄巾''赤眉'一干流贼余党，复又乌合，抢掠山左一带。恒王意为犬羊之辈，不足大举，因轻骑进剿。不意贼众诡谲，两战不胜，恒王遂被众贼所戮。于是青州城内，文武官员，各各皆谓：'王尚不胜，你我何为？'遂将有献城之举。林四娘得闻凶信，遂聚集众女将，发令说道：'你我皆向蒙王恩，戴天履地，不能报其万一。今王既殒身国患，我意亦当殒身于下。尔等有愿随者，即同我前往；不愿者，亦早自散去。'众女将听他这样，都一齐说：

本来就此去写宝玉的诔晴雯一节最顺，偏偏插入贾政谈将军一节，真是故意打岔，平添枝节，却又成全了长篇小说的丰富性与立体性。
文章千古事，得乎失乎，寸心难知。

似乎是怕你沉溺在晴雯之死所引发的悲哀愤怒里。
于是写一个伟大的殉国殉夫女英雄，隔岸观火，隔岸赏火，突出了距离感。

观赏态度。

与"红"的扬女抑男的想法一致。
也是舍身取义之意。

以这一段奉父命出题做文(诗),与下一段真情做诔相对比。这样一来,既丰富了结构,更丰富了品种,写到为文作诗,又增补了新的体例。

以文论文,以小说论文,犹如戏中之戏,电影中的放映(或拍摄)电影,这是有点现代的手法。"红"多次用之,以炫其才。

'愿意!'于是林四娘带领众人,连夜出城,直杀至贼营。里头众贼不防,也被斩杀了几个首贼。后来大家见是不过几个女人,料不能济事,遂回戈倒兵,奋力一阵,把林四娘等一个不曾留下,倒作成了这林四娘的一片忠义之志。后来报至中都,天子百官,无不叹息。想其朝中自然又有人去剿灭,天兵一到,化为乌有,不必深论。只就林四娘一节,众位听了,可羡不可羡?"众幕友都叹道:"实在可羡可奇!实是个妙题,原该大家挽一挽才是。"

> 可羡、妙题云云,略显轻浮。

说着,早有人取了笔砚,按贾政口中之言,稍加改易了几个字,便成了一篇短序,递与贾政看了。贾政道:"不过如此。他们那里已有原序。昨日因又奉恩旨,着察核前代以来应加褒奖而遗落未经奏请各项人等,无论僧尼、乞丐、女妇人等,有一事可嘉,即行汇送履历至礼部,备请恩奖。所以他这原序也送往礼部去了。大家听了这新闻,所以都要做一首《姽婳词》,以志其忠义。"众人听了,都又笑道:"这原该如此。只是更可羡者,本朝皆系千古未有之旷典,可谓'圣朝无阙事'了。"贾政点头道:"正是。"

> 对各种"另类"也招安一番。

> 看来,长篇巨著中写点废话,舒缓一下节奏,亦无不可。

说话间,宝玉、贾环、贾兰俱起身来看了题目。贾政命他三人各吊一首,谁先做成者赏,佳者额外加赏。贾环贾兰二人近日当着许多人皆做过几首了,胆量愈壮。今看了题目,遂自去思索。一时,贾兰先有了,贾环生恐落后,也就有了。二人皆已录出,宝玉尚自出神。贾政与众人且看他二人的二首。贾兰的是一首七言绝句，写道是：

　　姽婳将军林四娘，玉为肌骨铁为肠。
　　捐躯自报恒王后，此日青州土尚香。

> 不痛不痒，蜻蜓点水。

众幕宾看了，便皆大赞："小哥儿十三岁的人，就如此，可知家学渊深，真不诬矣。"贾政笑道："稚子口角，也还难为他。"又看贾环的，是首五言律，写道是：

　　红粉不知愁，将军意未休。
　　掩啼离绣幕，抱恨出青州。
　　自谓酬王德，谁能复寇仇？
　　好题忠义墓，千古独风流。

> 尽落窠臼。

众人道："更佳！到底大几岁年纪，立意又自不同。"贾政道："倒还不甚大错，终不恳切。"众人道："这就罢了。三爷才大不多几岁，俱在未冠之时。如此用心做去，再过几年，怕不是大阮小阮了么。"贾政笑道："过奖了。只是不肯读书的过失。"因问宝玉。众人道："二爷细心镂刻，定又是风流悲感，不同此等的了。"

宝玉笑道："这个题目似不称近体，须得古体，或歌或行，长篇一首，方能恳切。"众人听了，都立起身来，点头拍手道："我说他立意不同！每一题到手，必先度其体格宜与不宜，这便是老手妙法。这题目名曰《姽婳词》，且既有了序，此必是长篇歌行，方合体式。或拟温八叉《击瓯歌》，或拟李长吉《会稽歌》，或拟白乐天《长恨歌》，或拟咏古词，半叙半咏，流利飘逸，始能尽妙。"贾政听说，也合了主意，遂自提笔向纸上要写。又向宝玉笑道："如此甚好。你念，我写。若不好了，我捶你的肉。谁许你先大言不惭的！"宝玉只得念了一句道：

> 论体裁与题材的关系。

> 讲套路，却不讲诗情诗思。

恒王好武兼好色，

贾政写了看时，摇头道："粗鄙。"一幕友道："要这样方古，究竟不粗。且看他底下的。"贾政道："姑存之。"宝玉又道：

　　遂教美女习骑射；
　　秾歌艳舞不成欢，列阵挽戈为自得。

贾政写出，众人都道："只这第三句便古朴老健，极妙。这第四句平叙，也最得体。"贾政道："休谬加奖誉，且看转的如何。"宝玉念道：

　　眼前不见尘沙起，将军俏影红灯里。

众人听了这两句，便都叫："妙！好个'不见尘沙起'！又承了一句'俏影红灯里'，用字用句，皆入神化了。"宝玉道：

　　叱咤时闻口舌香，霜矛雪剑娇难举。

众人听了更拍手笑道："越发画出来了。当日敢是宝公也在坐，见其娇而且闻其香？不然，何体贴至此。"宝玉笑道："闺阁习武，任其勇悍，怎似男人？不问而可知娇怯之形了。"贾政道："还不快续！这又有你说嘴的了。"宝玉只得又想了一想，念道：

　　丁香结子芙蓉绦，

众人都道："转'萧'韵更妙，这才流利飘逸。而且这句子也绮靡秀媚得妙。"贾政写了，道："这一句不好，已有过了'口舌香'、'娇难举'，何必又如此？这是力量不加，故又弄出这些堆砌货来搪塞。"宝玉笑道："长歌也须得要些词藻点缀点缀；不然，便觉萧索。"贾政道："你只顾说那些，这一句底下如何转至武事呢？若再多说两句，岂不蛇足了。"宝玉道："如此，底下一句兜转煞住，想也使得。"贾政冷笑道："你有多大本领？上头说了一句大开门的散话，如今又要一句连

再卖弄（无贬义）一下古体。

令人想起《琵琶行》来。

未免轻飘。

贾政的诗评很有道理，明知其为词藻点缀，已觉次一等了。

转带煞,岂不心有余而力不足呢?"宝玉听了,垂头想了一想,说了一句道:

　　不系明珠系宝刀。

忙问:"这一句可还使得?"众人拍案叫绝。贾政笑道:"且放着,再续。"宝玉道:"使得,我便一气连下去了;若使不得,索性涂了,我再想别的意思出来,再另措词。"贾政听了,便喝道:"多话!不好了再做,便做十篇百篇,还怕辛苦了不成!"宝玉听说,只得想了一会,便念道: 不看完诗便点评起来,仍然是章句之学。

　　战罢夜阑心力怯,脂痕粉渍污鲛绡。

贾政道:"这又是一段了。底下怎么样?"宝玉道:

　　明年流寇走山东,强吞虎豹势如蜂;

众人道:"好个'走'字!便见得高低了。且通句转的也不板。"宝玉又念道: 这一类的评论,总觉细枝末节,说不到点子上。

　　王率天兵思剿灭,一战再战不成功;
　　腥风吹折陇中麦,日照旌旗虎帐空。
　　青山寂寂水溅溅,正是恒王战死时;
　　雨淋白骨血染草,月冷黄昏鬼守尸。

众人都道:"妙极,妙极!布置、叙事、词藻,无不尽美。且看如何至四娘,必另有妙转奇句。"宝玉又念道: 尽美,但无多少真情实感。

　　纷纷将士只保身,青州眼见皆灰尘;
　　不期忠义明闺阁,愤起恒王得意人。

众人都道:"铺叙得委婉。"贾政道:"太多了,底下只怕累赘呢。"宝玉又道:

　　恒王得意数谁行,姽婳将军林四娘;
　　号令秦姬驱赵女,秾桃艳李临疆场。
　　绣鞍有泪春愁重,铁甲无声夜气凉。
　　胜负自难先预定,誓盟生死报前王。
　　贼势猖獗不可敌,柳折花残血凝碧; 带有应试意味,咬文嚼字地这种文体,这样为文,既有发泄作用,又有一种规范、转移的作用。
不规范的情感,为程式化的文体所规范,变痛不欲生的悲哀为整齐对仗的词句,表达了感情,梳理了感情,乃至最终扼杀终结了感情。这就是文学的两面性。煽情而又制情。
这也是中国传统的"诗教"吧?

> 马践胭脂骨髓香,魂依城郭家乡隔。
> 星驰时报入京师,谁家儿女不伤悲!
> 天子惊慌愁失守,此时文武皆垂首。
> 何事文武立朝纲,不及闺中林四娘!
> 我为四娘长叹息,歌成余意尚彷徨。

> 念毕,众人都大赞不止。又从头看了一遍。贾政笑道:"虽说了几句,到底不大恳切。"因说:"去罢。"三人如放了赦的一般,一齐出来,各自回房。

去歌颂一个实不相干的杰出女子。

"彷徨"用得好。

以宝玉的世界观、生死观,以他对于"文死谏武死战论"的抨击,他对于林四娘事应做出怎样的真诚评价呢?
贾政说此诗到底不大恳切,是对的。

> 众人皆无别话,不过至晚安歇而已。独有宝玉,一心凄楚,回至园中,猛见池上芙蓉,想起小丫鬟说晴雯做了芙蓉之神,不觉又喜欢起来,乃看着芙蓉,嗟叹了一会。忽又想起:"死后并未至灵前一祭,如今何不在芙蓉前一祭,岂不尽了礼?"想毕,便欲行礼。忽又止道:"虽如此,亦不可太草率了,须得衣冠整齐,奠仪周备,方为诚敬。"想了一想:"古人云,'潢污行潦,苹藻蘋蘩之贱,可以羞王公,荐鬼神。'原不在物之贵贱,只在心之诚敬而已。然非自作一篇诔文,这一段凄惨酸楚,竟无处可以发泄了。"因用晴雯素日所喜之冰鲛縠一幅,楷字写成,名曰《芙蓉女儿诔》,前序后歌;又备了晴雯素喜的四样吃食。于是黄昏人静之时,命那小丫头捧至芙蓉前,先行礼毕,将那诔文即挂于芙蓉枝上,乃泣涕念曰:

这一段自我解释实为曹公恐读者挑眼而代为做的解释。

> 维太平不易之元,蓉桂竞芳之月,无可

奈何之日，怡红院浊玉，谨以群花之蕊、冰鲛之縠、沁芳之泉、枫露之茗：四者虽微，聊以达诚申信，乃致祭于白帝宫中抚司秋艳芙蓉女儿之前曰：

　　窃思女儿自临人世，迄今凡十有六载。其先之乡籍姓氏，湮沦而莫能考者久矣。而玉得于衾枕栉沐之间，栖息宴游之夕，亲昵狎亵，相与共处者，仅五年八月有奇。忆女曩生之昔，其为质则金玉不足喻其贵，其为体则冰雪不足喻其洁，其为神则星日不足喻其精，其为貌则花月不足喻其色。姊娣悉慕媖娴，妪媪咸仰慧德。孰料鸠鸩恶其高，鹰鸷翻遭罦罬；薋葹妒其臭，茝兰竟被芟鉏！花原自怯，岂奈狂飙？柳本多愁，何禁骤雨？偶遭蛊虿之谗，遂抱膏肓之疾。故樱唇红褪，韵吐呻吟；杏脸香枯，色陈顑颔。诼谣謑诟，出自屏帷；荆棘蓬榛，蔓延窗户。既怀幽沉于不尽，复含冤屈于无穷。高标见嫉，闺闱恨比长沙；贞烈遭危，巾帼惨于雁塞。自蓄辛酸，谁怜夭折？仙云既散，芳趾难寻。洲迷聚窟，何来却死之香？海失灵槎，不获回生之药。眉黛烟青，昨犹我画；指环玉冷，今倩谁温？鼎炉之剩药犹存，襟泪之余痕尚渍。镜分鸾影，愁开麝月之奁；梳化龙飞，哀折檀云之齿。委金钿于草莽，拾翠盒于尘埃。楼空鳷鹊，徒悬七夕之针；带断鸳鸯，谁续五丝之缕？况乃金天属节，白帝司时；孤衾有梦，空室无人。桐阶月暗，芳魂与倩影同消；蓉帐香残，娇喘共细腰俱绝。连天衰草，岂独蒹葭；匝地悲声，无非蟋蟀。露阶晚砌，穿帘不度寒砧；

摆出一副穷酸的做文章的样子，便丧失了如火如冰的悲剧感。

尽情颂扬，不遗余力。

最尖锐的话无非这几句。

谴责了进谗者，却未谴责信谗者。

悲则悲矣，愤则愤矣，止于舞文弄墨焉。

越掉文，越没了真火真气。

太文了，便隔了一层。

这里的"无非"，用得并不贴切。

贾宝玉——其实也是曹雪芹,确实以极大的篇幅,以极丰富的词汇,极丰赡的形式,下了功夫写了这篇诔文。由此可见他——他对于晴雯这一人物的重视,对于晴雯之死这一事件的重视。"规格"是超一流的。

曹公本身亦有一种抑郁不平之气,假悼晴雯之诔以发之。一股未尽其才之怨,假此诔以展之。

雨荔秋垣,隔院希闻怨笛。芳名未泯,檐前鹦鹉犹呼;艳质将亡,槛外海棠预萎。捉迷屏后,莲瓣无声;斗草庭前,兰芳枉待。抛残绣线,银笺彩袖谁裁?褶断冰丝,金斗御香未熨。昨承严命,既趋车而远陟芳园;今犯慈威,复拄杖而遣抛孤柩。及闻蕙棺被燹,顿违共穴之情;石椁成灾,愧逮同灰之诮。尔乃西风古寺,淹滞青磷;落日荒丘,零星白骨。楸榆飒飒,蓬艾萧萧。隔雾圹以啼猿,绕烟塍而泣鬼。岂道红绡帐里,公子情深;始信黄土陇中,女儿命薄!汝南泪血,斑斑洒向西风;梓泽余衷,默默诉凭冷月。呜呼!固鬼蜮之为灾,岂神灵之有妒?毁诐奴之口,讨岂从宽?剖悍妇之心,忿犹未释!在卿之尘缘虽浅,而玉之鄙意尤深。因蓄惓惓之思,不禁谆谆之问。始知上帝垂旌,花官待诏,生侪兰蕙,死辖芙蓉。听小婢之言,似涉无稽;据浊玉之思,深为有据。何也?昔叶法善摄魂以撰碑,李长吉被诏而为记,事虽殊其理则一也。故相物以配才,苟非其人,恶乃滥乎?始信上帝委托权衡,可谓至洽至协,庶不负其所秉赋也。因希其不昧之灵,或陟降于兹,特不揣鄙俗之词,有污慧听。乃歌而招之曰:

> 生不同室,死难共穴,缘分已尽,夫复何为!

> 悍妇云胡?敢指王夫人么?还是又迁怒于旁人呢?

> 汪洋恣肆,古朴风流,立意新奇,气魄宏大,文字讲究,颇费心思。堪称"红"中诗文之冠。
> 盖曹氏写小说,而小说如稗官野史,壮夫不为者,曹就频频写诗词歌赋文,希望读者别误以为他只会写小说。

"天何如是之苍苍兮,乘玉虬以游乎穹窿耶?地何如是之茫茫兮,驾瑶象以降乎泉壤耶?望盖缴之陆离兮,抑箕尾之光耶?

列羽葆而为前导兮,卫危虚于傍耶?驱丰隆以为庇从兮,望舒月以临耶?听车轨而伊轧兮,御鸾鹭以征耶?闻馥郁而飘然兮,纫蘅杜以为佩耶?斓裙裾之烁烁兮,镂明月以为珰耶?借葳蕤而成坛畴兮,爇莲焰以烛兰膏耶?文瓠匏以为觯斝兮,洒醽醁以浮桂醑耶?瞻云气而凝眸兮,仿佛有所觇耶?俯波痕而属耳兮,恍惚有所闻耶?期汗漫而无际兮,捐弃予于尘埃耶?倩风廉之为余驱车兮,冀联辔而携归耶?余中心为之慨然兮,徒嗷嗷而何为耶?卿偃然而长寝兮,岂天运之变于斯耶?既窀穸且安稳兮,反其真而又奚化耶?余犹桎梏而悬附兮,灵格余以嗟来耶?来兮止兮,卿其来耶?"

若夫鸿蒙而居,寂静以处,虽临于兹,余亦莫睹。搴烟萝而为步障,列苍蒲而森行伍。警柳眼之贪眠,释莲心之味苦。素女约于桂岩,宓妃迎于兰渚。弄玉吹笙,寒簧击敔。征嵩岳之妃,启骊山之姥。龟呈洛浦之灵,兽作咸池之舞。潜赤水兮龙吟,集珠林兮凤翥。爰格爰诚,匪簠匪筥。发轫乎霞城,还旌乎玄圃,既显微而若濡,复氤氲而倏阻。离合兮烟云,空蒙兮雾雨。尘霾敛兮星高,溪山丽兮月午。何心意之怦怦,若寤寐之栩栩?余乃欷歔怅怏,泣涕彷徨。人语兮寂历,天籁兮篔筜。鸟惊散而飞,鱼唼喋以响。志哀兮是祷,成礼兮期祥。呜呼哀哉!尚飨!

读毕,遂焚帛奠茗,依依不舍。小丫鬟催至再四,方才回身。忽听山石之后有一人笑道:"且

中华诗文,是一棵大树,各人作品,只是其一枝一花一叶,故要求各种创作皆有所本,乃至无一字无来历,无一字无出处,好处是有历史的纵深感,坏处是陈陈相因,一篇弱似一篇。

搜检大观园,从精神上说(即不是从考据上说),乃是曹氏"红"著的结束。具体的终结,应是终结在芙蓉诔上。以洋洋洒洒、规模宏大的芙蓉诔,以聪明美丽的晴雯的奇冤至死来结束曹氏"红"著,宜哉!晴雯之死,是搜检的最直接最严重最可悲的结果,是前八十回悲剧的顶峰,是事实上的对于王夫人——袭人(恰恰不是凤姐)的仁义道德直至权力运作(包括奴才们对于这种权力的投靠、适应、效忠)的控诉批判。

请留步。"二人听了,不觉大惊。那小丫鬟回头一看,却是个人影儿从芙蓉花里走出来,他便大叫:"不好,有鬼!晴雯真来显魂了!"唬得宝玉也忙看时,究竟是人是鬼,下回分解。

老红学家喜欢说晴雯是黛玉的影子。也罢,"有鬼""显魂"之说仍嫌起哄薄情。

李白有诗"人生得意须尽欢",好的,失意呢,失意却不可尽恸,变成舞文弄墨,插上一个别的杠子,避免声嘶力竭与血尽泪干,这与大悲剧、一死一大片的写法,倒也难分轩轾。盖再怎么巧言令色,想起来能不耿耿于怀?

第七十九回

薛文龙悔娶河东吼　贾迎春误嫁中山狼

话说宝玉才祭完了晴雯,只听花阴中有个人声,倒吓了一跳。细看不是别人,却是黛玉,满面含笑,口内说道:"好新奇的祭文!可与《曹娥碑》并传了。"宝玉听了,不觉红了脸,笑答道:"我想着世上这些祭文,都过于烂熟了,所以改个新样。原不过是我一时的玩意儿,谁知被你听见了。有什么大使不得的,何不改削改削。"

> 历来评者认为黛玉与晴雯间有一种特殊的关系。至少她们的性格有共同特点:聪明,美丽,自负,重情,任性,不肯随俗,等等。
> 晴雯虽死,晴雯性格永生。

黛玉道:"原稿在那里?倒要细细的看看。长篇大论,不知说的是什么,只听见中间两句,什么'红绡帐里,公子情深;黄土陇中,女儿命薄'。这一联意思却好,只是'红绡帐里'未免俗滥些。放着现成的真事,为什么不用?"宝玉忙问:"什么现成的真事?"黛玉笑道:"咱们如今都系霞彩纱糊的窗槅,何不说'茜纱窗下,公子多情'呢?"宝玉听了,不禁跌脚笑道:"好极,好极!到底是你想得出,说得出。可知天下古今现成的好景好事尽多,只是我们愚人想不出来罢了。但只一件,虽然这一改新妙之极,却是你在这里住着还可以,我实不敢当。"说着,又连说"不敢"。

> 进入文字讨论,反而淡化了真情,医疗了心理创伤。

> 这是一种重视现实生活的启发,高度评价生活的启示的论调。其实比此前的掉文查出处的种种更有价值得多。

黛玉笑道:"何妨。我的窗即可为你之窗,何必如此分晰,也太生疏了。古人异姓陌路,尚然'肥马轻裘,敝之无憾',何况咱们。"宝玉笑道:"论交道,不在'肥马轻裘',即'黄金白璧',亦不当'锱铢较量'。倒是这唐突闺阁上头,却万万使不得的。如今我索性将'公子''女儿'改去,竟算是你诔他的倒妙。况且素日你又待他甚厚,所以宁可弃了这一篇文,万不可弃这'茜纱'新句。莫若改作'茜纱窗下,小姐多情;黄土陇中,丫鬟薄命'。如此一改,虽与我不涉,我也惬怀。"黛玉笑道:"他又不是我的丫头,何用此语。况且'小姐''丫鬟',亦不典雅。等得紫鹃死了,我再如此说,还不算迟。"宝玉听了笑道:"这是何苦,又咒他。"黛玉笑道:"是你要咒的,并不是我说的。"宝玉道:"我又有了,这一改可极妥当了。莫若说:'茜纱窗下,我本无缘;黄土陇中,卿何薄命!'"

待她甚厚云云,并未实写过,只好简单一表——再伟大的笔头,也有写不赢、写不盈(充实)的时候!

黛玉听了,陡然变色,虽有无限狐疑,外面却不肯露出,反连忙含笑点头称妙,说:"果然改得好。再不必乱改了,快去干正经事罢。刚才太太打发人叫你,说明儿一早过大舅母那边去。你二姐姐已有人家求准了,所以叫你们过去呢。"宝玉拍手道:"何必如此忙?我身上也不大好,明儿还未必能去呢。"黛玉道:"又来了!我劝你把脾气改改罢。一年大,二年小,……"一面说话,一面咳嗽起来。宝玉忙道:"这里风冷,咱们只顾站着,凉着了可不是玩的,快回去罢。"黛玉道:"我也家去歇息了,明儿再见罢。"说着,便自取路去了。宝玉只得闷闷的转步,忽想起黛玉无人随伴,忙命小丫头子跟送回去。自己到了怡红院中,果有王夫人打发嬷嬷们来,吩咐他明日一早过贾赦这边来,与方才黛玉之言相对。

与晴雯已是天人相隔,著诔则是缔造一个铺张为文的世界,再从这个文字符号的世界回到黛玉这边厢来。本是诔晴雯,不知不觉又回到宝黛爱情的无前途这一悲剧命运上来了。

曹氏"红楼"精神,至此结束。

原来贾赦已将迎春许与孙家了。这孙家乃

是大同府人氏，祖上系军官出身，乃当日宁荣府中之门生，算来亦系至交。如今孙家只有一人在京，现袭指挥之职，此人名唤孙绍祖，生得相貌魁梧，体格健壮，弓马娴熟，应酬权变，年纪未满三十，且又家资饶富，现在兵部候缺题升。因未曾娶妻，贾赦见是世交子侄，且人品家当都相称合，遂择为东床娇婿。亦曾回明贾母，贾母心中却不十分愿意，但想儿女之事，自有天意，况且他亲父主张，何必出头多事？因此，只说"知道了"三字，余不多及。贾政又深恶孙家，虽是世交，不过是他祖父当日希慕荣宁之势，有不能了结之事，才拜在门下的，并非诗礼名族之裔。因此，倒劝谏过两次，无奈贾赦不听，也只得罢了。

> 贾母对迎春事不会十分上心。

宝玉却未曾会过这孙绍祖一面的，次日只得过去，聊以塞责。只听见那娶亲的日子甚近，不过今年，就要过门的。又见邢夫人等回了贾母，将迎春接出大观园去，越发扫兴，每每痴痴呆呆的，不知作何消遣。又听说要陪四个丫头过去，更又跌足道："从今后这世上又少了五个清净人了！"因此，天天到紫菱洲一带地方，徘徊瞻顾，见其轩窗寂寞，屏帐翛然，不过只有几个该班上夜的老妪。再看那岸上的蓼花苇叶，也都觉摇摇落落，似有追忆故人之态，迥非素常逞妍斗色可比。情不自禁，乃信口吟成一歌曰：

> 树未倒，树不倒，猢狲也不可能长聚。宝玉的成长伴随着痴呆状的加深加剧。

> 雪上加霜，零落之态，已不可收拾矣，悲夫！

　　池塘一夜秋风冷，吹散芰荷红玉影；
　　蓼花菱叶不胜悲，重露繁霜压纤梗。
　　不闻永昼敲棋声，燕泥点点污棋枰；
　　古人惜别怜朋友，况我今当手足情！

宝玉方才吟罢，忽闻背后有人笑道："你又发什么呆呢？"宝玉回头忙看是谁，原来是香菱。

> 前六句写得不错，但仍嫌单薄，所有句子拴在一根绳上。

> 每吟到悲处（如黛玉中秋夜联诗，宝玉诔芙蓉），必有人

宝玉忙转身笑问道:"我的姐姐,你这会子跑到这里来做什么?许多日子也不进来逛逛。"香菱拍手笑嘻嘻的说道:"我何曾不要来。如今你哥哥回来了,那里比先时自由自在的了。刚才我们太太使人找你凤姐姐去,竟没有找着,说往园子里来了。我听见这个话,我就讨了这个差,进来找他。遇见他的丫头,说在稻香村呢。如今我往稻香村去,谁知又遇见了你。我还要问你,袭人姐姐这几日可好?怎么忽然把个晴雯姐姐也没了,到底是什么病?二姑娘搬出去的好快!你瞧瞧,这地方一时间就空落落的了。"宝玉只有一味答应;又让他同到怡红院去吃茶。香菱道:"此刻竟不能,等找着琏二奶奶,说完了正经事,再来。"宝玉道:"什么正经事,这般忙?"香菱道:"为你哥哥娶嫂子的事,所以要紧。"宝玉道:"正是。说的到底是那一家的?只听见吵嚷了这半年,今儿又说张家的好,明儿又要李家的,后儿又议论王家的。这些人家的女儿,他也不知造了什么罪,叫人家好端端的议论。"香菱道:"如今定了,可以不用拉扯别家了。"宝玉忙问道:"定了谁家的?"香菱道:"因你哥哥上次出门时,顺路到了个亲戚家去。这门亲原是老亲,且又和我们是同在户部挂名行商,也是数一数二的大门户。前日说起来时,你们两府都也知道的:合京城里,上自王侯,下至买卖人,都称他家是'桂花夏家'。"宝玉忙笑道:"如何又称为'桂花夏家'?"香菱道:"本姓夏,非常的富贵。其余田地不用说,单有几十顷地种着桂花;凡这'长安',那城里城外桂花局,俱是他家的;连宫里一应陈设盆景亦是他家贡奉,因此才有这个混号。如今太爷也没了,只有老奶奶带着一个亲生的

岔开(妙玉、黛玉直至此回香菱)。这也是哀而不伤之意。

香菱动辄"笑嘻嘻",不知是什么脾气。

旧时国人谈自由,常与自在联系起来。自由自在,是一种心理状态,而少有人士将社会制度、政治权力联系起来。

"一味答应",而已而已。

官商一体,"红"已有之。

还有点垄断行业的味道呢。

姑娘过活，也并没有哥儿弟兄，可惜他竟一门尽绝了后。"

宝玉忙道："咱们也别管他绝后不绝后，只是这姑娘可好？你们大爷怎么就中意了？"香菱笑道："一则是天缘，二来是'情人眼里出西施'。当年时又通家来往，从小儿都在一处玩过。叙亲是姑舅兄妹，又没嫌疑。虽离了这几年，前儿一到他家，夏奶奶又是没儿子的，一见了你哥哥出落得这样，又是哭，又是笑，竟比见了儿子还胜。又令他兄妹们相见，谁知这姑娘出落得花朵似的了，在家里也读书写字，所以你哥哥当时就一心看准了。连当铺里老伙计们一群人，遭扰了人家三四日。他们还留多住几天，好容易苦辞，才放回家来。你哥哥一进门，就咕咕唧唧求我们太太去求亲。我们太太原是见过的，又且门当户对，也依了。和这里姨太太凤姑娘商议了，打发人去一说，就成了。只是娶的日子太急，所以我们忙乱得很。我也巴不得早些过来，又添了一个作诗的人了。"宝玉冷笑道："虽如此说，但只我倒替你担心虑后呢。"香菱道："这是什么话？我倒不懂了。"宝玉笑道："这有什么不懂的，只怕再有个人来，薛大哥就不肯疼你了。"香菱听了，不觉红了脸，正色道："这是怎么说！素日咱们都是厮抬厮敬，今日忽然提起这些事来，怪不得人人都说你是个亲近不得的人。"一面说，一面转身走了。

> 薛蟠此亲竟是自己挑选的。算不算自由恋爱的萌芽呢？

> 宝玉反而扮演了低级趣味的角色。

> 好人无用。好人无医。好人无教。好人不识好歹。

> 香菱浑然无私。

宝玉见他这样，便怅然如有所失，呆呆的站了半日，只得没精打彩，还入怡红院来。一夜不曾安睡，种种不宁。次日便懒进饮食，身体发热。也因近日抄检大观园、逐司棋、别迎春、悲晴雯等羞辱惊恐悲凄所致，兼以风寒外感，遂致成疾,卧床不起。贾母听得如此,天天亲来看视。王夫人心中自悔,不合因晴雯过于逼责了他。心中虽如此,脸上却不露出,只吩咐众奶娘等好生伏侍看守。一日两次带进医生来诊脉下药。一月之后,方才渐渐的痊愈。好生保养过百日,方许动荤腥油面,方可出门行走。

> 绝对不能认错。

这百日内,院门前皆不许到,只在房中玩笑。四五十日后,就把他拘的火星乱迸,那里忍耐的住。虽百般设法,无奈贾母王夫人执意不从,也只得罢了。因此,和些丫鬟们无所不至,恣意玩笑。又听得薛蟠那里摆酒唱戏,热闹非常,已娶亲入门。闻得这夏家小姐十分俊俏,也略通文翰,宝玉恨不得就过去一见才好。再过些时,又闻得迎春出了阁。宝玉思及当时姊妹,耳鬓厮磨,从今一别,纵得相逢,必不得似先前这等亲热了。眼前又不能去一望,真令人凄惶不尽。少不得潜心忍耐,暂同这些丫鬟们厮闹释闷,幸免贾政责备逼迫读书之难。这百日内,只不曾拆毁了怡红院,和这些丫头们无法无天,凡世上所无之事,都玩耍出来,且不消细说。

> 无所不至?

> "潜心忍耐",宝玉渐得三昧。

> 王夫人之权威,于杀人则有余,于整顿风气与教育下一代,则不足。

且说香菱自那日抢白了宝玉之后,自为宝玉有意唐突:"从此倒要远避他些才好。"因此,以后连大观园也不轻易进来了。日日忙乱着,薛蟠娶过亲,自为得了护身符,自己身上分去责任,到底比这样安静些;二则又知是个有才有貌的佳人,自然是典雅和平的。因此,心中盼过门的日子,比薛蟠还急十倍。好容易盼得一日娶过了门,他便十分殷勤小心伏侍。

> 好人=傻子。
> 世上当真有这样的好人——傻子吗?

原来这夏家小姐今年方十七岁,生得亦颇有姿色,亦颇识得几个字。若论心里的丘壑泾渭，颇步熙凤的后尘。只吃亏了一件，从小时，父亲去世的早，又无同胞兄弟，寡母独守此女，娇养溺爱，不啻珍宝，凡女儿一举一动，他母亲皆百依百顺，因此未免酿成个盗跖的情性，自己尊若菩萨，他人秽如粪土；外具花柳之姿，内秉风雷之性。在家中和丫鬟们使性赌气、轻骂重打的。今日出了阁，自为要作当家的奶奶，比不得做女儿时腼腆温柔，须要拿出威风来，才钤压的住人；况且见薛蟠气质刚硬，举止骄奢，若不趁热灶一气炮制，将来必不能自竖旗帜矣。又见有香菱这等一个才貌俱全的爱妾在室，越发添了那"宋太祖灭南唐"之意。因他家多桂花，小名就叫做金桂。他在家时，不许人口中带出"金""桂"二字，凡有不留心误道出一字者，他便定要苦打重罚才罢。他因想"桂花"二字是禁止不住的，须得另换一名，想桂花曾有广寒嫦娥之说，便将桂花改为"嫦娥花"，又寓自己身分如此。薛蟠本是个怜新弃旧的人，且是有酒胆无饭力的，如今得了这一个妻子，正在新鲜兴头上，凡事未免尽让他些。那夏金桂见是这般形景，便也试着一步紧似一步。一月之中，二人气概都还相平；至两月之后，便觉薛蟠的气概渐次的低矮了下去。

　　一日，薛蟠酒后，不知要行何事，先与金桂商议，金桂执意不从。薛蟠便忍不住，便发了几句话儿，赌气自行了。金桂便哭的如醉人一般，茶汤不进，装起病来，请医疗治。医生又说："气血相逆，当进宽胸顺气之剂。"薛姨妈恨得骂了薛蟠一顿，说："如今娶了亲，眼前抱儿子了，还是这么胡闹！人家凤凰似的，好容易养了一个女儿，比花朵儿还轻巧，原看的你是个人物，才

> "红"中的女儿都是天使，如今终于出了一个魔头。

> 这种先期介绍，难免不使人物类型化乃至脸谱化。

> 自己制造禁忌，再进行捍卫禁忌之战。

> 酒胆饭力云云，是否指他既是性放纵，又是性无能？

> 女儿"贵养"论。

这一段夏金桂压倒薛蟠的描写相当一般化、模式化。从"谁战胜谁"的角度写夫妻关系,评价夫妻关系,在中国文学作品中不少(如《聊斋》中治妒妇的故事)。外国也有,如莎士比亚的《驯悍记》,莎翁此戏更有做戏的味道,富有幽默感。而"红"中的夏金桂故事,一点也没有幽默感。作者更不能容忍悍妇,不能像莎剧一样把"驯悍"处理成喜剧,把悍妇也处理得颇有可爱之处。

给你做老婆。你不说收了心,安分守己,一心一计,和和气气的过日子,还是这样胡闹,喝了黄汤,折磨人家。这会子花钱吃药白遭心!"

一夕话,说得薛蟠后悔不迭,反来安慰金桂。金桂见婆婆如此说,越发得了意,更装出些张致来,不理薛蟠。薛蟠没了主意,惟有自软而已。好容易十天半月之后,才渐渐的哄转过金桂的心来。自此,便加一倍小心,气概不免又矮了半截下来。那金桂见丈夫旗纛渐倒,婆婆良善,也就渐渐的持戈试马。先前不过挟制薛蟠,后来倚姣作媚,将及薛姨妈,后将至宝钗。宝钗久察其不轨之心,每每随机应变,暗以言语弹压其志;金桂知其不可犯,便欲寻隙,苦得无隙可乘,倒只好曲意俯就。

一日,金桂无事,因和香菱闲谈,问香菱家乡父母。香菱皆答忘记,金桂便不悦,说有意欺瞒了他。因问:"'香菱'二字是谁起的?"香菱便答道:"姑娘起的。"金桂冷笑道:"人人都说姑娘通,只这一个名字就不通。"香菱忙笑道:"奶奶若说姑娘不通,奶奶没合姑娘讲究过。说起来,他的学问,连咱们姨老爷常时还夸的呢!"欲知金桂说出何话,且听下卷分解。

> 驯夫有术。

> 虽未具体写,但处处显示宝钗的尊严与身段。

危险与可疑,是美傲者的墓志铭;可靠与稳重,是讨好者的通行证;闷气与孤独,是高雅者的命运;折腾与故事,是恶俗者的基本功。

晴雯去矣,夏金桂来了,有什么可说的呢?

第 八 十 回

美香菱屈受贪夫棒　王道士胡诌妒妇方

话说金桂听了,将脖项一扭,嘴唇一撇,鼻孔里"哧哧"两声,冷笑道:"菱角花开,谁见香来?若是菱角香了,正经那些香花放在那里?可是不通之极!"香菱道:"不独菱花香,就连荷叶莲蓬,都是有一股清香的。但他原不是花香可比,若静日静夜,或清早半夜,细领略了去,那一股清香比是花都好闻呢。就连菱角、鸡头、苇叶、芦根,得了风露,那一股清香,也是令人心神爽快的。"金桂道:"依你说,这兰花桂花,倒香的不好了?"香菱说到热闹头上,忘了忌讳,便接口道:"兰花桂花的香,又非别的香可比。"

一句未完,金桂的丫鬟名唤宝蟾的,忙指着香菱的脸说道:"你可要死!你怎么叫起姑娘的名字来!"香菱猛省了,反不好意思,忙陪笑说:"一时顺了嘴,奶奶别计较。"金桂笑道:"这有什么,你也太小心了。但只是我想这个'香'字到底不妥,意思要换一个字,不知你服不服?"香菱笑道:"奶奶说那里话,此刻连我一身一体俱是奶奶的,何得换一个名字反问我服不服,叫我如何当得起!奶奶说那一个字好,就用那一个。"金桂冷笑道:"你虽说得是,只怕姑娘多心。"香菱笑道:"奶奶原来不知:当日买了我时,原是老太太使唤的,故此姑娘起了这个名字。后来伏

> 香菱讲的是水生植物的清香,金桂讲的则是以香示人的浓香。

> 从香菱的口吻看,此时金桂尚未显凶恶。

> 呜呼!
> 金桂善斗,善找题目逞威风与压别人,哪怕无中生有,无事生非。

侍了爷,就与姑娘无涉了。如今又有了奶奶,越发不与姑娘相干。且姑娘又是极明白的人,如何恼得这些呢。"金桂道:"既这样说,'香'字竟不如'秋'字妥当。菱角菱花皆盛于秋,岂不比香字有来历些。"香菱笑道:"就依奶奶这样罢了。"自此后遂改了"秋"字,宝钗亦不在意。

"秋菱"倒也不错,乃至更好。夏氏并不草包。

不在意也是功夫,使自己立于不败之地。

只因薛蟠是天性"得陇望蜀"的,如今娶了金桂,又见金桂的丫头宝蟾有三分姿色,举止轻浮可爱,便时常要茶要水的,故意撩逗他。宝蟾虽亦解事,只是怕金桂,不敢造次,且看金桂的眼色。金桂亦觉察其意,想着:"正要摆布香菱,无处寻隙,如今他既看上宝蟾,我且舍出宝蟾与他,他一定就和香菱疏远了。我再乘他疏远之时,摆布了香菱;那时宝蟾原是我的人,也就好处了。"打定了主意,俟机而发。

金桂这种人把一切关系都敌我化、三国化、策略化,以斗争为纲。

这日,薛蟠晚间微醺,又命宝蟾倒茶来吃。薛蟠接碗时,故意捏他的手;宝蟾又乔装躲闪,连忙缩手。两下失误,"豁啷"一声,茶碗落地,泼了一身一地的茶。薛蟠不好意思,佯说宝蟾不好生拿着。宝蟾说:"姑爷不好生接。"金桂冷笑道:"两个人的腔调儿都够使的了。别打量谁是傻子。"薛蟠低头微笑不语,宝蟾红了脸出去。

一时,安歇之时,金桂便故意的撵薛蟠别处去睡:"省的得了馋痨似的。"薛蟠只是笑。金桂道:"要做什么和我说,别偷偷摸摸的,不中用。"薛蟠听了,仗着酒盖脸,就势跪在被上,拉着金桂笑道:"好姐姐,你若把宝蟾赏了我,你要怎样,就怎样。你要活人脑子,也弄来给你。"金桂笑道:"这话好不通。你爱谁,说明了,就收在房里,省得别人看着不雅。我可要什么呢!"薛蟠得了这话,喜的称谢不尽。是夜,曲尽丈夫之

越道学就使男女之事越下流俗鄙,而越下流俗鄙龌龊,就越要道貌岸然了。封建道德使伪者愈伪,鄙者愈鄙,毒者愈毒,言、行、人格,都分裂了。

道,竭力奉承金桂。次日也不出门,只在家中厮闹,越发放大了胆了。

　　至午后,金桂故意出去,让个空儿与他二人,薛蟠便拉拉扯扯的起来。宝蟾心里也知八九了,也就半推半就。正要入港,谁知金桂是有心等候的,料着在难分之际,便叫小丫头小舍儿过来。原来这小丫头也是金桂在家使唤的,因他自小时父母双亡,无人看管,便大家叫他做小舍儿,专做些粗活。金桂如今有意,独唤他来吩咐道:"你去告诉秋菱,到我屋里,将我的绢子取来,不必说我说的。"小舍儿听了,一径去寻着秋菱,说:"菱姑娘,奶奶的绢子忘记在屋里了,你去取了来,送上去,岂不好?"

> 一位小姐,哪里学的这般坏水?生而知之,生而邪恶并下流阴毒至此么?

　　秋菱正因金桂近日每每挫折他,不知何意,百般竭力挽回,听了这话,忙走往房里来取,不防正遇见他二人推就之际,一头撞了进去,自己倒羞的耳面通红,转身回避不及。薛蟠自为是过了明路的,除了金桂,无人可怕,所以连门也不掩。这会秋菱撞来,故虽不十分在意,无奈宝蟾素日最是说嘴要强的,今既遇了秋菱,便恨无地可入,忙推开薛蟠,一径跑了,口内还怨恨不绝的说他强奸力逼。薛蟠好容易哄得上手,却被秋菱打散,不免一腔的兴头,变做了一腔的恶怒,都在秋菱身上,不容分说,赶出来,啐了两口,骂道:"死娼妇!你这会子做什么来撞尸游魂?"秋菱料事不好,三步两步,早已跑了。薛蟠再来找宝蟾,已无踪迹了。于是只恨得骂秋菱。至晚饭后,已吃得醺醺然,洗澡时,不防水略热了些,烫了脚,便说秋菱有意害他,他赤条精光,赶着秋菱踢打了两下。秋菱虽未受过这气苦,既到了此时,也说不得了,只好自悲自怨,各自

> "红"要雅就雅,要俗就俗,雅则诗文风月,俗则猪狗不如。

> 这种场面虽不堪,但有喜剧性。

> 薛蟠之可恶,比夏氏有过无不及。曹氏更倾向于诋毁坏女人,故给读者的感觉是夏氏泼辣,薛傻子可怜。

> 金桂堪称马不停蹄,一斗到底,树敌克敌,无止无息。

走开。

彼时金桂已暗和宝蟾说明,今夜令薛蟠在秋菱房中去成亲,命秋菱过来陪自己安睡。先是秋菱不肯,金桂说他嫌腌臜了,再必是图安逸,怕夜里劳动伏侍。又骂说:"你没见世面的主子,见一个爱一个,把我的人霸占了去,又不叫你来,到底是什么主意?想必是逼死我就罢了。"薛蟠听了这话,又怕闹黄了宝蟾之事,忙又赶来骂秋菱:"不识抬举!再不去就要打了。"秋菱无奈,只得抱了铺盖来,金桂命他在地下铺着睡,秋菱只得依命。刚睡下,便叫倒茶,一时又要捶腿:如是者,一夜七八次,总不使其安逸稳卧片时。那薛蟠得了宝蟾,如获珍宝,一概都置之不顾。恨得金桂暗暗的发恨道:"且叫你乐几天,等我慢慢的摆弄了他,那时可别怨我!"一面隐忍,一面设计摆布秋菱。

连环计,干下去。她到底要干啥?

半月光景,忽又装起病来,只说心痛难忍,四肢不能转动,疗治不效。众人都说是秋菱气的。闹了两天,忽又从金桂枕头内抖出个纸人来,上面写着金桂的年庚八字,有五根针钉在心窝并肋肢骨缝等处。于是,众人当作新闻,先报与薛姨妈。薛姨妈先忙手忙脚的;薛蟠自然更乱起来,立刻要拷打众人。金桂道:"何必冤枉众人?大约是宝蟾的镇魔法儿。"薛蟠道:"他这些时并没多空儿在你房里,何苦赖好人?"金桂冷笑道:"除了他还有谁,莫不是我自己害自己不成!虽有别人,如何敢进我的房呢?"薛蟠道:"秋菱如今是天天跟着你,他自然知道,先拷问他,就知道了。"金桂冷笑道:"拷问谁,谁肯认?依我说,竟装个不知道,大家丢开手罢了。横竖治死我,也没什么要紧,乐得再娶好的。若据良

也是马道婆术,说明这些一心害人的人办法不多,想像力有限。当然,一个是真心想害人,一个则制造假象——别人要害己,真心假象,如出一辙。

有词有术,有题有理,绝对不让你闲着。

心上说,左不是你三个多嫌我!"一面说着,一面痛哭起来。

> 越是坏人越委屈,既要逞威,又要装屈。

薛蟠更被这些话激怒,顺手抓起一根门闩来,一径抢步,找着秋菱,不容分说,便劈头劈脸浑身打起来,一口只咬定是秋菱所施。秋菱叫屈,薛姨妈跑来禁喝道:"不问明白就打起人来了。这丫头伏侍这几年,那一年不小心?他岂肯如今做这没良心的事!你且问个清浑皂白,再动粗卤。"金桂听见他婆婆如此说,怕薛蟠心软意活了,便发声浪气大哭起来,说:"这半个多月,把我的宝蟾霸占了去,不容进我的房,惟有秋菱跟着我睡。我要拷问宝蟾,你又护在头里,你这会子又赌气打他去。治死我,再拣那富贵的标致的娶来就是了,何苦做出这些把戏来!"薛蟠听了这些话,越发着了急。

> 更加复杂化了。

薛姨妈听见金桂句句挟制着儿子,百般恶赖的样子,十分可恨。无奈儿子偏不硬气,已是被他挟制软惯了。如今又勾搭上丫头,被他说霸占了去,自己还要占温柔让夫之礼。这魇魔法究竟不知谁做的?正是俗语说的好,"清官难断家务事",此时正是公婆难断床帏的事了。因没法,只得赌气喝薛蟠,说:"不争气的孽障,狗也比你体面些!谁知你三不知的把陪房丫头也摸索上了,叫老婆说霸占了丫头,什么脸出去见人!也不知谁使的法子,也不问清就打人。我知道你是个得新弃旧的东西,白辜负了当日的心。他既不好,你也不许打。我即刻叫人牙子来卖了他,你就心净了。"气着,又命:"秋菱,收拾了东西,跟我来。"一面叫人:"去!快叫个人牙子来,多少卖几两银子,拔去肉中刺、眼中钉,大家过太平日子。"

> 薛姨妈忘了开初自己的责任了吧?

> 表面上骂儿子,实际上骂儿媳。

> "人牙子",多可怕的称谓!

薛蟠见母亲动了气,早已低了头。金桂听了这话,便隔着窗子,往外哭道:"你老人家只管卖人,不必说着一个、拉着一个的。我们很是那吃醋拈酸容不得下人的不成?怎么'拔去肉中刺、眼中钉'?是谁的钉,谁的刺?但凡多嫌着他,也不肯把我的丫鬟也收在房里了。"薛姨妈听说,气得身战气咽,道:"这是谁家的规矩?婆婆在这里说话,媳妇隔着窗子拌嘴。亏你是旧人家的女儿!满嘴里大呼小喊,说的是什么!"薛蟠急得跺脚,说:"罢哟,罢哟!看人家听见笑话。"金桂意谓一不做,二不休,越发喊起来了,说:"我不怕人笑话!你的小老婆治害我,我倒怕人笑话了?再不然,留下他,卖了我!谁还不知道薛家有钱,行动拿钱垫人;又有好亲戚,挟制着别人。你不趁早施为,还等什么?嫌我不好,谁叫你们瞎了眼,三求四告的,跑了我们家做什么去了!"一面哭喊,一面自己拍打。薛蟠急得说又不好,劝又不好,打又不好,央告又不好,只是出入嗳声叹气,抱怨说:"运气不好。"

当下薛姨妈被宝钗劝进去了,只命人来卖香菱。宝钗笑道:"咱们家只知买人,并不知卖人之说,妈妈可是气糊涂了。倘或叫人听见,岂不笑话。哥哥嫂子嫌他不好,留着我使唤,我正也没人呢。"薛姨妈道:"留下他还是惹气,不如打发了他干净。"宝钗笑道:"他跟着我也是一样,横竖不叫他到前头去。从此,断绝了他那里,也与卖了的一样。"香菱早已跑到薛姨妈跟前,痛哭哀求,不愿出去,情愿跟姑娘。薛姨妈只得罢了。自此,后来香菱果跟随宝钗去了,把前面路径竟自断绝。虽然如此,终不免对月伤悲,挑灯自叹。虽然在薛蟠房中几年,皆因血分

干脆斗到薛姨妈头上。

谁家真正按规矩办事?

倒也生动。
市井无赖一般。

闹起来,"上人""下人"一丘之貉。一闹就撕破了伪装,所以夏金桂人物亦是应运而生,应生活的需要而生。

中有病,是以并无胎孕。今复加以气怒伤肝,内外折挫不堪,竟酿成干血之症,日渐羸瘦,饮食懒进,请医服药不效。

> 又病了一个。疾病经常充当"船迟偏遇打头风"中的那"风"的角色。

那时金桂又吵闹了数次。薛蟠有时仗着酒胆,挺撞过两次,持棍欲打,那金桂便递身叫打;这里持刀欲杀时,便伸着脖项。薛蟠也实不能下手,只得乱了一阵罢了。如今已成习惯自然,反使金桂越长威风,又渐次辱嗔宝蟾。宝蟾比不得香菱,正是个烈火干柴,既和薛蟠情投意合,便把金桂放在脑后。近见金桂又作践他,他便不肯低服半点。先是一冲一撞的拌嘴;后来金桂气急,甚至于骂,再至于打。他虽不敢还手,便也撒泼打滚,寻死觅活,昼则刀剪,夜则绳索,无所不闹。薛蟠一身难以两顾,惟徘徊观望,十分闹得无法,便出门躲着。金桂不发作性气,有时欢喜,便纠聚人来斗牌掷骰行乐。又生平最喜啃骨头,每日务要杀鸡鸭,将肉赏人吃,只单是油炸的焦骨头下酒。吃得不耐烦,便肆行海骂,说:"有别的忘八粉头乐的,我为什么不乐!"薛蟠母女总不去理他,惟暗里落泪。薛蟠亦无别法,惟悔恨不该娶这"搅家精",都是一时没了主意。于是宁荣二府之人,上上下下,无有不知,无有不叹者。

> 强将手下无弱兵,自己培养掘墓人。

> 五毒俱全了。
> 倒也提供另一种活法。
> 封建上层女子,也不只有温顺文雅一路。
> 薛蟠得此悍妇,亦是现世现报。
> 薛姨妈得此媳,宝钗得此嫂,免得她们活得一味珠圆玉润,也是天意。
> 宝钗躲了大观园(的是非),躲不了自己家里(的是非)。

此时宝玉已过了百日,出门行走,亦曾过来,见过金桂:"举止形容,也不怪厉,一般是鲜花嫩柳,与众姊妹不差上下,焉得这等情性?可为奇事。"因此,心中纳闷。这日,与王夫人请安去,又正遇见迎春奶娘来家请安,说起孙绍祖甚属不端:"姑娘惟有背地里淌眼泪,只要接了来家,散荡两日。"王夫人因说:"我正要这两日接他去,只是七事八事的,都不遂心,所以就忘了。前日宝玉去了,回来也曾说过的。明日是个好日子,就接他去。"

正说时,贾母打发人来找宝玉,说:"明儿一早往天齐庙还愿去。"宝玉如今巴不得各处去逛逛,听见如此,喜的一夜不曾合眼。次日一早,梳洗穿戴已毕,随了两三个老嬷嬷,坐车出西城门外天齐庙烧香还愿。这庙里已于昨日预备停妥的。宝玉天性怯懦,不敢近狰狞神鬼之像,是以忙忙的焚过纸马钱粮,即便退至道院歇息。

比人更狰狞么?

一时吃饭毕,众嬷嬷和李贵等围随宝玉到各处玩耍了一回,宝玉困倦,复回至净室安歇。众嬷嬷生恐他睡着了,便请了当家的老王道士来陪他说话儿。这老道士专在江湖上卖药,弄些海上方治病射利,庙外现挂着招牌,丸散膏药,色色俱备。亦长在宁荣二府走动惯熟,都与他起了个混号,唤他做"王一贴":言他膏药灵验,一贴病除。当下王一贴进来。宝玉正歪在炕上想睡,看见王一贴进来,笑道:"来得好。王师傅你极会说笑话儿的,说一个与我们大家听听。"王一贴笑道:"正是呢,哥儿别睡,仔细肚子里面筋作怪。"说着,满屋里的都笑了。

王一贴式人物与名号,令人觉得熟悉,是吾国的土特产吗?

宝玉也笑着起身整衣。王一贴命徒弟们:"快沏好茶来。"焙茗道:"我们爷不吃你的茶,坐在这屋里还嫌膏药气息呢。"王一贴笑道:"不当家花拉的,膏药从不拿进屋里来的。知道二爷今日必来,三五日头里就拿香熏的了。"宝玉道:"可是呢,天天只听见说你的膏药好,到底治什么病?"王一贴道:"若问我的膏药,说来话长,其中细底,一言难尽:共药一百二十味,君臣相济,温凉兼用。内则调元补气,养荣卫,开胃口,宁神定魄,去寒去暑,化食化痰;外则和血脉,舒筋络,去死生新,去风散毒。其效如神,贴过便知。"宝玉道:"我不信一张膏药就治这些病,我且问你,倒有一种病,可也贴得好么?"王一贴道:"百病千灾无不立效;若不效,二爷只管揪胡子,打我这老脸,拆我这庙,何如? 只说出病源来。"宝玉道:"你猜,若猜得着,便贴得好了。"王一贴听了,寻思一会,笑道:"这倒难猜,只怕膏药有些不美了。"宝玉命他坐在身边,王一贴心动,便笑着悄悄的说道:"我可猜着了! 想是二爷如今有了房中的事情,要滋助的药,可是不是?"

话犹未完,焙茗先喝道:"该死,打嘴!"宝玉犹未解,忙问:"他说什么?"焙茗道:"信他胡说!"唬得王一贴不等再问,只说:"二爷明说了罢。"宝玉道:"我问你,可有贴女人的妒病的方子没有?"王一贴听了,拍手笑道:"这可罢了,不但说没有方子,就是听也没有听见过。"宝玉笑道:"这样还算不得什么。"王一贴又忙道:"这贴妒的膏药倒没经过,有一种汤药,或者可医,只是慢些儿,不能立刻见效的。"宝玉道:"什么汤,怎样吃法?"王一贴道:"这叫做'疗妒汤':用极好的秋梨一个,二钱冰糖,一钱陈皮,水三碗,梨熟为度。每日清晨吃这一个梨,吃来吃去就好了。"宝玉道:"这也不值什么。只怕未必见效。"王一贴道:"一剂不效,吃十剂;今日不效,明日再吃;今年不效,明年再吃。横竖这三味药都是润肺开胃不伤人的,甜丝丝的,又止咳嗽,又好吃。吃过一百岁,人横竖是要死的,死了还妒什么! 那时就见效了。"说着,宝玉焙茗都大笑不止,骂:"油嘴的牛头。"王一贴道:"不过是闲着

广告语言。亦是对言过其实的广告的嘲讽。广告夸张其词,"红"已有之。

夏金桂之事已登峰造极,无法解决。便出来一个王一贴,插科打诨,化为笑谈。

遇到死结,便用插科打诨之语言化解之,这也是语言的一种解释,心理治疗作用。大人物也这样的。

时间医治一切,解决一切,倒不纯是笑话。

解午盹罢了,有什么关系。说笑了你们就值钱。告诉你们说:连膏药也是假的。我有真药,我还吃了做神仙呢。有真的跑到这里来混?"正说着,吉时已到,请宝玉出去奠酒,焚化钱粮,散福。功课完毕,宝玉方进城回家。

> 此话说透。但看不透的人仍多。
> 王一贴一节写出"无可奈何"四字。

那时迎春已来家好半日,孙家婆娘媳妇等人已待晚饭,打发回家去了。迎春方哭哭啼啼,在王夫人房中诉委屈,说:"孙绍祖一味好色,好赌,酗酒,家中所有的媳妇丫头,将及淫遍。略劝过两三次,便骂我是'醋汁子老婆拧出来的'。又说老爷曾收着五千银子,不该使了他的。如今他来要了两三次不得,便指着我的脸说道:'你别和我充夫人娘子,你老子使了我五千银子,把你准折卖给我的。好不好,打你一顿,撵你到下房睡去!当日有你爷爷在时,希冀上我们的富贵,赶着相与的。论理,我和你父亲是一辈,如今压着我的头,晚了一辈,不该做了这门亲,倒没的叫人看着赶势利似的。'"一行说,一行哭得呜呜咽咽,连王夫人并众姊妹无不落泪。王夫人只得用言解劝,说:"已是遇见不晓事的人,可怎么样呢。想当日你叔叔也曾劝过大老爷,不叫做这门亲的;大老爷执意不听,一心情愿,到底做不好了。我的儿!这也是你的命。"迎春哭道:"我不信我的命就这么苦!从小儿没有娘,幸而过婶娘这边来,过了几年净心日子,如今偏又是这么个结果!"

> 夏金桂之坏,比较丰富生动。孙绍祖之坏,纯系概念。

> 盖以封建礼法观之,坏女人十恶不赦,五毒俱全,写来头头是道。坏男人则虽坏(特别是对妻子坏)亦不是大逆不道,不足以勾画出丑恶嘴脸来。

> 又拉扯到贾府内部的赦、政矛盾上来了。

王夫人一面劝,一面问他随意要在那里安歇。迎春道:"乍乍的离了姊妹们,只是眠思梦想;二则还记挂着我的屋子,还得在园里住得三五天,死也甘心了。不知下次来还可得住不得住了呢!"王夫人忙劝道:"快休乱说。年轻的夫

> 大观园内也有卑劣怨毒,但毕竟还有青春乐园的一面。离开了大观园,世界更加不堪,世情人心,如此险恶。

人生烦恼,殊无尽头。宝玉、晴雯、司棋、黛玉、芳官之烦恼写罢,又是迎春、薛蟠这路较平庸的人的炼狱生涯。就是洁身自好的宝钗、善良单纯的香菱也欲洁不能,欲善无路。俗人有俗的烦恼,雅人有雅的烦恼。俗人的烦恼也会干扰雅人,雅人的烦恼却被俗人视为疯癫可笑。

或谓七十九、八十两回已为高氏续作(胡风即持此观点),可能这两回的描写比前几十回显得过于凡俗吧。待考。

妻们,斗牙斗齿,也是泛泛人的常事,何必说这些丧话。"仍命人忙忙的收拾紫菱洲房屋,命姊妹们陪伴着解释。又吩咐宝玉:"不许在老太太跟前,走漏一些风声,倘或老太太知道了这些事,都是你说的。"宝玉唯唯的听命。迎春是夕仍在旧馆安歇,众姊妹丫鬟等,更加亲热异常。一连住了三日,才往邢夫人那边去,先辞过贾母及王夫人,然后与众姊妹分别,各皆悲伤不舍,还是王夫人薛姨妈等安慰劝释,方止住了,过那边去。又在邢夫人处住了两日,就有孙家的人来接去,迎春虽不愿去,无奈孙绍祖之恶,勉强忍情,作辞去了。邢夫人本不在意,也不问其夫妻和睦、家务烦难,只面情塞责而已。要知后事,下回分解。

> 邢夫人的不在意,则是愚蠢、冷酷、自私的表现。

看多了《红楼梦》,千万别以为世界就是大观园,就是由吟诗的女儿们构成的。夏金桂的出现有利读者清醒,当亦不违背作者原衷。